U0506615

國際中國文學研究叢刊

第四集

漢文古寫本研究專號

王曉平　主編

鮑國華　石　祥　副主编

上海古籍出版社

圖書在版編目(CIP)數據

國際中國文學研究叢刊. 第4集 / 王曉平主編. —
上海：上海古籍出版社，2016.9
ISBN 978-7-5325-8187-0

Ⅰ.①國… Ⅱ.①王… Ⅲ.①中國文學—文學研究—
叢刊 Ⅳ.①I206-55

中國版本圖書館 CIP 數據核字(2016)第194221號

國際中國文學研究叢刊

第四集

王曉平　主編

鮑國華　石祥　副主編

上海世紀出版股份有限公司
上　海　古　籍　出　版　社　出版

(上海瑞金二路272號　郵政編碼200020)

(1)網址：www.guji.com.cn

(2)E-mail：guji1@guji.com.cn

(3)易文網網址：www.ewen.co

上海世紀出版股份有限公司發行中心發行經銷

啓東市人民印刷有限公司印刷

開本787×1092　1/16　印張23　插頁7　字數408,000

2016年9月第1版　2016年9月第1次印刷

ISBN 978-7-5325-8187-0

I·3099　定價：78.00元

如發生質量問題，請與承印公司聯繫

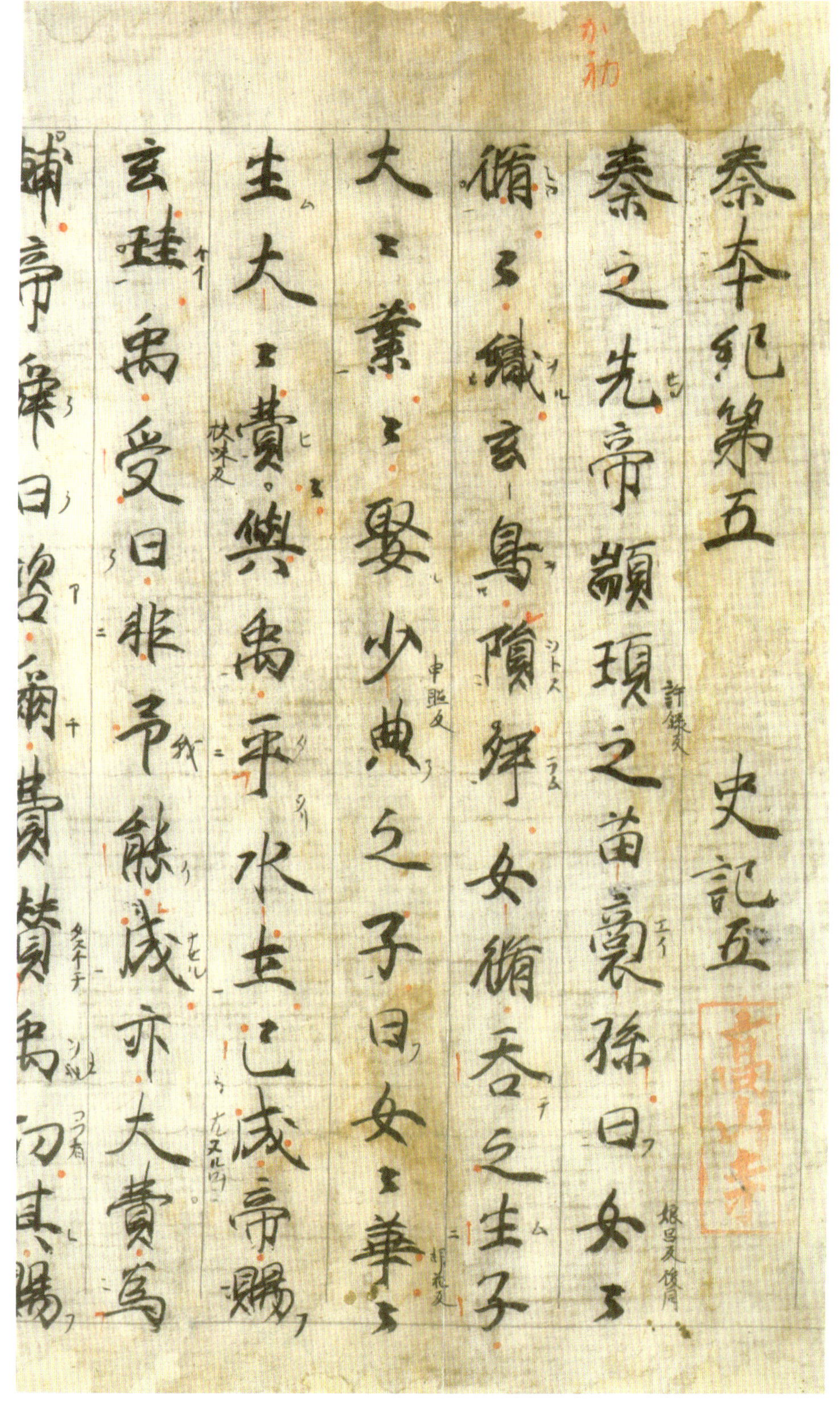

圖一 日本東洋文庫藏古寫本《史記·秦本紀》

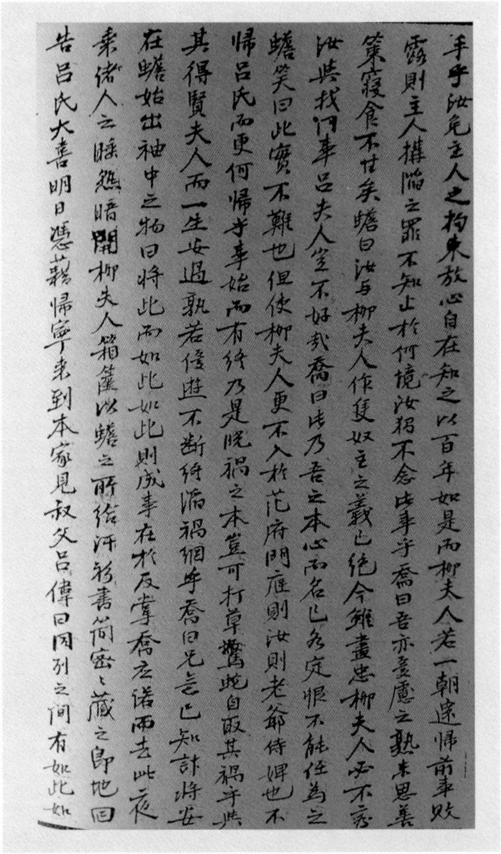

手乎汝免主人之約束放心自在知之以百年如是而柳夫人若一朝遂歸前事敗
露則主人構陷之罪不知止於何境汝豈不念此事乎喬曰吾亦每慮之熟未思善
策寢食不甘矣蟾曰汝與柳夫人作隻奴主之義已絶今雖盡忠柳夫人必不察
汝與我同事呂夫人豈不好哉喬曰此乃吾之本心而名已為定恨不能任為之
蟾笑曰此實不難也但使柳夫人更不入於花府門庭則汝則老爺侍婢也不
歸呂氏而更何歸乎事始而有終乃是脫禍之本豈可打草驚蛇自取其禍乎與
其得賢夫人而一生安過孰若停逬不斷終滿禍網乎喬曰兄言已知計將安
在蟾始出袖中之物曰將此而如此如此則成事在於反掌喬應諾而去此夜
乘諸人之睡熟暗開柳夫人箱篋以蟾之所給淫穢書簡密密藏之即地回
告呂氏大喜明日憑藉歸寧來到本家見叔父呂偉曰同列之間有如此如

圖二 韓國漢文小說寫本《玉麟夢》

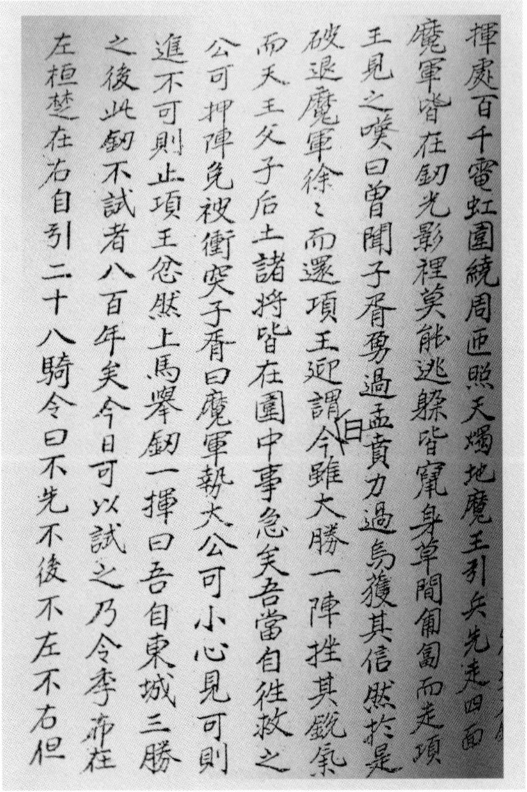

揮處百千電虹圍繞周匝照天燭地魔王引兵先走四面
魔軍皆在劍光影裡莫能逃躲皆竄身草間匍匐而走項
王見之嘆曰曾聞子胥勇過孟賁力過烏獲其信然於是
破退魔軍徐徐而還項王迎謂曰今雖大勝一陣挫其鋭氣
而天王父子后土諸將皆在圍中事急矣吾當自往救之
公可押陣免被衝突子胥曰魔軍勢大公可小心見可則
進不可則止項王忿然上馬擧劍一揮曰吾自東城三勝
之後此劍不試者八百年矣今日可以試之乃令季布在
左桓楚在右自引二十八騎令曰不先不後不左不右但

圖三 韓國漢文小說寫本《三韓拾遺》

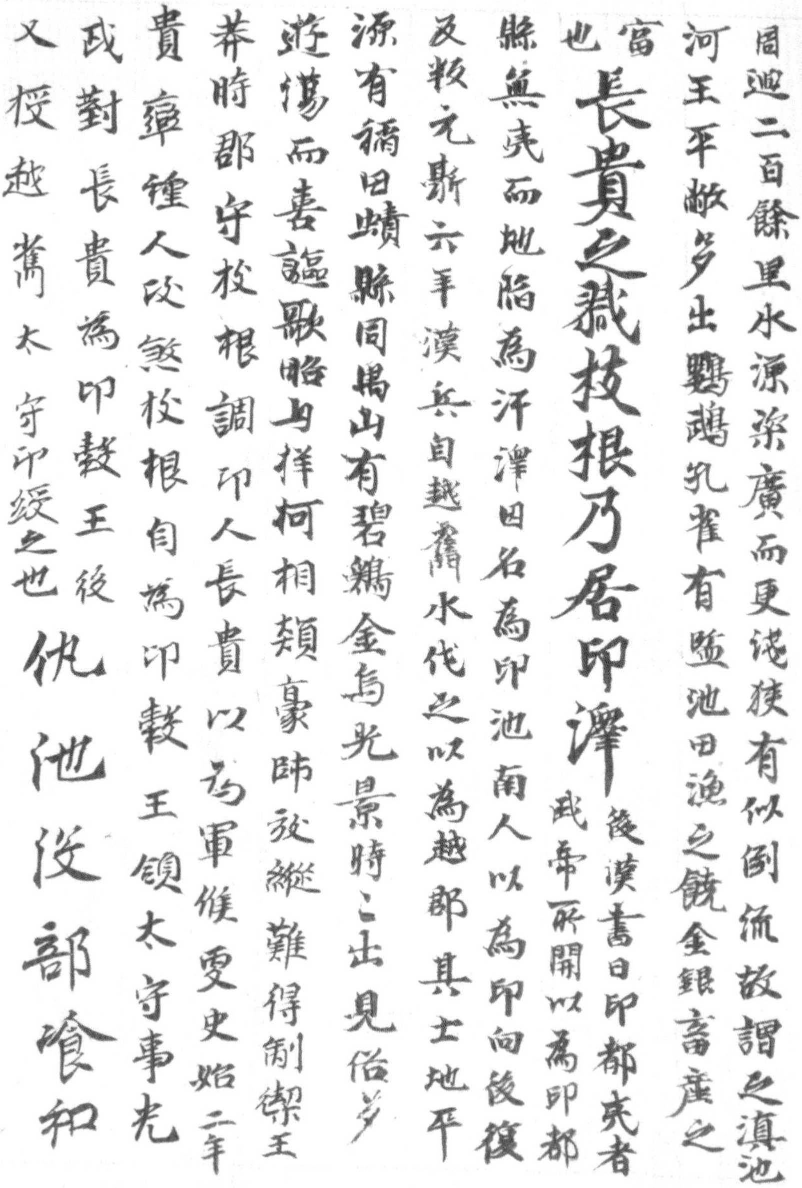

周迴二百餘里水源深廣而更淺狹有似倒流故謂之滇池河王平敞多出鸚鵡孔雀有鹽池田漁之饒金銀畜産之富也

長貴之藏枝根乃居邛澤 後漢書曰邛都夷者武帝所開以為邛都縣無夷而地陷為汙澤因名為邛池南人以為邛向後復反叛元鼎六年漢兵自越巂水伐之以為越巂郡其土地平源有稻田蜻縣同禺山有碧鷄金馬光景時時出見俗多游蕩而善謳歌略與牂柯相類豪帥放縱難得制禦王莽時郡守枚根調邛人長貴以為軍候更始二年長貴率種人攻殺枚根自為邛穀王領太守事光武封長貴為邛穀王後又授越巂太守印綬之也

仇池浚部僉和

圖四　日本太宰府天滿宮藏古寫本《翰苑》

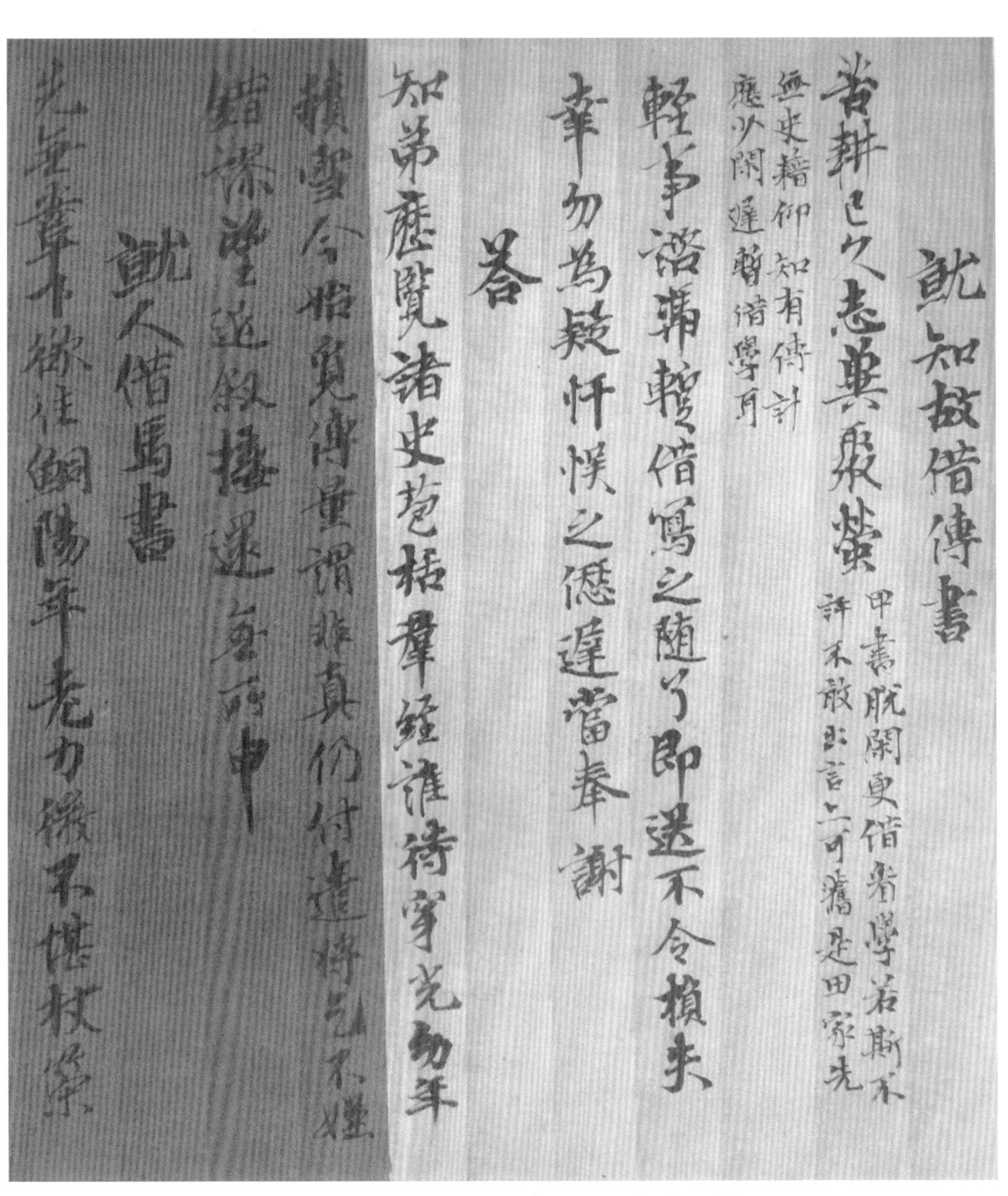

圖五　日本正倉院藏古寫本《杜家立成雜書要略》

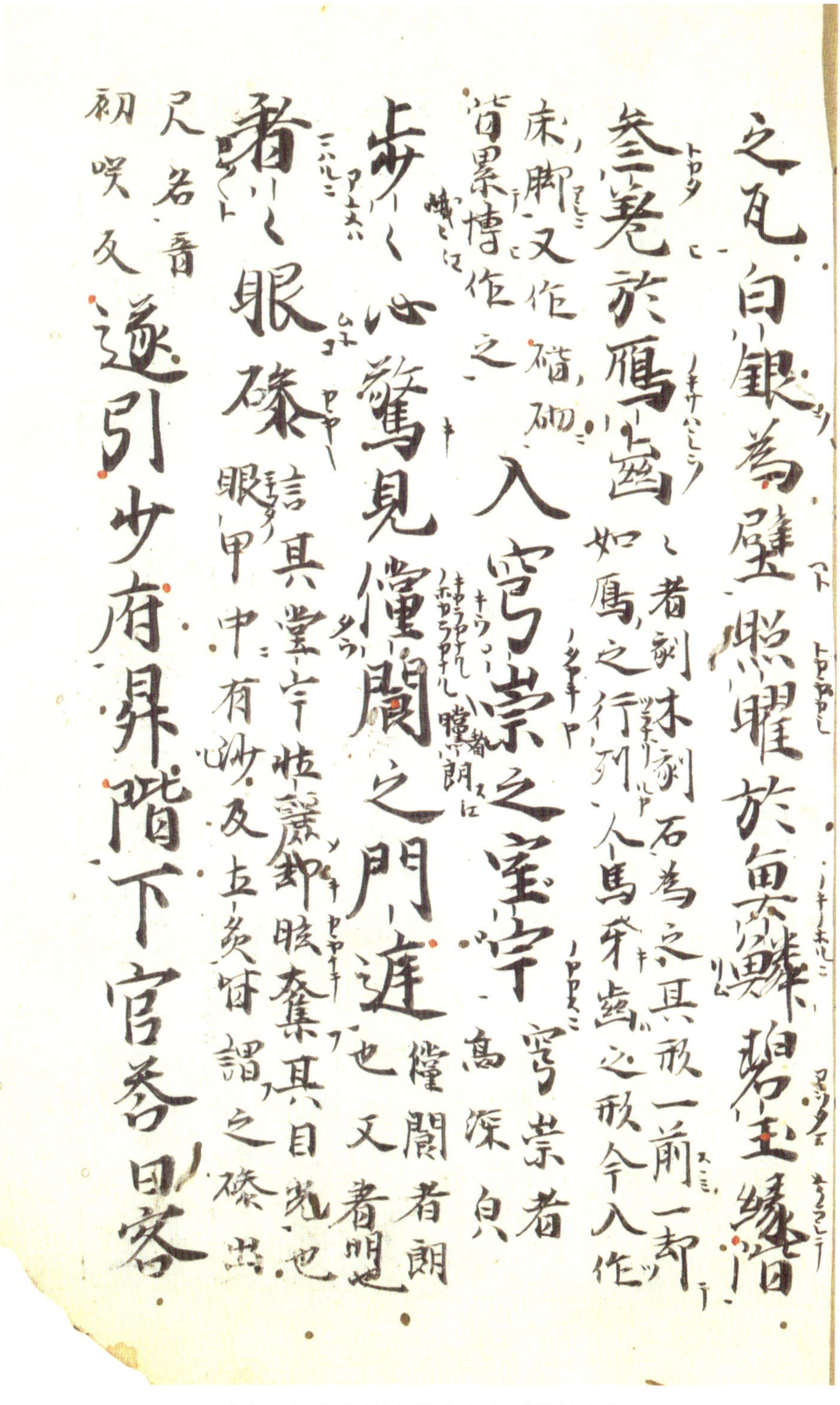

之瓦白銀為壁照曜於魚鱗碧玉緣階
參差於鴈齒 鴈齒者刻木刻石為之其形一前一却
床脚又作礵砌 如鴈之行列人馬牙齒之形今人作
背累博作之 入穹崇之室宇 穹崇者高深皃
步步心驚見儻閬之門庭 儻閬者朗也又者明也
看看眼礫 詰其眥子[illegible]眩聚集其目光也
眼甲中有沙及土灸皆謂之礫出
尺人名音
初嘆又 遂引少府昇階下官答曰客

圖六 日本金剛寺藏古寫本《遊仙窟》

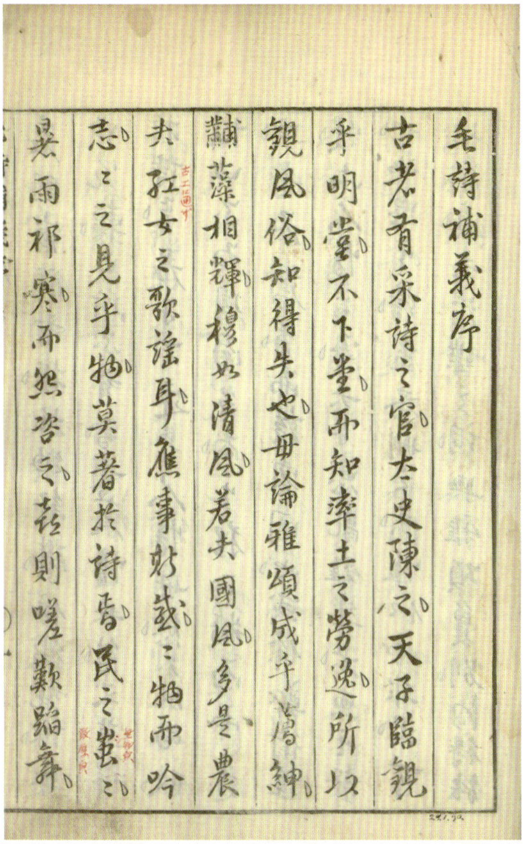

圖七　岡白駒《毛詩補義序》

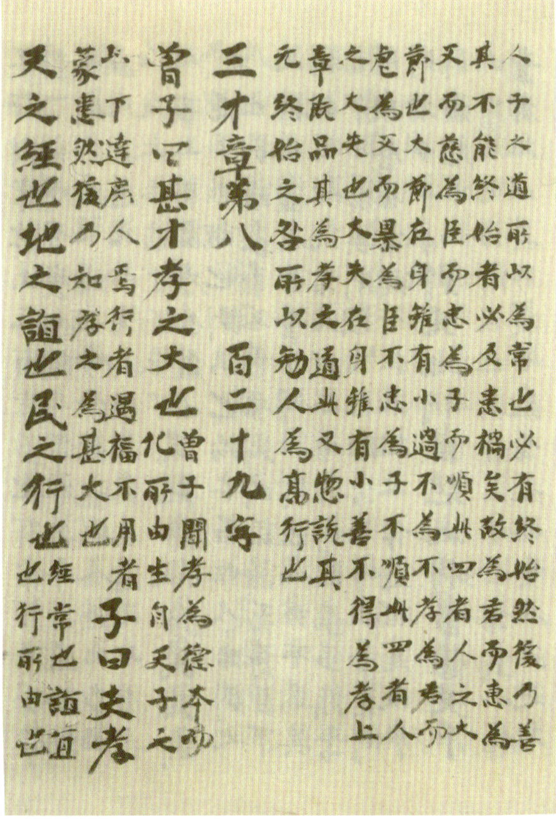

圖八　日本尊經閣藏古寫本《古文孝經》

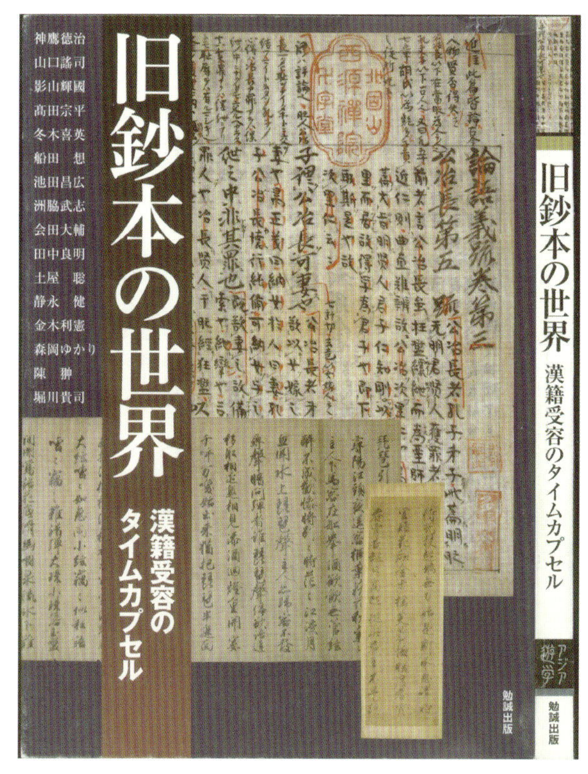

圖九 日本研究古寫本的著述《舊鈔本世界——接受漢籍的時代資料容器》

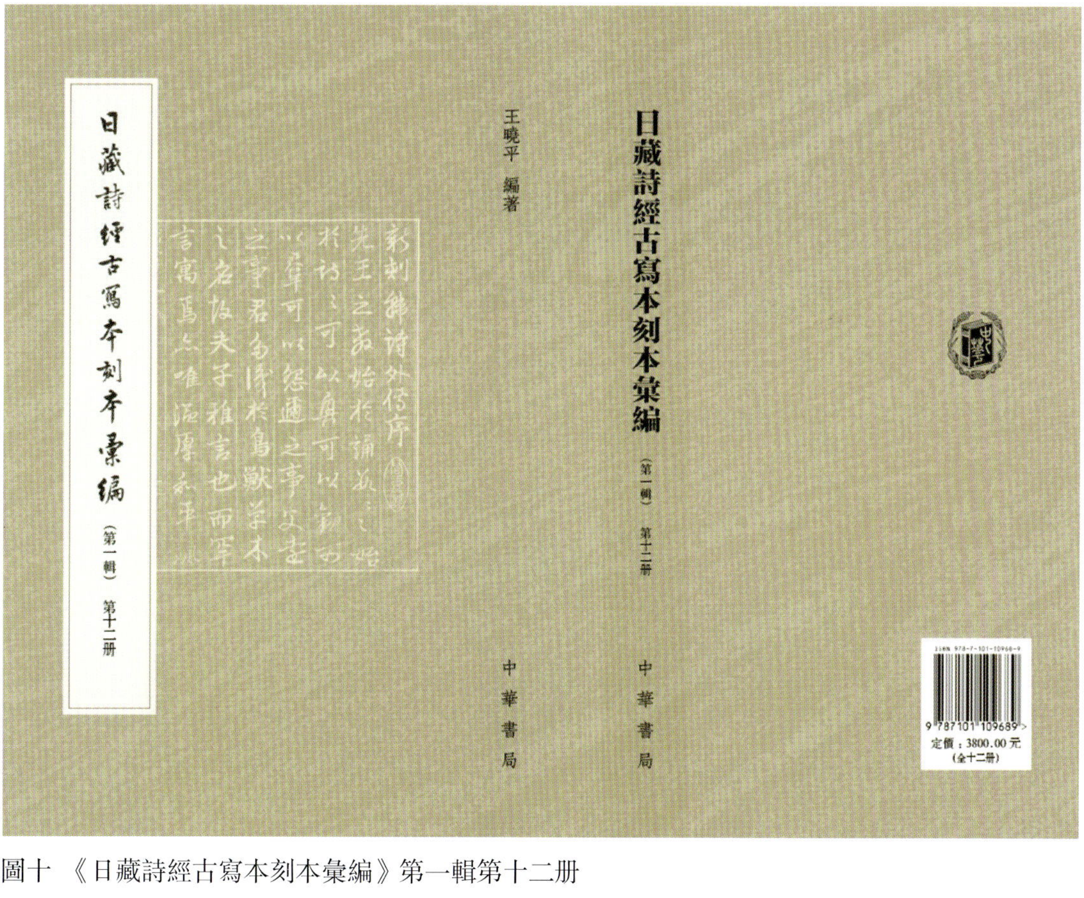

圖十 《日藏詩經古寫本刻本彙編》第一輯第十二册

目　録

漢文古寫本研究論壇

漢文古寫本數字化建設

日藏中國散佚典籍古寫本研究

日人撰著漢文古寫本研究

關於日藏敦煌寫本整理研究的幾點淺見

柴劍虹

日本是中國域外珍藏漢文古寫本最爲豐富的國家,因此天津師範大學國際中國文學研究中心爲"日本漢文古寫本整理與研究"立項開題并舉辦本次論壇,具有重要意義。鑒於日藏敦煌寫本的某些特殊性,僅就這些寫本的整理研究提出如下淺見以求教於各方專家。

一、近些年,隨着東京書道博物館原中村不折藏品與大阪杏雨書屋藏品的刊佈,日藏敦煌寫本的整理研究成爲國際敦煌學研究的一個新熱點,值得肯定。但日藏敦煌寫本除了公、私藏家比較分散、來源相對複雜外(有的私家收藏還秘而不宣),僞卷贋品的問題也相對突出(尤其是原李盛鐸藏品),因此,辨析的任務依然不可忽視,需弄清其來源、流轉過程,并從紙張、字跡、内容、年代、綴合、題跋等多方面綜合判斷(據我所知,敦煌研究院藏唐代寫本中也夾有日本藤原氏皇后的寫經);須與"商業利益"劃清界線。有些贋品在整理刊佈中可借鑒《臺東區立博物館藏中村不折舊藏禹域墨書集成》所採取的附列供參考比照方式。

二、日藏敦煌寫本的個案研究應該與他處所藏敦煌寫本結合起來進行整理研究。目前世界各大收藏地的敦煌寫本已基本刊佈,因此必須有大背景下的總體概念,即宏觀認識。尤其是寫本殘片的綴合、關聯至關重要,前人的研究成果不可忽視,新材料的刊佈亦提供了新課題,如錢鍾書先生在 1990 年曾對我講起日藏敦煌寫本《黄仕強傳》;又如最近國家圖書館薩仁高娃研究員對中村不折舊藏(《集成》上卷第 16 號)的吐蕃文寫本《太公家教》的整理研究——漢文寫本與其他民族文字寫本的比較研究同樣至關重要;另如杏雨書屋所藏"羽 019R－1"的内容是《莊子·讓王篇》第五節"顔闔"的一部分,據研究者認定與法國國家圖書館所藏 P. 4988 號殘卷恰能拼接,而"羽 57R"《秦婦吟》寫本殘片在綴合全詩上有着重要意義(均見《敦煌秘笈》第 1 册);再如原京都大學"内藤文庫"與關西大學"内藤文庫"的關聯問題同樣涉及早期日本學者對敦煌寫本的尋訪、編目工作。

三、敦煌寫本是中國晋唐五代宋初時期的“俗字寶庫”,其中的大量俗書字在俗字流行史上扮演了承前啓後的關鍵角色,也往往成爲釋讀、整理、研究的“攔路虎”。因此,在關涉文學、歷史、宗教、藝術各具體的課題研究中,必須重視與運用已有的敦煌俗字研究成果,使之成爲敦煌漢文文書整理的必備知識,這也將會大有助於敦煌寫本以外的漢文古文書的整理、研究,否則就會出現差錯。另外,我們看到,敦煌寫本中有一些吐蕃人在學習漢文過程中抄寫的文字,頗多俗訛,成爲釋讀障礙。據我臆測,如果是日本及其他東亞國家學人抄寫的漢文古寫本,是否也會有各自書寫習慣與特色的“俗字”,能否探求出一些帶地域性、時代特徵的規律(如有研究者曾提及日本漢字“仏”等與中國俗字的關係),似亦應引起關注。

四、東亞各國保存的中國漢文古寫本及這些國家學人著述抄寫的漢文寫本的整理研究,與整理研究中國敦煌、吐魯番、黑水城文書相關的問題甚多,其中涉及引用中國古代典籍的輯佚、比勘至關重要,需特别予以重視。如日本西野貞治教授於 1958 年曾發表《光明皇后手書〈杜家立成雜書要略〉》一文,述及與敦煌書儀寫本的關係。中國張伯偉教授曾在“東亞文化交流與經典詮釋”國際學術研討會上發表論文,述及日本江户時代僧人廓門貫徹的《註石門文字禪》中引用了中國經史子集四部書多達 302 種,其校勘價值自不待言。又如我注意到在中日學者聯合編録的《譯准開口新語》等六種日本漢文笑話集中,既顯示出受到中國傳世典籍與笑話集(如《笑林》《笑林廣記》《笑府》《笑賛》等)的影響,亦反映出日本社會的時代風貌與日本作者的創作手法。再如 2002 年在韓國慶州發現的元刊本《至正條格》這部佚書的殘卷,其所存條格、斷例共八百條,而中國考古工作者在黑水城所發現的同書殘卷,所存條格僅 16 條,實難與之比肩。中國研究敦煌俗文學的張鴻勳教授是較早對敦煌寫本與日本漢文作品進行比較研究且卓有成效的專家,他的若干篇論文頗富啓示作用(參見其《跨文化視野下的敦煌俗文學》,上海古籍出版社,2014 年 11 月)。近年來,中國復旦大學余欣教授對日本尊經閣本《天地瑞祥志》的調查聯想到敦煌本《占雲氣書》《瑞應圖》《白澤精怪圖》等,日本京都大學藤井律之助教則對宋版以前的《淮南子》日本古寫本與日藏吐魯番寫本殘片做了比較分析,均多有心得。

五、需要加強各國學者的實質性合作來進行此項工作。敦煌寫本研究涉及的學科多、知識面廣。相對於歐美學者,中、日學者在漢文化修養上佔有優勢,而日本學者在敦煌的宗教、少數民族語言文字、藝術等研究領域起步早,與西方學者交流廣,均值得中國學者學習借鑒。我們提倡各國學者的交流互鑒,尤其期盼在漢文古寫本的大項目裏能進行實質性的合作:即做到課題的共同參與,人員與任務的具體分工,經費的分別或聯合申請使用,資源與成果的合理共享等等。而且這不僅是指中、日學者之間,還應該吸收别國學者的參與,并争取到敦煌寫本各大收藏機構、研究單位(如大英圖書館國際敦煌項目 IDP、聖彼得堡俄羅斯科學院東方文獻研究所、莫斯科俄羅斯國立圖書館等)的全力支持。最近獲悉,以敦煌學國際聯絡委員會幹事長、京都大學高田時雄教授爲研究代表者的日本學術振興會科學研究費助成金基盤研究(A)"中國典籍日本古寫本の研究"進展順利,《中國典籍日本古寫本の研究》的創刊號刊登了日、中學者調查東京國立博物館所藏漢籍的初步成果。私以爲日本此項目和今天開題的項目應該是可以交流互鑒與相互積極推進的。

(作者爲敦煌吐魯番學會秘書長)

唐代漢字文化圈古寫經考察之發想

鄭阿財

一、前　　言

2月5日剛從日本京都參加敦煌學國際學術研討會回來,收到天津師範大學王曉平教授發來的電郵,邀請參加"域外漢字寫本文獻研究論壇",雖然對此論壇議題甚感興趣,然因時間倉促,加上會議期間適值學校開學伊始,調課、請假不易,難以成行,只好婉謝,實在感到遺憾。回覆後又收到王教授的電郵説:雖無法到會,希望能有一份發言,不拘長短,不拘形式,藉以激勵有志於此一領域之青年。王教授致力於日本漢文寫本文獻研究,著述豐富,夙所景仰,今更將研究擴展到東亞漢字文化圈,欲結合敦煌寫本文獻及域外寫本文獻,舉辦論壇爲有興趣的學者搭一個見面的平臺。其用心良苦,令人感佩。余對此議題深感認同,并表達對王教授努力奉獻的支持,乃不揣淺陋,匆匆草撰此文,略抒個人近期關注漢字文化圈古寫經考察之發想,祈請方家有以教之。

二、唐代漢字文化圈古寫經研究背景與旨趣

余多年來關注敦煌文獻與東亞漢文文獻,以爲:大唐盛世,絲路暢通,以長安爲中心,向西經河西而遠及中亞,向東經朝鮮半島而遠至日本。漢字在廣袤的西域、中原、東北亞等不同民族,不同語言的國度中傳播,形成了以漢字作爲閱讀與書寫工具的漢字文化圈。漢字在漢字文化圈的影響深遠,主要呈現在典章、律令、教育、宗教等方面,其中佛教典籍尤爲顯著。尤其地處西北邊陲的敦煌與西域的高昌、于闐、龜兹;東鄰的韓國、日本,乃至時代稍後鄰近敦煌的遼、西夏等,都曾長期大量地流傳漢文佛教寫經,值得系統考察。職是之故,個人近期乃擬以敦煌寫本與日本古寫經爲核心,結合今存的西域的吐魯番、高昌、龜兹、于闐古寫經,西北邊陲的西夏漢文寫經,從唐代漢字文化圈的視野

進行考察，尋求其共同特性，析論各自民族與區域的獨特性。以補充傳世漢文藏經，并探究唐代漢文佛教文獻傳播的實況；同時宏觀地解讀佛教東傳的發展脈絡；具體析論各國在漢文佛典傳播中的取捨與特色，并據以探究各漢字文化圈寫本文字的傳承與變異，希望能開闊古寫經的研究視野，拓展敦煌文獻研究的新境界。

所謂“漢字文化圈”是指以漢字作爲閱讀、書寫工具所形成的文化圈。範圍小於漢文化圈，然較漢文化圈具體而明確。漢字是記録漢語語素音節的表意性方塊符號。兩千多年以來，在中原及西北、東亞等廣袤地區，漢字作爲交流工具和文化載體，不僅對中華民族的統一而且對於周邊地區和周邊民族的文字與文化發展，均有着重大而深遠的影響。

漢文化作爲高度發達文化被周邊民族與國家所仰慕，從公元前即開始，中國與朝鮮、日本、越南等國之間已經有了相當頻繁的文化交流。在交流中，漢字被作爲文化傳播的載體，從進步發達的文化高地——漢文化中心的中原地區，被引進到東北亞的朝鮮、日本以及東南亞的越南，形成了東亞漢字文化圈。

中國與周邊的民族及地區幾乎都是通過以漢字爲載體的文獻，進行密切的文化交流。長期以來，漢文文獻成爲他們重要的媒介，同時更以漢字來記事、寫史、撰寫公文。這種漢文傳播方式突出地體現在境内的少數民族及其他“藩屬”、“臣服”、“歸附”地區的早期政治文化生活中。漢文化中的典章、制度、思想、教育、宗教等等，也被視爲典範楷模，而加以積極模仿與學習，逐漸形成了中國境内及周邊地區民族語言歧異，却呈現出使用共同文字，有着相同文化的特殊現象。歷史上，大唐帝國的興盛帶來唐代文化的繁榮，又與周邊國家密切交流，進而有唐代文化圈的形成，其中也是基於漢字文化而造就其最爲顯著的表現。

在漢字文化圈中，過去學界較爲重視的是東北亞日本、韓國的漢文學與漢文文獻，近年也逐漸注意到東南亞的越南漢文學與漢文文獻。就時代論，這些漢字文化圈保存的文獻自唐宋至明清都有。由於明清印刷普及，漢文典籍大量輸出，因此周邊國家保存的漢文獻以此時期的較多，包括了傳統四部典籍、漢文小説、漢詩、漢文，近年逐漸展開了整理與研究，而成爲域外漢文文獻研究的重心。

本人從潘重規先生撰寫碩士論文《空海文鏡秘府論研究》①，曾透過楊守敬（1839—1915）《日本訪書志》，開始對唐五代日本漢文文獻多所關注。之後，專心於敦煌學之研究與教學，在“以敦證唐，以唐考敦”的研究歷程中，對藤原佐世（847—898）《日本國見

① 《空海文鏡秘府論研究》，臺北：中國文化大學中文研究所碩士論文，1976 年 6 月。

在書目録》、最澄(767—822)《傳教大師將來越州録》、日本比叡山延曆寺僧圓珍(814—891)《圓珍入唐求法目録》等日本漢文典籍目録,時加利用,每有所得。從中更體認到域外漢文學的意義與價值。

八十年代開始,供職法國科學院旅法學人陳慶浩教授對域外漢籍、漢文文獻的重視,積極倡導越南、韓國、日本、琉球等漢字文化圈漢文學與漢文獻的整理與研究。由於慶浩兄是潘師重規香港新亞書院的弟子,我們係出同門,在他的號召與分配下,我開始參與整理與研究工作,觀念甚受啓發,視野也爲之開闊。其間先後參與《越南漢文小説叢刊》第一輯、第二輯的編輯①,"越南漢喃銘文匯編"②、"漢文化的傳播與演變之考察研究——以近百年來北越民俗爲中心"③等研究計劃的執行;并陸續撰寫了幾篇相關論文④。而在敦煌文學與文獻的研究中也多方涉及并援引日本、韓國、越南等漢字文化圈的相關漢文文獻,以爲論述之佐證。如1986年在整理研究敦煌寫本《新集文詞九經抄》時,也就對長期流傳於韓國、日本、越南的勸善書、啓蒙書《明心寶鑑》展開探究。先後發表了一些論著,特别對《明心寶鑑》的流傳、編者、成書年代及來源等問題,進行過探討,也針對《明心寶鑑》與《新集文詞九經抄》的關係,逐一比對,對《明心寶鑑》的來源有了較爲明確的看法。確認此書完成於明初,是明清時期民間廣泛流行的通俗讀物,是中國歷來通俗讀物的因革改編,而敦煌寫本《新集文詞九經抄》實爲其老源頭。它是一部網羅百家,雜糅三教,薈萃明代以前中國先聖先賢進德修身、敦品勵立的要言警語,分類成編兼具勸善與啓蒙的通俗讀物。由於這種分類書抄式的讀本,採摭的句子幾乎都是精闢深刻的格言、警句。文字精要、説理深入,語意簡潔;語句具文采,又聲律和諧,朗朗上口,便於記誦。所以自明、清以來,不但在中國民間廣爲流行,同時還盛傳於漢字文化圈的韓國、日本、越南,是學習漢文、修身勵志與認識漢文化的重要典籍,甚受青睞。此類的通俗讀物,從唐、

① 陳慶浩、王三慶編:《越南漢文小説叢刊》第一輯,臺北:臺灣學生書局,1987年;陳慶浩、鄭阿財編:《越南漢文小説叢刊》第二輯,臺北:臺灣學生書局,1992年。

② 與毛漢光教授共同主持蔣經國基金會國際合作計劃"中法越共同研究漢喃研究所所藏漢文拓片國際研究計劃",執行期限:1997年7月1日—2000年6月30日,計劃編號:RG006－D－'96;"越南漢銘文彙編第二集出版計劃",執行期限:2000年7月1日—2001年6月30日,計劃編號:SP002－D－'99;與潘文閣、毛漢光合著:《越南漢喃銘文匯編第二集》(計劃成果),臺北:新文豐出版公司,2002年3月。

③ 主持蔣經國基金會國際合作計劃"漢文化的傳播與演變之考察研究——以近百年來北越民俗爲中心",執行期限:2002年7月1日—2005年6月30日,計劃編號:RG007－D－'01。

④ 如:《俗字在漢字文化圈的容受——以越南碑銘、寫本、刻本爲例》《越南漢文小説中的俗字》《越南漢文小説中的歷史演義》《越南漢文小説中的歷史演義及其特色》《越南漢文小説中的"翁仲"》《從越南北寧"祭井"論中越民俗中的水資源文化》《從越南漢文社會史料論人物傳説與地方神祇之形成——以扶董天王爲例》《越南扶董天王的神話傳説與民間信仰》《從敦煌文獻看日用字書在東亞漢字文化圈的容受——以越南〈指南玉音解義〉爲考察中心》《佛教文學與韓國漢文小説——以"龜兔故事"爲例》《〈月峰記〉版本系統及其成書》等。

五代歷經宋、元、明、清，它的性質，從蒙書、類書到善書；流傳地域，從中原到西陲，由中國到韓國、日本、越南而菲律賓。它的興替，從傳播接受到因襲沿革，更隨時地而增删改易，是漢字文化圈漢文化再生的土壤，也是考察漢文化共享的重要視窗。①

又如2000年於敦煌研究院主辦“2000年敦煌學國際學術研討會”發表的《敦煌寫本〈佛頂心觀世音菩薩大陀羅尼經〉研究》②發現《佛頂心觀世音菩薩大陀羅尼經》是一部唐五代流傳於西域、河西地區而中原未見流傳的漢文佛經。此經藏經未收，歷代史志目録不録。此經既不入藏，唐五代時中原不傳，然西夏、遼、金多奉行信受甚爲流行，其後傳入中土，南宋、元代、明代民間則多所流傳，且亦見於日本古寫經及韓國、越南的古代印刷品中。2014年9月應美國普林斯頓大學太史文教授之邀參加普林斯頓大學主辦的“敦煌學國際學術研討會”，進一步以《佛頂心觀世音菩薩陀羅尼經》爲研究對像，借鑑“傳播學派”、“歷史地理學派”等理論與方法，發表《〈佛頂心觀世音菩薩大陀羅尼經〉在漢字文化圈的傳佈》③一文，考察其在漢字文化圈的傳布與相關問題。蓋此經雖屬僞經，然宋以後傳本不少，西夏、遼、金乃至朝鮮、日本、越南均保有各種版本，甚至還有回鶻文本的保存。經考察發現其流行階段與傳播路線呈現：唐宋時期，以西北爲主，從唐代敦煌寫本、西夏、遼的刻本、到金的石刻經幢，至南宋的雕版印刷爲一階段；明代大量刻本印行，透過傳輸，進入東北亞的朝鮮、日本，東南亞的越南，爲東亞漢字文化圈接受而有翻刻、諺解，此又另一階段。這一發現埋下我想將敦煌佛經寫本與日本古寫經、西域古寫經等結合起來作綜合、全面考察研究的念頭。

唐代是中國佛教發展的黄金時代，漢譯佛典也隨着大唐文化的傳播而輻射到周邊的漢字文化圈，特别是地處西北邊陲的敦煌與高昌、于闐，乃至延伸到時代稍後的西夏與遼。此外，衆所周知，東鄰的朝鮮、日本更是從二世紀以來便使用漢字作爲閱讀、書寫的工具，隋唐以來一批批遣隋使、遣唐使、學問僧更是大量地將漢籍文獻及佛教經典輸入日本，并在日本唐化運動下，大力地展開傳播。奈良朝、平安朝，在皇室貴族的提倡下，佛教的興起與發展更造就了日本珍貴的古寫經文化。

時至今日，日本許多古老的寺院仍保存有爲數可觀的古寫經。尤其是奈良、平安朝的古寫經，長期來已在日本學界形成了古寫經研究的優良傳統。特别是當1900年敦煌

① 《〈新集文詞九經鈔〉研究》，臺北：“敦煌學國際研討會論文”收入《漢學研究》第4卷第2期，1986年12月，第271—290頁。又《敦煌寫卷〈新集文詞九經抄〉研究》，臺北：文史哲出版社，1989年7月。另詳《流行域外的明代通俗讀物〈明心寶鑑〉初探》，《法商學報》第25期，1991年6月，第263—286頁。

② 《敦煌寫本〈佛頂心觀世音菩薩大陀羅尼經〉研究》，《敦煌學》第23輯，2002年3月，第21—48頁。

③ 2014年9月6—8日，美國，普林斯頓大學，會議主題爲“展望未來20年的敦煌寫本學”。

藏經洞的發現,爲數約六萬卷的寫卷中,以唐五代漢文佛教文獻最爲大宗,約佔百分之九十,成爲國際敦煌學研究的重心。敦煌寫卷的轟動與深受重視,連帶地也使日本古寫經受到更多的關注,可見敦煌寫經不但提供學界研究中古漢傳佛教的寶貴材料,也提供整合日本古寫經進行更爲深化研究的良好材料與契機。

回顧日本學界的研究,無論在敦煌佛教文獻的整理研究,或日本古寫經調查研究上,均各自有其令人讚嘆的豐碩成果。如名古屋七寺寫本藏經便深受注目,而七寺古逸經典研究會近年編著《七寺古逸經典研究叢書》[①]六大册的出版,亮麗的研究成果更彰顯其研究價值。同時在結合敦煌寫經的研究上也漸有進展,只不過其研究重心較爲側重在與刊本大藏經的比較與補充上。至於大陸與臺灣學界,除了在個别敦煌寫經研究中偶有參考或援引日本古寫經以立論外,尚未見有宏觀系統的研究。

余意以爲:漢字文化圈古寫經的保存,具有文物、文獻與文字等三方面之價值,不但日本古寫經可與敦煌寫經結合研究,乃至西域古寫經、西北邊陲時代稍後的西夏漢文寫經,都傳承着唐代漢字文化圈佛經寫本的共同特性,也存在着各民族、區域與國家的獨特性。倘若能走出各自的藩籬,以唐代漢字文化圈來加以聯結,進行統合匯整的考察與研究,相信既可以相互補充,又可以充分瞭解唐代漢文佛教文獻傳播的各個面向與實際狀況;在個别寫經微觀研究的基礎,統合考察,將可宏觀地解讀漢傳佛教東來、西傳的發展脈絡。相信在此基礎上,同時汲取學界對現存西域、敦煌及東亞古寫經既有的研究,進一步分析彼此的異同,除了可開闊古寫經研究的視野,必能具體觀察高昌、于闐、西夏、日本等國,在漢文佛教經典傳播中的取捨與各自發展的特色,當可研究各漢字文化圈寫本文字的傳承與變異,開拓敦煌佛教文獻研究的新境界。

三、研究概況與重要文獻之評述

有關敦煌文獻中佛經寫本的考論,自日本松本文三郎發表《敦煌石室古寫經研究》[②]、妻木直良《敦煌石室五種佛典の研究》[③]以來,學界研究不斷,除禪宗典籍文獻的

① 牧田諦亮監、落合俊典編:《七寺古逸経典研究叢書》全6卷,第1—3卷《中國撰述經典》,東京:大東出版社,1994年2月—1996年2月;第4卷《中國日本撰述經典(其之四)·漢譯經典》,1999年2月;第5卷《中國日本撰述經典(其之五)·撰述書》,2000年2月;第6卷《中國·日本經典章疏目録》,1998年2月。

② 松本文三郎:《敦煌石室古寫經研究》,《藝文》第2卷第5期、第6期,1911年5月、1911年6月,第1—26頁、第5—26頁。

③ 妻木直良:《敦煌石室五種佛典の研究》,《東洋學報》第1卷第3期,1911年10月,第350—365頁。

整理研究外，大多局限於收藏文獻的公佈，以挖寶式的研究，針對所見的個別佛經寫本進行叙録與考述，尠有較爲全面而系統的研究。在中國較集中於傳統四部典籍與俗文學的研究，對於敦煌佛經寫卷的研究相對較少，較重要的是 1983 年王重民遺稿《記敦煌寫本的佛經》[①]，以他早期披閲英、法及北京所藏敦煌原卷所得，宏觀地勾勒出敦煌佛經寫本大致的數量、形式、時代分佈，以及六部大經的概況，并點出了敦煌佛經具有寫本之古、佚文之多，以及失傳佛教史料之價值。提供學界敦煌佛教文獻研究的寶貴資訊，開啓敦煌佛教寫經研究的門徑，對敦煌學發展頗具啓導作用。

20 世紀 90 年代以後，隨着大陸進一步深化改革與開放，有關佛教研究逐漸有了投入，利用敦煌漢文佛經寫卷進行研究的也漸趨熱絡，如方廣錩博士論文《八—十世紀佛教大藏經史》[②]中，運用大量的敦煌寫本資料，對佛教初傳到會昌法難間入藏的佛教寫本進行考察，并對佛教寫本大藏經的醞釀、發展、成熟，乃至寫本藏經的功能形態進行分類、考證與論述。此外便是對中國國家圖書館、英國國家圖書館等各大敦煌寫卷收藏進行編目著録工作，如《英國國家圖書館藏敦煌遺書目録》（斯 6981—8400 號）[③]、《敦煌遺書中的佛教文獻》[④]等，對於敦煌寫本佛經的叙録與梳理頗有貢獻，提供了研究的基礎參考。

有關日本古寫經的調查、整理者較多，集中在奈良寫經的研究，其中石田茂作（1894—1977）的《由寫經所見的奈良朝佛教之研究》（《寫經より見たる奈良朝佛教の研究》）[⑤]、榮原永遠男《奈良時代寫経史研究》[⑥]較爲全面且有系統，屬於通論之作。近年日本古寫經研究者開始擺脱傳統對正倉院奈良寫經的研究，積極發掘其他寺院密藏的古寫經，且大有發現。特别是以落合俊典帶領的“日本古寫經的調查研究計劃”，研究規模大且成果豐碩，如《七寺古逸經典研究叢書》六卷[⑦]及新近出版“日本古寫経善本叢刊”的《集諸經禮懺儀卷下》《金剛寺藏觀無量壽經・無量壽經優婆提舍願生偈註卷下》……，都是重要微觀研究整理的成果[⑧]。此外，如 2009 年出版的“愛知縣新城市德

① 王重民：《記敦煌寫本的佛經》，《敦煌吐魯番文獻研究論集》，北京：北京大學出版社，1983 年，第 1—25 頁。

② 方廣錩：《八—十世紀佛教大藏經史》，北京：中國社會科學出版社，1991 年。後修訂增補改名爲《中國寫本大藏經研究》，上海：上海古籍出版社，2006 年。

③ 《英國國家圖書館藏敦煌遺書目録》（斯 6981—8400 號），北京：宗教文化出版社，2000 年 6 月。

④ 方廣錩、許培玲：《敦煌遺書中的佛教文獻》，《西域研究》第 1 期，1996 年，第 40—49 頁。

⑤ 石田茂作：《寫經より見たる奈良朝佛教の研究》，東京：東洋文庫，1966 年。

⑥ 榮原永遠男：《奈良時代寫経史研究》，東京：塙書房，2003 年。

⑦ 牧田諦亮、落合俊典：《七寺古逸經典研究叢書》，東京：大東出版，1994 年。

⑧ 《日本古寫經善本叢刊》：第一輯“玄応撰一切経音義二十五卷”、第二輯“大乘起信論”、第三輯“観無量寿経・無量寿経優婆提舍願生偈註 卷下”、第四輯“集諸経礼懺儀 卷下”、第五輯“書陵部藏 玄一撰 無量寿經記・身延文庫藏義寂撰 無量寿經述記”、第六輯“金剛寺藏 寶篋印陀羅尼經”、第七輯“國際仏教學大學院大學藏・金剛寺藏摩訶止觀卷第一”、第八輯“續高僧傳　卷四・卷六”，國際佛教學大學院大學，日本古寫經研究所出版。

運寺古寫経調查報告書　德運寺の古寫経”等的考察報告,都提供給我們重要而寶貴的日本古寫經研究訊息。

至於有關結合敦煌佛經寫本與日本古寫經的研究,也逐漸有所開展,例如方廣錩的《敦煌遺書與奈良平安寫經》①,文中比較了敦煌遺書和奈良寫經的異同,并對異同處作了分析説明,而認爲敦煌遺書與奈良寫經可以互爲印證補充,對研究文化傳播具有一定的意義。另外如落合俊典《敦煌佛典與奈良平安寫經——分類學的考察》②,文中以爲所謂“從敦煌至正倉院”,它是表示地理路徑的詞語,實際上應改爲“從中原(長安、洛陽)至敦煌及正倉院”,更直接地提出:“以正倉院聖語藏爲核心的日本古寫經,有着與敦煌佛教文獻同等的價值。”

綜觀過去的研究,由於受限於資料的公佈,因此宏觀、系統的考察不易;另一方面,研究的課題,大多以單獨佛經寫本的考述爲主,其次,跳脱單一寫本研究的面向,不論是敦煌佛經寫本或日本古寫經,主要也都集中在與傳世一切經的比較與補充。

近年敦煌文獻大量公佈與印行,先有縮微膠卷的流通,後有臺北“央圖”藏《敦煌寫卷》的印行,之後有以微卷翻印紙本的《敦煌寶藏》,近年更有《英藏敦煌文獻》《法藏敦煌西域文獻》《俄藏敦煌文獻》《甘藏敦煌文獻》《天津博物館藏敦煌文獻》《上博藏敦煌文獻》《北圖藏敦煌文獻》《上海圖書館藏敦煌文獻》《北京大學藏敦煌文獻》《浙藏敦煌文獻》《中國國家圖書館藏敦煌遺書》等大型寫本圖録的相繼問世,更有IDP國際敦煌學項目寫卷掃描數位資料庫的公開,凡此種種,解決了長期以來閱讀與研究的困難,大大改善了研究的條件。不只敦煌寫本,零散的吐魯番出土文書、西域古寫經也陸續有大型寫本圖録的出版③,而學界一致認爲最神秘的日本收藏也紛紛公開,如:書道博物館中村不折舊藏《禹域墨書集成》④武田財團杏雨書屋《敦煌秘笈》⑤的出版。奈良古寫經方面,收有神護景雲二年(768)御願經(742卷)的聖語藏經卷,也由丸善書店出版了彩色數位版。現已刊出第一期隋唐經篇(243卷),第二期天平十二年

---

① 方廣錩:《敦煌遺書與奈良平安寫經》,《敦煌研究》2006年第6期,第139—145頁。

② 落合俊典著、蕭文真譯:《敦煌佛典與奈良平安寫經——分類學的考察》,《敦煌學》第28輯,2010年3月,第111—124頁。

③ 如:《吐魯番出土文書》圖文對照本全4卷,北京:文物出版社,1992—1996年;新疆維吾爾自治區吐魯番學研究所、武漢大學中國三至九世紀研究所編著:《吐魯番柏孜克裏克石窟出土漢文佛教典籍》,北京:文物出版社,2007年;榮新江等主編:《新獲吐魯番出土文獻》,北京:中華書局,2008年。

④ 磯部彰編:《台東區立書道博物館所藏中村不折舊藏禹域墨書集成》上中下三卷,2005年3月。

⑤ 武田科學振興財團杏雨書屋編集:《敦煌秘笈》9册,大阪:武田科學振興財團,2009年3月—2012年9月。

(740)御願經(750卷)。[①] 甚至國際佛教學大學院大學也有"日本古寫經數據庫(日本古寫経データベース)"[②]的建構。這都有利於現今漢字文化圈古寫經研究的展開。

四、研究面向與方法

漢字文化圈古寫經具有文物、文獻與文字等價值,從學術研究論,尤在文獻與文字。首先就文獻性質言,敦煌佛經寫本,可大别爲一切經(即正式寫經)、供養經(又稱施經、奉納經)、日常用經。西域、日本古寫經大抵以一切經爲主。就目前已公佈的敦煌文獻來考察,敦煌佛經書寫時代與日本奈良平安寫經相近,或稍晚而相續。平安朝寫經大多約當北宋時期(即11世紀至12世紀末)抄寫的,但主要還是據奈良古寫經抄寫的。相較於宋藏、高麗藏等其他刊本,更接近於隋唐佛教文獻的原貌,而其抄寫文字本身極具唐代漢字形體之研究價值,是研究唐代楷書異體字研究之寶貴素材。同時日本古寫經也出現漢字形體繼承與訛變的特殊現象,這些都是值得我們考察與研究的課題[③]。現存的文獻,不論是敦煌寫經或日本古寫經,均提供我們豐富的寫本文化實物史料。

個人以爲若能以敦煌佛教寫本、西域寫經、日本古寫經作爲唐代漢字文化圈古寫經的核心,展開考察,必將有一番新的研究發展。其中,敦煌寫本與日本古寫經數量多,西域寫經相較爲少,且大多數爲斷簡殘篇,不過三者抄寫時代或相續,或相近,呈現面向也多元。敦煌寫經一切經、供養經與日常用經均見,日本古寫經要以一切經爲主,二者既有相同又有差異。

總體來論,我們對漢字文化圈古寫經的考察,主要可從文獻、文字與文化等三個面向切入。研究方法主要以佛教文獻學研究法爲基礎,針對敦煌佛教經典寫本、西域寫經、日本古寫經等;與唐釋智昇《開元釋教録》、圓照《貞元新定釋教目録》等載録進行比對;區分入藏與不入藏。不入藏中再區分爲:異譯經、别生經、疑僞經;并將分别古逸之異譯經、别生經、疑僞經進行考辨、校録等提供文獻研究之良好基礎。

同時針對各寫本書寫之漢字,以寫本文字學研究法,展開寫本異體字之判讀與採

---

① 《聖語藏經卷》第1期隋・唐經篇、第2期——カラーCD-R版. ——宮内廳正倉院事務所編集,丸善,2000年7月—2003年12月。《聖語藏經卷》第3期神護景雲2年御願経——カラーデジタル版——宮内廳正倉院事務所編集,丸善,2007年—2011年1月。

② http://koshakyo-database. icabs. ac. jp/index. seam

③ 如:王曉平:《日本漢籍古寫本俗字研究與敦煌俗字研究的一致性——以日本國寶〈毛詩鄭箋殘卷〉爲中心》,《藝術百家》2010年第1期。張磊:《〈新撰字鏡〉與漢語俗字研究》,《西南交通大學學報》(社會科學版)2010年第4期。

録,進而分析其字體結構與異體現象,并持與唐代字書異體字、碑刻異體字比較;歸納不同區域寫本之字體特色,解釋其形成之原因。

再者更於佛教文獻研究的基礎上,採文獻計量法,進行漢字文化圈古寫經之種類統計與時代趨向分析,并結合佛教傳播學與佛教史的研究法,針對漢字文化圈各佛經寫本進行共性與殊性的解讀。尤其是各地獨有、盛行經典取向之研究,進行佛教信仰流行趨勢的歷史探究與原因探討。最後以文化史研究法,考察漢字文化圈佛經寫本的制度、功能、形制、紙張、裝潢、書手、字體的寫經文化;分析宫廷寫經與民間寫經之寫本文化;并比較敦煌寫經與日本寫經之異同,解讀其差異之形成與意義。

除致力於文獻梳理的研究基礎外,根據現已公佈的出土文獻,展開"西域漢文文獻出土地圖"的編纂,當可清晰地見到漢字文化傳播、接受與流行的具體情況。尋求文獻傳播與歷史的佐證,并輔以寫本原件之考察,建構漢字文化圈古寫經地圖,據以踏勘漢字文化圈佛教信仰之歷史遺跡,以期深刻理解漢傳佛教經典在漢字文化圈傳播之脈絡與演變,強化研究成果,提供學界參考。

(作者爲四川大學中國俗文化研究所長江學者講座教授,臺灣南華大學文學系教授兼敦煌研究中心主任)

敦煌漢文古寫本與英、美漢學家的研譯

——以變文 S2614 和 P2319 爲中心

洪　濤

一、引　　言

敦煌變文寫本的英譯和相關研究,始於英國漢學家 Arthur Waley(1889—1966),後繼者有美國漢學家 Victor Mair(1943—　)。他們兩人各有英文譯著:

Arthur Waley, *Ballads and Stories from Tun-huang: an Anthology* (London: G. Allen & Unwin, 1960).①

Victor H. Mair, *Tun-Huang Popular Narratives* (Cambridge [Cambridgeshire]; New York: Cambridge University Press, 1983).

Mair 後來對變文還有深入的研究,出版後頗獲重視。② 對於 Waley 的敦煌研究,香港大學饒宗頤學術館羅慧博士撰有一篇回顧文章,名爲《略論亞瑟・韋利(Arthur Waley, 1889—1966)之敦煌研究》。③ 羅慧在文章"韋利與敦煌文獻"這節中,對 *Ballads and Stories from Tun-huang: an Anthology* 有幾句簡略的評説(十行文字),主要是轉引三篇英語書評上的泛泛之論,其中還涉及 Waley 和 Mair 二書的對比。所謂"泛泛之論",是指評論時没有列舉實例,只是直接説出評者個人對 Waley 譯作的概括印象;至於 Waley 和

① 入矢義高(Yoshitaka IRIYA,1910—1998)撰有書評:《アーサー・ウェイリー譯注〈敦煌の歌謠と説話〉》一文,載於日本《中國文學報》第 16 册(1962 年 4 月),第 115—125 頁。

② 這部專著是: Victor H. Mair, *T'ang Transformation Texts: A Study of the Buddhist Contribution to the Rise of Vernacular Fiction and Drama in China* (Cambridge, Mass.: Council on East Asian Studies Harvard University, 1989)。此書有中譯本(中西書局出版),卷首載有學人的評語。但是,王小盾對 Mair 的"定義"提出了質疑。這一層,本文不能詳述。參看王小盾:《從敦煌學到域外漢文獻研究》,北京:商務印書館,2013 年。

③ 中央文史研究館、敦煌研究院、香港大學饒宗頤學術館編:《慶賀饒宗頤先生九十五華誕敦煌學國際學術研討會論文集》,北京:中華書局,2012 年,第 971—993 頁。

Mair 二譯本的對比,羅慧認爲,論可讀性,Mair 遠不及 Waley。①

羅慧的文章是綜述型的,内文自然較少涉及翻譯實例和文本分析。有見及此,筆者打算在這方面拾遺補闕:本文即以 *Ballads and Stories from Tun-huang* 爲主軸,以 Mair 的研譯爲副,探討變文作品在英語世界的實際情況;爲免流於空泛,本文將以《大目乾連冥間救母變文》(斯 2614 號;伯 2319 號)的漢文釋讀和英文翻譯爲論析重心。② 目連變文極有代表性,Mair 認爲斯 2614 號"最具變文的特徵"。③ 早在 1927 年,日本學者青木正兒(Masaru AOKI, 1887—1964)和倉石武四郎(Takeshirō KURAISHI, 1897—1975)已分别撰文討論目連變文。④

Waley 的目連譯文,標題設定爲: Mu-lian Rescues his Mother。按:英譯名 Mu-lian,已經漢化,也就是説,它是依據漢字"目連"發音用羅馬字母來拼寫的。至於 Mair,他的標題是 Transformation Text on Mahāmaudgalyāyana Rescuing His Mother from the Underworld,其中 Mahāmaudgalyāyana 是梵文的拼音詞,即"大目乾連"(或音譯爲"大目犍連")。⑤

二、漢文釋讀與兩位漢學家所用的底本

説到敦煌變文的研究,不得不先提王重民(1903—1975)等人編定的《敦煌變文集》(北京:人民文學出版社,1957)。此書輯録78 篇作品,用者稱便,是20 世紀變文研究的重要參考書。⑥

《敦煌變文集》出版後一年(1958),Arthur Waley 即寫成"Notes on the Tun-huang Pien-Wen Chi"一文,次年,文章刊載於 *Studia Serica Bernhard Karlgren Dedicata:*

① 對於 Mair 譯本的評價,本文後部將有具體的分析,筆者也將提出自己的論斷。事實上,Mair 對 Waley 的個别譯文也提出過商榷。參看 Mair 譯本的譯注和 *T'ang Transformation Texts* 第三章。

② 《大目乾連冥間救母變文并圖一卷并序》斯 2614 號。該卷卷末有以下記録:"貞明柒年辛巳歲四月十六日浄土寺學郎薛安俊寫,張保達文書。"按:《大目乾連冥間救母變文》有多個内容相近的寫卷,例如:斯 2614、斯 3704(25 行)、伯 2319(261 行)、伯 3107(31 行)、伯 3485(126 行)、伯 4988(34 行)、北京盈字 76(134 行)、北京霜字 89(62 行)、北京麗字 85(63 行)。顔廷亮《敦煌文學概説》(臺北:新文豐出版股份有限公司,1995)指出,目連救母故事還有一個節抄本。王繼如也談過一個别本,參看《敦煌研究》1998 年第 3 期。另參葉貴良在《古籍研究》(2004 年卷)的文章。

③ 梅維恒:《唐代變文:佛教對中國白話小説及戲曲産生的貢獻之研究》,上海:中西書局,2011 年,第 19 頁。

④ 參看日本《支那學》1927 年 4:3,第 123—130 頁;第 130—138 頁。

⑤ 斯 2614、伯 2319 號卷末皆作"大目犍連"。順帶一提,Mair 英譯本中的梵文詞語較多。

⑥ 近年,寫本的資訊流動狀況遠比 20 世紀爲佳,研究條件改善,因此,對《敦煌變文集》提出商榷意見的學者不少。另外,有些學者認爲《敦煌變文集》所收録的作品,不屬於真正的變文(或謂:書中第七、八兩卷已超出變文範圍)。這個問題,涉及"變文"定義,本文無暇深究。

Sinological Studies Dedicated to Bernhard Karlgren on His Seventieth Birthday (Copenhagen: Ejnar Munksgaard,1959),pp. 172 – 177。此文稱許《敦煌變文集》之餘,對書中四十多處提出了商榷。這些意見,大概是 Waley 翻譯時的考研心得——隔一年(1960),Waley 的英譯成果 *Ballads and Stories from Tun-huang: an Anthology* 面世,此書據王重民主編《敦煌變文集》譯出二十四個故事。[①] 本文討論的焦點,落在 Waley 所譯的最後一篇,亦即變文的典型作品《大目乾連冥間救母變文》。

Victor Mair 同樣依據《敦煌變文集》來做翻譯,他稱此書爲 the standard edition (p. 306)。Mair 譯本上方括號中的粗黑體數字,就是指《敦煌變文集》一書的頁碼。

《敦煌變文集》無疑是 Waley 和 Mair 據以翻譯的主要底本,但是,二人對《敦煌變文集》所録文字産生疑問時,都會查看寫本上的實際情況。以目連故事爲例,Mair 書中就載有 S2614 卷首的相片(p. 86)。[②] 他在注釋中也常提及其他卷號上的文字,例如,他記録: On S2614, there is a small 日 written between 五 and 者. On P3107 and P3485, it is written in the line of characters. (p. 223)這句話中,S2614, P3107 和 P3485 都代表寫本的卷號。S2614 似非最早的卷子: P3107 和 P3485 的産生年代可能比 S2614 更早。S2614 題記顯示"貞明七年"(921),而 P3107 題記有"大唐……戊寅年六月十六日", P3485 題記上有"張大慶",此人或即歸義軍張淮深時代的幕府參謀,光啓元年(885)抄寫《沙州伊州地志》(S367)之人。[③] (參考: 907 年,唐朝滅亡。)

何以 S2614 較受青睞? 大概是因爲 S2614 首尾完整(421 行,僅開首十行下截殘缺數字),情節詳贍,故 S2614 爲世人所重,包括王重民等人,也包括英譯者 (Waley 和 Mair)和日譯者(入矢義高)。[④] 凡 S2614 文字有訛誤或有疑點,取 P2319 互勘,往往有助於解決難題。[⑤] 例如: S2614 有"娑羅林",而 P2319 作"娑羅林"。[⑥] 一般學者認爲當作

---

① 書本出版後,連續兩年有書評刊出: 第一年是 D. C. Twitchett, "Review to *Ballads and Stories from Tun-huang*, translated by Arthur Waley", *Bulletin of the School of Oriental and African Studies*, University of London, Vol. 24, No. 2 (1961), pp. 375 – 376. 此年又有 W. H. Hudspeth, "Review to *Ballads and Stories from Tun-huang*, by Arthur Waley", *Folklore*, Vol. 72, No. 4 (Dec., 1961), p. 632. 再過一年,有 James I. Crump, "Review to *Ballads and Stories from Tun-huang, An Anthology* by Arthur Waley", *The Journal of Asian Studies*, Vol. 21, No. 3 (May, 1962), pp. 375 – 376.

② S2416 即斯 2416 號。數字前的"代稱",指匈牙利裔英藉斯坦因(Aurel Stein, 1862—1943)。

③ 荒見泰史:《敦煌變文寫本的研究》,北京: 中華書局,2010 年,第 123 頁。

④ 録入《大正新脩大正藏經》,經號 2858。Eugene EOYANG 據 P2319 翻譯,其譯文名爲"The Great Maudgalyayana Rescues His Mother From Hell",收入 Y. W. MA, Joseph LAU, ed., *Traditional Chinese Stories* (Columbia University Press, 1985), pp. 443 – 455. 後來又收入 J. Minford and S. M. LAU ed., *Classical Chinese Literature* (Columbia UP and The Chinese UP, 2000).

⑤ 參看 http://gallica. bnf. fr/ark: /12148/btv1b83018976/f2. image.

⑥ 王重民等:《敦煌變文集》,第 729 頁。卷末,第 744 頁,有"娑羅雙樹"。"娑羅雙樹", Mair 譯爲 the twin Sāl trees (p. 121)。又,P2319 之外的其他卷子,也可作爲參校本,但是,其他卷子所存文字較少,作用有限。

"娑羅林",因爲佛入滅之處是"娑羅林"。[①]

總之,兩家的翻譯底本都是 S2614 的排印版。我們知道,《敦煌變文集》所呈現的已經是諸本會校的結果,只不過這個會校本仍有值得商榷之處。[②]

Waley 和 Mair 對底本文字的釋讀,都留下了文字記録。具體情況,我們在下文的適當關節再來細論。我們首先檢閱兩種譯本的整體風貌。

三、譯文的整體風貌: Waley 以簡明爲主,Mair 以細密是尚

Waley 在目連故事的譯文之首,冠以 Introduction(相當於"概説")。Waley 首先爲讀者説明"盂蘭盆"的源起,然後,Waley 摄述了目連救母故事的梗概: 目連之母生前犯自私貪吝誑言之罪,死後被打入地獄受苦;目連證得阿羅漢果後,以道眼訪覓母親,而六道之中皆不見其人,於是他上天下地四處訪尋,最後得到佛祖襄助救母親出地獄(Waley, p. 217)。

整個救母故事的主線其實就是目連的游歷: 訪天宫(尋父)、到南閻浮提;見閻羅大王、地藏菩薩、五道將軍、刀山劍樹地獄獄主、銅柱鐵床地獄馬頭羅刹;到娑羅林(得如來錫杖)、阿鼻地獄、王舍城。情節推進時,散文和韵文交替,而散文韵文所述内容有重疊。[③] 這一點,也許是 Waley 動手摄譯的原因。

(1) Waley 怎樣做摄譯?

Waley 的工作,大致上屬於摄譯。他看來是有意迴避情節上的重複: 目連所訪諸地獄,有的有名稱,有的没有,無論如何,各獄的景況,無非是罪人之亡靈飽受折磨、酷刑加身,大概 Waley 認爲這些受難内容大同小異,若用英語一一呈現,意義不大(反倒令人生厭),因此,他翻譯時略去原作一些情節,最典型的例子是"刀山劍樹地獄"内發生的對話和細節,Waley 都省略没譯。

原文描寫: 目連進入"刀山劍樹地獄"之前,先到一個"總是男子"的地獄(寫本上没有載録此獄名稱),對此,Waley 簡略交代了: It turns out that this particular hell is 'for men only'. He is directed to another hell, where he is told there are plenty of women. This

---

① 再舉一例,《敦煌變文集》上有"目連〔到天宫尋父,至一門見長者〕"(第 718 頁),其中的"到天宫尋父,至一門見長者"十一字,據 P2319 補上。

② 學者指出:"原校尚多疏漏"。參看郭在貽、張涌泉、黄征:《敦煌變文集校議》,長沙: 岳麓書社, 1990 年,第 378 頁。

③ 現代排印本的版面上,韵、散文都區分得甚爲清楚。Mair 稱散韵交雜的文學作品爲"prosimetric literature"。

turns out to be the Hell of the Copper Pillar and Iron Bed. (p. 227)

上引譯文那"for men only",其實是獄主告訴目連的("總是男子")。在原文中,獄主還預告前面有"刀山地獄",原文這樣寫:

> 獄主報言和尚:"此獄中總是男子,并無女人。向前問有刀山地獄之中,問必應得見。"目連前行〔又〕至〔一〕地獄,左名刀山,右名劍樹。地獄之中,鋒劍相向,涓涓血流。見獄主驅無量罪人入此地獄。目連問曰:"此箇名何地獄?"羅察(刹)答言:"此是刀山劍樹地獄。"目連問曰:"獄中罪人作何罪業,當墮此地獄?"獄主報言:"獄中罪人,生存在日,侵損常住游泥伽藍,好用常住水菓,盜常住柴薪。今日交伊手攀劍樹,支支節節皆零落……"①

可是,"總是男子,并無女人"之後一直到"零落"這節,Waley 全無表述,所以,譯文中該獄主所預告的,變成是 the Hell of the Copper Pillar and Iron Bed("銅柱鐵床地獄"),而不是原本的"刀山劍樹地獄"(p. 227)。②

一般英語讀者如果不去查看原文,不會知道"for men only"地獄之後、"the Hell of the Copper Pillar and Iron Bed"之前,其實還有一個"刀山劍樹地獄"。③

刀山劍樹地獄之後,目連到了阿鼻地獄,獄内的景況,Waley 也都省去不譯。這段描寫是:"其阿鼻地獄,且鐵城高峻,莽蕩連雲,劍戟森林,刀鎗重疊。劍樹千尋,以(似)芳撥針刺相楷,刀山萬仞,横連讒(巉)嵒亂倒。猛大(火)掣浚,似雲吼咷踉滿天。劍輪簇簇,似星明灰塵模(驀)地。鐵蛇吐火,四面張鱗。銅狗吸煙,三邊振吠,蒺籬空中亂下,穿其男子之胸。錐鑽天上旁飛,剜刺女人之背。鐵杷踔眼,赤血西流。銅叉剉腰,白膏東引。於是刀山入爐炭,髑髏碎,骨肉爛,筋皮析,手膽斷。碎肉迸濺於四門之外,凝血滂沛於獄墟之畔。聲號叫天,岌岌汗汗;雷地隱隱岸岸向上,雲煙散散漫漫向下。鐵鏘撩撩亂亂。箭毛鬼嘍嘍竄竄,銅嘴鳥吒吒叫喚。獄卒數萬餘人,總是牛頭馬面,饒君鐵石爲心,亦得亡魂膽戰……"④這樣慘酷的景況,Waley 選擇不予呈現。相反,Mair 選擇

---

① 王重民等:《敦煌變文集》,第 726 頁。項楚:《敦煌變文選注(增訂本)》,北京:中華書局,2006 年,第 890 頁。潘重規:《敦煌變文集新書》,臺北:文津出版社有限公司,1994 年,第 697 頁。

② 對"銅柱鐵床地獄",Waley 有一句"提要式"的表述:It is the hell where lust is punished. (p. 227). 這是表明,該地獄專門懲治 lust。

③ 這段情節,似乎有人重視。顔廷亮指出,伯 4044 號上的第 8 頁第 2 行至第 11 頁第 2 行,抄録了目連到刀山劍樹地獄中的所見。見顔廷亮:《敦煌文學概説》,臺北:新文豐出版股份有限公司,1995 年,第 325 頁。

④ 王重民等編:《敦煌變文集》,第 731 頁。

鉅細無遺一一譯出(Mair, p. 105 – 106)。

事實上,P2319 上也没有阿鼻地獄那些血淋淋的場景。[①]

如果我們因"節略"而對 Waley 大興問罪之師,那倒也不必,因爲那些獄中酷刑描寫,無非是爲了警誡凡夫俗子:生前犯罪造孽死後必下冥府接受極刑,言下之意是世人應該及早皈依佛陀,少造惡業。這一重要信息,Waley 甚爲尊重,例如,譯文中保留了這樣的忠告:

> Only by doing <u>good works</u> can they ease the torment of the dead. (p. 221)
>
> The only way, if they want to end the torments of the damned,
> Is to do such <u>pious works</u> as succour a soul in the Dark Land. (p. 225)

這些都是地府受難亡靈對目連訴説的話,目的是勸人"諸惡勿作,諸善奉行"。變文故事的主旨,正是導人向善早日皈依。

另一方面,目連救母故事也體現了中國古代的孝道,整個故事中"孝"和"孝順"合共出現十一次之多。[②] "孝"是敦煌文學中的重要主題之一,有所謂"敦煌孝道文學"(臺灣學者鄭阿財撰有"敦煌孝道文學研究"博士論文)[③]。Waley 對目連變文中的"孝",也有所體現,他主要是用 filial, filial piety 之類來呈現原文的"孝"。[④]

綜上所述,Waley 對原文的細枝末節有所壓縮,但是他的譯文大體傳達了原故事的要旨。

(2) 壓縮原文細節,都是不可原諒的嗎?還是有利有弊?

有時候,文本細節情況特殊,譯者稍爲删削,實在無可厚非。這裏舉一個實例:目連走到阿鼻地獄,當值的羅刹夜叉聲稱獄内毒氣厲害無比:"吸着,和尚〔指目連〕化爲灰塵",勸目連離去。[⑤] 目連手持佛祖法器,全不畏懼:

---

① Mair 認爲,P2319 是依據另一個本子抄録的。參看其《唐代變文》中譯本,第 140 頁。筆者未知 Waley 略去"阿鼻地獄"一節,是否依據 P2319。

② 例如:"長者出來如(而)共語,合掌先論中(忠)<u>孝</u>情。""和尚<u>孝順</u>古今希,冥途不憚親巡歷。""哭曰由如(兒)不<u>孝順</u>, 殃及慈母落三塗。""汝向家中懃祭祀,只得鄉閭<u>孝順</u>名""汝若不起〔慈〕悲,豈名<u>孝順</u>之子。""青提唤言<u>孝順</u>兒,罪業之身不自亡,不得阿邪(師)行<u>孝道</u>,誰肯艱辛救耶孃。""阿師是孃孃<u>孝順</u>子,與我冷水濟虚腸。"黑狗言:"阿孃<u>孝順</u>子,忽是能向地獄冥路之中救阿孃來,因何不救狗身之苦?"目連啓言:"慈母,由兒不<u>孝順</u>,殃及慈母,墮落三塗,寧作狗身於此?你作餓鬼之途?"阿孃唤言:"孝順兒,受此狗身音(喑)啞報……"

③ 臺灣中國文化大學 1982 年博士論文。

④ "filial piety"中的 piety, 帶有宗教意味,指宗教上的虔誠、虔敬。

⑤ 王重民等編:《敦煌變文集》無"吸"字,見第 731 頁。

> 拭淚空中遥(揺)錫杖,鬼神當即倒如麻。
> 白汗交流如雨濕,昏迷不覺自嘘嗟。
> 手中放却三慢(楞)棒,臂上遥抛六舌叉。

這是描寫法器威力驚人。Waley 省去其中"白汗……昏迷……",没有翻譯。

筆者認爲,Waley 這樣做,是有他的道理的,因爲"白汗"二字配搭罕見,疑"白"字爲訛字,而那句"昏迷不覺自嘘嗟"更是自相矛盾:既然那些鬼差"昏迷不覺",怎麽還能"嘘嗟"?

Mair 的譯文,屬於另一個類型,他盡量"存真"不作删節,因此,他的譯本中就有:Dazed and unconscious, they groaned in self pity; . . . (p. 105) 换言之,他這譯文保留了原文描寫的粗糙、文理不通之處。一般人不參看原文,讀到這裏也許會感到譯文有點不妥當。[①]

再看一例。原作描寫:"如來領八部龍天,前後圍遶,放光動地……"其後有一段韵文:"左右天人八部衆,東西侍衛四方神。眉間毫相千般色,項後圓光五綵雲。地獄沾光消散盡,劍樹刀林似碎塵。"被 Waley 壓縮成:Buddha then sets out, accompanied by hosts of divinities. As soon as he arrives, the magic radiance that shines from the down between his eyebrows dissloves Hell. . . . (p. 231)

我們發現,"八部龍天"、"左右天人八部衆"、"東西侍衛四方神", Waley 只用 hosts of divinities 就概括過去了。Mair 譯文則詳贍得多:

> The Tathāgata led the eight classes of supernatural beings who surround him, front and back. (Mair, p. 113)
>
> The Tathāgata, with supernatural strength, rescued them from the gates of Hades. / To his left and right, there were deities and the host of the eight spirit realms. / To his east and west, there were attendant guards and the general of the four directions; / Between his brows appeared a tiny hair that had a thousand different forms, / Behind his neck was a halo of five-coloured clouds. / Saturated by the light, hell dissolved completely, . . . (Mair, p. 114)

---

① 譯本讀者未必會想象到原文(source text)所寫已不甚合文理。

兩種譯文對比,我們發現 Mair 遠爲詳細,例如,"八部……",Mair 譯文清楚表明是 eight classes(而 Waley 没有表明),而且 Mair 在譯註之中進一步説明是哪八部:They are *deva*, *nāga*, *yaksa*, *gandharva*, *asura*, *garuda*, *kinnara*, *mahiraga*.(p. 254)

羅慧曾批評 Mair 譯文,聲稱:"注釋長度超出譯文,譯筆則多泥於字詞之意,在顧全語義與句法之餘却滯澀艱深,難被一般讀者接受。"①筆者認爲,若以上面這個案例看,"滯澀艱深"之評,顯得過苛:譯文其實没有多少深奧的文句。② 如果 Mair 把 *deva*, *nāga*, *yaksa*, *gandharva*, *asura*, *garuda*, *kinnara*, *mahiraga* 放在譯本正文中,才是稍爲"艱深"。

由於 Waley 和 Mair 的翻譯原則不同,我們比較二人譯本時,必須審慎,否則就可能對另一方不公允,例如,評論者也可以説:以信息量(informativity)而言,"八部龍天"、"八部衆"、"四方神"等個案反映出 Mair 明顯比 Waley 可靠得多,Waley 削減過甚、只存大略。

一般普羅大衆只求譯文清通、易懂,Waley 的做法,正是投其所好。但是,有意多了解異域文化的讀者,大概會認爲:Waley 譯本過分簡略,Mair 譯本才是更佳的選擇(例如 Mair 把"八部龍天"指什麼都提供給讀者)。

總之,讀者的接受心態是不同的,Waley 和 Mair 應該有各自的接受群。③ 評者若對"信息量"問題視若無睹,認定讀者心態都一樣,這對 Mair 公平嗎? 試想想:如果 Mair 也想删繁就簡,難道,以他的能力,他會做不到嗎?

(3) Waley 一味撮述、壓縮嗎?

另一方面,Waley 并非一味删減。如有需要,他在譯文中也有所增飾、闡釋,例如,故事結尾處寫到"最初<u>説偈度俱輪</u>。當時(持)<u>此經</u>時……"。

一般原文讀者未必明白"最初説偈度俱輪"中的"説偈度俱輪"是什麼意思,甚至連五字怎麼切分(division of words)都茫無頭緒。其次,何人最初説偈度俱輪呢? 原文在這裏主語省略,表述不清楚。再者,"此經"指什麼?

Waley 譯爲:The stanzas that Buddha uttered after his Enlightenment led to <u>the conversation of Kaundinya and his four companions</u>. That was the time when <u>this *Avalambana*</u>

---

① 《慶賀饒宗頤先生九十五華誕敦煌學國際學術研討會論文集》,第 989 頁。

② 這當然要看讀者的英語水準如何。

③ 這一點,涉及"譯本讀者"或者"讀者接受水準"的研究。關於這個課題,參看洪濤:《女體和國族》(北京:國家圖書館出版社,2010)的"商榷篇"。

Sutra was preached. (p. 234)[①]

"俱輪",應該是指釋迦牟尼成道後最初所度憍陳如等五位僧徒,《降魔變文》也寫到"五俱輪"。有謂"俱輪"指憍陳如,别處作"拘鄰"。[②]

釋道原《景德傳燈録》卷十六有這樣的記載:"僧問:'佛出世先度五俱輪。和尚出世先度何人。'師曰:'總不度。'曰:'爲什麼不度。'師曰:'爲伊不是五俱輪。'"[③]另,《賢愚經》"須達起精舍品"中有"拘鄰",其文謂:"佛成道已。梵天勸請轉妙法輪。至波羅奈鹿野苑中,爲拘鄰五人,轉四真諦。漏盡結解,便成沙門。"[④]

Waley 譯文中的 Kaundinya and his four companions 意思就是"憍陳如和四位同伴"。原作只有"俱輪"二字,不易理解,相比之下,Kaundinya and his four companions 這譯文提供了更多的信息(在翻譯學上,這屬於 explicitation)。在一般讀者眼中,Waley 英譯的語義更明瞭。[⑤] 就算讀者不知道 Kaundinya 是什麼人,他們總能推斷 Kaundinya 是個男人,因爲 his 的語義非常清楚。(順便一提:筆者懷疑 led to the conversation of Kaundinya and his four companions 的 conversation 或爲 conversion 之誤植。)

Mair 譯文中没有出現 Kaundinya,但是,譯者也補出"五"這個數目:the Buddha uttered the stanzas with which he converted the first five disciples. (p. 121)

此外,原文説"此經",到底"此"指什麼?針對這一不明朗之處,Waley 在譯文中增出專名*Avalambana Sutra*。[⑥]

Mair 的譯文,附有大量注釋,單單目連部分就佔去近 40 頁的篇幅!由此可見,他對原文的細節十分重視,解説不厭其詳,他的譯文也顯得甚爲豐贍。

綜上所述,Waley 只保留故事的主要情節和核心意旨,放棄了部分重複的内容(没有用英語呈現)。Mair 則盡量依照底本的細節來翻譯,不輕言删節。

---

① 伏俊璉認爲"稱該變文爲'經'"。倘如此,則那"經"不應該是 Avalambana Sutra。參看伏俊璉:《敦煌文學文獻叢稿》,北京:中華書局,2011 年,第 57 頁。

② 即 Ājnāta Kaundinya。唐代慧琳《一切經音義》:"憍陳那,舊雲憍陳如。佛初成道度五俱輪,此其一也。""拘鄰,賢劫經作居倫,大哀經作俱輪或作居鄰,皆梵言訛。此譯雲本際第一解法者也。經中尊者了本際是也。普曜經雲倶鄰者解本際也。阿若者言已知正言解了。拘鄰亦姓也。此乃憍陳如訛也。中本起經雲初五人者一名拘鄰二名頞陛三名拔提四名十力迦葉五名摩男拘利也。"以上俱摘自東京大學的網絡版《大藏經》(The SAT Daizōkyō Text Database)。

③ [宋] 釋道元:《景德傳燈録》,成都:成都古籍書店,2000 年,第 310 頁。另參項楚《敦煌變文選注(增訂本)》,北京:中華書局,2006 年,第 945 頁。

④ 《賢愚經》卷第十,見於"大正藏網頁版"。又,《賢愚經》卷十《勒那闍耶品》第四十三佛告比丘:"欲知爾時勒那闍耶者,今我身是。時五人者,拘鄰等是。我於先世,濟彼人等生死之命;今得成佛,令其五人皆最初得無漏正法,遠離長流結使大海。"(CBETA, T04, no. 202, p. 422, a10 - b26)見 http://sutra. goodweb. cn/kgin/kgin04/202/202 - 10. html. 按,敦煌寫本中也有《賢愚經》,存 310 行。參看荒見泰史《敦煌變文寫本的研究》第 74 頁所述。

⑤ 不過,一般英語讀者未必知道 Kaundinya 是何許人。

⑥ Mair 譯文:At the time (*the time this sutra was preached*) there were . . .

(4) 關於"變文的重要特徵"

目連寫本的特徵是散韵交替,故事在進入韵文之前,往往有"……處"之類的標記。這一點(所謂"套用語"),Mair 認爲是"變文的重要特徵"。[①] 我們細看"特徵"如何體現。S2614 全篇有:

"……處",13 例

"看……處",1 例

"且見……處",1 例

例如:"且見八九個男子女人,閑閑無事,目連向前問其事由之處:但且莫禮拜,賢者是何人。此間都集會,閑閑無一事,游城墎外來。"[②]又如,《敦煌變文集》上"如來領八部龍天,前後圍遶,放光動地,救地獄〔之〕苦〔處〕",據 P2319 補增"之、處"二字。

日本學者荒見泰史(Hiroshi ARAMI)據"看……處"字推測:講唱時有看的,可能是圖像或者變相;"處"是"場面"的意思,可能指圖像、變相裏的某種場面。套語的存在,"看……之處",表示講唱時應該配合圖像。[③] 不過,我們目前没有在目連變文寫本上看到圖像,圖像或已分離佚失。[④] 其他學者大多判斷那"處"是按圖講唱的標記。(附記:今存伯 4524 號,爲"降魔變"圖像。)

Mair 譯本中,韵文部分開始之前和結束之前,有"§"爲記,韵文部分每句另行排列。

Waley 譯本上没有特别標記,韵文與散文的内容有時候分開來排印,只不過 Waley 壓縮内容後韵文部分大減。至於"……處"這特點,我們舉些譯例,看一看 Mair 譯本如何呈現:

看目連深山坐禪之處。[若爲]……

Look at the place where Maudgalyayana sits mediating deep in the mountain — how is it?

[且]看[與]母飯處。

① 參看梅維恒:《唐代變文:佛教對中國白話小説及戲曲產生的貢獻之研究》第 2 章,第 20 頁。
② 王重民等:《敦煌變文集》,第 719 頁。
③ 荒見泰史:《敦煌變文寫本的研究》,第 57 頁。
④ 其他目連變文寫本中留有空白處,Mair 認爲可能是預備在空白處畫上圖畫。

Look, now, at the place where he gives his mother the rice. (p. 117)

Mair 用 look, 是表示講唱者引導聽者注視圖像; at the place 表示圖像上所繪之場所。這種譯法,反映譯者(Mair)有意突顯變文與"看圖講故事"相關,重視口述的痕跡。① 我們注意到"This is the place where ..."在 Mair 譯本中是套語。② 他描述 P2319 時,也注意鈔手補鈔"……處", Mair 說: Once he forgets the importance vestige of oral performance, "the place where ..." (at T725.9) and has to add it later. He nearly omits it again at T737.3. ③

Mair 認爲 S2614 的圖像和文字分開了。④(順帶一提,日本學者金岡照光 Shōkō KANAOKA 也認爲: 變文離不開圖畫。⑤)我們知道: 有些目連變文似乎不是爲講唱演示而抄寫,而是爲發願求福而抄寫。因此,圖像不存在也不足爲奇。⑥

由譯本上的"套語"可以看出 Mair 比 Waley 更重視變文形式上的特徵(包括定義問題),他的譯本也只選了四個典型的變文故事。Mair 心目中的"變文"有甚爲狹窄精確的定義,這一點在他 1989 年的專著中表現無遺。⑦ Waley 對變文定義并無詳論。⑧

總之,Waley 和 Mair 二書的特點是他們用英語呈現了目連救母故事的首尾,這和其他漢學家用學術論文來介紹目連故事,明顯不同。日本學者對目連故事也甚關注,例如青木正兒(Masaru AOKI)有《關於敦煌遺書〈目蓮緣起〉〈大目乾連冥間救母變文〉及〈降魔論押座文〉》一文、倉石武四郎(Takeshirō KURAISHI)撰有《寫在〈目連變文〉介紹之

---

① 參看 Victor H. Mair, *Painting and Performance: Chinese Picture Recitation and its Indian Genesis* (Honolulu: University of Hawaii Press, 1988)。梅維恒著,王邦維、榮新江、錢文忠譯:《繪畫與表演: 中國的看圖講故事和它的印度起源》,北京: 北京燕山出版社,2000 年。另,*T'ang Transformation Texts* 第四章整章討論變文的形式、套語和特徵。

② Waley 似乎没有特別理會原作套語"……處"。

③ 這段話是 http://idp.bl.uk/ 上所載録的 Mair 對 P2319 的描述。全文原載於 *Chinoperl Papers*, No. 10 (1981), pp. 5 – 96.

④ *T'ang Transformation Texts*, 第 4 章。

⑤ 金岡照光:《敦煌の文学》,東京: 大藏出版,1971 年,第 196 頁。王小盾同意"配圖演唱"之説,其説見《從敦煌學到域外漢文獻研究》。饒宗頤除了談變文與圖繪之間關係,還提及聲文上的變。參看《饒宗頤二十世紀學術文集》卷八,臺北: 新文豐出版公司,2003 年,第 292—293 頁。

⑥ 伯 3107《大目乾連冥間救母變文》卷背有一疏:"謹請西南方雞足山賓頭頗羅墮和尚,右今月八日于南閻浮提大唐國沙州就净土寺,奉爲故父某某大祥追福設供,伏願誓受佛敕,不舍蒼生,興運慈悲,依時降駕。戊寅年六月十六日孤子某某謹疏。"北京盈字 76 號卷末題記:"太平興國二年歲在丁丑閏六月五日,顯德寺學仕郎楊願受一人思微,發願作福,寫盡此《目連變》一卷。後同釋迦牟尼佛一會彌勒生作佛爲定。後有衆生同發信心,寫盡《目連變》者,同池(持)願力,莫墮三途。"引文據伏俊璉(2011: 59)。盈字 76 號當抄於北宋初年。

⑦ 他依據狹窄定義,判定伍子胥故事、孟姜女故事等等,不屬於變文。參看該書第二章。第三章則專門討論變文的定義。

⑧ Waley 的書主要是載録他本人的譯文,譯文以外的論述,所佔篇幅不多。

後》一文、小南一郎(Ichirō KOMINAMI, 1942 —)考證《盂蘭盆經》和目連變文的關係……[①]但是,日本學人這些論著所面對的讀者對象無疑是學術界中人。比較之下,我們可以説,Waley 和 Mair 二書兼顧"普及"這個層面。

四、寫本文字釋讀個案和研判

敦煌變文寫本雖然經過王重民等人整理校勘才排版印行,但是,《敦煌變文集》仍有不少文字釋讀上的問題。當代學者提出的異議甚多。[②]

寫本文字釋讀問題,不易應付,譯者須有自己的判斷。其中困難,潘重規(1908—2003)早已指出:"許多研究敦煌學的學者,對於滿目謬誤的惡本,抱着鄙視淺劣鈔手的心理,遇到讀不通處,便以爲是鈔手誤鈔,更常自以爲是,擅自竄改。於是臆説繁興,造成了讀敦煌寫本的一大障礙。"[③]

英譯者面對《敦煌變文集》上難解字詞文句,可以選擇用"囫圇吞棗的方式"應付過去,但是,負責任的譯者不會刻意迴避關鍵的文本問題。以下,筆者舉出"更無率私之罪"、"生住死"、"冥零"三個文字釋讀案例,并觀察 Waley 和 Mair 怎樣應對。

(1) 寫本釋讀問題之一:更率私之罪

目連救母之後,請世尊用法眼觀其罪愆,"世尊不違目連之語,從三業道觀看,更率私之罪"[④]。

何爲"率私"?此詞甚罕見。它表達什麽意思呢?底本上的文字真是"率私"嗎?"率"是動詞嗎?"私之罪"似亦不甚通。總之,"從三業道觀看,更率私之罪"整句語義略嫌含混不清。

以下是"更率私之罪"五字在寫本上的情況,第二第三字的寫法和二十一世紀的印刷體漢字"率私"不同:

① 青木和倉石的文章發表於 1927 年的《支那學》第四卷第三號上(第 123—130 頁;第 130—138 頁),是日本學人之敦煌變文、押座文研究之始。青木主要是談體例,倉石則提及戲曲。20 世紀 50 年代下半葉,川口久雄(1910—1998)撰文談論目連變文與日本文學的關係,金岡照光(1930—1991)則討論《盂蘭盆經》與目連變文之間的關係。到 20 世紀初(2003)小南一郎(Ichiro KOMINAMI)詳論由《盂蘭盆經》到目連變文之間的轉化,其論文見於《東方學報》卷 75、卷 76。

② 蔣冀騁:《敦煌文獻研究》(長沙:湖南師範大學出版社,2005)中有"《敦煌變文集》校讀記",長達 115 頁。

③ 潘重規:《敦煌壇經新書》,臺北:財團法人佛陀教育基金會,1994 年,第 8—9 頁。

④ "率私"二字,是當今的印刷字體。二字在寫本上的情況,筆者在下文再仔細描述。

 S2614	 P2319	**説明：** 多種當代排印本上作“率私”。後一字“私”，今從禾從厶，而寫本上此字於“厶”上增“丿”。 前一字，中部是“言”字，兩旁各有“幺”（“幺”不是在正中）。“率”字如此寫法，見於《魏靈藏薛法紹造像記》第四行之末。

《敦煌變文集》在“私”下加上“人”字，并有校記，説：“‘人’字，據庚卷補。”（庚卷指北京霜字 89 號）①因此，正文成爲“世尊不違目連之語，從三業道觀看，更率私[人]之罪”（第 744 頁）。

黄征、張涌泉指出此處《敦煌變文集》有誤。黄、張二人的《敦煌變文集校注》説明：“此段僅見於原卷、甲、戊卷。皆無‘人’字。原校語誤。”②言下之意是“人”字之增，實無依據。

Waley 顯然也不同意底本（《敦煌變文集》）上“私”字後增一“人”字。他的譯文是：I do not find a scrap of sin left。這個譯文没有“私人”的意思，只有“一絲”的意思。另一譯者 E. Eoyang（歐陽楨）的譯文，所表意思大致相同。③

Waley 似乎是按“私→絲”來翻譯：a scrap of 就是“一絲”。另一方面，Mair 不輕言改讀，他緊扣原字“私”，譯爲：... he found that there were no further individual sin.（p. 121）。譯文中 individual 就是“私人”。

Waley 解釋：It is possible to interpret *shuai-ssu*（‘follow private’）as ‘selfishness’. But I think the text is corrupt and that, in any case, *ssu*, ‘private’, stands for *ssu*, ‘thread’.（p. 264）意謂：底本疑有誤；“私”當讀爲“絲”。

Mair 不同意 Waley 的看法，認爲其説 lacking in justification.（p. 261）Mair 另外討論了“率”字的釋讀問題，認爲：“率”和“無”，有相似之處。Mair 這是從字形上着眼。不過，中國學者項楚（1940—　）另有解釋：原文“率”是“卒”字形誤。卒：終，盡。此句言青提夫人罪業已全部消散。④

① 王重民等：《敦煌變文集》，第 754 頁。
② 黄征、張湧泉：《敦煌變文校注》，北京：中華書局，1997 年，第 1069 頁。
③ Eoyang 譯文：examining her for the slightest bit of sin（p. 1109）。按，Eoyang 按 P2319 譯出。
④ 項楚：《敦煌變文選注（增訂本）》，北京：中華書局，2006 年，第 944 頁。

但是,以上説法,都只着眼於前一字,没有想及"私之罪"似乎不辭,也没有細究何以"私之罪"不作"私罪"字。[①]

筆者疑"率私"即"徇私"。[②]《新唐書・選舉志下》:"前代選用,皆州府察舉,至於齊隋,署置多由請託。故當時議者以爲:與其率私,不若自舉;與其外濫,不若内收。是以罷州府之權而歸於吏部。"[③]至於"更",其意爲"改",可作動詞,例如《國語・越語上》勾踐説:"此則寡人之罪也,寡人請更。"[④]《論語・子張》説:"君子之過也,如日月之食焉。過也,人皆見之;更也,人皆仰之。"[⑤]

(2) 寫本釋讀問題之二:應時冥零亦共誅

Waley 譯文的近結尾處,有一個特别的現象:All the gods (?) of the Dark World join in their punishment. (p. 224) 筆者注意到 Waley 在譯文中打了個問號,并加上括號。這種情況,在 Waley 的譯本中是罕見的。

Mair 譯爲:"The minions of the underworld also promptly join in prosecution."(p. 96)對讀之下,可以判斷 Waley 筆下的 gods, 相當於 Mair 筆下的 minions。原文是:"應時冥零亦共誅",其上下文是"天堂地獄乃非虚,行惡不論天所罪,應時冥零亦共誅,貧道慈親……"

爲什麽 Waley 要打問號呢?原因大概是因爲底本上"冥零"的"零"字不易索解。日本學者入矢義高(Yoshitaka IRIYA, 1910—1998)的日譯本註釋也説"未詳"。王重民《敦煌變文集》有校記謂:乙本"零"作"遷"。[⑥] 乙本,即伯 3485 號,卷端題"目連變文"。伯 2319 號上,没有"應時冥零亦共誅",只有前文"天堂地獄乃非虚,行惡不論天所罰"。以下是該句在寫本上的情況:

項楚認爲:"原文'零'當作'靈'。冥靈,鬼神。"并引《太平廣記》、敦煌本《伍子胥變文》《父母恩重經講經文》中有"冥靈"一詞爲證。[⑦] 這是用"同音通假"來解釋。

---

① Waley 的判斷是 the text is corrupt。這當然有可能,但目前無法斷定。
② 目連之母私心甚強。原文寫到:她將目連打算齋供的資財,"并私隱匿"。
③ 歐陽修等撰;楊家駱主編:《新唐書》,臺北:鼎文書局,1981 年,第 1178 頁。
④ 曹建國、張玖青注:《國語》,開封:河南大學出版社,2008 年,第 364 頁。
⑤ 楊伯峻、楊逢彬注譯:《論語》,長沙:岳麓書社,2000 年,第 186 頁。
⑥ 王重民等:《敦煌變文集》,第 749 頁。
⑦ 項楚:《敦煌變文選注(增訂本)》,第 881 頁。另,蔣禮鴻:《敦煌變文字義通釋》(上海:上海古籍出版社,1997)校"零"爲"靈"(第 500 頁)。

 S2614	 P2319	 P3485	S2614,"天所造"的"造"字之下有墨色較淺的"罪"字,此"罪"字似係另筆所加;"罪"字下空一格,接"應時冥零亦共誅",再下面是"貧道慈親……"。 P2319 作"天所罰"(不作"天所造"、"天所罪"),其下無"應時冥零亦共誅"。 换言之,此處,P2319 比 S2614 少一句。 P3485 上,"冥"字之下是"逶",此字,料爲"遷"的異體字。

不過,若用"本校法",我們會發現,S2614 本身,實有霊字(從雨從亞),抄手没有寫成"零",二字不相混。若類推,則"冥零"之"零",也未必爲"靈"字之誤。① 另一方面,若緊依"對校法",此處應取"冥遷"。"冥遷",可解爲死後落入冥府。②

《龍龕手鑑》載有"遷"之異體"逶"(從辶從零)。筆者疑 S2614 之"冥零"之"零"爲"逶"之簡寫,原字或爲"遷"字(被省去辶)。③ "零",有異體字"霻"。

Mair 用 minions 來對應原文的"零"(p. 96)。他這樣解釋:冥零 is troublesome. The meaning intended must be something like 冥府 or 冥官. I would suggest 冥靈 'spirits of the underworld' as a homonymous emendation but am dubious because the expression has been pre-empted by the mythical sea-turtle in the first chapter of the *Chuang-tzu*. 他還聯想到"冥界",認爲"零"和"界"二者在字形上略爲相同(p. 236)。在筆者眼中,"零"和"界"二字只有中部那"人"相同。

Mair 所用 minions,有"小卒"之意 (a follower or underling, *esp.* one who is servile

① 《莊子·逍遥游》中,冥靈似乎是樹木名。其文:"楚之南,有冥靈者以五百歲爲春,五百歲爲秋;上古有大椿者,以八千歲爲春,八千歲爲秋。"

② 關於"校法",請參看陳垣:《校勘學釋例》,北京:中華書局,1959 年。

③ 參看潘重規主編:《龍龕手鑑新編》(臺北:石門圖書公司,1980),第 310 頁。"冥遷"似可解爲落入冥府。《紅樓夢》第八十五回有"冥升"之語。謂死後飛升。"冥",意爲寂滅、泯滅。

or unimportant; a servant, officer, subordinate, assistant; a henchman[①])。"零"字若在"零碎;零雨"之類的詞語中,表示無關重要的極少量、微小。因此,筆者認爲,就"義素"而言,Mair 選用 minion 來對應"零",可以接受。但是,minion 和"靈"字,語義不同。

值得注意的是,minion 語音與"冥零"相似。因此,minion 之用,可以視爲"音意兼顧"的譯例。[②] 這似乎是譯者的一種"游戲筆墨"。[③]

(3) 寫本釋讀問題之三: 生住死本來無住處

目連救母後,勸她改過向佛,他説:"歸去來,閻浮提世界不堪停。生住死,本來無住處,西方佛國最爲精。"其中"生住死,本來無住處"這句,Waley 譯爲: There is nothing in it but endless birth and death. (p. 234) [④] 這個譯文只表達了"生""死"之義,没有理會"住"字(入矢義高的日譯本也是如此)。[⑤] 在 Victor Mair 的譯本中,整句却如此表述:

> Let us go back!
> The world of mortal men is not fit to remain in.
> Birth, life, death —
> It wasn't really a place to stay in anyway. (p. 121) [⑥]

這譯文有兩點值得注意: 一、他把前一個"住"譯爲 life,後面那個"住"譯爲 stay。二、文中 it / a place,似乎是回指 The world of mortal men。倘真如此,則 Mair 譯文之義和 Waley 大有分别。Waley 譯文 There is nothing in it but endless birth and death 意謂"生死,死生"的過程從不間斷(不住),暗示輪迴過程連綿不絶。Mair 譯文則指閻浮提世界非久留之地。

筆者認爲,"無住處"與"非住處(非久住之處)"不同,"無住處"解爲 no end 或

---

① *The Oxford English Dictionary* 2013 年網絡版。2015 年 1 月 11 日讀取。

② 這是筆者的判斷。Mair 本人是否有此心思,則不得而知。

③ 這也許正反映出譯者具有幽默感。以翻譯《紅樓夢》馳名的英國漢學家 David Hawkes 也有近似的做法,Hawkes 譯筆甚靈活多姿,若干譯例也體現"譯者取樂處"。詳參洪濤:《女體和國族》(北京: 國家圖書館出版社,2010)一書的"描述篇"。

④ Eoyang 譯爲: Birth and death, there is no end to it. 見於 *Classical Chinese Literature*, p. 1109.

⑤ 入矢義高編譯:《中國古典文學大系 · 仏教文學集》,東京: 平凡社,1972 年,第 76 頁。

⑥ Mair 解釋:"The more usual formula is 生住異滅"。

endless 較佳。

再看"生住死"這小句。其實,中國學者對"生住死"也頗爲關注。王重民等編《敦煌變文集》作:"目連見母罪滅,心甚歡喜,啓言:'阿孃,歸去來,閻浮提世界不堪停。生住死,本來無住處,西方佛國最爲精。'"①

潘重規《敦煌變文新書》對此句没有校釋。② 但是,項楚《敦煌變文選注》認爲此句當讀作"生死本來無住處",并解釋道:"此句《變文集》原作'生住死,本來無住處',第一個'住'字是衍文,已删,此七字作一句讀。"③

黄征、張涌泉《敦煌變文校注》同意項楚的判讀,他們説:"項楚謂'住'字爲涉下'住'字的衍文,甚是,玆據删。"④

筆者認爲,"住"未必是衍文。原文似應釋讀爲:"生、住、死,本來無住處"。"生、住、死"與"生、住、滅"義同。大乘佛教論師龍樹(Nāgārjuna,約 2 世紀在世)《中論》(*Mūlamadhyamakakārikā*)卷二有"三相品第七",討論的話題正是:有爲法有三相生、住、滅。⑤

《大正新修大藏經》第十六册《大乘入楞伽經》上有"生住滅"三字連用之例,其文:"爾時大慧菩薩摩訶薩復白佛言:'世尊!諸識有幾種生住滅?'佛言:'大慧!諸識有二種生住滅,非臆度者之所能知。所謂相續生及相生,相續住及相住,相續滅及相滅。'"⑥

《楞伽阿跋多羅寶經》卷第四:"爾時大慧菩薩摩訶薩復白佛言:'世尊!諸識有幾種生住滅?'佛告大慧:'諸識有二種生住滅,非思量所知。諸識有二種生:謂流注生,及相生。有二種住:謂流注住,及相住。有二種滅:謂流注滅,及相滅。'"⑦

簡言之,"生、住、死"的"住"(梵文 sthiti),可理解爲"有爲法安住於現在位",⑧指事

---

① 王重民等編:《敦煌變文集》,第 744 頁。

② 潘重規:《敦煌變文新書》,第 47 頁。

③ 項楚:《敦煌變文選注》,第 944 頁。

④ 黄征、張涌泉:《敦煌變文校注》,第 1069 頁。

⑤ 姚秦三藏鳩摩羅什譯。摘自 http://zh.wikisource.org/wiki/ 所録《中論》。《中論》另有英譯,譯者是 David J. Kalupahana (2014 年去世)。對於"生住滅",智瑜和尚有一段講解:"生住滅三相,不可能同時俱有,它是矛盾的。生,則不住,生是動的,住是静的。生,就不滅,生怎麼會滅呢?再看住,住就不生,住是停止的,住不生,住則不滅。再看滅,滅則不生,滅則不住。所以有爲法有三相:生、住、滅,不可能的,那是假相,假有啊!"語見其《中論講記》,臺北:西蓮浄苑,2004 年,第 190 頁。

⑥ 《大正新修大藏經》經號 672。菩提流支譯。

⑦ 《大正新修大藏經》卷 16,經號 670,第 483 頁,a11 – b10。此經由求那跋陀羅翻譯。

⑧ 龍樹説:"生不應是有爲法。住滅相亦應如是。""若謂生住滅,更有有爲相,是即爲無窮,無即非有爲。"語見《中論·三相品第七》(姚秦三藏鳩摩羅什譯)。大乘法相宗假立"生、住、異、滅"四相;三論宗僅立"生、住、滅"三相。參看佛陀教育基金會《中觀論疏補充資料》www2.budaedu.org/newGhosa/C035/T018F/ref/T018F_03.pdf,第 138—141 頁。

物相對穩定的狀態。

以上三案例(尤其"率私[人]"和"生住死")顯示敦煌寫本上的文字轉録釋讀時易生歧解,校書工作難以畢其功於一役,域外漢學家之見,實可供我國學人參考。①

五、結語(英美漢學家古寫本研譯的特點)

從以上的論析我們可以看到英、美漢學家以《敦煌變文集》爲工作起點,將變文介紹到英語世界。Waley 和 Mair 正好代表兩種"呈現"的傾向: Waley 似乎較重視譯本的可讀性,Mair 則偏重學術性。簡言之,一個是清通簡明,另一個是深細窮源。

Waley 譯本避免情節的重複,節奏較爲明快,若遇不宜省略且必須闡釋之處(例如"俱輪"),他多以"文内附注"(intratext gloss)的方式來處理,故事的文外注釋數目不多,這樣一來,讀者看書時阻碍較少,容易掌握故事梗概。

Mair 明顯偏重學術性,他的譯作盡量不"濾走"原有的内容細節和形式特徵,相反,他提供大量原文没有"現形"的隱含信息,因此,譯註所佔篇幅超過故事正文之長度。此外,由於他頗重視變文故事的外來影響,他在譯文中運用的梵文詞語(羅馬字母拼寫)較多,例如: 主角"目連"是 Mahāmaudgalyāyana、要角"如來"是 Tathāgata。② 在他的譯註中,梵文詞語更是所在多有。③

Waley 和 Mair 二書和許多敦煌學者不同,他們用英語呈現了變文故事,而不是純粹鑽研學問、撰寫論文(呈現的主要是校讀紀録)。

漢學家所面對的釋譯難題比中國學者更多。從上文的分析,我們看到 Waley 對底本文字并不盡從("率私人之罪"之例),Mair 同樣有自己的見解("生住死"之例)。他們循字音、字形、源流方面去推敲原字原義,其取向與中國本土學者所用的方法没大分

---

① 大陸學者很少提及 Waley 和 Mair 的英文譯著,大概是不得其書之故。另,關於敦煌文書的解讀,臺灣學者林聰明撰有《敦煌漢文文書解讀要點試論》一文,收入項楚、張涌泉主編:《中國敦煌學百年文庫·語言文字卷(二)》,蘭州:甘肅文化出版社,1999 年,第 82—95 頁。

② Tathāgata,意即"如實而來"。參看 *T'ang Transformation Texts* 第三章。有趣的是,在 *Classical Chinese Literature*. Edited by John Minford and Joseph S. M. Lau (New York: Columbia University Press; Hong Kong: Chinese University of Hong Kong, 2000)上,Tathāgata 這個詞要勞動編者用註釋加以説明: This term means literally "One who has come to Truth," or "One who has discovered Truth." It refers to the Buddha. 語見第 1099 頁。

③ 這個現象,可以另文探討。

別。[1] 本文的討論,折射出古文字學(palaeography)和書法(calligraphy,例如"率")在寫本研究上的重要性。

最後,Waley 和 Mair 二人有一定的外語優勢。他們都懂得日語,事實上,Mair 就參考過日本學者如入矢義高的日譯本。[2] 另外,Waley 和 Mair 二人也都通曉梵文,對於變文中某些佛教相關詞的淵源頗有認識。[3] Mair 強調,研究變文,必須把變文放在佛教的背景下來考察。在處理佛教因素這方面,他們的表現未必遜於中土的校勘家,有時候是更勝一籌。[4] ("歐美敦煌學"商兑之一)

附録一 英語世界"敦煌變文寫本研譯"相關文獻和事件

1944 Lionel Giles, *Six Centuries at Tunhuang: a Short Account of Stein Collection of Chinese mss. in the British Museum* (London: The China Society)

1957 L. Giles, *Descriptive Catalogue of the Chinese Manuscripts from Tunhuang in the British Museum*

1959 Arthur Waley, "Notes on the Tun-huang Pien-Wen Chi"刊出

1960 Arthur Waley, *Ballads and Stories from Tun-huang: an Anthology* 一書出版

1962 入矢義高(書評)《アーサー・ウェイリー譯注『敦煌の歌謠と説話』》刊出

1971 Eugene EOYANG 完成博士論文"Word of Mouth: Oral Storytelling in the Pien-wen" (Indiana University)

1976 Victor H. Mair 在哈佛大學完成博士論文"Popular Narratives from Tun-huang"

1978 Eugene EOYANG, "Oral Narration in the *Pien* and *Pien-wen*." *Archiv Orientální: Journal of the Czechoslovak Oriental Institute* 46 (1978): 232 - 252.

1983 Victor H. Mair, *Tun-huang Popular Narratives* 一書出版

1985 Eugene EOYANG trans., "The Great Maudgalyayana Rescues His Mother From Hell," in Y. W. MA, Joseph LAU, ed., *Traditional Chinese Stories* (Columbia University Press)

1987 金岡照光(Shoko Kanaoka)發表書評談論 Mair 的 *Tun-huang Popular Narratives*

1988 Victor Mair, *Painting and Performance : Chinese Picture Recitation and Its Indian Genesis*

1989 Victor Mair, *T'ang Transformation Texts* 出版

1993 小南一郎:[書評] V・H・メヤー《唐代變文 — 中國俗文學形成への佛教の貢獻》

1994 The International Dunhuang Project 成立

2001 Neil Schmid. "Tun-huang Literature," in Victor H. Mair, ed., *The Columbia History of Chinese Literature* (New York: Columbia University Press, 2001).

2002 *Dunhuang Manuscript Forgeries*. Edited by Susan Whitfield (London: British Library)

2013 RONG Xinjiang, *Eighteen Lectures on Dunhuang*; translated by Imre Galambos (Leiden: Brill)

---

① Mair 曾批評 Waley 的推斷(私→絲)没有理據,其實,Waley 是從"同音假借"入手。Mair 本人也曾運用此法(零→靈)。

② 入矢義高編譯:《中國古典文學大系・仏教文學集》,東京:平凡社,1972 年。

③ Mair 強調"變文"的"變"字源自印度佛教,但是它不等同於一個單獨的梵文單詞,它是一個中、印文化綜合的産物。參看 *T'ang Transformation Texts* 第三章。

④ 周一良(1913—2001)曾稱許 Mair 的梵文功力在研究工作中起了決定性作用。參看周一良爲中譯本《唐代變文》所寫的序文。另,Mair 在譯註中提到 sthiti,這是一衆中國注釋家未曾述及的。

附録二　關於敦煌寫本 S2416 上的"𡙈"(與下圖右下角末字近似)

(拓本圖像:"魏靈藏薛法紹造像記")。

説明: S2614 寫本上"𡙈"字不訛,"𡙈"字非"卒""無"之誤寫。
另,字書上録有"率"字之異體字"𡙈"。

附録三:日本學者研究目連變文(選録)

1927 年　青木正兒:《敦煌遺書目連緣起、大目乾連冥間救母變文及び降魔變押座文ごこど》
見於日本《支那學》1927 年 4:3

1927 年　倉石武四郎:《(目連變文)绍介の後ひ》
見於日本《支那學》1927 年 4:3

1956 年　川口久雄:《敦煌變文の素材と日本文學 — 目連變文・降魔變文》
見於《日本中國學會報》第 8 集

1959 年　金岡照光:《パリ藏本目連变文三種・附註解》
見於《大倉山學院紀要》1959－10

1987 年　金岡照光:《敦煌本「盂蘭盆経」雑感 — 盂蘭盆会と目連变文に関して》
見於《道教と宗教文化》,東京:平河出版社,1987。

2003 年　小南一郎:《「盂蘭盆經」から「目連變文」へ — 講經と語り物文藝との間—》
見於日本京都大學《東方學報》第 75 册

2004 年　小南一郎:《「盂蘭盆經」から「目連變文」へ — 講經と語り物文藝との間—》
見於日本京都大學《東方學報》第 76 册

(作者爲香港大學哲學博士,香港中文大學文學院翻譯系教授)

“寫本”淺論

李國慶

一、古籍、版本及版本學概念

討論寫本,首先涉及古籍、版本及版本學問題。

文化部頒佈的《古籍定級標準》列有古籍、版本等條目,均有釋文。“古籍”爲“中國古代書籍的簡稱,主要指書寫或印刷於 1912 年以前具有中國古典裝幀形式的書籍”。“版本”指“一書經過抄寫或印刷而形成的傳本。指書籍具有的特徵,如書寫或印刷的各種形式,内容的增删修改,一書在流傳過程中卷帙的存佚,以及書中所形成的記録,如印記、批校、題識等”。該《標準》未列“版本學”條目。筆者認爲“版本學”,可以作如下表述: 古籍傳本,因産生時代不同,有宋槧元刊之别;因所載内容不同,有價值高下之分;因寫印技藝不同,有精美粗劣之異。研究古籍傳本的特徵與異同,辨别古籍傳本的真僞與優劣,是爲版本學。

二、寫本及寫本學概念

文化部頒佈的《古籍定級標準》列有“寫本”條目,釋文云:“寫本”指“繕寫而成的書本。習慣上對宋及宋以前繕寫、宋代以後著名學者及名家繕寫、歷代繕寫的佛道經卷等均稱寫本;歷代中央政府組織編纂繕寫的巨帙原本,如明輯《永樂大典》、清修《四庫全書》等,亦稱寫本”。筆者認爲,可以依據“版本學”的概念,爲“寫本學”下定義: 研究古籍寫本的特徵與異同,辨别古籍寫本的真僞與優劣,是爲寫本學。

三、寫本要素及舉例

依據寫本概念,其應包含時間、内容和形式三要素。時間要素: 宋及宋以前繕寫的書籍;内容要素:歷代繕寫的佛道經卷;形式要素:著名學者及名家繕寫、歷代中央政府組織編纂繕寫的巨帙原本。

關於時間要素。宋及宋以前繕寫的書籍,多爲寫本。隋唐時期雕版印刷術剛剛發明,技術尚未成熟,印本尚未普及,書籍流傳多靠手寫。例如:《古文尚書傳》,唐寫本,國家圖書館藏(見《第一批國家珍貴古籍名録圖録》176 號)。《刊謬補缺切韵》,唐寫本,故宫圖書館藏(見《第一批國家珍貴古籍名録圖録》188 號)。

關於内容要素。歷代繕寫的佛道經卷,多爲寫本。以隋唐時期敦煌寫本爲主,兼及後來用金銀泥料繕寫的佛道經卷。例如:《金剛般若波羅密經》,(後秦)釋鳩摩羅什譯,唐儀鳳元年(676)寫本。經末有繕寫者題名:"儀鳳元年十一月十五日書手劉弘珪寫。"(見《第一批國家珍貴古籍名録圖録》123 號)《佛門問答十二論》,南朝陳天嘉六年(565)寫本。天津博物館藏,經末有題款:"天嘉六年四月十二論記竟。"(見《第一批國家珍貴古籍名録圖録》159 號)

關於形式要素。著名學者及名家繕寫的書,因爲不是爲了刊刻而寫,只是爲了留存樣本,突出名家身份。例如:《斗南老人詩集》,明胡奎撰,明代書法家姚綬寫本。(見《第三批國家珍貴古籍名録圖録》9039 號)歷代中央政府組織編纂繕寫的巨帙原本,不是爲了刊刻而寫,也只是爲了留存樣本,明示官定標準。例如:宋代内府寫本《洪範政鑒》,宋淳熙十三年(1186)内府寫本;(見《第一批國家珍貴古籍名録圖録》694 號)以及明代内府寫本《永樂大典》、清代内府寫本《四庫全書》等。

四、日本寫本、抄本及影抄本要素及舉例

日本寫本、抄本及影抄本的基本含義,大同小異。其各自的概念較難釐清。對三者進行討論,也應包含時間、内容和形式等三要素。

時間要素:一書的古寫本、古抄本及影抄本的時間,當在中土漢籍傳入日本國土之後。例如:

《圖書寮漢籍善本書目》卷一,9 頁　著録舊抄本《儀禮疏》零本一册,現存卷十五、十六,合爲一册。卷十五末有識語云:"安元二年十一月廿一日戌時以摺本比較之,次加首付了,助教中原師值。"又卷十六末云:"臥病床粗馳一覽,比較了掃部頭。其抄寫年代亦當在平安末期。書法潦草,訛字亦不少。然體式猶存單疏面目,未必可以瑕掩瑜之美也。"

同卷一,11 頁　著録舊抄卷子本《春秋經傳集解》三十卷三十軸。此目著録云:“此本清原家相傳本 書法遒勁,殆鎌倉中期名人所書。且朱墨燦然,點校極精。其本文較諸今本異同綦多,蓋以其原出於六朝舊籍也。文學博士竹添進一郎《左氏會箋》,具記此本佳處。我邦所存舊抄經本,實推此本爲第一矣。”

同卷一,21 頁　著録舊抄本《論語集解》十卷五册,云:“相其書跡,殆是五山僧徒所寫。”

同卷二,1 頁　著録舊抄卷子本《史記集解》零本一軸,云:“現存《范雎蔡澤列傳第十九》,審其書體,殆鎌倉初期所寫。”

内容要素:除了佛道經卷之外,重要的四部典籍也在其内。例如:

日本《成簣堂善本書目》第一篇著録的舊抄本,包括《周禮》《貞觀政要》《文鏡秘府論》《秘府略》及《揚子法言》,等等,均屬此例。

又如:《圖書寮漢籍善本書目》卷一,16 頁　著録舊抄單疏本《古文孝經》一卷一册;同卷一,16 頁　著録舊抄卷子本《古文孝經孔氏傳》一卷一軸;同卷一,21 頁　著録舊抄卷子改摺本《論語集解》十卷十帖;同卷一,24 頁　著録清原業賢手抄本《大學章句》一卷一册等,也屬此例。

形式要素:一般人士(包括學者、僧徒及書手等)依據“唐本”傳抄或依據原本影抄的書籍。例如:

《圖書寮漢籍善本書目》卷一,9 頁　著録《禮記鄭注》二十卷十九册,云:“永正間清原宣賢所手抄,惜缺卷一,每册尾有保延、仁安、嘉應、養和、壽永、建治、弘安、正應、德治、寬元、文永各記。卷十七末稱:‘以唐本書寫之,以累代秘本加朱點、墨點了。永正十六年十一月十二日少納言清原花押。’卷十九末亦有識語,同出一手,原原本本,可以徵源流也。”

同卷一,12 頁　著録舊抄本《春秋經傳集解》零本一册,云:“永正中清原宣賢所手抄,現存桓公第二一卷而已。卷末有宣賢識語云:‘以唐本書寫之’云云。視桓字缺末劃,則從宋本傳抄也。”

同卷一,24 頁　著録舊抄本《孟子集注》十四卷七册,云:“每册有識語。第一册云:天授第五曆林鐘十二日于和州榮山旅宿,以唐本書寫之訖。”

又如:《圖書寮漢籍善本書目》卷一,14 頁　著録景抄宋槧單疏本《春秋正義》三十六卷十二册云:“全册系近藤守重手抄。卷三、卷三十六并有守重手識,蓋文化間自常陸國久慈郡萬秀山正宗寺所藏景宋抄宋槧單疏本再傳抄者。”

同卷一,10 頁　著録景抄宋紹熙壬子刊本《禮記正義》七十卷三十五册云:"書尾有大學頭林衡題識云:'甲寅春奉旨,擇書手以影抄之。迨丙辰春始竣工。點劃位置皆依其舊,不差毫髮。'"

同卷二,2 頁　著録景抄元彭寅翁本《史記正義》百三十卷首一卷四十三册云:"現存《范雎蔡澤列傳第十九》,審其書體,殆鐮倉初期所寫。"

同卷二,17 頁　著録景抄卷子本《貞觀政要》零本一軸;同卷二,38 頁　著録景抄卷子改摺本《臣軌》一卷一貼;同卷二,43 頁　著録景抄元泰定刊本《故唐律疏義》三十卷十五册,等等均屬此例。

(作者爲天津圖書館研究館員)

敦煌文學寫本與敦煌文學研究*

伏俊璉

敦煌文學包括敦煌寫本中保存的文學活動、文學作品和文學思想。敦煌文學作品，主要包括三個方面：一是敦煌寫本中僅存的文學作品，二是敦煌寫本中保存并見於傳世文獻中的文學作品，三是指敦煌寫本中具有文學性的文獻，如世俗應用文和宗教應用文等。敦煌寫本中保存的純粹意義上的文學活動是很少的，諸多民俗活動和宗教活動中總是伴隨着類似的文學生産、文學生成、文學傳播，所以這類活動也是廣義上的文學活動。至於敦煌的文學思想，因爲這是一個自爲自然的文學生態，缺乏自覺的文學思想，我們主要是挖掘敦煌文學生成傳播過程中體現出來的文學觀念。

敦煌寫本與敦煌文學的這三個方面都有密切聯繫。敦煌寫本不但記録下了文學作品，而且寫本也反映了當時的文學活動，藴含着當時人們對文學的看法。我們通過具體寫本進行討論。

P. 2633，前殘，正面抄寫：①《齖齣新婦文一本》（尾題）；②《正月孟春猶寒一本》（尾題），後有"書手判官氾員昌記"題記；③《酒賦一本，江州刺史劉長卿撰》（首題，尾題《酒賦壹本》）；④《崔氏夫人耍（訓）女文一本》（首題，尾題作《上都李家印，崔氏夫人一本》）；⑤《楊滿山咏孝經壹拾捌章》（首題），未抄完，最後有題記："辛巳年正月五日氾員昌抄竟上。"背面是雜寫、習字，中有題記"壬午年正月九日浄土寺南院學士郎"，還有"辛巳年二月十三日立契，慈惠鄉百性（姓）康米子爲緣家内欠少匹帛，遂于莫高鄉百性（姓）索骨子面上，借黄絲生絹壹，長三仗柒尺五寸，福闊貳"（下缺）。

P. 2633 正面所抄的五篇作品，體裁不一樣，但把它們地抄在一起，表明它們是在某些儀式中共同傳誦使用的底本。我們推測，它們用在婚禮上可能性更大。①《齖齣新

* 基金項目：教育部人文社會科學重點研究基地重大專案"敦煌文學作品叙録與系年"（12JJD770007）；教育部哲學社會科學研究重大課題攻關專案"法藏敦煌漢文非佛教文獻整理和研究"（12JZD009）。

婦文》是鬧新房時對新娘的調侃戲謔之詞;② "正月孟春猶寒一本"包含着下層社會的基本知識,是民間藝人在各種儀式(包括婚儀)上展示才華的基本教材。③《酒賦》也是婚宴上酒酣之時的講誦,由民間的"丑角",類似于喜劇演員表演唱誦。④《崔氏夫人訓女文》是母親在女兒出嫁前的訓導詞。⑤《咏孝經十八章》是婚儀上證婚人對新人唱誦的詞章,要求新人孝敬父母。可以説,P. 2633 是一份民間説唱藝人的備忘教材。

要特别説明的是,P. 2633 在①尾題"齖齲新婦文一本"之前,還有"自從塞北起煙塵,禮樂詩書總不存。不見父兮子不子,不見君兮臣不臣。暮聞戰鼓雷天動,曉看帶甲似魚鱗。只是偷生時暫過,誰知久後不成身。願得爾逢堯舜日,勝朝晏武却修文"七言唱詞 10 句,内容與《新婦文》没有直接關係。接着抄"勤學不辭貧與賤,發憤長歌《十二時》",從"平旦寅,少年勤學莫辭貧"到"雞鳴丑,莫惜黄金結朋友,蓬蒿豈得久榮華,飄揺萬里隨風走"50 句,内容也與《新婦文》關係不大。接着抄"祝曰:唱帝唱帝。没處安身,乃爲入舍女婿。嗚羅嗚羅,劫我新婦,必欺我,打我,弄我,罵我,只是使我,取柴燒火,獨舂獨磨,一賞不過。由嗔嬾墜(惰),空地磨秫大戾。急休急休,不要你絹〔紬〕,跪拜丈人兩拜,當時領妻便發。後有詩人乃爲贊越:可惜英雄大夫兒,如今被使不如奴,買取鍾鼓上怙看,腰間兩面打桃符"。這四部分各自獨立,但抄寫者把"齖齲新婦文一本"抄在最後,説明他是把後三部分也作爲《新婦文》的組成部分。《齖齲新婦文》附着的三篇作品,也與婚儀關係密切:《自從塞北起煙塵》是新郎新娘入洞房進行"安床"儀式的開場"序曲",預示着"鬧新房"的即將開始;《十二時》則時希望將來生下兒子發憤讀書;《祝曰》也是"鬧新房"戲謔的噱頭。這四個部分,并不按儀式順序而來,而是根據情況,由不同的"鬧新房"者講誦。

P. 2633②《正月孟春猶寒一本書手判官氾員昌記》(尾題)前,除了"正月孟春春猶寒……十二月季冬冬極寒,年周十二月"外,還有雜抄"伏惟某官,尊體起居萬福","何名四時……何名八節……何名三才……何名三光……何名五嶽……何名四瀆……何名三川……何名八水……何名五行……何名五姓……何名五常……何名五德……何名六藝……何名五色……何名五果……何名五穀……","宣宗皇帝御制勸百寮",以下爲格言"遠非道之財,誡過度之酒,傲慢莫起於心,讒佞勿宣於口,學必近善,交義擇友骨肉,貧者莫疏他門,雖富勿厚,常思己過之非,每慮之未來,各克己儉,約爲先耻,衆恭爲首,暫食禄而忝切,效農力而未有"。包括民間基本知識,格言警句等,也是幾部分有一個共同的題目。

以上這種情况,學界一般的看法是:敦煌寫本中存在着以第一篇作品的題目作爲後幾篇作品的共同題目的現象,所以敦煌作品的整理者,往往把這個題目作爲第一篇作品的題目,而認爲與後面的作品無關。潘重規《敦煌變文集新書》認爲 P. 2633①後面三篇是"抄者雜録寫在齖齣文中",項楚《敦煌變文選注》和黄征、張涌泉《敦煌變文校注》則只選録了第一篇,即從《齖齣新婦文》開頭到"新婦詩曰: 本性齖齣處處知,阿婆何用事悲悲。若覓下官行婦禮,更須换却百重皮",其後的三篇未校録,認爲它們不是《齖齣新婦文》的内容。但是,寫卷的抄寫者或使用者把它們抄在一起,用"齖齣新婦文一本"作爲它們的共同題目,是有其用意的。他們着眼的不是這四篇作品内容的相同,而是其使用的相同。"齖齣新婦文一本"的第一篇以四言六言爲主,叙述一位生性好鬥、言語尖刻的潑婦,屬於故事俗賦,講誦是其特徵。第二篇"自從塞北起煙塵",是一首七言詩,屬於講唱體的詞文體,更像一些儀式開場的"序曲"。第三篇是以《十二時》爲題的勸學之詞,鼓勵男兒發憤讀書,用三七七句式,是當時最常見的歌訣體,是先秦以來"成相體"的流變。第四篇以四言韵語寫一入舍女婿,不甘聽從岳父使唤,遂領新婦離去,也是一則俗賦,是用於講誦前的"致語"(相當於"話本"中的"入話")或結束時的散座文。這一組作品,在當時人看來,是一篇完整的作品,或者在演出時是作爲一組來唱誦的。而②"正月孟春猶寒一本"的幾個部分,前言已指出,它們包括下層社會的基本知識,也是民間藝人在各種儀式場合展示才華的基本資材。

P. 2633①《齖齣新婦文》包括四篇作品,在敦煌民間藝人看來,這四篇是一個完整的一部分。這一點,我們還可以從《齖齣新婦文》的其他敦煌寫本得到説明。《齖齣新婦文》有三人寫本,除 P. 2633 外,還有 P. 2564 和 S. 4129。P. 2564 開頭完整,正面抄: ① "晏子賦一首"(前後題同)。② "齖齣新婦文一本"(前題),包括"自從塞北起煙塵"詩,發憤勸學《十二時》,"祝曰: 唱帝唱帝",以下未抄。尾題"齖齣一首"。③ "太公家教壹卷"(首題)。背面抄:《佛頂尊勝陀羅尼經略抄》(前殘),《百行章疏》,隨意畫鬼神像,"乙酉年五月八日"、倒書"辛巳年二月廿日□□□"雜寫。S. 4129,前殘,起於《齖齣新婦文》"索婦大須穩審趁逐莫取",本篇亦包括"自從塞北起煙塵"詩,發憤勸學《十二時》,"祝曰: 唱帝唱帝"完整一段落,尾題"齖齣書一首"。接抄"崔氏婦人訓女文"(前題,尾殘)。卷背有"己酉年正月"、"子性尋常打下脚周梨身姓王脚手已不驢偉王","齖齣",殘詩:"□□□□□□□,看字極快有分判。□□□□□聰明,勤苦學問覓財(才)藝。不知學郎有才志,直是無嫌没意□。甚好兒郎學括頂,言語忠(中)間不忠(中)聽。[□□]學郎身姓陰,財(才)藝精令不求人。直是□□□□□,適奉尊卑好兒郎。"詩後有"高保深"、"社司轉帖"二行。可見在敦煌寫本中,《齖齣新婦文一本》就包括《自從塞北起煙塵》《發憤勤學十二時》《祝曰》四篇作品。

這種情況還可以舉 P. 3910 爲例。此卷爲對摺册頁裝,共 19 葉。有線欄。前部殘,第一紙殘存五行,抄有《咏孝經十八章》,倒書,模糊不清。第二紙前有"己卯年正月十八日陰奴兒界學子"一行題記,接着抄:①"茶酒論一卷并序 鄉貢進士王敷撰",尾題"茶酒論一卷";②"新合千文皇帝感辭壹拾壹首",尾題"新合千文一卷";③"新合孝經皇帝感辭一十一首",尾題"新合孝經一卷";④"秦婦吟 補闕韋莊撰"(首題)。《秦婦吟》抄至"城外風煙如寒色",以下未抄,末有題記"癸未二月六日浄土寺沙彌趙員住左手書"。本册子所抄③除了"新合孝經皇帝感辭一十一首"外,還有《聽唱張騫一西(曲)歌》,闕題詩了 21 首,其中一首可考爲蘇味道《正月十五夜》詩。這些作品都在末題"新合孝經一卷"之前,抄寫者是把它們作爲"新合孝經"的内容之一。也就是説,"新合孝經皇帝感辭"是這些作品的共同題目,但後面的内容同此題没有關係。

對於這種情況,王重民《敦煌變文研究》説:"'皇帝感'的曲調,不但用以歌唱《金剛》《孝經》《千文》,還可以歌唱其他的故事。P. 3910 卷内還有一篇《新合孝經皇帝感》,却是歌唱的張騫見西王母的故事。這篇《皇帝感》的前一段好像是一篇押座文,用'上説明王行孝道'開始,'聽唱張騫一曲歌'結尾,共二十句,方入正文。"[①]任半塘《敦煌歌辭總編》收録《聽唱張騫一西歌》爲失調名歌辭,解釋説:"惟在此乃插話,于《皇帝感》之唱辭後,乃爲下一節目作介紹,類似今日戲場之有'報幕'。説明當時所具之唱本内,'孝經歌'與'張騫歌'兩辭或已連而未分,及傳寫於此本内,乃將此組包入'新合孝經一卷'中。據此推斷:彼列在'新合孝經一卷'六字前之戀情詩二十首,亦可能從唱本中抄來,作爲場之唱辭,不能視同無關係之徒詩。"[②]鄭阿財對這段唱詞與前文的關係,作了如此解釋:"《新合孝經皇帝感辭》爲七言唱辭,開頭一段,自'上説明王行孝道',至'刑于四海悉皆通',計 20 句。文字與 P. 3166 號《新合孝經皇帝感詞一十一首》,及 S. 5780 號《新合千文皇帝感辭》多同,其作用猶如講經變文中的押座文,其在'刑于四海悉皆通'句下,冠上'聽唱張騫壹曲歌',性質正如變文押座文中之'□□□□唱將來'一様。其下接唱正文,則宣唱張騫乘槎的傳説故事。"[③]徐俊《敦煌詩集殘卷輯考》認爲:"説'張騫見西王母'的故事乃用《皇帝感》的曲調,似與實際不符,但它們曾被先後相續,同時講唱,則可以確定無疑。俄藏Дx. 2301(孟列夫目録 2854)卷的發現,證明'聽唱

① 王重民:《敦煌遺書論文集》,北京:中華書局,1984 年,第 199 頁。
② 任半塘:《敦煌歌辭總編》,上海:上海古籍出版社,1987 年,第 630 頁。
③ 鄭阿財:《敦煌文獻與文獻》,臺北:新文豐出版公司,1993 年,第 380 頁。

張騫一曲歌’及闕題詩二十一首等被統歸在‘新合孝經一卷’的後題之内,絶非偶然的泊合。”①

“先後相續,同時講唱”,最爲通達之論。P. 3910 抄有四件作品:①《茶酒論》爲俗賦體,是唐五代藝人“論議”的底本,用韵語争奇鬥智,類似于現代的雙口相聲;②《新合千文皇帝感辭壹拾壹首》和③《新合孝經皇帝感辭一十一首》爲有曲調的唱詞;④《秦婦吟》爲歌行體,敦煌藝人把它當作和《季布駡陣詞文》一樣的講唱叙事詩。上述四件作品,③“新合孝經皇帝感辭一十一首”是聯章歌詞。《聽唱張騫一曲歌》以歌爲名,自然是唱的。21 首闕名詩,從内容風格看,除可考的蘇味道《正月十五夜》前四句外,其他也不是一人一時所作。蘇味道《正月十五夜》寫元宵夜京城華燈萬盞、萬人空巷的盛大場面。其他詩或以征人的口吻寫邊塞苦寒,將士多年征戰,但求明君賞識;或借物言志,寫懷才不遇之情;或贊唐朝帝王的尊威及聖明;詩寫少女思春之情;或寫閨婦對其丈夫的深深思念;或寫對負心人的痛恨;或寫佛家的修行和悟道。它們是民間藝人準備的歌詞底本,所以斷章取義爲其特徵,而歌詞的作者更不是他們關注的。

這種數篇作品共用一個題目,其實歷史很悠久。《詩經》中的《雅》《頌》,每十篇爲一組,用第一篇的題目,曰“某某之什”。《詩經》編排中的這種體例,至少在東漢時已經有了。鄭玄《詩譜·小大雅譜》:“文王受命,武王遂定天下。盛德之隆,大雅之初,起自《文王》,至於《文王有聲》,據盛隆而推原天命,上述祖考之美。小雅自《鹿鳴》至於《魚麗》,先其文所以治内,後其武所以治外。”②從《文王》到《文王有聲》共 10 篇,即“文王之什”;從《鹿鳴》到《魚麗》共 10 篇,即“鹿鳴之什”。早期散文的命名,也與此同類。如《論語》第 1 篇共 16 章,用第 1 章的開頭二字“學而”命題;其他各章也一樣。《漢書·藝文志》“詩賦略”分賦爲四類,分别是“屈原賦”“陸賈賦”“荀卿賦”“雜賦”,除“雜賦”外,其他三類都是以一個作者代表一批作者,如屈原賦就包括唐勒賦、宋玉賦、趙幽王賦、莊夫子賦、賈誼賦、枚乘賦、司馬相如賦、淮南王、淮南王群臣賦、太常蓼侯孔臧賦、陽丘侯劉郾賦、吾丘壽王賦、蔡甲賦、上所自造賦、兒寬賦、光禄大夫張子僑賦、陽成侯劉德賦、劉向賦、王褒賦等 20 家 361 篇。當然,這些都上層文人的做法。講究學理的上層文人是這樣,下層文人、民間藝人更是這樣:把同時運用或講唱的作品抄在一起,以第一篇的題目作爲它們的共同題目;注重作品的運用,而不管它的作者或本來意義。

---

① 徐俊:《敦煌詩集殘卷輯考》,北京:中華書局,2000 年,第 432—433 頁。
② 《毛詩正義》,北京:北京大學出版社,1999 年,第 540 頁。

這種斷章取義、爲我臨時所用、不顧及作者的寫本,是民間藝人抄本的重要特徵。我們通過另一寫本 P. 2976 進行説明。P. 2976 卷首尾俱殘,前四行殘甚,有"婢舂炊欺揚漢婢""可戲婢彈琴作樂醜"、"飲却杯醪"、"從騎極多街校□□不知"等字,意思不明。從第五行開始抄寫《下女夫詞》,此本《敦煌變文集》稱爲簡縮本,未入校。《敦煌變文集新書》按語云:"中有下女詞十三行,卷紙斷却殘損,文字多有不同處,似別異本。"依次抄寫《咒願新女婿》(前題),無題詩一首(徐俊考定爲高適的《封丘作》),無題詩四首(每首五言四句),五更轉(僅存一更、二更共二首,應缺三首;詩末另行抄"温泉賦一首,進士劉瑕"及首句"開元改爲天寶年十月後兮"一行),《自薊北歸》(原題,無作者,經考爲高適詩),《宴別郭校書》(原題,無作者,經考爲高適詩),《詶李別駕》(原題,無作者,經考爲高適詩),《奉贈賀郎詩一首》(原題,無作者,《敦煌寶藏》以爲高適詩,徐俊以爲非是①),《駕行温泉賦》一首,劉霞(原題),最後一行殘。卷背爲樊鑄七言詩,雜寫"二娘子愛容俊無事被□""何(河)西隴有(右)被吐番"等。

這個寫卷也是值得玩味的,它是民間儀式上的講誦詞的彙編。《下女夫詞》和《祝願新郎文》都是配合説唱的婚禮作品。以下所抄的作品除《温泉賦》外,原卷都没有作者名。這不是抄寫者的疏漏,而是本卷的作品的應用性質決定的。我們知道,民間歌手或講誦者利用流傳的文人作品,多是不顧其全篇的意旨,而是看重其中的一些句子,尤其是開頭的幾句,斷章取義,以便在特定的場合表達一種意味。《封丘作》是高適的名作,但此詩開頭"我本漁樵孟諸野,一生自是悠悠者。乍可狂歌草澤中,寧堪作吏風塵下"幾句,一個狂傲不羈的落魄文人形象躍然而前,一位文郎在歡快的節日儀式上誦讀這些句子,會立即引起參加者的關注,起到鎮静聽衆,調節氣氛的效果。

以下缺題四首,都是梵志體,大致是雲游和尚的誦詞。"塞外蘆花白,庭前柰花黄。如今寒去也,兄弟在他鄉",表明講誦者的雲游流浪性質。"積財雖是寶,用盡會應貧。不如懷道德,金玉自隨身",則是雲游者請求布疏的唱詞。《五更轉》兩首,是與此梵志詩性質相類的作品,一首歌咏"老",一首歌咏"死",與 S. 6631 卷《九相觀》"衰老相"、"死相"的描述相近。

其後三首高適的詩,第一首《自薊北歸》"驅馬薊門北,北風邊馬哀。蒼茫遠山口,豁達胡天開",也是講誦文郎借來自塑其形象的誦詞,用意相當於起興。第二首《宴別郭校書》,是宴會上遇到多年不見的朋友,"彩服趨庭罷,貧交載酒過",飲酒交酬,感慨時

① 徐俊:《敦煌詩集殘卷輯考》,第 183 頁。

光流逝,事業無成,而青春不再,"雲宵莫相待,年鬢已蹉跎"。第三首《詶李别駕》用意與第二首相同,"去鄉不遠逢知己,握手相歡得如此。禮樂遥傳魯伯禽,賓客争過魏公子"。這些詩作,是作爲節日儀式上的誦詞準備的,不需要瞭解作者,所以也就無需要抄寫下來。

《奉贈賀郎詩》徐俊懷疑不是高適所作是有道理的,這首詩其實是一首民間流傳的婚禮誦詞。唐五代時期敦煌有這樣一種婚俗,在婚禮結束後,在婚儀上辦事的鄉人要嬉鬧,向新郎索要酒食、賞錢。這首詩正是鄉民索鬧時的唱詞:"報賀郎,莫潛藏。障門終不見,何用漫思量。清酒濃如雞臛,□犍與白羊。不論空□酢,兼要好椒薑。姑娣能無語,多言有侍娘。不知何日辦,急婦共平章。如其意不決,請問阿耶娘。"大意是説,我們給你做了豐盛的酒席,姑娣侍娘皆稱讚不已。你們總不能無動於衷吧? 快和你的妻子商量一下,給我們賞錢;如果還猶豫不決,就請示你們的父母吧!《温泉賦》以描繪唐玄宗駕幸華清宫温泉爲内容,從四個方面進行鋪叙。首先叙寫天子侍衛儀仗的威武雄壯,鮮豔華美。接着描寫天子田獵場景的恢奇壯盛。第三段寫温泉的瑰麗景象和尋仙求藥的奇思妙想。最後一段是作者的自述,包含着自嘲和乞求。這篇作品語言詼諧調侃,唱誦者抽出其中的某些段落,比如用第三段比喻新婚的美好,是貼切而富有趣味的:"於是空中即有紫雲磊對,白鶴翱翔。煙花素日,水氣噴香。忽受顓頊之圖樣,串虹霓之衣裳。共喜君遇,拱天尊傍。請長生藥,得不死方。執王喬手,至子晋房。尋李瓚法,入丁令堂。駕行玉液,盛設三郎。"民間文學中的借用和斷章取義,在這裏表現得無以復加。

所以,在敦煌人看來,文學是人們生活儀式的一部分,它更多地不是案頭讀物,而是社會儀式的組成部分,它們在儀式中生成,通過儀式得以傳播。敦煌民間藝人關注的是文學文本的具體運用,而不是其作者或"本義"。敦煌文學寫本,實際上是一個文學生存場景。對敦煌文學寫本的研究,可以立體地系統展現敦煌文學的全貌,從發生學和生態學角度探討敦煌文學,爲中國古代文學研究提供一種有特色的研究視角和方式。

(作者爲西華師範大學文學院教授)

國圖藏敦煌本《大乘無量壽經》綴合研究*

張　磊　左麗萍

《大乘無量壽經》,又稱《無量壽宗要經》,凡一卷,是印度大乘佛教佛經典之一,敘述無量壽決定王如來所説陁羅尼及其功德,是隋唐時期流傳最廣的經卷之一。通過對已出版敦煌漢文寫本《大乘無量壽經》的調查,我們發現該經共1259號,其中國家圖書館藏695號,英藏350號,俄藏109號,法藏38號,另有散藏於各地圖書館或博物館的67號。由於種種原因,敦煌本《大乘無量壽經》寫卷多斷裂爲殘片,且分布零散,給研究工作帶來了諸多不便。姜亮夫先生曾説:"卷子爲數在幾萬卷,很多是原由一卷分裂成數卷的,離之則兩傷,合之則兩利,所以非合不可。"①有鑑於此,我們有必要將這些"身首異處"的殘卷加以整理綴合。

本文在全面普查敦煌寫卷的基礎上,將國圖藏敦煌本《大乘無量壽經》中的25號綴合爲12組。綴合時主要從以下四個方面進行判定:1. 斷痕吻合,殘字相契;2. 内容前後相繼;3. 行款相同(包括天頭、地脚、行間距、四周及行間是否有烏絲欄等);4. 筆迹相近。以下按所存經文的先後順序排列。文中"北敦"指《國家圖書館藏敦煌遺書》(簡稱"《國圖》")編號(另附原編號及千字文號)②。不同卷號直接綴合時用"+"號相接,圖中寫卷銜接處添加虛線示意。録文時原卷缺字用□表示,殘缺不全或模糊難辨者用▨表示。

一、北敦7116號A+北敦7956號

(1) 北敦7116號A(北7942,師16),見《國圖》95/189B－190A③。首全尾脱。2

---

* 基金項目:國家社科基金重點項目《敦煌殘卷綴合研究》(14AZS001)。

① 姜亮夫:《敦煌學論文集》,上海:上海古籍出版社,1987年,第1011頁。

② 中國國家圖書館編:《國家圖書館藏敦煌遺書》,北京:北京圖書館出版社,2005—2012年。

③ 表示圖版見《國家圖書館藏敦煌遺書》第95册189頁下欄至190頁上欄。下仿此。

紙,紙高31.5厘米。存首部30行,行32字左右,末行頂端2字左側略有殘泐。有烏絲欄。行楷。原文始"大乘无量壽經",訖"波唎輪",相應文字參見《大正藏》T19/82A3-C6①。據《國圖》叙録,該經爲8—9世紀吐蕃統治時期寫本。

(2) 北敦7956號(北8111,文56),見《國圖》100/6A-7B。首脱尾全。3紙,紙高31.5厘米。尾題"佛説无量壽宗要經"。存91行,行33字左右,首行僅存頂端2字的左側殘筆。有烏絲欄。行楷。原文始"波唎輪底"的"底",訖尾題"佛説无量壽宗要經",相應文字參見《大正藏》T19/82C6-C29。據《國圖》叙録,該經爲8—9世紀吐蕃統治時期寫本。

按:上揭二號斷痕吻合無間,原本分屬二號的殘字左右相接,復合爲咒語"阿波唎蜜多"的"波唎"二字(此二字右部在北敦7116號末行頂端,左部氵旁、口旁在北敦7956號首行頂端);二號内容前後相承,中無缺字,北敦7116號末行行末的"波唎輪"與北敦7956號首行頂端的"底"字相合爲咒語"波唎輪底";又二號行款相同(天頭地脚等高、行間皆有烏絲欄、行字相等、字體大小及字間距皆相近),字迹相同(比較二者所共有之"无""底""尒""復""曰"等字),書風相似(捺筆較長)。據此判斷確爲同一寫卷之撕裂,可以綴合爲一。綴合後如圖一所示。

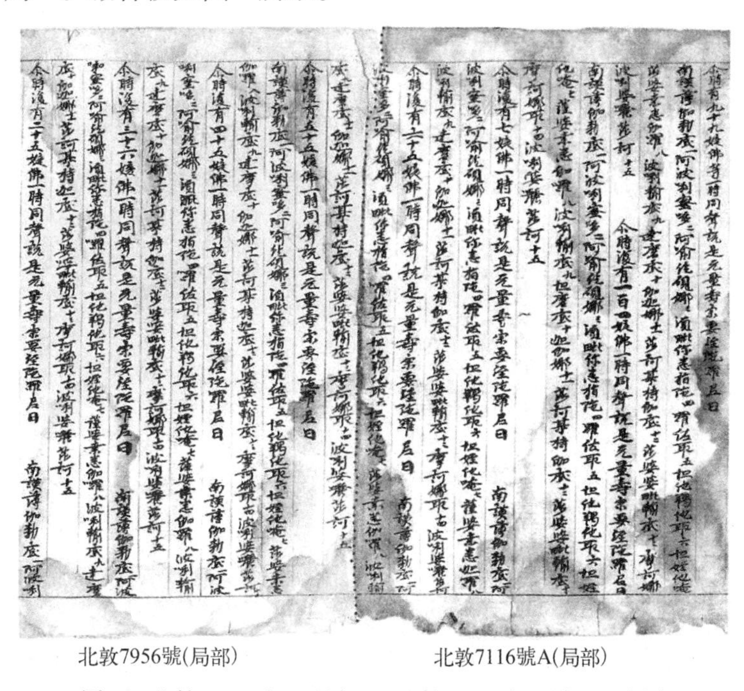

北敦7956號(局部)　　北敦7116號A(局部)

圖一　北敦7116號A(局部)+北敦7956號(局部)綴合圖

① T表示册數,A、B、C表示欄位,其後爲行數。下仿此。

二、北敦 3944 號 + 北敦 7295 號 + 北敦 4548 號 1

(1) 北敦 3944 號(北 7927,生 44),見《國圖》54/187A－187B。首全尾脱。1 紙,紙高 30.5 厘米。存 27 行,行 27 字左右。有烏絲欄。楷書。原文始首題“大乘无量壽經”,訖“達磨底十”,相應文字參見《大正藏》T19/82A3－B22。據《國圖》敘録,該經爲 8—9 世紀吐蕃統治時期寫本。

(2) 北敦 7295 號(北 7944,帝 95),見《國圖》96/130A－130B。首尾皆脱。1 紙,紙高 31 厘米。存 29 行,行 28 字左右。有烏絲欄。楷書。原卷缺題,《敦煌劫餘録》擬題《無量壽宗要經》。原文始“伽迦娜十一”,訖“復得長壽而滿年”的“復得”二字,相應文字參見《大正藏》T19/82B22－83A17。據《國圖》敘録,該經爲 8—9 世紀吐蕃統治時期寫本。

(3) 北敦 4548 號 1(北 8024,崗 48),見《國圖》61/131－134。首脱尾全。3 紙,紙高 31 厘米。存 85 行,行 28 字左右。有烏絲欄。楷書。原文始“長壽而滿年”,訖“佛説无量壽宗要經”,卷末署抄手名字“張良友”。相應文字參見《大正藏》T19/83A17－84C29。據《國圖》敘録,該經爲 8—9 世紀吐蕃統治時期寫本。

按:上揭三號殘卷内容前後相承,如圖二(1)所示,北敦 3944 號末句“達摩底”與北

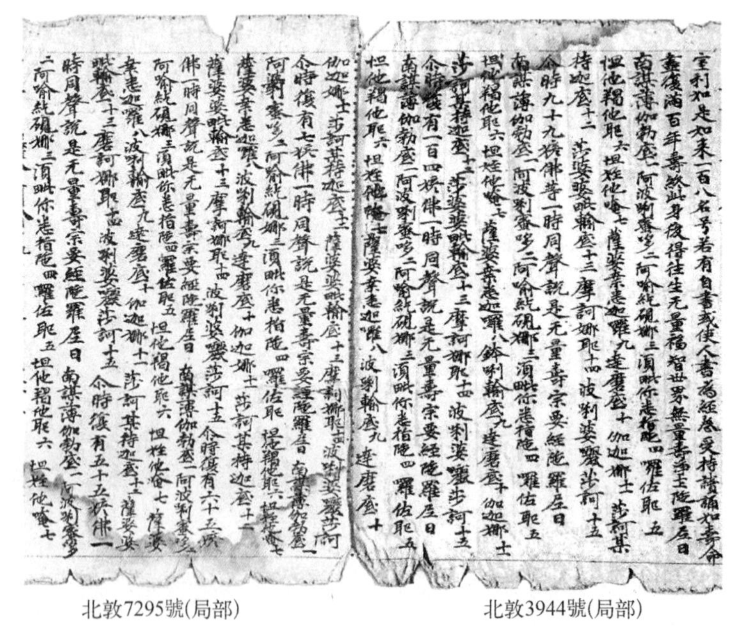

北敦7295號(局部)　　北敦3944號(局部)

圖二(1)　北敦 3944 號(局部)+北敦 7295 號(局部)綴合圖

敦 7295 號的首句“伽迦娜”句銜接；再如圖二（2）所示，北敦 7295 號末行“復得”二字與北敦 4548 號 1 首行“長壽而滿年”五字可連成整句“復得長壽而滿年”，中無缺字。且三者行款相同（天頭地脚等高，行間及四周皆有烏絲欄，行 27—28 字左右，咒語後皆有數字標識），書寫風格相近（比較三號所共有之“耶”、“桑”、“經”等字），由以上可確定，三號當爲同一卷號之割裂，可以綴合。

又《國圖》叙録稱北敦 3944 號的字體爲楷書，北敦 7295 號、北敦 4548 號 1 爲行楷，今既知三號可綴合爲一，則其判斷不妥。從書風來看，三號的字體更近於楷書。

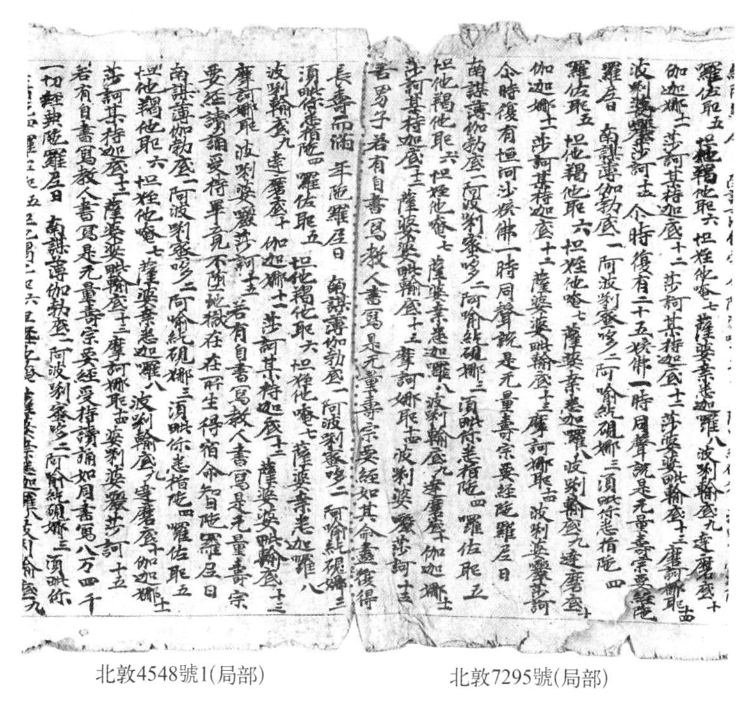

北敦4548號1(局部)　　北敦7295號(局部)

圖二（2）　北敦 7295 號（局部）+北敦 4548 號 1（局部）綴合圖

三、北敦 2636 號+北敦 1005 號

（1）北敦 2636 號（北 7921，律 36），見《國圖》36/174A－175B。首殘尾全。3 紙，紙高 31 厘米。存 74 行，首 5 行下殘，殘約 7 字；尾 8 行中下殘，末行僅存咒語“怛羯他耶”的“羯他耶”3 字；倒數第 8 行下方存有 13 字右側之殘筆。行 32 字左右。有烏絲欄。行楷。原文始首題“大乘无量壽經”，訖“羯他耶”，相應文字參見《大正藏》T19/82A3－83C18。據《國圖》叙録，該經爲 8—9 世紀吐蕃統治時期寫本。

(2) 北敦 1005 號(北 7970,辰 5),見《國圖》15/22A－23A。首殘尾全。3 紙,紙高 31 厘米。存 53 行,首 7 行上殘,首行下部“持讀誦若魔魔之眷屬夜叉羅”僅存左側殘畫,其餘 6 行行存 11—28 字不等。行 33 字左右。有烏絲欄。行楷。原文始“▨▨(持讀)誦”,訖尾題“佛説无量壽宗要經”,卷末署抄手名字“田廣談”。相應文字參見《大正藏》T19/83C05－84C29。據《國圖》敘録,該經爲 8—9 世紀吐蕃統治時期寫本。

按: 上揭二號内容前後相接,北敦 1005 號首 8 行恰好可補北敦 2636 號末 8 行下方之缺,二號斷痕契合,可使原分屬二號的“受持讀誦,若魔▇之眷屬,夜叉羅”句(此 13 字右側殘筆存於北敦 2636 號倒數第 8 行下部,左側筆畫存於北敦 1005 號首行下部),“伽”、“勃”、“薩”、“底”、“誦”、“曰”、“耶”諸字左右相接,綴合後可復成完璧,烏絲欄亦上下對應,密合無間。再觀二者之行款,烏絲欄清晰可見,有數字標識與咒語右下角,字間距等同,二號皆有省代符(多次用於省略咒語“薩婆婆毗輸底”中的第二個“婆”字),可見二者行款相同。又二號書風(行楷,捺筆較長,鉤筆有力)、筆迹(比較二號共有的“羅”、“莎”、“桑”等字)皆無二致,故二號乃同一寫卷之撕裂無疑,可以綴合,綴合後如圖三所示。

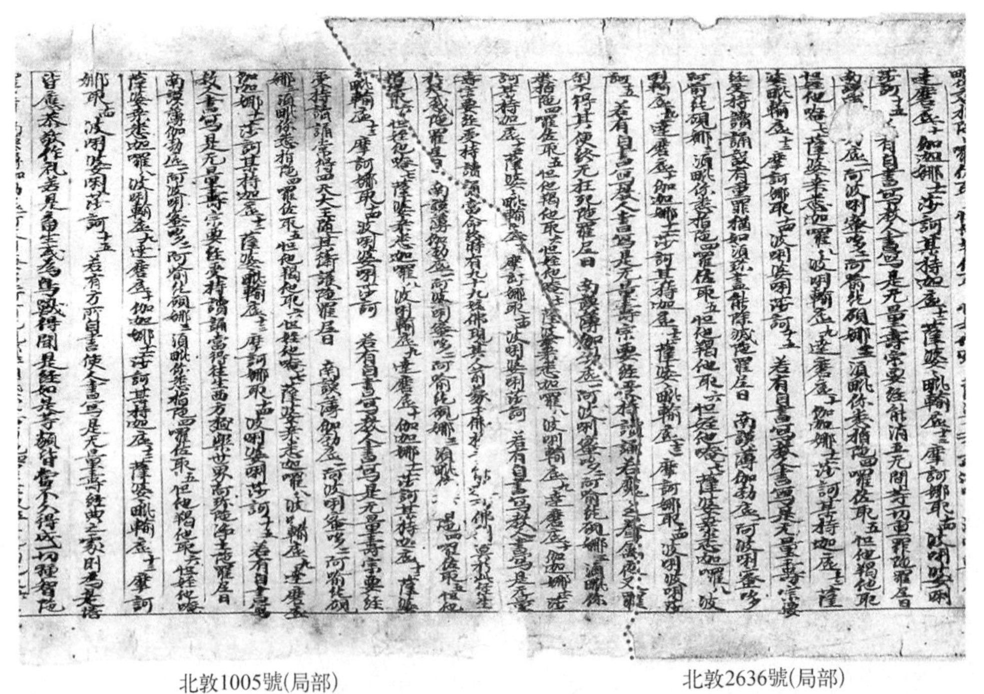

圖三　北敦 2636 號(局部)＋北敦 1005 號(局部)綴合圖

四、北敦 4371 號 + 北敦 4733 號

（1）北敦 4371 號（北 7928，出 71），見《國圖》59/68A－69A。首殘尾脱。2 紙，紙高 31 厘米。存 57 行，第 2—7 行下殘，每行約殘 13 字。行 33 字左右。有烏絲欄。楷書。原文始首題“大乘无量壽經”，訖“陁羅尼曰”，相應文字參見《大正藏》T19/82A3－83B19。據《國圖》叙録，該經爲 8—9 世紀吐蕃統治時期寫本。

（2）北敦 4733 號（北 8028，號 33），見《國圖》63/161A－162A。首脱尾全。2 紙，紙高 31 厘米。存 55 行，行 34 字左右。有烏絲欄。楷書。原文始“南謨薄伽勃底”，訖尾題“佛説无量壽宗要經一卷”，相應文字參見《大正藏》T19/83B20－84C29。據《國圖》叙録，該經爲 8—9 世紀吐蕃統治時期寫本。

按：上揭二號左右銜接，北敦 4371 號末句“陁羅尼曰”可與北敦 4733 號首句“南謨薄伽勃底”直接相承，中無缺字。又二者行款相同（天頭地脚等高、字間距相近、行間及四周有烏絲欄、咒語末尾無數字標識、卷中有“乚”狀省代號），字體相同（均爲楷書，然《國圖》叙録稱北敦 4733 號爲行楷，不妥），書風相似（比較二號共有的“迦”、“波”、“尼”等字，寫法皆無二致；又《大正藏》本咒語“莎訶某持迦底”，此二卷“持”字皆寫作“特”），故可確定二號當爲同一寫卷之割裂，可以綴合。綴合後如圖四所示。

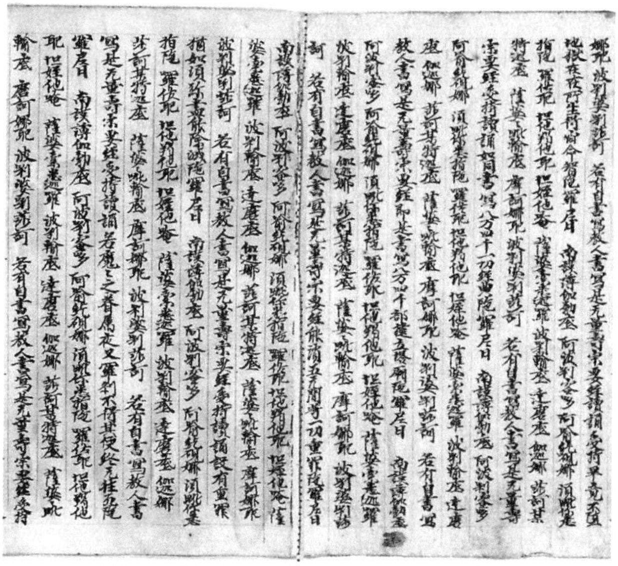

北敦4733號(局部)　　北敦4371號(局部)

圖四　北敦 4371 號（局部）+ 北敦 4733 號（局部）綴合圖

五、北敦1270號+北敦9051號

（1）北敦1270號（北7916，列70），見《國圖》19/105A－106B。首全尾脱。3紙，紙高32厘米。存95行，行36字左右。有烏絲欄。行楷。原文始首題“大乘无量壽經”，訖“薩婆桑悉迦囉”，相應文字參見《大正藏》T19/82A3－84B26。據《國圖》叙録，該經爲8—9世紀吐蕃統治時期寫本。

（2）北敦9051號（虞72），見《國圖》104/367B－368A。首脱尾全。1紙，紙高32厘米。存尾部17行，行35字左右。有烏絲欄。行楷。原文始“波唎輸底”，訖尾題“佛説无量壽經”，相應文字參見《大正藏》T19/84B26－84C29。據《國圖》叙録，該經爲8—9世紀吐蕃統治時期寫本。

按：上揭二號内容前後相繼，北敦1270號末句“薩婆桑悉迦囉”可與北敦9051號首句“波唎輸底”銜接，中無缺字。又二者行款（二號天頭地脚等高、四周及行間皆有烏絲欄、字間距行間距相近、皆有省代號、咒語後無數字標識）、書風（行楷、字體端正、末筆長而有力）、筆迹（比較二者共有的咒語“南謨薄伽勃底”、“阿波唎蜜哆”、“阿喻紇硯娜”、“波唎波唎莎訶”等句以及“福”、“養”、“報”、“陁”等字）皆同，可知二者實乃同一寫卷之割裂，可以綴合。綴合後如圖五所示。

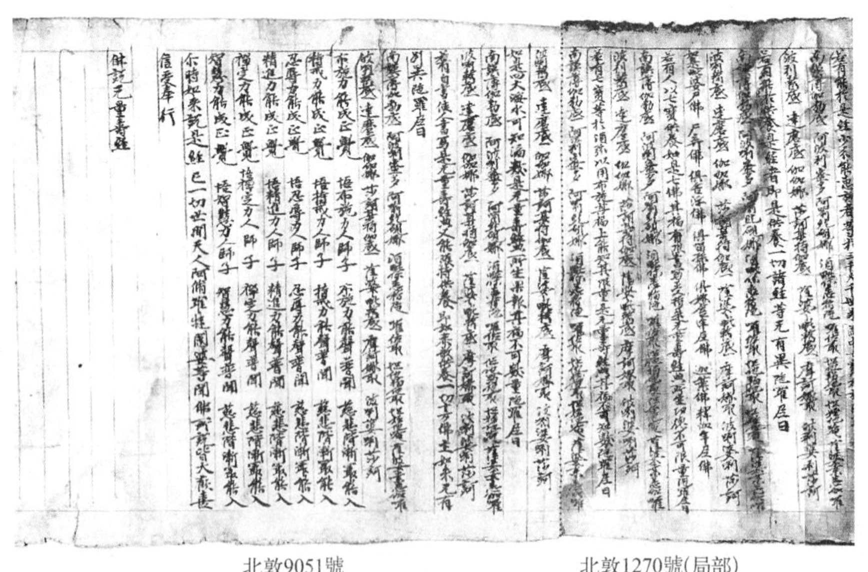

圖五　北敦1270號（局部）+北敦9051號綴合圖

六、北敦 6747 號……北敦 8161 號

(1) 北敦 6747 號(北 7935,潛 47),見《國圖》93/134A－134B。首全皆殘。2 紙,紙高 31.5 厘米。存 30 行,尾行中下殘,存上部 17 字,左側有殘泐。行 30 字左右。有烏絲欄。行楷。原卷缺題,《敦煌劫餘録》擬題《無量壽宗要經》。原文始"大乘无量壽經",訖"▨▨▨▨□(薩婆桑悉迦囉)",相應文字參見《大正藏》T19/82A3－82C12。據《國圖》敘録,該經爲 8—9 世紀吐蕃統治時期寫本。

(2) 北敦 8161 號(北 8120,乃 61),見《國圖》101/88A－89A。首尾皆殘。3 紙,紙高 31.5 厘米。存 65 行,前 2 行中下殘,末 3 行中下殘。行 30 字左右。有烏絲欄。行楷。原文始"若有自書寫教人書",訖"佛説无量壽宗要□(經)",相應文字參見《大正藏》T19/83A23－84C29。據《國圖》敘録,該經爲 8—9 世紀吐蕃統治時期寫本。

按: 比較此二號之行款: 天頭地脚等高,有烏絲欄,提行不頂格,除最後一句咒語處標有"十五"數字,其餘咒語後皆無數字標示,可見二者抄寫格式相同。再觀二號共有之"特""底""澒""羯"4 字,其結構、筆法皆相似,當出自同一人之手。遺憾的是二號内容并不能直接銜接,中間存有殘缺,約殘 18 行,還有待進一步地發現。二者對比圖如圖六(1)、六(2)所示。

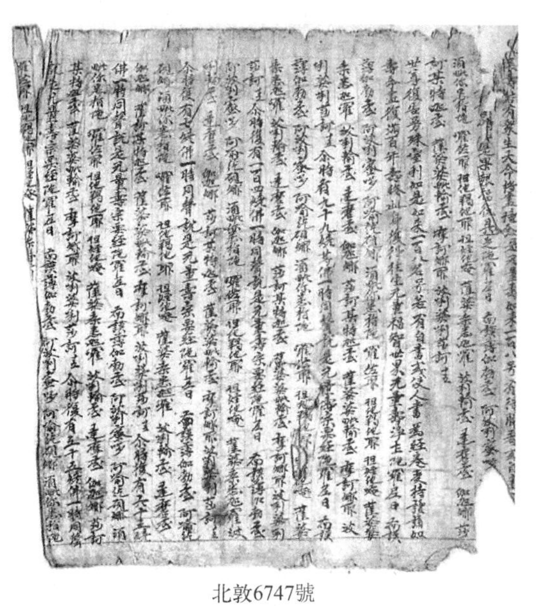

北敦6747號

圖六(1)　北敦 6747 號(局部)

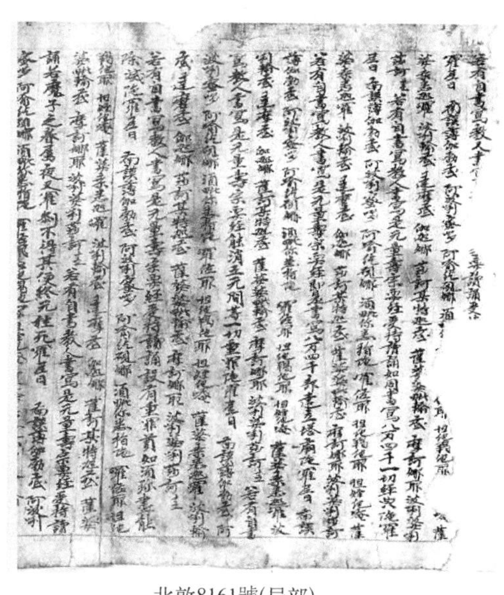

北敦8161號(局部)

圖六(2)　北敦 8161 號(局部)

七、北敦 9060 號 + 北敦 7585 號

(1) 北敦 9060 號(虞 81),見《國圖》104/374B－375B。首尾皆殘。2 紙,紙高 31 厘米。經卷上部有殘損,存 46 行,前 10 行上殘 3—4 字,下殘約 3 字;末行僅存上部 8 字殘畫和下部 3 字殘畫。行 35 字左右。有烏絲欄。楷書。原卷缺題,《敦煌劫餘録》擬題《無量壽宗要經》。原文始"□□□□▨(在舍衛國祇)樹給孤獨園",訖"波唎輸底",相應文字參見《大正藏》T19/82A5－83A20。據《國圖》叙録,該經爲 8—9 世紀吐蕃統治時期寫本。

(2) 北敦 7585 號(北 8092,人 85),見《國圖》97/382B－383B。首殘尾全。3 紙,紙高 31 厘米。存尾部 69 行,首行僅存中部 3 字之殘畫。行 35 字左右。有烏絲欄。楷書。原文始"婆桑悉▨▨(迦囉)",訖"佛説无量壽宗要經",卷末署抄手名字"吕日兴"。相應文字參見《大正藏》T19/83A20－84C29。據《國圖》叙録,該經爲 8—9 世紀吐蕃統治時期寫本。

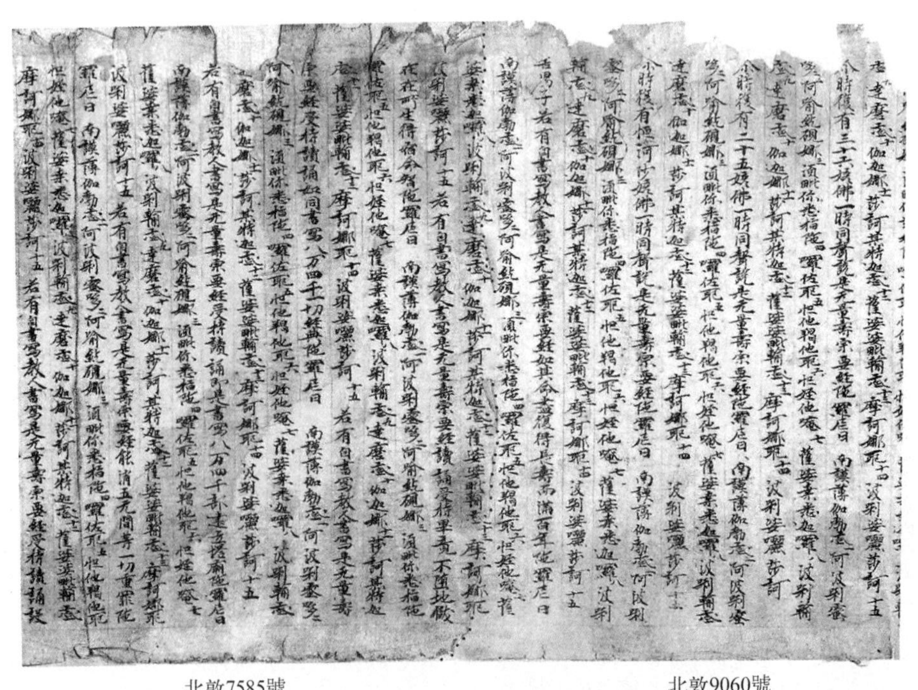

圖七　北敦 9060 號(局部)+北敦 7585 號(局部)綴合圖

按：上揭二號斷痕吻合無間，内容前後相繼，銜接處分屬二卷的"波唎輸底""摩訶娜耶"二句以及"悉""迦""囉""達"4 字綴合後可復成完璧。且行款相同(天頭地脚等高、行距相等、行 35 字左右、字體大小相近、字間距相近、咒語後有數字標識)，筆迹似同(比較二號共有的"陁""經""唵""耶"等字)，乃同一寫卷之撕裂無疑，當可以綴合。綴合後如圖七所示。

又《國圖》叙録稱北敦 9060 號字體爲楷書，而北敦 7585 號字體爲行楷，今既知二號可綴合爲一，則其判斷有待商榷。從書風來看，二號字體更近於楷書。

八、北敦 11342 號 + 北敦 8436 號

(1) 北敦 11342 號(L1471)，見《國圖》109/148B。殘片。首尾皆殘。1 紙，紙高 30.5 厘米。存 11 行，首行僅存中部 3 字左側殘畫，末行存下部 3 字右側殘畫。行存 3—38 字不等。有烏絲欄。楷書。原卷缺題，《國圖》擬題"無量壽宗要經"。原文始"□□□□□(告曼殊室利)童子曼"，訖"▨▨(莎訶)十五"，相應文字参見《大正藏》T19/82A7－27。據《國圖》叙録，該經爲 8—9 世紀吐蕃統治時期寫本。

(2) 北敦 8436 號(北 8132，裳 36)，見《國圖》102/356B－358B。首殘尾全。4 紙，紙高 31 厘米。存 112 行，首行僅存上部 3 字左側殘筆，第 2—5 行中下殘，卷末有"張没略藏寫畢"6 字右側殘筆。行 34 字左右。有烏絲欄。楷書。原文始"善女人欲求長壽"，訖尾題"佛説无量壽宗要經"，相應文字参見《大正藏》T19/82A19－84C29。據《國圖》叙録，該經爲 8—9 世紀吐蕃統治時期寫本。

按：上揭二號内容前後相承，敦 11342 號末 5 行可補北敦 8436 號右下方之缺，後者第 2 行"於是无量▨(壽)"句與前者倒 4 行的"▨(如)來一百八名号"句直接相接，中無缺字。又二號斷痕吻合，原分屬二號的"名"、"号"、"者"、"壽"、"如"、"他"、"莎"、"訶"諸字綴合後可復成完璧；且二者行款相同(天頭地脚等高、咒語後皆有數字標識，四周及行間都有烏絲欄，行間距相近)，筆迹亦無二致(比較二者所共有的"陁"、"尼"、"經"、"无"等字；《大正藏》本咒語"波唎輸底"句中的"波"字二號皆作"鉢")，可知二號乃同一寫卷之割裂無疑，當可綴合。綴合後如圖八所示。

又《國圖》叙録稱北敦 11342 號字體爲楷書，而北敦 8436 號爲行楷，今既知二號可綴合爲一，則其判斷有待商榷。從書風來看，二者字體應爲楷書。

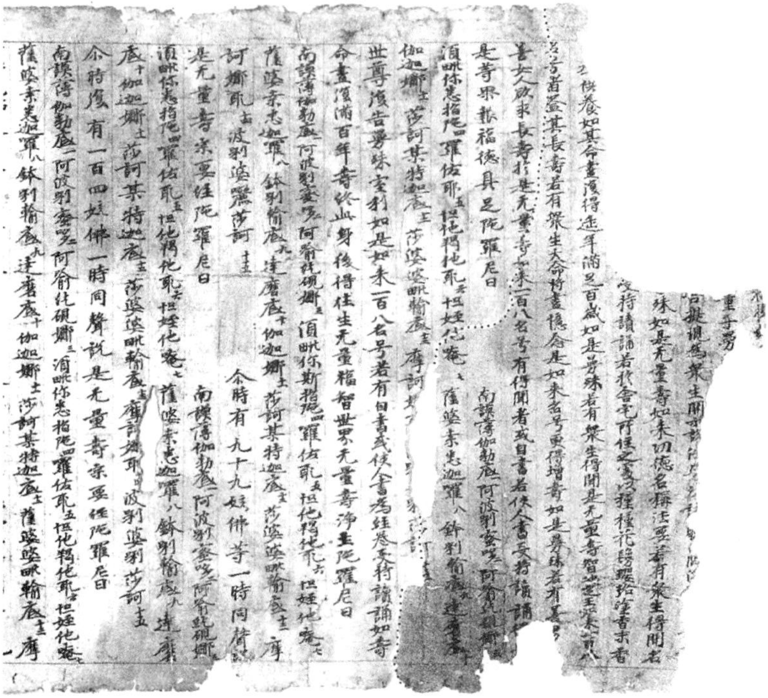

北敦8436號(局部)　　北敦11342號

圖八　北敦11342號+北敦8436號(局部)綴合圖

九、北敦9068號+北敦1999號

(1)北敦9068號(虞89),見《國圖》104/382A。殘片。紙高31.5厘米。首殘尾脱。存19行,首行僅存上部3字之殘畫,第2—4行下殘。有烏絲欄。行楷。原卷缺題,《國圖》擬題"無量壽宗要經"。原文始"薩婆婆毗輸底",訖"怛姪他唵",相應文字參見《大正藏》T19/82B5-C13。據《國圖》叙録,該經爲8—9世紀吐蕃統治時期寫本。

(2)北敦1999號(北7985,收99B),見《國圖》27/441A-442B。首脱尾全。3紙,紙高31.5厘米。存86行,行32字左右。有烏絲欄。行楷。卷末有藏文題記"張思鋼寫"。原文始"薩婆桑悉迦囉",訖尾題"佛説无量壽宗要經",相應文字參見《大正藏》T19/82C13-84C29。據《國圖》叙録,該經爲8—9世紀吐蕃統治時期寫本。

按:上揭二號内容可前後相承,北敦9068號與北敦1999號左右相接,北敦1999號首句"薩婆桑悉迦囉"與北敦9068號末句"怛姪他唵"承接自然,中無缺字。又二卷行款相同（天頭地脚等高，行間及四周皆有烏絲欄，咒語後標識的數字偏小，皆有省代號），筆迹相似（比較二號構件“氵”、“口”、“阝”、“言”、“糹”的書寫），皆可參證。故二號當爲同一寫卷之脱落無疑，可以綴合。綴合後如圖九所示。

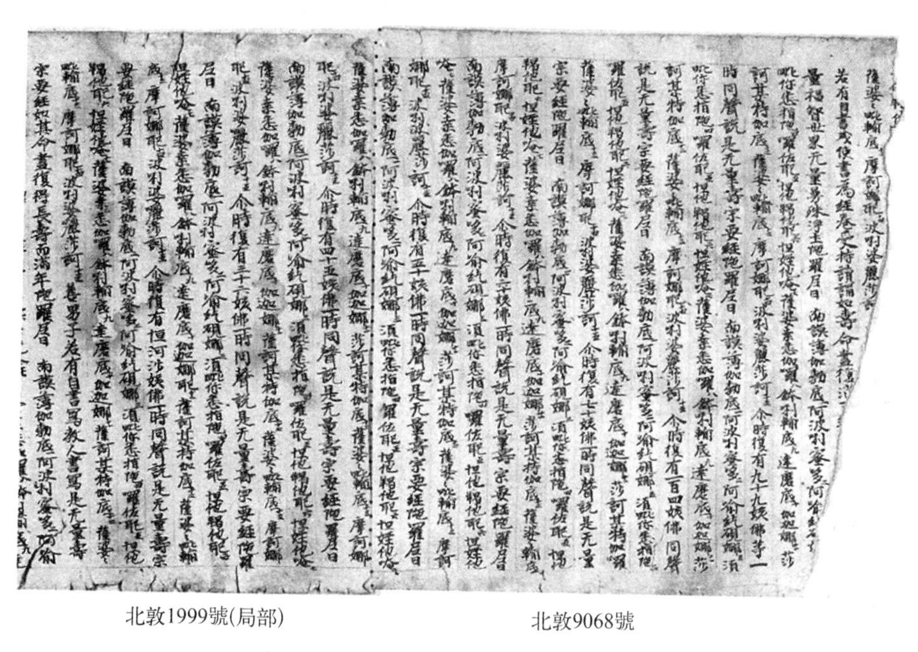
北敦1999號（局部）　　北敦9068號

圖九　北敦9068號+北敦1999號綴合圖

十、北敦9053號+北敦11124號

（1）北敦9053號（虞74），見《國圖》104/369A。首尾皆殘。2紙，紙高31厘米。存15行，首行與尾行上下皆殘。行34字左右。有烏絲欄。行楷。原卷缺題，《國圖》擬題“無量壽宗要經”。原文始“□▨▨（摩訶娜）耶”，訖“須毗你□□□（悉指陁）”，相應文字參見《大正藏》T19/82C2－83A5。據《國圖》叙録，該經爲8—9世紀吐蕃統治時期寫本。

（2）北敦11124號（L1253），見《國圖》109/28B。首尾皆殘，上部亦殘。存10行，首行僅存下部1字左側殘畫，末行爲“娜（存右側殘筆）十一”。有烏絲欄。楷書。原卷缺題，《國圖》擬題“無量壽宗要經”。原文始“□□□□□▨（一時同聲説是无）量壽宗要經”，訖“□□▨（伽迦娜）十一”，相應文字參見《大正藏》T19/83A2－21。據《國圖》叙録，該經爲8—9世紀吐蕃統治時期寫本。

按：上揭二號内容先後銜接，原本分屬二號的“婆”“毗”“无”“量”“你”“悉”諸字

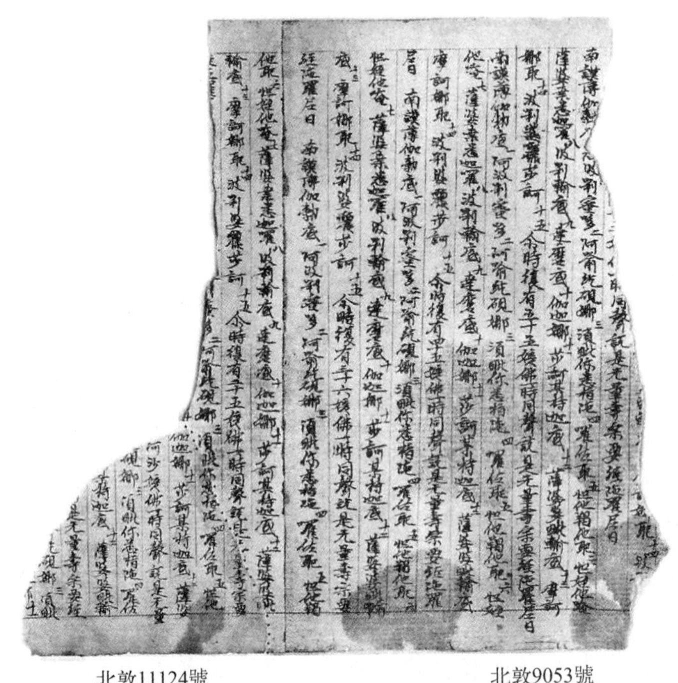

圖十　北敦 9053 號 + 北敦 11124 號綴合圖

綴合後可復成完璧,烏絲欄上下對接,密合無間。又二者行款相同(地脚等寬、行距相等、字體大小相近、字間距相近、咒語後有數字標識),書風相似(字體秀麗、筆劃細長),筆迹似同(比較二號皆有的"姟""須""指""莎"等字)。北敦 11124 號應是從北敦 9053 號缺脱落的殘片無疑,當可綴合,綴合後如圖十所示。

十一、北敦 61 號 B + 北敦 4642 號

(1) 北敦 61 號 B(北 8145,地 61),見《國圖》1/381A－382A。首尾皆殘。3 紙,紙高 27.5 厘米。存 59 行,末 9 行中下殘,殘 4—10 字不等。行約 17 字。有烏絲欄。楷書。原卷缺題,《敦煌劫餘録》擬題《無量壽宗要經》。原文始"尒時復有恒河沙姟佛",訖"若有自書寫教",相應文字参見《大正藏》T19/83A9－83C13。據《國圖》叙録,該經爲 8—9 世紀吐蕃統治時期寫本。

(2) 北敦 4642 號(北 8026,劍 42),見《國圖》62/146A－148B。首殘尾全。4 紙,紙高 28 厘米。存 110 行,前 9 行中上殘。行約 17 字。有烏絲欄。楷書。原文始"□□□▨(無

量壽宗)要經受",訖"佛説无量壽宗要經",卷末題記"第一校光璨、第二校法鸞、第三校建,張英環寫"。相應文字參見《大正藏》T19/83C5－84C29。據《國圖》叙録,該經爲8—9世紀吐蕃統治時期寫本。

按:上揭二號先後銜接,如圖十一所示,北敦61號B末9行可補北敦4642號首9行之缺,中無缺字。又二號斷痕吻合,原分屬二號的"宗"、"波"(2字)"佐"諸字綴合後可成完璧,烏絲欄亦上下對應,密合無間。且再觀二者之行款(行17字左右、提行和咒語皆頂格抄寫、數字標識於咒語下方、天頭地脚等高、有烏絲欄、字體大小相近,行間距相近)、筆迹(比較兩件共有之"勃"、"底"、"經"等字)皆無二致,可確定二號乃同一寫卷之割裂,當予以綴合。

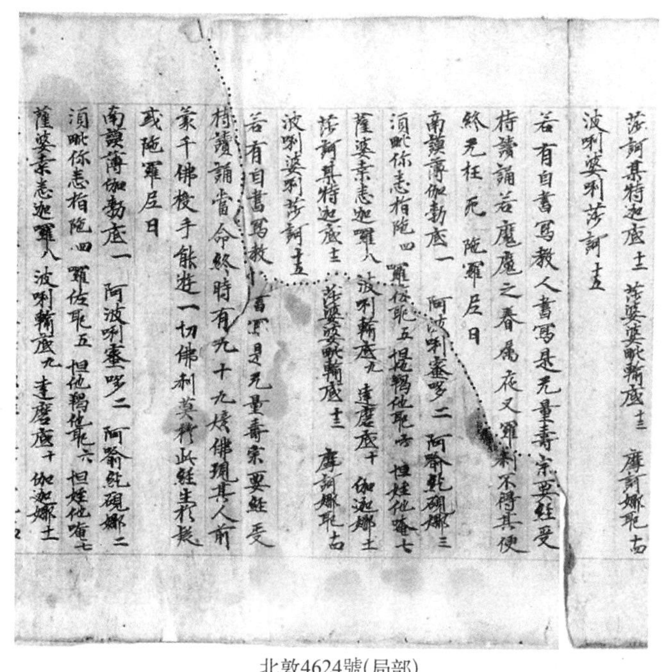
莎訶棊特迦底十二 莎婆莫毗輸底十三 摩訶娜耶十四
波唎婆唎莎訶十五
若有自書寫教人書寫是无量壽宗要經受
持讀誦若魔魔之眷屬夜叉羅刹不得其便
終无枉死 陁羅尼日
南謨簿伽勃底一 阿波唎蜜哆二 阿喻紇硯娜三
須毗儞志指陁四 羅佐耶五 提鞞他耶六 怛姪他唵七
薩婆桑志迦羅八 波唎輸底九 達磨底十 伽迦娜十一
莎訶棊特迦底十二 莎婆婆毗輸底十三 摩訶娜耶十四
波唎婆唎莎訶十五
若有自書寫教人書寫是无量壽宗要經受
持讀誦當命終時有九十九俱胝佛現其人前
來千佛授手能遊一切佛刹莫於此經生於疑
或陁羅尼日
南謨簿伽勃底一 阿波唎蜜哆二 阿喻紇硯娜三
須毗儞志指陁四 羅佐耶五 怛他羯他耶六 怛姪他唵七
薩婆桑志迦羅八 波唎輸底九 達磨底十 伽迦娜十一

北敦4624號(局部)

圖十一 北敦61號B(局部)＋北敦4642號(局部)綴合圖

十二、北敦9050號＋北敦7725號

(1)北敦9050號(虞71),見《國圖》104/367A。首尾皆殘。2紙,紙高31.5厘米。存18行,首4行上殘,末行上部有2殘畫,下部存2字殘筆。行32字左右。有烏絲欄。楷書。原卷缺題,《國圖》擬題"無量壽宗要經"。原文始"但姪他唵",訖"猶如須弥盡能

除”,相應文字参見《大正藏》T19/83A20－83B26。據《國圖》叙録,該經爲8—9世紀吐蕃統治時期寫本。

(2)北敦7725號(北8096,始25),見《國圖》98/226B－227B。首殘尾全。2紙,紙高32厘米。存58行,首行下部個别文字右側筆畫略有殘泐。行35字左右。有烏絲欄。楷書。原文始“猶如須彌盡能除滅”的末字,訖尾題“佛説无量壽宗要經”,卷末署“氾子昇寫”,相應文字参見《大正藏》T19/83B26－84C29。據《國圖》叙録,該經爲8—9世紀吐蕃統治時期寫本。

按:上揭二號左右相接,北敦9050號末句“盡能除”三字與北敦7725號首行首字“滅”拼合成整句“盡能除滅”,中無缺字。且二號斷痕吻合無間,原分屬二號下端的“囉”、“佐”二字綴合後可基本得其全。又二號的行款相同,如天頭地脚等高,字間距、行間距相近,咒語後皆有數字標識於右下角。且二號的筆迹相同,比較二號共有的“人”、“是”、“訶”、“桑”、“囉”、“哆”等字,寫法皆無二致。據此可確定二號乃同一寫卷之割裂,可綴合爲一。綴合後如圖十二所示。

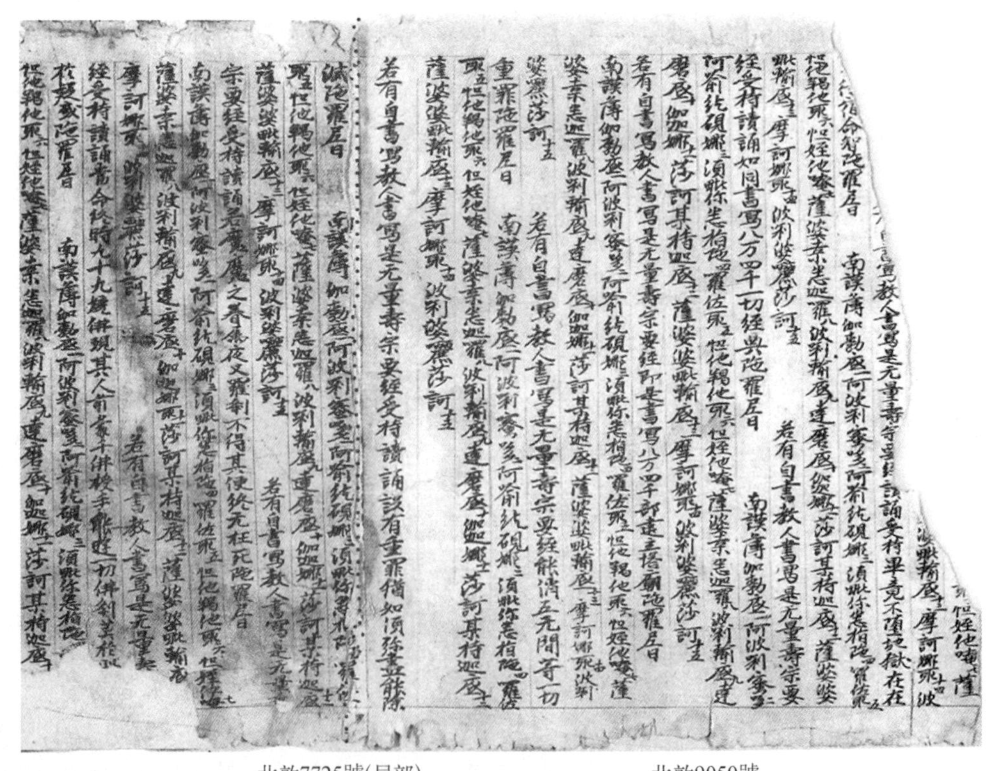

北敦7725號(局部)　　北敦9050號

圖十二　北敦9050號+北敦7725號(局部)綴合圖

又《國圖》叙録稱北敦 9050 號字體爲行楷，而北敦 7725 號爲楷書，今此二號既可綴合爲一，則《國圖》叙録的判斷還有待商榷。從書風來看，二號字體更近於楷書。

吐蕃統治敦煌時期，即建中二年(781)至大中二年(848)，統治者發起了聲勢浩大的抄經活動，留下了大量的《大乘無量壽經》抄本。然而現存敦煌文獻中半數以上的《大乘無量壽經》均有殘泐，只有將這些殘片進行綴合，才能對相關寫卷的性質作出更爲客觀準確的判斷。許多《大乘無量壽經》由於抄寫速度較快，抄手往往採用纖細的筆畫來書寫，這種風格與日本平安時代流行的細字《法華經》非常相近。從字體上來看，細字大多近於楷書，但如果抄手書寫較快，筆畫就會發生粘連，字體便近於行楷。因此，對於殘片字體的判斷，如果能夠依據同一抄手更多的書寫筆迹，結論也就更爲可靠。例如上文第二組綴合中，《國圖》叙録稱北敦 3944 號的字體爲楷書，而北敦 7295 號和北敦 4548 號 1 爲行楷，今既知三號可綴合爲一，則對三號字體的判斷還可再作斟酌。第七、八、十二組的叙録中也存在同樣的問題，這些都可以依據綴合後的成果來糾正。

（作者張磊爲浙江師範大學人文學院副研究員，文學博士；左麗萍爲浙江師範大學人文學院研究生，江西撫州市氣象局科員）

日本漢文古寫本資料庫建設的學術價值及面臨的課題[*]

施建軍

"大資料"概念的提出者維克托·邁爾·舍恩伯格(Viktor Mayer-Schönberger)在《大資料時代》一書中指出,構成大資料的要素有三個:1. 大資料本身;2. 大資料的分析技術;3. 運用大資料的理念。與大資料分析技術和大資料理念相比較,大資料本身是核心要素,其重要性超過了後兩個要素。日本漢文古寫本的整理和研究可以説是中國文化海外傳播大資料建設的重要内容。根據《大資料時代》中所指出的大資料的價值,本資料庫的建設不僅僅對研究中國文化的海外影響,對文獻學、語言學、文字學以及我們現在還無法估計的許多領域的研究都具有重要的學術價值和史料價值。

首先是該資料庫開發對研究中國文化的海外傳播具有重要的學術價值。衆所周知,日本是受中國傳統文化影響最深刻的國家之一,從語言文字到政治制度,無不流露出中國文化的痕跡。古代日本文人以作漢詩、漢文來彰顯其文化功底。日本漢文古寫本的大多數文獻都是日本人所作的漢文作品,記載着當時的日本人對中國文化的思考和認識。從某種意義上講是中國文化在海外的一種投射。由於是外國人用漢語所描述的他們對漢文化的理解,這對我們研究日本人如何吸收和傳承中國文化? 在吸收和傳播中國文化時如何進行取捨? 進而研究日本人思維方式和行動方式有着非常重要的現實意義。本資料庫的建設可以使學者們方便地查找日本傳承中國文化的實際資料。另外,由於資料庫中存有大量的日本漢文古寫本資料,這些大量的資料可以刻畫出中國文化在日本傳播的規律,這將爲我們推進今後的中國文化海外傳播提供非常寶貴的借鑒。

漢文古寫本資料庫的建設,與傳統資料的整理和建設相比更具有文獻學價值。日本的漢文古寫本也是中國文化的一種載體,是中國古代文獻的有效補充。中國已經散落或者失傳的一些古代事件的記載,在這些日本保存下來的文獻中有時可以尋找到蹤

* 基金項目:國家社科基金重大項目《日本漢文古寫本整理與研究》(14ZDB085)。

跡。這些價值已經從傳統的文獻學研究上得到了充分的證實。傳統文獻學的研究,主要是依靠手工和人力進行發掘,對一些現象的發現往往帶有偶然性,如果找到這些文獻就有可能發現某一個古代事件,如果碰不到這個文獻,某些事件就永遠被埋没在歷史中。但是,大規模資料庫的建設使得文獻能夠非常有效地被重複利用,出於某一目的建設的古文獻資料庫,其作用不僅限於這個目的,在研究其他課題時也可以方便地利用。這樣,使得發現歷史事件、歸納歷史發展規律、掌握事物之間的聯繫,不再像傳統研究那樣受到掌握資料的限制而帶有偶然性。只要我們的漢文古寫本資料庫足夠大,幾乎所有以漢文古寫本爲依據的課題,都可以從中得到比較滿意的結果。

日本漢文古寫本資料建設還具有重要的語言學研究價值。現代日語中存在着大量的漢字詞彙,這些詞彙分兩大部分,一部分是從古代漢語傳到日語中的,另一部分是日本人自己創造的。中日詞彙交流研究的一個重要課題就是要理清現代日語中的漢字詞彙的起源問題,即解決哪些是漢語傳播到日語中的,哪些是日本人創造的。解決這個問題的重要依據就是這些詞在中國古代文獻和日本古代文獻中的出現情況。另外,中國和日本現代語言生活中使用的漢字詞彙有相當一部分擁有相同的詞形,然而意義用法却不盡相同。理清這些差别對語言學研究和語言教育都有重要意義。從歷時的角度看,這些詞彙雖然都有一個共同的起源,但是,由於分别在漢語和日語中經歷了不同的發展過程,造成了這些現代漢語和現代日語之間的差異,這些差異的形成過程的研究需要考察大量的古代文獻。由於這些語言學課題的研究涉及日語漢字詞彙系統問題,需要處理的詞彙量龐大,因此依靠傳統手工作業的手段是不可能完成這些目標和任務的,需要有大規模的古代文獻的資料庫。

建設日本漢文古寫本資料庫過程中所整理出的異體字對漢字的異體字整理研究以及異體字的電腦資訊處理研究也具有重要的價值。漢字傳到日本後,漢字在中國和日本都存在創造性地使用問題,包括進行文字改革,導致今日中國所使用的漢字系統和日本所使用的漢字系統存在着差異。中日兩國漢字的簡化和標準化與漢字在中國和日本的使用情況有很大關係。漢字的簡化和標準化實際上是對異體字的一種選擇,漢語和日語自古以來讀音意義相同的漢字根據使用者的喜好字形可以是多樣的,這種字形的多樣性形成了複雜的漢字異體字體系。正是由於異體字的存在,造成了漢字資訊處理上的很多困難,這些困難又給古文獻的數位化帶來了技術障礙。日本漢文古寫本整理過程中無可避免地會碰到大量獨特異體字的辨析問題,也一定會整理出日本漢文古寫本異體字體系,這個體系是對現有漢字異體字體系的重要補充。基於此而建設的日本漢文古寫本異體字資料庫,可以補充到現有的電腦漢字編碼標準中,從而使現行的電腦漢字編碼體系得到完善。

我們建設日本漢文古寫本資料庫的主要目標是:一、將日本漢文古寫本整理和研究過程中産生的資料(包括漢寫本的圖像資料、文本資料、注釋資料以及研究過程中産生的其他研究資料)進行格式化,建設日本漢文古寫本研究綜合資料庫;二、針對日本漢文古寫本整理及研究資料庫開發基於WEB服務和基於個人電腦平臺服務的檢索工具;三、建設日本漢文古寫本整理與研究網站,以便將本項目研究所産生的重要成果向社會進行發佈和提供服務。

本課題研究和整理的物件是日本保存下來的漢文古寫本。這些古籍許多没有出版,更不要説數位化和資料化。上述三項目標可以分兩個層次,即資料化的古籍資料庫建設和數位化的古籍資料庫建設。"大資料"思想的提出者Viktor Mayer-Schönberger認爲大資料的物件有兩種,即數位化了的物件和資料化了的物件。所謂古籍的資料化,就是將古籍資料轉化成與古籍物理狀態相對應的電子文本形式,即將古籍加工成文本資料,然後將這些文本資料結構化建成資料庫,實現古籍的全文檢索。所謂古籍的數位化就是將古籍以圖像的方式電子化,然後根據圖像内容進行適當的主題詞標引,建設主題詞和圖像資料關聯的資料庫,實現主題詞檢索。當然,理想的目標是古籍的資料化,并且將非結構化的原始文本資料結構化,建設可以面向社會服務的全文檢索資料庫。但是由於日本漢文古寫本用字複雜,將這些漢文古寫本資料化并結構化目前面臨著許多難以突破的技術難點和值得研究的課題。

首先是將紙質文本轉化成可用電腦編輯的電子文本。對這些古籍進行電子化,建設以電子圖片爲主的電子文件庫相對比較容易。而要將大量的紙質文檔資料化、轉化成可編輯的電子文本,一般的方法是要使用OCR技術。日本漢文古寫本所使用的漢字種類繁雜(包括繁體漢字、日本自造漢字、異體字等等),同時古籍紙質版的漢字字體和現今印刷體存在較大的差異。目前無論是國内還是日本開發的OCR軟體大多數是針對現代書面印刷體出版物的,且存在識别率的問題。這些OCR軟體在日本漢文古寫本資料化的過程中能夠發揮多大作用是古籍資料化所面臨的第一個重要問題和難點。

其次,在將日本漢文古寫本資料化、轉化成可編輯文本後,爲方便電腦對這些資料進行管理和檢索,還必須對這些資料進行必要的資訊標注加工,將其格式化。在進行資訊標注加工時,所要標注的資訊有哪些?使用什麼樣的格式標準進行加工?如何提高大規模資料加工的效率等是古籍資料化面臨的又一個問題和難點。

第三，日本漢文古寫本中涉及繁體漢字、日本漢字、異體字等等，這些字在進行資訊處理時存在相容問題。中國和日本的資訊處理通常使用GBK、SHIFTJIS等代碼體系，中國和日本漢字代碼體系不但不能夠相容，而且所能夠容納的漢字種類有限。而日本漢文古寫本存在大量的繁體漢字和異體字。如果採用GBK等面向中文資訊處理的代碼系，會造成許多日本自造漢字電腦無法處理；如果使用日本常用的SHIFTJIS代碼體系則又會造成許多繁體漢字和異體字無法處理。由於我們處理的物件是日本漢文古寫本，因此可能會出現目前任何一個漢字代碼體系都没有收録的漢字（異體字）。這些漢字（異體字）如何用電腦處理是日本漢文古寫本資料化面臨的第三個難題。

第四，日本漢文古寫本整理過程所面臨的核心難題是漢字異體字的辨認及其資料化的問題。其中異體字的辨認是貫穿整個課題研究始終的重要問題。我國的古文獻專家在整理古文獻過程中摸索總結了很多關於古文字辨認的經驗，但日本漢文古寫本中的文字反映了日本人的認知習慣和思想意識，其異體字的辨認又有其特殊性。關鍵是日本漢文古寫本中的異體字有許多是日本人自己創造的，其造字規律是否能夠和中國的異體字造字規律保持一致性？中國古文獻整理過程中總結的異體字辨認原則有多大程度能夠應用在日本漢文古寫本中出現的異體字上？即便這些異體字得到正確的辨認，如何對其編碼和資料化以及資料庫建設過程中如何利用？都是需要解決的課題。

如果要將大量的古籍資料化，除了以上技術難點之外，還需要大量的人力和資金支持。按照目前該專案所得到的資金，無法保證將所有的古籍徹底資料化和結構化。

基於以上情況，我們的設想是項目完成時，主要實現日本漢文古寫本數位化資料庫建設，對數位化圖像進行適當的主題詞標注和標引，建設古籍圖像和主題詞關聯的資料庫，并實現以主題詞對古籍圖像的檢索。

古籍的數位化主要是各子課題的研究人員在進行自己分擔的古籍整理時利用掃描器或者高清晰度數碼相機將古籍轉換成高清晰度影像檔，根據影像檔内容進行主題詞標引，形成標引資料。然後由資料庫開發團隊的研究人員將這些影像檔和相關主題詞按照一定的資料結構建成資料庫。最後開發基於WEB的檢索平臺，將古籍圖像資料庫公佈在互聯網上，供廣大用户使用。

日本漢文古寫本資料庫的開發需要古籍整理團隊和資料庫開發團隊密切配合，協同創新。古籍整理團隊負責古籍數位化作業，資料庫開發團隊負責古籍整理團隊提供的古籍數位化資料的建庫和WEB資料庫檢索平臺的開發。在建設過程中需要資料庫開發團隊根據資料庫建設的技術要求制定資料加工的規格，同時更需要古籍整理團隊嚴格按照這些資料加工規格進行古籍整理、加工并數位化。只有這樣才能獲得符合要求的資料,才能夠圓滿地完成科研任務。

總之,日本漢文古寫本資料庫建設具有非常重要的學術價值和史料價值,同時在建設過程中也會遇到古文獻研究前所未有的挑戰。正是這種價值和挑戰并存才能夠體現本課題研究的真正意義。

(作者爲北京外國語大學教授,文學博士)

日本現存漢籍古寫本類所在略目録*

阿部隆一(王曉平 譯)

凡例

一、此略目録爲1956—1966年間所編撰。

二、此後,文獻所藏有所變動,如:文獻保管由文化財保護委員會轉移至各國家機構,收藏者的變動等。但本目録概按當時所藏收録。

三、收藏者名左側的數字爲册(軸、幀)數,後面的"影"字表存在影印本。

四、收藏者名稱爲略稱。

五、未收録其後發現的諸本。

經部

易類

講周易疏論家義記	存一卷	[奈良]寫	一	興福寺,以下簡稱興福。影
	王弼注本			
周易	九卷略例一卷	[室町]寫	五	國立公文書館内閣文庫,以下簡稱内閣
同	存卷七、八	[室町末]寫	一	大東急記念文庫,以下簡稱東急
周易	十卷	[室町]寫	五	武田長兵衛、武田科學振興財團杏雨書屋,以下簡稱武田
同		[近世初]寫　釋恭畏舊藏	三	東急
同		[室町末]寫	五	足利學校遺跡圖書館,以下簡稱足利
同	闕卷五、六	[室町]寫	三	足利
同	存卷七—十	永德四年(1381)寫 文永、弘長、正中等 奥書①清家本	二	名古屋市蓬左文庫,以下簡稱蓬左
同	存卷七—十	[室町]寫	一	慶應義塾圖書館,以下簡稱慶應

* 基金項目:國家社科基金重大項目《日本漢文古寫本整理與研究》(14ZDB085)。

① 紙質文獻末尾左下方書寫的有關書寫年月、書寫者及文獻來歷的文字,即識語。

周易	六卷　上下經	[鎌倉]寫　卷二、六補寫	六	田中穰
同	(洗心經)　闕卷三	[室町]寫	五	國立國會圖書館,以下簡稱國會
同	上下經	[室町末近世初]寫	三	仁和寺,以下簡稱仁和
同		[室町末]寫	三	東急
同	闕卷二	[室町末]寫　清原家舊藏	五	東急
同		[室町]寫	二	静嘉堂文庫,以下簡稱静嘉
同		元龜三年(1572)寫	三	龍門文庫,以下簡稱龍門
同		文禄二年(1593)寫	二	天理大學附屬天理圖書館,以下簡稱天理
同		[室町]寫	合一	天理
同		[近世初]寫	三	足利
同		慶長十四年(1609)寫 富岡鐵齋舊藏	一	慶應義塾大學附屬研究所斯道文庫,以下簡稱斯道
同	上下經(單經)	[近世初]寫	一	蓬左
同		[室町末]寫	三	御茶水圖書館成簣堂文庫,以下簡稱成簣
同	闕卷三、四	[室町]寫	二	慶應
同	存卷二、三	[室町末近世初]寫	二	慶應
同	下經傳	[室町末]釋梅仙寫	一	建仁寺兩足院,以下簡稱兩足
同	上下經　闕卷五、六	[室町後期]寫	二	神宮文庫,以下簡稱神宮
同		永禄七年(1564)林宗二寫 永正六年(1509)清原宣賢識語本	六	不明
同	零本　存上經乾傳第一、泰傳第二、繫辭下卷八(上)魏王弼注(下)唐孔穎達疏	[室町末近世初]寫	二	高野山寶龜院,以下簡稱高野寶龜

正義本

周易正義	一四卷　存卷五—九	[鎌倉]寫　金澤文庫舊藏	五	水府明德會彰考館,以下簡稱彰考
同		[室町末]寫	七	内閣
同	闕卷五、六	[室町末]寫　清原家舊藏	三	龍門
同		[室町]寫	五	仁和
同		[室町]寫	一	日光山輪王寺天海藏,以下簡稱日光天海
同	存序、卷一	[室町]寫	一	蓬左
同	存卷二、十	[室町]寫	一	静嘉
同	存卷五—七	[室町末]寫	一	東急
同	存序、卷一	[室町末]寫	一	東急
同	存序、卷一	天正十二年(1584)寫	一	東急
同	[室町末]寫	清原家舊藏	三	京都大學附屬圖書館,以下簡稱京大
同		[室町末近世初]寫	七	京都大學人文科學研究所,以下簡稱人文
同	有闕	元龜二年(1571)寫 柴野栗山舊藏	五	慶應

同	［室町］寫	七	武田
同　附周易要事記、周易命期略秘傳各一卷	天文寫	十	廣島大學附屬圖書館，以下簡稱廣大
周易注疏　十四卷	［室町］寫	一三	内閣
周易傳　六卷	宋李中正 應安五年（1372）寫	三	足利
易學啓蒙抄　二卷	宋朱熹　宣賢自筆抄録	二	京大
易學啓蒙通釋　二卷	宋胡方平　清原宣賢等寫	二	京大
同	［室町］寫	合一	足利
同	［室町］寫	三	蓬左
同　存卷下、圖	［室町末近世初］寫	二	身延山久遠寺，以下簡稱身延
同　存卷下	［室町末近世初］寫	一	身延
周易筮儀	元胡一桂　［室町］寫	一	蓬左

書類

古文尚書孔安國傳本

尚書　存卷六	唐寫	一	神田喜一郎，以下簡稱神田。影
同　存卷三、五、十二	唐寫　延喜（901—923）、天曆（947—957）年間　加點	一	東洋文庫，以下簡稱東洋。影
同　存卷六	元德二中原康隆寫	一	東洋。影
同　存卷十三	［鐮倉末］寫　中原家點本	一	東急
同　存卷十一	元亨三年（1323）寫 中原家點本 東寺　觀智院舊藏	一	天理
同　存卷十一	上揭本之江户期摹寫本	一	東急
同　存卷十一	上揭本之江户期摹寫本	一	宫内廳書陵部，以下簡稱書陵
同　存卷四（太甲以下）	［鐮倉］寫	一	村口
同　存卷三、四、八、十、十三	唐寫　九条家舊藏	四	御物
同　存周書卷十一	［鐮倉］寫	一	猪熊信男，以下簡稱猪熊
同　十三卷	［鐮倉］寫　清原教有點	一二	神宫徵古館，以下簡稱神宫徵古
同	寫	一三	神宫文庫，以下簡稱神宫
同	［室町末］寫　寬喜、貞永、建長、天文等之清家奥書	六	成簣
同　存卷八	永正十一年（1514）清原宣賢寫	一	築波大學附屬圖書館，以下簡稱築波
同　存卷五	永正十一年（1514）清原宣賢寫	一	國立國會圖書館，以下簡稱國會
同　存卷七、十	清原宣賢寫	一	京大
同　存卷十一、十二、十三	清原宣賢寫	二	蜷川氏，以下簡稱蜷川
同	釋梅仙寫　天正六年（1578）林宗二加點宣賢本之寫	六	兩足

同	[室町末]寫　宣賢點本之移寫	六	學習院,以下簡稱學習
同　存卷三、四	[室町末]寫　宣賢本	一	成簣
同　存卷四—六	[室町末]清原秀賢寫　宣賢本	一	東急
同　單經本	[室町]寫　清家舊藏	一	東急
同　存九卷	[室町]寫　清家點	四	書陵
同　單經本	永禄十一年(1568)寫	二	西尾市立圖書館岩瀨文庫,以下簡稱岩瀨
同	[南北朝]寫	六	静嘉。影
同	[室町]寫	二	足利
同	慶長八年(1603)林信勝寫	三	内閣
同　闕卷十以下	[室町]寫	三	慶應
同　闕卷十一—十三　單經	[室町後期]寫	二	神宮
尚書正義　二十卷	[近世初]寫	二十	東急
同　存序、表、卷一	[室町]寫　表中有注	一	足利
[尚書酒制抄]　斷簡	[鎌倉]寫　金澤文庫舊藏	一	石原明,以下簡稱石原

詩類

毛詩　存卷六	漢鄭玄箋　[唐]寫	一	東洋。影
同　存卷一	[平安]寫	一	大念佛寺,以下簡稱大念佛。影
同　存卷十五、十八	[鎌倉]寫　應安七年(1374)識語　九條家舊藏	二	御物。影
同　存小雅殘卷	[鎌倉]寫	一	上野精一,以下簡稱上野
同	寫　金澤文庫本之寫?	二	京大
同　二十卷	永正九年(1581)、十年　清原宣賢寫	十	東急
同	[室町]寫　宣賢點	二十	静嘉　卷一影
同	釋梅仙寫　宣賢點	六	兩足
同	[近世初]寫	六	大阪府立中之島圖書館,以下簡稱大阪府
同　闕卷五、六	慶長二年(1597)寫　宣賢點　清原家舊藏	九	京大
同	[室町]寫　宣賢點	七	蓬左
同	清原相賢寫　宣賢點	四	國會
同	寫　宣賢點　旁書大江點	二	内閣
同	[室町]寫	二十	龍谷大學圖書館,以下簡稱龍谷
同　存卷七、八	[室町]寫　三條西家舊藏	一	慶應
同	[室町末]寫	十	足利
同　闕卷十一、十二、十九、二十	[室町末]寫	七	足利
同　單經	[室町末]寫　清家本	二	京大
同　存卷九—二十	[室町]寫	三	身延

毛詩正義序	明應(1492—1501)寫	一	斯道
毛詩正義　斷簡	［唐］寫　信義本神樂歌之紙背	一	不明。影
同　存秦風	［奈良］寫	一	天理
同　存小戎、蒹葭	［唐］寫　富岡家舊藏	一	京都市。影
毛詩注疏　二十卷	［室町末］寫	十	米澤市立米澤圖書館,以下簡稱米澤
同	［室町末］寫	九	蓬左
同　存卷十五、十六	［室町末近世初］寫	一	身延
毛詩	漢鄭玄箋　明余謙音考［室町］寫	二	東洋

禮類

周禮疏　單疏本　卷一—四、七、八、十二—十四、十八—四十	［室町］寫　清原家舊藏	一五	京大
周禮　存卷十一	漢鄭玄注　［平安初］寫	一	成簣
儀禮疏　存卷十五、十六	［平安末］寫　安元二年(1176)中原師直校點	一	書陵
儀禮圖	宋楊復　［室町］寫	六	京大
禮記子本疏義　卷五九喪服小記	［唐］寫	一	早稻田大學圖書館,以下簡稱早大。影
禮記　二十卷　單經本	［室町初］寫	八	斯道
禮記　二十卷　闕卷一	漢鄭玄注　清原宣賢寫	一九	書陵
同	釋梅仙寫　宣賢手寫本之寫	二十	兩足
同　單經本	寫	四	近畿日本鐵道株式會社,以下簡稱近鐵
同	［室町末近世初］寫　宣賢手寫本系	十	國會
禮記正義　卷五殘卷　單疏本	［平安］寫	一	東洋影
附釋音禮記注疏	［近世初］寫　清原家舊藏	一二	内閣
大戴禮記　存上	慶長四年(1599)清涼秀賢令寫　清原秀賢點	一	京大
樂書要録　存卷五—七	寫	三	國會
碣石調幽蘭譜　存卷五	［唐］寫　神光院舊藏	一	東京國立博物館,以下簡稱東博

春秋類

春秋左氏傳　零卷	［唐］寫	一	書道博物館,以下簡稱書道
春秋經傳集解　卷二殘卷	［唐］寫	一	藤井齊成會有鄰館,以下簡稱藤井。影
同　存卷二十六	［平安］寫	一	石山寺,以下簡稱石山
同　存卷二十九殘卷	［平安］寫	一	石山
同	石山寺藏本之摹寫	一	静嘉
同　存卷十	［平安］寫　清原賴業自筆加點	一	東洋。影

同	存卷十三、六・二十九、十九・十三、十六・二十九	[平安後期]寫	四　武田
同	三十卷	[鎌倉]寫　清原教隆點 金澤文庫舊藏	三十　書陵
同	存卷二十三	[室町]寫　清原賴業點	一　武田
同	存卷二十一	清原宣賢寫	一　書陵
同	存卷七—十四 單經本	天文十四年(1545)、十五年寫　宣賢點 清原家舊藏	三　京大
同	存卷五—九	[室町]寫　宣賢自筆加點	五　静嘉
同	闕卷二十九、三十	[室町末]寫	七　慶應
同	闕卷十八、十九　附釋音春秋左傳注疏一卷	享禄二年(1529)寫	一四　内閣
春秋正義　三十卷		[江户]寫	一二　書陵。影
同			彰考(燒失)
春秋公羊傳疏		[室町]寫	六　蓬左
春秋經傳集解　三十卷		宋林堯叟注　寫 清原家舊藏	一一　京大

孝經類

古文孝經孔安國傳本

古文孝經　斷簡		[奈良]寫	一　佐佐木信綱,以下簡稱佐佐木
同	斷簡　五刑章第十四	[奈良]寫	一　武田
同	斷簡	[奈良]寫	一　神田
同	斷簡　孝治章第九	[奈良]寫	一　天理
同		建久六年(1195)寫 清家點	一　猿投神社,以下簡稱猿投
同		仁治二年(1556)寫 清原教隆點	一　武田。影
同		[鎌倉]寫　清原教隆點 金澤文庫本	二　出光美術館,以下簡稱出光
同		建治三年(1277)寫 清家點	一　三千院,以下簡稱三千。影
同		弘安二年(1279)之模寫	一　東洋
同	闕首	正應六年(1293)寫	一　東急
同		永仁五年(1297)寫 清原教有點	一　書陵
同		正安四年(1302)寫 清家點	一　天理
同		延慶一年(1308)寫	一　東洋
同		元亨一年(1321)傳世尊寺行房寫　清原良枝奥書	一　書陵

同		元德二年(1330) 清原良賢寫	一	書陵
同		上揭本之江户末摹寫	一	東急
同		[鎌倉]寫　清原家舊藏	一	京大
同	有闕	[鎌倉]寫	一	上野
同		[鎌倉]寫	一	高野山寶壽院,以下簡稱高野寶壽
同		[鎌倉]寫	一	斯道
同	有闕	[鎌倉]寫	一	村山長舉,以下簡稱村山
同	有闕	[鎌倉]寫	一	東急
同		[鎌倉]寫　清原教隆點 金澤文庫本　松岡忠良 舊藏	二	出光
同		延慶一年(1308)寫 野村素介舊藏	一	東洋
同		正平十三年(1358)寫	一	賀茂别雷神社三手文庫,以下簡稱三手
同		永享八年(1436)寫	一	書陵
同		文安三年(1446)寫 東寺觀智院舊藏	一	天理
同		明應(1492—1501)寫	一	前田育德會尊經閣文庫,以下簡稱尊經。影
同		明應二年(1493)藝陽山人 壽山翁(大内政弘)寫	一	國學院大學圖書館,以下簡稱國學
同	單經本	明應八年(1499)寫	一	豬熊
同		[室町]寫	一	豬熊
同		[清原宗賢]寫 清原宣賢自筆奥書加點	一	天理
同		天文六年(1537)清原枝 賢寫　京大藏鎌倉寫本係	一	天理
同	單經本	永正七年(1510)寫 清家點	一	京大
同		卜部兼右寫　清家點 明應四年(1495)宣賢奥書	一	矢野豐次郎,以下簡稱矢野
同	單經本	大永六年(1529)寫 宣賢點	一	成簣
同		[室町]寫 清原枝賢手澤本	一	東洋
同		天正十二年(1584)釋梵 舜寫　清家本	一	天理
同		永正十一年(1514)寫	一	斯道
同		[室町]寫 清原宣賢自筆跋文	一	成簣
同		天正十九年(1591) 三十郎三慶寫	一	東急

同	享禄二年(1529)寫	一	龍門
同	[室町末]寫	一	龍谷
同	[近世初]寫	一	岩瀨
同　直解本	天正十三年(1585)寫	一	國會
同	[室町末近世初]寫	一	神宮
同	[室町]寫　宣賢點　文龜二年(1502)小槻奥書本	一	兩足
同	[室町]寫　宣賢點　文龜二年(1502)　小槻奥書本	一	書陵
同	[室町]寫　宣賢點　文龜二年(1502)　小槻奥書本	一	尊經
同	[室町]寫	一	東洋
同	[室町]寫	一	書陵
同　單經本	[室町]寫　傳一條兼良筆	一	書陵
同	[室町]本	一	谷村莊平,以下簡稱谷村
同	文安二年(1445)寫	一	斯道
同	[室町]寫	一	静嘉
同	[室町]寫	一	静嘉
同　單經本	[室町]寫	一	東急
同　單經本	[室町末]寫	一	書陵
同　單經本	弘治三年(1557)寫	一	仁和
同　單經本	[室町]釋義演寫	一	醍醐寺三寶院,以下簡稱醍醐三寶
同	[近世初]寫　清原家舊藏	一	國會
孝經述義　存卷一、四	隋劉炫撰　[明應]寫　清家舊藏	二	京大。影
同　存序并古文孝經序	[江户]舟橋師賢寫　清家舊藏	一	京大。影

古文孝經直解本

古文孝經直解	[室町末]寫	一	足利。影
同	[室町]寫	一	東急
同	天正五年(1577)文石寫	一	東洋
同　存序	[室町]寫　弘治三年(1557)跋語	一	東洋
同	[室町]寫	一	東洋
同	[室町]寫	一	斯道
同	[室町]寫	一	斯道
同	天文二十三年(1554)寫	一	斯道
同	寫　同前斯道本之近寫	一	静嘉

同	[室町]寫	一	學習
同	[室町]寫	一	成簣
同	[室町]寫	一	早大
同	[江户]寫　永禄(1558—1570)寫本之寫	一	國會
同	[澁江抽齋]寫　永禄十二年(1569)寫本之摹寫	一	斯道
同	寫	一	長澤規矩也,以下簡稱長澤

御注本			
御注孝經　開元本	三條西實隆寫	一	御物。影
同　殘卷	[鎌倉]寫　紙背建保五年(1217)、承久三年(1221)文書　清家舊藏	一	京大
同　殘卷	[江户末]寫　上揭本之摹寫	一	東急
御注孝經	寫　清家點	二	書陵

四書類

大學類

大學章句	永正十一年(1514)清原宣賢寫　清家舊藏	一	京大
同	[室町末近世初]寫　文龜三年(1503)本奥書　清家舊藏	一	京大
同	永正十三年(1516)寫　文龜三年(1503)本奥書	一	天理
同	[室町]寫　清原業賢寫宣賢手點本之寫	一	書陵
同	[近世初]寫　文龜三年(1503)本奥書　清家點	一	神宫
同	[近世初]寫　文龜三年(1503)本奥書　清家點	一	東大
同	[室町末]寫　天正元年(1573)清原枝賢手識	二	成簣
同	慶長十八寫	一	武田
同	[室町]寫　明應七年(1498)中原師富點本之寫	一	成簣
同　朱序　倪士毅輯釋	[室町末近世初]寫	一	陽明文庫,以下簡稱陽明
同	[延德(1489—1492)年間]寫　釋子天紹育點	一	大德寺真珠庵,以下簡稱大德真珠

同	[三條西實隆]寫	一	曼珠院,以下簡稱曼珠
大學輯釋・中庸輯釋	元倪士毅　[室町]寫	二	書陵

中庸類

中庸章句	[鐮倉]寫	二	東洋
同	弘和二年(1382)釋禪惠寫	一	京大
同　單經	清原宣賢寫	一	京大
同	[近世初]寫　清家點	一	京大
同	釋梵舜寫　清家點	一	武田
同	元和四年(1618)釋梵舜寫清家點	一	國會
同	[近世初]寫　宣賢點	一	天理
同	天正一年(1573)清原枝賢寫	一	京大
同	[室町末]寫　清家點	一	成簣
同	[室町末]寫　清家點	一	成簣
同	永祿八年(1565)寫　清家枝賢自筆點本之寫	一	仁和
同　單經	[室町末近世初]寫	一	陽明
同	吉田兼右寫　宣賢自筆朱點	一	東大
同	明應二年(1493)寫　足利學校本系	一	醍醐

論語類

論語　殘卷	漢鄭玄注　[唐]寫	一葉	武田。影
同　殘卷	[唐]寫	一	本願寺,以下簡稱本願。影
同　殘卷	[唐]寫	一	書道

何晏集解本

論語集解　十卷　存卷七	文永五年(1268)寫　中原師秀點	一	醍醐三寶
同　存卷八	文永五年(1268)寫　中原師秀點　醍醐寺舊藏	一	東洋
同　存卷四、八	嘉元一釋了尊寫　中原點	二	高山
同　存卷七、八	[鐮倉末]寫	二	高山
同	元應二年(1320)寫	十	蓬左。影
同　存卷三	德治三年(1308)寫	一	神田
同　存卷五—十	[鐮倉末南北朝]寫	一	武田
同	[南北朝]寫　貞和三年(1347)藤宗重識語	十	東洋

同	［南北朝］寫	十	村口
同	正和四年(1315)寫	十	東洋
同	嘉曆二年(1170)、三年寫　清原教隆點	十	書陵
同	［鎌倉末］寫　建武四年(1337)清原賴元手校本	十	東急。影
同　存卷三、七、十(有闕)	康安二年(1362)寫	三	猿投
同　存卷三零卷	［南北朝］寫	一	猿投
同　存卷四零卷	［南北朝室町初］寫	一	猿投
同	應永六年(1399)寫	三	慶應
同 單經	清原良枝寫　天文十九年(1550)枝賢奥書	二	京大
同　存卷六—十	單經　清原宣賢手寫手點	一	京大
同	［室町末近世初］寫　永正九年(1512)、十七年(1520)宣賢點	二	京大
同	天文八年(1539)清原枝賢寫　天正四年(1576)再奥書	二	京大
同	［室町］寫　宣賢點	二	京大
同	［室町］寫　宣賢點	一	京大
同　單經	［室町末近世初］寫　宣賢點	一	京大
同	［室町］寫　宣賢點	五	東洋
同	［室町末］寫　宣賢點　永正九年(1512)、十年清原宣賢,大永三年(1523)林宗二本奥書	三	神宮
同	［室町末］寫　與前揭同系宣賢點	五	神宮
同	釋梅仙寫　永正九年(1512)宣賢奥書	四	大阪府
同	［室町末］寫　宣賢點	二	國會
同	［室町末］寫　宣賢點	四	國會
同	［室町末］寫　宣賢點	一	國會
同	［室町末］寫　宣賢點	二	斯道
同	［室町末］寫　宣賢點	五	天理
同　單經	吉田兼右寫　宣賢點	二	天理
同	元龜二年(1571)釋梵舜寫　宣賢點	五	京大
同	大永四年(1524)寫　宣賢點	三	東洋
同　單經	［室町末近世初］寫	一	近鐵

同		[室町末近世初]寫	五	岡田真,以下簡稱岡田
同		寛正一年(1460)寫	二	東洋
同		[室町]寫	二	龍谷
同	存卷三、四	[室町末]寫	一	龍谷
同		[室町末]寫	二	書陵
同		[室町末近世初]寫	五	陽明
同	闕卷六以下	[室町末]寫	一	醍醐寺,以下簡稱醍醐
同		永禄三年(1560)寫	五	斯道
同		[室町末]寫　正長一年(1428)跋	二	斯道
同		[室町]寫	五	斯道
同	有闕	應永三十三年(1426)寫	一	斯道
同		天文十八年(1549)寫	二	斯道
同		[室町]寫	五	斯道
同		[室町]寫	二	斯道
同	存卷一—五	永正十二年(1515)識語	一	東洋
同		[室町末]寫	四	龍門
同	存卷一—五	永禄六年(1563)寫	一	東洋
同	存卷一—五	永禄六年寫本之摹寫	一	築波
同		[室町]寫	五	東洋
同	存卷六以下	[室町]寫	一	斯道
同		天文十六年(1547)寫	一	静嘉
同		[室町]寫	四	成簣
同		[室町]寫	五	書陵
同		[室町末]寫	五	蓬左
同	闕卷三、四	[室町末]寫	四	成簣
同		[室町末]寫	二	神宮
同	存卷一—五	永禄一年(1558)寫	一	國會
同	存卷七至末	[室町]寫	二	成簣
同	存卷五、六	[室町末]寫	一	成簣
同	存卷六以下	[室町末]寫	一	成簣
同	存卷五、六	永正十三年(1516)寫	一	築島裕,以下簡稱築島
同		[室町]寫	五	天理
同		[室町末]寫	二	秋田縣立秋田圖書館,以下簡稱秋田
同	闕序	[室町末]寫	五	斯道
同	闕卷六以下	[室町末]寫	一	慶應
同	闕卷五、六	元德三年(1331)釋虎關師錬寫　木村家舊藏	四	京大
同	單經	永禄十三年(1570)寫	二	仁和
同	單經	天正十八年(1590)寫	一	斯道
同		大永一年(1521)寫	五	大國魂神社,以下簡稱大國魂
同	存學而第一	[室町末]寫	一	京大

同 存卷四、五、六	[室町末]寫	一	斯道
同	[近世初]寫	五	足利
同 存卷一、二	[室町]寫	一	足利
同 闕卷一—四	[近世初]寫	一	足利
同 存卷一—六	[室町]寫	一	日光天海
同	[室町]寫	二	日光天海
同	[室町]寫	五	日光天海
同	[室町]寫	三	日光天海
同 存卷三—十	[室町]寫	四	日光天海
同 存卷七—十	文龜二年(1502)寫	一	日光天海
同	[近世初]寫	五	神宮
同	[近世初]寫	二	神宮
論語[拔粹] 殘卷三一葉	文永六年(1526)寫	一	神奈川縣金澤文庫,以下簡稱金澤
同 單經 零本	[室町]寫	一	書陵

皇侃義疏本

論語義疏	十卷 [室町]寫	五	成簣
同	文明九年(1477)寫	十	龍谷
同 存卷二、四—八	[南北朝]寫 清原良兼朱筆花押	六	京大
同 闕卷四	[近世初]寫	九	京大
同 闕卷九、十	天文十年(1541)、十四年寫	八	慶應
同	[室町]寫	五	書陵
同 闕卷十	延德二年(1490)寫	九	東急
同 闕卷四	[室町末]寫	十	東急
同	[江户]寫	五	東急
同	[室町末]寫	五	天理
同	[室町末]寫 泊園書院舊藏	五	關西大學圖書館,以下簡稱關大
同 卷一補寫	[室町末]寫	六	蓬左
同 存卷二	[室町末]寫	一	静嘉
同	[室町末]寫	六	涉澤敬三,以下簡稱涉澤
同	[室町]寫	十	足利
同 有闕	[室町]寫	五	尊經
同	[室町]寫	十	尊經
同	[江户末]寫 文明十四年(1482)本之寫	五	國會
同	文明十九年(1487)寫	五	斯道
同	[室町]寫	十	斯道
同	[室町]寫	五	斯道
同 闕序、卷五、六	[室町]寫	七	斯道

同	[江户]寫	十	東洋
同	[江户]寫	十	東洋
論語集注　存卷一	宋朱熹注　元龜四年(1573)寫	一	築波
同　存卷二、十	宋朱熹注　元龜四年(1573)寫	二	涉澤
孟子類			
孟子　存告子篇斷簡三行	[平安]寫	一	佐佐木。影
孟子　一四卷	漢趙岐注 永正清原宣賢手寫手點	七	京大
同	[南北朝室町初]寫	七	斯道
同	[室町末]寫	七	斯道
同　闕卷一一以下	天正十九年(1591)、二十年寫　清家點	五	天理
同　存卷六、七、八	[室町]寫	一	慶應
同　趙注單經本	元和六寫	三	近鐵
纂圖互注孟子　十四卷	漢趙岐注　[室町]寫 清家點	七	東急
孟子　十四卷	趙注單經本　[室町]寫	一	東洋
同　附篇叙	漢趙岐注　[室町]寫	七	東洋
孟子　十四卷	漢趙岐注　[室町]寫	七	龍谷
同　存萬章下至尽心下	[室町末]寫	一	静嘉
同　存卷一—四	[室町末]寫	二	足利
同　趙注單經本	[室町末]寫	三	仁和
音注孟子　存卷十一—十四	[室町末]寫	三	成簣
孟子注疏解經　十四卷	[室町]寫	七	足利
同　闕卷三—五、十二以下	清原秀賢寫	三	慶應
孟子集注　十四卷	宋朱熹注　[室町]寫 天授五年(1376)、六年 加點	七	書陵
孟子集注大全　十四卷	[室町末]寫	四	龍谷
經典釋文　存卷十四	[奈良]寫	一	興福。影

小學類

説文　木部	[唐]寫	一	武田。影
爾雅注疏　十一卷	晉郭璞注　宋邢昺疏 [室町後期]寫	三	京大
急就草	漢史游撰　[平安]寫	一	萩原寺,以下簡稱荻原。影

玉篇　卷八心部殘卷	梁顧野王撰　［唐］寫	一	東急。影
同　卷九　言—幸部	［唐］寫	一	早大。影
同　卷九　册—欠部	［唐］寫	一	福井寺崇蘭館舊藏,以下簡稱崇蘭。影
同　卷十八　放—方部	［唐］寫	一	藤田平太郎,以下簡稱藤田。影
同　卷十九　水部後半	［唐］寫	一	藤田。影
同　卷二十二　山—厽部	延喜四年(904)寫	一	神宮。影
同　卷二十四　魚部殘卷	［唐］寫	一	大福光寺,以下簡稱大福光。影
同　卷二十七　糸部	［唐］寫	一	高山寺,以下簡稱高山。影
同　卷二十七　糸—索部	［唐］寫	一	石山。影
古今篆隸文體	南齊蕭子良撰　［鎌倉］寫	一	毘舍門堂,以下簡稱毘舍。影
真草千字文	寫	一	小川。影
注千字文	五代李暹注　弘安十年(1287)寫	一	上野
注千字文	五代李暹注　［室町］寫	三	米澤
纂圖附音集註千字文　三卷	五代李暹注　［室町］寫	一	東急
同	［室町］寫	一	京大
纂圖附音增廣古註千字文三卷	五代李暹注　［室町］寫	一	東急
同	［室町］寫	一	京大
同	［室町］寫	三	神宮
新板大字附音釋文千字文注	五代李暹注　［室町］寫	二	静嘉
	《千字文》参照《蒙求》及《咏史詩部分》		
韵鏡	嘉吉一寫	一	醍醐三寶。影
同　斷簡	元德三年(1331)［釋玄惠］寫	一	東洋
同	延德二年(1490)識語	一	龍門
同	天文八年(1539)寫	一	東洋
同	［室町末］寫	一	米澤
同	［室町末］寫	一	天理
同	文龜二年(1502)寫	一	天理
同	永禄四年(1561)寫	一	日光天海
同	［室町後期］寫　享禄(1528—1532)刊本之寫	一	身延
略韵	古寫　弘安二年(1279)識語	一	國會

史部

正史類

史記　存卷二十九河渠書	漢司馬遷撰　劉宋裴駰集解　［唐］寫	一	神田。影

同	存卷二夏本紀、卷五秦本紀	天養二年(1145)寫	二	東洋
同	存卷三殷本紀、卷四周本紀	建曆一年(1211)識語	二	高山
同		存卷三斷簡 [鎌倉]寫	一	東洋
同		存卷五斷簡 [平安末]寫	一	斯道
同	存卷八高祖本紀	臨寫	一	書陵
同	存卷九吕后本紀	延久五年(1073)大江家國寫	一	防府毛利奉公會,以下簡稱毛利。影
同	存卷十孝文本紀	同上	一	東北大學附屬圖書館,以下簡稱東北。影
同	存卷十一孝景本紀	同上	一	東急。影
同	存卷十一	大治二年(1127)寫	一	山岸德平,以下簡稱山岸
同	存世家殘本	[鎌倉]寫	四	猿投
同	存卷七十九范雎蔡澤列傳	[鎌倉]寫	一	書陵
同	存卷九十六張丞相、卷九七酈生陸賈列傳	[平安]寫	二	石山。影
同	存卷一百零五扁鵲倉公傳	漢司馬遷撰 劉宋裴駰集解 唐司馬貞索隱 [室町]寫	一	足利
同	十三零卷	漢司馬遷撰 劉宋裴駰集解 唐司馬貞索隱 唐張守節正義 永正中(1504—1521)三條西實隆寫	四三	書陵
史記抄出		[南北朝]寫	三	龍谷
漢書	存卷一高帝紀下、卷三十四韓彭英盧吴列傳四殘卷	漢班固撰 唐顔師古注 [奈良]寫	四	石山。影
同	存卷二十四食貨志四	[奈良]寫	一	真福寺,以下簡稱真福。影
同	存卷八十七楊雄傳殘卷	[唐]寫 天曆二年(948)點	一	上野影
同	存卷四十周勃傳零卷	[平安]寫	一	高野大明王
後漢書	卷二明帝紀斷簡	[鎌倉]寫 九條家舊藏	一	書陵
同	列傳第二十一斷簡	寫 紙背延喜式卷二十六不明		
三國志	存吴志卷十二殘卷	[西晋]寫 武居綾藏舊藏	一	上野影
同	存卷十二斷簡	[西晋]寫 上之僚卷	一	書道
同	存卷二十斷簡	[唐]寫	一	書道
陳書	存列傳卷十二	[平安]寫	一	守屋孝藏,以下簡稱守屋
同	存列傳第十四、三十	[平安]寫	二	書陵
周書	存卷十九	[唐]寫	一	奈良大神神社,以下簡稱大神
同	存卷一就斷簡	[唐]寫 上之僚卷	一	猪熊全壽,以下簡稱猪熊全
貞觀政要	十卷 存卷一	[鎌倉]寫 南家點本	一	書陵
同	闕卷一	[鎌倉]寫 上之僚卷	九	穗久邇文庫,以下簡稱穗久邇

同　存卷十	［鎌倉］寫	一	成簣
同　存卷二	［鎌倉］寫	一	五島美術館,以下簡稱五島
同　存卷二	［鎌倉］寫	一	慶應
同　存卷七	乾元二年(1302)寫　清家舊藏	一	天理
同　存卷一	釋日蓮手寫	二	本門寺,以下簡稱本門。影
同　存卷五、六	［鎌倉］寫	二	羅振玉。影
同　闕卷一、二、七、八	寫	三	京大
同　闕卷一、二	［室町］寫	四	龍谷
同	文化一年(1804)寫　南家本	十	無窮會圖書館,以下簡稱無窮
同	寫　松崎慊堂手校本　南家本	三	斯道
同	［室町］寫　菅家本	十	武田
同	寫　松崎慊堂校本　菅家本	十	斯道
同	寫　菅家本	十	内閣
同	寫　菅家本	五	穗久邇
同	寫　狩谷棭齋舊藏　菅家本	二	神宮
同	寫　菅家本	十	築波
同	寫　菅家本	三	無窮
帝王略論　五卷　存卷一、二、四	唐虞世南　［鎌倉］寫	三	東洋
古今年號録(抄本)　五卷	宋侯望　寫	一	東洋
孝子傳　二卷	清原枝賢寫	一	京大。影
唐才子傳	［林宗二］寫	二	兩足
東坡紀年録	明傅藻　應永二十七年(1420)寫	一	蓬左
括地志　零卷	唐魏王李泰　［鎌倉］寫　管見記卷六紙背　西園寺家舊藏	一	書陵。影
天台山記	唐徐徵君　［平安］寫	一	國會。影
兩京新記　存卷三　唐韋述	［鎌倉］寫	一	尊經。影
玉燭寶典　十二卷　闕卷九	隋杜台卿　［鎌倉］寫	一一	尊經。影
大金集禮　四十卷	寫	一二	書陵
曹勳迎金鑾記	宋曹勳　［南宋］寫	一	小川廣巳,以下簡稱小川廣

子部

儒家類

新刊標題孔子家語句解　六卷	元王廣謀　［室町］寫	二	足利
孔叢子　七卷	宋宋咸注　清原秀賢寫	一	京大
揚子法言　十卷	宋司馬光注　［室町］寫	一	成簣
帝範　二卷	唐人注　［鎌倉］寫	二	梅澤義一,以下簡稱梅澤義

同	應安一年(1368)寫	一	慶應
同　存卷上　闕首	[鐮倉末南北朝]寫	一	猿投
同	元亨四年(1324)寫	一	猿投
同	元龜四年(1573)吉田兼右寫 菅家本	一	國學
同	慶長四年(1599)清涼秀賢寫	一	京大
同	寫	一	國會
帝範二卷　臣軌二卷	唐人注　[近世初]寫　天正八年(1580)清原國賢奥書	一	神宫
臣軌　二卷　存卷上	題王德注　[鐮倉]寫	一	書陵
同　存卷下	[鐮倉]寫	一	田中穰
同	[鐮倉末南北朝]寫	一	猿投
同	[室町]寫	一	國會
同	元龜四年(1573)吉田兼右寫	一	國會
同	寫	一	國會
同	寫　清原枝賢奥書本	一	内閣
同　存卷下	寫　文永七年(1270)、文保二年(1318)本奥書	一	書陵

兵家類

六韜　六卷	清原業賢寫　宣賢自筆注書入	一	京大
同	[室町]寫	一	京大
同	[室町]寫	一	武田
同	[室町]寫	一	龍谷
同	[室町]寫	一	慶應
同	天文二十一年(1552)寫	一	大國魂
同	天文四年(1535)寫	一	日光天海
同	永禄(1558—1570)寫	二	尊經
同	[室町末]寫 天正十二年(1584)識語	二	築島
同	永禄一年(1558)寫	一	龍門
同	[室町末]寫	二	慶應
同	[室町]寫	一	静嘉
同　存卷四一六	[室町]寫	一	静嘉
同　存首三卷	慶長七年(1602)寫	二	高野山寶城院,以下簡稱高野寶城
同　存首三卷	[近世初]寫	一	身延
施氏六韜　六卷	[室町]寫	一	静嘉
六韜直解　六卷	明劉寅	二	内閣

魏武帝註孫子　三卷	［室町末］寫	一	京大
施氏孫子講義　存卷九	［鎌倉］寫　金澤文庫舊藏	一	文化財保護委員會,以下簡稱文化財
同　存卷十斷簡	［鎌倉］寫　金澤文庫舊藏	一	中島德太郎,以下簡稱中島
同　存卷十零本	［室町初］寫　金澤文庫本之模寫	一	斯道
吴子	［室町末］寫	一	慶應
同	［室町末］寫　元龜三年(1572)加點	一	京大
司馬法　三卷	清原宣賢寫	一	京大
同	［室町末近世初］寫　永禄三年(1560)本奥書	一	近鐵
施氏問對講義　存卷二	［鎌倉］寫　金澤文庫舊藏	二	彰考
唐太宗李衛公問對　三卷	［室町末近世初］寫　永禄三年(1560)本奥書	一	近鐵
太宗問對　三卷	永禄一年(1558)寫	一	龍門
同	［室町］寫	一	慶應
施氏尉繚子解義　存卷二十六	［室町初］寫　建治二年(1276)北條顯時寫之臨寫	一	天理
尉繚子　五卷	［室町末］寫	一	京大
同	［近世初］寫	一	陽明
黄石公三略　三卷	正和二年(1313)寫　菅家點本	一	知恩院,以下簡稱知恩
同	元龜三年(1572)寫	一	京大
同	［室町］寫	一	成簣
同	［室町］寫	一	成簣
同	［室町］寫	一	東洋
同	［室町］寫	一	東急
同	［室町］寫	一	静嘉
同	［室町］寫	一	尊經
同	天正三年(1575)寫	一	慶應
同	慶長(1596—1615)寫	一	慶應
同　附十七條憲法	［近世初］寫	一	近鐵
同	［室町末近世初］寫	一	築島
同	［江户前期］寫	一	廣大
同	［江户前期］寫	一	九大
施氏三略講義　卷三十一—三十三	清原宣賢等寫	一	京大
同　卷三十一—三十三	天文六年(1537)寫	二	蓬左
同　卷三十一—三十三	［室町末近世初］寫	二	身延
施氏七書講義　四十二卷	金施子美　［室町末］寫	十	足利
同	［室町末］寫	十	米澤
黄石公素書	宋張商英注　［室町］寫	一	成簣
殘儀兵的	［室町］寫	一	高野山三寶院,以下簡稱高野三寶

軍林兵人寶鑑　二卷	金施子美　[室町末]寫	一　成簣
同	[室町末]寫	一　内閣
軍將　存卷八一十	題梁武帝　[室町]寫	一　内閣

農家類

齊民要術　十卷　闕卷三	後魏賈思勰　文永寫 金澤文庫舊藏	二二　蓬左

術數類

天文要録　有闕	唐李鳳　寫	二六　尊經
天地瑞祥志　有闕	唐隆守真　寫	七　尊經
靈棋經	題晋顔幼明注　宋何承天箋注　[室町末近世初]寫	一　米澤
同	寫	一　東大
集七十二家相書　二卷	宋張紫芝　[鐮倉]寫	二　金澤。影
卜筮書　存卷二三斷簡	[唐] 寫	二葉　金澤。影
康節先生　易鑑明斷全書	[室町]寫	二　蓬左
邵康節先生心易梅花敬	舊題宋邵康節撰 [室町]寫	一　慶應
五行大義　五卷	隋蕭古　[鐮倉]寫	五　穗久邇
同	寫前揭書之摹寫	五　神宫
同	[鐮倉]寫	五　高山
同	天文九年(1540)、十年 卜部兼右寫	五　天理
同　存卷五	[鐮倉]寫	一　高野三寶。影
新編大易斷例卜筮元龜　存卷上	元蕭吉文撰　[室町末]寫	二　京大
易占	[室町末近世初]寫	一　京大

藝術類

筆勢集	唐釋希一寫　安永十年(1781)寫東寺觀智院本之摹寫	一　書陵

雜家・類書類

淮南鴻烈兵略間詁	[唐]寫　秋荻帖之紙背	一　文化財
劉子　殘卷	[唐]寫　敦煌本	一　東博
群書治要　五十卷　殘本	[平安]寫	一三　文化財
同　原闕卷四、十三、二十	[鐮倉]寫	四七　書陵。影
琱玉集　存卷十二、十四	[奈良]寫	二　真福。影
翰苑　存卷三十	唐張楚金撰　雍公叡注 [奈良]寫	一　太宰府天滿宫,以下簡稱太宰府。影

書名	版本	冊數	所藏
蒙求　三卷　闕首	[平安]寫　長承三年(1134)奥書	一	酒井宇吉,以下簡稱酒井
同	[鎌倉]寫	一	聖語藏,以下簡稱聖語。影
同	建保六年(1218)寫 東寺觀智院舊藏	一	天理
同	康永四年(1345)寫 東寺觀智院舊藏	一	天理
同	九條教家寫	一	東洋
同　存卷上	古注　寬政六年(1794)寫 古鈔本之摹寫	一	書陵
附音增廣古註蒙求　三卷	[室町]寫	一	成簣
同	天正八年(1580)寫	三	京大
同	[室町]寫　延德二年(1490)識語	一	天理
同	[室町]寫	三	内閣
同	[室町]寫　大永五年(1525)跋文　足利學校本	三	國會
同	[室町]寫	三	米澤
同　存卷下	[室町]寫	一	斯道
同　存卷中	[室町]寫	一	身延
標題徐狀元補註蒙求　三卷	宋徐子光注　清原宣賢等寫	三	京大
同	清原業賢寫　宣賢自筆加注	三	京大
同　存卷上	卜部兼右寫　宣賢點本	一	天理
同	[室町末]寫	三	東急
同	[室町末]寫	三	尊經
標題徐狀元補注蒙求　八卷	宋徐子光注　[近世初]寫	八	足利
標題蒙求　三卷	唐李瀚　[室町末]寫	一	京大
蒙求　無注	[室町]寫	一	龍谷
明本排字增廣附音釋文三注	[室町末]寫	一	龍谷
綿繡萬花谷　存卷二十七—三十一後集卷二十八—四十	(前)元刊　(後)[室町後期]寫	三	京大
鶴林玉露　十八卷	宋羅大經　[室町末]寫	六	東洋

小説家類

書名	版本	冊數	所藏
世説新書　卷六殘卷	[唐]寫	一	小川廣。影
同　卷六殘卷	[唐]寫　山田家舊藏	一	京博。影
同　卷六殘卷	[唐]寫	一	小西新右衛門,以下簡稱小西。影
搜神記	唐句道興撰　[唐]寫 敦煌本	一	書道
開元天寶遺事　二卷	五代王仁裕　[室町]寫 吉田家舊藏	一	天理

游仙窟	唐張鷟 康永三年(1344)寫	一	醍醐三寶。影
同	文和二年(1353)寫	一	真福。影
同	嘉慶三年(1389)寫	一	陽明
同	前揭本之摹寫	一	陽明
同	元和九年(1623)寫　陽明本	一	龍門
同	寫　陽明本	一	慶應
游仙窟	闕名者注　[室町]寫	一	慶應
同	寫	一	平泉澄,以下簡稱平泉
同	[室町]寫	一	成簣
同	寫	一	成簣
同	寫	一	慶應
同	寫	一	神宮

道家類

老子道德經　二卷有闕	題漢河上公章句　[鐮倉]寫	一	聖語。影
同　有闕	[鐮倉末]寫	一	武田
同	至德三年(1386)寫	二	書陵
同	應安六年(1373)寫　户川濱男舊藏	二	梅澤
同	天文十五年(1546)寫　户川濱男舊藏	二	斯道
同　存卷下	[室町]寫	一	武田
同	[室町]寫	一	東洋
同	[室町]寫	二	武内義雄,以下簡稱武内
同	[室町]寫	二	東急
同	[室町]寫	二	足利
同	[室町]寫	二	陽明
同　存卷上	[室町]寫	一	龍門
同　存卷下	[近世初]寫	一	龍門
同	天正六年(1578)寫　户川濱男舊藏	二	慶應
同	慶長十七年(1612)寫	一	築波
列子　序章等　斷簡	[鐮倉]寫	一	金澤
沖虛至德真經　八卷	晉張湛注　唐殷敬順釋文　闕名者增注　[室町]寫	四	米澤
南華真經　存天運品一卷 知北游品一卷	晉郭象注　[唐]寫 敦煌本	二	書道。影
莊子　殘卷　存卷二十五、二十六—二十八、三十、三十一、三十三 晉郭象注	[鐮倉]寫	七	高山。影

［南華真經注疏］　人間世篇斷簡	唐成玄英疏　［鎌倉］寫	二葉	東急。影
南華真經注疏解經　三十三卷	唐成玄英疏　［室町］寫	十	書陵
同	［室町］寫	十	慶應
同　十卷　有闕	［室町末］寫	一六	足利
同　三十三卷	［室町末］寫	一三	足利
莊子鬳齋口義　十卷	宋林希逸　［室町］寫	十	尊經
同	清原國賢等寫	十	京大
抱朴子　内篇卷一殘卷	［唐］寫　敦煌本	一	書道

集部

别集類

王勃集　殘一卷	唐王勃　慶雲四年(707)寫	一	正倉院。影
同　存卷二十九斷簡	［唐］寫	一	神田。影
同　存卷二十八	［唐］寫　上之僚卷	二	上野。影
同　存卷二十九、三十	［唐］寫　上之僚卷	二	東博。影
李嶠雜咏　二卷　有闕	唐李嶠　［平安］寫　傳嵯峨天皇宸筆	一	御物。影
同　零卷	［平安］寫　傳嵯峨天皇宸筆	一	陽明。影
同	建治三年(1277)寫	一	田中勘兵衛,以下簡稱田中勘
同	［近衛予樂院］寫　建久八年(1197)本奥書	一	陽明
同	［南北朝］寫	一	國會
百廿咏　二卷　存卷上	［鎌倉］寫	一	成簣
同	［慶長］寫	二	内閣
同	寫	一	内閣
李嶠百廿咏　二卷	唐李嶠　永正十三年(1516)三條西公條寫	一	慶應
百二十咏詩注　二卷	唐李嶠撰　［唐張庭芳］注　［室町］寫	二	慶應
同　存卷上	［室町］寫	一	尊經
註百咏　存卷上之下	唐李嶠撰　［唐張庭芳］注　［室町］寫	一	陽明
同　二卷	唐李嶠撰　［唐張庭芳］注　［江户末］寫　延德二年(1490)本奥書	一	天理
同	［江户末］寫　延德二年(1490)本奥書	一	田中忠三郎,以下簡稱田中忠
同	［江户末］寫　延德二年(1490)本奥書	一	神田

李白仙詩卷	宋蘇軾寫	一	大阪市立美術館,以下簡稱大阪美
集批點杜工部詩　存卷十五、十六、十九、二十	[室町末近世初]寫	二	身延
白氏文集　殘本二十卷	唐白居易　[鎌倉]寫　金澤文庫本	二十	東急
同　存卷四十	[鎌倉]寫　金澤文庫本	一	保阪
同　存卷八、十四、三十五、四十九、五十九	[鎌倉]本　金澤文庫本	五	田中穰
同　存二卷	[鎌倉]寫　金澤文庫本	二	三井源右衛門,以下簡稱三井源舊藏
同　斷簡	[鎌倉]寫　金澤文庫本	一葉	嘉納治兵衛,以下簡稱嘉納
同　存卷三十三	寬喜三年(1293)寫　金澤文庫本	一	天理
同　斷簡	[鎌倉]寫	一葉	石原明,以下簡稱石原
同　存卷四	[鎌倉]寫	一	東急
同　存卷三	永仁一年(1293)寫	一	天理
同　存卷三、四	[鎌倉]寫	一	神田。影
同　存卷二十七斷簡	傳宗尊親王寫	一葉	佐佐木
同　存卷三	[鎌倉]寫	一	高野三寶
同　存卷三	[南北朝]寫　元亨四年(1324)加點本奥書	一	書陵
同　存卷四斷簡	[室町]寫	一	東洋
同　秦中吟十首、長恨歌、琵琶行、新樂府上下	[室町]寫	二	書陵
同　存卷三(首欠)・四	[南北朝]寫	二	京大
同　存卷四	[南北朝]寫　正和二年(1313)識語	一	京大
同　存卷四零卷	[鎌倉]寫	一	京都大學附屬圖書館谷村文庫,以下簡稱京大谷村
文集　存卷四(闕首、中間)	[鎌倉末南北朝]寫	一	猿投
同　存卷三　新樂府上	貞治二年(1363)寫	一	猿投
同　存卷三(首闕)	貞治六年(1367)寫	一	猿投
同　存卷三、四(首闕)	觀應三年(1352)、文和二年(1353)寫	二	猿投
白氏文集　存卷四	建保四年(1216)寫	一	上野
新樂府上下　(文集卷三・四)	[鎌倉]寫	一	醍醐
白氏長慶集　存卷二十二	[平安]寫	一	酒井
白氏要文抄	建長一年(1249)、文永十一年(1274)釋宗性寫	二	聖語
[白氏文集]管見抄	寫　永仁三年(1295)本奥書	一	内閣
文集抄　存卷上	建長二年(1250)寫	一	國會

文集抄　存卷上	寫　建長二年(1250)本奥書	一	慶應
白樂天詩卷	藤原行成筆	一	高松宮家,以下簡稱高松。影
同	藤原行成筆	一	文化財
同	藤原行成筆	一	正木孝之,以下簡稱正木
唐白居易詩	道風筆	一	尊經。影
小野道風玉泉帖(三體白氏)	道風筆	一	東博
秦中吟	[鎌倉]寫　文治四年(1188)藤原敦經加點	一	仁和
綾本下繪　白樂天續古詩　斷簡	[平安鎌倉間]	一	尊經
白居易詩句	醍醐天皇宸翰	一	東山。影
白樂天常樂里閑居詩	建武五年(1338)跋	一	尊經
長恨歌、琵琶行	寬文七年(1667)清原經賢寫	一	京大
長恨歌、琵琶行、野馬臺詩	天正十年(1582)寫	一	東洋
琵琶行、長恨歌	弘治二年(1556)寫	一	龍門
長恨歌、琵琶行	天文二年(1533)三條西實隆寫	一	東大
長恨歌傳、長恨歌、琵琶行	清原秀賢寫	一	京大
長恨歌傳　唐陳鴻	[室町末]寫	一	南禪寺天授庵,以下簡稱南禪天授
長恨歌傳、琵琶行	清原宣賢寫	一	龍門。影
長恨歌傳、長恨歌、琵琶行、野馬臺	[室町末]寫	一	宮城
同	[室町末]寫	一	慶應
同	[室町末]寫	一	慶應
同	[室町末]寫	一	慶應
同	天文十八年(1549)寫	一	東大
長恨歌傳、長恨歌、琵琶行、全相二十四孝詩選、瀟湘八景詩	[近世初]寫	一	身延
五百家注釋音辨昌黎先生文集四十卷	[近世初]寫	一三	蓬左
增廣註釋音辨唐柳先生集四十八卷	正和一年(1312)寫　金澤文庫舊藏	一二	蓬左
東坡先生詩　二五卷	無注　天文二十三年(1554)寫	八	東急
王狀元集百家註分類東坡先生詩　二十五卷	[室町末]寫	五	天理
同	[室町末]寫	一二	國會
山谷詩集註　目録年譜共二十一卷	宋任淵注　[室町]寫	一一	東洋
同	[室町]寫	十	靜嘉
山谷詩集註　二十卷	宋任淵注　[室町]寫	二十	蓬左
同	[室町]寫	十	東北

同 存卷一—四	釋瑞璵寫	一	東洋
山谷老人刀筆 二十卷	宋黄庭堅 正長二年(1429)寫	五	東北
宋高宗書徽宗文集序	一 小川廣		
野馬臺詩 附野馬臺之起	舊題梁寶誌和尚 [室町末]寫	一	日光天海
明本排字增廣附音釋文三註 存卷中(咏史詩三卷)	[室町末]寫	二	東急
同 存卷中(咏史詩三卷)	[室町末]寫	一	東急
同 存卷中(咏史詩三卷)	[室町末]寫	一	足利
同 存卷中(咏史詩三卷)	[室町末]寫	一	米澤
同 存卷中(咏史詩三卷)	[室町末]寫	一	日光天海
同 存咏史詩三卷(闕卷中)	[室町]寫	二	神宫
新板增廣附音釋文胡曾詩	清原宣賢寫	一	京大
胡曾咏史詩	[室町]寫	三	米澤
明本排字增廣附釋文三注 卷中(胡曾詩註三卷)	[室町]寫	一	龍門
婦人痳瘩蠱簡集 題	宋蘇轂 [室町末]寫	一	東急
海瓊白先生詩集 摘録本	宋葛長庚 [室町末]寫	一	内閣
同	釋萬里抄 [室町末]寫	一	米澤
籟鳴集 二卷并續集	宋釋梦真 [室町末]寫	一	尊經
橘州文集 十卷	宋釋寶曇 [室町末]寫	一	成簣
類編秋崖先生詩稿後集 九卷 闕末	宋方嶽 [室町]寫 [香山常住]印	一	東京都立中央圖書館,以下簡稱都中央
誠齋四六發遣膏馥 本集十卷續集十一卷别集十卷	宋楊萬里撰 周公恕編 [近世初]寫	一	成簣
誠齋集	拔抄 [室町]寫	一	天理
無文印 二十卷	宋釋道燦 [室町]寫	二	内閣
北磵文集 十卷	宋釋居簡 [南北朝]寫	三	成簣
白雲集 四卷	元釋實存 [室町末]寫	一	東急
筠溪牧潛集	元釋圓至 [室町末]寫	一	尊經

總集類

文選集注 殘十三卷	[平安]寫	一九	金澤。影
同 殘卷	[平安]寫 金澤文庫本	七	東洋。影
同 存卷八、九	[平安]寫 金澤文庫本 九條家舊藏	二	御物。影
同 存卷四十三、九十四斷簡	[平安]寫 金澤文庫本	二葉	元山元造,以下簡稱元山。影
同 存卷四十八	[平安]寫 金澤文庫本	一	上野。影
同 存卷五十六	[平安]寫 金澤文庫本	一	渡邊昭,以下簡稱渡邊。影
同 存卷六十一斷簡	[平安]寫 金澤文庫本	一	里見忠三郎,以下簡稱里見。影

同　存卷六十一斷簡	[平安]寫　金澤文庫本	一葉	土方民撫,以下簡稱土方。影
同　存卷六十一斷簡	[平安]寫　金澤文庫本	一葉	小林真贊雄,以下簡稱小林
同　存卷六十三、八十八、九十三	[平安]寫　金澤文庫本	三	小川廣。影
同　存卷九十八	[平安]寫　金澤文庫本	一	張元濟
同　存卷一百十六前半	[平安]寫　金澤文庫本	一	天理
同　存卷一百十六斷簡	[平安]寫　金澤文庫本	一葉	石井積翠軒文庫。影
同　存卷一百十六斷簡	[平安]寫　金澤文庫本	一葉	成簣。影
同　存卷一百十六尾	[平安]寫　金澤文庫本	一葉	反町十郎,以下簡稱反町
同　斷簡	[平安]寫　金澤文庫本	一葉	前山弘一,以下簡稱前山
同　斷簡	[平安]寫　金澤文庫本	一葉	佐佐木。影
文選　存序斷簡	[鎌倉]寫	一	猿投
同　卷一	[鎌倉]寫　正安四年(1302)識語	一	猿投
同　卷一	弘安五年(1284)寫	一	猿投
同　殘二十五卷	康和一年(1099)——[南北朝]寫　九條家舊藏	二五	御物
同　存殘卷三殘卷	[鎌倉]寫	一	東急
同　存卷二十六	元德二年(1330)寫　東寺觀智院舊藏	一	天理
同　存卷十	古寫	二	静嘉
同　存卷一	古寫	一	上野
同　斷簡(出師表)	[平安末鎌倉初]寫	一	書陵
同　存卷二十殘卷	五臣注　[平安]寫　紙背弘決外典抄	一	天理。影
新撰類林鈔　存卷四	[平安]寫　中村家舊藏	一	京博
同　殘卷	[平安]寫	一葉	佐佐木。影
文館詞林　存卷六百六十八	唐許敬宗等奉敕編　弘仁(810—824)寫	一	書陵。影
同　存卷六百六十八	寫	一	斯道
同　斷簡	[弘仁(810—824)]寫	一葉	天理
同　存十二卷	弘仁(810—824)寫	一二	高野山正智院,以下簡稱高野正智。影
同	弘仁(810—824)寫	一	高野寶壽。影
同　殘六卷	柴野栗山摹寫	一	斯道
同　殘	寫	一五	大覺寺
同　存五卷	寫　義剛本	五	高野正智
同　存十卷　寫　義剛本	十　東急		
同　存十五卷	嘉永三年(1850)寫　義剛本	二	内閣
同　存十七卷	寫	一六	内閣
同　存一卷	寫	一	早大

同　斷簡	[江户末]三雲孝摹刻	一	東急
同　斷簡	[江户末]摹刻	一	東急
唐詩殘篇	[唐]寫　紙背白氏長慶集卷二十二　[平安]寫	一	酒井
唐人詩卷　十八通	古寫	二	園城寺
古詩集[翰林學士詩集?]斷簡	唐韓偓編?天平十三年(741)寫	一葉	天理
[貞觀中]君臣唱和集(翰林學士集)	[奈良]寫	一	真福。影
廣弘明集	唐釋道宣編　古寫	一	尊經
唐賢絶句三體詩法　存卷一	宋周弼編　[室町]寫	一	日光天海
唐律三體家法詩　二卷	宋周弼編　[室町]寫	一	日光天海
唐賢三體家法詩　存卷三	宋周弼編　[室町]寫	一	日光天海
唐絶句詩説　七卷	宋周弼編　[室町]寫	一	日光天海
諸家集註唐詩三體家法　存卷一、二	宋周弼編　元裴庾集注　釋圓至增注　[室町]寫	一	東急
唐賢三體家法詩　存卷三殘	紙背衛生秘要抄　[室町]寫	一	東急
同　存卷一	永禄二年(1559)寫	一	龍門
諸家集註三體家法　三卷	[室町]寫	三	國會
精選唐宋千家聯珠詩格　二十卷	宋于濟、蔡正孫編　[室町]寫	四	内閣
同　存卷十五、十六	[室町]寫	一	東急
同　二十卷	[室町末]寫	五	静嘉
同　存卷三—六、九—一六	[室町]寫	一	慶應
同　存卷一—四	文安一年(1444)寫	一	慶應
中興禪林風月集　三卷	[室町]寫	一	龍谷
江湖風月集	元釋宗慂編　貞和二年(1346)寫	二	國會
新編江湖風月集略註　二卷	元釋宗慂編　同上	一	東洋
同	[室町末]寫	二	京大
魁本大字諸儒箋解古文真寶前集十卷	[室町]寫	一	静嘉
同　後集十卷	[室町]寫	二	静嘉
同　後集十卷	[室町]寫	十	尊經
同　後集十卷	永禄十一年(1568)、十二年寫	一	東急
同　後集十卷	文禄一年(1592)寫	一	東洋
梅花百咏	元馮子振　釋明本倡和　[室町末]寫	一	蓬左

詩文評類 其他

賦譜文筆要訣	[平安]寫	一	五島。影
詩人玉屑 二十卷	宋魏慶之 [室町]寫	十	蓬左
文式 二卷	明曾鼎 附古文矜式 元陳繹曾 [室町]寫	一	尊經
樂毅論	光明皇后筆	一	正倉院。影
杜家立成雜書要略	光明皇后筆	一	正倉院。影

(作者爲日本已故著名書誌學家,譯者爲天津師範大學文學院教授)

日藏《孝子傳》古寫本兩種校録*

王曉平

日本所藏兩種《孝子傳》寫本,一爲陽明文庫藏本(簡稱陽明本),一爲船橋文庫藏本(簡稱船橋本),我國罕見論及。拙著《唐土的種粒—日本傳衍的敦煌故事》有《日本傳〈孝子傳〉和孝子故事》①評述了兩寫本的文獻價值,也談及其對日本文學的影響,然而它們與敦煌寫本有何關聯,原書編撰于何時何地,爲何人所編等問題均未解決。日本幼學會所編《孝子傳注解》②,收録了兩寫本的影印,并加以釋録注釋,可惜國内研究者難以見到,何況釋録採用日文標點,校注中尚存在不少遺留問題。本文擬對相關問題略加探討,并將兩寫本全文校録,以供進一步展開研究。

一、日本兩《孝子傳》原初底本是否係中國傳入

日本學者西野貞治認爲陽明本與船橋本屬於同一系統。他推測陽明本當成書於六朝末期,時間約爲陳隋之間。其理由是該書"承襲了六朝末期、北朝成書的《孝子傳》的形態",而編撰者則是"村夫子程度教養的人物",編者不僅僅是忠實轉録和組合書上乃至民間傳説中的孝子故事,而是發揮了相當的想象,意在增添趣味,故事中可見改寫的痕跡。他還推測,12 世紀成書的日本佛教故事集《今昔物語集》中的"孝養故事",均是根據清家本,即船橋本編寫的,所以船橋本的原本當是我國北宋時代的本子。

船橋本有訓讀標記,每則前有序號。

兩《孝子傳》收入的孝子故事計 45 則,比敦煌本所收數目多。

敦煌寫本被擬題爲《孝子傳》者,共輯寫 26 則孝行故事(凡 5 個寫卷,重複條不計),

* 基金項目:國家社科基金重大項目《日本漢文古寫本整理與研究》(14ZDB085)

① 王曉平:《唐土的種粒——日本傳衍的敦煌故事》,銀川:寧夏人民出版社,2005 年,第 89—110 頁。

② 〔日〕幼学の會編:《孝子傳注解》,東京:汲古書院,2003 年。

大多被元代郭居敬編纂的《二十四孝》編入。敦煌本《孝子傳》收入兩《孝子傳》的有舜子、姜詩、蔡順、老萊子、孟宗、曾參、子路、閔損、董永、郭巨、王祥、丁蘭,計 12 人。同一人物,敦煌本與兩《孝子傳》文字不同。在兩《孝子傳》中特别值得注意的是眉間尺的故事。

眉間尺的故事,應見於古《孝子傳》。筆者從《祖庭事苑》中看到,該書所録《甑人》故事,與日本兩寫本《孝子傳》中的眉間尺故事同出一源,而篇末明確説明"見《孝子傳》"。是《祖庭事苑》作者從《孝子傳》中摘録出來的。《祖庭事苑》八卷,是北宋睦庵善卿所編的佛學辭典。收在《萬續藏》第一一三册、《禪宗全書》第八十四册。内容係對雲門文偃、雪竇重顯等師之語録所作的注釋。凡其書中之難解語句,包括佛教或釋典之故事、成語、名數、人名、俚語、方言等,凡二千四百餘項,皆加以詮解。書中卷三有甑人故事。現全文録於下,以便與兩《孝子傳》相對照:

楚王夫人嘗夏乘涼抱鐵柱,感孕後産一鐵。楚王令干將鑄以爲劍,三年乃成雙劍,一雌一雄。干將密留雄,以進雌于楚王。王閉于匣中,常聞悲鳴,王問群臣。臣曰:"劍有雌雄,鳴者憶雄耳。"王大怒,即收干將,殺之。干將知其應,乃以劍藏屋柱中,因囑妻莫耶曰:"日出北户,南山其松。松生於石,劍在其中。"妻後生男眉間尺。年十五,問母曰:"父何在?"母乃述前事。久思惟,剖柱得劍,日夜欲報楚王。王亦慕覓其人,宣言:"有得眉間尺者,厚賞之。"尺遂逃。俄有客曰:"子得非眉間尺耶?"曰:"然。"客曰:"吾甑山人也。能爲子報父仇。"尺曰:"父昔無辜,枉被荼毒。君今惠念,何所須耶?"客曰:"當得子頭,并子劍。"尺乃與劍并頭。客得之,進于楚王。王大喜。客曰:"願烹之。"王遂投於鼎。客紿于王曰:"其首不爛。"王乃臨視。客于後以劍擬王,頭墮鼎中。於是二首相齧,客恐尺不勝,乃自刎以助之。三頭相齧,尋亦俱爛。見《孝子傳》,紿音待,欺也。①

室町中後期成書的寫本、東陽英朝所編《句雙紙》中有"劍握甑人手,魚在謝郎船"②一句,前半句用的當是上述"甑人"故事。

《祖庭事苑》卷五還有兩則出自《孝子傳》:

① 〔日〕西義雄、玉城康四郎監修:《新纂大日本續藏經》第六十四卷,東京:國書刊行會,1986 年,第 334 頁。
② 〔日〕山田俊雄、入矢義高、早苗憲生校注:《庭訓往來 句雙紙》,東京:岩波書店,1996 年,第 250 頁。

扣冰：王祥母思魚，冬求之，冰合，祥剖冰開，感雙鯉出。又王延後母敕，求魚不得，杖之，血流延，叩頭於冰而哭，有一鯉躍，長五尺。

泣竹：孟宗後母好笋，冬月求之。宗入竹林慟哭，笋爲之出。并出《孝子傳》。①

日藏《孝子傳》古寫本兩種，多用六朝至初唐俗字、俗語與俗語故事的叙述方式，這與敦煌本《孝子傳》等俗文學頗有相近處。俗字如"肉"作"完"(宍之變體)、"養"作"餋"、"弘"作"紘"、"寔"作"寔"、"逢"作"逄"等，與敦煌本同。俗語如以"申"表陳述，在敦煌變文中有"申吐"、"申問"、"申宣"之類，這種説法在日語中後發展爲謙敬語"モウス"。俗文的叙述方式如在叙事中隨時轉换人稱，是民間故事多用的手法。這些語言文字現象使我們有理由相信，儘管兩《孝子傳》寫本已經經過不同程度的本土化(即日本化)，它們最初的底本當還是來自中國民間流傳的俗本，是與敦煌本《孝子傳》源流相類似的傳本。這樣本來在中國民間流傳的文學，也曾在日本社會長期保存和流傳，這本身便是東亞漢字文化圈中特有的現象，這在我國與歐洲古代的文化交流中是很少看到的。

二、孝子故事的東漸日本與佛教諷誦

兩《孝子傳》的原本雖然來自中國，但經過輾轉傳抄，已經摻入了很多日語的表述方式，有些是漢語習慣與日語習慣的混搭。日語和漢語不僅語序不同，還有不同於漢語的敬語表達習慣，這些都在兩《孝子傳》中有明顯的反映。特別是船橋本還增加了很多訓讀符號，也有將訓讀假名或者符號混入正文的情況。這些都是日本學者爲了給日本人閱讀方便而對原本進行的有意無意的加工。現略舉數例。

陽明本《伯奇》："母語吉甫曰：'伯奇常欲殺我小兒，君若不信，試往其所看之。'果見之，伯奇在(有)瓶蛇焉。"日本人進行日漢互譯時常常混淆"有"和"在"的用法，這裏的意思是伯奇有裝着蛇的瓶子。船橋本《伯奇》："乃母倒地云：'吾懷入蜂，伯奇走寄，探懷掃蜂。'""走寄"是日語，"寄(よせる)"是靠近、挨近、接近。走寄(歩き寄せる)就是走近。

陽明本《曾参》："即歸，問母曰：'太安善不?'母曰：'無他。'遂具如向所語，參乃尺

① 〔日〕西義雄、玉城康四郎監修：《新纂大日本續藏經》第六十四卷，第385頁。

(釋)然。所謂孝感心神,是二孝也。""尺"日語读作"シャク","釋"日語亦读作"シャク",故借"尺"爲"釋"。

陽明本《董黯》:"董黯家貧,至孝,雖與王奇并居,二母不數相見。""二母不數相見",漢語來讀很彆扭,意思是兩位母親不常見面。

陽明本《蔣詡》:"詡曰:'爲孝不致。不令致,母恐罪猶子也。'"有日語敬語的影響,日語多用被動表示謙敬,"不令致"中的"令"就屬於這一種。後面的"母恐罪猶子也",與漢語語序不同,漢語説法當時"恐母猶罪子也。"

船橋本《禽堅》:"母懷妊七月,父奉使至夷。夷轉(縛)賣之,歷十一ケ年,母生禽堅,復改嫁也。堅生九歲,而問父所在,母具語之。堅聞之悲泣,欲尋父所,遂向眇境,傭作續粮,去歷七ケ年,僅至父前。""歷十一ケ年"就是經過十一年,"去歷七ケ年"就是離開了七年,"ケ"是日語,來源于漢語的"個",這是訓讀標記,即在用日語來讀時,這個"ケ"是不可缺少的,而漢語則不這麼説。

《孝子傳》在傳入日本後,對日本文學産生了影響。《萬葉集》《日本靈異記》《注好選》《今昔物語集》等皆收有《孝子傳》故事。黑田彰《孝子傳研究》①、田中德夫《孝思想的接受與古代中世文學》②等有比較系統的論述。

值得注意的是,《孝子傳》的故事在日本的傳播,不少場合與佛教有關。這是因爲佛教傳入中國將中國古老的孝道思想吸收進來以後,孝子故事也成爲向民衆傳播佛教思想的手段了,特别是在祈願亡者冥福的諷誦文、願文當中,孝子故事更是常被引述。奈良時代寫本《東大寺諷誦文稿》中提及的孝子故事有丁蘭、重尺、曹娥、會稽、緹縈、董永、重華(帝舜)、畢倓、蔡順、孟仁、張敷,計 11 人:

> 丁蘭雕木爲木,重尺鑿石爲父,曹娥入水而探父屍,會稽哭血覓父骸,宏提(緹縈)作官奴而贖父罪,董永賣身葬父屍,重華擔盲父而耕曆山,而養盲父,畢倓寺側作舍,求育老母;菜(蔡)順采桑子供母,孟仁拔霜筍奉祖,張數(敷)對扇戀母。③

這 11 人中,多見於《二十四孝》,但也有不在其中的。其中重尺、會稽、畢倓三人,所指還需要考訂。

---

① 〔日〕黑田彰:《孝子伝の研究》,京都: 思文閣出版,2001 年。
② 〔日〕田中德定:《孝思想の受容と古代中世文学》,東京: 新典社,1997 年,第 31 頁。
③ 〔日〕中田祝夫:《東大寺諷誦文稿》,東京: 勉誠社,1976 年。

《今昔物語集》是一部佛教故事總集。卷第九中收録的"孝養"故事中包括郭巨、孟宗、丁蘭、魯州人、楊威、張敷、曹娥、歐尚、禽堅、顔烏、伯瑜、朱百年、申生、厚谷(原谷)、眉間尺等①,皆見於日本所傳《孝子傳》。平安末期鎌倉初年天台宗僧人、安居院之祖澄憲(1126—1203)編撰的表白範文《澄憲作文集》中的《第二十三 父母報恩》:

所以丁蘭刻木,爲後世無益;伯瑜泣杖,不代閻魔廳;黄香扇枕,未云解脱清冷風,劉殷蔬荷,何法喜禪悦味。周文王一夜三起問其寢,生死長夜難訪;唐高祖朝大公出離要道不行。夫報恩志至切,應時必有感應。故《孝經》云:"孝之至,通於神明,光四海,忘所弗也。"所以王祥孝順地,赤鯉踴水上;孟宗至孝處,紫笋生雪中,元律(偉)涕泣淚變松柏色,李廣至孝之矢,徹暗中岩;翁子慟哭,開盲母眼精(睛);燕丹悲泣,得馬烏靈異。夫知恩報恩,其德還加身。所以唐土虞舜,好至孝,賜堯帝禪。我朝繼體,專孝順得群臣迎。陽公擔水,天神與璧;郭巨埋子,精靈投金;陸績隨橘,留名於萬代;薩(薛)苞(包)掃門,布德於千古。②

以上提到的孝子有丁蘭、伯瑜、黄香、劉殷、周文王、唐高祖、王祥、孟宗、元律(偉,即王褒)、李廣、翁(睒)子、燕丹、帝舜、陽公、郭巨、陸績、薛包,其中大部分見於二十四孝,也有的不在裏面,説明當時除了日本流傳的孝子故事,除了《二十四孝》之外,還有其他出自各種《孝子傳》中的孝子故事在流傳。

江户時代的佛寺不少也從事兒童文化教育的工作,在僧侣編寫的教材中,也可看到利用孝子故事進行道德教育的内容。紀州浄福寺僧覺賢慧空所編《童子教解》中提到的孝子,都見於兩《孝子傳》:

郭巨爲養母,掘穴得金釜。
姜詩去自婦,汲水得庭泉。
孟宗哭竹中,深雪中拔笋。
王祥歎叩冰,堅凍上踴魚。
舜子養盲父,涕泣兩眼開。

① 〔日〕小峰和明校注:《今昔物語集》二,東京:岩波書店,1999年,第178—276頁。

② 〔日〕大曾根章介:《澄憲作文集》,《中世文学の研究》,東京:東京大學出版会,1972年,《大曾根章介日本漢文學論集》第二卷所收。

邢渠養老母，齧食齡成若。
董永賣一身，備孝養御器。
楊威念獨母，虎前啼免害。
顔烏墓負土，烏鳥來運埋。
許孜自作墓，松柏植作墓。①

雖然文句中摻雜了日語辭彙和語法（如"齧食齡成若"，就是説能吃飯了，變年輕了，"若"是日語嫩、年少的意思），即使不懂日語也大致瞭解其中引用的幾位孝子的故事。在羅列了這些孝子故事之後，作者歸結爲："此等人者皆，父母致孝養。佛神垂憐湣，所願悉成就。"可見，這些孝子故事已被完全融會到日本佛教的教義之中。

三、漢字文化圈的《孝子傳》

中國《孝子傳》傳入日本後，催生出一些本土孝子故事，除拙著《唐土的種粒——日本傳衍的敦煌故事》介紹了一些明治時代以前的孝子故事和不孝子故事。實際上明治時期也有一些希望用中國元素去抵抗過度歐化傾向的學者撰寫的"孝子文學"。如竹添光鴻寫有《李孝子歌》：

山左有孝子，世居日照里。
天日不照孝子身，既盲其目又聾耳。
兒聾母亦聾，兒盲母亦盲。
兒唯有一誠，此誠通天神。
盲則視無形，聾則聽無聲。
承意扶起居，撫體問寒暖。
母心樂融融，何須耳與目。
李孝子明且聰，絶勝世上爲人子。
有目如盲耳如聾，一朝血淚染斬麻。
孝子性命風中花，吾聞天亦有耳目，

① 〔日〕山田俊雄、入矢義高、早苗憲生校注：《庭訓往來　句雙紙》，第356—361頁。

獨戹孝子一身毋乃酷!①

朝鮮半島學者所編撰的孝子故事也在日本傳播。朝鮮李朝益齋李齊賢(1287—1367)所撰《孝行録》,東京大學圖書館藏有寫本,大正、昭和年間都有刻本刊行②。《孝行録》書前有至正六年(1346)五月初吉李齊賢所撰寫的序言:

府院君吉昌權公嘗命官人畫二十四孝圖,即贊人頗傳之。既而院君以畫與贊獻之大人菊齊國光。菊齊又手抄三十有八事。而虞丘子附子路、王延附黄香,則爲章六十有二。其辭語未免於冗且俚。欲田野之民皆得易讀,而悉知也。文士是不指以爲調嗤符者幾希。然念菊齊公八旬有五,吉昌出六旬有六,而晨昏色養,得其歡心,此亦老萊子七十二戲綵者何異?僕將大書特書,更爲權氏贊一章,然後乃止。

該書在二十四孝的基礎上又增添了三十八孝,合計六十二孝。這六十二孝爲:

大舜象耕	老萊兒戲	郭巨埋子
董氏賃身	閔子忍寒	曾氏覺痛
孟宗冬笋	劉殷天芹	王祥冰魚
姜詩泉鯉	蔡順分椹	陸績懷橘
義婦割股	孝娥抱屍	丁蘭刻母
劉達賣子	元③覺警父	田真諭弟
魯姑抱長	趙宗替瘦	鮑山負筐
伯瑜泣杖	琰子入鹿	楊香跨虎

有前所讚二十四章

周后問安	漢皇嘗藥	仲由負米
黄香扇枕	日磾拜像	顧愷泣書

① 俞樾撰、佐野正巳編:《東瀛詩選》,東京:汲古書院,1981年,第486頁。

② 李齊賢著《孝行録》,東京:橘井清五刊,1922年,南葵文庫,1922年;竹内松治校《孝行録》,松邑三松堂,1933年。

③ "元",寫本誤作"文",據意改。

張允療目　　少玄鑱膚　　緹縈①贖父
景休乳弟　　文貞穿壙　　大初伏棺
王裒泣柏　　宗承生竹　　文讓烏助
表師狼馴　　薛包被毆　　庾衮護病
劉政焚香　　許孜負土　　申徒不食
乾邕過哀　　王陽邂險　　李詮投江
戴良驢鳴　　吴猛蚊噬　　鮑永去妻
鄧攸棄子　　茆容設膳　　黔婁嘗糞
江革自傭　　世通永慕　　子平罪己
壽昌棄官　　英公焚鬚　　文正拊背
陳氏養姑　　長孫感婦

有後所讚三十八章,章八句。②

這是筆者看到近代以前編寫的最完備的《孝子傳》之一。

以上所述幾種《孝子傳》,都可以和敦煌《孝子傳》一起歸爲東亞孝子故事一大類。

以下根據日本幼學會著《孝子傳注解》(以下簡稱《注解》)所附兩《孝子傳》影印件對兩《孝子傳》加以校録。底本中俗字頗多,常見俗字徑改爲正字,有必要者出校記,底本中可以確定是誤字的,徑改爲正確的字,有必要保留原貌的,在括弧後面注明正確的字,底本中可以確定爲衍字的,也直接刪除,確定有脱字者則在〔 〕内注明所脱之字。底本中序與各則均不分段,爲閲讀方便,録文中根據文意分段。編號及其後面的孝子人名爲校録者所加。

孝子傳校録

一　陽明本《孝子傳》

孝子傳一卷

蓋聞天生萬物,人最爲尊;立身之道,先知孝順。深識尊卑〔有〕别,於父母孝悌

① “縈”,底本誤作“栄”。
② 李齊賢著、竹内松治校《孝行録》,第4—5頁。

之揚名,後生可不修慕[①]?

夫爲人子者,二親在堂,勤於供養,和顔悦色,不避艱辛。孝心之至,通於神明。是以孟仁泣竹而筍生;王祥扣冰而魚躍;郭巨埋子而養親;三州義士而感天,況於真親,可不供養乎?父母愛子,天性自然,出入懷愁,憂心如割。故《詩》云:"無父何祜?無母何恃?欲報之德,昊天罔[②]極。"父母之恩,非身可報;如其孝養,豈得替乎?烏知返哺,雁識銜飡[③],禽鳥尚爾,況於人哉!故蔣詡徒廬以顯名,子騫規言而布德,帝舜孝行以全身,丁蘭木母以感瑞。此皆賢士聖〔哲〕[④]之孝心,將來君子之所慕也。

余不揆凡庸,今録衆孝,分爲二卷,訓示後生,知於孝義。通人達士,幸不哂焉。

孝子傳目録上

帝舜　董永　邢渠

伯瑜　郭巨　原谷

魏陽　三州義士　丁蘭

朱明　蔡順　王巨尉

老萊子[⑤]　宗勝之　陳寔[⑥]

陽威　曹娥　毛義

歐尚　仲由　劉敬寅

謝弘　朱百年

以上廿三人

孝子傳目録下

高柴　張敷　孟仁

王祥　姜詩　孝女叔光雄[⑦]

顔烏　許牧　魯國義士

閔子騫　蔣詡　伯奇

① 《注解》此句斷爲"立身之道、先知孝順深、識尊卑别。於父母、孝悌之揚名。後生可不修慕。"
② 原文作"罓",爲"冈"字的增筆字,"冈"是"罔"的俗字。
③ "飡",《注解》録作"餐"。"飡"同"餐"。
④ "聖"字後疑闕一字,姑以"哲"字補之。
⑤ "子",底本誤作"之"。
⑥ 原文作"寔",是"寔"的增筆字。
⑦ 叔,原文作"𠦑",是"叔"的俗字。

曾參　董黯　申生
申明　禽堅　李善
羊公　東歸節女　眉間尺
　以上廿一人

孝子傳上

（一）帝舜

帝舜重花[①]，至孝也。其父瞽叟[②]，頑愚不别聖賢。用後婦之言，而欲殺舜。便使上屋，於下燒之。乃飛下，供養如故。又使治井，没井，又欲殺舜。舜乃密知，便作傍穴。父畢以大石填之。舜乃泣，東家井出。

因投歷山以躬耕種穀。天下大旱，民無收者，唯舜種者大豐。其父填井之後，兩目清盲。至市就舜糴米。舜乃以錢[③]還置米中。如是非一。父疑是重花，借人看枯[④]井，子無所見。後又糴米，對在舜前。

論賈未畢，父曰："君是何人？而見給鄙，將非我子重花耶？"

舜曰："是也。"

即來父前，相抱號泣。舜以衣拭父兩眼，即開明，所謂爲孝之至。

堯聞之，妻以二女，授之天子。

故《孝經》曰："事父母孝，天地明察，感動乾靈也。"

（二）董永

楚人董[⑤]永，至孝也。少失母，獨與父居，貧窮困苦，傭賃供養其父，常以鹿車載父自隨，着陰涼樹下。一鋤一迴顧望父顔色。供養蒸蒸，夙夜不懈。

父後壽終，無錢[⑥]不葬送。乃詣主人，自賣[⑦]爲奴，取錢十千。

葬送禮已畢，還賣主家。道逢一女，求爲永妻。

永問之曰："何所能爲？"

---

① "花"同"華"，日本古寫本多以"花"代"華"。
② "叟"，原文作"瞍"，受上文影響而誤添"目"旁。
③ 錢，原文作"銭"。
④ 《注解》録作"朽井"，底本字作"杇"，疑爲"枯"字形近而訛。
⑤ "董"，底本誤作"薫"。
⑥ "錢"，底本作"銭"。
⑦ "賣"，底本誤作"買"。

女答曰:"吾一日能織絹十疋。"

於是共到賣主家。十日便得織絹百疋,用之自贖。贖畢,共辭主人去。

女出門,語永曰:"吾是天神之女,感子至孝,助還賣身,不得久爲君妻也。"便隱不見。

故《孝經》曰:"孝悌之志,通於神明。"此之謂也。

贊曰:董永至孝,賣身葬父。事畢無錢,天神妻女。織絹還賣,不得久處。至孝通霊,信哉!斯語也。

(三)邢渠

宜春人邢渠,至孝也。貧窮無母,唯與父及妻共居,傭賃養父。父年老不能食,渠常哺之。見父年老,夙夜憂懼,如履冰霜。精誠有感,天乃令其髮白更黑,齒落更生也。

贊曰:邢渠養父,單獨居貧。常作傭賃,以養其親。躬自哺父,孝謹恭勤。父老更壯,感此明神。

(四)伯瑜

韓伯瑜者,宋[①]都人也。少失父,與母共居,孝敬蒸蒸。若有小過,母常打之,和顔忍痛。又得杖,忽然悲泣。

母怪,問之曰:"汝常得杖不啼,今日何故啼怨耶?"

瑜答曰:"阿母常賜杖,其甚痛;今日得杖不痛,憂阿母年老力衰,是以悲泣耳,非敢奉怨也。"

故《論語》曰:"父母之年,不可不知。一則以喜,一則以懼。"

讚曰:唯此伯瑜,事親不違。恭勤孝養,進致甘肥。母賜笞杖,感念力衰。悲之不痛,泣啼濕衣。

(五)郭巨

郭巨者[②],河内人也。時年荒,夫妻晝夜勤作,以供養母。

---

① "宋",底本誤作"字"。
② "者"字有旁注"家貧養母"。

其婦忽然生一男子,便共議言:"今養此兒,則廢母供事。"仍掘①地埋之。

忽得金一釜。釜上題云:"黄金一釜,天賜郭巨。"於是遂致富貴,轉孝蒸蒸。

贊曰:孝子郭巨,純孝至真。夫妻同心,殺子養親。天賜黄金,遂感明神。善哉孝子,富貴榮身。

（六）原谷

楚人孝孫原谷者,至孝也。

其父不孝之甚,〔祖父年老〕,乃厭②患之。使原谷作輦,③擔祖父送於山中。原谷復將輦還。

父大怒曰:"何故將此凶④物還?"

答曰:"阿父後老,復棄之,不能更作也。"

頑⑤父悔悟⑥,更往山中,迎父率還,朝夕供養,更爲孝子。此乃孝孫之禮也。於是闔⑦門孝養,上下無怨也。

（七）魏陽

沛郡人魏陽,至孝也。

少失母,獨與父居。孝養蒸蒸。其父有利戟,市南少年欲得之,於路打奪其父。陽乃叩頭。

縣令召⑧問曰:"人打汝父,何故不報,爲力不禁耶?"

答曰:"今吾若即報父怨,正有飢渴之憂。"

縣令大諾之。阿父終没,即斬得彼人頭,以祭父墓。州郡上表,稱其孝德。官不問其罪,加其禄位也。

---

① "掘",底本誤作"堀"。
② 此處疑有闕文,《注解》"乃"後補"祖父年老"四字,可從。此據文意,補於"乃"字前。"厭",原文作"廞"。
③ 此處疑有闕字,補"擔"字。《注解》:"扛祖父送于山中"。
④ "凶",原文作"囚"。
⑤ "頑",底本誤作"顔"。
⑥ "悟",底本誤作"悮"。《注解》録作"悔悮"。
⑦ 原字作"国",《注解》録作"閏",似非。"闔門",全家。"闔"與"閏"形近。
⑧ "縣",底本誤作"懸"。下同。"召",底本作"㕣"。

(八) 三州義士

三州義士者,各一州人也。

征伐徒行,并失鄉土。會宿道邊樹下。老者言:"將不共結斷金耶?"

二少者敬諾,遂爲父子。慈孝之心①,倍於真親也。父欲試意,勑二子於河中立舍。二子便晝夜輦土填河中。經三年,波流飄蕩,都不得立。

精誠有感,天神乃化作一夜叉,持一丸土投河中。明忽見河中土高數十丈,瓦宇數十間。

父子仍共居之。子孫生長,位至二千石,家口卅餘人。今三州之氏是也。後以三州爲姓也。

(九) 丁蘭

河内人丁蘭者,至孝也。幼失母。年至十五,思慕不已,乃尅木爲母而供養之,如事生母不異。蘭婦不孝,以火燒木母面。

蘭即夜夢語,木母言:"汝婦燒吾面。"

蘭乃笞治其婦,然後遣之。

有隣人借斧,蘭即啓木母。母顔色不悦,便不借之。隣人瞋恨而去。伺蘭不在,以刀斫木母一臂,流血滿地。蘭還見之,悲號啼②慟,即往斬隣人頭以祭母。官不問罪,加禄位其身。

贊曰:丁蘭至孝③,少喪亡親。追慕無及,立木母人。朝夕供養,過於事親④。身没名在,萬世惟真。

(十) 朱明

朱明者,東都人也。

兄弟二人,父母既没不久,遺財各得百萬⑤。其弟驕奢,用財物盡,更就兄求分。兄恒與之。如是非一。嫂便忿怨,打駡小郎。

明聞之,曰:"汝他姓之子,欲離我骨肉耶?四海女子,皆可爲婦;若欲求親者,

---

① "心",原文寫作"志",而于字左上有圈,外注"心"字。

② 原字不清,《注解》作"叫",據餘留字形,疑爲"啼"。

③ "至孝",底本誤作"孝至"。

④ 底本"親"字前衍一"生"字。

⑤ 此句《注解》斷作"父母既没,不久遺財各得百萬。"

終不可得。”

即便遣妻也。

(十一) 蔡順

淮南人蔡順,至孝也。

養母蒸蒸。母詣婚家,醉酒而吐,順恐中毒,伏地嘗之。啓母曰:“非毒,是冷耳。”

時遭年荒,採桑椹赤、黑二籃。逢赤眉賊。

賊問曰:“何故分别桑椹二種?”

順答曰:“黑者餄母,赤者自供。”

賊還[①],放之,賜肉十斤。

其母既没,順常在墓邊。有一白虎,張口向順來。順則申臂採之,得一横骨。虎去,後常得鹿羊報之。所謂孝感於天,禽獸依德也。

(十二) 王巨尉

王巨尉者,汝[②]南人也。兄弟二人,兄年十二,弟年八歲。父母終没,哭泣過禮,聞者悲傷。弟行採薪,忽逢赤眉賊,縛欲食之。兄憂其不還,入山覓之。正見賊縛將殺食。

兄即自縛,往賊前曰:“我肥弟瘦,請以肥身易[③]瘦身。”

賊則嗟之而放,兄弟皆得免之,賊更牛蹄一雙以贈之也。

(十三) 老萊子

楚人老萊子[④]者,至孝也。年九十,猶父母在。常作嬰兒,自家戲以悦親心,着斑斓[⑤]之衣,而坐下[⑥]竹馬。爲父母上堂取漿水,失脚倒地,方作嬰兒啼,以悦父母之懷。

故《禮》曰:“父母在,言不稱老,衣不純[⑦]素。”此之謂也。

---

① “還”字小注小字“送白米二斗,牛蹄一雙與順”。
② “汝”,底本誤作“淮”。
③ “易”字,底本誤作“昜”。
④ “子”底本誤作“之”。
⑤ “斑斓”,底本作“班蘭”。
⑥ 底本“坐”後有“下”字,疑將表訓讀的“下”字樣混入正文。
⑦ 底本“純”字前有“絶”字,蓋受後文“純”字影響而衍。

贊曰:老萊至孝[1],奉事二親。晨昏定省,供謹彌勤。戲倒親前,爲嬰兒身。高道兼備,天下稱仁。

(十四) 宗勝之

宗勝之者,南陽人也。少孤,十五年并傷父母。少有禮義,每見老者擔負,便爲之。常獵得禽獸,肉分與鄉親。如此非一。貧依婦居,乃通明五經[2],鄉人稱其孝感[3],共記之也。

(十五) 陳寔

陳寔[4]至孝,養父母,其[5]年八十,乃葬送之。海内奔赴三千人,議郎蔡邕製碑文也。

(十六) 陽威

陽威者,會稽人也。少喪父,共母入山採薪,忽爲虎所迫,遂抱母而啼。虎即去,孝著其心也。

(十七) 曹娥

孝女曹娥,會稽人也。

其父盱[6],能弦歌,爲巫婆神溺死,不得父屍骸。娥年十四,乃緣江號泣。哭聲晝夜不絶,旬有七日。遂解衣投水,咒曰:"若值父屍體,衣當沉[7]。"

衣即便沉。娥即赴水而死。縣[8]令聞之,爲娥立碑,顯其孝名也。

(十八) 毛義

毛義者,至孝也。

---

① "孝",底本誤作"老"。
② "經",底本作"注",旁注:"經是"。
③ 《注解》此句斷作"鄉人稱其孝,感共記之"。孝感,孝行之感應也。《宋史·孝義傳·易延慶》:"本州將表其事。延慶懇辭,或畫其芝來京師,朝士多爲詩賦,稱其孝感。"
④ "寔"字作"寔",爲增筆字。
⑤ "其",底本誤作"某"。
⑥ "盱",底本誤作"肝"。
⑦ "沉"與下句"沉"字,《注解》皆録作"沈"字,底本作"沉"。
⑧ "縣",底本誤作"懸"。

家貧,郡舉孝廉,便大①歡喜。

鄉人聞之,感曰:"毛義平生立行,以不受天子之位。今舉孝廉,仍大歡悦,如此不足重也。"

及至母亡,州郡以公車迎之。義曰:"我昔應孝廉之命,只爲家貧,無可供養母,母命既亡,復更仕。"

於是鄉人感稱其孝也。

(十九) 歐尚

歐尚者,至孝也。

父没,居喪在廬。鄉人逐虎,虎急投尚廬内,尚以衣覆之,鄉人執戟欲入廬。

尚曰:"虎是悪獸,當共除剪。尚實不見,君可他尋。"

虎後得出,日夕將死鹿來報,因此乃得大富也。

(二十) 仲由

衛國仲由,字子路,爲姊②着服數三年。

孔子問曰:"何不除之?"

對曰:"吾寡③兄弟,不忍除也。"

孔子曰:"先王制禮,日月有限期,可已矣。"因即除之也。

(二十一) 劉敬宣

劉敬宣④,年八歲喪母,晝夜悲哭。賴是,人士莫不異之也。

(二十二) 謝弘微

謝弘微⑤遭⑥兄喪,服已除,猶蔬食。

有人問之曰:"汝服已訖,今將如此。"

---

① "大"字前底本衍一"人"字。
② "姊",底本作"姉"。
③ "寡",底本誤作"冥"。
④ "宣",底本誤作"寅"。
⑤ "微",底本誤作"徵"。
⑥ "遭",底本誤作"曹"。

微答曰:“衣冠之變,禮不可踰。生心之哀,實未能已也。”

(二十三) 朱百年

朱百年者,至孝也。

家貧,母以冬月衣常無絮,百年身亦無之。共同〔郡〕孔顗爲友。天時大寒,同往顗家。顗設酒,醉,留之宿,以臥具覆之。

眠覺,除去,謂顗曰:“綿絮定暖,因憶母寒。”淚涕[①]悲慟也。

孝子傳上

孝子傳下

(二十四) 高柴

高柴者,魯人也。父死泣流血。三年,未嘗見齒。

故《禮》曰:“居父母之喪,言不及義,笑不哂也。”

(二十五) 張敷

張敷者,年一歲而母亡。至十歲,問覓母,家人云已死。仍求覓母生時遺物,乃得一畫扇,乃藏之玉匣。每憶母,開匣看之,便[②]流涕悲慟,竟日不已,終如此也。

(二十六) 孟仁

孟仁,字恭武,江夏人也。事母至孝。母好食笋,仁常勤採笋供之。冬月笋未抽,仁執竹而泣。精靈有感,笋爲之生,乃足供母。可謂孝動神靈,感斯瑞也。

(二十七) 王祥

吴時人司空公王祥者,至孝也。母好食魚,其恒供足。忽遇冰結,祥乃扣[③]冰而泣。魚便自出躍冰上。

---

① “涕”,底本誤作“悌”。

② “便”,底本誤作“使”。

③ “扣”,底本作“扣”,爲“扣”的增筆訛别字。《注解》録作“扣”。

故曰：孝感天地，通於神明也。

(二十八) 姜詩

姜詩者，廣漢人也。事母至孝。母好飲江水，江水去家六十里，使①其妻常汲行負水供之。母又嗜魚膾，夫妻恒求覓供給之。

精誠有感，天乃令其舍忽生涌泉，味如江水，每旦輙出雙鯉魚，常供其母之膳也。

爲江陽令，死，民爲立祠也。

(二十九) 叔光雄

孝女叔光雄者，至孝也。

父墮水死，失屍骸，感憶其父，常自號泣，晝夜不已。乃乘船於海，父墮處投水而死。

見夢與弟曰："却後六日，當共父出。"

至期，果與父相見持於水上，郡縣令爲之立碑也②。

(三十) 顏烏

顏烏者，東陽人也。

父死葬送，躬自負土成墳，不拘他力③。

精誠有感，天④乃使烏鳥助銜⑤土成墳。烏口皆流血，遂取縣名烏傷縣，秦時立也。王莽簒⑥位，改爲烏孝縣也。

(三十一) 許孜

許孜⑦者，吴寧人也。

父母亡没，躬自負土，常宿墓下。栽松柏八行，造立大墳。州郡感其孝，名其鄉曰孝順里。鄉人爲之立廟，至今在焉也。

---

① "使"，底本誤作"便"。
② 底本"碑"字後有"文"字，疑爲衍文。
③ "不拘他力"，"拘"字底本作"㧃"，疑有誤。船橋本此處作"不加他力"。
④ "天"，底本誤作"夫"。
⑤ "銜"，底本作"衘"。
⑥ "簒"，底本誤作"募"。
⑦ "孜"，底本誤作"牧"。受兩《孝子傳》影響，日本典籍中多誤作"許牧"。

(三十二) 魯國義士

魯國義士,兄弟二人,少失父,以與後母居。兄弟孝順,勤於供養。隣人酒醉,罵辱其母。兄弟聞之,更於慚耻,遂往殺之。官知覿死,開門不避。

使到其家,問曰:"誰是凶身?"

兄曰:"吾殺,非弟。"

弟曰:"吾殺,非兄。"

使不能決①,改還白王。王召其母問之。

母曰:"咎在妾身,訓道不明,致兒爲罪。罪在老妾,非關子也。"

王曰:"罪法當行,母有二子,何憎? 何愛? 任母所言。"

母曰:"願殺小兒。"

王曰:"少者人之所重,如何殺之?"

母曰:"小者,自妾之子;大者,前母之子。其父臨亡之時曰:'此兒少②孤,任妾撫育,今不負亡夫之言。"

魯王聞之,仰天嘆曰:"一門之中,而有三賢;一室之内,復有三義。"即并放之。

故《論語》云:"父爲子隱,子爲父隱。"用譬此也。

(三十三) 閔子騫

閔子騫,魯人也。事後母,後母③無道,子騫事之,無有怨色。

時子騫爲父禦,失轡,父乃怪之,仍使後母子禦車,父罵之,騫終不自現。父後悟,仍執④其手,手冷:看衣,衣薄,不如晚子純衣新綿。父乃悽愴,因欲遣其後母。騫涕泣諫曰:"母在,一子單;去,二子寒⑤。"父⑥遂止,母亦悔也。

故《論語》云:"孝哉閔子騫! 人不間於其父母昆弟之言。"⑦此之謂也。

孔子飲酒有少過,而欲改之。騫曰:"酒者,禮也。君子飲酒通顔色,小人飲酒益氣力,如何改之?"

① "決",底本誤作"法"。
② "少",底本誤作"小"。
③ "事後母後母无道",原文作"事後ヌ母ヌ无道"。
④ "執",底本誤作"投"。《注解》録作"持"。船橋本此處作"執"。
⑤ "寒",底本誤作"騫"。
⑥ "父",底本誤作"又"。
⑦ 底本作"人得間於是其母又昆弟之言。《論語·先進》:子曰:'孝哉,閔子騫! 人不間於父母昆弟之言。'"

孔子曰:“善哉,將如[①]子之言也。”

（三十四）蔣詡

蔣詡,字元[②]卿,與後母居。孝敬蒸蒸,未嘗有懈。後母無道,憎詡,詡日深孝敬之[③]。父亡葬送,留詡置墓所。詡爲乃草舍以哭其父,又多栽松柏,用作陰涼。鄉人嘗往來,車馬不絶。

後母嫉之更甚,乃密以毒藥飲詡,詡食之不死,又欲持刀殺之。詡夜夢驚起,曰:“有人殺我!”乃避眠處。母果持刀斫之,乃著空地。

母後悔悟,退而責歎曰:“此子天所生,如何欲害,是吾之罪。”便欲自殺。詡曰:“爲孝不致。不令致,母恐罪猶子也。”母子便相謝遜,因遂和睦,乃居貧舍,不復出入也。

（三十五）伯奇

伯奇者,周丞相伊尹吉甫之子也,爲人慈孝。而後母生一男,仍憎嫉伯奇,乃取毒蛇納瓶中,呼伯奇將殺小兒。戲,小兒畏蛇,便大驚叫。母語吉甫曰:“伯奇常欲殺我小兒,君若不信,試往其所看之。”果見之,伯奇在瓶蛇焉。

又讒言伯奇乃欲非法於我。父云:“吾子爲人慈孝,豈有如此事乎?”母曰:“君若不信,令伯奇向後園取菜,君可密窺之。”母先賫蜂置衣袖中,母至伯奇邊曰:“蜂螫我。”即倒地,令伯奇爲除,奇即低頭捨之。母即還,白吉甫:“君伺見否?”父因信之,乃呼伯奇曰:“爲汝父,上不慙天,娶後母如此!”伯奇聞之,默然無氣,因欲自殞。有人勸之,乃奔他國。

父後審定,知母奸詐,即以素車白馬追伯奇。至津所,向津吏[④]曰:“向見童子赤白美貌至津所不?”吏曰:“童子向者而度,至河中仰天歎曰:‘飄風起兮[⑤]吹素衣,遭世亂兮無所皈歸;心鬱結兮屈不申,爲蜂厄即滅我身。’歌迄,乃投水而死。”父聞之,遂悲泣曰:“吾子枉[⑥]哉!”

---

① “如”後有“何”字,疑衍文。
② “元”底本誤作“劵”,日語“劵”、“元”音近。进“劵”音“ケン”,“元”音“ゲン”。
③ 《注解》録作“日日深孝敬之”,誤,“日”後的重文號右側有一鉤,表示倒文,上“詡”字下方有一小圓圈,表示此字下謂重文號。
④ “津”字前有“曰”字,疑衍。
⑤ “兮”,底本誤作“號”,下同。
⑥ “枉”,底本誤作“狂”。

即於河上祭之,有飛鳥來。父曰:"若是我子伯奇者,當入我懷。"鳥即飛上其手,入懷中,從袖出。父曰①:"是伯奇者,當上吾②車隨吾還也。"鳥即上車,隨還到家,母便出迎曰:"向見君車上有惡鳥,何不射殺之?"父即張弓取矢便射其後母中腹而死。父罵曰:"誰殺我子乎?"鳥即飛上後母頭,啄其目。今世鴟梟是也。一名鵂鶹,其生兒還食母。

《詩》云:"知我者,謂我心憂;不知我者,謂我何求。悠悠蒼③天,此④何人哉!"此之謂也。其弟名西奇。

(三十六) 曾參

曾參,魯人也。其有五孝之行,能感通靈聖。

何謂五孝? 與父母共鋤瓜,誤傷本一株⑤,叩其父,頭見血。恐父憂悔⑥,乃彈琴自悦之,是一孝也。

父使入山採薪,經停未還。時有樂成子來覓之。參母乃嚙⑦脚指,參在山中心痛,恐母乃不和,即歸,問母曰:"太安善不?"母曰:"無他。"遂具如向所語,參乃釋⑧然。所謂孝感心神,是二孝也。

母患,參駕車往迎,歸,中途渴之,遇見枯井,猶來無水。參以瓶臨,水爲之出。所謂孝感靈泉,是三孝也。

時有隣境兄弟,二人更曰:"食母不令飴肥。"⑨參聞之,乃迴車而避,不經此境,恐傷母心。是四孝也。

魯有鴟梟之鳥,反食其母,恒鳴於樹。曾子語:"此鳥曰可吞音,去勿更來。"此鳥即不敢來。所謂孝伏禽鳥,是五孝也。

孔子使參往齊,過期不至。有人妄言,語其母曰:"曾參殺人。"須臾,又有人云:"曾參殺人。"如是至三,母猶不信,便曰:"我子之至孝,踐地恐痛,言恐傷人,豈有

---

① "父"字後有"之"字,疑衍。
② "吾",底本誤作"五"。
③ "蒼",底本誤作"倉"。
④ "此",底本誤作"如"。
⑤ "誤",底本誤作"設","本",底本誤作"林"。《注解》録做"誤傷株一株"。
⑥ 《注解》斷句爲"叩其父頭見血恐,父憂悔。"
⑦ "齧",底本誤作"齒"。
⑧ "釋",底本作"尺",日語"釋"與"尺"音同爲"シャク"。
⑨ 此句《注解》斷作:"時有鄰境兄弟二,人更曰:'食母不令飴肥。'""更",輪流,輪番。這裏指二人相互呼應。

如此耶?”猶織[①]如故。須臾參還至,了無此事[②],所謂讒[③]言至此,慈母不投杼,此之謂也。

父亡七日,漿水不歷口,孝切於心,遂忘飢渴也。妻死不更求妻,有人謂參曰:“婦死已久,何不更娶?”曾子曰:“昔吉甫用後婦之言,喪其孝子。吾非吉甫,豈更娶也!”

(三十七)董黯

董[④]黯家貧,至孝,雖與王奇并居,二母不數相見,忽會籬邊,因語曰黯母:“汝年過七十,家又貧,顏色乃得怡悦如此何?”答曰:“我雖貧食,肉麁[⑤]衣薄[⑥],而我子與人無惡,不使吾憂,故耳。”王奇母曰:“吾家雖富,食魚又嗜饌[⑦],吾子不孝,多與人惡[⑧],懼罹其罪,是以枯悴耳。”於是各還。

奇從外歸,其母語奇曰:“汝不孝也。吾問見董黯母,年過七十,顏色怡悦,猶其子與人無惡,故耳。”奇大怒,即往黯母家,罵云:“何故讒言我不孝也?”又以脚蹴之。歸謂母曰:“兒已問黯母,其云日日食三斗,阿母自不能食,道[⑨]兒不孝。”

黯在田中,忽然心痛,馳奔而還,又見母顏色慘慘,長跪問母曰:“何所不和?”母曰:“老人言多過矣!”黯已知之。

於是王奇日殺三牲,旦[⑩]起取肥牛一頭,煞之,取佳肉十斤,精米一斗,熟而薦之,日中又殺肥羊一頭,佳肉十斤,精米一斗,熟而薦之,夕又殺肥豬一頭,佳肉十斤,精米一斗,熟而薦之。便語母曰:“食此令盡!若不盡者,我當用鉾刺母心,曲[⑪]戟鉤母頭。”得此言,終不能食,推盤擲地。故《孝經》云:“雖日用三牲養,猶爲不孝也。”

黯母八十而亡,葬送禮畢,乃嘆曰:“父母讎,不共戴天。”便至奇家,斫奇頭以祭

---

① “織”,底本誤作“識”。
② 此句《注解》斷句:“須臾參還至了,無此事。”
③ “讒”,底本誤作“纔”。
④ “董”,底本誤作“薫”。
⑤ “麁”,底本誤作“鹿”,形近而訛。
⑥ 此句《注解》斷作“我遂貧食肉粗衣薄”,恐有誤。
⑦ 此句《注解》斷爲“叟家雖富食魚又嗜饌”,恐有誤。
⑧ “惡”,底本作“恐”,據文意改。《注解》録作“恐”。
⑨ “道”,底本作“導”,據文意改。
⑩ “旦”,底本誤作“且”。
⑪ “曲”,底本作“曲”,《注解》改作“用”。

母墓。須臾，監司到，縛黯。黯乃請以向墓别母。監司許之。至墓啓母曰："王奇横苦阿母，黯承天士，忘行己力，既得傷讎，身甘葅醢甘，監司見縛，應當備死。"舉聲哭①，目中出血，飛鳥翳日，禽鳥悲鳴，或上黯臂，或上頭邊。監司具如狀奏王。王聞之嘆曰："敬謝孝子董②黯，朕寡德，統荷萬機，而今凶人勃逆，逆③應治剪，令勞孝子，助朕除患。"賜金百斤，加其孝名也。

（三十八）申生

申生者，晋獻公之子也。兄弟三人，中者重耳④，少者夷吾，母曰齊⑤姜，早亡，而申生至孝。父伐麗戎⑥，得女一人，便拜爲妃，賜姓騏氏，名曰麗姬。姬生子⑦，名曰奚齊⑧卓子。

姬懷妬之心，欲立其子齊⑨以爲家⑩嫡，因欲讒之。謂申生曰："吾昨夜夢汝母飢渴弊，汝今宜以酒禮至墓而祭之"云。

申生涕泣，具辦肴饌。姬密以毒藥置祭食中，謂言申生祭訖食之則禮⑪，而申生孝子不能敢飡，將還獻父。

父欲食之，麗姬恐藥毒中獻公，即授之，曰："此物從外來，焉得輙食之？"

乃命青衣嘗之，入口即死。姬乃詐啼叫，曰："養子反欲殺父！"申生聞之，即欲自殺。其臣諫曰："何不自理，黑白誰明？"

申生曰："我若自理，麗姬必死：父食不得麗姬則不飲，臥不得麗姬則不安。父今失麗姬，則有憔悴之色。如此豈爲孝子乎？"遂感激而死也。

（三十九）申明

申明者，楚丞相也，至孝忠貞。楚王兄子，名曰白公，造逆，無人能伐者。王

---

① 底本作"舉聲聞哭"，"聞"字疑衍。《注解》録作"舉聲哭"。
② "董"，底本誤作"薫"。
③ "逆"，底本作"又"，疑本乃重文號，誤作"又"。《注解》録作"又"。
④ "耳"，底本誤作"呵"。
⑤ "齊"，底本誤作"晋"。
⑥ "戎"，底本誤作"娘"。
⑦ "子"，底本誤作"孝"。
⑧ "齊"，底本誤作"晋"。
⑨ "齊"，底本誤作"晋"。
⑩ "家"，底本缺筆，誤。
⑪ "禮"，底本誤作"死"。

聞申明賢,躬以爲相。申明不肯就命,明父曰:"我得汝爲國相,終身之義也。"從父言,往赴[①],登之爲相。即使[②]領軍伐白公。公聞申明來,畏,必自敗[③],仍密縛得申明父,置一軍中,便曰:"吾以執得汝父,若來戰者,我當煞汝父。"申明乃嘆曰:"孝子不爲忠臣,忠臣[④]不爲孝子。我今捨父事君,又[⑤]受君之禄,而不盡節,非臣之禮。今日之事,先是父之命,知後受言。"遂戰乃勝。白[⑥]公即殺其父,明領軍還楚,王乃賜金千斤,封邑萬户,申明不受,歸家葬父。三年禮畢,自刺而死。

故《孝經》云:"事親以孝,移於忠。忠可移君。"此謂也。

(四十) 禽堅

禽堅,字孟游,蜀郡成[⑦]都人也。其父名訟信,爲縣令吏。母懷任七月,父奉[⑧]使至夷。夷轉縛置之,歷十一主。母生堅之後,更嫁餘人。堅問:"父何所在?"具語之。即辭母而去,歷涉七年,行傭作,往涉羌胡,以求其父。至芳狼夷中,仍得相見。父子悲慟,行人見之,無不殞涙。於是戎夷便給資糧放還國,涉塞外五萬餘里,山川險阻,獨履深林,毒風瘴[⑨]氣,師子虎狼,不能傷也。豈非至孝所感,其靈扶祐哉!於是迎母還,共居之也。

(四十一) 李善

李善者,南陽家奴也。李家人并卒死,唯有一兒新生,然其親族無有一遺。善乃歷鄉隣乞乳飲哺之。兒飲恒不足。天照其精,乃令善乳自汁出,常得充足。兒年十五,賜善[⑩]姓李氏。治喪送葬,奴禮無廢。即郡縣上表,嘉[⑪]其孝行,拜爲河内太守,百姓咸歡。孔子曰:"可以托六尺孤。"此之謂也。

---

① "赴",底本作"起",疑誤,依意改。
② "使",底本作"便",疑誤,依意改。
③ "畏",底本誤作"果","敗",底本誤作"飯"。《注解》録作"畏必自敗",可從。
④ 原文爲"孝子不爲忠ヌ臣ヌ不爲孝子"。
⑤ "又",底本作重文號,疑爲重文號與"又"形近相亂。《注解》作"若"。"若"、"又"字形相差較遠。
⑥ "白",底本誤作"百"。
⑦ "成",底本誤作"城"。
⑧ "奉",底本誤作"秦"。
⑨ "瘴",底本誤作"鄣"。
⑩ "善",底本誤作"董"。
⑪ "嘉",底本作"加",《注解》録作"功"。

(四十二) 羊公

羊公者,洛陽安里人也。兄弟六人,家以屠肉爲業。公少好學,修於善行,孝義聞於遠近。父母終没,葬送禮畢,哀慕無及。北方大道,路絶水漿,人往來恒苦渴之,公乃於道中造舍,提水設漿,布施行士,如此積有年載。

人多諫公曰:"公年既衰老,家業粗足,何故自苦,一旦損命,誰爲慰情?"

公曰:"欲善行損,豈惜餘年?"

如此累載,遂感天神,化作一書生,謂公曰:"何不種菜?"答曰:"無菜種。"書生即以菜種與之。公掘地便得白璧一雙,金錢一萬。

書生後又見公曰:"何不求妻?"公遂其言,乃訪覓妻。名家子女,即欲求問,皆嘆之曰:"汝能得白璧一雙,金錢一萬者,與公爲妻。"公果有之,遂成夫婦,生男女,育皆有令德,悉爲卿相。

故《書》曰:"積善餘慶。"此之謂也。今北平諸羊姓并承公後也。

(四十三) 東歸節女

東歸節女者,長安大昌里人妻也。其父有仇,仇人欲殺其夫,聞節女孝,令而有仁義。

仇人執縛女人父,謂女曰:"汝能呼夫出者,吾即放汝父;若不然者,吾當殺之。"女嘆曰:"豈有爲夫而令殺父哉? 豈又示仇人而殺夫?"乃謂仇人曰:"吾常共夫在樓上寢,夫頭在東。"密以方便令夫向西,自在東。仇人果來,斬將女頭去,謂是女夫,明旦視之。果是女頭。仇人大悲嘆,感其孝烈,解怨,無復來懷殺其夫之心①。

《論語》曰:"有殺身以成仁,無求生以害人。"此之謂也。

(四十四) 眉間尺

眉間尺者,楚人干將莫邪之子也。楚王夫人當暑,抱鐵柱而戲,遂感鐵精而懷任,後乃生鐵精。

而王乃命干將作劍。劍有雄雌,將雄者還王,留雌有舍。王劍在匣中鳴。王問群臣,群臣曰:"此劍有雄雌,今者雄劍,故鳴。"王怒,即將殺干將。干將已知應死,以劍内置屋前松柱中,謂婦曰:"汝若生男,可語之曰:'出北户,望南山。石松上,劍在中間。'"

---

① "殺"後有"夫"字,疑衍,依意改。

後果生一子,眉間一尺,年十五,問母曰:"父何在?"母具説之,即便思維,得劍欲報王。王乃夜夢見一人,眉間一尺,將欲殺我。乃命四方能得此人者,當賞金千斤。

眉間尺遂入深山,慕覓賢勇①。忽逢一客。客問曰:"君是孝子眉間尺耶?"

答曰:"是也。"

客曰:"吾爲君報讎可不?"

眉間尺問曰:"當須何物?"

客答曰:"唯須君劍及頭。"

即以劍割頭,授與之客,客去便遂奏,王聞之②,重賞其客,便索鑊煮之,七日不爛。客曰:"當臨面鑊咒見之,即便可爛。"王信以面之,客乃以劍殺王,頸落鑊中共煮,二頭相齧③。客恐間尺頭弱,自劍止,頭入釜中,一時俱爛,遂不能分別,仍以三葬之,今在汝④南宜春縣⑤也。所謂"憂人事,成人之名"云云。

(四十五) 慈烏

慈烏者,鳥也。生於深林高巢之表,銜食供鷁,口不鳴,自進羽翮,勞悴不復能飛。其子毛羽既具,將到東西,取食反哺。其母禽鳥尚爾,况在人倫乎? 雁亦銜食飴兒,〔兒〕亦銜食飴母。此鳥皆孝也。

孝子傳下

二 船橋本《孝子傳》

孝子傳 青松⑥

孝子傳并序⑦

原夫孝之至重者,則神明應響而感得也;信之至深者,則嘉聲無翼而輕飛也。

① 底本"勇"字前多一"人"字,疑爲衍文。

② 《注解》斷句爲"客去便遂送,奏王聞之重賞。"

③ "齧",底本誤作"列齒"二字。

④ "汝",底本誤作"淮"。

⑤ "縣",底本誤作"懸"。

⑥ "青松"爲清原枝賢之子國賢署名。

⑦ 首頁右端有題記:"《孝子傳》,前漢蕭廣濟所撰也。蕭之雉隨之故事載之。義見《蒙求》。此本無蕭之故事,漏脱歟? 此序雖拾四十五名,此本所載四十三而已。"是説西漢蕭廣濟所撰《孝子傳》中載有"蕭芝雉隨"的故事,這個故事大意見於《蒙求》。此本序言説收入了孝子四十五名,而實際上抄本上只有四十三名。查日本藏《蒙求》三十六"朱博烏巢,蕭芝雉隨"條:"蕭廣濟《孝子傳》: 蕭芝至孝,除尚書郎,有雉數千頭,飲啄宿止。當上直,送至岐路;及下直入門,飛鳴車前。"(見早川光三郎:《蒙求》上,東京: 明治書院,1979 年,第 203—204 頁。蕭廣濟爲晋人,非西漢人,題記所書有誤。)

以是重華忍怨至孝而遂膺,堯讓得踐帝位也:董[①]永賣身送終,而天女踐,忽贖奴役也;加之奇類不可勝計。今拾四十五名者,編孝子碑銘也,號曰《孝子傳》,分以爲兩卷,慕也。有志之士披見無倦[②],永傳不朽云爾。

《孝子傳》上卷

(一) 帝舜

舜字重花,至孝也。其父瞽叟,愚頑不知凡聖。爰用後婦言,欲殺聖子舜。或上屋,叟[③]取梯[④],舜直而落如鳥飛。或使掘深井出,舜知其心,先掘旁穴,通之隣家。父以木石填井,舜出旁穴,入游歷山。時父填石之後,兩目精盲也。

舜自耕爲事,于時天下大旱,黎庶飢饉,舜稼獨茂,於是糶米。之者如市。舜後母來買,然而不知舜,舜不取其直,每度返也。父奇,而所引後婦來至舜所,問曰:"君降恩再三,未知有故舊耶?"舜答云:"是子舜也。"時父伏地,流涕如雨,高聲悔叫,且奇且耻。爰舜以袖拭父涕,而兩目即開明也。舜起拜賀,父執子手,千哀千謝。孝養如故,終無變心。天下聞之,莫不嗟嘆。聖德無匿,遂踐帝位也。

(二) 董永

董永,趙人也,性至孝也。少而母没,與父居也。貧窮困苦,僕賃養父。爰永常鹿車載父,着樹木陰涼之下,一鋤一顧,見父顔色。數進餚饌,少選不緩。時父老命終,無物葬殮[⑤]。

永詣富公家,頓首云:"父没無物葬送,我爲君作奴婢,得直欲已禮。"富公歎,與錢十千枚[⑥],永獲之齊事。

爾乃永行主人家,路逢一女。語永云:"吾爲君作婦。"

永云:"吾是奴也,何有然也?"

女云:"吾亦知之,而慕然耳。"

---

① "董",底本誤作"薫"。
② "倦",底本作"惓"。
③ "叟",底本誤作"聖",據文意改。《注解》作"叟"。
④ "梯",底本誤作"橋"。《注解》録作"橋"。
⑤ "殮",底本作"斂"。
⑥ "枚",底本誤作"牧"。

永諾,共詣主人家。主人問云:"入所爲何也?"

女答云:"吾踏機,日織十疋之絹。"

主人云:"若填百疋,免汝奴役。"

一旬之内,織填百疋,主人如言,良放免之。

於時夫婦出門,婦語夫云:"吾是天神女也,感汝至孝,來而助救奴役。天地區異,神人不同,豈久①爲汝婦?"

語已,不見也。

(三)邢渠

邢渠者,宜春人也。貧家無母,與父居也。償養父。父老無齒,不能敢食,渠常嚼哺。足首之間,見其衰弊,悲傷爛肝,頃②莫忘時。蒼天有感,令父白髮變黑,落齒更生。烝烝之孝,奇德如之也。

(四)伯瑜

韓伯瑜者,宋③人也。少而父没,與母共居,養母烝烝。瑜有少過,母常加杖,痛而不啼。母年老衰,時不罰痛,而瑜啼之。

母奇問云:"我常打汝,然不啼,今何故泣?"

瑜諾云:"昔被杖,雖痛能忍。今日何不痛?爰知母年衰弱力,以是悲啼,不敢有怨。"母知子孝心之厚,還自哀痛之也。

(五)郭巨

郭巨者,河内人也。父無母存,供養勤勤。於年不登,而人庶飢困。爰婦生一男。巨云:"若養之者,恐有老養之妨。"使母抱兒共行山中,掘④地將埋兒,底金一釜,釜上題云:"黄金一釜,天賜孝子。"郭巨於是因兒獲金,不埋其兒,忽然得富貴,養母又不乏。天下聞之,俱譽孝道之至也。

---

① "久",底本誤作"人"。
② "頃",底本誤作"項"。
③ "宋",底本誤作"宗"。
④ "掘",底本誤作"堀"。

(六) 原谷

孝孫[①]原谷者,趙人也。其父不孝,常厭父之不死。時父作輦入父,與原谷共擔棄置山中,還家。

原谷之還,賫來載祖父輦。呵責[②]云:"何故其持來也?"

原谷答曰:"人子,老父棄山者也。我父老時,入之將棄,不能更作。"

爰父思維之,更還將祖父歸家,還爲孝子。唯孝孫原谷之方便也。舉世聞之。善哉,原谷救祖父之命,又救父之二世罪苦,可謂賢人而已。

(七) 魏陽

魏[③]陽者,沛郡人也。少而母亡,與父居也。養父蒸蒸。其父有利戟,時壯士相市南路,打奪戟矣。其父叩頭。

於時縣令聞之,召陽問云:"何故不報父仇?"

陽答云:"如今報父敵者,令父致飢渴之憂。"

父没之後,遂斬敵頭,以祭父墓。州郡聞之,不推其罪,稱其孝德,加以禄位也。

(八) 三州義士

三州義士者,各一州人也。各棄鄉土,至會一樹之下,相共同宿也。於時一人問云:"汝何勿來? 何勿所去?"皆互問。答曰:"爲求生活,離家東西耳。今吾三人,必有因緣,故結斷金。"其最[④]老一人爲父,少人一人爲子。各唯諾已。爾後桂蘭之心,倍於真親;求得之財,彼此不别。孝養之美,猶踰骨肉。

爰父欲試子等心,仰二子云;"河中建舍,以爲居處。"

奉教運土填河。每入漂流,經三箇年,不得填作。爰二子歎云:"我等不孝,不叶父命。海中之玉,豈爲〔誰〕邪? 世上之珍,亦爲誰也? 而未造小舍,我等爲人哉!"

憂歎寢夜,夢見一人,持壤投於河中。明旦見之,河中填土數十丈,建屋數十字。見聞之者,皆共奇云:"丈夫孝敬,天神感應。"河中爲岳,一夜建舍,使父安置,

① "孝孫"上欄有"元覺"二字。
② "責",底本作"嘖"。乃受前文"呵"影響而寫的增筆字。
③ "魏",底本誤作"槐"。
④ "最",底本誤作"㝡",《注解》録作"㝡"。

其家孝養盛之,天下聞之,莫不嘆息。其子孫長爲三千石,食口三卜有餘,以三州爲姓也。

夫雖非親父,至丹誠之心爲父,神明之感在近,何況①骨肉之父哉! 四海之人見之鑒而已。

父欲試意,敕二子于河中立舍。二子便晝夜輦土填河中。經三年,波流飄蕩,都不得立。精誠所感,天神乃化作一夜叉,持一丸土投河中。明忽見河中土高數十丈,瓦宇數十間,父子仍共居之。子孫生長,位至二千石,家口卅餘人。今三州之氏是也,後以三州爲姓也。

（九）丁蘭

丁蘭者,河内人也。幼少母没,至十五歲,思②慕阿娘,不獲忍忘,尅木爲母,朝夕供養,宛如生母。出行之時,必諮而行;還來,亦陳,懃懃不緩。蘭婦口性,而常此爲厭。不在之間,以火燒木母面。蘭入夜還來,不見木母顔。其夜夢木母云:"汝婦燒吾面。"蘭見明旦③,實如夢語,即罰其婦,永恶莫寵。

又有隣人借斧,蘭啓木母,見知木母顔色不悦,不與借也。隣人大忿,伺蘭不在,以大刀④斬木母一臂,血流滿地。蘭還來見之,悲傷啼⑤哭,即往斬隣人頭,以祭母墓。官司聞之,〔不〕問其罪,加以禄位。

然則雖堅木爲母致孝,而神明有感,亦血出中,至孝之故,寬宥死罪,孝敬之美,永傳不朽也。

（十）朱明

朱明者,東都人也。有兄弟二人,父母没後不久,分財各得百萬。其弟驕慢,早盡已分,就兄乞求,兄恒與之。如之數度,其婦忿怒,打罵小郎。明聞之,曰:"汝,他姓女也,弟⑥吾骨肉也。四海之女,皆可⑦爲婦;骨肉之復不可得。"遂追其婦,永不相見也。

---

① "何況"二字後有二重文號,疑衍。
② "思",底本誤作"忍",《注解》録作"忍"。"忍"、"思"草書字形相近易亂。
③ "旦",底本誤作"且"。
④ "刀",底本誤作"力"。
⑤ "啼",底本誤作"蹄"。《注解》録作"號"。
⑥ "弟",底本誤作"是"。《注解》録作"是"。
⑦ 《注解》録作"了",誤。"了"與"可"之草書形近易亂。

(十一) 蔡順

蔡順者,汝①南人也。養母蒸蒸。母詣隣家,醉酒而吐,順恐中毒,伏地嘗吐。順啓母曰:"非毒。"

於時年不登,不免飢渴。順行採桑實,赤黑各别之。忽赤眉賊來,縛②順欲食。乃賊云:"何故桑實别兩色耶?"

答曰:"色黑味甘,以可供母,色赤未熟,此爲己分。"

於時賊歎云:"我雖賊也,亦有父母;汝爲母有心,何殺食哉!"即放免之,與肉十斤。

其母没後,順常居墓邊,護母骨骸。時一白虎,張口而向順來。順知虎心,申臂探虎喉,取出一横骨。虎知恩,常送死鹿也。荒賊猛虎,猶知恩義,何況仁人乎也。

(十二) 王巨尉

王巨尉者,汝南人也③。有兄弟二人,兄年十二,弟八歲也。父母亡後,泣血過禮,聞者斷腸。

爰弟行山採薪,忽遭遇赤眉賊,欲煞食之。兄憂弟不來,走行於山,乃見爲賊所食。兄即自縛,進跪賊前,云:"我肥弟瘦,乞以肥替瘦。"賊即嘆之,兄弟共免,更贈牛蹄一雙。仁義故忽免賊害乎?

(十三) 老萊子

老萊子④者,趙人也,性至孝也。年九十,而猶父母存。爰萊着斑蘭之衣,乘竹馬游庭,或爲供父母賫漿堂上,倒階而啼,聲如嬰兒,悦父母之心也。

(十四) 宋勝之

宋勝〔之〕者,南陽人也。年十五時,父母共没。孤露無婦,悲戀父母,片時不已。爾乃見老者,則禮敬,宛如父母。隨堪力,則有供養之情,鄉人見之,無不嘆息也。

---

① "汝",底本誤作"淮"。
② "縛",底本誤作"傅"。
③ 旁注:後漢列傳廿九趙　傳内有之,少異。
④ "子",底本誤作"雲"。

（十五）陳寔

陳寔者至孝，孝養烝烝。父母各八十，亦共命終，海内喪之，三千之人，各争立碑。顯孝之美，與代不朽也。

（十六）楊威

楊威者，會稽人也。少年父没，與母共居。於時入山採薪，忽爾逢虎。威跪虎前，泣啼云："我有老母，亦無養子，只以我獨怙仰衣食，若無我者，必致餓死。"時虎閉目低頭，棄而却去也。

（十七）曹娥

孝女曹娥者，會稽人也。其父盱[①]能事弦歌。於時所引巫婆，乘艇浮江，船覆没江。曹娥時年十四，臨江匍匐，匍匐泣哭，七日七夜，不斷其聲。至其七日，脱衣咒曰："若值父屍骸，衣當沉之。"爲衣即沉者。娥投身江中也。女人悲父，不惜身命，縣令[②]聞之，〔爲〕娥[③]立碑，表其孝也。

（十八）毛義

毛義[④]者，至孝。貧家，慕欲孝廉，不欲世榮。爰鄉人聞云："毛義貧而不受天子之位，孝廉之聲，不足爲重[⑤]。"母没之後，州縣迎車。於時義曰："我昔欣孝廉之名，如今載公家車。"遂不乘也。

（十九）歐尚

歐尚者，至孝。父没居喪，於時鄉人逐虎。虎迫走入尚廬，尚以衣覆虎。鄉人以戟欲突，尚曰："虎是悪獸，尚當共可殺，豈敢匿哉！不見不來。"確争不出。鄉人皆退，日暮出虎。爰虎知其恩，恒送死鹿，遂得大富也。

---

① "盱"，底本誤作"肝"。
② "縣令"，底本誤作"懸命"。
③ "娥"字前勸"俄"字，疑受下"娥"字影響而衍。
④ 底本"毛義"二字上有朱筆書"漢人"二字，右旁書"後漢列傳廿九載之，但目録不載也之。"
⑤ "重"，左旁書"進"字。

(二十) 仲由

仲由,字子路,姊[①]亡,着服三年。孔子問曰:“何故不脱?”子路對曰:“吾寡兄弟,不忍除也。”孔子曰:“先王制禮,日月有限,從制可而已。”因則除之。

(二十一) 劉敬宣

劉敬宣者,年八歲,而母喪,晝夜悲哭,未嘗齒露,菜蔬不食,不布衣不服[②]。荒薦居。

(二十二) 謝弘微

謝弘微[③]者,遭兄喪,除服已,猶食菜蔬。

有人問云:“汝除服已,何食菜蔬?”

微答曰:“衣冠之變[④],禮不可踰。骨肉之哀,猶未能已也。”

(二十三) 朱百年

朱百年者,至孝也。貧家困苦。於時百年詣朋友之家,友饗之。年醉而不還。時大寒也,友以衾覆年,驚覺而知被覆也,即脱却不覆。友問脱由。年答曰:“阿母寒宿也。我何得暖乎?”聞之流涕悲慟也。

《孝子傳》下卷

(二十四) 高柴

高柴者,魯[⑤]人也。父死泣血。三年,未嘗露齒。見父母之恩,皆人同蒙,悲傷之禮,唯此高柴也。

(二十五) 張敷

張敷者,生一歲而母没也。至十歲,覓見母,家人云:“早死也。”於時敷悲痛,云:“阿母存生之時,若爲吾有遺財乎?”家人云:“有一畫扇。”敷得之,彌以泣血,戀

① “姊”,“姉”之俗字。敦煌寫卷 S. 5584《開蒙要領》:“伯叔鯔妹姑姨舅甥。”
② 自“母喪”至“布衣不服”,底本誤書於前則《仲由》之末尾,《注解》移於此處,可從。
③ “微”,底本誤作“徽”。
④ “變”,底本誤作“爱”。
⑤ “魯”,右旁注:“衛,又齊”。

慕無已。

每日見扇,每見斷腸,見後收置於玉匣中。其兒不見母顔,亦不知恩義,然而自知戀悲,見聞之者,亦莫不痛也。

（二十六）孟仁

孟仁者,江夏人也。事母至孝。母好食笋,仁常①勤供養。冬月無笋,仁至竹園,執竹泣。而精誠有感,笋爲之生,仁採供之也。

（二十七）王祥

王祥者,至孝也,爲吴時司空也。其母好生魚,祥常懃供②。至于冬節,池悉凍,不得要魚,祥臨池扣冰,泣而冰碎,魚踊出,祥採之供母。

（二十八）姜詩

姜詩者,廣漢人也。事母至孝也。母好飲江水,江去家六十里,婦常汲供之。又嗜③魚膾,夫婦恒求供之。於時精誠有感,其家庭中自然出泉,鯉魚一雙日日出之,即以此常供。天下聞之,孝敬所致,天則降恩耳。泉涌庭生魚化出也。人之爲子者,以明鑒之也。

（二十九）叔光雄

孝女叔光雄者,至孝也④。其父墮水死也,不得屍骸。雄常悲哭,乘船求之。乃見水底有屍,雄投身入,其當死也。於時夢中告弟云:“却後六日,與父出見。”至期果出,親戚相哀,郡縣痛之,爲之立碑也。

（三十）顔烏

顔烏者,東陽人也。父死葬送,躬自負土⑤築墓,不加他力。於時其功難成,精信有感,烏鳥數千,銜塊加填,墓忽成爾。迺烏口流血,塊皆染血。以是爲縣名,曰

---

① “常”,底本誤作“尚”。
② “供”,底本誤作“仕”。
③ “嗜”,底本誤作“耆”。
④ 旁注:《後漢・列女傳廿八》。
⑤ “土”,底本誤作“直”。

烏傷①縣。王莽之時，改爲烏孝②縣也。

（三十一）許孜

許孜③者，吴寧人也。父母滅亡，孜自負土作墳，墳下栽松柏八行，遂成大墳④。爰州縣感之，其至孝，鄉名孝順里。里人爲之立廟，于今猶存也。

（三十二）魯義士

魯有義士，兄弟二人，幼時父母没，與後母居，兄弟勤勤，孝順不懈。於時隣人醉來，詈恥其母。兩男聞之，往殺詈人。爰自知犯罪，開門不避。遂官使來，推鞫殺由，兄曰："吾殺。"

弟曰："不兄，當吾殺之。"

彼此互讓，不得决罪。使者還白王。王召其母問，依實申之。

母⑤申云："過在妾身，不能孝順，令子犯罪，猶在妾，不在子咎。"

王曰："罪法有限，不得代罪，其子二人，斬以一人，何愛？以不孝斬。"

母申⑥云："望也殺少者。"

王曰："少子者，汝所愛也，何故然申？"

母申云："少者，妾子；長者，前母子也。其父命終之時語妾云：'此子無母，我亦死也，孤露無歸，我死而念之不安。'於時妾語其父云：'妾受養此子，以莫爲思。'父諾，歡喜，即命終也。其言不忘，所以白。"

王仰天歎云："一門有三賢，一室有三義哉！。"即皆從恩赦也。

（三十三）閔子騫

閔子騫，魯人也。事後母蒸蒸。其母無道，惡騫，然而無怨色。於時父載車出行，子騫御車，數落其轡。父怪，執騫〔手〕，寒如凝冰，已知衣薄。父大慱慱，欲逐⑦

① "傷"，底本誤作"陽"。
② "孝"，底本誤作"者"。
③ "孜"，底本誤作"收"，形近而訛也。《注解》録作"收"。
④ "墳"，底本誤作"填"。
⑤ 底本"母"前衍一"世"字。
⑥ "申"，日語謙敬語白哦大方式。モウス。説。
⑦ "逐"，底本誤作"遂"。

後母。騫涕諫曰:“母有一子苦①,母去者,二子寒也。”父遂留之,母無怨心也。

(三十四) 蔣章訓

蔣章訓,字元卿,與後母居,孝敬蒸蒸,未嘗有緩。後母無道,恒訓爲憎,訓悉之。父墓邊造草舍居,多栽松柏,其蔭茂盛。鄉里之人爲休息,往還車馬,亦爲息所。於是後母嫉妬,甚於前時。以毒入酒,將來令飲,訓飲不死。或夜持刀欲殺,訓驚不害。如之數度,遂不得害。爰後母歎曰:“是有天護,吾欲加害,此吾過也。”便欲自殺,訓諫不已,還,後母懷仁,遂爲母子之義也云云。

(三十五) 伯奇

伯奇者,周丞相尹吉甫之子也。爲人孝慈,未嘗有惡。於時後母生一男,始而憎伯奇。或取蛇入瓶,令賫伯奇遣小兒所。小兒見之,畏怖泣叫。後母語父曰:“伯奇常欲殺吾子,若君不知乎?”

往見畏物。父見瓶中,果而有蛇。父曰:“吾子爲人一無惡,豈有之哉?”

母曰:“若不信者,妾與伯奇往後②園採菜,君窺可見。”

於時密③取蜂置袖中,至園,乃母倒地云:“吾懷入蜂。”

伯奇走寄,探懷掃蜂。於時母還問:“君見以乎?④”

父曰:“信之。”

父召伯奇曰:“汝我子也,上恐乎天,下恥乎地,何汝犯後母耶⑤?”

伯奇聞之,五内無主⑥,既而知之後母讒謀也。雖諍難信,不如自殺。

有人誨云:“無罪徒死,不若外逃奔他國。”

伯奇遂逃。於時父知後母之讒,馳車逐⑦,行至河津,問津史,史曰:“可愛童子,渡至河中,仰天嘆曰:‘我不計之外,忽遭蜂難,離家浮蕩,無所歸止⑧,不知所向。’歌已,即身投河中没死也。”

---

① “苦”,底本誤作“若”。《注解》録作“母有一字苦,若母去者二子杭也。”
② “後”,底本誤作“收”,形近而訛。
③ “密”,底本誤作“蜜”。
④ 《注解》録爲“君見以不”,誤。注釋中説,此句前後疑有誤,蓋此句當作“君見之乎?”。“以”爲“之”字之誤。
⑤ “耶”,底本誤作“砌”。
⑥ “主”,底本誤作“至”。
⑦ “逐”,底本誤作“遂”。《注解》改作“逐”。
⑧ “止”,底本作“心”,疑形近而誤,依意改。

父聞之悶絶,悲痛無限。爾乃曰:"吾子伯奇,含怨投身,嗟嗟焉,悔悔哉!"

於時飛鳥來至吉甫之前。甫曰:"我子若化鳥歟?若有然者,當入我懷。"

鳥即居甫手,亦入其懷,從袖①出也。又父曰:"吾子伯奇之化,而居吾車上,順吾還家。"鳥居車上,還到於家。

後母出見,曰:"噫,悪鳥也,何不射殺?"父張弓射箭。不中鳥,當後母腹,忽然死亡。鳥則居其頭,啄②穿面目,爾乃高飛也。死而報敵,所謂飛鳥是也。鵺而不眷養母,長而還食母也。

(三十六)曾參

曾參者,魯人也。性有五孝。除瓜草,誤損一株,父打其頭,頭破出血,父見憂傷,參彈琴,令父心悦③,是一孝也。

參往山採薪,時朋友來也,乃齧自指,參動心走還,問曰:"母有何患?"母曰:"吾無事,唯來汝友,因兹吾馳心耳。"是二孝也。

行路之人,渴而愁之,臨井無水,參見之,以瓶下井,水滿瓶出,以休其渴也。是三孝也。

隣境有兄弟二,或人曰:"此人等有飢饉之時,食己母。"參聞之乃迴車,而避不入其境。是四孝也。

魯④有鵄梟,聞之聲者,莫不爲厭。參至前曰:"汝聲爲諸人厭,宜韜之勿出。"鳥乃聞之速去,又不至其鄉。是五孝也。

參父死也,七日之中,漿不入口,日夜悲慟也。參妻死,守義不娶⑤。或人曰:"何不娶妻耶?"參曰:"昔者吉甫誤信後婦言,滅其孝子。吾非吉甫,豈更娶⑥?"子終身不娶云云。

(三十七)董黯

董黯家貧,至孝也。其父早没也。二母并存。一者弟王奇之母。董黯有孝也。

① "袖",底本誤作"甫"。《注解》作"袖"。
② "啄",底本誤作"喙",《注解》改作"矚"。
③ 底本作"参彈琴之令父悦曰心",蓋底本將"是"誤分爲"曰心"兩字。《注解》録爲"時令父新悦"。
④ "魯",底本誤作"曾"。
⑤ "娶",底本誤作"嫁",下同。
⑥ "娶",底本誤作"聚"。

王奇不孝也。

於時黯在田中,忽然痛心,奔還于家。見母顔色,問曰:“阿娘有何患耶?”

母曰:“無事。”

於時王奇母語子曰:“吾家富而無寧,汝與人惡,而常恐離其罪,寢食不安,日夜爲愁;董黯母者,貧而無憂,爲人無惡,内則有孝,外則有義。安心之喜,實過千金也。”

王奇聞之大忿,殺三牲①作食,一日三度與黯之母。爾即曰:“若不喫盡,當以鋒突汝胸腹!”轉載判母頸,母即悶絶②,遂命終也。

時母年八十,葬禮畢後,黯至奇家,以其頭祭母墓。官司聞之,曰:“父母與君,敵不戴天。”則奏具狀,曰③:“朕以寡④德,統⑤荷萬機。今孝子致孝,朕可助恤⑥。”則賜以金百斤。

(三十八) 申生

申生,晋獻公之子也。兄弟三人,中者重耳,小者夷吾,母曰齊姜,其身早亡也。申生孝。於時父王伐麗戎,得一女,便拜爲妃,賜姓則驪氏,名即麗姬。姬生子,名曰奚齊。爰姬懷妬心,謀却申生,欲立奚齊。

姬語申生云:“吾昨夜夢見汝母飢渴之苦,宜以酒至墓所祭之。”

申生聞之,泣涕辨備。姬密⑦以毒入其酒中,乃語申生云:“祭畢,即飲其酒,是禮也。”

申生不敢飲,其前將來獻父,父欲〔飲〕⑧之,姬抑而云:“外物不輒用。”

乃試令飲青衣,即死也。於時姬詐泣,叩曰:“父養子,子欲殺父耶!”

申生聞之,即欲自殺,其臣諫云:“死而入罪,不如生而表明也。”申生云:“我自理者,麗姬⑨〔必死〕;無麗姬者,公亦不安。爲孝之意,豈有趍乎?”遂死也。

---

① “牲”,底本作“生”,據文意改。

② “載判”,旁注訓讀キリサス,疑爲“裁刾(刺)”之訛,意爲刺殺、刺、用刀砍斷。《注解》録作“載刺”。“母即悶絶”,底本作“母即問悶絶”,“問”疑受下“悶”字影響而衍。《注解》録作“慕即悶絶”,不誤。

③ “曰”,底本誤作“四”。

④ “寡”,底本誤作“寛”。

⑤ “統”,底本誤作“總”。

⑥ “恤”,底本誤作“埊”。

⑦ “密”,底本誤作“蜜”。

⑧ 底本作“父欲之”,疑脱一“飲”字,《注解》作“父欲食之”。

⑨ 此處裔有脱文。《注解》補“必死”二字,可從。

（三十九）申明

申明者,楚丞相也,至孝忠貞。楚王兄子曰〔白〕公,造口①,無人服儀。爰王聞申明賢也,而躬欲爲相。申明不肯就命,父曰:“朕得汝爲國,終身之善也。”

於時申明隨父言行而爲相。即領軍征白公所。白公聞申明來之,畏,縛②申明之父,置一軍之中,即命人云:“吾得汝父,若汝來迫者,當殺汝父。”

乃申明嘆曰:“孝子不忠,忠不孝。我捨父奉君,已食君禄,不盡忠節。”遂向斬白公。

白公殺申明父。申明即領軍還,復③命之訖,王譽其忠節,賜金千斤,封④邑萬户,申明不受。還家,三年禮畢⑤,自刺⑥而死也。

（四十）禽堅

禽堅,字孟⑦游,蜀郡人也。其父名信,爲縣吏。母懷姙七月,父奉使至夷。夷轉⑧賣之,歷十一年,母生禽堅,復改嫁也。堅⑨生九歲,而問父所在,母具語之。堅聞之悲泣,欲尋父所,遂向眇境,傭作續粮,去歷七ケ年,僅至父前⑩。父子相見,執手悲慟,見者斷腸,莫不拭淚。於是戎之君悵歎放還,兼賜資糧。還路塞外萬餘里,山川險阻,師子虎狼,縱⑪横無數,毒氣害人,存者寡也。禱請天地,儻歸本土,禽堅至孝之者,令父歸國,親疏朋友,再得相見。由⑫夷城之奴,爲花夏⑬之臣。母後迎還,父母如故,彼此無怨,孝中之孝,豈如堅乎也!

（四十一）李善

李善者⑭,南陽李孝家奴也。於時家長、家母、子孫、驅使,遭疫悉死,但遺嬰兒,

① 缺字,《注解》補“逆”。
② “畏縛”,底本誤作“艮傳”,《注解》録作“畏縛”。
③ “復”,底本誤作“後”。
④ “封”,底本誤作“村”。
⑤ 《注解》斷爲“申生不受還家,三年禮畢”。
⑥ “刺”,底本誤作“判”,《注解》録作“刺”。
⑦ “孟”,底本誤作“蓋”。
⑧ 底本“轉”後多一“傳”字,疑受上“轉”字影響而衍。《注解》録作“夷轉傳賣之”。
⑨ “堅”,底本誤作“豎”。下同。蓋俗字“土”作“圡”,書寫易與“立”相亂。
⑩ “前”字旁注: 所。
⑪ “縱”,底本誤作“從”。
⑫ “由”,底本作“抽”,依意改。《注解》録作“抽夷城之奴”。
⑬ “花夏”,同“華夏”。
⑭ 旁注: 後漢卅六、四十獨行傳。

并一奴,名善。爰乞隣人乳,恒哺養之。其乳汁不得足之,兒猶啼之。於時天降恩①命,出善乳汁,日夜充足。

爰兒年成長,自知善爲父母,而生長之由,至十五歲。善賜李姓,郡縣②上表,顯其孝行。天子諸侯,譽其好行,拜爲河内太守③。善政踰人,百姓敬仰,天下聞之,莫不嗟歎云云。

(四十二) 羊公

羊公者,洛陽安里人也。兄弟六人,屠肉爲業④。六少即名羊公,殊有道心,不似諸兄。爰以北大路絶水⑤之處,往還之徒,苦渴殊難。羊公見之,於其中路,建布施舍,汲水設漿,施於諸人,夏冬不緩,自荷忍苦。

有人諫曰:"一生不幾,何弊身命?"公曰:"我老年無親,爲誰愛力?"累歲彌勤。

夜有人聲曰:"何不種菜?"公曰:"無種子。"即與種子。公得種耕地,在地中白璧二枚⑥,金錢一百。

又曰:"何不求妻?"公求⑦要之間,縣家女子送書。其書云:"妾爲公婦。"公許諾之,女即來之爲夫婦。

羊公有信,不惜⑧身力。忽蒙天感,自然富貴,積善餘慶,豈不謂之哉!

(四十三) 東歸節女⑨

東歸節女者,長安冒里人之妻也。

其夫爲人有敵。敵人欲殺夫,來至縛妻之父。女聞所縛父出門也。仇語女曰:"不出汝夫,將殺汝夫!"謂仇曰:"豈由夫殺父?妾常寢樓上,夫東首,妻西首,宜寢後來斬東首之。"於是仇人既知。於時婦方便而相换常方。婦東首也。仇來斬東首。賫之至家。明旦視之,此女首也。爰仇人大傷曰:"嗟乎,悲哉!真婦代夫捨

---

① "恩",底本誤作"息"。"恩"俗字作"恴",易與"息"相亂。
② "縣",底本誤作"懸"。
③ "太",底本誤作"大"。
④ 底本"業"字後衍"弟六人屠肉爲業"六字。
⑤ "水",底本誤作"誠"。《注解》録作"水"。"誠"與"水"字形相差較遠,待考。
⑥ "枚",底本誤作"牧"。
⑦ "求",底本誤作"來"。
⑧ "惜",底本誤作"借"。
⑨ 東歸節女,底本作"東皈郎女"。

命。”乃解仇心,永如骨肉也。

鴈烏,烏也,知恩與義也①。雛時哺子,老時哺母。反哺之恩,猶能識哉!何況人乎?不知恩義者,不如禽鳥耳也。

(四十四)眉間尺

眉間尺者,楚人也。父干將莫耶。

楚王夫人當暑,常抱鐵柱。鐵精有感,遂乃懷妊,後生鐵精。王奇曰:“惟非凡鐵。”時召莫耶,令作寶劍。莫耶蒙命,退作兩劍,上。王得之收。其劍鳴之。王怪,問群臣,群臣奏云:“此劍有雄雌耶?若有然者,是故所吟也。”王大忿,欲縛莫耶。

未到使者之間,莫耶語婦云:“吾今夜見惡相,必來天子使。忽當礩上。汝所任子,若有男者,成長之日,語曰:‘見南前松中。’”語已,出乎北户,入乎南山,隱大石中而死也。

婦後生男,至年十五,有眉間一尺,名號眉間尺。於時母具語父遺言,思惟得劍,欲報父敵。

於時王夢見有眉間一尺者,謀欲殺朕,乃命四方,云:“能縛之者,當賞千金。”

於時眉間尺聞之,逃入深山,慕覓賢勇之士。忽然逢一客。客問云:“君眉間尺②耶?”

答曰:“是也。”

客曰:“吾爲君報讎。”

眉間尺問曰:“客用何物?”

客曰:“可用君頭并利劍也。”眉間尺則以劍斬頭,授客已。

客得頭,上楚王。王如募,加大賚,頭授客,煮七日不爛。客奏其然狀。王奇,面臨鑊,王頭落入鑊中。二頭相齧,客曰:“恐弱眉間尺頭。”於時劍投入鑊中,兩頭共爛。客久臨鑊,斬入自頭。三頭相混,不能分别。於時有司作一墓,葬三頭。今在汝南宜南縣也云云。

---

① “也”,底本作“之”,疑誤,依意改。

② 底本“尺”後衍一“人”字,蓋受前“尺”字形影響。《注解》録作“君眉間尺人耶”。按日語讀,則意爲“你是叫眉間尺的人嗎”,亦通。

《孝子傳》終

右《孝子傳》上下，雖有魚魯焉馬之誤繁多，先令書寫畢，引勘本書，令改易之可者乎？此書每誦讀涕泣如雨，嗚乎，夫孝者，仁之本哉！

天正第八秦正二十又五[①]　　孔徒從三位清原枝賢[②]

此序雖拾四十五名，此本有卅九名，漏脱歟？以正本可補入焉。又或人云，有孝子四十八名，世間流佈二十四孝者，是半卷云云。

（作者爲天津師範大學文學院教授）

① 天正第八，即日本天正八年，公元1580年，清萬曆八年。
② 清原枝賢（1520—1590），宣賢之孫，業賢（良雄）之子，國賢（青松）之父。

《毛詩品物圖考》與中日書籍交流[*]

陳　捷

日本江户時代的學者岡元鳳撰著的《毛詩品物圖考》是一部研究考證中國古代最早的詩歌總集《詩經》中出現的植物、昆蟲、動物的著作。該書簡潔明瞭的考證解説和精緻有趣的插圖在出版當時便受到讀者的喜愛，直到近代仍不斷印行。該書傳到中國之後也很受歡迎，甚至其版片也在清末通過商業渠道被賣到中國，在削掉版片上原來爲方便日本讀者理解而標注的返點、讀法之後刷印流通。本次報告對該書在日中兩國的出版情況進行考察，指出中日兩國木版印刷技術存在差異，并通過現存印本的調查對此加以分析。

一、"草木蟲魚之名"與《詩經》名物研究

《詩經》是中國最早的詩歌總集，據説在成書過程中孔子曾參與整理，所以很早就作爲儒家經典之一而受到重視。《論語·陽貨》記載孔子曾經説過："小子何莫學夫《詩》。《詩》可以興，可以觀，可以群，可以怨。邇之事父，遠之事君，多識於草木蟲魚之名。"因此，在中國的傳統教育中，《詩經》一直被用來作爲初學者最基本的教材。《詩經》收録的詩篇使用了很多有關植物、昆蟲、動物的詞彙，對這些動植物的名稱、形狀、産地、詩歌中的意思以及象徵意義等加以考證、解釋被視爲關係到經學理解的重要問題，是歷代經學研究的重要課題，也是古代訓詁學的重要内容。另一方面，這一研究從植物、昆蟲、動物的研究進而擴展到各種名物的研究，形成了名物學這一具有獨特學術傳統的學術領域，這在中國古代動物學、植物學以及博物學的研究史上具有重要意義。直到現在，這一領域的研究仍然有學者在繼續進行①。漢代以後，除了歷代《詩經》註釋書中的相關

---

*　基金項目：國家社科基金重大項目《日本漢文古寫本整理與研究》(14ZDB085)

①　關於這一領域的研究，清代有《詩經鳥獸草木考》(清黄春魁撰，臺灣：文海出版社，1974年8月，《清代稿本百種彙刊·經部》)等，最近的研究有吴厚炎《〈詩經〉草木匯考》(貴陽：貴州人民出版社，1992年12月)，潘富俊著、吕勝由攝影《詩經植物圖鑒》(臺灣：貓頭鷹出版社，2004年6月)，揚之水撰繪《詩經名物新證(增訂本)》(天津：天津教育出版社，2012年6月)等。

研究之外，三國時代吴陸璣《毛詩草木鳥獸蟲魚疏》是最具代表性的著作。該書對 175 種動植物的名稱、異名、形狀、生態及其使用價值等進行了簡潔的記録和説明①。此後的研究則可以舉出宋蔡卞《毛詩名物解》、元許謙《詩集傳名物鈔》②、明馮復京《六家詩名物疏》、清陳大章《詩傳名物集覽》、清黄春魁《詩經鳥獸草木考》等。除了用文字進行考證和解説的著作之外，以後，爲了能夠在視覺上更加直觀，令人一目了然，又出現了附有圖像的圖譜。據《隋書・經籍志》，六朝梁有《毛詩圖》，《新唐書・藝文志》則著録有《毛詩草木蟲魚圖》二十卷。由於這些書籍均已亡佚，不能確知其具體内容。不過，從《毛詩草木蟲魚圖》這一書名來看，書中應該描繪了《詩經》中出現的草木蟲魚的圖像。在這種附有插圖的考證《詩經》名物的著作中，現存較爲著名的是清乾隆年間學者徐鼎《毛詩名物圖説》（圖 1）③。此外，比《毛詩名物圖説》略晚，在日本相繼出版了日本學者淵在寬《陸氏草木鳥獸蟲魚疏圖解》（圖 2）④、岡元鳳《毛詩品物圖考》等書籍。這些書籍繼承了陸璣《毛詩草木鳥獸蟲魚疏》以來《詩經》名物研究的傳統，同時受到了在“蘭學”

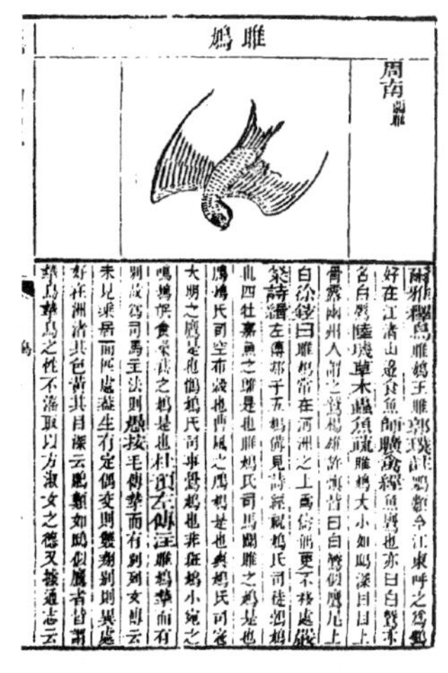

圖 1　徐鼎《毛詩名物圖説》

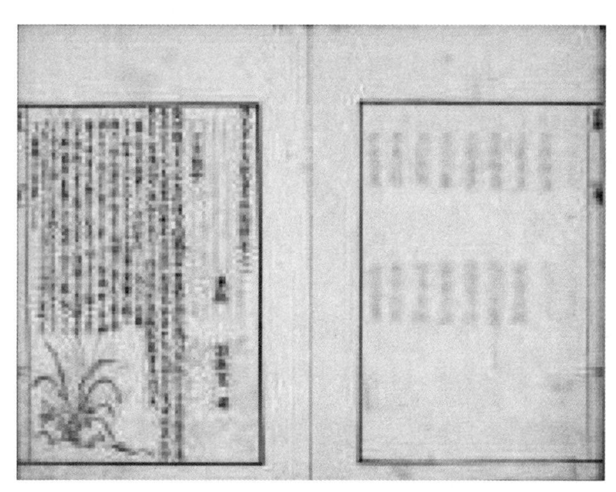

圖 2　淵在寬《陸氏草木鳥獸蟲魚疏圖解》

① 陸璣的著作對後世的研究影響極大，明代毛晋根據《毛詩草木鳥獸蟲魚疏》編撰了《毛詩草木鳥獸蟲魚疏廣要》，明清時期曾有多種研究著作出版。

② 八卷，湖南省圖書館藏明張應文怡顔堂抄本，八册，十行二十二字，版心下印“怡顔堂鈔書”，有“黄岡劉氏紹炎過眼”、“黄岡劉氏”、“校書堂藏書記”藏書印。

③ 徐鼎，字峙東，號雪樵，吴縣優貢生。著有《毛詩名物圖説》及《靄雲館詩文集》。（民國）《吴縣志》卷七十五上有傳。《毛詩名物圖説》有清乾隆三十六年（1771）刊本，出版之後不久即運至日本，日本文化三年（1808）出版了由本草學者小野蘭山附加了有關名物的日本刻本。該書按鳥、獸、蟲、魚、草、木順序對有關名物進行考證、解説，文字説明上面配以圖像，全書共附有 295 幅張圖像。根據徐氏序文，該書的内容原本只是他考證《詩經》中包括禮樂服飾車旗等在内的名物的計劃的一部分，這一説明從中國國家圖書館收藏的該書稿本中確實包括禮器等内容在内的情況也可以加以證明。

④ 四卷附録一卷，淵在寬撰，京都書肆北村四郎兵衛與江户須原屋茂兵衛於日本安永八年（1779）合作出版。

的刺激下發展起來的博物學的影響，加之江户時代木版畫技法逐漸成熟的背景，從總體上看比徐鼎《毛詩名物圖説》更加生動形象，在《詩經》名物圖譜中具有重要意義。這裏，我們以岡元鳳《毛詩品物圖考》爲對象，對該書的出版情況及對後世的影響加以考察。

二、岡元鳳與《毛詩品物圖考》的出版

《毛詩品物圖考》七卷，岡元鳳撰，橘國雄畫，日本天明五年（1785）春刊行於京都。全書分爲草、木、鳥、獸、蟲、魚六部，除毛傳、鄭箋、朱熹《詩集傳》等經學註釋外，還參考了子、史部文獻，特别是撰者最擅長的醫學、本草學方面的文獻資料和實際經驗，對《詩經》中出現的植物、動物、昆蟲等進行了簡明的考證和解説，在切實的考證和廣泛調查基礎上一一繪製圖譜，并註出相關日本名稱，既記述前人基本解釋，也不乏著者自己的觀點。在版面構成方面，每一種動植物使用一版中的半葉，匡郭内的上面或右側配以簡短的考證和解説，餘下較大空間安排圖譜，使圖像處於葉面的中心位置。全書二百餘幅圖像，其大小遠遠超過徐鼎《毛詩名物圖説》及淵在寬《陸氏草木鳥獸蟲魚疏圖解》，版面設計和圖像繪製趣味方面均顯示出與以往以考證、解説爲中心的毛詩名物書之間有明顯差異。

《毛詩品物圖考》撰者岡元鳳（1737—1787）是江户中期大阪出生的儒者、漢詩人和儒醫，字公翼，通稱元達，號魯庵、慈庵、白州、淡齋。少年時代即嗜讀漢籍，被視爲神童。長大後從醫，同時善作詩文，是以片山北海爲代表的詩文結社混沌社的中心成員之一。由於職業的關係，他還喜歡鑽研物産之學，在庭院中開闢小圃，雜植藥草。除本書之外，還撰有考證《楚辭・離騷》中動植物的《離騷名物考》《刀圭余録》六卷、漢詩集《香橙窩集》等著作。他在自序中談到撰著《毛詩品物圖考》的目的時云："余便纂斯編以便幼學，固欲一覽易曉，不要末説相軋。"也就是説，此書是爲幼學啓蒙編輯，所以希望能通過視覺效應做到直觀易懂，不羅列互相矛盾的枝節瑣屑之説。不過，本書絶非通常坊刻啓蒙書常見的粗製濫造之物，而是經過認真細緻的考證編輯、繪製的。書中不僅簡明扼要地敘述了撰者對《詩經》中出現的動植物、昆蟲與中日兩國自然界實際存在的動植物及昆蟲進行比定和觀察考證後得出見解，而且圖像描繪也在精確和有趣兩方面都十分講究。關於岡元鳳編纂本書的態度，與岡氏同時的儒學家柴野栗山（柴邦彦，1736—1807）在序中云：

> 公翼業醫，其於本草固極精極博，如於此圖乃緒餘，左右逢原者，猶尚考核不苟，皆照真寫生。至於郊畿不常有，若白山之鳥，常陸之驢，必徵之其州人。遐陬絶境，雖遠

不遺。是以其書成,不獨其形色逼真,其香臭艷淨,狠馴猛順之情,郁然可挹,指示兒童,亦能一目即了。

序文讚揚著者雖然對醫學、本草學具有極爲豐富的知識,但是在編撰此書時仍然進行了非常認真的考證,所録圖像力求照實物繪製,在近郊找不到的品種,一定向其産地的人請教。因此,該書的插圖不僅形色逼真,而且連氣味、性格似乎都能傳達出來,即使是孩子也能一看就懂。柴野栗山是曾經爲德島藩及幕府服務的學者,後來成爲湯島聖堂的最高負責人,是被稱爲寬政三博士的重要人物之一。序文中提到他自己也曾經想將經書中的動植物與自然界中的實物加以對照進行比較研究。正是因爲有這種共同的認識,所以他能夠比較準確地把握《毛詩品物圖考》所代表的岡元鳳的學問的特徵。他後來曾奉老中松平定信之命與另外幾位學者一起編纂集録古代文物圖像的名著《集古十集》,雖然該圖録不涉及自然界中的動植物,但是在根據實物進行考證的實證性研究方法這一點上,與岡元鳳有相通之處。《毛詩品物圖考》中除柴野栗山的序文之外,還有另外一位德島藩的學者、朱子學者那波師曾序文和木孔恭即著名的文人畫家、本草學者木村蒹葭堂(1736—1802)的跋文,二人也均對本書内容給予很高評價,并顯示出他們對這種實證性的學問(木村稱之爲"多識之學")的共鳴。

《毛詩品物圖考》是一部由京都、大阪書坊共同出版的商業出版的著作。書後有"奥付"記出版年代及相關書坊、畫工、刻工姓名。"天明五年乙巳春發/畫工　浪華挹芳齋　國雄/剞劂　平安大森喜兵衛/　山本長左衛門/書林　浪華大野木市兵衛/江户須原茂兵衛/浪華衢文佐/平安北村四郎兵衛",封面有"書坊　平安杏林軒/浪華五車堂　同梓"。其中"畫工挹芳齋國雄"即與岡元鳳同樣出身於大阪的畫工橘國雄。此人是當時著名的畫工橘守國的弟子,號挹芳齋、又號皎天齋,俗稱酢屋平十郎。他善於描繪花草蟲魚,不好名利,過着隱士般的生活,在當時也不是很知名①。已知的作品主要是書籍插圖,如《蝦夷誌略》二册、《繪本梅の甍(いらか)》二卷、《繪本千裏友》二册、《女筆蘆間鶴》一册(寶曆三年刊)、《挹芳齋雜畫》三卷三册(天明五年刊)等。刻工京都人大森喜兵衛和山本長左衛門均擅長刊刻於精密圖譜,其中大森喜兵衛曾參加橘國雄的老師橘守國的著作《本朝畫苑》(天明二年三月刊,1782)的刊刻,山本長左衛門後來曾獨自承擔了北村四郎兵衛參與出版的《五經圖彙》(寬政三年刊,1791)、《詩仙堂志》(寬政九年發行,1797)。

① 根據池田義信(溪齋英泉)《無名翁隨筆》(天保四年)、政田義彦《浪速人傑談》"畫家"項等。

這些刻本的書後均記録了他們的名字,顯示出在這些書籍的出版過程中刻工起到了很大的作用。封面的“平安杏林軒”是京都北村四郎兵衛,“浪華五車堂”即大阪的書坊衢文佐(辻文佐),由此可知本書是由這些書肆共同出版(相版)的。杏林軒北村四郎兵衛是京都較大規模的書肆,店鋪設於京都五條高倉東江入町,在出版《毛詩品物圖考》前後,還出版了另外一些内容相關的書籍。如前文言及淵在寬《陸氏草木鳥獸蟲魚疏圖解》四卷附録一卷就是北村四郎兵衛與江户須原屋茂兵衛合作出版的(日本稱“相版”,安永八年,1779)。與《毛詩品物圖考》出版幾乎同時的天明五年九月,北村四郎兵衛與同在京都的書肆林喜兵衛、秋田屋藤兵衛合作出版了《通志昆蟲草木略》二卷(此書無插圖)。此外,比這些書稍晚,還出版過其他一些以圖解形式研究經書的書籍,如寬政三年(1791)刊行的松本慎編《五經圖彙》[①]、寬政八年(1796)刊行的川合春川撰《考工記圖解》四卷等。

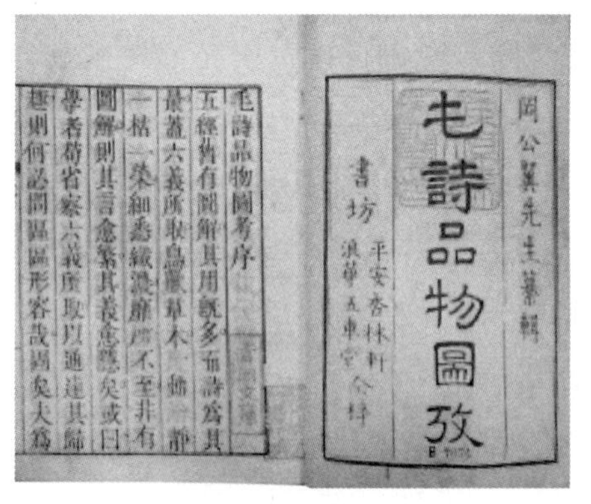

《毛詩品物圖考》封面

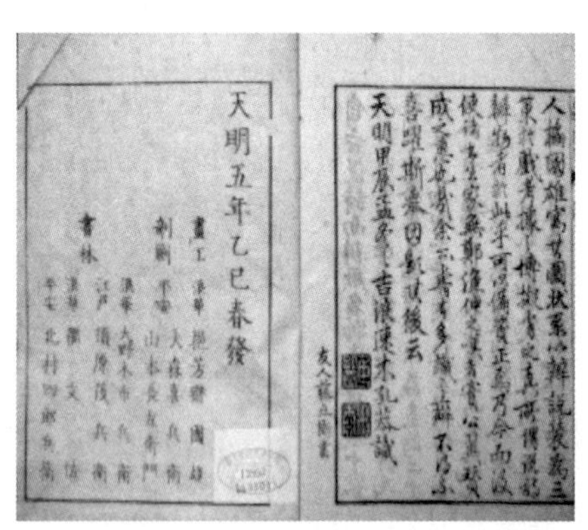

《毛詩品物圖考》奥付

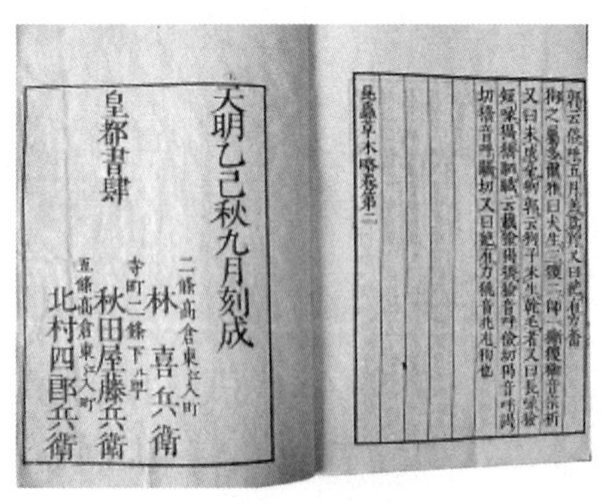

《通志昆蟲草木略》奥付

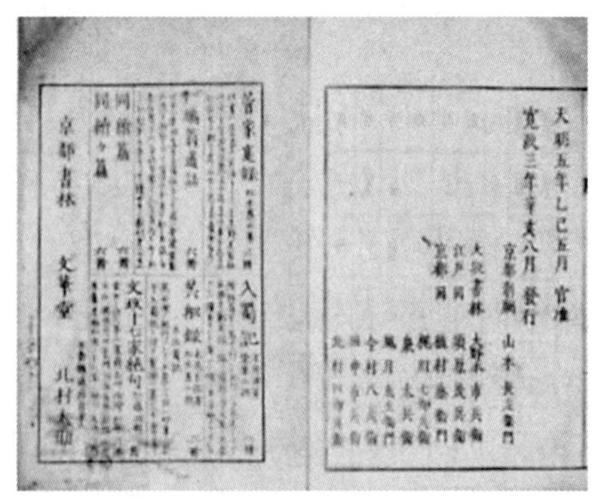

松本慎編《五經圖彙》封面

---

① 該書奥付有“天明五年乙巳五月官准　寛政八年辛亥八月發行”,可知籌劃和得到官准也是在天明五年。該書以清王皜刊《六經圖》六卷爲底本,參考《三才圖會》等書的插圖加以校訂。圖版據早稻田大學圖書館藏本。京都大學附屬圖書館(請求番號1—61/コ/15)等亦有藏本。

三、《毛詩品物圖考》的後印本與中國印本

《毛詩品物圖考》在刊行當時就很受歡迎，其後多次印刷。下面的圖版就是其中的一種。此書在中國也很受歡迎，清末連版片也被賣到中國，在刮掉版片上的日本名稱、返點、送假名等記號之後，用中國紙張刷印，販賣流通。下面的圖版是這種中國印本的卷一第一葉(a)和卷四第二葉(b)，卷一第一葉(a)“荇菜(あさざ)”下面的片假名標注的日本名“アサヽ”和解説文行間的返點、送假名等全部被刮掉，乍一看很像是普通的中國版本，但是卷四第二葉(b)下數第7行的“莫如”、“不能”之間還留有没刮乾浄的返點。這些記號被刮掉的原因是，對於不懂日語的中國讀者來説，這些原來是爲日本人讀者加注的記號完全没有意義。

《毛詩品物圖考》版片是在何時被運到中國的何處加工刷印的？因爲現存日本後印本中有東京府須原屋茂兵衛等書坊的後印本，所以可以確定這些版片直到明治時期仍在使用①。如圖版所示，架藏《毛詩品物圖考》中國印本封面「書坊　平安杏林軒/浪華五車堂　仝梓」的日本書坊名稱之間有鈐有「森寶閣發兑」朱印。這裏的「森寶閣」應該是清末、民國初年廣州書肆森寶閣，據現在查到的資料，曾經出版過《海山詩屋詩話》(光緒四年，1878)、《(大字精刻)解元三字經》《州縣初仕小補》(光緒十年，1884)、《廣東稽務章程》等書籍，刊記有時署“粵東羊城森寶閣”“廣東十八甫森寶閣”等。由這方朱

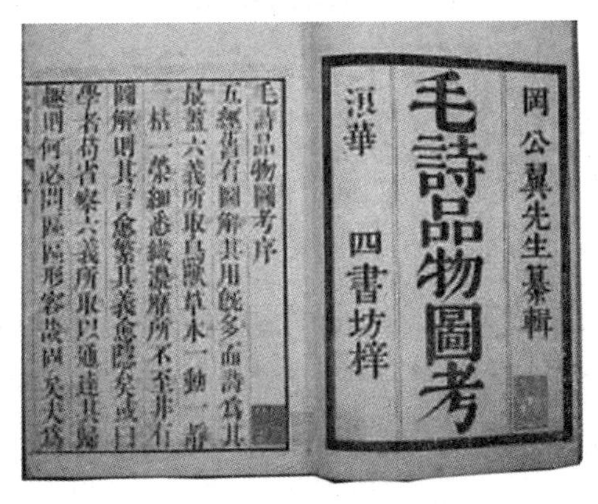

《毛詩品物圖考》後印本封面

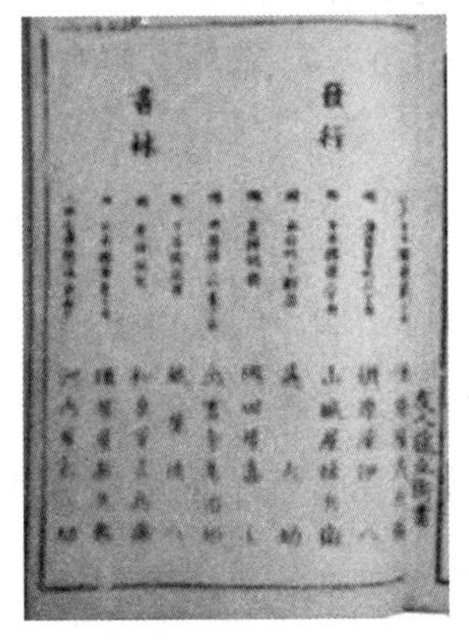

《毛詩品物圖考》後印本奥付

① 早稻田大學圖書館藏本。

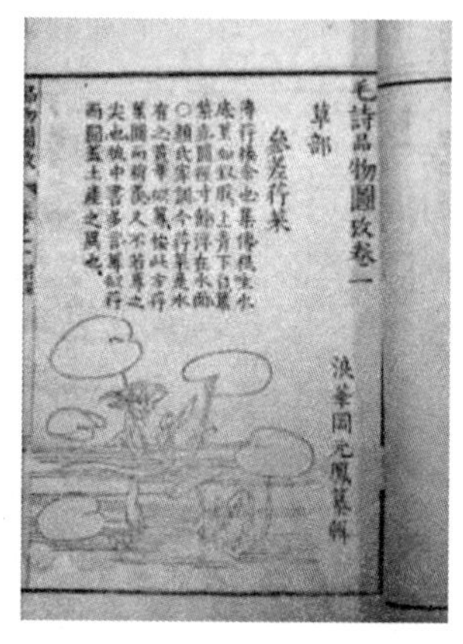

《毛詩品物圖考》中国印本卷首

同書卷四第二葉(ウ)

同書封面

印可以窺知,廣東的書坊参與了本書的販賣。筆者還見到過劍橋大學圖書館所藏同書中國印本,封面雖無這樣的朱印,但是各册前後有廣東地方爲防蟲經常使用的橘紅色的護葉,也可以看出它與廣東的密切關係。報告者以前曾在拙著《明治前期日中學術交流の研究—清國駐日公使館の文化活動》(東京:汲古書院,2003 年 2 月)中指出,日本明治維新以後到明治二十年代,曾有很多日藏古籍通過商業渠道被運到中國販賣,廣東商人在其中起到了很大的作用,因此,明治初期以後大量古籍運到廣州,其中也包括江户時代雕刻的書籍版片①。從這些情況看來,《毛詩品物圖考》版片應該是在明治前期從東京運到廣東,在廣州刷印流通的。

關於《毛詩品物圖考》的中國印本,還有一個需要指出的現象是,如下面的圖版所示,一部分印面的空白處有明顯的墨痕。觀察以上印面可知,畫面顯得很髒,特别是没有圖像和文字的空白處附著了很多墨痕,非常影響畫面的效果。仔細分析就知道,造成這種情況的原因并不是常見的版片的漫漶·破損而是印刷技術的問題。《毛詩品物圖考》版片在中國印刷應該是在 19 世紀 80—90 年代之間,當時在木版印刷中國還是印刷技術的主流,在各地書坊還有許多熟練的印刷工匠,像《毛詩品物圖考》這樣以圖像爲賣點的書籍爲什麽會出現這樣的問題呢?對這個問題,恐怕要從日本與中國版片的雕刻方法、印刷工具以及刷印技術的差異來解釋。

---

① 關於這一時期日本的漢籍舊書大量販運廣州的情況,廣東省出身的詩人黄遵憲、從日本搜求大量古籍攜帶回國的學者楊守敬以及在日本明治四年左右到明治十二年與廣東商人麥梅生一起從事古籍貿易的大阪商人三木佐助(1852—1926)都曾留下證言,三木佐助還在回憶録中列舉出部分他曾經收購販賣過的版片的書名。詳見拙著《明治前期日中學術交流の研究—清國駐日公使館の文化活動》(東京:汲古書院,2003 年 2 月)

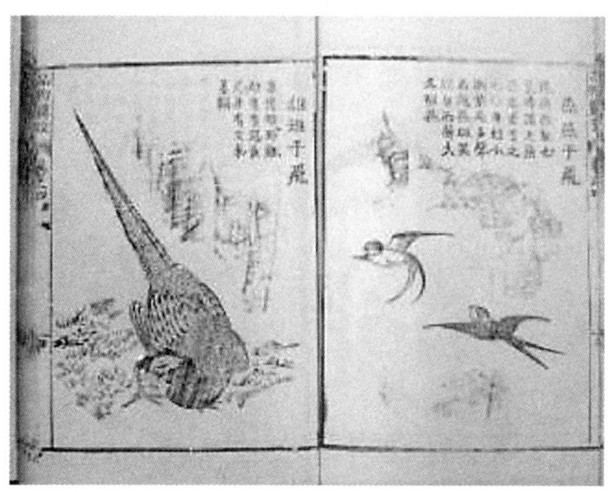

《毛詩品物圖考》卷四

《毛詩品物圖考》卷四

《毛詩品物圖考》卷五

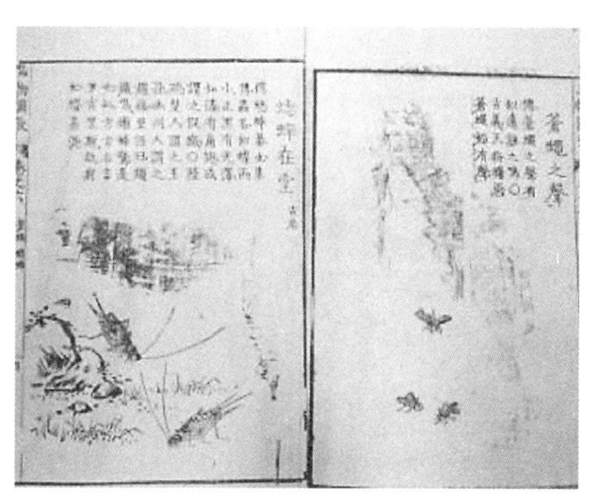

卷六第三葉(ウ)—第四葉(オ)

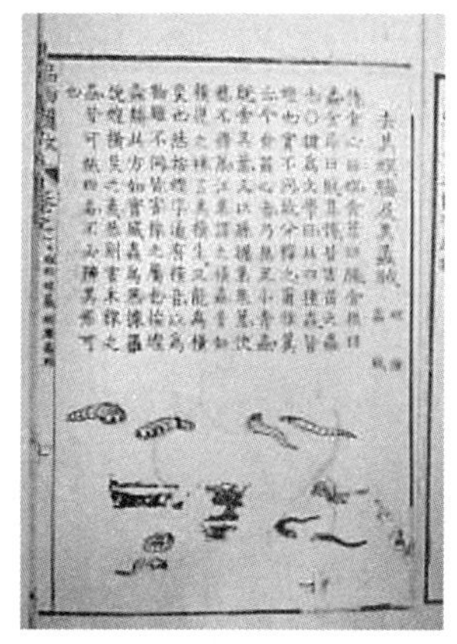

卷六第七葉(オ)

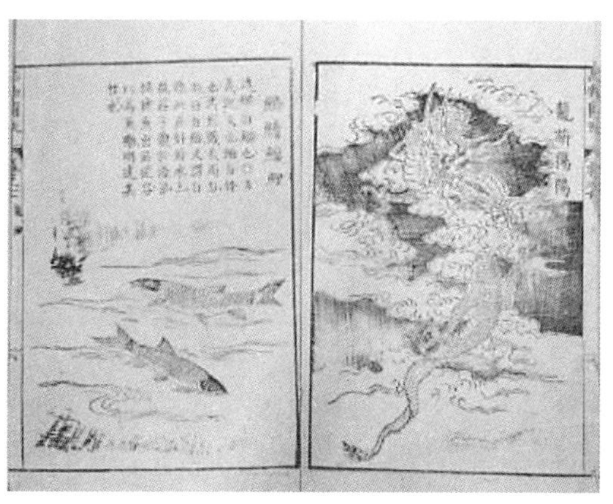

卷七第七葉(ウ)—第八葉(オ)

江户時代中後期由於商業出版相當發達，書坊爲了減少出版成本，經常將不再使用的版片鏟平重新雕版。爲了能夠多次再利用，在版木時儘量雕刻得比較淺，在印刷時使用一種叫做“馬楝”的工具（用一種以竹皮或紙撚加工成的圓盤外塗上漆，再包上竹皮製成），刷印時在有文字或圖像的部分蘸墨刷印。另一方面，中國版片雕刻的深度比日本版片更深，印刷用具也不是馬楝而是用棕櫚的纖維製成的長方形棕刷，以一定的速度在整個版片刷印。因此，使用中國的印刷方法刷印雕刻較淺的日本版片時，没有文字和圖像的空白部分比較容易蹭上墨痕，在印刷工人還不熟悉這種特殊的版片時，就有可能出現上述問題。不過，據自己見到的事例，包括《毛詩品物圖考》中國印本在内，這種在中國利用日本版片印刷的書籍的大部分是没有上述情況的，這應當是因爲當時在印刷時使用了日本的印刷方法或針對日本版片的特點進行了技術上的改良。

使用日本版片的中國印本的這種特殊現象顯露出來的雕版與印刷技術的問題具有非常重要的意義。日本的木版印刷技術是在中國及朝鮮半島的影響之下産生和發展起來的，但是在長期發展的歷史中，在與中國和朝鮮半島不同的文化環境下，又形成了其獨自的歷史和傳統。版片雕刻的深淺或許會被認爲是一個非常具體的小問題，但却是伴隨江户時代中後期商業出版發達出現的印刷技術的改良，在我們理解東亞各國木版印刷歷史及其各自的特徵與傳統時具有重要的參考意義。關於這一問題，包括韓國的情況，今後需要更進一步的考察。

清末到民國時代，除了上述利用日本版片刷印的木版本《毛詩品物圖考》以外，還曾經出現過幾種石印本。下面的圖版分別是上海積山書局清光緒十二年（1886）秋石印本、掃葉山房民國十三年（1924）石印本。此外，清光緒三十四年（1908）上海龍文書局曾

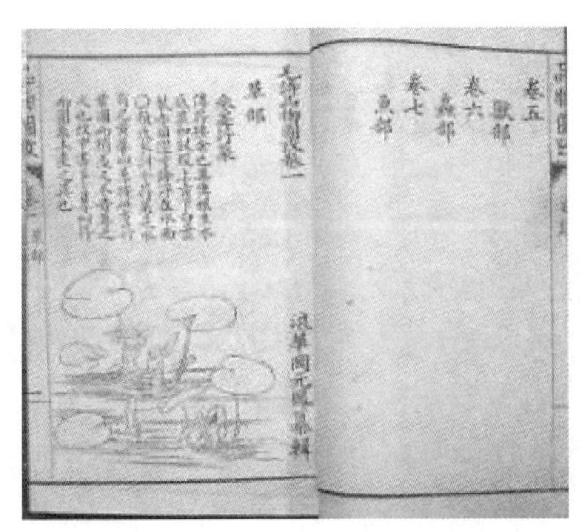

上海積山書局石印本（1886）

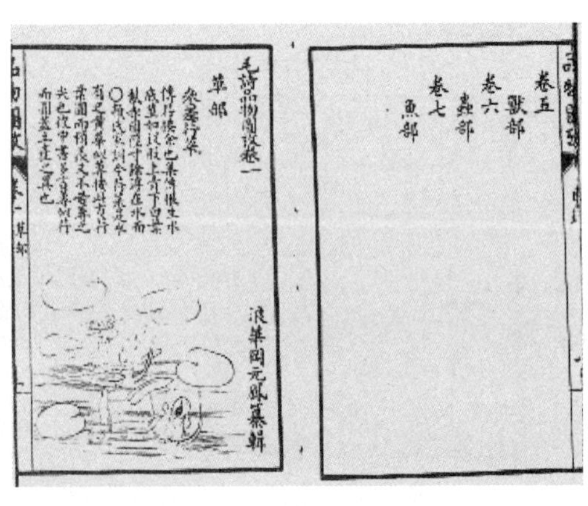

掃葉山房民國十三年（1924）

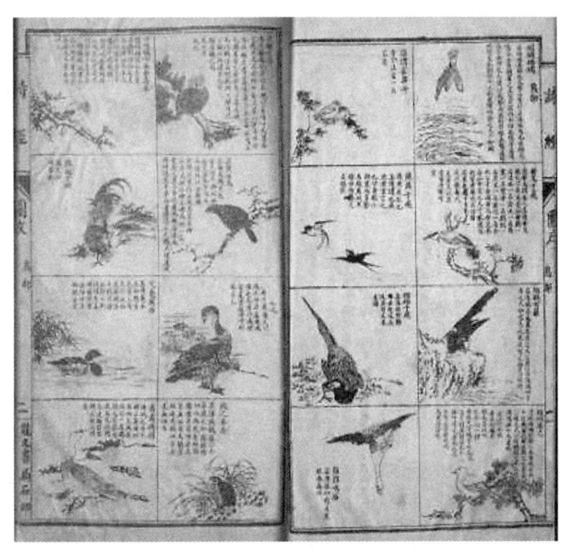

龍文書局《改良絵圖品物圖考詩經監本》(1908)

出版過一種名爲《改良繪圖品物圖考詩經監本》的石印本,將《毛詩品物圖考》縮小彩印,附在朱熹《詩集傳》之前。周作人《知堂回想録》中曾經講到,他和魯迅少年時代在親戚家避難時第一次見到《毛詩品物圖考》的石印本,回到自己家中以後,魯迅就去買了一部,據他説這是魯迅自己購書、藏書之始。他還在《夜讀鈔・花鏡》中提到本書説,比起淵在寬的《陸氏草木鳥獸蟲魚疏圖解》,他更喜歡《毛詩品物圖考》。從這個例子也可以窺見本書在清末、民國時期的普及和影響。

四、結　　語

以上,我們在介紹《詩經》名物研究歷史傳統的背景之後,對日本學者岡元鳳撰《毛詩品物圖考》的出版及其中國印本進行了考察。《毛詩品物圖考》的出現有多元文化之影響,一方面受到了來自中國傳統經學和清代考據學的影響,一方面又是江户時代在蘭學刺激之下發展起來的博物學和木版印刷文化盛行的總合産物。該書在晚清傳入中國之後,又對清末以後的中國《詩經》名物研究及近代文化的形成産生影響。關於本書的成書過程、影響以及後印本的詳細情況,還有待今後進一步的調查研究。

(作者爲日本國文學資料館教授)

日本藏中國經部、史部文獻古寫本研究的問題與未來[*]

河野貴美子(勾豔軍 譯)

流傳到日本的大量漢文古寫本,堪稱自古以來傳播到東亞并開花結果的漢字漢文文化的一大遺産。值此國家重大社會科學基金項目《日本漢文寫本整理與研究》開題之際,拙論擬以日本收藏的中國經部、史部文獻古寫本爲具體對象,在確認相關研究的現狀與趨勢、整理現今課題點的基礎上,就本項目面向未來應該留下怎樣的成果、發送何種訊息更爲有效,闡述若干尚不成熟的見解。

一、"目録"的整理

關於"日本漢文寫本",已有先學諸多的研究積累,近年來日本漢文寫本研究狀況的一個重大變化,就是在互聯網上陸續公開清晰的原典資料數據庫。此外,由於"海外中國學研究"、"域外漢籍研究"的繁榮,中國也在相繼進行日本收藏漢籍的影印、翻刻及研究著作的出版工作。在這樣的發展趨勢下,研究日本各地的貴重寫本,較之於從前肯定要便利得多。然而,在研究加速發展、信息量飛躍式增長的同時,對研究整體的綜合把握毋寧説正在變得愈發困難。

因此,與"日本漢文古寫本"研究最直接相關的課題,就是根據最新信息進行"目録"的整理。"日本漢文古寫本"的系統性著作要數阿部隆一的《本邦現存漢籍古寫本類所在略目録》①,但這是"昭和三十年代後半期編輯的成果"(凡例),收藏者有所變動的不在少數,而且編輯完成之後還出現一些新的寫本。因此,推進今後研究的前提,就是圍繞流傳到日本的"漢文古寫本"各版本,創建能够全面收集并能逐漸追加最新信息

* 基金項目:國家社科基金重大項目《日本漢文古寫本整理與研究》(14ZDB085)

① 《阿部隆一遺稿集》第一卷《宋元版篇》,東京:汲古書院,1993 年,第 211—242 頁。

(包括收藏者、影印、翻刻以及有無圖像資料等)的目録資料庫。

例如,在阿部隆一的《本邦現存漢籍古寫本類所在略目録》中,經部包括易類 52 部,書類 32 部,詩類 27 部,禮類 15 部,春秋類 18 部,孝經類 82 部,四書・大學類 12 部,四書・中庸類 14 部,論語類 119 部,孟子類 20 部,小學類 32 部,共計 423 部,史部共收録有 59 部寫本。

另外,目録中古寫本的影像數據,已經公開的大約包括經部的 49 部以及史部的 4 部。① 但近年來古典籍影像數據在逐年增加,這也并非準確數字。

最新出版的影印本成果是勉誠出版的《東洋文庫善本叢書》。該叢書"以原尺寸、原顔色初次公開值得向全世界誇耀的、出類拔萃的書籍","限定發行三百部",經部已經出版《毛詩卷第六殘卷》《禮記正義卷五殘卷》《古文尚書卷第三夏書　第五商書　第十二周書》《古文尚書卷第六殘卷》,史部已經出版《史記・夏本紀　秦本紀》(到 2015 年 6 月爲止)。今後,還預定要出版《春秋經傳集解卷第十》《論語集解 文永五年寫卷第八殘卷》《論語集解　正和四年寫》。

近年來最新發現的漢籍古寫本列舉如下:

影山輝國教授發現的《論語義疏》

《論語義疏》十卷爲六世紀皇侃(488—545)所撰,佚書,但在日本遺留有很多抄本,是所謂"佚存書"的代表。實踐女子大學影山輝國教授確認了 36 種抄本的存在,第 36 本就是之前不知存於何處、近年經影山輝國教授自身發現并收藏的被稱之爲"桃華齋本"(桃華齋富岡謙藏舊藏,昭和四十五年[1970]11 月拍賣)的室町寫本十卷五册。②

高橋智教授發現的《春秋經傳集解》

室町寫本《春秋經傳集解》七册,在昭和十四年(1939)經鹿田松雲堂伊藤介夫(有不爲齋)舊藏書的投標會,轉入岡田真之手。後來於昭和三十年(1955)被岡田文庫所出

---

① 例如財團法人東洋文庫收藏岩崎文庫善本畫像資料庫(http://124.33.215.236/zenpon/zenponLst201009.php)和京都大學電子圖書館貴重資料畫像(http://edb.kulib.kyoto-u.ac.jp/exhibit/),各學術機構都在互聯網上公開了其收藏的大量漢籍古寫本畫像資料庫。其他國立國會圖書館的近代數據化文庫(http://kindai.ndl.go.jp/),也公開了包含影印本在内的大多數數據化資料。

② 參照影山輝國:《讀經籍訪古志⑥　論語義疏十卷　舊抄本》,《亞洲游學》111《戰争與媒體以及生活》,東京:勉誠出版,2008 年 7 月,第 208—211 頁;影山輝國:《評〈儒藏〉本〈論語義疏〉》,《儒家典籍與思想研究》第二輯,北京:北京大學出版社,2010 年 5 月,第 230—240 頁;影山輝國:《舊鈔本〈論語義疏〉——儒藏本〈論語義疏〉中的校訂問題》,《亞洲游學》140《舊鈔本的世界——漢籍受容的時代資料容器》,東京:勉誠出版,2011 年 4 月,第 20—26 頁等。

售,昭和四十年(1965)又被斯道文庫收藏。不過,其封面内部有"模寫自宋興國本,原全部九册,其中二册人借去後現不知其所在"的記録,可見缺少兩册(實際是兩卷一册),近年慶應義塾大學高橋智教授在舊書店發現這缺失的一册,所以該寫本湊齊了八册三十卷,成爲完本。①

我們當然期待製作這種包含"新發現"的總目録,但如上所述,如果連個人信息也包括在内(還要考慮到不光是上述研究人員),那麼如此細緻的拉網式調查恐怕并非易事。

另外,以寫本這種文化遺産爲研究對象時,經常需要完成相關調查的諸多手續,可以想見會面臨各種各樣的困難。在日本,《國書總目録》全八卷、著者别索引②及其續編《古典籍綜合目録》全三卷③已經編纂完成,但是,却還没有與之相對應的《日本漢籍總目録》。2001 年以後,全國漢籍資料庫協議會主導的"全國漢籍資料庫"製作完成并公開,集中了"日本主要公共圖書館、大學圖書館收藏的關於'漢籍'的書志信息",但現在仍然處於更新和校正中④。概覽現狀,這次以"日本漢文古寫本"爲焦點、製作一覽式的"總目録",相信定能爲相關研究領域做出重大貢獻。

二、如何推進漢籍古寫本原文及内容的相關研究

接下來應該着力研究的就是各寫本的本文及内容。但是,"日本漢文古寫本"數量相當龐大,該以何爲焦點呢?

在此擬舉近年出版的"日本漢文古寫本"的兩個成果爲例。

其一是神鷹德治、静永健編《亞洲游學》140《舊鈔本的世界——漢籍受容的時代資料容器》(勉誠出版,2011 年 4 月)。編者神鷹德治教授在《序言——舊鈔本與唐鈔本》中,這樣定義"舊鈔本":

> 所謂舊鈔本,就是手抄的古寫本,書寫時期從奈良時代到室町時代,其原文起源於唐以前遣唐使等帶回的唐鈔本,是在日本書寫的漢籍資料。⑤

---

① 參照高橋智:《書志學的推薦——學習中國的愛書文化》,東京:東方書店,2010 年 9 月,第 31—33 頁。

② 岩波書店,1963 年 11 月—1976 年 12 月刊。補訂版 1989 年 9 月—1991 年 1 月刊。

③ 國文學研究資料館編,東京:岩波書店,1990 年 2 月—3 月刊。

④ 參照 http://kanji. zinbun. kyoto-u. ac. jp/kanseki。

⑤ 神鷹德治、静永健編:《亞洲游學》140《舊鈔本的世界——漢籍受容的時代資料容器》,東京:勉誠出版,2011 年 4 月,第 5 頁。

還有就是高橋智教授的一系列研究成果。例如,高橋教授在《書志學的推薦——學習中國的愛書文化》第Ⅱ部《日本的寫本》(東方書店,2010 年 9 月)中有如下表述:

> "舊抄本"主要指清朝中前期以前的毛筆本,"傳鈔本"主要指清朝中後期以後的毛筆本,"古寫本"是室町時代以前日本的毛筆本,若單説"寫本",多指江户時期的毛筆本,但有時也會按照中國的習慣稱之爲"傳鈔本"。
>
> 早在平安時代,學問僧從大陸帶回的平安寫本,因爲保留了宋版以前唐代寫本的風貌而彌足珍貴。但僅憑這些少量片段的文字還不能理解漢字書籍文化。室町時代的學者和學問僧聚集一處喧鬧地演講議論,將日常精力全部傾注於書寫漢文,這種甚至帶有壓迫感的行爲,才是古寫本的實態、書籍文化的王道,才是堪與中國宋版相匹敵的日本書籍的王者。……現狀是室町時代古寫本性質的研究幾乎還未展開,其發展過程要想爲中國人所瞭解,仍須相當的努力。這是日本書志學最需傾注全力的課題。①

將兩者的見解綜合起來看,"日本漢文古寫本"大致可以分爲記録唐代以前寫本時代的寫本,和進入版本時代後完成的以室町時代爲中心的寫本群。兩者都是重要的文本,另外正如高橋教授所強調的,後者還遺留有很多研究的餘地。但是,本項目如果首先是以"奈良・平安寫本"和"敦煌寫本"爲中心,試圖"構築東亞寫本學"的話,那麽就應該以前者即傳達唐以前寫本時代内容的古寫本爲對象,優先進行個案研究。

具體的研究内容可以是① 寫本本文的整理、製作校勘記;② 關於寫本製作完成及流傳的研究等。

①即確定作爲底本的善本,盡可能搜集日本古寫本及敦煌寫本的信息,製作校勘記。要想實現這一目標,可以設想會遇到各種問題,如原典資料的調查、利用許可的獲取以及如何判斷和校異寫本的字體等,但我認爲立足於中日兩國文獻研究的積累,一定能通過協作找到研究方法。

在具體方法上,高橋智教授的《舊鈔本趙注孟子校記(一)(二)》②可供借鑒。高橋教授首先將日本傳存的舊鈔本《趙注孟子》分爲清家本和除此之外的舊鈔本,在記録下各本的《略解》之後,以版本(宋孝宗朝蜀)刊《趙注孟子》(《四部叢刊》影印)爲底本,進

① 高橋智:《書志學的推薦　學習中國的愛書文化》第Ⅱ部二,《日本的寫本》,東京: 東方書店,2010 年 9 月,第 139—142 頁。

② 《斯道文庫論集》24,1990 年 3 月,第 277—365 頁。《斯道文庫論集》26、1992 年 3 月,第 145—207 頁。

行各寫本的校異工作,并顯示其校對記録。

如前所述,本次項目首先以奈良、平安時代的舊鈔本爲對象,進行校勘記的製作,并逐漸擴展到鐮倉、室町時代的寫本,這樣可能更加現實可行。還有,包括訓點和記入等校勘記的製作和研究,也是必須深入開展的工作,但因爲這算是"在日本的漢籍受容研究",所以作爲本項目來説,當務之急是整理和彙集日本傳存的古寫本以及本文的相關信息。

接下來,②所要研究的是該寫本何時、何地、由誰、因何而抄寫,還有如何被閲讀與學習、或者由誰所擁有、在哪里保管、寫本的裝訂和改换裝潢、有無紙背文書等,總之,從寫本的製作及流傳的相關信息出發,有必要進行文化史角度的研究與積累。此外,像卷子本、册子本之類的書籍形態、紙墨筆等材料,從"物品"的角度考察寫本文化的意義,也可以成爲研究的課題。

例如,關於寫本的紙背文書和改换裝潢,筆者過去曾經調查過興福寺本《講周易疏論家義記》和《經典釋文》的狀况[①]。寺院中保存有佛學以外的典籍,這在考察日本古寫本傳存狀況時,是一個需要特别留意的重要事項。

此外,今後還有必要進行包括歷史學、文獻學、書法等在内的美術史學研究,或者與理工學科領域進行合作研究。

三、根據日本傳存典籍進行漢籍佚文的輯佚

還有,筆者一直在考慮,對於傳存日本的寫本時代資料必須進行綜合整理,其目標就是"根據日本傳存典籍進行漢籍佚文的輯佚"。在流傳日本的漢籍和日本人撰述的典籍中,經常發現很多以引用文形式存在的散佚的漢籍佚文。這一點早已引起關注,研究成果如新美寬編、鈴木隆一補《根據本邦殘存典籍進行的輯佚資料集成　正、續》[②]。之後也發現過各種補充性資料,但還没有一部資料集對此進行綜合概括。首先,如果能夠收集經部、史部佚文資料的輯佚成果,并同時進行上述①的校勘工作,那麼不僅有助於研究日本漢籍的受容情況,也能夠作爲一部有價值的資料集流傳於後世。

---

① 河野貴美子:《關於興福寺藏〈經典釋文〉以及〈講周易疏論家義記〉》,張伯偉編:《風起雲揚——首届南京大學域外漢籍研究國際學術研討會論文集》,北京:中華書局,2009 年 10 月,第 531—547 頁。

② 京都大學人文科學研究所,1968 年 3 月。該書籍的電子化文本一部分已經公開(http://www.zinbun.kyoto-u.ac.jp/-takeda/edo_min/edo_bunka/syuitu.html)。

下面筆者試舉這些年來研究中的一個實例。

(1) 善珠撰《成唯識論述記序釋》

善珠(723—797)是8世紀後半期奈良興福寺的學問僧。儘管善珠本人没有到過中國,但他的老師玄昉(?—746)曾作爲遣唐僧在唐留學十餘年,歸國時帶回爲數衆多的佛典和各類文獻。當時興福寺除玄昉帶回的典籍之外,還收藏有很多最新的中國文獻。善珠在這樣的環境下,爲多種佛典寫書注釋,很多注釋書流傳至今。

這裏列舉的《成唯識論述記序釋》,是對中國的慈恩大師《成唯識論》的注釋書《成唯識論述記》序文的注釋。善珠的注釋方法是,依據中國傳統的漢唐訓詁學方法,引用辭書、韵書、音義書以及各種古文獻所載的記述,并加以詳細的注解。

例如,其中有對"鷲巚"(釋迦講授《法華經》印度的山,即靈鷲山)一詞的注釋。① 慈恩大師在《成唯識論述記》序中,評價了護法等人對於唯識學的鼻祖世親所撰的《唯識三十頌》的注釋,認爲其比"鷲巚"還要高邁深遠。關於"巚"字,善珠引用了《爾雅》和郭璞的注釋。然而,《成唯識論述記序釋》的寫本(東大寺圖書館藏寬永八年[1631]寫本,祖本是元曆[1184]書寫本)和版本(元禄八年[1695]刊)之間,引文却存在差異。

▽《成唯識論述記序釋》東大寺圖書館藏寬永八年識語寫本,十三頁:

〔序〕序義苞權實,陵鷲巚而飛高。理洞希夷,拚龍宫而騰彩。

〔釋〕……巚,魚偃反。《爾雅》:"重巚、隒"。郭璞曰:"山形如累兩甑也"。又"山孤處以之"②。

▽《成唯識論述記序釋》東大寺圖書館藏元禄八年題辭版本,十一面:

〔釋〕……巚,魚偃切。《爾雅》:"重甗,隒"。郭璞曰:"山形如累兩甑貌也"。又"山形狀似之、因以名云"。

① 關於該部分,河野貴美子在《關於"鷲巚"的注解——善珠撰〈成唯識論述記序釋〉注釋文改變的一個考察》(《國文學研究》175,2005年3月,第1—11頁)做過探討。

② 在此省略附在寫本中的假名等。

在這裏,善珠"巚"字的反切,以及作爲訓釋引用的《爾雅》和郭璞注,其寫本和版本均有所差異。因此,我們根據現存的版本看一下《爾雅・釋山》。

▽《爾雅・釋山》①

重甗,隒。

〔郭璞注〕謂山形如累兩甗。甗,甑。山状似之,因以名云。

可以看到和版本《序釋》幾乎一致的表述。

那麼,寫本《序釋》的注解又以何爲根據呢? 那無非就是轉引自梁・顧野王的《玉篇》。

傳存的原本系《玉篇》殘卷中,很幸運地包含《山部》(卷二十二)。

▽《玉篇》卷二十二・山部②

巘:魚優反。《毛詩》:"陟彼在巚"。傳曰:"小山别於大山者也"。《爾雅》:"重巚、隒"。郭璞曰:"山形如累兩甑也"。又曰:"昆蹄,研。甗",釋名:"甑一孔曰甗。山孤處以之爲名也。"

陰影部分是和寫本《序釋》一致的部分。寫本《序釋》和原本系《玉篇》都有與現在傳存的《爾雅》郭璞注不同的文字,可以斷定善珠《序釋》的該部分注釋是對原本系《玉篇》的轉引。善珠從原本系《玉篇》轉引了反切,并轉引《爾雅》及《釋名》重新編寫注釋文。

另外,原本系《玉篇》引用的《爾雅》本文與現行文本的"重甗、隒"不同,之所以表述爲"重巚、隒",清代郝懿行《爾雅義疏》中七・釋山第十一這樣注釋:

重甗隒……——《説文》云:"隒,崖也"。甗者,《釋畜》云:"善升甗"。疑"甗"皆"巘"之假借。玉篇引作"重巘,隒"。《文選》晚出射堂詩注引亦作"巘"。《詩・葛藟》

---

① 參照:神宫文庫藏南北朝刊本,《古典研究會叢書》别卷第一,東京:汲古書院,1973年4月。

② 根據東方文化學院用神宫文庫藏延喜鈔本景印《玉篇》卷二十二(東方文化學院,1932年10月—1935年3月)翻刻。

釋文引李巡云"隒,阪也"。正義引孫炎曰"隒,山基有重岸也"。以此推之,"巘"亦崖岸高大之名。故釋畜釋文引舍人一云"甗者,阪也"。顧云"山嶺曰甗"。皆與"隒"訓崖岸義合。《詩·公劉》亦作"巘"。是皆古本作"巘"之証。孫郭本作"甗",因而望文生訓。始有"甗甑"之説,與"隒"義遠、恐非也①。

可見這個問題早已引起關注。郝懿行指出,意爲蒸米容器的"甗"是"巘"的假借,《玉篇》和《文選》注中能看到使用"巘"字的段落。此外,周祖謨《爾雅校箋》卷中·釋山第十一中也舉出《玉篇》爲例,認爲郭璞依據的文本可能没有"山字邊"。

重甗隒〇唐寫本同。原本《玉篇》山部"巘"下引"甗"作"巘",《文選·長笛賦》注引同。《釋文》字不從"山",是傳本有異。依郭注義,郭所據《爾雅》舊本蓋無"山"字辺。

(注)謂山形如累兩甗甗甑山狀似之因以名云〇"甗甑"下唐寫本有"也"字。当據補。《詩·葛藟》釋文引注作"形似累重甑、上大下小"。《詩·公劉》正義引"山狀似之"下亦有"上大下小"四字。原本《玉篇》引但作"山形如累兩甑也"②。

《文選》李善注有如下三處,關於《爾雅·釋山》的該部分,都與原本系《玉篇》相同,引文中皆使用的"巘"字。

夫其面旁,則重巘增石,簡積頵砡。

〔李善注〕"面,前也。《爾雅》曰:'重巘,隒'。郭璞曰:'謂、山形如累巘,巘曰甑,山狀似之,因以名也'"。…(卷第十八《馬季長長笛賦》)

連鄣畳巘崿、青翠杳深沈。

〔李善注〕(略)《爾雅》曰:"重巘、隒"。…(卷二十二"謝靈運晚出西射堂")

浮氛晦崖巘、積素惑原疇。

〔李善注〕《爾雅》曰:"重巘,隒也"。(卷二十五《謝惠連西陵遇風獻康樂》)③

---

① 《皇清經解》本,咸豐十年(1860)年廣州萃文堂補刊本,復興書局影印,1961年,第13890頁。
② 江蘇教育出版社,1984年12月,第294頁。
③ 中國國家圖書館藏宋淳熙八年(1181)尤袤刻本。

像這様,自古以來圍繞"巘"字就一直有反復且激烈的争論。

元禄八年(1695)《成唯識論述記序釋》版本刊行時,由誰、因何將寫本引文變更爲與版本《爾雅》一致的文字,這些都還無法確定。不過,上述實例表明,像善珠的注釋書這樣,古代日本人撰述的著作中,也含有引自當時流傳到日本的中國古寫本的文字,而且,就像剛才看到的對寫本《玉篇》的引用那様,其中可能還包含佚書的佚文、以及與現在通行文本不同的寫本時代的異文。

(2) 宇多天皇《周易抄》

還有一個同様的例子。

現在日本保存有九世紀末宇多天皇(867—931、887—897 在位)聽講《周易》時的親筆筆記,這就是被稱作《周易抄》的所谓"御物"。[①]

▽《周易抄》頤卦・初九,王弼注:

夫安身莫若不競。修己莫若自寶。守道則福至。求禄則辱來[②]。

其中的"寶"字,宋本《周易注疏》[③]和阮元《十三經注疏》本[④]都寫作"保"。另外,阮元《周易注疏校勘記》中没有指出這部分存在不同文字。但是,法藏敦煌 P. 2503《周易》的該字爲"寶"[⑤]。《周易抄》抄寫的文字,和敦煌出土的寫本一致。

因爲能夠確定與敦煌出土的寫本文字一致,所以宇多天皇抄寫的《周易》注文本并非誤抄,而且可以判斷出,宇多天皇使用的文本包含宋刻本以前寫本時代的不同版本的文字。像《周易抄》這様,在對《周易》的經文和注文進行校勘之際,還存在很多不可或缺的珍貴資料。

---

① 關於《周易抄》,河野貴美子在《〈周易〉在古代日本的繼承與展開》(《中國典籍與文化》,全國高等院校古籍整理研究工作委員會,2010 年第 1 期,第 39—48 頁)做過探討。

② 參照: 東山御文庫藏:《周易抄》(《和漢名法帖選集 第五卷 宇多天皇宸翰周易抄》,(附録野本白雲述《御物宇多天皇宸翰周易抄》),東京: 平凡社,1933 年。

③ 參照: 影南宋初年刊本《周易注疏》上卷,足利學校遺跡圖書館後援會刊,東京: 汲古書院,1973 年 7 月,第 291 頁。

④ 參照: 重刊宋本《周易注疏附校勘記》,芸文印書館影印,1979 年 3 月,第 69 頁。

⑤ 參照: 上海古籍出版社、法國國家圖書館編:《法藏敦煌西域文獻》(15),上海: 上海古籍出版社,2001 年 8 月,第 175 頁。

四、小　　結

如上所述,值此“日本漢文寫本整理與研究”項目開題之際,筆者論述了通過共同研究可能實現的若干目標。但這些終究只是我的個人見解,另外,要想實現任何一項目標都需克服諸多的困難。如若能得到指正,則幸甚。

（作者爲日本早稻田大學教授、文學博士,譯者爲天津大學外國語言與文學學院副教授）

略述日本《千載佳句》一書之版本及其對《全唐詩》的補遺校勘價值*

宋　紅

一、《千載佳句》其書

《千載佳句》是迄今所見最早的唐詩名句選，而且是由日本人編纂的唐詩名句選，一直以寫本形式流傳。全書以兩句一聯的摘句形式，共選唐詩七言佳句 1 083 聯，涉及作者 153 人，按四時、時節、天象、地理、人事等 15 部、258 門分類編次，句下注明作者及詩題，編纂者是日本平安時代中期的漢學家大江維時（887—963）①。

大江維時何許人？倉石武四郎舊藏、東京大學東洋文化研究所藏複製白文本《千載佳句》（屬帝國圖書館本）書前所刊山田孝雄大正八年（1919）題記曰："本書編纂者大江維時，乃大江音人之孫，大江匡衡祖父……歷任文章博士、大學頭、東宮學士，官至從三位中納言。"②大江匡衡在自己的漢詩文集《江吏部集》中說："夫江家之爲江家，白樂天之恩也。故何者？延喜（901—923）聖代，千古、維時父子共爲文集之侍讀。天曆（947—951）聖代，維時、齊光父子共爲文集之侍讀。天祿（970—973）御宇，齊光、定基父子共爲文集之侍讀。"文中提到的千古、維時、齊光、定基，遞爲父子。從這段話可以看出江家與皇室的密切關係，也可以看出江家的漢學傳承。

---

* 本文據筆者校訂日本松平文庫本《千載佳句》之"整理說明"改寫而成，該書於 2003 年 12 月由上海古籍出版社出版。本文 2006 年 12 月提交於香港"學藝兼修漢學大師饒宗頤教授九十華誕國際學術研討會"。刊載於泰國華僑崇聖大學中華文化研究院、清華大學國際漢學研究所、中山大學中華文化研究中心、香港大學饒宗頤學術館主辦《華學》九、十合輯全六卷之（二），第 743—753 頁。

① 關於大江維時壽數，倉石武四郎舊藏、東京大學東洋文化研究所白文本《千載佳句》卷首山田孝雄大正八年（1919）日文題記曰"村上天皇御宇應和三年六十七歲薨"；松平文庫本《千載佳句》後附《大江維時小傳》曰："應和三年六七逝，歲七十六。"當以小傳所言爲是。"六十七歲薨"當是對小傳"六七逝"的誤讀。"六七"者，六月七日也，詳全文體例可知焉。又，日本《公卿補任》一書（成書年代及撰者不詳，初記文武至村上天皇年間（701—967）公卿職任，後歷有續補至明治元年）"天曆四年"條亦有大江維時履歷，然文字略簡，未記生卒年。本文所言維時之生年乃據小傳提供之卒年與壽數逆推。

② 詳上海古籍版《千載佳句》附録拙譯。

那麽大江維時爲什麽要編纂《千載佳句》？嚴紹璗先生在《日本〈千載佳句〉白居易詩佚句輯稿》一文中的解釋是：

> 自九世紀初起，"漢風"靡漫日本文壇，自天皇而至廷臣，皆以吟誦撰寫漢詩爲自身必備的文化修養。公元 814 至 818 年的五年中，醍醐天皇曾兩次敕命編纂當時日本文壇的漢詩，名曰《淩雲集》和《文華秀麗集》。827 年，淳和天皇又敕命編纂兩集之外的漢詩文作品，名曰《經國集》，從而開日本古文學史上四百年"謳歌漢風的時代"。《千載佳句》二卷，正是應日本詩人規摩漢詩的需要而分類編纂的一部漢詩集句大成①。

竊以爲這是一個大的時代背景，在此背景下，還有更爲具體的原因。我們從同樣成書於平安時代中期的日本長篇小説《源氏物語》中可以看出，當時的日本上層人士在社會交往中引用、套用唐詩，特别是白居易詩的現象相當普遍，與我國春秋時代行人辭令中引用《詩經》賦詩言志的情形非常相似②。我們從《源氏物語》中摘幾段書中人物引用白居易詩的例子便足以説明問題③。

> 源公子便命取酒來餞别，共吟白居易"醉悲灑淚春杯裏"之詩，左右隨從之人，聞之無不垂淚④。
>
> 源氏走到西廳，一面低聲吟咏白居易"子城陰處猶殘雪"之詩，一面伸手敲格子門⑤。
>
> ……這兩個愁緒萬斛的戀人之間的娓娓情話，筆墨不能描寫。漸次明亮起來的天色，彷佛特爲此情景添加背景。源氏大將吟道：
>
> 從來曉别催人淚，今日秋空特地愁。
>
> 他握住了六條妃子的手，依依不捨，那樣子真是多情！其時涼風忽起，秋蟲亂

---

① 嚴紹璗：《日本〈千載佳句〉白居易詩佚句輯稿》，《文史》23 輯，1984 年，第 306 頁。

② 關於春秋時代賦詩言志的風習，《左傳》《國語》記載頗多，《左傳·襄公二十七年》的"垂隴之會"、《左傳·昭公十六年》的"六卿賦詩"便是很典型的兩例。《文學評論》2004 年第 5 期刊有傅道彬先生的文章《"詩可以觀"——春秋時代的觀詩風尚及詩學意義》，對春秋賦詩事論述頗詳，可參看。

③ 關於《源氏物語》與《白氏文集》之密切關係，日本丸山清子教授有深入研究，詳其力著《源氏物語與白氏文集》，申非譯，北京：國際文化出版公司，1985 年。

④ 紫式部：《源氏物語·須磨》，豐子愷譯，北京：人民文學出版社，2003 年（下同），第 241—242 頁。

⑤ 《源氏物語·新菜》，第 557 頁。

嗚,……兩個魂銷腸斷的戀侶,哪有心情從容賦詩呢? 六條妃子勉強答道:

尋常秋别愁無限,添得蟲聲愁更濃①。

這與我國春秋時代外交或社交場合賦詩應對的情況簡直是異曲同工。可以看出,即情即景地吟咏唐詩已成爲當時日本上流社會的一種時尚,爲趨從這種時尚,尋找捷徑學習唐詩者一定大有人在。這當是《千載佳句》應運而生的直接原因,或許也是《千載佳句》只摘聯句,不選全篇的原因之一。

此外,《千載佳句》的摘句形式還應與日本傳統歌詩和歌的藝術形式有關。和歌在奈良時代(710—794)寫作"倭歌"、"倭詩"等,雖有長歌、短歌、旋頭歌之分,然以由31音(按5、7、5、7、7之長短律分出詩節)組成的短歌爲基本形式,而短歌所容納的内容或詩思恰與漢詩之一聯相當,所以摘聯選句的形式還可爲和歌的創作提供直接的借鑒和啓發。我想這是決定《千載佳句》選句形式的另一個原因。可資印證的是,不少和歌或俳句(俳句相當於和歌的"截句",共有17音,按5、7、5之長短律分出詩節)的漢譯者都自覺或不自覺地把短歌譯成七言二句或五言二句的形式。如李芒譯《赤松唯俳句選》,百首俳句、六種漢譯形式中,五言二句形式者18首;七言二句形式者27首,兩者相加,占譯詩總數的45%。又如林林譯《日本近代五人俳句選》中的《正岡子規俳句選》,56首譯詩中取五五式者25首;七七式者6首,兩者相加,占譯詩總數的55%②。劉德潤更在《關於和歌的漢譯》一文中明確指出:"我個人認爲和歌的漢譯採用七言二句的形式最爲貼切。譯詩的遣詞方面最好採用通俗易懂的唐詩宋詞的語言。音韵、平仄四聲也必須適當加以考慮。"③凡此種種,都爲《千載佳句》以聯語形式出現提供了逆向的佐證。

《千載佳句》的編纂時間"約在日本平安時代中期醍醐天皇(897—929年在位)至村上天皇(946—966年在位)時代,相當於中國的唐末至五代"(説據《文史》23輯嚴紹璗文)。這便意味着所收詩歌俱是趙宋之前傳入日本的,而這本名句選的編輯,實是對有唐一代詩歌最爲及時的總結。從傳播學的角度説,本書是研究唐詩之流傳的最爲鮮活的第一手材料;從校勘學的角度説,則以成書時間早、傳承路徑與國内傳本迥異和保存

① 《源氏物語·楊桐》,第186—187頁。

② 關於譯詩數字的統計,取自陶振孝:《對俳句的理解與翻譯》,載王成、秦剛主編:《日本文學翻譯論文集》,北京:人民文學出版社,2004年,第251頁。

③ 劉德潤:《關於和歌的漢譯》,載張龍妹主編:《世界語境中的〈源世物語〉》,北京:人民文學出版社,2004年,第237頁。

了大量他本所不傳的逸詩逸句而成爲《全唐詩》補遺、勘誤和判字的重要參考資料，理應引起研治唐詩者的足夠重視。

關於在補遺方面對本書的利用，先有日本天明年間（當清乾隆四十六至五十三年）河世寧的《全唐詩逸》。河世寧參採《千載佳句》《文鏡秘府論》等日本舊籍，輯成《全唐詩逸》三卷，補凡 120 餘家之詩作，其中 90% 采自《千載佳句》。其卷上顧況句下注曰："以下至卷末二十九人并見《千載佳句》。"而卷上顧況之前見於《千載佳句》者尚有八家；卷中莊翺名下注曰："以下六十八人并見《千載佳句》，履歷俱無考。"卷中莊翺之前見於《千載佳句》者尚有三家；卷下無名氏之作亦有大半採自《千載佳句》。繼有嚴紹璗先生刊于《文史》23 輯的《日本〈千載佳句〉白居易詩佚句輯稿》，文稱"《千載佳句》共輯白居易詩五百零七首，今取之與《全唐詩・白居易卷》及《白居易集》相比勘，得二集未録之白氏詩題二十，詩句二十五聯"。後有陳尚君先生輯校《全唐詩補編》[①]。以《全唐詩逸》"採詩過千，比勘不易"（嚴文之語），終有百密一疏，對《千載佳句》有"用之未盡"（陳書"前言"中語）的情況，故《全唐詩補編》又從《千載佳句》中輯出佚句五十餘聯。

然而陳尚君對《千載佳句》仍然"用之未盡"，本人在校勘中又發現四條《全唐詩補編》所未刊的佚句，兹依序號録示如下：

75　谷鳥猶銜天樂轉　池荷尚帶御衣香（無名　無題）

393　共向月中分桂後　别從天上領春回（趙嘏《成名年賀楊嚴别業聖將擢第》）

555　萬户歌鍾清禁近　九天星月碧霄寒（盧栱《和胡金吾寓直》）

904　三秋别恨攢心裏　一夜歡情似夢中（白居易《行簡别仙詞》）

日人淡海竺常在爲《全唐詩逸》作序時説："大江維時之《千載佳句》，的的珠璣。獲其片而逸其全，雖可惜哉，其所以亡乎彼而存乎我，不亦幸乎。"[②]鑒於《千載佳句》在《全唐詩》補佚方面的重要價值，我以爲有將該書整理校勘，向國内唐詩研究者提供全璧之必要，因此才不揣淺漏，躬成其事，經本人校勘整理的松平文庫本《千載佳句》已於 2003 年 12 月由上海古籍出版社刊印發行。

---

① 陳尚君輯校：《全唐詩補編》，北京：中華書局，1992 年。

② 淡海竺常：《全唐詩逸・序》，《全唐詩》，中華書局，1960 年，第 1 册卷首，第 10 頁。

二、《千載佳句》的成書及版本流傳情況

《千載佳句》的成書過程和流傳過程都存在著尚不明確的環節。因爲書的分類方式與我國《藝文類聚》《初學記》《白氏六帖》等唐代類書相似,因此有人懷疑大江維時在編纂本書時參照了中國現已不存的有關藍本。另外,《千載佳句》一直以寫本形式流傳,重要寫本有如下幾種:

一、内閣文庫所藏甲本(淺草文庫,和學講談所舊藏,江户初期寫本)

二、内閣文庫所藏乙本(林家舊藏,江户中期寫本)

三、帝國圖書館(今稱國會圖書館)藏本(上野圖書館舊藏,江户中期寫本)

四、河世寧家傳本(存否不明)

五、島原圖書館松平文庫本(江户初期寫本)

六、中山忠敬舊藏本(鐮倉時代寫本)①

現存最早的寫本是鐮倉時期(1192—1333)中山忠敬舊藏本,而帝國圖書館本,直至寬文四年(1664)才在日本的書肆上浮出水面。若以北宋開國元年960年作爲本書編成的下限,從成書到寫本流傳(識語有"正安二年"字樣,即1300年),其間至少也有340年的真空時段,若以帝國圖書館本的出現時間計,則其間的時間跨度是704年。能稍稍透露出本書傳承情況的是篇末識語,不妨將幾個寫本識語的關鍵文字對比如下:

中山忠敬本:正安第二年大呂十一日以前式部少輔藤原春範本校合之。

帝國圖書館本:同中山忠敬本。後附弘文院學士林春齋漢文跋語記該本出現之始末曰:

> 今茲之春,洛書估齎二册來,其標題曰《千載佳句》,傳稱乾元帝宸筆也。卷末細書曰"江納言維時撰"。其所纂抄皆唐詩,而元白之句過半……書估素知姬路拾遺嗜倭書而往呈之,拾遺使筆吏寫之,不日而成,欣然殊甚。余亦有好古之癖,借拾遺之本謄焉,爲弘文院之一物(句讀爲筆者所加,下引文同)。

---

① 關於版本情況的歸納,參考了《國立歷史民俗博物館藏贵重典籍叢書・千載佳句》書前所刊後藤昭雄所寫題解、《松平文庫影印叢書・千載佳句》書前所刊木村晟、妹尾昌典合撰"題解"、金原理所撰《肥前島原松平文庫本〈千載佳句〉について》(《語文研究》第十七号,昭和三十九年(1964))等文章。

落款是“寬文四年甲辰孟夏四日”。

松平文庫本：同中山忠敬本。其後增出的一段識語是：“《千載佳句》二卷者，以後二條院震翰本寫之訖。奥書曰‘江納言維時撰之，而正安二年以藤原春範之本校合之’云云，故維時之傳、春範之系圖考之以附左。”落款：“時寬文四年如月下浣。”

在此我們特别需要關注識語中提到的時間：“正安二年”爲公元1300年，這一句是三個版本所共有的；而松平文庫本明言據“後二條院震翰本寫之”；帝圖本的跋語也説“傳稱乾元帝宸筆也”。後二條爲日本天皇名，公元1301—1308年在位，乾元爲後二條天皇年號，在歷史上僅存在了一年，起於1302年，終於1303年。“震翰”當爲“宸翰”之誤，亦即“宸筆”，相當於“御筆”。寬文四年即甲辰年，公元爲1664年，孟夏爲夏季第一個月，即農曆四月；如月是農曆二月的别稱，下浣爲月之下旬。唐制十日一休沐，沐稱浣濯，故一月有三浣，分稱上、中、下浣。

清理上述資訊，我們可以得出這樣的推斷：

一、中山本、帝圖本、松平本應該有共同的祖本，即正安二年（1300）藤原春範校合本；

二、中山本的完成時間應在1300至1333年（鐮倉時期結束）之間；

三、帝圖本的完成時間是寬文四年四月四日，即公元1664年4月29日。版本傳承是：

（藤原春範校合本）……書肆本→姬路拾遺書吏謄本→林春齋謄本

四、松平本的完成時間是寬文四年二月末，大約爲公元1664年3月26日（或前數日）。版本傳承是：

（藤原春範校合本）……後二條天皇御書本……→松平本

——凡虚線鏈結處，俱表明可能不是直接傳承關係。如松平本，雖明言“以後二條院震（宸）翰本寫之”，但很可能只是後二條院本的遞抄本。

值得注意的是帝圖本與松平本同抄成於1664年，二者在時間上僅相差一個月。爲什麽兩個抄本的完成時間如此接近？1300年與1664年必是《千載佳句》傳承上的兩個轉捩點。林春齋跋語中對此書之流傳的推測是：此書原爲維時家所秘藏，家門斷絶後始流於世上——“此者成於前（按，指成於《和漢朗咏集》之前）而寥寥，本朝書目亦闕焉。蓋江家秘而珍藏，遇其家門斷絶，此集亦泯。其所傳寫，幸存而在官庫、染奎翰者乎?”此説不無道理。據江家譜系：

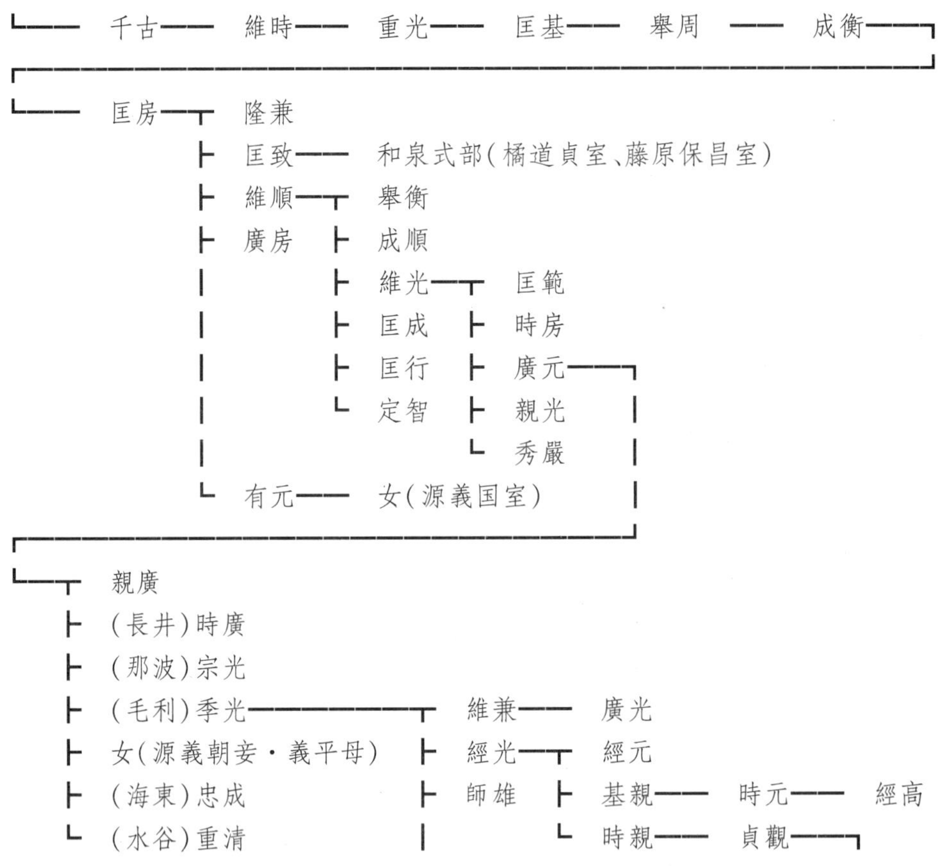

大江匡房之子隆兼早卒,匡房(1041—1111)將宿學傳給外姓門生藤原時兼;但匡房過世後一年,時兼亦英年早逝,所以匡房著作的古寫本流傳到時兼後人手中。《千載佳句》的外傳或許也可如是推想,只不過江家并没有"家門斷絶",而是在大江廣元(1148—1225)之後發生了重大轉折:世代以儒學立朝的江家,至廣元一代應招入源賴朝之幕,成爲開創鐮倉幕府的重要人物。據末松謙澄(1855—1920)《防長回天史》一書的描述:"經千古、維時、重光、匡衡、舉周、成衡、匡房、維順、維光至廣元,應源賴朝之聘,仕鐮倉,佐賴朝。或居鐮倉,或居京都之六波羅,專事朝幕間之斡旋,鞅掌圓治安民之事,官位正四品下,至陸奥守。廣元有采邑數處,相州毛利莊今之愛甲郡蓋其一也。廣元死,其第四子季光居毛利莊,因始稱毛利氏。"(第一編,拙譯)從系圖中可以看出,不僅季光改以封地爲姓氏,大江廣元的另外四個兒子也各以封地爲姓氏,如"長井"時廣、"那波"宗光、"海東"忠成、"水谷"重清等。從文學侍臣到軍幕權要,從世居京城到外駐幕府,再到幾個兒子各守封地,并各以封地爲姓氏,這一系列由文到武的變化正發生在以大江廣

元卒年 1225 年爲關節點的前後幾十年間，若有江家秘笈外傳之事，便一定會發生在這一時段。因此，三個寫本并言祖於 1300 年本便容易理解了。至於後兩個寫本爲什麽會同完成於 1664 年，亦必有歷史上的原因，只是筆者目前還没有找到足以服人的證據。

感謝日籍畏友喬秀岩君鼎力相助，爲我覓到《千載佳句》的四個版本：

一、金子彦二郎校勘本

見《平安時代的文學與白氏文集》，昭和十八年（1943）初版，昭和三十八年（1955）增訂，東京培風館發行。書前例言稱，該本以帝國圖書館本爲底本。

二、倉石武四郎舊藏、東京大學東洋文化研究所藏複製白文本

書前山田孝雄所撰題記稱，該本"據帝國圖書館所藏寫本複製"。

三、肥前島原圖書館松平文庫本

見《松平文庫影印叢書》第十八卷"漢詩文集編"。松平黎明會編集，東京新典社，平成四年（1997）初版。此本有日語訓點和旁注假名，文字較帝國圖書館本勝出許多。

四、中山忠敬舊藏本

見《國立歷史民俗博物館藏貴重典籍叢書》，京都臨川書店 2001 年 7 月初版。此是時間最早、文字最優的寫本，與松平文庫本屬同一系統，惜有一處脱頁，較他本少了序號 39—66 的二十八首詩句。

幾個寫本中，松平文庫本與帝國圖書館本雖同有一個祖本且幾乎同時成書，但傳承路徑不同，松平本所反映的是皇家寫本面貌，有日語訓點和旁注假名，版本情況與中山本接近；帝圖本可視爲民間寫本，純是白文。

還應提及的一個版本是河世寧家傳本。日本江户時代學者河世寧是利用《千載佳句》對《全唐詩》進行補遺的第一人，他在所編《全唐詩逸》"德宗皇帝句"小注中稱："家藏《千載佳句》，二百年前謄本，謬誤脱落甚多，而無他本可校，今所分注，但存其疑。"① 《全唐詩逸》編纂于日本天明三年（1783）至七年（1787）間，"二百年前謄本"，應謄寫於 1583 年之前，在時間鏈條上處於中山本與松平、帝圖本之間。我在校勘中發現，其家藏本文字與帝圖本、松平本均有異同，可作另一流別視之。

特別需要提出的是，國内以往對《千載佳句》的利用，均以帝國圖書館本爲依據，如

---

① 河世寧：《全唐詩逸》卷上，《全唐詩》第十二册，第 10174 頁。

嚴紹璗文稱:“本稿所據《千載佳句》,爲日本宫内省圖書寮所藏昭和十七年(1942)金子彦二郎校本。”(p. 307)陳尚君《全唐詩補編》稱:“以上所據《千載佳句》,係據日本東京大學藏森鷗外所贈抄本,此本係由王水照教授影印攜歸。此本有校録異文。《文史》二十三輯刊嚴紹璗同志《日本〈千載佳句〉白居易佚句輯稿》係據金子彦二郎校本,今亦據以參校。”[①]本人在校勘中發現,《補編》所用東京大學藏森鷗外所贈抄本亦是帝國圖書館本系統,如第556、617、778、943、1012首,版本情況皆同於帝圖本而異於松平本。松平文庫本《千載佳句》,近幾十年才爲日本漢學界所關注,故屬這一系統的兩個本子分别初版影印於1997年和2001年,至於版本的整理與利用,則迄今未見相關成果問世。

三、“中山本”“松平本”與“帝圖本”之優劣

“中山本”、“松平本”與“帝圖本”差異何在? 除少量互有優劣的文字異同外,多數情況下是“帝圖本”抄寫者因辨字能力低下而產生的魯魚亥豕之誤。例如第248句:

> 百寶鏡輪金翡翠　五雲絲網玉蜘蛛(陳素風《七夕》)

網,“松平本”寫作“𦊙”,是繁體“網”之别寫,唐懷仁集王羲之字《大唐三藏聖教序帖》即是如此寫法,作“開法𦊙〔網〕之經〔綱〕紀”(請注意“網”字、“綱”字的寫法);“中山本”寫作“䋄”,隋《宋永貴墓誌》即是如此寫法[②];而“帝圖本”則誤寫作“細”。又如237并336句(二首重出):

> 洞中仙草嚴冬緑　江外靈山臘月青(沙門靈業《游靈隱寺上方》)

“嚴”,“中山本”作“嚴”“松平本”作“厳”,是“嚴”的别寫和草寫,“帝圖本”兩次均誤作“巖”,當是對祖本草書的誤認。又、333録温庭筠句,“松平本”題作《寄分司元廿一云云》,“廿”,寫作“卄”,“帝圖本”作“少”,當是對“廿”之手寫體的誤認。“中山本”此處寫正字“廿”。又如836句:

---

① 陳尚君:《全唐詩補編・續拾》卷二十八按語。

② 見秦公輯:《碑别字新編》,北京:文物出版社,1985年,第297頁。

湯添勺水煎魚眼　沫下刀圭攪麴塵(白居易《茶》)

“勺”,“中山本”、“松平本”并寫作“勺”,是“勺”的別體,旁注“一作勺”,又注“勺”之日語讀音“シヤク”;“帝圖本”雖有旁注“一作勺”,但正文却誤作“勿”。又如837句:

小盞吹醅嘗冷酒　深爐敲火炙新茶(白居易《北亭招客》)

“炙”,“松平本”寫作“炙”,此是手寫體常見寫法,王羲之、米芾、文嘉都曾有此寫法①,然“帝圖本”却寫作“灸”,這便誤成了“灸”字。此類情況尚不在少數,本人已在校勘時予以勘正。(這也是選“松平本”爲底本的重要原因)

然而更多的情況是“中山本”、“松平本”和“帝圖本”共同顯示了較《全唐詩》更爲優長的版本用字。

四、《千載佳句》較《全唐詩》的文字優長之處

將《千載佳句》與《全唐詩》相比對,文字上多有差異,且往往文字優長,或可爲《全唐詩》的版本提供新的認識角度。例如“中山本”149句(“帝圖本”同):

晚蘂尚開紅躑躅　秋房初結白芙蓉(白居易《題元十八溪居》)

蘂,“松平本”作“菜”,是“蘂”的省筆寫法,《全唐詩》作“葉”;“房”,《全唐詩》作“芳(一作房)”;“元十八”《全唐詩》作“元八”。詩句表述的是:歲時已晚而紅躑躅花尚開,秋節初至,白荷花裹已孕成小小的蓮蓬。“蘂”,躑躅花之蘂;“房”,芙蓉花之房。玩味詩意,“葉”很可能是“蘂”之形誤;“房”字亦顯然較“芳”字優長。又如290句:

銀河沙漲三千界　梅嶺花排一萬株(白居易《雪中即事》)

“界”,《全唐詩》并《白氏長慶集》《白香山詩集》作“里”。“里”是長度概念,“界”是空

① 詳林尹、高明主編:《中國書法大字典》,臺北:中國文化學院,1968年,第20册,第281頁。

間概念,形容漫天飛雪,當以"界"字更有意境和韵味。"三千界",當取佛家"三千大千世界"之説,把落雪形容爲"銀河沙漲",而且漲滿了三千大千世界,如此方可見出詩人的靈妙之思。又如294句:

庾嶺梅花落歌管　謝家柳絮撲金鈿(白居易《雪中餞劉蘇州》)

兩句以"庾嶺梅花"、"謝家柳絮"喻指雪花,"歌管"應合《梅花落》之笛曲,"謝家柳絮"用晋代才女謝道韞以柳絮比雪花典事,"金鈿"者首飾也,正以復指謝道韞,《全唐詩》并《白香山詩集》作"金田",便失掉了前後應合的一層韵味。又如第436句,"中山本"作:

但倩主人空掃地　自携杯酒管絃來(白居易《贈鄭尹》)

"倩",松平本寫成"彳"旁,"帝圖本"誤認爲"猜";《全唐詩》作"請"。在四個版本的對比中方可判定:"猜"由添筆爲"彳"旁的"倩"字來;"請"字必定後出,或由"猜"字來,以"猜"字不合平仄而臆改。倩,即"請"也。當以"倩"字爲是。又439句:

願將花比天台女　留取劉郎到夜歸(白居易《花下醉中留劉五》)

"比",《全唐詩》并國内所有刊本皆作"贈"。句用漢劉晨、阮肇天台山遇仙女留居的傳説故事,以花"比"天台女,意在勸劉五留下繼續飲酒賞花,不要急著回去。作"贈"字則意味全失。據此,完全可以改通本之誤。又760句:

耳根得所琴初暢　心地忘機酒半酣(白居易《花下醉中留劉五》)

"所",《全唐詩》《白氏長慶集》《白香山詩集》作"聽";《萬首唐人絶句》作"所"。"得所",得其所哉也,與下句之"忘機"對仗嚴整,較"得聽"意更切而韵更長。又"中山本"708句:

坐久欲醒還酩酊　夜深臨散更踟躕(白居易《夜宴醉後》)

"臨",《全唐詩》作"初";"松平本"、"帝圖本"作"監",當以"臨"字爲是。夜宴"臨散"而意猶未盡,"踟躕"纔有著落。"監"必是"臨"之形誤。

除文字明顯優長者外,還有些版本異同則可使我們對《全唐詩》有新的認識和思考。如《全唐詩》之正文,《千載佳句》往往録作異文,由此推想《千載佳句》之文本在前,異文乃傳寫過程中據後出之中國傳本補入。如第72句

潮聲夜入伍員廟　柳色春藏蘇少家(白居易《錢唐春即事》,一作《錢唐春望》)

《全唐詩》中詩題正作"錢唐春望"。又如202句"霜草欲枯蟲思急,風枝未定鳥難棲"(白居易《答夢得秋庭獨坐見贈》),"急",旁注"一作苦",《全唐詩》正作"苦"字。反之,亦有《千載佳句》的正文在《全唐詩》中録作異文的情況:如196句"月轉碧梧移鵲影,露低紅草濕螢光"(許渾《宿望亭館》),"草",《全唐詩》作"葉(一作草)"。比較《千載佳句》與《全唐詩》正文、異文間的换位與變化,可引發我們關於唐詩流傳的多方位的思考。另如第71句"風淒暝色愁楊柳,月印霄聲哭杜鵑。""印",《全唐詩》作"吊"。然"印"字可寫作"㔾"①,——《千載佳句》726句"花鈿坐繞黄金印,絲管行隨白玉壺"(白居易《送陳許高仆射赴鎮》),"帝圖本"誤"印"爲"斥",可爲旁證。此與"吊"之别體"弔"形近,所以"吊"很可能是"印"字的傳寫之誤。又253句"莢房暗綻紅珠朵,茗椀寒烘(《全唐詩》作'供')白露牙(《全唐詩》作'芽')"(元稹《和嚴司空重陽登宴龍山》),"椀",《全唐詩》作"椀",《元氏長慶集》作"援"。"援"字雖可平仄兩讀(此處平讀不合律),然無論平讀仄讀均於意不切;以寫本筆畫含混("帝圖本"誤認作"梽"),故頗疑"椀"字是後人臆改。椀,木名。《爾雅·釋木》曰:"椀,櫃桏。"郭璞注:"櫃桏似柳,皮可煮作飲。"句中當以"椀"字爲是。

由於寫本手書往往形在依違之間,在辨字方面往往需要多個版本對勘。如1007句"月知溪静尋常入,雲愛山高旦暮歸"(無名《懷舊》),"旦"字《全唐詩逸》作"且","松平本"、"帝圖本"形在二者之間,儘管從字句上可以判定"旦"字爲是,以"旦暮"與所對上句之"尋常"俱爲并列名詞性結構,且"旦"與"暮"、"尋"與"常"又成句中自對,但没有版本支持總覺不盡妥帖。查"中山本"明確作"旦",故可以放心判定。此類工作雖不必在校勘中一一註明,但的確是"得失寸心知"。

① 見《碑别字新編》所引《梁程虔墓誌》,第21頁。

順便提及：摘句形式可以説遠祧春秋時代的言志賦詩,發軔于梁代鍾嶸《詩品》。“鍾詩品”常摘出作家秀句,以涵蓋其創作風格。至唐代,《河岳英靈集》《中興間氣集》於作者名下做品題時亦多拈其警句;張爲作《詩人主客圖》,更創摘句爲圖之格,然上述諸書的摘句形式非常隨意,一句、兩句、四句、全篇,諸式并舉,且并不以選句爲主旨,故選句亦不成規模。主旨明確、格式統一、裒集成册、蔚爲大觀的選句,當以《千載佳句》爲第一書。在此意義上,《千載佳句》也有其不可替代的歷史價值和文學價值。

在此還有必要對河世寧和《全唐詩逸》再説幾句：河世寧(1749—1820)本姓“市河”,名世甯,字子静,號寬齋,因仰慕中國之風而自改單姓“河”字。有唐詩研究者以爲,作“河世寧”是中國首收《全唐詩逸》的“《知不足齋叢書》本將《全唐詩逸》署名誤爲‘上毛河世寧’,脱一‘市’字,後人多沿其誤”。① 此説是一個誤會。改單姓乃當時風尚,不僅河世寧本人自署單姓,其子市河米庵在宋版《儀禮經傳通解》殘本(現藏東京大學東洋文化研究所)的題識上亦單署“河”姓。之所以會想到編纂《全唐詩逸》,因爲那段時間河世寧擔任著湯島聖堂的學頭,并將日本平安朝以前的漢詩編集成《日本詩紀》一書。在此過程中,他翻閲了大量文獻典籍,自言:“遇載有唐人之詩者,則必抄録以成册。後得康熙《全唐詩》,對讎數次,存其亡逸者,得三卷。”(《寬齋先生餘稿·與川子欽》轉譯自芳村弘道文,詳下。)近蒙畏友橋本秀美向我推薦了日本“立命中文”網上芳村弘道的一篇文章《唐詩と日本》②,文中對《全唐詩逸》的編集與刊行語焉甚詳,摘譯如下:

> 《全唐詩逸》完成後,寬齋很希望該書能傳至清國。實現其願望的是嫡子米庵(名三亥)。他於享和三年(1803)攜《全唐詩逸》稿本西游,得到客寓伊勢的菊池五山(寬齋弟子)及其文社中人的援助,翌年,即文化元年二月在京都出版。此後又至長崎,通過潁川仁十郎通事牽線,託付清商張秋琴舶載以歸。寬齋終於如願以償將《全唐詩逸》傳到清國。該書後入翁廣平(《吾妻鏡補》的作者)之手,又轉贈鮑廷博,道光三年(1823、文政六年),鮑將其編入《知不足齋叢書》刊行,《全唐詩逸》因此在中國廣爲流傳。

在描述《全唐詩逸》之流傳經過的同時,該文還揭示了另外一個事實：即自清代道光三

① 見中文研究網 zwyjw@ swnu. edu. cn《隋唐五代文學與海外漢籍》正文并注。

② 芳村弘道:《唐詩と日本》,立命中文網 http://www. ritsumei. ac. jp/acd/cg/lt/cl/koten/kanshi/nihon1_3. htm。

年始,《千載佳句》一書實已間接爲中國學人所知曉。然而對該書的直接利用却是最近二十年間的事,而直到 2003 年底,全書在中國才得以整理與刊行,《千載佳句》之"千載佳句"的回傳之路實在太過漫長。但只要看過本文所舉例證,便立即能體悟到這本現存最早的唐詩名句選對於《全唐詩》的補遺校勘價值,以及在傳播學意義上所具有的鮮活生命力。

(作者爲人民文學出版社編輯)

《玉燭寶典》的再度整理*

郝　蕊

《玉燭寶典》,原爲十二卷,隋杜台卿著,是記録古代禮儀及社會風俗的著作。該書以《禮記·月令》爲主幹,陳振孫《直齋書録解題》稱此書“以月令爲主,觸類而廣之,博彩諸書……頗號詳洽”。它頗具類書的性質,有很高的文獻資料價值,我國宋末已經流傳很少,明清徹底消失,大約在唐宋時期傳入日本,現在唯在日本有其傳本。

清光緒年間,楊守敬在日本學者森立之處訪得《玉燭寶典》的舊鈔卷子本,光緒十年(1884),駐日公使黎庶昌輯刻《古逸叢書》時將該書收入,成爲國内唯一一個《玉燭寶典》的傳本。由於日本所傳舊鈔卷子本皆缺第九卷,所以回傳我國也缺第九卷。

一、《玉燭寶典》研究價值、研究綜述及再度整理之必要性

日本人論及《玉燭寶典》一書的價值,石川三佐男稱之爲對日本來説是“形成日本國家傳統節日活動主體的最基本資料”①;吉川幸次郎則概括爲:“此書之可貴處别有二端。唐以前舊籍,全書早亡者,此書或載其佚文,一也;雖全書尚存,賴此書所引之文可校正今本,二也。”②

我國對《玉燭寶典》的研究和整理,正如石川三佐男所説:“儘管清末缺失一卷的十一卷本作爲《古逸叢書》的一本回歸了故里并極大地引發世人矚目,但事後却未能長期得到重視,雖説幾次三番地翻刻,然而却疏於整理,始終没有突出的研究成果問世。”③

---

* 基金項目:國家社科基金重大項目《日本漢文古寫本整理與研究》(14ZDB085)

① 石川三佐男:《關於古逸叢書的經典〈玉燭寶典〉——近年的學術信息·卷九的行踪等》(「古逸叢書の白眉『玉燭宝典』について—近年の学術情報·卷九の行方など」),《秋田中國學會50周年記念論集》2005、3,http://air.lib.akita-u.ac.jp/dspace/handle/10295/959

② 吉川幸次郎:《玉燭寶典題解》,見《歲時習俗資料彙編》二《玉燭寶典》二十至五卷,藝文印書館印行,第3頁(日本帝塚山學院大學圖書館藏書)。

③ 石川三佐男:《關於古逸叢書的經典〈玉烛宝典〉——近年的學术信息·卷九的行踪等》。

在日本，江户時期曾有森氏父子、依田利用等人對《玉燭寶典》的整理考證，之後直到近年來才取得了一些打破上述局面、令世人矚目的研究成果，突出的就是石川三佐男的輯譯讀本《玉燭寶典》①的問世。近年來我國也發現了一些相關的考古資料，引發了《玉燭寶典》相關研究領域的討論，如張新民、龔妮麗的《東跨日本訪逸書的晚清學者——黎庶昌及其〈古逸叢書〉考論》；就《古逸叢書》本《玉燭寶典》底本問題的討論有：崔富章，朱新林的《〈古逸叢書〉本〈玉燭寶典〉底本辨析》（《文獻》，2009 第 3 期）、任勇勝的《〈古逸叢書本玉燭寶典底本辨析〉獻疑》（《清華大學學報》哲學社會科學版 2010 年 S2 期）等研究成果問世。

儘管中日兩國對《玉燭寶典》的研究和整理有了很大的進展，但是該書的價值決定了至今爲止的研究整理還遠遠不夠，還須進一步的整理才能適應深入研究的需要。

不可否認日本學者對該書的整理頗具成就，由於底本是日本人的抄本，錯字、訛字、漏字很多，日本學者先後依據抄本作了非常細緻的文字校對和標點斷句工作。和日本相比，我國學者更加重視《古逸叢書》裏輯刻《玉燭寶典》的底本研究，雖有對文字方面的個案研究，但尚未作系統整理。至今爲止《玉燭寶典》的整理本均爲日本學者所爲，因爲這些整理本畢竟是日本學者的角度，所以存在其對文字理解和所據文本的局限性，而且在一定程度上過多地依賴所據文本，造成了底本失真的情況屢有發生，進而喪失了很多《玉燭寶典》"所引之文可校正今本"的重要作用。

鑒於《玉燭寶典》的價值和研究需要，基於上述整理狀況我們還很有必要在日本學者整理本的基礎上再作整理，完成《玉燭寶典》的基礎性工作。特别是現如今隨着社會各個領域研究的不斷發展以及資訊社會帶來新研究成果的快速刊佈，都爲我們對《玉燭寶典》的再次整理帶來了便利，新的整理結果也必將爲各個領域的研究提供新的依據。

二、《玉燭寶典》再整理的底本和參考本選擇

石川三佐男對《玉燭寶典》版本在中日現存情況作了如下梳理：

（1）舊加賀藩前田侯的尊經閣文庫所藏《玉燭寶典》卷子本（卷九缺失）；

（2）前田家景印本《玉燭寶典》卷子本（卷九缺失）；

（3）宫内廳書陵部藏《玉燭寶典》（寫本，卷九缺失）；

① 石川三佐男輯譯讀本：《玉燭寶典》，東京：明德出版社，1988 年。

(4)《古逸叢書》本《玉燭寶典》(尊經閣本影印,卷九缺失);

(5)《歲時習俗資料彙編》本(尊經閣本影印,卷九缺失);

(6) 國立公文書館藏《玉燭寶典》(昌平黌學問所舊藏,水野忠央舊藏等四本卷九缺失);

(7) 專修大學所藏本《玉燭寶典》(寫本,卷九缺失);

(8) 國會圖書館所藏依田利用手寫稿本《玉燭寶典考證》(卷九缺失);

(9) 東洋文庫所藏依田利用手寫稿本《玉燭寶典考證》(卷九缺失。該本和國會圖書館藏本書寫格式上有些不同,内容上基本相同。)

(10) 舊青山相公藏《玉燭寶典》卷子本(全十二卷。關於本書,島田翰的《古文舊書考》《玉燭寶典》條説到"今是書裝成卷子,相其字樣紙質,當在八九百年外矣,而卷第九尚儼存,却佚卷第七後半。……今是書比之於貞和本,語辭更多,且通篇用新字,其數多至十三字"云云。只是該本是否現存當下尚不詳。)

(11) 東北大學所藏本《玉燭寶典》(殘八卷、三册本。該本爲依據依田利用本的朱筆校訂寫本)

(12) 中國古典新書續讀本《玉燭寶典》(卷九缺失)①

(一)《玉燭寶典》再整理的底本選擇

根據石川對《玉燭寶典》現存本的匯總,我們進而可以歸納爲除了(6)、(10)外,其餘全部可以説來自(1)舊加賀藩前田侯的尊經閣文庫所藏本,又稱"日本舊鈔卷子本"(簡稱"尊本"),它是日本最早的傳本。

至於(2)無疑是尊本的印本;吉川幸次郎認爲(3)宫内省圖書寮藏本(簡稱"宫内廳本")"此書宫内省圖書寮亦藏一本,爲舊幕時佐伯侯毛利高翰影鈔此前田侯尊經閣本而獻於幕府者",②又稱"楓山官庫本";(5)《歲時習俗資料彙編》本即尊經閣本影印本,吉川幸次郎在該影印本《玉燭寶典題解》裏説"今所複製者即其本"③,即尊經閣本;(4)楊守敬《古逸叢書》本(簡稱"楊本"),石川也認爲是尊本影印,準確地説應該是宫内廳本的影印(後面詳細説明);(7)專修大學所藏本(簡稱"專修本")是森氏父子以及依田利用等人以宫内廳本爲底本整理而來;(8)和(9)的依田《玉燭寶典考證》本(簡稱"考

① 石川三佐男:《關于〈古逸叢書〉的經典〈玉燭寶典〉——近年的學術信息・卷九的行踪等》。
② 吉川幸次郎:《玉燭寶典題解》,見《歲時習俗資料彙編》二《玉燭寶典》二十至五卷,第1頁。
③ 同上。

證本”),是依田利用在參與森氏父子整理專修本後做的考證本;(11)是依據依田利用本的校訂寫本;(12)石川的《玉燭寶典》本(簡稱“石川本”)也是依據依田利用本的譯讀本。

(6)、(10)的更詳細情況還有待於發掘,但是在日本《本朝月令》的《群書解題》第五卷中說寫有:“世上流傳着前田家尊經閣文庫鐮倉時代抄寫的金澤文庫本之外,宮内廳書陵部、上野圖書館、神宫文庫、彰考館等也藏有寫本,但是世上流傳着的其他版本全都是以金澤文庫本爲基礎的。”①至於島田翰提到的還有一本,吉川幸次郎認爲:“島田翰氏《古文舊書》考謂别有一寫本,卷七闕半,然他人均未得見。”②而且石川也曾專門尋找未曾見到。

基於上述分析,對《玉燭寶典》的再度整理,截至目前的發現其底本依然應該是尊經閣文庫本,它原爲加賀藩主前田綱紀家藏,該本子爲日本嘉保三年(相當於中國北宋哲宗紹聖三年,即1096年)至貞和四年(相當於中國元順帝至正八年,即1349年)之間寫本的合綴本,卷裝六軸,缺失了第九卷。吉川幸次郎在《玉燭寶典題解》裏寫道:“此書在中國早已亡佚,僅有前田侯尊經閣文庫之舊寫本流傳於世。”③

(二)《玉燭寶典》再整理的參考本選擇

在上述的諸多寫本和刻印本中,諸如(2)(5)等印本没有什麽參考價值,在整理本中有兩個本子對再度整理極具參考價值,一是依田利用的考證本,另一個是石川本。這兩個本子是對尊本兩個層次上的整理,前者已經下了很大力氣完成了對抄寫的辨字,後者則是在此基礎上的校文和譯讀,又完成了一次深入整理。但是,儘管考證本和石川本已經對《玉燭寶典》認讀做出了很大貢獻,但是畢竟出自日本學者之手,依舊有很多地方值得探討,不僅辨字依然存在問題,校文斷句也都仍有很多錯誤,另外,石川本注重譯讀,雖有對考證本的完善且加入了標點,但没有對注疏作整理,所以《玉燭寶典》的再度整理這些地方依舊不可忽視。

再説整理本中的專修本,這個本子是森立之、森約之父子的鈔校本,底本根據的是江户時代毛利高翰1828年獻給幕府的影鈔本,即宮内廳書陵部藏本,宮内廳本是由毛利高翰之父命工影鈔的加賀藩主前田綱紀家藏本。專修本雖爲整理本但可以説没有太

---

① 石川三佐男:《關於古逸叢書的經典〈玉烛宝典〉——近年的学术信息·卷九的行踪等》。
② 吉川幸次郎:《玉燭寶典題解》,見《歲時習俗資料彙編》二《玉燭寶典》二十至五卷,第6頁。
③ 同上,第1頁。

多的參考價值,因爲依田利用參與了該本的鈔校,專修本卷二末有校書款識云:"山田直温、野村温、依田利和、豬飼傑、横山樵同校畢,三月五日。"山田直温等五人校勘的專修本,説明依田利用曾經參與專修本《玉燭寶典》的校書工作,他在此校書的基礎上完成了《玉燭寶典考證》一書,所以考證本一定是超越專修本的。

日本江户時代學者依田利用所著《玉燭寶典考證》,成書於1840年,手寫稿本,凡四册、十一卷(亦缺卷九),是一本考證校訂《玉燭寶典》的力作。考證本有東洋文庫所藏和國會圖書館所藏兩本,國立國會圖書館藏本已經公開,該書文字本來書寫工整,格式是正文用大字,舊注文用大字低一格書寫,自己考證的文字用雙行小字書寫,或作眉批書於頁眉。依田將正文、舊注裏面的文字錯誤逐一訂正,一些俗字也替换爲正字,同時作出校勘説明,并用硃筆爲正文、舊注作了句讀。東洋文庫所藏本尚未公開,不能拿到手,國會圖書館所藏本四册,其中第一册爲杜台卿原序、第一卷、第二卷;第二册爲第三卷、第四卷、第五卷;第三册爲第六卷、第七卷、第八卷;第四册爲第十卷、第十一卷、第十二卷。成爲一個比較完善的《玉燭寶典》鈔校本,在校勘文字方面貢獻甚巨,對研究《玉燭寶典》具有極高的參考價值。

如前所述,刻印本大都没有作參考本的價值,唯獨楊本例外,它雖爲印本,但其參考價值不可忽視,這也是後面將要談的一個問題。

三、《玉燭寶典》再次整理的突破點

《玉燭寶典》的再次整理,仍以現有日本最早的傳本尊本爲底本,從中國學者的角度再次辨字校文,同時,綜合典籍文本的新發現和新的研究成果以及科學技術研究的新發現,重新辨字、重新標點斷句。

(一) 典籍文本和科學研究的新發現爲再次整理提供了多元新思路

古抄本的整理已不限於多個文本的校對,已擴展到多個學科的多元研究,現舉例説明:尊本:【八尺之柱修尺五寸柱修即陰氣勝短即陽氣勝陰氣勝即爲水陽氣勝即爲旱】(文字不清晰)[①]

---

① 本文尊本皆採用日本國立國會圖書館數位公開資料。《玉燭寶典》: 尊經閣叢刊. 卷5(p13) http://kindai.ndl.go.jp/info: ndljp/pid/1450805

考證本：【八尺之柱(本書柱作景下柱修同)修徑尺五寸柱修則陰氣勝景(舊則作即今改下同)景短則陽氣勝(舊無景字今依本書增)陰氣勝則爲水陽氣勝則爲旱】①

石川本：【八尺之景修，徑尺五寸。景修，則陰氣勝，景短，則陽氣勝。陰氣勝，則爲水，陽氣勝，則爲旱】(據考證本校)②

考證本將【柱】改爲【景】是按照《淮南子》校對修改，後面的【景】字底本没有皆依《淮南子》改。筆者查找國内資料時也有同樣的結論，《淮南子》的諸多本子均同考證本。表面上看如此校改不存疑義，但是筆者作爲從事日語的研究人員，清楚地知道日本人不會把【景】錯抄爲【柱】，也就是説原本就是【柱】而不是【景】，而【柱】的依據又是什麽呢?

筆者在詳細查找中發現，中華書局2009年3月出版的中華經典藏書《淮南子》注釋18有如下説明："八尺之表，景修尺五寸：原作'八尺之景修徑尺五寸'，依劉文典説改。"這一發現説明【柱】并非都寫爲【景】，有寫爲其他字的如【表】，再深入查找下去發現，"劉文典説"是依清錢塘《淮南天文訓補注》而來，其依據是清錢塘撰《淮南天文訓補注》(崇文書局本，丁福保、周雲青編《四部總録・天文編》，文物出版社，1984)。

關於《淮南子》注的問題徐鳳先説道："按《隋書・經籍志》，《淮南子》一書在隋以前存有許慎和高誘兩家注，而《舊唐書經籍志》則僅存高誘注，可見許慎注本已散佚。"③清錢塘撰《淮南天文訓補注》二卷的意義在於由於許慎注已散佚，僅存高誘注，但高誘"於術數未諳，遂不能詳言其義耳"(錢塘自序)。高誘注強於文字的訓釋和義理的發揮，弱于天文曆律推步方面的闡釋，所以錢塘作了補注。

我們見到的多數《淮南子》文本均爲高誘注，也就意味着有存在錯誤的可能性，僅依靠高誘注《淮南子》不一定能準確整理《玉燭寶典》，同時，從另一個角度講《玉燭寶典》引用了大量《淮南子》的内容，有的採用了許慎注，這就註定了這部分内容之珍貴，那麽在整理過程中清錢塘撰《淮南天文訓補注》二卷的參考意義就很大了，《玉燭寶典》也許恰恰能夠對補注有互證作用。

"劉文典説"的"八尺之表，景修尺五寸"的表述，意味着"柱"一字不排除正確的可能，該句的意義是正午時候，通過觀測太陽光經過竿(表)頂端圓孔投射到圭面上的日影

---

① 本文考證本皆採用日本國立國會圖書館數位公開資料。《玉燭寶典考證》. 卷2(p75)http://dl. ndl. go. jp/info:ndljp/pid/2551563? tocOpened=1

② 《玉燭寶典》，石川三佐男輯譯讀本，第170頁。

③ 徐鳳先：《〈淮南天文訓補注〉評介》，見《中國科技史》第17卷第二期(1996年)，第81頁。

之長度。

再從意義上看【柱】【景】的不同：【柱】不能校爲【景】,我國古代這二字的差異很分明,【影】才可被稱爲【景】,如《墨子・經説下》説："景,光至景亡。"《莊子・天下篇》也説："飛鳥之景,未嘗動也。"這裏的【景】就指【影】。以後《淮南子》也將【影】等同于【景】,《淮南子・説林訓》就説："使景(影)曲者,形也。"《淮南子・兵略訓》也有："景(影)不爲曲物直。"《淮南子・繆稱訓》還説："觀景(影)柱而知持後焉。"【景、影】的古代寫法爲【晷】。【柱】字也是自古就有的漢字,我國現在還有"開柱眼"、"柱吉日"等來自古漢語的説法。

再説,日本人在【柱】字抄寫上不会有错,日語的【柱】《古事記》已有"此の三柱の神は"的用法,且屬常用字。與【柱】相关的日語詞很多,如："柱石"、"柱隠し"、"柱祝い"等,所以抄録者不會寫錯。

基於我們對【柱】、【景】二字的認識,顯然用【景】代替【柱】不甚妥當,恰是科學研究的新發現爲破解這一問題提供了依據。我國最新的天文學史研究成果表明,古人最初用立竿來觀測日影,以後逐步改進并製造出一種叫做"圭表"的儀器,其平臥地面、帶有刻度和四周水槽的石座稱爲"圭",垂直于地面石座、頂端帶有圓孔的八尺竿稱爲"表"。"圭表"還可以理解爲"勾股",如陳遵媯所説："勾股是圭表的代名詞。"[①]股者,表也；勾者,日影(晷)也。[②] 即"勾股"所指不同事物,古代以立八尺之竿及用"勾股"方法測距離,還用此法與災異説相聯繫。根據上述表述可以推斷,尊本這裏的【柱】應該是指"圭表"的"表",想必《玉燭寶典》成書時代"圭表"二字有可能尚未出現,還在用"柱"一詞。我們從還原原文舊貌、且現代漢語中【柱】依舊能夠爲世人所理解方面考慮,整理時依舊採用【柱】字爲好,其語意爲：夏至日,中午樹一八尺長的圭表,能測出它一尺五寸長的日影(晷)。

該句中還有【則】和【即】的校對問題。考證本和石川本皆將"即"校爲"則",無疑皆根據引用出處《淮南子》,不僅如此,筆者的網上資料查找也皆爲"則"。但是我們看一下抄本會發現原本就應該是"即",而且找一下當頁就會發現有【則】字出現,日本人不會將二字混淆,縱然是現在的一般日本人也能夠區别二字,更何況當時是漢字使用量很大的時期,抄寫人有可能不知道原句的説法,但是一定能辨别二字的差異,并能夠理

① 參見陳遵媯著：《中國天文學史》,上海：上海人民出版社,1982 年,第 108 頁。

② 參見劉康得：《風雲與陰影——"捕風捉影"説》,《復旦大學學報》社會科學版,2012 年第 3 期。

解這裏使用【即】字是通順的,不僅如此這一句話裏該字是反復使用,從常理上來説也不會抄錯。

至於該句中的【修】字除了有整理之意外,還有"長、高"之意。如:現代漢語依然使用"修長"一詞,王羲之《蘭亭集序》有"此地有崇山峻嶺,茂林修竹"的説法。

誠然,該句是在引用《淮南子》的句子,作爲《玉燭寶典》的再次整理我認爲還原抄本的作法是可取的。所以在上述辯字的基礎上,將該句整理爲:

八尺之柱,修尺五寸。柱修,即陰氣勝,短,即陽氣勝。陰氣勝,即爲水,陽氣勝,即爲旱。

以前《玉燭寶典》的校注大多以《禮記》《淮南子》等爲依據,這種方法容易導致以訛傳訛,當今的再次整理不僅要依靠相關文本和民俗,更應隨着科學技術的發展和各個學科研究視野的擴大多元化地進行,諸如《玉燭寶典》類子集的再次整理一定離不開天文學、哲學、《易經》研究等多方面知識的支持,而這一成果也將對這些領域的發展有幫助作用。

科學研究的新發現爲整理提供了多元新思路,該句的整理就借助了物理研究和天文研究的新成果。然而,這是基於上述推斷得出的結論,而結論是否準確還是問題,我們暫且進入下一個話題來找出文本依據。

(二)《古逸叢書》是重要的參考本

關於《古逸叢書》的影刻本底本探究問題,張新民、龔妮麗《東跨日本訪逸書的晚清學者——黎庶昌及其〈古逸叢書〉考論》;崔富章,朱新林《〈古逸叢書〉本〈玉燭寶典〉底本辨析》;任勇勝《〈古逸叢書本玉燭寶典底本辨析〉獻疑》等文章中都有論證。總之,筆者的思維定式裏認爲影刻的《古逸叢書》還應該是與森立之、森約之父子的鈔校本專修本有密切關係。既然依田利用參與了專修本鈔校,那麼有了依田的考證本就可以了,所以起初我根本没有關注《古逸叢書》。

但是,殊不知《古逸叢書》影刻本更加貼近尊經閣文庫本。如前所述,上句筆者得出的結論是應整理爲:

八尺之柱,修尺五寸。柱修,即陰氣勝,短,即陽氣勝。陰氣勝,即爲水,陽氣勝,即爲旱。

"文"是"辯"出來了,但筆者依然没有自信,該句的整理是根據科學技術的新發現以及基於通曉日語得出的推斷,没有文本依據,而考證本等的修改則是有《淮南子》可依的。

筆者無意中翻了翻《古逸叢書》,令我吃驚的是這句竟然寫的是:

八尺之柱修尺五寸柱修即陰氣勝短即陽氣勝陰氣勝即爲水陽氣勝即爲旱①

楊本除了没有標點之外其餘全部和筆者的整理相同,与考證本差異極大,也就是説它的底本不會是專修本,這一點從其他幾處可以看出,而且楊本不僅不同於考證本,它還更加接近尊經閣文庫本,即舊鈔卷子本,前面一句除了改正尊本抄寫錯誤【短】字之外,其餘基本和尊本一致。

再舉一例:《易・繫辭》云:"庖羲氏之王天下也,仰則觀象於天,俯則觀法於地"中的【法】字。依《易・繫辭下》(阮刻校刻《十三經注疏・周易正義》本)似乎也應整理爲【法】。

【刈】字,尊本【刈】(不清晰)、楊本【刈】,考證本爲【艾】(依注疏本改),石川本依考證本【艾】。考證本雖依注疏本改,但尊本明顯不是【艾】,右面的"刂"非常明顯,楊本爲【刈】雖未標明據何而改,筆者查到《吕氏春秋》仲夏紀第五爲【刈】。

楊本更接近於尊本還體現在楊本極大地遵循了尊本的字形,這樣的例子有很多,如:"今案《爾雅》: 葭,木菫;櫬,木菫。"一句中的【葭】,楊本依尊本爲【葭】(【葭】古同【椵】),而考證本則改爲【椵】。再如:【處】,楊本依尊本爲【虜】,而考證本和石川本則改爲【處】。

事實證明依田考證本雖經仔細查對相關文本,但因文本自身問題從而造成了修改反而出錯的情況多有發生,同樣石川本多依考證本也就跟着錯了,這是我們整理《玉燭寶典》所應十分注意的,同時也提醒我們要十分關注《古逸叢書》影刻本(雖仍不能確定其底本)的參考價值,其遵循原貌的優勢是我們再次整理中特别要重視的地方。

綜上所述,《玉燭寶典》日人多有整理,我國的《古逸叢書》本也是經楊守敬譯校過的,但是還是有重新整理之必要,而且絶不能拘泥于現有的整理本,要充分利用現有文本新發現找出文本依據,同時利用科學技術的新發現爲再次整理提供新視野,更應通過《玉燭寶典》的再次整理爲各個領域的研究提供新的佐證。

(作者爲天津師範大學外國語學院教授)

① 黎庶昌輯,楊守敬譯校:《古逸叢書》下,江蘇古籍出版社,2002年,第458頁。

《幼學指南抄》徵引漢籍校議*

劉玉才

在中國域外存藏有大量以漢文書寫的古籍,其内容大致可概括爲三個方面:第一,中國古籍寫本與印本,其中有許多孤本佚書和國内不傳的版本;第二,中國古籍的域外刊本和抄本,以及域外文人編纂的中國古籍選本、注本和評本;第三,域外文人用漢文撰寫、編纂的古籍。中國學者多將這三類漢文古籍統稱爲“域外漢籍”。① 域外漢籍的産生主要是以漢字文化圈爲背景。在古代漢字文化圈内,特别是中國大陸與朝鮮半島、日本列島之間,書籍傳播是重要的文化交流形式。以隋唐時期日本列島諸國爲例,即屢有遣隋使、遣唐使和學問僧遠赴中國,其中肩負的重要任務就是購求書籍。唐代傳入日本的書籍總量,可以根據9世紀末成書的《日本國見在書目》加以推測。該書雖然只是官藏焚後殘存書籍的統計,但仍著録有漢文書籍一千五百餘部,一萬七千餘卷,約略相當於《隋書・經籍志》的一半,《舊唐書・經籍志》的三分之一。漢籍傳入之後,接受漢籍熏陶的日本文士,通過學習借鑒和消化吸收,又編撰出大量本土漢籍。

一、《幼學指南抄》的編纂

日本平安時期,漢籍類書因爲内容豐富,而且便於查檢,頗受社會上層青睞,流傳廣泛。《日本國見在書目》即記載有《語麗》《華林編略》《修文殿御覽》《類苑》《類文》《藝文類聚》《翰苑》《初學記》《玉府新書》《編珠録》《群書治要》《兔園第九》諸類書。正是在漢籍類書形式的影響之下,日本取材漢籍文獻,編纂出《秘府略》《世俗諺文》《幼學指南抄》《金言集》《玉函秘抄》等本土類書。其中《幼學指南抄》長期以孤本流傳,頗具研

---

* 此文爲北京大學國際漢學家研修基地、東亞漢籍研究工作坊成果。

① 張伯偉:《域外漢籍答客問》,《南京大學學報(哲學・人文科學・社會科學版)》,2006年第1期。

究標本意義。

《幼學指南抄》原書三十卷,目録一卷①,今僅殘存寫本廿三卷,分藏在臺灣"故宫博物院"、日本大東急紀念文庫、京都大學附屬圖書館、御茶之水圖書館成簣堂文庫、東京國立博物館、陽明文庫等處。根據多卷末有活動於平安末期至鎌倉初期的真言宗僧人"覺瑜"署名,卷十七空白處旁記"久安三年(1147)二月一日　大江時房",書風與該抄本面貌基本一致,卷五封面題名之"朝遍",亦爲"覺瑜"同時的真言宗僧人,日本學者推斷其成書大約在平安時代後期,性質或爲當時大江家的幼學書②,并曾在真言宗僧侶間流傳③。《幼學指南抄》不見日本歷代目録著録,僅《後法興院政家記》明應八年(1499)八月十九日條記有"幼學指南抄箱等預置之"字樣。明治年間,楊守敬在日本訪得殘卷,其《日本訪書志》有記載云:

> 日本古鈔本,兩面鈔寫,爲蝴蝶裝,四邊外向。日本卷子以下,此式爲最古,蓋北宋刊本裝式亦如此也。今存第三、第四、第九、第十三、第十四、第十七、第十八、第三十。又三册殘本,不知卷數,一"寶貨部"下,一"衣服部",一"音樂部"。第三十卷爲"鱗介蟲豸類",故知書止三十卷也。書法甚古,以日本書體紙質衡之,當是八九百年間物。每條有題所引古書,至六朝而止。細核之,蓋從徐堅《初學記》鈔出,而其文字則遠勝今本,蓋此從卷子本出也。④

川瀨一馬《古辭書の研究》亦有相關記述,此後漸有日本漢文學研究者關注。

《幼學指南抄》書名或取法唐徐堅《初學記》,然部類結構實融匯《藝文類聚》《初學記》和《事類賦注》三書⑤。爲便於對比,兹列二表如下:

1. 部名對照表

書　名	部　名
藝文類聚 四十六部	天、歲時、地、州、郡、山、水、符命、帝王、後妃、儲宫、人、禮、樂、職官、封爵、治政、刑法、雜文、武、軍器、居處、産業、衣冠、儀飾、服飾、舟車、食物、雜器物、巧藝、方術、内典、靈異、火、藥香草、寶玉、百穀、布帛、菓、木、鳥、獸、鱗介、蟲豸、祥瑞、災異

① 陽明文庫藏有近衛家熙題署的《幼學指南目録》,雖是傳寫之本,但據此可見部類大概,彌足珍貴。

② 片山晴賢:《〈幼學指南抄〉攷》,《中村璋八博士古稀紀念東洋學論集》,東京:汲古書院,1996年。

③ 築島裕:《〈幼學指南抄〉解説》,《大東急紀念文庫善本叢刊》中古中世篇,第十二卷,類書Ⅰ,東京:汲古書院,2005年。

④ 楊守敬:《日本訪書志》卷十一,《楊守敬集》第八册,湖北人民出版社、湖北教育出版社,1988年,第260頁。

⑤ 本文採用三書版本分别爲:《藝文類聚》,汪紹楹校,上海古籍出版社,1999年;《初學記》,影印日本宫内廳書陵部藏南宋本,上海古籍出版社,2013年;《事類賦注》,冀勤、王秀梅、馬蓉校點,中華書局,1989年。

續 表

書　名	部　　名
初學記 二十四部	天、歲時、地、州郡、帝王、中宫、儲宫、帝戚、職官、禮、樂、人、政理、文、武、道釋、居處、器物、寶器(花草附)、果木、獸、鳥、鱗介、蟲
事類賦注 十四部	天、歲時、地、寶貨、樂、服用、什物、飲食、禽、獸、草木、果、鱗介、蟲
幼學指南抄 三十九部①	天、歲時、地、水、(帝王)、(中宫)、(儲宫)、(帝戚)、人、(禮)、樂、官職、理政、文、武、居處、産業、章服、儀飾、服飾、(飲食)、(器)、(服藝)、(靈祇)、(仙道)、(尺教)、巧藝、方術、火、寶貨、穀粟、菜蔬、(果)、草、木、獸、(鳥)、鱗介、蟲豸

2. 文部相關類名對照表

書　名	部名、類名
藝文類聚・雜文部	經典、談講、讀書、史傳、集序、詩、賦、連珠、書、檄、移、紙、筆、硯
初學記・文部	經典、史傳、文字、講論、文章、筆、紙、硯、墨
事類賦注・什物部一	筆、硯、紙、墨
幼學指南抄	經傳、史傳、文字、讀書、講論、文章、筆、紙、硯、墨

根據表一部名統計(包括築島裕氏推定的十二部),《幼學指南抄》共有二十四部與《藝文類聚》部名一致,二十一部與《初學記》部名一致,十一部與《事類賦注》部名一致,其中四書共同的部名有九部。如單憑部名數據分析,《幼學指南抄》的文獻取材依次爲《藝文類聚》《初學記》《事類賦注》,但值得注意的是,尚有章服、服藝、靈祇、仙道、尺教、穀粟、菜蔬諸部名不見於三書,當另有來源。此外,部名的序次在基本結構框架之下,存在源出各書集中化的傾向,即源自同一類書的部名往往排在一起。具體而言,《幼學指南抄》卷一至五的天、歲時、地、水,卷二十八至三十的獸、鳥、鱗介、蟲豸,諸書部名大致相同,不易區分直接取材對象,而卷六至十七的部名及序次,明顯與《初學記》雷同,卷十八至二十七的部名及序次則多與《藝文類聚》雷同。其間,穿插有源自《事類賦注》的飲食、寶貨,以及尚難以確認出處的章服、服藝、靈祇、仙道、尺教、穀粟、菜蔬諸部名,服藝、靈祇、仙道、尺教四部,寶貨、穀粟、菜蔬三部,還分别排在一起。此外,現存寫本地部有上中無下,官職部有上無中下,武部有上無下,巧藝部、火部有下無上,而卷次仍前後相

① 其中括號内十二部爲缺卷,係築島裕氏據陽明文庫《幼學指南目録》及《藝文類聚》《初學記》部類推定,準確部名不詳。

連。據此大致可以斷定,此稿還處在初期抄纂狀態,尚未進行剪裁加工。

此稿部名之下亦爲類名,類名之下則自題條目,附以徵引文獻,略似《初學記》的"事對",但非兩兩組對,故整體結構形式與三書均有差異。文獻引文内容多取材三書,甚至直接註明《藝文類聚》各部類互見以及《初學記》的出處文字,對此山崎誠、本間洋一等已經分别撰文揭示①。然亦有部分内容與部類名目一樣,實際出處未詳,當是引自其他類書或獨立文獻。片山晴賢文統計了 1 117 個條目,其中就有 109 條不見於三書,約占 10% 。② 文獻出處溢出三書的條目,或有可能出自《修文殿御覽》《翰苑》《李嶠百咏注》等佚存漢籍,亦有利用日本文獻增補者,例如木部竹類引用的《兼名苑》《東宫切韵》等。

二、《幼學指南抄》徵引漢籍校勘舉例

爲呈現《幼學指南抄》徵引文獻面貌,今節取其卷十五文部的筆、紙二類③,與《藝文類聚》《初學記》《事類賦注》傳世本進行文字比對④,校録分析異文,三書不存者則查考可能之文本出處。

《幼學指南抄》卷十五

文部

經傳、史傳、文字、讀書、講論、文章、筆、紙、硯、墨

筆

1. 蒙恬造

《博物志》曰:"蒙恬造筆。"

【藝】同。【初】"按《博物志》,蒙恬造筆"。

---

① 山崎誠:《〈幼學指南抄〉小考》,《和漢文學比較研究の構想》,《和漢比較文學叢書》第一卷,東京: 汲古書院,1986 年;本間洋一:《〈事類賦〉と平安末期邦人編類書》,《和漢比較文學》第三號,1987 年 11 月。

② 片山晴賢:《〈幼學指南抄〉攷》,第 1261 頁。

③ 原文據和紙研究會編:《文房四譜》下(便利堂,1941)所收録文。

④ 《藝文類聚》《初學記》《事類賦注》分别簡稱【藝】、【初】、【事】。

2. 賣遼東市

《列仙傳》曰:"李仲甫,潁川人。漢桓帝時,賣筆遼東市上,一筆三錢,有錢與筆,無錢亦與筆。如此三年,得錢輒棄之道中也。"

【藝】無"如此三年,得錢輒棄之道中也"句。宋蘇易簡《文房四譜》卷一:"《列仙傳》云: 李仲甫,潁川人,漢桓帝時,賣筆遼東市上,一筆三錢,無直亦與之,明旦有成筆數十束,如此三年,得錢輒棄之道中。"(清十萬卷樓刊本)

筆者按: 今本劉向《列仙傳》無此條,《太平御覽》作《神仙傳》。

3. 班超投

華嶠《後漢書》曰:"班超投筆歎曰: 大夫安能久筆耕乎!"事見人部叙志篇。

【藝】後句作"大丈夫安能久事筆耕乎",小字注"事具人部"。【初】"事對"作"班投","《東觀漢記》曰: 班超家貧,投筆歎曰:'大丈夫當效傅介子、張騫立功異域封侯,安能久事筆硯乎!'"

4. 赤管一雙

《漢官儀》曰:"尚書令、僕射、丞相郎,官月給大筆一雙,篆題曰: 北宫工作,揩於頭上,象牙寸半,著筆下。"

【藝】"《漢官儀》曰: 尚書令僕丞郎,月給赤管大筆雙,篆題曰北工作楷於頭上,象牙寸半著筆下。"【初】"《漢書》云: 尚書令僕丞相郎,月給大管筆一雙。"

5. 兔毫

《廣志》曰:"漢諸郡獻兔毫,出鴻都門,唯有趙國毫中用。"

【藝】"出鴻都門"作"書鴻門題"。【初】[事對]"趙毫"作"出鴻都"。

6. 王思怒蠅

《魏略》曰:"王思爲大司農,性急,嘗執筆作書,蠅集筆端,驅去復來,如是再三。思恚怒,自起逐蠅,不得,還取筆擲地,壞之。”

【藝】無“恚”字,“不得”作“不能去”,“壞之”作“蹹壞之”。

7. 象齒管

《傅子》曰:“漢末一筆之押,雕以黄金,飾以和璧,綴以隋珠,文以翡翠。此筆非文犀之楨,必象齒之管,豐狐之柱,秋兔之翰。用之者必被珠繡之衣,踐雕玉之履矣。”

【藝】“文以”作“發以”,“之楨”作“之植”,“珠繡”作“朱繡”。【初】作“傅玄云”,“押”作“木甲”,“此筆”作“其筆”,無末兩句。

8. 文犀

《傅子》曰:“漢末筆非文犀之楨,必象齒之管。”

【初】同。

9. 翠羽

《西京雜記》曰:“漢製天子筆,以雜寶爲匣,厠以玉璧翠羽,皆直百金。”

【初】同。

10. 吴不律

許慎《説文》曰:“筆所以書也,楚謂之聿,吴謂之不律,燕謂之弗,秦謂之筆。”

【初】“事對”作“吴律”,“弗”作“拂”。

11. 趙毫

王羲之《筆經》曰:“漢時諸郡獻兔毫,出鴻都門,惟有趙毫中用。時人咸言:兔毫無優劣,管手有巧拙。”

【初】無"門"字,餘同。【事】引王羲之《筆經》作"出鴻都門"。

12. 銘心

傅玄《筆銘》曰:"韡韡彤管,冉冉輕翰,正色玄墨,銘心寫言。"

【初】同。

13. 纏枲

傅玄《筆賦》曰:"於是斑匠竭巧,良工逞術,纏以素枲,納以玄漆。"

【初】"斑"作"班","良"作"名"。【藝】"賦"引文同【初】。

14. 鏤管

王羲之《筆經》曰:"有人以緑沈漆竹管及鏤管見遺,録之多年,斯亦可愛玩。"

【初】"愛玩"後有"詎必金寶雕琢,然後爲貴也",文意更完整。

15. 述事

《釋名》云:"古以爲能述事而言,故請之爲述。"

【事】"請"作"謂",餘同。【藝】作"《釋名》曰:筆,述也,述事而書之也"。【初】"叙事"作"《釋名》曰:筆,述也,謂述事而言之也"。

16. 不停滯

黄祖太子射,使稱衡作《鸚鵡賦》,筆不停滯,文不加點。

【事】"滯"作"綴"。筆者按:"稱"爲"禰"之誤。《後漢書·禰衡傳》"太子"作"長子",當從。

17. 三品

《梁書》曰:"元帝爲湘東王時,好文學,著書常記録忠臣義士及文章之美者。筆有三品,或用金銀雕飾,或用斑竹爲管。忠孝全者,用金管書之;德行精粹者,用銀管書之;文章贍逸者,以斑竹管書之。"

【事】同。

18. 染青松煙

成公綏《奇故筆賦》曰:"染青松之微煙。"

【事】作"成公綏《棄故筆賦》曰:染清松之微煙"。【藝】作"晋成公綏《故筆賦》曰:……染青松之微煙……"。筆者按,當以《棄故筆賦》爲是。

19. 雞距鹿毛

白樂天有《雞距筆賦》。王隱《筆銘》曰:"豈其作筆,必兔之毫? 調利難禿,亦有鹿毛。"

【事】同。【初】引晋王隱《筆銘》,"豈"作"靚"。

20. 左思門遲

《晋書》曰:"左思爲《三都賦》,門庭藩溷皆置筆硯,十稔方成。"

【事】同。筆者按:"門遲",不可解。

21. 鍾繇閣筆

《魏志》曰:"王粲才高,屬文舉筆便成。鍾繇、王朗等各雖爲魏卿相,至於朝廷奏議,皆閣筆不敢措手。"

【事】無"雖"字,餘同。【藝】作"《典略》曰:王粲才既高,辯論應機,鍾繇、王朗等各雖爲魏卿相,至於朝廷奏議,皆閣筆不敢措手"。

22. 江淹五色

《齊書》曰:"江淹夢得五筆,由是文藻日新,後有人稱夢郭璞取之,爾後爲詩絶無美句,時人謂之才盡。"

【事】"五筆"作"五色筆"。一本"後有人稱夢郭璞取之"作"後夢有人稱郭璞取之",中華本據之校改。

23. 鼠鬚

《世説》曰:"王羲之得用筆法於白雲先生,先生遺以鼠鬚筆。鍾繇、張芝亦皆用鼠鬚筆。"

【事】"鍾繇"前有"又"字,餘同。

24. 牙管一雙

《宋書》曰:"范岫字懋賓,以廉潔著稱,爲晋後太守,雖牙管一雙,猶以爲費。"

【事】"晋後"作"晋陵","雙"作"隻"。

25. 表赤心

《古今注》曰:"牛享問彤管何也? 答曰: 彤,赤漆耳。史官載事,故用赤管,言以赤心記事也。"

【事】"享"作"亨",無"故"字、後"也"字。

26. 蔡琰寫書

《後漢書》曰:"曹公欲令十吏就蔡琰寫書。姬曰: 男女禮不親授,乞給紙筆一月,真草維命。於是繕寫送之,無遺誤。"

【事】"姬"作"琰","無"前有"文"字。

27. 辛毗簪

《魏書》曰:"明帝見殿中侍御史簪白筆側階而立,問此何官。辛毗曰: 御史簪筆書過,以紀陛下不依古法者。今直備官毦筆耳。"

【事】同。

28. 龍以錘管

嵇含《筆銘》曰:"採管龍種,拔毫秋兔。"

【事】"種"作"鍾"。

29. 八木

《晋書》曰:"北郊祭文,命更寫之,工人削之,羲之筆已入七分。"

【事】"晋書"作"晋事"。

30. 絶獲麟

《春秋序》曰:"絶筆於'獲麟'之一句,所感而起,固所以爲終也。"

【事】同,"固"一本作"因"。

31. 魏官瑠璃

《風土記》曰:"陸機書曰: 在平原,嘗受行曹公器物,書乃五枚,瑠璃筆一枚。景初二年七月七日,劉婕妤云,見此使人悵然。按魏武帝於漢爲相,不得有婕妤。又,景初是魏明帝年,知此則文帝物也,與曹公器玩同處,故致外雜耳。"

【事】卷五歲時部二文同,惟"受行"作"按行","書乃"作"書刀","一枚"作"一枝"。

紙

1. 平如砥

《釋名》曰:"紙,砥也,平滑如砥石也。"

【事】同,【初】末句作“謂平滑如砥石也”。

2. 蔡侯

《東觀漢記》曰:“黄門蔡倫典作尚方,作紙,所謂蔡侯紙也。”

【事】同,【藝】“尚”作“上”,【初】末句作“所謂蔡侯紙是也”。

《熏巴記》云:“東京有蔡侯紙,即倫也。故麻名麻紙,木皮名穀紙,網名網紙。古不言絲者,紙未有之,衆名故直言紙也。其用又稀,天子之富,但給相如筆札而已也。”

【藝】作“《董巴記》云:東京有蔡侯紙,即倫也。故麻名麻紙,木皮名穀紙,故網紙也”。【初】引《董巴記》及《博物志》作“一云倫擣故魚網作紙,名網紙。後人以生布作紙,絲縋如故麻紙。以樹皮作紙,名穀紙”。【太平御覽】作“《董巴記》曰:東京有蔡侯紙,即倫也。用故麻名麻紙,木皮名穀紙,用故魚網作紙,名網紙也”。筆者按:諸書引《董巴記》文字均有出入,當是傳抄訛脱所致,此本“古不言絲者”以下文字爲諸書所無,或爲佚文。

3. 賣薪給之

《抱朴子》曰:“洪家貧,伐薪賣之,以給紙筆。晝營園田,夜以柴火寫書。坐此之故,不得早涉藝文。常乏紙,每所寫,皆反覆有字,人尠能讀。”

【藝】同。【事】簡省作“洪家貧,伐薪賣之,以給紙墨。常乏紙,所寫皆反覆有字,人少能讀”。

4. 縑帛

《初學記》序曰:“古者以縑帛依書長短隨事截之,名曰幡紙,故其字糸。貧者無之,或用蒲寫書,則路温舒截蒲是也。”

【初】同。

5. 黄書

王隱《晉書》曰:“劉印爲四品吏,訪問推一鹿車黄紙,令卞寫書。”

【初】“印”作“卞”,“令卞寫書”下尚有“卞語訪問,劉卞非爲人寫黄書也。訪問案卞罪,卞品二等,補左人令使”諸語。

6. 白疏

崔鴻《前燕録》曰:“慕容儁三年,廣義將軍岷山公以黄紙上表於慕容儁。慕容儁曰:吾名號未異於前,何宜便爾?自今但可白紙稱疏。”

【初】作“慕容儁三年,廣義將軍岷山公黄紙上表,儁曰:吾名號未異於前,何宜便爾?自今但可白紙稱疏”,文字似更爲簡潔。

7. 擣網

張華《博物志》曰:“漢桓帝時,桂陽人蔡倫始擣故魚網造紙。”

【初】“陽”作“楊”。

8. 持花

孫玫《西寺銘》曰:“童子持紙花插地。”

【初】“玫”作“放”(宋本作“牧”),“童子”作“有意子”。筆者按:《北堂書鈔》“童子”作“帝子”,并有“帝子持紙花”條目。

9. 縹紅

《東宫舊事》曰:“皇太子初拜,給赤紙、縹紅紙各一百枚。”

【初】末句作“給縹紅紙各一百枚”,【藝】作“給赤紙、縹紅紙、麻紙、勑紙、法紙各一百枚”,【事】作“給赤紙、縹紅、麻紙各百張”。

10. 青赤紙

《桓玄僞事》曰:"玄詔命平准作青、赤、縹、緑桃花紙,使極精,即令速作之。"

【初】"青赤"條作"詔縹平唯作青、赤、縹、緑桃花紙,使極精,令速作之","桃花"條則作"詔命平唯作青、赤、縹、緑桃花紙,使極精,令速作之"。【事】作"玄詔令平淮作桃花牋,有縹、緑、青、赤等色"。筆者按:【初】、【事】均有訛誤,當以《幼學指南抄》改正爲是。

11. 蔡子池

盛弘之《荆州記》曰:"棗陽縣南百許步,蔡倫宅基井具存,其傍有池,即名爲蔡子池。倫始以魚網造紙,縣人今選多能作紙,蓋倫之遺業也。"

【初】作"棗陽縣百許步,蔡倫宅其中具存,其傍有池,即名蔡子池。倫,漢順帝時人,始以魚網造紙,縣人今猶多能作紙,蓋倫之遺業也",文字小異。

12. 唐季殘牋

《先賢行狀》曰:"延篤從唐溪季受《左傳》,欲寫本無紙,季以殘牋紙與之。篤以牋紙不可寫,乃借本誦之。"

【初】同。

13. 五色鳳詔

《鄴中記》曰:"石虎詔以五色紙著鳳鷄口中。"

【事】同。

《桓玄僞事》曰:"玄詔命平准作桃花牋,有縹緑青赤等色,使極精,令速作。"

筆者按:此條據"青赤紙"條校文,似是綜合《事類賦注》《初學記》文字而成。

14. 穀樹皮

黄恭《廣州記》:"蠻夷不蠶,取穀樹皮孰槌,被之爲褐,又堪爲紙。"

筆者按: 出處不詳,晋黄恭《廣州記》久佚,《藝文類聚》諸書僅記有裴氏《廣州記》曰:"蠻夷不蠶,採木棉爲絮。"宋蘇易簡《文房四譜》卷四云:"《林邑記》九真俗書樹葉爲紙,《廣州記》取穀樹皮熟槌堪爲紙,蓋蠻夷不蠶,乃被之爲褐也。"

15. 桑根

《文房四譜》曰:"雷孔璋曾孫穆之,猶有張花與祖書,乃桑根紙也。"

【事】"花"作"華",餘同。

16. 藤角

范寧教曰:"土紙不可以作文書,皆令用藤角紙。"

【事】、【初】同。

17. 糸巾作

王隱《晋書》曰:"王隱答華恒云,魏太和六年間,張楫上《古今字語》,其中部玄紙,今紙也。古之素帛,依書長短,隨事截絹,枚數重沓,即名幡紙。字從糸,此形聲。貧者無之,故温截蒲寫書也。"

筆者按: 出處不詳。唐段公路纂、崔龜圖注《北户録》卷三:"按王隱《晋書》曰: 王隱答華恒云: 魏太和六年,河間張楫上《古今字詁》,其中部云: 紙,今帋也。古以素帛,依書長短,隨事截之,其數重沓,即名幡紙,字從系,此形聲也。貧者無之,故路温舒截蒲寫書也。"《太平御覽》卷六〇五:"王隱《晋書》曰: 魏太和六年,博士河間張揖上《古今字詁》,其巾部,紙,今也,其字從巾。古之素帛,依舊長短,隨事截絹,枚數重沓,即名幡紙,字從系,此形聲也。"

18. 路子截蒲

《漢書》曰:"路温舒好學無紙,截蒲而書之。"

筆者按：出處不詳，或係歸納而成。

三、《幼學指南抄》徵引漢籍的文獻意義

《幼學指南抄》徵引漢籍雖以《藝文類聚》《初學記》《事類賦注》三書爲主，且均有傳世之本，但其文獻意義仍不可小覷。首先，《幼學指南抄》成書於平安時代後期，所取材的漢籍，當以寫本爲主，其間包括了《日本國見在書目録》著録的《藝文類聚》《初學記》，還可能含有已經散佚的《修文殿御覽》《翰苑》《李嶠百咏注》内容。即便是北宋淳化年間（990—994）成書的吴淑《事類賦注》，因中土未見有北宋刊本的記録，且根據時間推算，傳入日本當在成書之後不久，很有可能也是據寫本抄録。日本史書10世紀末頃即有大宋商船渡來的記載，此後11至12世紀，雙方貿易更爲活躍，人員往來（尤其是僧侣）不斷，漢籍的舶入是自然而然的事情。《事類賦注》的傳入，即是處在此背景之下。同期傳入的漢籍，應該還有不少，而且也進入了《幼學指南抄》取材的視野。試舉北宋蘇易簡（957—995）《文房四譜》一例。《文房四譜》成書略早於《事類賦注》，故其内容已爲《事類賦注》所引用，《幼學指南抄》往往照抄而已，但我們發現前節所列筆類2"賣遼東市"條，内容較《藝文類聚》多出"如此三年，得錢輒棄之道中也"句，且不見於《事類賦注》與今本《列仙傳》，僅見於《文房四譜》，懷疑原文即徵引自《文房四譜》。如果對《幼學指南抄》殘卷條目進行全面校勘，相信還會有不少類似發現。因此，《幼學指南抄》可以作爲日本平安朝後期漢籍古寫本面貌和北宋新編漢籍輸入的見證。

其次，楊守敬《日本訪書志》云《幼學指南抄》所引古書至六朝而止，而且文字遠勝今本，雖然失之查考，但是《幼學指南抄》取材的漢籍没有經過從寫本到刻本的文字變異，確有重要的文本校勘價值。如筆類4"赤管一雙"條引《漢官儀》當源自《藝文類聚》，但具體文字頗有差異，此本作"尚書令僕射丞相郎"，而今本《藝文類聚》作"尚書令僕丞郎"，《初學記》則引《漢書》作"尚書令僕丞相郎"，頗有資校勘。筆類7"象齒管"引《傅子》曰："漢末一筆之押，雕以黄金，飾以和璧，綴以隋珠，文以翡翠。此筆非文犀之楨，必象齒之管，豐狐之柱，秋兔之翰。用之者必被珠繡之衣，踐雕玉之履矣。"其中，今本《藝文類聚》"文以"作"發以"，"之楨"作"之植"，"珠繡"作"朱繡"，細審文意，當以《幼學指南抄》所引爲是。紙類2"蔡侯"條引《董巴記》，原書已佚，《藝文類聚》《初學記》《太平御覽》所引文字互有出入，經與此本引文校勘，可斷定均是傳抄訛脱所致。當然，因爲採録文獻的寫本特性，《幼學指南抄》文本的訛奪衍脱現象，亦非常嚴重，日本學者已有

指摘,限於篇幅,在此不贅述。

再次,《幼學指南抄》部分内容源自三書之外文獻,包含有佚書佚文,可以作爲古籍輯佚的重要對象。雖然三書之外引用條目較多的文獻還不能確定,但是該書集群式的抄録文獻方式,可以對部分復原已佚文獻提供便利。[①] 佚文方面,亦可輯録不少,如前引《董巴記》,文字較各書所録多出“古不言絲者,紙未有之,衆名故直言紙也。其用又稀,天子之富,但給相如筆札而已也”數語,當屬佚文。紙類14“穀樹皮”條引黄恭《廣州記》“蠻夷不蠶,取穀樹皮孰槌,被之爲褐,又堪爲紙”,原書久佚,幸賴此書保存。

此外,通過《幼學指南抄》部類結構的變化,亦可看出日本對於漢籍類書内容的接受與調整,以及漢籍類書的早期形態,而《幼學指南抄》又成爲《文鳳抄》《擲金抄》等日本重要類書采掇文獻的來源,[②]則透露出文獻内容組合變化的軌跡,可以作爲域外漢籍編纂研究的對象。

域外漢籍研究在文獻意義之外,還應置於學術文化交流的宏闊背景之下。漢籍流傳的過程,同時也是學術文化交流的過程。因此,對於域外漢籍研究,我們必須有開闊的學術文化視野。嚴紹璗先生的話或許可以爲我們提供啓示:“域外漢籍最根本性的價值和意義,我以爲還在於它參與了接受國、接受民族、接受區域的文明的創造,它們作爲中華文化的載體,參與異民族文明創造的歷史軌跡和世界性價值,也只有在雙邊文化與多邊文化關係互動的研究中,才能得到真正的闡述;也只有在這樣的學術闡述中,作爲文獻典籍的學術的生命,才能得到真正的展現。”[③]

(作者爲北京大學中文系中國古文獻研究中心教授)

① 勝村哲也氏據佛教類書《法苑珠林》析出《修文殿御覽》的殘存佚文,并指出類書“群”式引用文獻的特徵,有助於復原原書面貌。《幼學指南抄》即有此特徵。

② 本間洋一:《〈事類賦〉と平安末期邦人編類書》,第217—222頁。

③ 嚴紹璗:《〈日藏漢籍善本書録〉自序》,北京:中華書局,2007年。

慈覺大師圓仁《入唐新求聖教目録》解題

小南沙月

《入唐新求聖教目録》是日本天台僧侶慈覺大師圓仁(794—864)編寫的目録。圓仁于平安時代初期承和五年(838,唐開成三年)入唐求法,此目録是他在承和十四年(847)十二月寫於太宰府鴻臚館(位于今日本福岡縣福岡市)。圓仁撰寫的目録共有三種,《入唐新求聖教目録》之外,還有唐開成四年(839)承和六年完成的《日本國承和五年入唐求法目録》與承和七年(840)的《慈覺大師在唐送進録》,這兩種目録是圓仁在揚州搜集到的諸佛典一覽。《入唐新求聖教目録》則是圓仁爲了向日本朝廷彙報,將他在長安、五臺山、揚州等地搜集到的佛典記録下來的目録。

《入唐新求聖教目録》現存抄本共有三種[①],第一種抄本是現存最古的青蓮院本。現在,在京都粟田青蓮院門跡吉水藏被另外指定的《八家秘録及諸真言目録十帖》,即圓仁弟子安然(841—?)抄寫的《八家秘録》和入唐八家的將來目録中,題爲《圓仁請來目録》而被收入。寫卷凡五十頁,用墨筆抄寫,每頁十四行,封面紙背用朱筆題云:"雙本云: 此目録奥書云,兩本依一本者在唐目録也,依一本者進官目録也,以多本可勘校之。"在卷末題云:"後校合以雙嚴藏本入了,寬治五年十月十六日校了,勝豪。"另一人的筆跡題云:"以圓融房藏本校了。"因此,我們可以得知這本目録是寬治五年(1091)勝豪用圓融藏本校勘之後,然後又用雙嚴藏本的《新求目録》和《慈覺大師在唐送進録》進行校勘整理的。第二種抄本是京都栂尾高山寺所藏,這部抄本現藏于高山寺經藏《八家請來録》之中,方形册子本,粘葉裝幀,用墨筆書寫,每頁七行,無卷首、封面、底頁。從抄寫的字跡觀之,大概寫於院政時代(11 世紀末至 14 世紀初)。第三種抄本則是小野勝年[②]博士指出的比睿山南溪藏收藏本。以前,在南溪藏關於圓仁資料的目録中有兩部

---

① 小南沙月:《圓仁將來目録研究——關於三種目録諸寫本之考察》,2015 年 3 月,待刊。

② 小野勝年:《前唐院現在書目録及其解説》,《大和文化研究》第 10 卷 4 號,1965 年 4 月。

《入唐新求聖教(不明中間部分)目録》。在末頁題云:"天明三年(1783)癸卯七月晦日,以横川雞頭院本寫,請生生本録悉翫索,以與含識共開佛智見云爾,遍照金剛實靈"。我們可以推測這部抄本寫于江户時代天明三年七月,是僧侶實靈用比睿山横川雞頭院本抄寫的。

凡 例

一、本次整理,以青蓮院藏本爲底本。詳細校勘諸本,列出文字異同。

二、以高山寺藏抄本爲對校本。小野勝年《入唐求法巡禮行記的研究》[①]以高山寺藏本爲底本進行過校勘整理,但是這部高山寺藏本收録的書目不多,因此本次整理以青蓮院本爲底本。又,比睿山南溪藏收藏本乃江户時代抄本,時代較晚,價值不大,今不予採用。

三、以《大正新修大藏經》本、《大日本佛教全書》本兩種活字本爲對校本。以下,青蓮院本簡稱爲"青本",高山寺本簡稱爲"高本",《大正新修大藏經》本[②]簡稱爲"大正藏本",《大日本佛教全書》本[③]簡稱爲"全書本"。

四、校勘記唯記録青蓮院本之詳注,其他諸本旁注皆略之。活字本之詳注、旁注,學術價值不大,皆略之。又,各帙之册數、卷數皆僅見於青蓮院本。兩種活字本皆爲舊體漢字,本次校勘皆略之不記。不見於青蓮院本的書目,皆括在圓括弧裏,以爲標記。

雙本
此目録奥書云,兩本依一本者在唐目録也,
依一本者進官目録也,以多本可勘校之。

入唐新求聖教目録

1 長安五臺[〔一〕]山及揚洲[〔二〕]等處,所求經論

【校勘記】〔一〕大正藏本、全書本作"臺"。〔二〕大正藏本、全書本作"州"。

---

① 小野勝年:《入唐求法巡禮行記的研究》附録,東京:鈴木學術財團,1969年3月。
② 高楠順次郎編:《大正新修大藏經》第55卷《目録部》,東京:大正新修大藏經刊行會,1977年。
③ 高楠順次郎、望月信亨編:《大日本佛教全書》第2卷《佛教書籍目録2》,東京:大日本佛教全書刊行會,1930年。

2 念誦法門、及章疏傳記等,都計伍佰〔一〕

【校勘記】〔一〕高本、大正藏本作“五百”。全書本作“伍百”。

3 捌拾肆部、捌佰貳〔一〕卷。胎藏金剛界〔二〕

【校勘記】〔一〕高本、大正藏本作“八十四部八百二”。〔二〕高本無“界”字。

4 兩〔一〕部大曼荼〔二〕羅及諸尊壇像,舍利

【校勘記】〔一〕高本有“界”。〔二〕全書本作“陀”。

5 并〔一〕高僧真影等,都計伍拾〔二〕種。

【校勘記】〔一〕大正藏本、全書本作“幷”。〔二〕大正藏本作“五十”。全書本有“玖”字。

6 在長安城,所求經論章疏傳等,四

7 百貳拾〔一〕三部、伍佰五拾玖〔二〕卷,胎藏金

【校勘記】〔一〕大正藏本、全書本作“二十”。〔二〕高本、大正藏本作“五百五十九”。全書本作“伍百伍拾玖”。

8 剛兩部〔一〕大曼荼羅及諸尊曼荼羅

【校勘記】〔一〕高本作“兩界部”。

9 壇像并〔一〕道具等,廿〔二〕一種。

【校勘記】〔一〕大正藏本、全書本作“幷”。〔二〕高本、大正藏本作“二十”。

10 在五臺山,所求天台教跡,及諸章

11 疏傳等,參拾肆〔一〕部、參拾柒〔二〕卷,并〔三〕

【校勘記】〔一〕高本作“三拾四”。大正藏本作“三十四”。〔二〕高本、大正藏本作“三十七”。全書本作“參拾漆”。〔三〕大正藏本、全書本作“幷”。

12 臺〔一〕山土石等〔二〕。

【校勘記】〔一〕大正藏本、全書本作“臺”。〔二〕高本、大正藏本有“三種”字。

13 在揚洲〔一〕,所求經論章疏傳等,壹佰貳拾捌部、壹佰〔二〕

【校勘記】〔一〕大正藏本、全書本作“州”。〔二〕高本、大正藏本作“一百二十八部一百”。

14 玖拾捌〔一〕卷,胎藏金剛兩部大曼荼

【校勘記】〔一〕高本、大正藏本作“九十八”。

15 羅及諸尊壇樣、高僧真〔一〕影、及舍

【校勘記】〔一〕高本無“真”字。

16 利等,貳拾壹〔一〕種。

【校勘記】〔一〕高本、大正藏本作“二十二”。

17　聖迦抳忿怒金剛童子菩薩成就儀軌〔一〕經三卷　大興善寺三藏譯

【校勘記】〔一〕全書本作“○”。

18　金剛頂經瑜伽文殊師利菩薩法一品一卷　不空〔一〕

【校勘記】〔一〕高本、大正藏本有“三藏譯”字。

19　大威怒烏芻澀麽〔一〕儀軌一卷　不空譯〔二〕

【校勘記】〔一〕高本、大正藏本作“摩”。〔二〕高本無“譯”字。

20　佛爲優填王説王法政論經一卷　不空

21　速疾立驗魔醯首羅天説迦樓〔一〕阿尾奢法一卷　不空三藏譯〔二〕

【校勘記】〔一〕高本、大正藏本、全書本有“羅”字。〔二〕高本、大正藏本、全書本無“三藏譯”字。

22　觀自在菩薩如意輪瑜伽一卷　不空三藏譯〔一〕

【校勘記】〔一〕高本、大正藏本、全書本無“三藏譯”字。

23　金輪王佛頂要略念誦法一卷　不空通諸佛頂

【校勘記】全書本無“通”以下字。

24　金剛壽命陁〔一〕羅尼念誦法一卷　不空

【校勘記】〔一〕大正藏本、全書本作“陀”。

25　〔一〕上七部九卷同帙一

【校勘記】〔一〕高本有“已”字。

26　聖觀自在菩薩心真言瑜伽觀行儀軌一卷　不空

27　金剛頂經多羅菩薩念誦法一卷　不空

28　甘露軍荼利菩薩供養念誦成就儀軌一卷　不空三藏譯〔一〕

【校勘記】〔一〕高本、大正藏本、全書本無“三藏譯”字。

29　文殊師利菩薩根本大教王金翅鳥王品一卷　不空三藏譯〔一〕

【校勘記】〔一〕高本、大正藏本、全書本無“三藏譯”字。

30　不空羂索毗〔一〕盧遮那佛大灌頂光〔二〕真言一卷　不空

【校勘記】〔一〕大正藏本作“毘”。〔二〕大正藏本、全書本有“明”字。

31　金剛頂超勝三界經説文殊五字真言勝相一卷　不空三藏譯〔一〕

【校勘記】〔一〕高本、大正藏本、全書本無“三藏譯”字。

32　五字陁〔一〕羅尼頌一卷　不空

【校勘記】〔一〕大正藏本、全書本作“陀”。

33 大日經略攝念誦隨行法一卷　不空　又名五支畧念誦要行法一卷

【校勘記】不空以下,高本、全書本有“三藏譯”字。

34 木槵經一卷

35 大毗〔一〕盧遮那成佛神變加持經略示七支念誦隨行法一卷　不空

【校勘記】〔一〕大正藏本、全書本作“毘”。

36 金剛頂降三世大儀軌法王教中觀自在菩薩心真言一切如來蓮花〔一〕大曼荼羅品一卷〔二〕

【校勘記】〔一〕高本、大正藏本、全書本作“華”。〔二〕高本、大正藏本有“不空”字。

37 大聖曼殊室利童子菩薩一字真言有二種亦名五字瑜伽法一卷　不空

38 金剛頂經觀自在王如來脩〔一〕行法一卷　不空

【校勘記】〔一〕大正藏本、全書本作“修”。

39 金剛頂瑜伽中發阿耨多羅三藐三菩提心論一卷　不空

40 金剛頂瑜伽他化自在天理趣會普賢脩〔一〕行念誦儀軌一卷　不空

【校勘記】〔一〕大正藏本、全書本作“修”。

41 金剛頂瑜伽降三世成就極深密門一卷　不空与遍智譯

42 仁王般若陁〔一〕羅尼釋一卷　不空

【校勘記】〔一〕大正藏本、全書本作“陀”。

43 金剛頂蓮花部心念誦儀軌一卷　亦有別本不空

【校勘記】高本、全書本無此本。

44 佛説大輪金剛惣〔一〕持陁〔二〕羅尼印法一卷　不空

【校勘記】〔一〕高本作“総”、大正藏本作“總”。〔二〕大正藏本、全書本作“陀”。

45 佛説一髻尊陁〔一〕羅尼經一卷　不空

【校勘記】〔一〕大正藏本、全書本作“陀”。

46 上三部四卷同帖三

47 阿閦如來念誦供養法一卷　不空

48 金剛頂勝初瑜伽普賢菩薩念誦法經一卷　不空

49 金剛頂瑜伽護摩儀軌一卷　不空　更有別本一卷

50 阿目佉〔一〕跋折〔二〕羅譯

【校勘記】〔一〕全書本無“佉”字。〔二〕全書本無“折”字。大正藏本無細註。

51 陁羅尼門法[一]部要目一卷　不空

【校勘記】〔一〕高本、大正藏本、全書本有"諸"字。

52 大聖文殊師利菩薩讚佛法身禮一卷　不空

53 仁王般若念誦法經一卷[一]

【校勘記】〔一〕高本、大正藏本有"不空"字。

54 成就妙法蓮花[一]經[二]瑜伽觀智儀軌一卷　不空

【校勘記】〔一〕大正藏本、全書本作"華"。〔二〕高本有"王"字。

55 金剛頂勝初瑜伽經中略[一]出大樂金剛薩埵念誦儀軌一卷　不空

【校勘記】〔一〕高本、全書本作"畧"。

56 大樂金剛不空真實三昧經般若波羅密[一]多理趣釋一卷　不空[二]

【校勘記】〔一〕大正藏本、全書本作"蜜"。〔二〕高本無"不空"字。

57 略記護摩事法次第一卷　釋一卷

【校勘記】高本、大正藏本、全書本無此本。

58 金剛界瑜伽略[一]述卅[二]七尊心要一卷　大廣智[三]

【校勘記】〔一〕高本作"畧"。〔二〕大正藏本作"三十"。全書本作"卅"。〔三〕全書本有"三藏說"字。

59 金剛頂瑜伽千手千眼觀自在菩薩脩[一]行儀軌[二]一卷　不空

【校勘記】〔一〕高本、大正藏本、全書本作"修"。〔二〕高本、大正藏本、全書本有"經"字。

60 大方廣佛花[一]嚴經入法界品四十二字觀門一卷　戒本無上[二]

【校勘記】〔一〕高本、大正藏本、全書本作"華"。〔二〕高本、大正藏本作"不空"。

61 大方廣佛花[一]嚴經入法界品頓證毗[二]盧遮那法身字輪瑜伽儀軌一卷　不空

【校勘記】〔一〕大正藏本、全書本作"華"。〔二〕大正藏本作"毘"。

62 上六部六卷同帖五

63 觀自在菩薩如意輪念誦法儀軌一卷　不空[一]

【校勘記】〔一〕高本、全書本無"不空"字。

64 佛頂尊勝陁[一]羅尼念誦威[二]軌經一卷　不空

【校勘記】〔一〕大正藏本、全書本作"陀"。〔二〕高本、大正藏本、全書本作"儀"。

65 如意輪菩薩真言注義[一]一卷[二]

【校勘記】〔一〕全書本作"儀"。〔二〕大正藏本、全書本有"不空"字。

66 佛頂尊勝陁〔一〕羅尼注義一卷　不空

【校勘記】〔一〕大正藏本、全書本作“陀”。

67 聖閻曼德迦威怒王立成大神驗念誦法一卷　不空

68 金剛王菩薩秘密念誦儀軌一卷　不空

69 無量壽如來脩〔一〕觀行供養儀軌一卷　不空

【校勘記】〔一〕高本、大正藏本、全書本作“修”。

70 普賢金剛薩埵瑜伽念誦儀軌一卷　不空

71 佛説摩利支天經一卷　不空

72 金剛頂經一字頂輪王瑜伽一切時處念誦成佛儀軌一卷　不空

73 仁王般若經陁羅尼念誦儀軌序一卷　題新譯

【校勘記】高本、全書本無此本。

74 仁王護國般若波羅蜜〔一〕多經陁〔二〕羅尼念誦儀軌一卷　不空

【校勘記】〔一〕高本作“密”。〔二〕大正藏本、全書本作“陀”。

75 瑜伽蓮花〔一〕部念誦法經〔二〕一卷　不空

【校勘記】〔一〕大正藏本、全書本作“華”。〔二〕高本無“經”字。

76 瑜伽醫迦訖沙羅烏瑟尼沙斫訖羅真言安怛陁〔一〕那儀則〔二〕一字頂輪王瑜伽經一卷　不空

【校勘記】〔一〕大正藏本、全書本作“陀”。〔二〕大正藏本、全書本無“一”以下字。

77 一字頂輪王瑜伽經一卷　不空

78 一字頂輪王念誦儀軌一卷　不空

79 (金剛頂經瑜伽文殊師利菩薩法一品一卷　不空)

【校勘記】大正藏本、全書本有此本。

80 大虚空藏菩薩念誦法一卷　不空

81 上一十五部十五卷同帖六

82 受菩提心戒儀一卷　不空

83 略〔一〕述金剛頂瑜伽分别聖位脩〔二〕證法門序一卷　不空

【校勘記】〔一〕高本作“畧”。〔二〕高本、大正藏本、全書本作“修”。

84 般若波羅蜜〔一〕多理趣〔二〕大安樂不空三昧〔三〕真實金剛菩薩等一十七聖大曼荼羅義述一卷　阿目佉金剛述

【校勘記】〔一〕高本、全書本作“密”。〔二〕高本、大正藏本有“經”字。〔三〕高本、大正藏本有

"耶"字。

85 金剛頂經金剛蜜〔一〕大道場毗盧舍〔二〕那如來自受用身内證智眷屬法身異名佛寂〔三〕上乘秘蜜〔四〕三摩地禮懺文一卷 不空

【校勘記】〔一〕高本、大正藏本、全書本作"界"。〔二〕高本作"遮"。〔三〕大正藏本、全書本作"最"。〔四〕高本、大正藏本、全書本作"密"。

86 文殊問經字母品第十四一卷 不空

87 瑜伽金剛頂〔一〕經釋字母品一卷 不空

【校勘記】〔一〕高本、全書本無"頂"字。

88 金剛頂瑜伽金剛薩埵五秘蜜〔一〕脩〔二〕行念誦儀軌一卷 不空

【校勘記】〔一〕高本、大正藏本、全書本作"密"。〔二〕高本、大正藏本、全書本作"修"。

89 十一面觀自在菩薩心蜜〔一〕言儀軌經三卷 不空

【校勘記】〔一〕高本、大正藏本、全書本作"密"。

90 菩提塲〔一〕荘〔二〕嚴陁〔三〕羅尼經一卷 不空

【校勘記】〔一〕大正藏本、全書本作"場"。〔二〕大正藏本、全書本作"莊"。〔三〕大正藏本、全書本作"陀"。

91 一切如來心秘蜜〔一〕全身舍利寶篋印陁〔二〕羅尼經一卷 不空

【校勘記】〔一〕高本、大正藏本、全書本作"密"。〔二〕大正藏本、全書本作"陀"。

92 八大菩薩曼荼羅經一卷 不空

93 上一十部十三卷同帖七

94 金剛頂瑜伽經〔一〕十八會指歸一卷 不空

【校勘記】〔一〕大正藏本、全書本無"經"字。

95 大吉〔一〕祥天女十二名號經一卷 不空

【校勘記】〔一〕大正藏本、全書本作"吉"。

96 佛說一切如來金剛壽命陁〔一〕羅尼經一卷〔二〕唐院御本有之

【校勘記】〔一〕大正藏本作"陀"。〔二〕高本、大正藏本有"金剛智譯"字。全書本無此本。

97 大乘緣生論一卷 不空 鬱楞迦造〔一〕

【校勘記】〔一〕高本、大正藏本無"鬱"以下字。

98 大樂金剛薩埵脩〔一〕行成就儀軌一卷 不空〔二〕

【校勘記】〔一〕大正藏本、全書本作"修"。〔二〕高本無"不空"字。

99 大藥叉〔一〕女歡喜母并〔二〕愛子成就法一卷 不空

【校勘記】〔一〕大正藏本、全書本作“双”。〔二〕大正藏本、全書本作“并”。

100　七俱智佛母所説准提陁〔一〕羅尼經一卷　不空

【校勘記】〔一〕大正藏本、全書本作“陀”。

101　七俱胝佛母准提陁羅尼念誦儀軌一卷　唐院御本有之

【校勘記】高本、大正藏本、全書本無此本。

102　觀自在大悲成就瑜伽蓮花〔一〕部念誦法門一卷　不空

【校勘記】〔一〕大正藏本、全書本作“華”。

103　佛説大孔雀明王畫像壇儀軌一卷　不空

【校勘記】高本無“不空”字。

104　上九部九卷同帖八

105　大聖文殊師利菩薩佛刹功德荘〔一〕嚴經三卷　不空

【校勘記】〔一〕大正藏本、全書本作“莊”。

106　大方廣如來藏經一卷　不空

107　末利支提婆花〔一〕鬘經一卷　不空

【校勘記】〔一〕高本、大正藏本、全書本作“華”。

108　佛説十力經一卷　勿提〔一〕犀〔二〕魚〔三〕譯

【校勘記】〔一〕全書本有“匕”字。〔二〕全書本作“摩”。〔三〕大正藏本無“魚”字。

109　佛説迴向輪經一卷　尸羅達摩譯

110　花〔一〕嚴長者問佛那羅延力經一卷

【校勘記】〔一〕高本、大正藏本、全書本作“華”。

111　（出生無邊門陁羅尼經一卷　不空）

【校勘記】高本有此本。

112　般若波羅蜜多心經一卷

113　出生無〔一〕邊門陁〔二〕羅尼經一卷　不空

【校勘記】〔一〕高本、大正藏本、全書本作“無”。〔二〕大正藏本、全書本作“陀”。高本重複歟。

114　葉衣觀自在菩薩經一卷　不空

115　上十部一十二卷同帖九

116　大佛頂廣聚陁〔一〕羅尼經五卷

【校勘記】〔一〕大正藏本、全書本作“陀”。

117　不動使者陁〔一〕羅尼秘蜜〔二〕法一卷　金剛菩薩〔三〕譯

【校勘記】〔一〕大正藏本、全書本作“陀”。〔二〕高本、大正藏本、全書本作“密”。〔三〕高本、大正藏本、全書本作“提”。

118 脩〔一〕習般若波羅蜜〔二〕菩薩觀〔三〕念誦儀軌一卷　不空

【校勘記】〔一〕大正藏本、全書本作“修”。〔二〕高本、全書本作“密”。〔三〕大正藏本、全書本有“行”字。

119 金剛手光明灌頂經冣〔一〕勝立印聖無動尊大威怒王念誦儀軌法品一卷　不空共〔二〕遍智同譯

【校勘記】〔一〕大正藏本、全書本作“最”。〔二〕全書本作“與”。

120 金剛峯樓閣一切瑜伽瑜祇經一卷　南天竺三藏金剛智譯

【校勘記】高本、大正藏本、全書本無此本。

121 金剛頂經瑜伽脩〔一〕習毗〔二〕盧遮〔三〕那三摩地法一卷　金剛智譯

【校勘記】〔一〕高本、大正藏本、全書本作“修”。〔二〕大正藏本作“毘”。〔三〕全書本作“舍”。

122 (佛説十地經九卷　尸羅達摩譯)

【校勘記】高本有此本。

123 上一部九卷一帖十二

124 金剛頂一切如來真實攝大乘現證大教王經三卷　不空

125 佛頂〔一〕尊勝陁羅尼咒〔二〕一卷

【校勘記】〔一〕高本作“頂佛”。〔二〕大正藏本、全書本作“呪”。

126 千手千眼觀世音菩薩廣大圓滿無〔一〕礙大悲心大陁〔二〕羅尼神妙章句一卷

【校勘記】〔一〕高本作“無”。〔二〕大正藏本、全書本作“陀”。高本無“羅”字。

127 金剛恐怖集會方廣儀軌〔一〕觀自在菩薩三世冣〔二〕勝心明王經一卷　不空

【校勘記】〔一〕高本作“軌儀”。〔二〕大正藏本、全書本作“最”。

128 大方廣曼殊室利經觀自在菩薩授記品第卌〔一〕四一卷　不空

【校勘記】〔一〕大正藏本作“三十”。

129 金剛頂瑜伽念珠經一卷　不空

130 大樂金剛不空真實三麽〔一〕耶經般若波羅蜜蜜〔二〕多理趣品一卷　不空

【校勘記】〔一〕高本、大正藏本、全書本作“摩”。〔二〕高本作“密”。大正藏本、全書本無重複。

131 金剛頂經瑜伽文殊師利菩薩法一品一卷　不空　亦名五字咒〔一〕法青龍題雲金剛頂〔二〕經瑜伽文殊師利菩薩真言經雖題目別意義同也 青〔三〕龍已下文有本無之

【校勘記】〔一〕大正藏本作“呪”。〔二〕高本、大正藏本無“頂”字。〔三〕高本無“青”以下字。全書本無細註。

132 普賢菩薩行願讚一卷 不空

133 百千頌大集經地藏菩薩請問法身讚一卷 不空

134 佛説大吉〔一〕祥天女十二契一百八名無垢大乘經一卷〔二〕

【校勘記】〔一〕大正藏本、全書本作“吉”。〔二〕高本有“不空”字。

135 上十一部十三卷同帖十三

136 阿唎多羅陁〔一〕羅尼阿嚕力〔二〕品第十四一卷 不空

【校勘記】〔一〕大正藏本、全書本作“陀”。〔二〕全書本有“迦”字。

137 一字奇特佛頂經三卷 不空

138 底哩三昧耶不動尊威怒王使者念誦法一卷 不空

139 能浄一切眼疾病陁〔一〕羅尼經一卷 不空

【校勘記】〔一〕大正藏本、全書本作“陀”。

140 除一切疾病陁〔一〕羅尼經一卷 不空

【校勘記】〔一〕大正藏本、全書本作“陀”。

141 佛説救拔焰口餓鬼陁〔一〕羅尼經一卷

【校勘記】〔一〕大正藏本、全書本作“陀”。

142 佛説三十五佛名禮〔一〕懺文一卷 不空

【校勘記】〔一〕高本作“禮”。

143 訶利帝母真言法一卷 不空

144 觀自在菩薩説普賢陁〔一〕羅尼經一卷 不空

【校勘記】〔一〕大正藏本、全書本作“陀”。

145 毗〔一〕沙門天王經一品一卷 不空

【校勘記】〔一〕大正藏本、全書本作“毘”。

146 雨寶陁〔一〕羅尼經一卷 不空

【校勘記】〔一〕大正藏本、全書本作“陀”。

147 穰麌梨童女經一卷 不空

【校勘記】高本無“不空”字。

148 上一十二部一十四卷同帖十五

149 菩提場〔一〕所説一字頂輪王經五卷 不空〔二〕

【校勘記】〔一〕大正藏本、全書本作“場”。〔二〕高本無“卷”以下字。

150 上一部五卷一帖十五

151 金剛恐怖集會方廣儀軌觀自在菩薩三世寂〔一〕勝心明王經

【校勘記】〔一〕大正藏本、全書本作“最”。

152 大威力烏樞瑟摩明王經二卷　北天竺三藏阿質達霰譯

153 穢跡金剛説神通大滿陁〔一〕羅尼法術靈異〔二〕門一卷　沙門阿質達霰〔三〕

【校勘記】〔一〕大正藏本、全書本作“陀”。〔二〕高本、大正藏本、全書本作“要”。〔三〕高本、大正藏本、全書本有“譯”字。

154 穢跡金剛法禁百變法經　沙門阿質達霰譯

155 普遍智藏般若波羅蜜〔一〕多心經一卷　摩竭提國三藏法日〔二〕譯

【校勘記】〔一〕高本作“密”。〔二〕大正藏本、全書本作“月”。

156 千手千眼觀自在菩薩根本真言釋一卷

157 千手千眼觀自在菩薩廣大圓滿無〔一〕礙大悲心陁〔二〕羅尼咒〔三〕一卷　金剛智新譯

【校勘記】〔一〕高本、大正藏本、全書本作“無”。〔二〕大正藏本、全書本作“陀”。〔三〕大正藏本、全書本作“呪”。

158 慈氏菩薩所説大乘經生稻幹喻經一卷　不空

159 内護摩十字佛頂梵本并布字法　一卷

【校勘記】高本、大正藏本、全書本無此本。

160 北方毗〔一〕沙門天王真言法一卷〔二〕

【校勘記】〔一〕大正藏本、全書本作“毘”。〔二〕高本有“不空”字。

161 佛説阿吒婆牱〔一〕大元率將無〔二〕邊神力隨〔三〕陁〔四〕羅尼經一卷

【校勘記】〔一〕大正藏本、全書本作“拘”。〔二〕高本、大正藏本、全書本作“無”。〔三〕高本、大正藏本有“心”字。〔四〕大正藏本、全書本作“陀”。

162 金剛頂經大瑜伽秘密心地法門義訣一卷

【校勘記】高本、大正藏本、全書本無此本。

163 攝大毗盧遮那成佛神變加持經入蓮花胎藏海會悲生曼荼羅廣大念誦儀軌三卷

【校勘記】高本、大正藏本、全書本無此本。

164 金剛頂蓮花〔一〕部心念誦儀軌梵本真言二卷

【校勘記】〔一〕高本、全書本作“華”。

165 上三部五卷同帖十七

166 大寶廣博樓閣善住秘蜜〔一〕陁〔二〕羅尼經三卷　不空

【校勘記】〔一〕高本、大正藏本、全書本作“密”。〔二〕大藏經本、全書本作“陀”。

167 大雲輪請雨經二卷　不空　下卷經未有祈雨者□法者是也

【校勘記】高本無細註。

168 大雲經祈雨壇法一卷

【校勘記】高本、大正藏本、全書本無此本。

169 佛母大孔雀明王經三卷　不空　上卷經初有啓請法者是也　上諸經寫得大興善寺翻經院本

170 上三部九卷同帖十八

171 佛説金剛頂瑜伽中略出念誦法六卷

【校勘記】高本、全書本無此本。

172 上一部六卷一帖　十九

173 觀自在菩薩心真言瑜伽觀行儀軌〔一〕一卷　不空

【校勘記】〔一〕高本作“軌儀”。

174 施諸餓鬼飲食及水法并〔一〕手印不空三藏口決一卷

【校勘記】〔一〕大正藏本、全書本作“幷”。

175 文殊師利瑜伽五字念誦經脩〔一〕行教一卷

【校勘記】〔一〕高本、大正藏本、全書本作“修”。

176 轉法輪菩薩摧魔怨敵法一卷

177 大聖妙吉祥菩薩秘蜜〔一〕八字陁〔二〕羅尼脩〔三〕行曼荼羅次第儀軌法一卷　浄智金剛譯

【校勘記】〔一〕高本、全書本作“密”。〔二〕大正藏本、全書本作“陀”。〔三〕大正藏本、全書本作“修”。

178 如意輪〔一〕王摩尼跋陁〔二〕别行法印一卷〔三〕

【校勘記】〔一〕高本無“輪”字。〔二〕大正藏本、全書本作“陀”。〔三〕高本有“不空”字。

179 金剛吉祥大成就品一卷

180 遍照佛頂等真言一卷　不空

181 千轉陁〔一〕羅尼觀世音菩薩咒〔二〕一卷　〔三〕智通法師譯

【校勘記】〔一〕大正藏本、全書本作“陀”。〔二〕大正藏本、全書本作“呪”。〔三〕高本冠“不空”。

182 聖閻曼德迦威怒王立成大神驗念誦法一卷　興善寺三藏譯〔一〕

【校勘記】〔一〕全書本作“不空”。

183 建立曼荼羅及揀擇地法一卷　慧琳集

【校勘記】高本、大正藏本、全書本無此本。

184 大梵天王〔一〕經觀世音菩薩擇地法品一卷

【校勘記】〔一〕高本無"王"字。

185 無〔一〕動使者法中略〔二〕出印契法次第一卷

【校勘記】〔一〕高本、大正藏本、全書本作"無"。〔二〕高本、大正藏本作"略"。

186 金剛兒法一卷　　一二蘇薄胡〔一〕

【校勘記】〔一〕高本、大正藏本、全書本無"一"以下字。

187 大毗〔一〕盧遮那略要速疾門五支念誦法一卷

【校勘記】〔一〕大正藏本、全書本作"毘"。

188 觀自在菩薩如意輪陁〔一〕羅尼一卷　不空註義〔二〕

【校勘記】〔一〕大正藏本、全書本作"陀"。〔二〕高本、大正藏本、全書本無"註義"字。

189 惣釋陁羅尼義讚一卷　不空

【校勘記】高本、大正藏本、全書本無此本。

190 上十一部十一卷同帖廿一

191 奇特㝡〔一〕勝金輪佛頂念誦儀軌法要一卷

【校勘記】〔一〕大正藏本、全書本作"最"。

192 摩利支天經一卷

193 金剛頂瑜伽蓮花部心念誦儀中略集関鏁要妙印一本

【校勘記】高本、全書本有無此本。

194 大隨求八印法一卷

【校勘記】高本、大正藏本有"惟謹"字。

195 金剛頂瑜伽三十七尊出生義一卷

【校勘記】高本、大正藏本、全書本無此本。

196 金剛頂瑜伽要決一卷

197 拔濟苦難陁〔一〕羅尼經一卷

【校勘記】〔一〕大正藏本、全書本作"陀"。

198 觀自在菩薩心真言一印念誦〔一〕不空

【校勘記】〔一〕高本、大正藏本有"法"字。全書本作"〇"。

199 聖觀自在菩薩根本心真言觀布字輪觀門一卷

200　大聖天歡喜雙身毗〔一〕那夜〔二〕迦法一卷　不空

【校勘記】〔一〕大正藏本、全書本作“毘”。〔二〕大正藏本、全書本作“耶”。

201　大自在天法則儀軌一卷

202　金剛頂經觀自在菩薩瑜伽脩〔一〕習三摩地法一卷　清信士馬烈〔二〕述

【校勘記】〔一〕高本、大正藏本、全書本作“修”。〔二〕高本、大正藏本、全書本作“列”。

203　寂〔一〕上乘受菩提心戒及心地秘決〔二〕一卷　無〔三〕畏流出一行記

【校勘記】〔一〕大正藏本、全書本作“最”。〔二〕高本作“訣”。〔三〕高本、大正藏本作“無”。

204　寂〔一〕上乘教授戒懺悔文一卷　不空

【校勘記】〔一〕大正藏本、全書本作“最”。

205　上十一部十四卷同帖廿一

206　大毗盧遮那成佛神變加持經蓮花胎藏悲生曼荼羅廣大成就儀軌二卷　法全

【校勘記】高本、大正藏本、全書本無此本。

207　略叙金剛界大教王經師資相承傳法〔一〕次第記一卷　沙門海雲記

【校勘記】〔一〕高本無“法”字。

208　略叙傳大毗〔一〕盧遮〔二〕那成佛神變加持經大教相承傳法〔三〕次第記二〔四〕卷　沙門海雲集記

【校勘記】〔一〕大正藏本、全書本作“毘”。〔二〕大正藏本、全書本作“舍”。〔三〕高本無“法”字。〔四〕高本、大正藏本、全書本作“一”。

209　金剛頂瑜伽要略念誦儀軌法一卷

210　觀自在菩薩心真言念誦法一卷　不空　亦名一印法

211　諸佛境界攝真實經三卷　三藏般若譯

212　上六部七卷同帖廿三

213　不空羂索神變真言經二卷　第六第七

214　玉呬怛多〔一〕羅經三卷

【校勘記】〔一〕高本作“跢”。

215　慈氏菩薩略修愈誐念誦法二卷

【校勘記】高本、大正藏本、全書本無此本。

216　毗〔一〕那耶律藏經一卷

【校勘記】〔一〕全書本作“毘”。

217　大菩提心隨求陁〔一〕羅尼一切佛心真言法一卷　阿地瞿多譯

【校勘記】〔一〕大正藏本、全書本作"陀"。

218 佛説無量壽佛化身大忿迅俱摩羅金剛念誦瑜伽儀軌法一卷　金剛智譯

219 大輪金剛脩〔一〕行悉地成就及供養法一卷

【校勘記】〔一〕高本、大正藏本、全書本作"修"。

220 電光熾盛可畏形羅刹斯金剛㝡〔一〕勝明經一卷

【校勘記】〔一〕大正藏本、全書本作"最"。

221 熾盛光威德佛頂念誦儀軌一卷

【校勘記】高本、大正藏本、全書本無此本。

222 上八部十一卷同帙廿五

223 降三世大會中觀自在菩薩説自心陁〔一〕羅尼經〔二〕一卷　金剛智三藏譯

【校勘記】〔一〕大正藏本、全書本作"陀"。〔二〕大正藏本、全書本無"經"字。

224 金剛頂一切如來真實攝大乘現證大教王經初品中六種曼荼羅尊像標熾契印等圖略釋一卷

【校勘記】高本、大正藏本、全書本無此本。

225 金剛童子持念經一卷

226 上三部三卷同帙廿六

227 毗〔一〕盧遮〔二〕那五字真言脩〔三〕習儀軌一卷　不空

【校勘記】〔一〕大正藏本、全書本作"毘"。〔二〕全書本作"舍"。〔三〕高本、全書本作"修"。

228 蘇悉地羯羅供養法二卷　善無畏

【校勘記】高本、大正藏本、全書本無此本。

229 大毗〔一〕盧遮〔二〕那胎藏經略解真言要義〔三〕一卷

【校勘記】〔一〕全書本作"毘"。〔二〕全書本作"舍"。〔三〕大正藏本、全書本作"儀"。高本無此本。

230 胎藏教法金剛名號一卷　義操

【校勘記】高本、大正藏本、全書本無此本。

231 金剛頂大教王金剛名號一卷　義操

【校勘記】高本、大正藏本、全書本無此本。

232 上五部六卷同帙卅七

233 佛説普遍焰鬘清浄熾盛思惟寶印心无〔一〕勝惣〔二〕持隨求大明陁〔三〕羅尼自在陁〔三〕羅尼功能一卷

【校勘記】〔一〕高本、大正藏本、全書本作"無"。高本、大正藏本、全書本有"能"字。〔二〕大正藏本作“總”。〔三〕大正藏本、全書本作“陀”。無“自”以下字。

234 上一部一卷一帖廿八

235 金剛忿怒速疾成就真言一本

236 唐〔一〕梵字佛頂尊勝陁〔二〕羅尼一本

【校勘記】〔一〕高本、大正藏本、全書本無此字。〔二〕大正藏本、全書本作“陀”。

237 唐〔一〕梵字菩提莊〔二〕嚴陁〔三〕羅尼一本

【校勘記】〔一〕高本、大正藏本、全書本無此字。〔二〕大正藏本、全書本作“莊”。〔三〕大正藏本、全書本作“陀”。

238 唐〔一〕梵字心真言一本

【校勘記】〔一〕高本、大正藏本、全書本無此字。

239 梵字心中心真言一本

240 梵字馬頭觀自在菩薩心真言一本

241 （梵字軍荼利〔一〕根本真言一本）

【校勘記】高本、大正藏本有此本。〔一〕大正藏本有“金剛”字。

242 梵字軍荼利金剛〔一〕心真言一本

【校勘記】〔一〕大正藏本無“金剛”字。

243 梵字烏樞澀摩心真言一本

244 （梵字烏樞澀摩心中心真言一本）

【校勘記】高本有此本。

245 梵字白傘葢〔一〕佛頂真言一本

【校勘記】〔一〕大正藏本、全書本作“蓋”。

246 梵字馬頭觀世音心真言一本

247 梵字三界無〔一〕能勝真言一本

【校勘記】〔一〕高本、大正藏本、全書本作“無”。

248 梵字佛眼真言一本

249 梵字七俱胝〔一〕佛母真言一本

【校勘記】〔一〕大正藏本作“胝”。

250 梵字青頸觀音小心真言一本

251 梵字文殊師利菩薩真言一本

252 梵字文殊師利菩薩八字真言一本

253 降三世五字真言一本

254 一切如來白傘蓋〔一〕大佛頂陁〔二〕羅尼一本

【校勘記】〔一〕高本、大正藏本、全書本作“蓋”。〔二〕大正藏本、全書本作“陀”。

255 梵語千文一本　義浄

【校勘記】高本、大正藏本、全書本無此本。

256 唐梵兩字語論一卷　不空

【校勘記】大正藏本、全書本無此本。

257 梵字羯磨部一百八名讚一本

258 梵字五方歌讚一本

259 梵字降魔讚一本

260 梵字三身讚一本

261 梵字吉慶伽陁〔一〕九首一本

【校勘記】〔一〕大正藏本、全書本作“陀”。

262 梵字入壇場授杵与弟子真言一本

【校勘記】高本、大正藏本、全書本無此本。

263 梵字普賢十六尊十七字真言并從儀一本

【校勘記】高本、大正藏本、全書本無此本。

264 一切如來心真言一本

265 一切如來心印真言一本

266 一切如來金剛被甲真言一本

267 一切如來灌頂真言一本

268 一切如來結界真言一本

269 一切如來心中心真言一本

270 一切如來隨心真言一本

271 梵字法身緣〔一〕偈生〔二〕一本

【校勘記】〔一〕高本作“經”。〔二〕高本、大正藏本作“生偈”。

272 上三十七部十七本同帖

273 梵字金剛頂瑜伽經真言一本

274 梵字賢劫十六菩薩真言一本

275 梵字廿〔一〕天真言一本

【校勘記】〔一〕大正藏本作"二十"。

276 梵字十波羅蜜〔一〕真言一本

【校勘記】〔一〕高本作"密"。

277 梵字四無〔一〕量真言一本

【校勘記】〔一〕大正藏本、全書本作"無"。

278 梵字金剛王中九尊真言一本

279 梵字觀自在聞持甘露真言一本

280 三十七尊異名一本

【校勘記】高本、大正藏本、全書本無此本。

281 焰口陁〔一〕羅尼一本

【校勘記】〔一〕大正藏本、全書本作"陀"。

282 二十天名并〔一〕真言一本

【校勘記】〔一〕大正藏本、全書本作"幷"。

283 梵字大毗〔一〕盧遮〔二〕那經真言一本

【校勘記】〔一〕大正藏本、全書本作"毘"。〔二〕全書本作"舍"。

284 梵字懺悔滅一切罪真言一本

285 梵字菩提〔一〕荘〔二〕嚴心真言一本

【校勘記】〔一〕全書本作"薩"。〔二〕大正藏本、全書本作"莊"。

286 梵字寶樓閣心真言一本

287 梵字文殊一字三字等并〔一〕忿怒真言一本

【校勘記】〔一〕大正藏本、全書本作"幷"。

288 梵字孔雀〔一〕王真言一本

【校勘記】〔一〕高本有"明"字。

289 梵字觀自在心真言一本

290 梵字佛眼真言一本

【校勘記】高本、大正藏本、全書本無此本。

291 梵字如來慈〔一〕真言一本

【校勘記】〔一〕全書本作"○"。

292 梵字金剛延命真言一本

293 梵字金剛壽命〔一〕真言一本

【校勘記】〔一〕全書本作"〇"。

294 梵字金剛王真言一本

295 梵字大忍真言一本

296 梵字歡喜母真言一本

297 梵字遏吒薄俱真言一本

298 梵字龍猛集六妙真言一本

299 梵字辨才真言一本

300 梵字大悲心真言一本

301 梵字五佛頂真言一本　更有多種五頂

302 梵字大三昧耶真言一本

303 梵字葉衣心真言一本

304 梵字摩利支心真言一本

305 梵字吉〔一〕祥心真言一本

【校勘記】〔一〕大正藏本、全書本作"吉"。

306 梵字三部心真言一本

307 梵字八大菩薩〔一〕真言一本

【校勘記】〔一〕全書本無"菩薩"字。

308 梵字不動尊心真言一本

309 梵字七俱知〔一〕真言一本

【校勘記】〔一〕大正藏本、全書本作"智"。

310 梵字多羅真言一本

311 梵字馬頭明王真言一本

312 梵字金剛童子真言一本

313 梵字童子〔一〕心真言一本

【校勘記】〔一〕高本、大正藏本作"女"。

314 梵字滅惡趣真言一本

315 梵字請天龍真言一本

316 梵字送天龍真言一本

317 梵字電光真言一本

318 梵字電光心真言一本

319　梵字虛空藏真言一本

320　施一切衆生陁〔一〕羅尼一本

【校勘記】〔一〕大正藏本、全書本作“陀”。

321　文殊釼真言一本

322　甘露陁〔一〕羅尼一本

【校勘記】〔一〕大正藏本、全書本作“陀”。

323　須彌盧王真言一本

324　大興善寺貞元經目一本

【校勘記】高本、大正藏本、全書本無此本。

325　蓮花〔一〕部瑜伽念誦法梵本真言一本

【校勘記】〔一〕高本、大正藏本、全書本作“華”。

326　梵字持世陁〔一〕羅尼一本

【校勘記】〔一〕大正藏本、全書本作“陀”。

327　梵字心真言并〔一〕小心真言一本

【校勘記】〔一〕大正藏本、全書本作“幷”。

328　梵字摩利支心并〔一〕根本真言一本

【校勘記】〔一〕大正藏本、全書本作“幷”。

329　梵字文殊師利根本真言一本

330　梵字六足〔一〕心真言一本

【校勘記】〔一〕高本、大正藏本有“尊”字。

331　梵字尊勝真言一本

332　梵字不空羂索真言一本

333　梵字如意輪真言一本

334　梵字袈裟加持供養真言一本

335　梵字佛慈護真言一本

336　梵字廣大寶樓閣〔一〕金剛劫〔二〕真言一本〔三〕

【校勘記】〔一〕全書本作“○”。〔二〕高本、大藏經本作“鈒”。〔三〕高本無“言一本”字。

337　梵字文殊贊〔一〕一本

【校勘記】〔一〕大正藏本、全書本作“讚”。

338　如意輪種子壇樣一本

【校勘記】高本、大正藏本、全書本無此本。

339　金輪佛頂種子觀一本

【校勘記】高本、大正藏本、全書本無此本。

340　一切如來菩提心戒真言一本

341　五智觀門并賢劫十六菩薩名位一本

【校勘記】高本、大正藏本、全書本無此本。

342　無邊門壇樣一本

【校勘記】高本、大正藏本、全書本無此本。

343　梵字不動尊鎮宅真言一本

344　浴像燒香偈讚一本

345　㝡〔一〕上乘教受戒懺悔文一本

【校勘記】〔一〕大正藏本、全書本作"最"。

346　菩提心戒一本

347　〔一〕心次第一卷〔二〕

【校勘記】〔一〕高本有"用"字。全書本作"○"。〔二〕高本作"本"。

348　青龍寺新譯經等入藏目録一卷

349　唐梵對譯千文一卷　義浄

【校勘記】高本、大正藏本、全書本無此本。

350　上七十九部二十九本同帖卅

351　十六大菩薩一百八名讚一卷

352　七佛讚歎〔一〕一本

【校勘記】〔一〕高本、大正藏本、全書本作"嘆"。

353　大方廣佛花嚴經普賢菩薩行願讚一卷

354　降三世金剛一百八名讚一本

355　釋迦牟尼佛成道在菩提樹降魔讚二卷　兩本

356　三世金剛一百八名讚一本　他本無

357　十六讚嘆一本

358　天龍八部讚一本

359　九會曼荼羅讚一本

【校勘記】高本、大正藏本、全書本無此本。

360　唐梵普賢讚一卷

【校勘記】高本、大正藏本、全書本無此本。

361　五讚嘆二卷　兩本

362　唐梵兩字大聖文殊師利菩薩一百八名讚一卷

【校勘記】高本、大正藏本、全書本無此本。

363　天龍八部讚一本

【校勘記】高本、大正藏本、全書本無此本。

364　如來千輻輪相讚一本

365　毗盧遮〔一〕那心畧〔二〕讚一本

【校勘記】〔一〕全書本作"舍"。〔二〕大正藏本、高本作"略"。

366　大吉〔一〕慶讚二卷　兩本

【校勘記】〔一〕大正藏本、全書本作"吉"。

367　毗盧遮那如來菩提心讚一本

【校勘記】高本、大正藏本、全書本無此本。

368　佛頂尊勝真言根〔一〕本讚一本

【校勘記】〔一〕高本作"相"。

369　大尊讚一本

370　梵字無〔一〕垢浄光陁〔二〕羅尼一本

【校勘記】〔一〕高本、大正藏本作"無"。全書本作"天"。〔二〕大正藏本、全書本作"陀"。

371　梵字相輪樑中〔一〕陁〔二〕羅尼一本

【校勘記】〔一〕高本、大正藏本、全書本有"中"字。〔二〕大正藏本、全書本作"陀"。

372　梵字脩造佛塔陁〔一〕羅尼一本

【校勘記】〔一〕大正藏本、全書本作"陀"。

373　梵字置相輪樑中及塔四周以咒〔一〕王法置於塔内真言一本

【校勘記】〔一〕大正藏本、全書本作"呪"。

374　梵字相輪真言一本

375　佛部曼荼羅讚嘆一本

376　觀自在法身讚嘆一本

377　普集天龍八部讚一本

378　上二十五卷同帖卅五部二十七本同帖

379 藴〔一〕悉地并〔二〕蘇摩呼經梵本一夾〔三〕兩部二卷

【校勘記】〔一〕大正藏本、全書本作“蘇”。〔二〕大正藏本、全書本作“幷”。〔三〕高本、大正藏本作“卷”。全書本作“篋”。

380 上一部同一夾卌二

381 大虛空藏菩薩所問〔一〕經八卷　不空〔二〕

【校勘記】〔一〕高本作“門”。〔二〕高本、大正藏本有“三藏譯”字。

382 大慈大悲救苦〔一〕觀世音自在菩薩廣大圓滿無〔二〕礙自在青頸大悲心真言一卷　不空

【校勘記】〔一〕大正藏本作“世”。〔二〕高本、大正藏本作“無”。

383 大隨求陁羅尼經二卷上下

【校勘記】高本、大正藏本、全書本無此本。

384 一字奇特佛頂陁羅尼一卷　上卷不空

【校勘記】高本、大正藏本、全書本無此本。

385 上三部四卷同帖卌四

386 (大悲心真言一卷　不空)

【校勘記】全書本有此本。

387 大毗〔一〕盧遮〔二〕那成佛神變加持經蓮花〔三〕胎藏悲生曼荼羅真言集一卷〔四〕

【校勘記】〔一〕大正藏本作“毘”。〔二〕全書本作“舍”。〔三〕大正藏本、全書本作“華”。〔四〕大正藏本有“不空”字。

388 廣大成就儀軌三卷　法全

【校勘記】高本、大正藏本、全書本無此本。

389 金剛頂蓮花部心念誦儀軌二卷　不空

【校勘記】高本、大正藏本、全書本無此本。

390 上二部五卷同帖卌五

391 金剛頂蓮花部心念誦儀軌

【校勘記】高本、大正藏本、全書本無此本。

392 普遍光明大隨求陁〔一〕羅尼經二卷　不空

【校勘記】〔一〕大正藏本、全書本作“陀”。全書本無此本。

393 阿密裏〔一〕多軍荼利法一卷

【校勘記】〔一〕大正藏本、全書本作“哩”。

394 大聖甘露軍吒〔一〕利念誦儀軌一卷

【校勘記】〔一〕高本、大正藏本、全書本作“荼”。

395 大聖歡喜雙身法一卷　廣本　又别有雙身春法文一紙龜茲國僧著那譯

396 佛頂尊勝陁〔一〕羅尼别法一卷　龜茲國〔二〕僧著那譯

【校勘記】〔一〕大正藏本、全書本作“陀”。〔二〕高本作“國”。

397 烏蒭沙摩寂〔一〕明王經一卷

【校勘記】〔一〕大正藏本、全書本作“最”。高本、大藏經本、全書本有“勝”字。

398 一字頂輪佛頂要法别行一卷

399 鬼神大將元帥阿吒薄㺃〔一〕上佛陁〔二〕羅尼出普集經一卷

【校勘記】〔一〕大正藏本、全書本作“拘”。〔二〕大正藏本、全書本作“陀”。

400 摩醯首羅天王法一卷

401 上九部八卷同帖卅六了

402 蘓〔一〕悉地羯羅供養真言集一卷

【校勘記】〔一〕大正藏本、全書本作“蘇”。

403 梵字悉曇字母一卷　安國寺偘尚本

【校勘記】高本、大正藏本、全書本無此本。

404 梵字悉曇母一卷　青龍寺和尚本

【校勘記】高本、大正藏本、全書本無此本。

405 梵字普賢行願讚一卷

406 梵字蘓悉地羯羅供養真言集一卷

【校勘記】高本、大正藏本、全書本無此本。

407 悉曇章一卷　題云梵本切韵是也　沙門元偘注音

【校勘記】高本、大正藏本、全書本無“題”以下字。

408 梵本切韵十四音十二聲一卷　元偘述

【校勘記】高本、大正藏本、全書本無此本。

409 大般涅槃經如來性品十四音義二本　并〔一〕是同本然一卷著朱脤爲别也　羅什譯出

【校勘記】〔一〕高本、大正藏本、全書本作“并”。

410 十四音辨一卷　依争影疏沙門知〔一〕玄述

【校勘記】〔一〕大正藏本、全書本作“智”。高本、大正藏本、全書本無“依争影疏”字。

411 已上三卷複同卷

412　大日經序并獻華樹樣狀一卷

【校勘記】高本、大正藏本、全書本無此本。

413　阿字觀門一卷　沙門惟謹述

414　百字生字論一張

【校勘記】高本、大正藏本、全書本無此本。

415　阿闍梨要義　沙門惟謹述

【校勘記】高本、大正藏本、全書本無"沙"以下字。

416　胎藏毗盧遮那分別聖一卷

【校勘記】高本、大正藏本、全書本無此本。

417　九張尊勝并千手壇樣一卷

【校勘記】高本、大正藏本、全書本無此本。

418　略釋毗〔一〕盧遮〔二〕那經中義一卷

【校勘記】〔一〕大正藏本作"昆"。〔二〕全書本作"舍"。

419　建立護摩儀一卷

【校勘記】高本、大正藏本、全書本無此本。

420　大壇樣并護摩子樣一卷

【校勘記】高本、大正藏本、全書本無此本。

421　尊勝佛頂脩愈伽法二卷　復别行廿四張

【校勘記】高本、大正藏本、全書本無此本。

422　大毗〔一〕盧遮〔二〕那成佛神變加持經七卷　无畏〔三〕又有二卷

【校勘記】〔一〕大正藏本作"昆"。〔二〕全書本作"舍"。〔三〕高本有"三藏譯"字。

423　上廿部廿二卷同帖卅六

424　上一部七卷一帖卅八

425　大毗〔一〕盧遮〔二〕那經略識二卷　中〔三〕下

【校勘記】〔一〕大正藏本作"昆"。〔二〕全書本作"舍"。〔三〕全書本作"上"。

426　大毗盧遮〔一〕那經疏十四卷　一行阿闍梨述

【校勘記】〔一〕全書本作"舍"。

427　上一部十四卷一帙卅九

428　梵網經盧舍〔一〕那佛説指示門心地戒〔二〕品卷上一卷　摩騰竺法蘭譯

【校勘記】〔一〕全書本作"〇"。高本作"遮"。〔二〕大正藏本無"戒"字。

429 梵網經盧舍那佛説菩薩十重卌〔一〕八輕戒一卷〔二〕

【校勘記】〔一〕大正藏本作“四十”。〔二〕高本、大正藏本、全書本有“略本”字。

430 梵網經盧舍那佛説菩薩心地戒品一卷　極畧〔一〕本

【校勘記】〔一〕高本、大正藏本、全書本作“略”。

431 曹溪山第六祖惠能大師説見性頓教直了成佛決定無〔一〕疑法寶記檀經一卷　門人法海譯〔二〕

【校勘記】〔一〕高本、大正藏本作“無”。〔二〕高本、大正藏本作“沙門入法譯”。

432 上四部四卷同帖卌

433 仁王般若經疏三卷　天台

434 上一部三卷一帖卌三

435 維摩經疏一〔一〕卷　豫洲刺史揚敬之撰〔二〕

【校勘記】〔一〕大正藏本作“十”。〔二〕全書本有“禪”字。

436 翻梵語十卷

437 法花〔一〕經圓鏡七卷　欠第四六七〔二〕

【校勘記】〔一〕高本、大正藏本作“華”。〔二〕大正藏本、全書本有“卷”字。

438 花〔一〕嚴經疏廿〔二〕卷　澄觀法師作

【校勘記】〔一〕高本、大正藏本、全書本作“華”。〔二〕高本、大正藏本、全書本作“二十”。

439 上四部四十七卷五帖

440 法花圓鏡樞決一卷　天長寺釋延秀集

441 仁王護國般若經疏二卷　沙門道液述

442 金剛辨宗二卷　沙門道液述

443 金剛辨宗科文一卷

444 阿彌陁經疏一卷　沙門懷感述

445 大佛頂疏隨文補闕鈔一卷

446 仁王般若經科文一卷

447 大佛頂隨疏科文一卷

448 父母恩重經疏一卷　西明寺沙門體清述

449 安樂集一卷　沙門道綽撰〔一〕

【校勘記】〔一〕全書本作“選”。

450 五方便心地法〔一〕門抄一卷

【校勘記】〔一〕全書本作“沙”。

451 大方廣〔一〕花〔二〕嚴經普賢行願品疏一卷　沙門澄觀述

【校勘記】〔一〕高本、大正藏本有“佛”字,全書本作“○”。〔二〕高本作“華”。

452 中觀論丗〔一〕六門勢一卷　沙門元康撰

【校勘記】〔一〕高本、全書本作“卅”。大正藏本作“三十”。

453 救謗方等經顯正一乘論一卷　沙門知悦〔一〕述

【校勘記】〔一〕高本作“弘説”。大正藏本作“弘沇”。

454 浄土〔一〕法事讚二卷　善道〔二〕和尚撰

【校勘記】〔一〕高本作“王”。〔二〕大正藏本、全書本作“導”。

455 上十五部十九卷同帙

456 百法論顯幽抄十卷　沙門從〔一〕方述

【校勘記】〔一〕全書本作“依”。

457 大乘百法明門論疏一卷　沙門〔一〕忠撰

【校勘記】〔一〕大正藏本、全書本有“義”字。

458 百法疏抄二卷　上下章敬寺沙門擇隣

459 大乘百法論義選抄四卷　阿〔一〕中全則〔二〕述

【校勘記】〔一〕大正藏本、全書本作“河”。〔二〕大正藏本、全書本作“金剛”。大正藏本無“述”字。高本無此本。

460 〔一〕大乘百法玄樞決一卷

【校勘記】〔一〕高本有“河中金剛述”字。

461 十二有支義一卷

462 上五部九卷同帙

463 因明入正理論疏三卷　沙門基撰

464 因明入正理論疏一卷　沙門清〔一〕邁撰

【校勘記】〔一〕高本作“靖”。

465 因明義斷一卷　沙門惠沼撰

466 十四過類記一卷

467 因明義纂要一卷　沙門惠沼述

468 因明論科文一卷

469 因明論義疏三卷　沙門利〔一〕

【校勘記】〔一〕全書本作"和"。

470 上六部九卷同帙

471 因明義選〔一〕上下二卷　闕中卷沙門誓空録

【校勘記】〔一〕高木作"翼"。

472 因明正理門述記一卷　下卷沙門勝荘〔一〕述

【校勘記】〔一〕大正藏本、全書本作"莊"。

473 因明義範一卷　沙門空相

474 大乘百法義門抄二卷　沙門全則〔一〕述

【校勘記】〔一〕大正藏本作"金則"。全書本作"金剛"。

475 因明義心一卷

476 因明入正理論義衡二卷　上下沙門清索〔一〕撰

【校勘記】〔一〕大正藏本、全書本作"素"。

477 略叙大小乘斷惑入道次位一卷　兼略明三界義

478 小乘入道位次〔一〕一卷　依俱舍論〔二〕

【校勘記】〔一〕高本無"次"字。〔二〕高本作"訟"。全書本作"頌"。

479 大小乘入道位次一卷

480 十二門論疏翼贊抄序一卷

481 宗四分比丘隨門要行儀一卷

482 大般若波羅蜜〔一〕經開題一卷

【校勘記】〔一〕高本作"密多"。

483 法花廿〔一〕八品序一卷

【校勘記】〔一〕大正藏本作"二十"。

484 虵〔一〕勢論一卷

【校勘記】〔一〕大正藏本、全書本作"蛇"。

485 念佛讚一卷　章敬寺沙門弘素〔一〕述

【校勘記】〔一〕高本作"索"。

486 上九部九卷同帙

487 佳〔一〕心觀一卷　菩提〔二〕達磨撰

【校勘記】〔一〕高本、大正藏本作"唯"。全書本作"唯住"。〔二〕高本作"菩薩"。

488 花〔一〕嚴經法界觀門一卷　京南山沙門杜順撰

【校勘記】〔一〕高本、大正藏本、全書本作“華”。

489　大方廣佛花〔一〕嚴經金師子章一卷

【校勘記】〔一〕高本無“花”字。大正藏本、全書本作“華”。

490　法性一心圖一卷

491　新譯經論入藏經〔一〕録中書門下牒一卷

【校勘記】〔一〕全書本無“經”字。

492　貞元新定入藏經録新□□青龍寺東塔院僧義真集録記一卷

【校勘記】高本、大正藏本、全書本無此本。

493　南陽和尚問答雜微〔一〕義一卷　劉〔二〕澄〔三〕集

【校勘記】〔一〕高本、大正藏本、全書本作“徵”。〔二〕大正藏本、全書本作“劉”。〔三〕高本作“證”。

494　上二部二同帖

495　西國〔一〕付法藏傳一卷

【校勘記】〔一〕高本作“國”。

496　行立禪師述佛性偈一卷

497　大唐故弘景禪師石記一卷　秀〔一〕邕〔二〕撰

【校勘記】〔一〕高本作“李”。〔二〕高本、大正藏本作“邑”。

498　紫閣山大莫碑一卷　沙門飛錫撰

499　沙門無〔一〕著入聖般若寺記一卷

【校勘記】〔一〕高本、大正藏本、全書本作“無”。

500　五臺〔一〕山金剛窟收五功德記一卷

【校勘記】〔一〕大正藏本、全書本作“臺”。

501　大報無〔一〕還論一卷　講論沙門知玄述

【校勘記】〔一〕高本、大正藏本、全書本作“無”。

502　上八部八卷同帖

503　皇帝降誕日内道場〔一〕論衡一卷

【校勘記】〔一〕大正藏本、全書本作“場”。

504　傅大士還源詩

【校勘記】高本有“一卷”字。

505　微〔一〕心行路難一卷

【校勘記】〔一〕高本、大正藏本、全書本作“徴”。

506　讚西方浄土一卷

507　長安資聖寺粥利記一卷　内州〔一〕道場〔二〕談論沙門知玄述〔三〕

【校勘記】〔一〕高本作“洲州”、全書本無“州”字。〔二〕大正藏本、全書本作“埸”。〔三〕高本、大正藏本、全書本作“撰”。

508　長安資聖寺翻譯講論大德貞〔一〕慧〔二〕師記并〔三〕碑一卷

【校勘記】〔一〕全書本作“真”。此下,高本、全書本有“法”字。〔二〕全書本作“惠”。〔三〕大正藏本、全書本作“并”。

509　供奉大德義通法師銘一卷

510　長安資聖寺寶應觀音院壁上南岳天台等真影讚一卷

511　(天台等真影讚一卷)

【校勘記】高本、大正藏本有此本。

512　九呀十紐圖一張

513　國〔一〕忌表歎文一卷

【校勘記】〔一〕高本作“國”。

514　嗣安集一卷

515　百司舉要一卷　進官了

【校勘記】高本、大正藏本、全書本無“進官了”字。

516　兩京新記三卷　進官了

【校勘記】高本、大正藏本、全書本無“進官了”字。高本有“依藏人所宣付太宰野小貳進上已了”字。

517　加〔一〕五百字千字文一卷　進官了

【校勘記】〔一〕大正藏本作“如”。大正藏本、全書本無“進官了”字。

518　皇帝拜南郊儀注一卷

519　丹鳳樓賦一卷

520　上十六部十八卷同帙

521　曹溪禪師證道歌一卷　貞〔一〕覺述

【校勘記】〔一〕高本、大正藏本、全書本作“真”。

522　甘泉和尚語本并〔一〕大誓和尚以心〔二〕傳心要旨一卷

【校勘記】〔一〕大正藏本、全書本作“并”。〔二〕高本、大正藏本無“以心”字。

523　心鏡弄珠々〔一〕耀篇并〔二〕禪性般若吟一卷

【校勘記】〔一〕大正藏本作“珠”。〔二〕大正藏本、全書本作“并”。

524 上三卷同帖

525 長安左街〔一〕大薦福寺讚佛牙偈一卷　内供奉〔二〕三教講〔三〕論大德知玄述

【校勘記】〔一〕大正藏本、全書本作“衛”。〔二〕全書本作“養”。〔三〕高本作“談”。

526 會昌皇帝降誕日内道場〔一〕論衡一卷

【校勘記】〔一〕大正藏本、全書本作“場”。

527 利涉法師与韋〔一〕斑〔二〕論一卷

【校勘記】〔一〕大正藏本作“㚖”。全書本作“壽”。〔二〕高本作“誕”。

528 唐潤州江寧縣瓦官寺維摩詰碑

【校勘記】高本、大正藏本、全書本無此本。

529 上五卷同帖

530 詩賦格一卷

531 碎金一〔一〕卷

【校勘記】〔一〕全書本作“二”。

532 麟德殿宴百寮詩　上三卷同帖

【校勘記】高本、大正藏本、全書本無此本。

533 京兆府百姓索〔一〕隱微〔二〕上表論釋教利害一卷

【校勘記】〔一〕大正藏本、全書本作“素”。〔二〕大正藏本無“隱”字。高本、大正藏本作“徵”。

534 建帝憧〔一〕論一卷　東山泰法師作

【校勘記】〔一〕全書本作“幢”。

535 杭〔一〕越唱和詩一卷

【校勘記】〔一〕全書本作“私”。

536 上十卷同帙

537 王建集一卷

538 進士章嶰〔一〕集一卷

【校勘記】〔一〕大正藏本、全書本作“解”。

539 僕〔一〕郡集一卷

【校勘記】〔一〕高本、大正藏本作“僕”。

540 莊〔一〕翱集一卷

【校勘記】〔一〕高本、大正藏本、全書本作“莊”。

541 李張集一卷

542 杜員外集二卷

543 臺〔一〕山集一卷

【校勘記】〔一〕高本、大正藏本、全書本作“臺”。

544 雜詩一卷

545 白家詩集六卷

546 已上十六卷又付大宰野少弐進官已了

547 大悲胎藏法曼荼羅一鋪　三幅〔一〕苗

【校勘記】〔一〕大正藏本、全書本作“輻”。

548 大悲胎藏三昧耶略曼荼羅一鋪　一幅〔一〕苗

【校勘記】〔一〕大正藏本、全書本作“輻”。

549 金剛界八十一尊種子曼荼羅一鋪

【校勘記】高本、大正藏本、全書本無此本。

550 金剛界九會〔一〕曼荼羅一鋪　五幅〔二〕苗

【校勘記】〔一〕高本、大正藏本、全書本作“界”。〔二〕大正藏本、全書本作“輻”。

551 金剛界大曼荼羅一鋪　五幅〔一〕苗

【校勘記】〔一〕大正藏本、全書本作“輻”。

552 普賢延命像一鋪　三幅〔一〕苗

【校勘記】〔一〕大正藏本、全書本作“輻”。

553 釋迦牟尼佛菩提樹像一鋪　一幅〔一〕綵色

【校勘記】〔一〕大正藏本、全書本作“輻”。

554 熾盛佛頂壇像　一鋪

【校勘記】高本、大正藏本、全書本無此本。

555 大隨求壇樣一鋪

【校勘記】高本、大正藏本、全書本無此本。

556 阿魯力壇像一鋪

【校勘記】高本、大正藏本、全書本無此本。

557 佛頂尊勝壇像一鋪　二幅〔一〕苗

【校勘記】〔一〕大正藏本、全書本作“輻”。

558 水自在天像一鋪　一幅[一]苗

【校勘記】〔一〕大正藏本、全書本作"輻"。

559 大悲胎藏諸尊標記印一卷

【校勘記】高本、大正藏本、全書本無此本。

560 大悲胎藏畫像圖位一卷

【校勘記】高本、大正藏本、全書本無此本。

561 大悲胎藏手契一卷

562 金剛部諸尊圖像儀軌一卷

563 熾盛壇樣三紙[一]

【校勘記】〔一〕大正藏本、全書本作"一卷"。

564 八大明王像一卷

【校勘記】高本、大正藏本、全書本有"碑本"字。

565 佛跡并[一]記一卷

【校勘記】〔一〕大正藏本、全書本作"幷"。

566 佛眼塔樣并[一]記一卷

【校勘記】〔一〕大正藏本、全書本作"幷"。

567 金剛智三藏真影一紙　苗

568 大廣智不空三藏真影一紙　苗

569 無畏三藏真影一紙　苗

570 青龍寺[一]真和尚真影一鋪　一幅[二]綵色

【校勘記】〔一〕高本、大正藏本有"義"字。全書本作"○"。〔二〕大正藏本、全書本作"輻"。

571 壇龕涅槃浄土一合

572 壇龕西方浄土一合

573 壇龕僧伽誌公萬[一]迴三聖像一合

【校勘記】〔一〕大正藏本、全書本作"邁"。

574 鍮鉐印佛一面一百佛

575 白銅印泥塔一合

576 金銅五鈷金剛鈴一口

577 金銅五鈷金剛杵一口

578 金銅獨鈷金剛杵一口

579 金銅三鈷金剛鈴一口

580 金銀〔一〕五鈷小金剛杵一口　裹盛佛舍利

【校勘記】〔一〕高本、大正藏本、全書本作“銅”。

581 右件法門佛像道具等，於長安城興善、

582 青龍及諸寺，求得者，謹具録如前〔一〕。

【校勘記】〔一〕高本作“件”。

583 文殊所説寶藏陁〔一〕羅尼經一卷

【校勘記】〔一〕大正藏本、全書本作“陀”。

584 無浄三昧法門二卷　南岳大師撰

585 三觀義二卷　天台大師撰

586 小止觀一卷　下卷　天台大師撰

587 行方〔一〕等懺悔法一卷　天台

【校勘記】〔一〕全書本作“法”。

588 浄名經疏科目一卷

589 涅槃經玄義文句一卷

590 六妙門文句一卷　釋上宫疏〔一〕

【校勘記】〔一〕高本無“釋”以下字。

591 法花〔一〕助記輔略抄二卷

【校勘記】〔一〕高本作“華”。

592 勝鬘經疏義和〔一〕抄一卷

【校勘記】〔一〕高本、大正藏本作“私”。高本有“尺上宫疏雜陽法雲寺明空述”字。大正藏本作“雜陽法雲寺明空述釋上宫疏”。

593 大乘顯正破疑決一卷　釋道瞻述

594 天台大師手書一紙

595 臺〔一〕山記一卷

【校勘記】〔一〕高本、大正藏本、全書本作“臺”。大正藏本、全書本有“南岳大師撰”字。

596 達磨碑文一卷

【校勘記】高本、全書本無此本。

597 上十一部

598 四十二字〔一〕門二卷　臺〔二〕山構波〔三〕南岳大師撰

【校勘記】〔一〕全書本作“○”。〔二〕大正藏本、全書本作“臺”。〔三〕高本作“樺皮”。大正藏本作“搻皮”。全書本作“搆皮”、無“南岳大師撰”字。

599 文殊所説寶藏陁羅尼經一卷

【校勘記】高本、大正藏本、全書本無此本。

600 隨自意三昧一卷　臺〔一〕山構波〔二〕

【校勘記】〔一〕大正藏本、全書本作“臺”。〔二〕高本作“樺皮”。大正藏本作“搻皮”。全書本作“搆皮”。

601 圓教六即義一卷　南岳大師撰〔一〕

【校勘記】〔一〕高本、大正藏本無“南岳大師撰”字。

602 皇帝降誕日於麟德殿講〔一〕大方廣佛花〔二〕嚴經玄義一卷

【校勘記】〔一〕全書本作“誦”。〔二〕大正藏本、全書本作“華”。

603 請賢聖儀文并〔一〕諸雜讚一卷

【校勘記】〔一〕大正藏本、全書本作“幷”。

604 浄土五會念佛略法事儀讚一卷　南岳沙門法照述

605 大唐代洲〔一〕五臺〔二〕山大花〔三〕嚴寺般若院比丘貞素所習天台智者大師教跡等目録一卷

【校勘記】〔一〕高本、大藏經本、全書本作“州”。〔二〕大正藏本、全書本作“臺”。〔三〕大正藏本、全書本作“華”。

606 天台智者大師遺旨并〔一〕與晋王書一卷

【校勘記】〔一〕大正藏本、全書本作“幷”。

607 荆溪和上〔一〕在仙朧〔二〕無〔三〕常遺旨一卷

【校勘記】〔一〕高本、大正藏本作“尚”。〔二〕高本、大正藏本作“佛隴”。全書本作“山巃”。〔三〕大正藏本、全書本作“無”。

608 諌三禪〔一〕和乘車子歌一卷　惠〔二〕化寺超律和尚作

【校勘記】〔一〕高本作“襌”。〔二〕全書本作“東”。

609 思大師歌餞智者臺〔一〕山并〔二〕智者酬〔三〕思大師歌一卷

【校勘記】〔一〕大正藏本、全書本作“臺”。〔二〕大正藏本、全書本作“幷”。〔三〕高本作“詶”。

610 思大禪師酬鵠山覺禪〔一〕師讚〔二〕老詩〔三〕一卷

【校勘記】〔一〕高本作“襌”。〔二〕高本、大正藏本作“訴”。〔三〕全書本作“諸”。

611 南岳〔一〕思大和尚德行歌一卷

【校勘記】〔一〕高本有“大”字。

612 達摩和尚五更轉一卷　玄㭒三藏

【校勘記】高本無“玄”以下字。

613〔一〕法寶義論一卷　北齊稠禪〔二〕師

【校勘記】〔一〕高本、大正藏本冠“玄奘三藏”字。〔二〕高本作“禅”。

614 羅什法師十四利元〔一〕行一卷

【校勘記】〔一〕高本、大正藏本、全書本作“無”。

615 大師弘教誌一卷

【校勘記】全書本無此本。

616 五臺〔一〕山大聖竹林寺釋法照得見臺〔一〕山境界記一卷

【校勘記】〔一〕大正藏本、全書本作“臺”。

617 沙門道超久〔一〕處臺〔二〕山得生彌勒内宫記一卷

【校勘記】〔一〕高本作“父”。〔二〕高本、大正藏本、全書本作“臺”。

618 五臺〔一〕山大曆靈境寺碑文一卷

【校勘記】〔一〕大正藏本、全書本作“臺”。

619 五臺〔一〕山土石廿丸　土〔二〕石各十丸

【校勘記】〔一〕大正藏本、全書本作“臺”。〔二〕大正藏本作“立”。

620 柴木一條

【校勘記】高本無。

621 右件教跡等,於大唐代州五臺〔一〕山大花〔二〕

【校勘記】〔一〕大正藏本、全書本作“臺”。〔二〕大正藏本、全書本作“華”。

622 嚴寺,經复〔一〕寫得。謹具録如前。然土〔二〕石等

【校勘記】〔一〕高本、大正藏本、全書本作“夏”。〔二〕大正藏本作“立”。

623 者,是大聖文殊師利菩薩往處之物。圓

624 仁等,因巡禮五頂取得。緣是聖地之物,

625 列之於經教之後。願令見聞隨喜者,同

626 結緣,皆爲大聖文殊師利眷屬〔一〕也。

【校勘記】〔一〕全書本作“囑”。

627 大吉〔一〕祥天女十二契一百八名無垢大乘經一卷

【校勘記】〔一〕大正藏本、全書本作“吉”。

628 一切佛心中心經一卷

629 寶星經略述廿八宿佉盧瑟吒仙人經一卷

630 陁〔一〕羅尼集要經一卷

【校勘記】〔一〕大正藏本、全書本作“陀”。

631 蕹〔一〕摩呼童子請〔二〕經一卷

【校勘記】〔一〕大正藏本、全書本作“蘇”。〔二〕全書本作“○”。

632 新譯般若心經一卷　般若三藏譯

633 佛説阿〔一〕利多軍茶利護國〔二〕大自在拔折羅摩訶布陁〔三〕羅金剛大神力陁〔三〕羅尼一卷　阿地〔四〕多三藏日照三藏〔五〕譯

【校勘記】〔一〕全書本有“○”。〔二〕高本作“國”。〔三〕大正藏本、全書本作“陀”。〔四〕全書本作“○”。〔五〕全書本有“翻”字。

634 金剛頂蓮花〔一〕部心念誦儀軌二卷

【校勘記】〔一〕大正藏本、全書本作“華”。

635 觀自在菩薩如意輪念誦儀軌一卷　大興善寺不空〔一〕

【校勘記】〔一〕高本、大正藏本、全書本無“大”以下字。

636 已上九部一十卷同帙

637 金剛頂瑜伽千手千眼觀自在菩薩脩〔一〕行儀軌一卷

【校勘記】〔一〕高本、大正藏本、全書本作“修”。

638 普賢菩薩金剛薩埵瑜伽念誦儀軌一卷　大興善寺沙門不空譯

639 金剛頂瑜伽金剛薩埵五秘密脩〔一〕行念誦儀軌一卷

【校勘記】〔一〕高本、大正藏本、全書本作“修”。

640 金剛頂勝初瑜伽經中略出大樂金剛薩埵念誦儀軌一卷　不空

641 觀自在如意輪菩薩瑜伽法要一卷　金剛智譯

642 如意輪菩薩真言注義一卷

643 金剛頂瑜伽千手千眼觀自在菩薩念誦法一卷

644 葉衣觀自在菩薩法一卷

645 大佛頂如來密因脩〔一〕證了義諸菩薩萬行品灌頂部録出中印契別行法門一卷

【校勘記】〔一〕高本、大正藏本、全書本作“修”。

646 阿閦如來念誦供養法一卷　不空金剛譯

647 已上一十部一十卷同帙

648 脩〔一〕真言三昧四時禮懺供養〔二〕儀要一卷

【校勘記】〔一〕高本、大正藏本、全書本作“修”。〔二〕高本、大正藏本無“養”字。

649 金剛頂經瑜伽十八會指歸一卷　大興善寺沙門不空譯〔一〕

【校勘記】〔一〕高本、大正藏本、全書本無“大”以下字。

650 佛頂尊勝陁〔一〕羅尼注義一卷

【校勘記】〔一〕大正藏本、全書本作“陀”。

651 㝡〔一〕上教乘〔二〕授戒懺悔文一卷

【校勘記】〔一〕大正藏本、全書本作“最”。〔二〕高本、大正藏本、全書本作“乘教”。

652 太〔一〕元阿吒薄句無〔二〕邊甘露降伏一切鬼神真言一卷

【校勘記】〔一〕高本作“大”。〔二〕高本、大正藏本、全書本作“無”。

653 （火壇供養十六法一卷）

【校勘記】全書本有此本。

654 施雄〔一〕面一切餓鬼食〔二〕念〔三〕陁〔四〕羅尼法一卷

【校勘記】〔一〕高本、大正藏本、全書本作“燋”。〔二〕高本、大正藏本、全書本無“食”字。〔三〕高本、大正藏本、全書本有“誦”字。〔四〕大正藏本、全書本作“陀”。

655 大樂金剛不空真實三昧耶經般若波羅密〔一〕多理趣釋一卷

【校勘記】〔一〕大正藏本、全書本作“蜜”。

656 已上八部八卷同帙

657 梵漢兩字

658 唐梵對譯金剛般若經二卷

659 唐梵對譯阿彌陁〔一〕經一卷

【校勘記】〔一〕大正藏本、全書本作“陀”。

660 唐梵對譯般若心經一卷

661 唐梵兩字㝡〔一〕勝無垢清浄光明大陁〔二〕羅尼一卷

【校勘記】〔一〕大正藏本、全書本作“最”。〔二〕大正藏本、全書本作“陀”。

662 唐梵兩字不空羂索真言一本

663 唐梵兩字青頸大悲真言一本

664 唐梵兩字一切佛心真言一本

665 唐梵兩字一切佛心中〔一〕真言一本

【校勘記】〔一〕高本、大正藏本有“心”字。全書本作“○”。

666 唐梵兩字灌頂心真言一本

667 唐梵兩字灌頂心中心真言一本

668 唐梵兩字結界真言一本

669 唐梵兩字秘密心〔一〕真言一本

【校勘記】〔一〕全書本無"心"字。

670 唐梵兩字秘密心中心真言一本

671 唐梵對譯普賢行印〔一〕讚一本

【校勘記】〔一〕高本、大正藏本作"願"。

672 唐梵兩字大佛頂根本讚〔一〕一卷

【校勘記】〔一〕全書本有"等諸雜讚"字。

673 唐梵兩字大佛頂結護〔一〕一本

【校勘記】〔一〕全書本無"護"字。

674 唐梵兩字大隨求大結護一本

【校勘記】大正藏本無此本。

675 唐梵兩字大隨求結護一本

676 唐梵兩字天龍八部讚一本

677 唐梵兩字百字讚一本

678 唐梵兩字送本尊歸本土讚一本　上七本複一卷

679 唐梵兩字彌勒菩薩讚一本

680 唐梵兩字觀自在菩薩讚一本

681 唐梵兩字虛空藏菩薩讚一本

682 唐梵兩字金剛藏菩薩讚一本

683 唐梵兩字文殊師利菩薩讚一本〔一〕

【校勘記】〔一〕高本作"卷"。

684 唐梵兩字普賢菩薩讚一本

685 唐梵兩字除蓋〔一〕障菩薩讚一本

【校勘記】〔一〕大正藏本、全書本作"葢"。

686 唐梵兩字地藏菩薩讚一本

687 唐梵兩字滿願讚一本

688 唐梵兩字毗〔一〕盧遮〔二〕那成佛神變加持經吉〔三〕慶伽陁〔四〕讚一本〔五〕

【校勘記】〔一〕大正藏本、全書本作“毘”。〔二〕全書本作“舍”。〔三〕大正藏本、全書本“吉”。〔四〕大正藏本、全書本作“陀”。〔五〕高本作“卷”。

689 唐梵兩字釋迦如來涅槃後彌勒菩薩悲願讚一卷

690 上十二本複一卷

691 唐梵對譯金剛般若經論頌一卷

692 梵漢兩字蓮花部讚一卷

【校勘記】高本、大正藏本、全書本無此本。

693 唐梵對譯法花〔一〕廿〔二〕八品題目兼諸羅漢名一卷

【校勘記】〔一〕高本、大正藏本作“華”。〔二〕大正藏本作“二十”。

694 已上三十六部三十七卷同帙

695 浄名經記五卷　無〔一〕量義寺文襲述

【校勘記】〔一〕高本、大正藏本作“無”。

696 上一部五卷同帙

697 浄名經集解關中疏四卷　賢〔一〕聖寺道液集

【校勘記】〔一〕高本、大正藏本、全書本作“資”。

698 浄名經關中疏釋微二卷　中條〔一〕山〔二〕沙門契甚〔三〕述

【校勘記】〔一〕高本、大正藏本、全書本作“修”。〔二〕高本無“山”字。〔三〕大正藏本作“真”。

699 已上二部六卷同帙

700 法花〔一〕經銷文略疏三卷　天長寺釋〔二〕延秀集解

【校勘記】〔一〕高本作“華”。〔二〕高本作“尺”。

701 上一部三卷一帙

702 肇論略疏一卷　東山雄作

703 肇論抄三卷　牛頭山幽西寺惠澄〔一〕撰

【校勘記】〔一〕全書本無“澄”字。

704 肇論文句圖一文〔一〕　惠澄撰

【校勘記】〔一〕大正藏本、全書本作“卷”。

705 肇論略出要義兼注附焉并〔一〕辱〔二〕一卷　沙門雲〔三〕興撰

【校勘記】〔一〕全書本作“幷”。〔二〕高本作“序”。全書本作“得”。〔三〕高本作“靈”。大正藏本、全書本作“零”。

706 已上四部六卷同帙

707 因明糅抄三卷　章敬寺擇隣述

708 因明義斷一卷　大雲寺苾蒭沼述

709 因明入正理義纂要一卷　大神龍寺沼集

710 已上三部五卷同帙

711 劫章頌一卷

712 劫章頌疏一卷　岑山沙門遍知集

713 劫章頌記一卷　沙門道詮述

714 劫章科文一卷　已上四部四卷同帙

715 智者大師脩〔一〕三昧常行法一卷

【校勘記】〔一〕高本、大正藏本、全書本作"修"。

716 五方便念佛門一卷　智者大師作〔一〕

【校勘記】〔一〕高本、大正藏本作"述"。

717 觀心游口決記一卷　智顗大師述

718 四十二字門義一卷　南岳思大師作〔一〕

【校勘記】〔一〕高本、全書本作"述"。

719 尺〔一〕門自鏡録五卷　僧惠行〔二〕集

【校勘記】〔一〕高本、大正藏本作"釋"。〔二〕高本、大正藏本作"詳"。

720 觀心十二部經〔一〕義一卷　天台頂述

【校勘記】〔一〕全書本作"○"。

721 形神不滅論一卷　雲溪沙門海雲撰

722 法花〔一〕三昧脩〔二〕證〔三〕決一卷

【校勘記】〔一〕大正藏本、全書本作"華"。〔二〕大正藏本、全書本作"修"。〔三〕高本、大正藏本作"論"。

723 天台智者大師所著經論章疏科目一卷

724 已上九部一十三卷同帙

725 鳩摩羅什法師隨順脩〔一〕多羅四悉壇〔二〕義不墮員〔三〕門一卷

【校勘記】〔一〕高本、大正藏本、全書本作"修"。〔二〕高本、大正藏本、全書本作"檀"。〔三〕高本作"隨負"。全書本作"墮負"。

726 大般若經開兼廿〔一〕九位法門一卷

【校勘記】〔一〕大正藏本作"二十"。

727 量處重輕義一卷　道宣羂縉叙〔一〕

【校勘記】〔一〕"道宣"下，高本、大正藏本作"絹叙"。全書本作"室絹叙"。

728 羯磨文〔一〕

【校勘記】〔一〕大正藏本、全書本有"西大原寺懷素撰"字。

729 略羯磨一卷　西大原寺懷素撰〔一〕

【校勘記】〔一〕大正藏本、全書本無"西"以下字。

730 説罪要行法一卷　義浄三藏撰

731 諸天地獄壽量分限一卷　終南山宗叡〔一〕

【校勘記】〔一〕高本、大正藏本、全書本無"終"以下字。

732 受菩薩〔一〕戒文一卷

【校勘記】〔一〕全書本作"提○"。

733 冣〔一〕上乘佛性歌一卷　沙門真覺述〔二〕

【校勘記】〔一〕大正藏本、全書本作"最"。〔二〕高本作"撰"。

734 大乘楞伽正宗決一卷

735 濟〔一〕廬山遺愛寺慧㺿〔二〕禪〔三〕師念佛三昧指歸一卷

【校勘記】〔一〕高本、大正藏本作"隋"。〔二〕大正藏本、全書本作"珍"。〔三〕高本作"禪"。

736 梵語雜名一卷

737 四條戒并〔一〕大小乘戒決一卷

【校勘記】〔一〕大正藏本、全書本作"幷"。

738 已上一十三部一十三卷同帙

739 南嶽思禪〔一〕師法門傳二卷　衛尉承村〔二〕朏〔三〕撰

【校勘記】〔一〕高本作"禪"。〔二〕高本作"杜"。大正藏本作"柆"。〔三〕全書本作"腦"。

740 天台大師答陳宣帝書一卷

741 天台略録一卷

742 智者愓〔一〕松讚　頂禪〔二〕師撰

【校勘記】〔一〕高本作"檖"。大正藏本作"襚"。全書本作"墜"。〔二〕高本作"禪"。

743 天台智者大師十二〔一〕所道塲〔二〕記一卷　灌頂述

【校勘記】〔一〕全書本作"主"。〔二〕大正藏本、全書本作"場"。

744 法花〔一〕靈驗傳二卷

【校勘記】〔一〕高本作"華"。

745 感通傳一卷　道宣

746 清〔一〕涼山略傳一卷

【校勘記】〔一〕全書本作"傳"。

747 已上八部十卷同帙　一帙上一部十卷二帖

748 大唐韶州雙峯〔一〕山曹溪寶林傳一卷　會稽沙門靈徹〔二〕

【校勘記】〔一〕高本、大正藏本、全書本作"峯"。〔二〕全書本作"衜"。

749 上都清禪〔一〕寺至演寺〔二〕至演禪師鐘傳一卷　大理牛肅與僧至演同叙

【校勘記】〔一〕高本作"禪"。〔二〕高本、大正藏本、全書本無"至演寺"字。

750 南荆洲沙門無〔一〕行在天竺國〔二〕致於唐國〔二〕書一卷

【校勘記】〔一〕高本、大正藏本、全書本作"無"。〔二〕高本作"國"。

751 内供奉談延〔一〕法師難〔二〕齋格并文一卷

【校勘記】〔一〕高本、大正藏本作"莚"。〔二〕高本、大正藏本作"歎"。

752 集新〔一〕舊齋文五卷　上都雲光〔二〕寺咏字太〔三〕

【校勘記】〔一〕全書本作"雜"。〔二〕高本作"靈花"。大正藏本作"雲花"。〔三〕高本作"大"。

753 觀法師奉答皇太子所問諸經与義并〔一〕牋〔二〕一卷

【校勘記】〔一〕大正藏本、全書本作"幷"。〔二〕全書本作"牒"。

754 歎〔一〕道俗德文三卷

【校勘記】〔一〕全書本作"難"。

755 已上六部一十二卷同帙

756 揚洲〔一〕東大雲寺演和上碑并〔二〕序一卷　李邕

【校勘記】〔一〕高本、大正藏本、全書本作"州"。〔二〕大正藏本、全書本作"幷"。

757 唐故大廣禪師大和〔一〕楞伽峯塔碑銘并序一卷　陸亘〔二〕撰

【校勘記】〔一〕全書本有"上"字。〔二〕全書本作"宣"。

758 唐揚洲〔一〕龍興寺翻〔二〕經院故慎律和上碑銘并〔三〕序一卷　李花〔四〕撰

【校勘記】〔一〕大正藏本、全書本作"州"。〔二〕高本無"翻"字。〔三〕大正藏本、全書本作"幷"。〔四〕高本作"華"。

759 唐故大律師釋道圓山龕碑并〔一〕序一卷　李邕

【校勘記】〔一〕大正藏本、全書本作"幷"。

760 大唐大慈恩寺翻經大德基法〔一〕墓誌銘并序一卷

【校勘記】〔一〕大正藏本、全書本有“師”字。

761　大慈恩寺大法師基公塔銘并〔一〕序一卷

【校勘記】〔一〕大正藏本、全書本作“幷”。

762　唐故終南山靈感寺大律師道宣行記一卷

763　(大慈恩寺大法師基公搭銘并序一卷)

【校勘記】高本有此本。

764　大唐西明寺故大德道宣律師讚一卷

765　上十二卷同帖

766　天台大師答陳宣帝書一卷　已上九部九卷同帙

【校勘記】高本、全書本無此本。

767　大唐新脩〔一〕宣〔二〕公卿士庶内族吉〔三〕凶書儀卌〔四〕卷　鄭餘慶重脩〔五〕定

【校勘記】〔一〕高本、大正藏本、全書本作“修”。〔二〕大正藏本作“定”。〔三〕大正藏本、全書本作“吉”。〔四〕高本作“一”、大正藏本作“三十”、全書本作“卅”。〔五〕大正藏本作“修”。

768　開元詩格一卷　徐隱泰字肅然撰〔一〕

【校勘記】〔一〕高本、大正藏本、全書本無“徐”以下字。

769　衹對義一卷

770　歎德文一帖

【校勘記】高本、大正藏本、全書本無此本。

771　道情一帖

【校勘記】高本、大正藏本、全書本無此本。

772　判一百條一卷　駱賓王撰

773　雑□□一帖

【校勘記】高本、大正藏本、全書本無此本。

774　祝元〔一〕膺詩集一卷

【校勘記】〔一〕全書本作“無”。

775　杭越寄和詩集一卷

776　詩集五卷

777　法華經廿〔一〕八品七言詩一卷

【校勘記】〔一〕大正藏本作“二十”。

778　已上一十二

779 大毗[一]盧遮[二]那大悲胎藏大曼荼羅一鋪　五幅[三]苗

【校勘記】〔一〕大正藏本、全書本作“毘”。〔二〕全書本作“舍”。〔三〕大正藏本、全書本作“幅”。

780 金剛界大曼荼羅一鋪　七幅[一]綵色

【校勘記】〔一〕大正藏本、全書本作“幅”。

781 供養賢聖等七種壇樣一卷

782 金剛界卅[一]七尊種子曼荼羅樣一卷[二]

【校勘記】〔一〕大正藏本、全書本作“三十”。〔二〕高本、大正藏本作“張”。

783 金剛界八十一尊種子曼荼羅樣一張

784 法花[一]曼荼羅樣一張

【校勘記】〔一〕大正藏本、全書本作“華”。

785 胎藏曼荼羅手印樣一卷

786 南岳思大和尚示先生骨影一鋪　三幅[一]綵[二]色

【校勘記】〔一〕大正藏本、全書本作“幅”。〔二〕高本作“菜”。

787 天台大師感得聖像[一]僧影一鋪　三幅[二]綵色

【校勘記】〔一〕高本無“像”字。大正藏本、全書本無“僧”字。〔二〕大正藏本、全書本作“幅”。

788 阿蘭若比丘見空中普賢影一張　苗

789 法惠和上閻王前誦法花影一張　苗

790 山登禪[一]師誦法花[二]感金銀殿影一張　苗

【校勘記】〔一〕高本作“禪”。〔二〕高本、大正藏本、全書本作“華”。

791 惠斌禪[一]師誦法花[二]神人來拜影一張　苗

【校勘記】〔一〕高本作“禪”。〔二〕大正藏本、全書本作“華”。

792 映[一]禪[二]師誦法花善神來聽經影一張　苗

【校勘記】〔一〕高本作“暎”。全書本作“皎”。〔二〕高本作“禪”。

793 定禪[一]師誦法花[二]天童給事影一張　苗

【校勘記】〔一〕高本作“禪”。〔二〕高本、全書本作“華”。

794 惠[一]向禪[二]師誦法花[三]滅後墓上生蓮花[四]及墓裏常有誦經聲影一張一張　苗

【校勘記】〔一〕高本作“惠”。全書本作“定”。〔二〕高本作“禅”。〔三〕高本作“華”。〔四〕大正藏本、全書本作“華”。

795 秦郡老僧教弟子感夢示宿因影一張　苗

796 道超禪[一]師誦法花[二]感二世弟子生處影一張　苗

【校勘記】〔一〕高本作“禪”。〔二〕大正藏本、全書本作“華”。

797 法惠禅〔一〕師誦法花〔二〕口放光照室宇影一張 苗

【校勘記】〔一〕高本作“禪”。〔二〕高本、全書本作“華”。

798 大聖僧伽和尚影一張 苗

799 舍利五粒 菩薩舍利三粒辟支佛舍利二粒盛白䗍〔一〕小合子并〔二〕安置白石瓶子一口

【校勘記】〔一〕全書本作“錯”。〔二〕高本作“并”。大正藏本、全書本作“幷”。

800 右件法門等,大唐開成三年八月初,到揚

801 洲〔一〕大都督府,巡諸寺,尋訪抄寫畢。先寄

【校勘記】〔一〕高本、大正藏本、全書本作“州”。

802 付使下准判官伴宿禰〔一〕菅雄船〔二〕,已送

【校勘記】〔一〕大正藏本、全書本作“禰”。〔二〕全書本作“殆”。

803 延暦寺訖。然都未具目〔一〕申官。今謹具録

【校勘記】〔一〕全書本作“自”。

804 數申上。

805 以前件經論教法章疏傳記及諸曼荼羅壇

806 像等,伏〔一〕蒙國〔二〕恩,隨使到唐,遂於揚洲、〔三〕五

【校勘記】〔一〕全書本作“狀”。〔二〕高本作“國”、全書本作“因”。〔三〕高本、大正藏本、全書本作“州”。

807 臺〔一〕及長安等,處尋師學〔二〕法,九年之間,隨

【校勘記】〔一〕大正藏本、全書本作“臺”。〔二〕高本作“學”。

808 分訪求得者。謹具〔一〕色目如前謹録申上。謹言。

【校勘記】〔一〕高本、全書本作“其”。

809 承和十四年月日入唐天台宗請益

810 傳燈〔一〕法師位圓仁上。

【校勘記】〔一〕高本有“大”字。

後校合以雙嚴藏本入了。

寛治五年十月十六日一校了,勝豪

以圓融房藏本校了。

(作者爲京都女子大學在讀博士生)

亮阿闍梨兼意《寶要抄》與古籍整理研究

——以佛典爲中心*

梁曉虹

一、亮阿闍梨兼意及其"四抄"

亮阿闍梨兼意(1072—?)是日本平安後期真言宗僧人,出身於著名的藤原家族。其高祖父藤原道兼即爲藤原道長①之兄。其父藤原定兼曾任皇后宫亮②之官職。嘉保三年(1096),二十五歲的兼意於京都仁和寺受寬意大僧都傳法灌頂。康和3年(1101),其師寬意入寂後,兼意登高野山,住遍照光院成蓮坊,從此幽居深谷,專修事相③,不知終年。④ 後以其住坊爲字,稱"成蓮房",通稱"亮阿闍梨","亮"即因襲其父之官名,法名兼意。

兼意是著名學僧,不僅精通梵文,善長佛畫,且因長年隱居深山,悉心學問,勤奮撰述,故著作甚豐。其《成蓮抄》二十卷,爲真言宗諸尊法之集大成著作。此外,又有《金剛界次第》《諸尊行法通用略次第》《香要抄》《藥種抄》《寶要抄》《穀類抄》《肝心抄》《秘抄》《香家抄》《念珠抄》《兼意抄》《管見抄》《護法抄》《尊聖法抄》《弘法大師御傳》等多種。其中又以《香要抄》《藥種抄》《寶要抄》《穀類抄》,即所謂"四抄"而多爲學界所矚目。因其專門記載詮釋密教修儀所必需的"寶・香・藥・穀"物品,對密教修行者

---

* 本文爲日本學術振興會(JSPS)科學研究費基盤研究(C)15K02580(2015—2017年度)以及2015年度南山大學パッヘ研究獎勵金I-A-2成果之一。

① 藤原道長(966—1027),日本平安中期著名公卿。986—991年間曾任少納言、權中納言、權大納言等職,995年任内覽、右大臣,次年任左大臣。他先後將五個女兒送入内宫,其中三個嫁給天皇成爲皇后。作爲"一家立三后"的天皇外戚,藤原道長始終穩居公卿之首,權傾一世。1017年將攝政職讓於子賴通,自任太政大臣。藤原道長父子任攝政、關白時期,爲藤原氏專權的全盛時期。

② 此表示其父之官職是擔任皇后宫職的次官。"亮"字在日語中有"すけ"之義,用漢字表示即爲"次官"。日本律令制官職有長官(かみ)、次官(すけ)、判官(じょう)、佐官(さかん)四等,故"亮"即表示第二等職位。

③ 密教之修法。

④ 然根據真言宗法脈之《血脈類集記》第五(《真言宗全書》第39卷(第109—112頁),高野山大學出版部,1977年初刊,2004年再版)記載,保元三年(1158),兼意86歲時曾爲其弟子行仁舉行灌頂儀式,故至少應該活到87歲。

極爲有用，故不僅被輾轉抄寫，留存至今，甚至還流出海外。[①]

日本平安時代，密教盛行。密教修法所用供物有"五寶、五香、五藥、五穀"等。舉行"護摩"[②]之祭祀法時，修儀者一邊念誦真言，一邊將以上供物投於火中。而設壇修法時也需將"五寶、五香、五藥、五穀"盛於五瓶，然後埋於壇中。然因這些物品多不見於日本本土，而來自印度、中國等國，不爲當時密教信徒所熟知，故兼意采取大量抄録"外典"與"内典"之法，對"寶・香・藥・穀"諸種物名加以説明詮釋。"外典"主要有本草著作、類書，也有部分字書、韵書、史書以及道教文獻等。而"内典"則主要是密教經典，但也有其他部的經、律、論以及佛經音義書等。"内外典"大部分傳自中國，但也有少數日本人的撰著，甚至還有一些出自朝鮮新羅僧之筆。因"四抄"成書與抄寫時間均較早，且引證又多標明出處，所以在古籍整理研究方面具有重要價值。本文以"四抄"中《寶要抄》爲對象，以佛典爲中心展開研究。

二、關於《寶要抄》

(一) 寫本時代

《寶要抄》現存平安末期寫本有兩種：醍醐寺藏本與石山寺藏本。

1. 醍醐寺藏本

此本爲醍醐寺遍智院成賢[③]之遺物。抄寫時間雖不明，但川瀨一馬[④]、山崎誠[⑤]皆推測此本與兼意其他三抄應爲一套。醍醐寺藏《香要抄》《藥種抄》和《穀類抄》都有關於抄寫時間的明確識語：寫於保元元年(1156)[⑥]。《寶要抄》也應寫於同一時期。學界一般認爲保元元年本"四抄"曾經鎌倉時代前期真言宗高僧成賢之手藏於醍醐寺遍智院[⑦]，

① 参考森鹿三：《〈香要抄〉・〈藥種抄〉之解題》，《天理圖書館善本叢書・和書之部》，東京八木書店，1977年。
② "護摩"爲梵語"homa"音譯，乃火祭、焚燒之義，即投供物於火中之祭祀法。
③ 成賢(1162—1231)爲平安末期—鎌倉前期真言宗僧人，出身於藤原南家，爲中納言藤原成範之子，被稱爲"遍智院僧正"、"宰相僧正"。
④ 川瀨一馬：《增訂古辞書の研究》，東京：雄松堂，1986年，第248頁。
⑤ 山崎誠：《成蓮院兼意撰〈寶要抄〉について》，《廣島女子大學文學部紀要》22號，1986年12月。
⑥ 寫於同一年，衹是書寫月份有所不同。
⑦ 故而也有誤認《香要抄》等爲成賢所撰。見以上川瀨一馬、森鹿三等研究成果。

江户中期又輾轉至江户幕府醫官多紀元簡①之處。後又經藤浪剛一博士②之手,現由位於大阪的武田科學振興財團③所藏。

2. 石山寺藏本

與醍醐寺本《寶要抄》書寫時間不明相反的是,石山寺本底頁却有明確記録:

寫本云:久安二年四月日以兼意闍梨本書寫了。被忩本之間令人ヾ書之。或裏書列面④之如本,雖可直之,草出之本,未用捨。又不及中書,仍粮藉⑤由彼闍梨被申,故只任書寫之人意趣,不令直之。同月十八日於燈下自比校之了。尚誤事巨多歟。後見人可直之。　教長

日本"久安二年"是1146年。森鹿三經過考證,指出《寶要抄》與石山寺藏本《藥種抄》《香要抄》是一套根據兼意的草稿由教長書寫,後又轉寫之本。而"教長"則被認爲是藤原教長⑥,爲平安時代後期著名和歌作家和書法家。藤原教長與兼意所曾住過的仁和寺關係密切,故而得到兼意的手稿并抄寫過應無疑問。古泉圓順甚至指出《寶要抄》應該是1146年教長39歲時所書寫。⑦ 如此,石山寺本《寶要抄》應該是此書最古寫本。本文即以石山寺本⑧作爲研究資料。

(二) 内容體例

1. 内容

《寶要抄》卷首書名"寶要抄"下有梵文字母"[illegible]",其下爲目録:

① 多紀元簡(1755—1810),日本江户時代後期漢醫學家。多紀氏一家在日本江户時代主要主持幕府直轄的醫學館,從事古醫學書之蒐集、校訂、注釋、編纂與複刻等,從而形成江户時代的考證醫學派(此學派代表還有伊沢蘭軒、小島宝素、澀江抽齋、森立之等人)。多紀元簡撰有《傷寒論輯義》《金匱要略輯義》《素問識》《靈樞識》《扁鵲倉公傳彙考》《脈學輯要》《醫賸》等多種醫學著作。

② 藤浪剛一(1880—1942)博士,日本初期放射線醫學者。1920年起任慶應義塾大學教授。被譽爲日本射線學最高權威,并在温泉學、醫學史等領域多有造詣。

③ 由武田藥品工業株式會社捐助創立於1963年9月10日,以推動振興科學技術研究,促進國内外科學技術及文化向上發展爲目的。該財團下設"杏雨書屋"圖書資料館,其業務内容之一即爲保管、整理及公開東洋醫書及其他圖書資料。

④ 從字形看,應爲"面"字。森鹿三《香要抄·藥種抄》之〈解題〉録爲"圖"字。

⑤ "粮藉"應爲"狼藉"之訛。

⑥ 藤原教長(1109—1180)是平安後期公卿與歌人,後出家號"觀蓮",隱棲高野山,尤善和歌與書法。

⑦ 古泉圓順:《杏雨書屋所藏〈寶要抄〉解題》。見下注。

⑧ 2002年武田科學振興財團·杏雨書屋將石山寺本《寶要抄》編集公刊,然僅限定200部,且爲非賣品。

金(梵蘊跛拏①)　銀(梵云魯波也,又都波也)　瑠璃(臭□吠)　真珠　水精(頗胝迦)　珊瑚　馬瑙(梵云褐温摩揭婆)　琥珀　頗梨②　瑟瑟　硨渠(梵云牟婆洛揭婆)

共11種金銀寶物,然“頗梨”是“水精”音譯,故實際是10種。

開卷部分先引不空所譯《仁王般若陀羅尼釋》釋“寶”之義:

寶之義有六:一難得故;二者浄無垢故;三者有大威德故;四者莊嚴故③;五者殊勝無法④故;六者不變易故。

然後解釋“摩尼之義”。接着又引“經”解釋“七寶”:“金、銀、琉璃、車渠、馬腦⑤、玻瓈、真珠是也。”“七寶”之稱廣見於諸經論,内容基本如上,衹是或譯名不同,或順序有異。最後兼意又引“經”詮釋名爲“甄叔迦寶”之紅寶石。

本文部分即爲對目録所出11種寶物加以詮釋,然詳略配置不同。有的極爲簡單,如“頗梨”(455—456⑥)僅兩行,四行小注⑦。這可以認爲是因前“水精”已頗爲詳細之故。然“瑟瑟”却僅一行,兩行小注。解釋較爲詳細的是“金銀”二項,其中關於“金”的説明則更是詳盡。除了在前與“銀屑”相同,解釋“金屑”外,還把“金”分列成“閻浮檀金”、“紫摩黄金”、“白金”、“赤金”、“青金”、“蘇跋那金”六種。

本文於最後一寶“硨渠”之後又兩次將“七寶”,其後還有“五寶”作爲條目標出進行解釋。所謂“五寶”,一般指金、銀、琥珀、水晶、琉璃五種。這正是密教行“護摩”祭祀法、設壇修法、舉行灌頂⑧之際所需用之“五寶”。

全書共有“益州金屑”、“信州生金”、“饒州銀屑”、“饒州生銀”、“廉州真珠牡”、“廣州珊瑚”、“青瑯玕”七幅插圖,插圖數量不如《香要抄》等書多。前六幅與《香要抄》等相同,圖在所釋寶物名前。最後的“青瑯玕”却在“五寶”後,即全書正文最後,且無相應條

① 此爲音譯梵文,原本用雙行小字置於條目下,本文用括號標出,下同。不另注。
② “梨”字脱,據本文補出。
③ 《大正新修大藏經》爲“莊嚴世間故”。見CBETA/T19/522。
④ “法”字右旁有“比”字,蓋爲後人訂正。《大正新修大藏經》爲“殊勝無比”。
⑤ 文字脱落。根據本文内容,應爲“馬腦”。
⑥ 此爲石山寺本行數。2002年武田科學振興財團·杏雨書屋編集出版時所加。
⑦ 此本書寫體例并不統一。基本爲當行竪寫,但也有一些注用雙行小字竪寫。此條及下“瑟瑟”即如此。
⑧ 密教舉行灌頂之際,將五寶裝入大壇之五瓶内,以壇場即行者之心曼荼羅故,取開浄菩提心而開發五智之德之意。

目與釋文。爲何此處有此圖,較爲難解。這些插圖皆爲照《重定本草圖經》描摹而成。

2. 體例

(1) 寶物標目

本書正文寶物標目并不統一,11 種寶物以及"金"下所分出的細目基本爲一行空出一字或二字,標目字上有朱筆圓點及臺階符號"ろ"。如:"金(金)"。或僅有臺階符號,如"銀(銀)"。但也有的頂格書寫而且釋文緊接其下,如"琥珀"、"頗梨"等。有的没有任何朱筆符號,如"馬腦"等。

(2) 記述部分

一般寶物標目後大部分先列梵文音譯名。若有多個異譯則逐一列出。如"水精"條下:

頗梨　亦①塞頗胝迦　亦頗胝　亦頗□歌　亦娑破□迦
亦薩頗胝迦　亦私頗知迦　亦頗胝迦　亦腴頗梨

共 9 個音譯名。而"馬腦"下也有:

摩娑羅伽[illegible]　亦目娑邏伽羅婆　亦漠薩羅揭婆　亦牟娑羅
亦目娑羅　亦阿牟娑羅　亦褐濕摩揭婆

共 7 個梵文音譯。

兼意"四抄"中《香要抄》也多在香藥標目下列出梵文譯名,但會在其下舉出所見原典,且并不加詮釋。《寶要抄》却是在記述部分先集中列出音譯名,然後抄録佛典,逐一加以説明。如"水精"條就先後引北涼天竺三藏曇無讖所譯的《涅槃經》第一、玄應《涅槃經音義》第二(2②)、《大智度論》《梵語集》(2)、《大毗婆娑述記》第十、《攝大乘論釋》第十四、信行《大般若經音義》中、大唐三藏不空譯《一字佛頂輪王經》第四、元魏婆羅門瞿曇般若流支譯《金色王經》、大唐三藏玄奘譯《無性攝論》第五、《雜集》、玄奘三藏譯《阿毗達摩法蘊足論》第十、大唐三藏不空譯《觀自在大悲成就隃迦蓮花部念誦法門》、慈恩《無垢稱經

① "亦"爲釋文,不包括在音譯内。下同,不另注出。
② 括號内數字爲筆者表示多次引用的數字。下同,不另注。

疏》《稱讚經疏》《法華玄贊》《最勝王經疏》《心地觀經》《大般若經音訓》《蘇摩呼》上、《集經》第二等共21種經23次,其中還不包括"經中引",如《大般若經音訓》中又引"行瑫云"解釋説明以上諸梵文譯名。此後,一般還會引外典加以解釋。如"水精"條引佛典之後又抄《廣雅》《續漢書》《魏略》《廣志》《十州記》《山海經》《列仙傳》、司馬相如《上林賦》、劉植《魯都賦》、劉楨《清盧賦》等相關内容加以説明。

佛門七寶不僅是佛門聖物,有的還是名貴藥材,故有不少見於古代本草文獻及類書。故《寶要抄》也如其他"三抄"多引本草著作、類書。古泉圓順指出《寶要抄》所引用的本草書有《圖經本草》《藥性論》等共16種。類書則主要有《太平御覽》《修文殿御覽》以及其他。如"金屑"下所引"古本抄 金部"以及"銀屑"下的"反古抄 銀部"從形式上和部分所記内容看,近似唐代徐堅所撰《初學記》,但又不是《初學記》。這些都值得進一步研究。

三、《寶要抄》與古籍整理研究——以佛典爲中心

前已述及,兼意"四抄"因成書與抄寫時間都較早,且抄録了大量漢文典籍,史料價值極高。本文主要以佛教文獻爲中心對《寶要抄》展開研究。因爲《寶要抄》儘管在"四抄"中篇幅最短,但却是引用佛教文獻最多者。這當然是因其内容所致。

《寶要抄》所釋寶物大多出自佛典,爲密教各種修儀所需之重要物品,蘊育着深刻内涵。以上我們在介紹體例與内容時已經指出,兼意廣引諸内典解釋梵文音譯名。實際上在具體詮釋説明之時,兼意也抄録了不少佛教文獻。故而,如果從古籍整理的角度展開研究,佛教典籍自當是重要内容。我們再以下例説明:

如"金"條下有:

蘇跋拏　亦迦囊迦　亦蘇韈儜　亦阿禢(103)

四個梵文譯名。兼意抄録憬興的《最勝贊》[①]第五、《雜集》[②]説明以上梵名。在解釋"金"字具體含意的時候,除引《説文》外,又引了《玄贊》[③]以及《大日經疏》進行詮釋。

---

① 即新羅僧憬興的《最勝王金光名經略贊》,已失佚。
② 即譯者不詳的《陀羅尼雜集》,今附梁録。
③ 即唐代慈恩大師《妙法連華經玄贊》。

而在"閻浮檀金"條中先後引用《菩薩藏經》、玄應《一切經音義》《智度論》第四十、《起世經》《起世因本經》[1]《長阿含經》卄二、《首楞嚴經義疏》[2]《梵網經大賢古迹》上、《不思議疏》《觀佛三昧經》《瑜伽論》《儀軌》《一髻文殊儀軌》等共 13 種佛教文獻解釋梵名"閻浮檀"及其不同異譯,并説明"閻浮檀金"之産地以及取經之法。

我們根據古泉圓順在其《解題》中所列"寶要抄所引佛典"一表統計,可知兼意一共引用了 85 種佛典,有的還是多次引用。引用較多的有《法華玄贊》共 10 次、《一切經音義》共 8 次、《大智度論》共 6 次、《陀羅尼雜集》共 5 次、《攝大乘論》《陀羅尼經》《佛地論》《瑜伽論》《法華釋文》各 4 次。如果説其他"三抄"所抄録資料以本草書爲主的話,那麽可以確認的是:兼意在撰寫《寶要抄》時主要的參考文獻是佛典。因而,若要從古籍整理研究的角度對《寶要抄》展開研究,佛典是不可或缺的部分,而且内容極爲豐富。本文僅從以下兩方面進行初步考察。

(一) 考察經名,釐清資料來源

兼意在《寶要抄》中引用佛典文獻時,較爲自由。有的不僅指出譯者或作者,經文名稱亦較爲完整,如"水精"條中的大唐三藏不空譯《觀自在大悲成就喻迦蓮花部念誦法門》、大唐三藏不空譯《一字佛頂輪王經》、元魏婆羅門瞿曇般若流支譯《金色王經》等。有的雖無譯者或作者名,但經名仍較爲完整,對熟讀佛典的人來説,并非難事。如"車□"下所引的《彌勒經疏》《正法念處經》《大寶積經》等。但總的來説,兼意所用還是以略名簡稱爲多。有些并不難解,如此書中用得較多的《法華玄贊》,有時略成《玄贊》,全名是《妙法蓮華經玄贊》。《陀羅尼雜集》在此書中多稱"雜集"等。然而,也有一部分略名過於簡單,甚至或本就是佚文,需要經過考察才能確定其資料來源。如:

"經":《寶要抄》中有兩次引用并無經名,衹有"經"一字:

例一:經云七寶者:金、銀、琉璃、車渠、□□[3]、玻瓈、真珠是也。(10—11)

此條石山寺藏本録文將"經"用書名號標出,其下注指出"經"應爲《大寶積經菩薩

① 原本僅用"又"標出。此處參考武田科學振興財團·杏雨書屋整理編集的《寶要抄》録文(以下簡稱"録文")第 100 頁。

② 原本僅用"又"標出。參考"録文"第 102 頁。

③ 文字脱損,根據本文内容,應爲"瑪瑙"。

見實會》《妙法蓮華經》《大方廣佛華嚴經》等，還有其他多數。筆者贊同此説。

> 例二：經甄叔迦寶者，赤色寶也。按《西域傳》云印度□□□[①]迦樹。其華赤色，形大如手。此寶色[②]彼華□□□□□□[③]名。又傳云辟珪也。又有云：此云鸚鵡寶似鸚鵡鳥□□[④]色。(12—15)

以上爲石山寺本。以下爲録文：

> 《經》甄叔迦寶者。[⑤] 赤色寶也。按《西域傳》云。印度有甄叔[⑥]迦樹。其華赤色。形大如手。此寶色　彼華似此華。因以爲[⑦]名。又《傳》云。辟珪也。又《有》云。此云。鸚鵡寶。似鸚鵡鳥。而赤[⑧]色。

此條録文與其下注頗爲混亂，筆者逐一梳理如下：

1. 録文"經"字也用書名號標出，其下注"經"爲"妙法蓮華經"。

案：此頗洽意。《妙法蓮華經》卷七："於是妙音菩薩……化作八萬四千衆寶蓮華，閻浮檀金爲莖，白銀爲葉，金剛爲鬚，甄叔迦寶以爲其臺。"[⑨]儘管其他譯經中也出現此譯名，但根據所譯時代以及佛經音義著作、經疏等文獻考察，將此"經"定爲《妙法蓮華經》應無疑問。

2. 録文《西域傳》下注：翻譯名義集。

案：此結論没有根據。《翻譯名義集》卷三："甄叔迦，此云赤色寶。《西域傳》：有甄叔迦樹，其華色赤，形大如手。此寶色似此華，因名之。《慈恩上生經疏》云：甄叔迦，狀如延珪，似赤琉璃。"録文者蓋據此考證《西域傳》之出處。但南宋法雲撰著《翻譯名義集》的時間爲紹興三年(1133)，兼意撰寫《寶要抄》時還不應見到此書，故"西域傳"出處不應是《翻譯名義集》。

---

① 文字脱損。
② 二字之間有一字空間。
③ 文字脱損。
④ 文字脱損。
⑤ 逗點據録文實録。
⑥ 補出三字用長方形標出，注據"孔版本"。
⑦ 補出六字用長方形標出，注據"孔版本"。
⑧ 補出二字用長方形標出，注據"孔版本"。
⑨ CBETA/T9/55。

3. 録文將“又傳云”與“又有云”中“傳”與“有”皆添加書名號,其下皆注:不明。

4. 録文在三處文字缺損的地方根據“孔版本”而補出。“孔版”是日語詞,指謄寫版。而根據録文“凡例”,可知此書破損、脱落等難以辨認之處,即參考謄寫版《石山寺實要抄》、油印本、山崎誠《成蓮院兼意撰〈實要抄〉について》等而補出。從古籍整理的角度看,這種做法不太嚴謹,不可取。

筆者經過考察,認爲以上這段文字是兼意從唐代智周大師《法華玄贊攝釋》卷四抄録而來:

> 經甄叔迦寶者,赤色寶也。按《西域傳》云:印度多有甄叔迦樹。其華赤色。形大如手。此寶色似彼華,因以爲名。又傳云璧珪也。又有云此云鸚鵡寶。此寶似鸚鵡鳥嘴而赤色。①

此段文字與兼意所引完全相同,且可補其脱損文字。

智周(688—723)爲玄奘法師的三傳弟子②。其所撰《法華玄贊攝釋》四卷是對師祖窺基《法華玄贊》的“細繹疏意,問答釋難”。智周是慈恩宗的忠實信徒,其學成之後,即到各處弘化,名重一時。當時新羅(今朝鮮)和日本的智鳳、智鸞、智雄、玄坊等入唐留學僧,皆曾先後從智周受學,使玄奘傳譯的唯識法相之學得以傳到海外。故兼意應該見到其著作并抄録引用。而古泉圓順在《〈勝鬘經〉の受容》③一文中將日本天平三年(731)至十七年(745)有關《法華經》關係的注釋書10種、天平十八年(746)至神護景雲三年(769)的36種以一覽表形式標出,其中就有智周的《法華玄贊攝釋》。這就説明此書確實早就傳到日本。

上文中提到的“西域傳”應該是玄奘的《大唐西域記》。慧琳《音義》卷十一:“甄叔迦樹……西國花樹名也。此方無此樹。《大唐西域記》云印度多有甄叔迦樹,其花赤色,形如人手。”④又卷二十七:“甄叔迦,赤色寶也……《西域記》云:印度多有甄叔迦樹,其花赤色,形大如手。此寶色似彼花,因以爲名。”⑤内容與此相同,一用《大唐西域記》,一言《西域記》。可證文中《西域傳》并非一般人們所認爲的諸史書中的《西域傳》。

---

① CBETA/X34/122。
② 玄奘→窺基→慧沼→智周
③ 川岸宏教編:《論集日本佛教史》(1號),雄山閣,1989年5月,第199—238頁。
④ 徐時儀校注:《一切經音義三種校本合刊》(中),上海古籍出版社,2008年,第689頁。
⑤ 同上,第991頁。

玄奘法師名著《大唐西域記》，一般認爲多簡稱《西域記》，但實際古代也簡稱“西域傳”。唐代道宣《關中創立戒壇圖經》卷一：“往往有僧，從彼而來，玄奘法師《西域傳》中，略述大栴檀像事，而不辨其緣由。至於戒壇，文事蓋闕。豈非行不至彼，隨聞而述，不足怪也！”①又道宣《釋迦方志》卷二：“大唐京師大莊嚴寺沙門玄奘以貞觀三年，自弔形影，西尋教迹……貞觀十九年安達京師，奉詔譯經，乃著《西域傳》一十二卷。”②特別是道宣《廣弘明集》卷二十二引玄奘《請御制經序表》：“沙門玄奘言：奘以貞觀元年，往游西域，求如來之祕藏，尋釋迦之遺旨，總獲六百五十七部……今以翻出菩薩藏等經。伏願垂恩以爲經序，惟希勑旨方布中夏。并撰《西域傳》一部總一十二卷……”③足可以證。

然而，遺憾的是現存的《大唐西域記》中并無這段文字，而且諸史書《西域傳》中亦無如上記載。所以我們還難以確定此資料之源。如果不是慧琳、窺基④以及智周等唐代佛教大師引書有誤，那麼我們或許有理由認爲唐代所傳《大唐西域記》與我們今天所能見到的十二卷本《大唐西域記》有所不同。這就爲今後的研究提出了進一步的課題。

又如“閻浮檀金”條注釋中引曰：

例一：菀云：□□⑤提正云贍部提。贍部樹名也。提此云洲，謂香山上阿耨池南有一大樹，名爲贍部，其葉上闊下狹，此州似彼，故取爲名也。（137—140）

又“馬腦”條注釋中亦引：

例二：菀云：案馬腦，梵音謂云阿濕縛揭娑。言阿濕縛者，此云馬也。縛音符何反。揭波者，腦也，藏也。若言濕摩揭波，此云石藏。案：此寶出自石中，故名石藏寶。古來以馬聲濫石藏聲，濫腦，故謬馬腦。（369—372）

以上兩處録文均作“苑”，下注：不明。實際上二字皆應作“菀”。前一字較爲清晰，

① CBETA/T45/810。
② CBETA/T51/969。
③ CBETA/T52/258。
④ 《慧琳音義》中三次出現如上記述，兩次是慧琳在卷十一和卷十二爲《大寶積經》所作音義，一次是在卷二十七，而此乃據窺基《法華音訓》添修者。
⑤ 文字脱損。

後一字則爲"菀"字訛寫,訛俗字不少見。"苑"、"菀"二字古通用。"菀(苑)"即慧苑也。唐代僧人釋慧苑專爲八十卷本《華嚴經》撰述音義,而以上兩條則皆見於慧苑《音義》卷上。

除以上以"菀云"引出的慧苑《音義》解釋外,此書還兩次正式用"新譯花嚴經音義"書名引出所釋内容,一爲"吠瑠璃"條(197),一乃"頗梨"條(456),皆爲慧苑爲八十卷本《新譯華嚴經》所撰音義。古人抄引文獻體例不統一,會給後人留下疑惑,需要我們認真解疑。

此書中類此所需解決的問題有不少,有些經名簡稱并非如我們一般理解。如古泉圓順將此書中的"雜集"認爲是譯者不詳的《陀羅尼雜集》,但實際上有些内容却并不見《陀羅尼雜集》。[①] 筆者也發現兼意的"雜集"有時還指玄奘所譯《大乘阿毘達磨雜集論》,又稱《阿毘達磨雜集論》《雜集論》。甚至還有可能是《梵語雜名》或《唐梵兩語雙對集》。[②] 故而有不少地方還需要經過詳密調查才能得出正確結論。

(二) 以"音義"爲例,考探古籍原貌

《寶要抄》所引佛典,有漢譯的經、律、論及其疏解著作,其中又以密教爲主。值得注意的是還有一部分屬佛經辭書音義書。而佛經音義作爲解釋佛經中字詞音義的訓詁學著作,自古就爲日本學僧所喜用。日本人也很早就開始模仿編纂爲己所用的佛經音義,且隨着時代的發展,逐步形成獨具特色的日本佛經音義。[③] 不僅日本學僧,歷史上古代新羅學僧也有過此類撰著。隨着歲月流逝,時代變遷,這些音義書或存留,或殘損,或亡佚。故而,對各類古寫本中所見的古佛經音義進行考察,追溯其源,識其本貌,是古籍整理研究的重要内容。根據筆者考察,《寶要抄》中所見佛經音義至少有以下 10 種:

1.《一切經音義》

案:共出現八次。兩次標出"玄應師"[④]之名。經過調查,我們可以確認八次所引皆爲玄應《音義》,而非慧琳《音義》。[⑤] 有些内容與現存玄應《音義》稍有差異。這對玄應《音義》研究整理的進一步深入具有較大價值。同時我們也發現一些研究成果也還有商

---

① 見録文第 120 頁。

② 筆者剛完成《日本亮阿闍梨兼意〈香要抄〉研究》一文,尚未發表。

③ 參考梁曉虹:《日本現存佛經音義及其史料價值》;載徐時儀、陳五雲、梁曉虹《佛經音義研究—首届佛經音義研究國際學術研討會》,上海:上海古籍出版社,2006 年。

④ 分别是 115、193。

⑤ 儘管慧琳《音義》一百卷中收録了玄應《音義》的全部内容,但本書引用皆取自玄應所撰《音義》。

榷之處。如録文"青金"條下：

> 《一切經音義》第八云。鉛錫役同。及《説文》青色也。《尚書》。青州貢鉛是也。錫銀鉛之間也。（167—168）

經查檢，此條應爲現存玄應《音義》卷六"鈆錫"中内容，然《寶要抄》却説是"《一切經音義》第八"。是兼意有誤，還是彼時《玄應音義》卷數與現今不同，需要進一步研究。而以上録文"鉛錫役同。及《説文》青色也"一句明顯語句不通。筆者認爲至少有兩處錯誤：

其一録文者不辨訛字，其二句讀有誤。實際上原文應爲：

> 《一切經音義》第八云：鈆錫：役川及。《説文》：青色也。《尚書》：青州貢鈆是也。錫，銀鈆之閒也。

案：録文者將"川"認作"同"，又把"及"當作"及"，然實際是"反"字。古籍中將"反"訛寫作似"及"字，并非此本。如可洪《音義》中就有"及"字注爲"音返，正作反"，①就與此同。實際上"役川反"是爲"鈆"字注音。"役"同"役"，"鈆"字可讀與"沿"同，爲"鉛"之異體。《玉篇・金部》："鉛，役川反。黑錫。"

另外，"《説文》：青色也"中"色"字誤②，應爲"金"字。玄應《音義》作"青金"。《説文・金部》："鉛，青金也。"本條所釋正是"青金"，故原本"青色"或爲兼意誤，或爲抄寫者寫錯。

2.《新譯華嚴經音義》

案：共出現四次。如前述及，兩次標出《新譯華嚴經音義》，兩次則以"菀云"形式出現。此音義版本衆多。這是因爲《開元録》著録，故後各版藏經中，慧苑的《新譯華嚴經音義》皆以單刻本而入藏。另外，慧琳編《一切經音義》時收録了《慧苑音義》，故《慧苑音義》又有慧琳《音義》本。所以，將《寶要抄》所引内容與現今所存版本相比勘，有助於《新譯華嚴經音義》的進一步深入研究。

---

① 參考韓小荊：《〈可洪音義〉研究——以文字爲中心》，成都：巴蜀書社，2009年，第436頁。
② 原本經辨認確爲"色"字。

3.《大般若音訓》

案：共出現兩次：釋"水精"條與"珊瑚"條：

《大般若音訓》云：頗胝迦,行瑫云此西國寶名也。狀似此方水精,然有赤白之色也云云[①]。(301—302)

《大般若音訓》云：行瑫云珊瑚,寶樹,生海底石上云云。(338—339)

川瀨一馬推測應所抄應是真興所撰《大般若經音訓》。[②] 筆者贊同這一意見。引起筆者注意的是,兩條中皆間接引"行瑫云"釋義。築島裕《大般若經音義諸本小考》一文[③]指出《大日本全書》所收的《聖德太子平氏雜勘文》中引用了四條《大般若經音訓》的逸文,其中兩條就有"行瑫云"。而將其與以上兩條相比勘,可發現其詮釋方法完全相同。所以我們認爲以上《大般若音訓》確應爲真興所撰音義。

真興[④]是平安時代中期法相宗、真言宗著名學僧,多有撰述,有如《大般若經音訓》四卷、《法華玄贊一乘義私記》三卷、《唯識論私記》六卷等十部著作。然《大般若經音訓》却不見留存,學界衹能根據古辭書音義等資料進行考訂輯佚。如此,《寶要抄》中所見,儘管衹有兩條,但也頗爲重要。

4.《大般若音義》中

案：出現一次,而且兼意已經明確指出作者是信行。信行是奈良末期至平安初期法相宗著名學僧,其在日本音義史、學問史上的業績却不可等閒視之。[⑤] 而《大般若經音義》更被認爲是其代表作。特別是因其早於慧琳所撰《大般若經音義》,乃至今所見最古之《大般若經》音義,[⑥]故深爲學界所矚目。

《大般若經音義》現有石山寺藏本和來迎院本。石山寺藏本被認爲寫於平安時代初期,爲最古寫本。兩種寫本皆爲原本三卷中之中卷,且爲殘卷。經過考察,可以却認爲,

---

① "云云"爲小字。下同,不另注。

② 《增訂古辭書の研究》,第249頁。

③ 東京大學教養學部人文科學科《紀要》第21輯,昭和三十五年(1960)3月。

④ 真興(935—1004)曾師事興福寺空晴、仲算,同時又從吉野仁賀受密教之法,先後住壺阪寺、子島寺,并於子島寺內創建觀覺寺,開創東密子島流。故亦被稱"子島僧都·子島先德"。

⑤ 三保忠夫:《元興寺信行撰述の音義》,東京大學國語國文學會《國語と国文學》,1974年第六號(月刊),至文堂出版。

⑥ 梁曉虹:《四部日本古寫本佛經音義述評》,載張伯偉主編《域外漢籍研究集刊》第九輯,中華書局,2013年7月,第125—144頁。

《寶要抄》中所引内容，正是《大般若經音義》中卷釋第三百八十卷“瀕胝[①]迦寶”内容，衹是“水玉”訛作“水王”，“訛略”省作“訛”。這很有可能是抄寫中出現的問題。

值得引起注意的是：兼意在《大般若音義》前標出作者名爲“信行”。這一點很重要。因爲現存的石山寺本和來迎院皆僅有中卷，且爲殘本，故并無作者名字。故對這兩個古抄本《大般若經音義》的作者日本學者的意見實際上并不統一。主要有兩種説法：其一，以橋本進吉博士[②]爲首的學者[③]認爲是信行。其根據爲以下三點：① 史籍記載信行著有《大般若經音義》及其他音義書，而石山寺所存之古鈔本中卷，與《諸宗章疏録》記載之信行所著《大般若經音義》三卷之卷數相合；② 石山寺本音義古風顯著，可視其爲奈良朝之作；③ 石山寺本音義之和訓爲古語，其萬葉假名之用法亦與奈良時代諸書一致。其二，作者是唐代著名學僧釋玄應。沼本克明、白藤禮幸等學者根據日本史籍中有玄應撰《大般若經音義》三卷之記載，而且石山寺古抄本解説中，全卷之大部由與玄應《音義》非常相似的注文所構成。另外此書之字音注、反切時，將其與玄應《音義》《篆隸萬象名義》相比較，發現其反切有半數或者半數以上一致[④]。而通過《寶要抄》兼意的這一條引用，我們可以確認石山寺所藏古抄本《大般若經音義》正是信行。

5.《法花音義》

案：出現一次。兼意所引爲釋“車□”條：

> 《法花音義》云：牟娑洛楊[⑤]婆，此云車□，青白間也。(471)

經過查檢，可知以上内容取自慧琳《音義》卷二七。但此實際并非慧琳原作，而是其添修窺基《法花音訓》而成。以上所引與《慧琳音義》卷二七稍有不同：

> 車□：牟娑洛揭婆，此云車□，微有青白間色也。[⑥]

---

① 石山寺本二字脱損。此字形取自來迎院本《大般若經音義》中卷。此本書寫時間約晚石山寺本約二百年。

② 橋本進吉：《石山寺藏〈古鈔本大般若經音義〉中卷解説》。《大般若經音義》(中卷)，古典保存會發行，1940年。

③ 其他還有如築島裕、三保忠夫等學者。

④ 參考白藤禮幸：《上代文獻に見える字音宙二ついて(三)——信行〈大般若經音義〉の場合》，《茨城大學人文學部紀要》第4號，昭和四十五年(1970)12月。

⑤ 此應爲“揭”之錯字。

⑥ 徐時儀校注：《一切經音義三種校本合刊》(中)，第971頁。

《慧琳音義》有“微有”二字以及最後“色”字。我們經過調查窺基《妙法蓮華經玄贊》以及智度《法華經疏義纘》等唐代僧人對“車渠”的解釋,皆指“青白間色”而無“微有”二字。所謂“碧色”即 “青緑色”、“青白色”、“淺藍色”。唐代栖復《法華經玄贊要集》卷第十三:“言青白間色等者,青色白色兩中,間色爲碧色……其中青黄赤白黑爲正色,紅紫碧緑不正色也。” 這種“微有”的“不正色”,令人難解。所以我們認爲此處有可能抄録的是窺基原作《法華經音訓》。慧琳改定收進《一切經音義》卷二七時添加 “微有”二字。但是《寶要抄》中的“青白間也”應該是漏寫“色”字,應爲“青白間色”。

6.《法花音訓》

案:出現一次,釋“馬腦”條。此同上引自慧琳《音義》卷二七,即本爲窺基大師《法花音訓》。

以上兼意所標《法花音義》與《法花音訓》究竟是抄録自《慧琳音義》還是直接出自窺基大師《法花音訓》,需要進一步探討。根據築島裕《法華經音義について》一文[①]考察,正倉院文書天平寶字四年的《僧軌耀請書解》以及《增補諸宗章疏録》之〈法相宗章疏〉中皆有《法華音訓》窺基撰的記録。所以兼意所抄資料來源直接來自慈恩大師的撰述也并非没有可能。

7. 曇捷

案:曇捷是隋朝東都洛陽慧日道場沙門,撰有《法華經字釋記》[②],也簡稱《字釋》,但原書在中國本土却早佚不傳。日本僧人中算編纂《妙法蓮華經釋文》時將此書作爲兩大重要基柱之一,故此書的一部分内容以被引用的形式,保留在中算書中。《寶要抄》中“曇捷”僅有一處:

> 同經《尺文》云:《新唐韵》作碑磲,似次玉也。曇捷同之。(472—473)

“同經”指同《法華經》,而《尺文》中“尺”則是“釋”的日本簡化字“釈”之最早形式。[③] 又以上“曇捷同之”一句,《寶要抄》中另起一行單獨抄寫。所以容易被認爲是兼意又參考曇捷《字釋》而爲之。但實際上《妙法蓮華經釋文》原文作:

---

① 載於山田忠雄編:《山田孝雄追憶·本邦辭書史論叢》,東京:三省堂,1977 年,第 873—943 頁。

② 根據岡田希雄《解説》與築島裕《法華經音義について》之考證,日本史籍所記載曇捷除《法華經字釋記》(實際書名亦不止一種,散見於正倉院文書等史料,或爲同一書),尚有《法華經音訓》(二卷)《法華音義》(相好文字所抄引)等專爲《法華經》撰寫的音義書。

③ 筆者在剛完成的《日本亮阿闍梨兼意〈香要抄〉研究》一文中探討過此字。

渠：《新唐韵》作磗渠。美石次玉也。捷公同之。[①]

"曇捷同之"即"捷公同之"，可見應是從《法華經釋文》的間接引用。

8.《法華經釋文》

案：共出現四次。其資料來源是中算的《妙法蓮華經釋文》(也簡稱《法華經釋文》)。

中算，也稱仲算(生卒年不詳[②])爲興福寺僧人，是平安時代著名的法相宗學僧，也是當時傳統學問(承自中國小學訓詁)的傑出代表。中算作爲著名學僧，撰述豐碩，而《法華經釋文》爲其代表作。此書的基本體例是將曇捷的《法華經字釋記》以及窺基的《法華音訓》二音義作爲兩大基柱，"取捷公之單字，用基公之音訓"，并在此基礎上添加諸家註疏釋抄，同時採用《切韵》等書，并加有正誤曲直的辨析與考證。故《法華經釋文》既是同時代日本"法華經音義"的集大成之作，也代表了當時日本訓詁學的最高水平。如《寶要抄》"珊瑚"條下：

《廣疋》云：珊瑚，珠也。《淮南子》云：崑崙山碧樹在北也。高誘云：青石也。《説文》云：生海中也。順憬云：罽賓國出珊瑚也云云。(336—338)

《法華經釋文》的最大特色，就是廣引各類典籍而辨音釋義。以上例中，引有《廣雅》《説文》等辭書和字書，還有《淮南子》一類的道家書及其注。實際上，兼意抄録時還略去了"慈恩云珊瑚，紅赤色石脂似樹形"的内容。慈恩即窺基，所謂慈恩云，即《法華音訓》的内容。

根據佐賀東周(1920)《松室釋文と信瑞音義》[③]一文考證，《法華經釋文》至南北朝曾頗爲流行，然其後亡佚，不知所歸，故佛典疏鈔録等也不見記載。現在公刊的"醍醐寺

① 《大般若經音義》(石山寺本・來迎院本)；《古辭書音義集成》第三卷，東京：汲古書院，1978年，第38頁。

② 吉田金彦《法華經釋文について》一文(京都大學文學部《京都大學國文學會》第21卷，1952年)言其生卒爲936—976年。

③ 載真宗大谷大學佛教研究會編：《佛教研究》第一卷第三號，1920年10月。

本”,實際是近年才發現的。[①] 此音義自被發現以來,從部分公刊到全部複印出版,一直爲學界所矚目。我們可以設想,若《法華經釋文》未被發現,那麽類似兼意的引用就顯得極爲珍貴。而現在我們將引文與原書加以比較考察,對中算所撰音義書以及兼義所著“四抄”等的體例與内容都會有更深入的瞭解與認識。

9. 順憬云

案:《寶要抄》中兩次出現“順憬云”的引用。根據筆者考察,這實際也是間接引用,出自中算《法華經釋文》。

順憬爲新羅僧人,曾入唐爲玄奘弟子。根據宋・釋贊寧《宋高僧傳》[②]卷四《唐新羅國順憬傳》記載,可知順憬在其本國“稍多著述,亦有傳來中原者”,皆應爲“因明”類著述。而有關順憬佛經音義的撰述,却遍查不見有記。但是我們根據《法華經釋文》却可以知道順憬確曾爲《妙法蓮華經》做過“音義”。筆者曾專門做過研究,輯得順憬爲《法華經音義》32 條逸文,并由此探討其原文的大概體例。[③] 考察《寶要抄》中“順憬云”的内容,可以確認的是兼意本人并未見到“順憬音義”,仍屬於從中算《法華經釋文》的間接參考。

10. 行瑫云

案:《寶要抄》中出現兩次“行瑫云”的引用,以上 3《大般若音訓》中已經分析。故根據筆者考察,這實際也是間接引用,即出自真興音義。

行瑫是五代後周僧人,撰有《大藏經音疏》五百餘卷,因早佚不傳,今人難知其貌。但近年來在日本所存資料中不僅發現了殘存的零卷以外,日本古辭書佛經音義也有“行瑫音疏”的内容。除了以上所述及的真興的《大般若經音訓》外,仲算的《法華經釋文》中也多有引用。

如上所述,兼意在《寶要抄》中至少引用了十種佛經音義,儘管有的是間接性的再引用,但都對我們進一步研究古佛經音義提供了不少有價值的信息和資料。

以上十種佛經音義,有的是中國僧人所撰。即使現存,但因兼意所抄録的應是較早的唐寫本,或在奈良朝、平安朝時期抄寫的古寫本,如玄應的《一切經音義》、慧苑的《新譯華嚴經音義》等,它們應該較爲接近這些音義的原貌。另外還值得注意的是:有一部

---

① 因藏於京都真言宗醍醐派總本山醍醐寺三寶院,簡稱“醍醐寺本”。除此還發現另一藏本,藏於天理圖書館,簡稱“天理本”。

② 據范祥雍點校:《宋高僧傳》,中華書局,1987 年,第 72 頁。

③ 梁曉虹、陳五雲:《新羅僧順憬殘存音義考——以〈法華經釋文〉爲中心》;載何志華・馮勝利主編《承繼與拓新:漢語語言文字學研究》(下),商務印書館(香港)有限公司,2014 年,第 38—54 頁。

分佛經音義作者是日僧,甚至還有新羅僧,有的現存,有的却早已散佚,如此,通過對《寶要抄》一類的資料進行考證,對研究佛經音義在海外的發展具有一定的意義。

四、結　　論

《寶要抄》作爲兼意"四抄"之一,其主要特色就是通過廣抄多引佛典資料來詮釋佛門諸寶。本文主要從佛教典籍名稱和引用佛經音義兩大方面進行了研究。通過考察,我們解決了一些被學界忽視,或尚未引起重視的問題,如典籍名、佛經音義逸文等。實際上,從古籍整理的角度,《寶要抄》值得研究的地方還很多,如中日古代本草文獻,如類書等。限於篇幅,我們未能全面展開。而且即使從以上所述及的内容看,有些也還有待於進一步的深入考察。筆者將繼續進一步努力。

(作者爲日本南山大學教授)

附:石山寺藏《寶要抄》

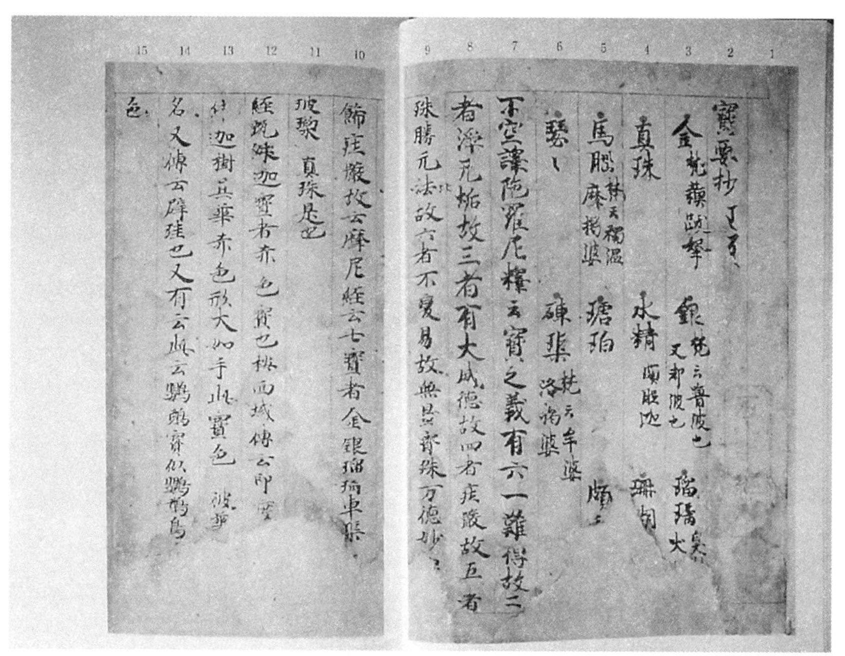

圖一　目録及開篇

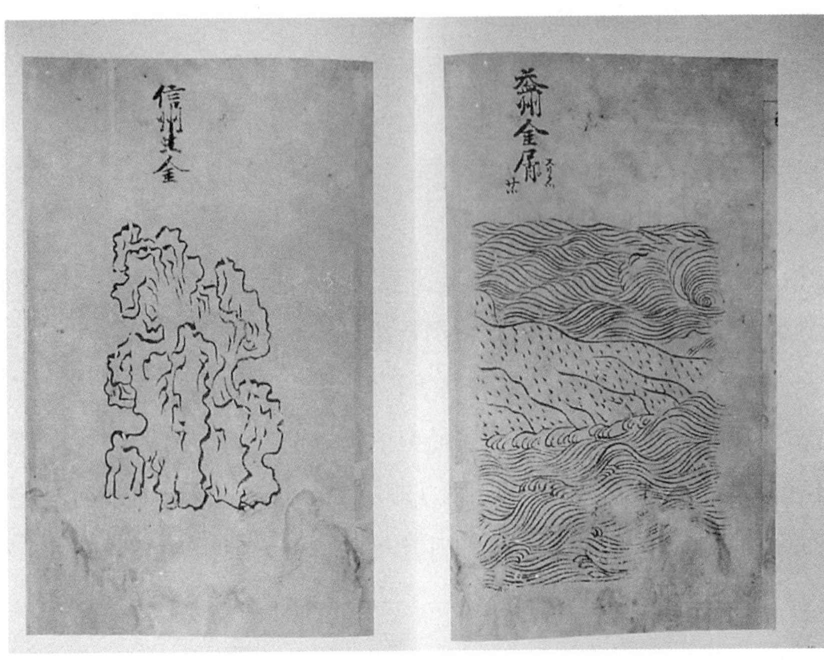

圖二　插圖(益州金屑、信州生金)

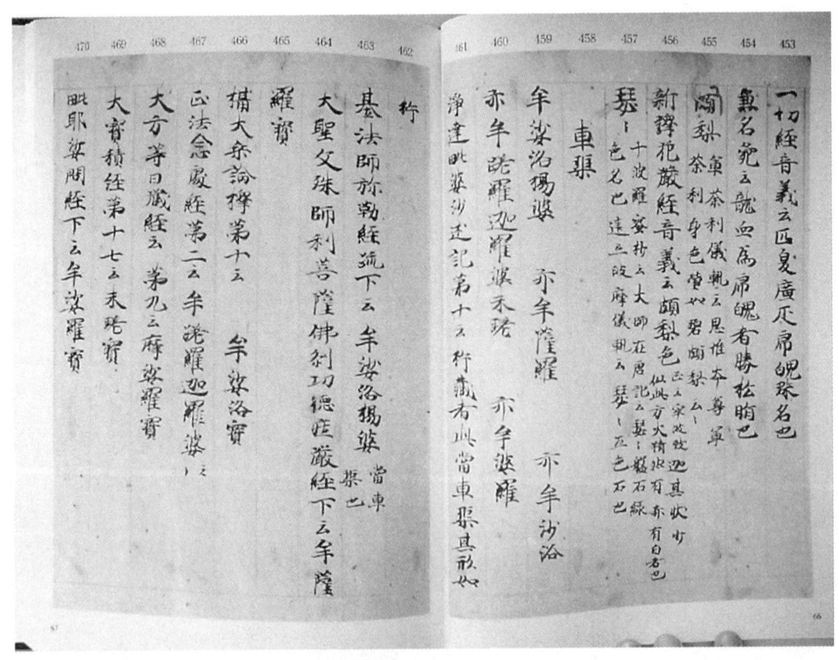

圖三　釋"車□"

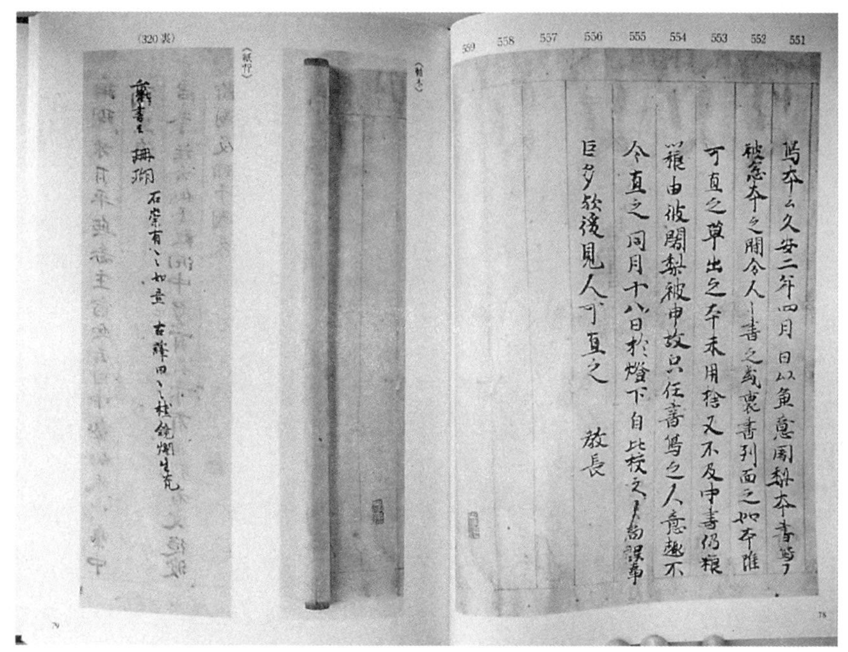

寫本云久安二年四月日以兼意闍梨本書寫了
彼意本之間今人ゝ書之或裏書引出之如本雖
可直之草出之本未用捨又不及中書仍粮
猥由彼闍梨被申故只任書寫之人意趣不
令直之　同月十八日於燈下自比校之了為誤事
巨多歟後見人可直之　敬長

圖四　書末"久安二年"識語

日本古代對策文整理研究中的寫本問題*

——以《經國集》對策文的整理研究爲例

孫士超

關於對策文,《本朝文粹》"文體解説"指出:

> 對策,指由大學寮舉行的最高課程考試——文章得業生試時所使用的文體,包括"問題文"和"答案文"。"問題文"一般稱作"策問","答案文"一般稱作"對策"……(中略)對策文對"文理"、表現性和邏輯性有較高要求。對策文在根據策問文主旨按照古典文理展開議論的同時,行文上多用典故并嚴格按照隔句對的四、六駢體文格式。《經國集》中所收對策文多爲奈良時期的作品。①

與收録平安時代對策文的《本朝文粹》和《本朝續文粹》不同,奈良時代的對策文尚無完整的注釋本問世。② 通行的《經國集》諸版本存在不同程度的文字錯訛等問題。在《經國集》對策文文獻整理中,寫本,尤其是三手文庫本系統寫本具有極爲重要的文獻參考價值。

敦煌本《兔園策府》的發現,不僅爲進一步探討這部早已失傳的唐代科舉類書的東傳及其對日本古代試策文學的影響成爲可能,其在《經國集》對策文文獻整理中的參考價值同樣值得關注。

一、《經國集》諸本概説

作爲保存奈良時代對策文文獻的唯一版本,《經國集》在奈良時代試策文學研究

* 基金項目:國家社科基金重大項目《日本漢文古寫本整理與研究》(14ZDB085)。

① 後藤昭雄:《本朝文粹·文體解説》,《岩波新日本古典文學大系》,東京:岩波書店,1987年,第356頁。原文爲日文,中文爲筆者譯出。

② 平安時代對策文,無論是文獻整理還是研究方面都取得了重要成果,平安前中期對策文的注釋本如柿村重松注《本朝文粹注釋》(東京:内外出版株式會社,1925年)等。

中的價值是不言而喻的。《經國集》卷二十（“策下”）收録奈良時代十三人對策文共計二十六篇，其中策問 24 篇（藏伎美麻吕與船連沙彌麻吕對策的策問相同）。由於《經國集》卷十九的散佚，另外 12 篇策文的原貌今天已無從知曉，因此，《經國集》殘卷卷二十“策下”所收作品成了我們今天研究奈良時代試策文學唯一可供參考的文獻。

1.1　《經國集》的重要寫本

現存《經國集》寫本衆多，其中重要的寫本有：京都上賀茂神社三手文庫本、内閣文庫慶長御本、静嘉堂文庫脅版本等三種。京都上賀茂神社三手文庫本（圖一）内容最善，不失爲《經國集》校勘中的一個善本。據寫本卷二十末“一校了，康永第二之曆夷則初七之夕也”和卷一末“此書蓮華王院寶藏之本也”之識語記載，三手本底本應爲康永（1342—1345）年間蓮華王院藏本。又卷末附有契沖“元禄十一年四月十七日此卷寫竟……”以及“同年八月十六日以契沖闍梨之本寫校并訖 攝之江南住 岑栢”之跋文，據此可知，該本應爲元禄十一（1698）年間由松下見林所書并加點之抄本。

除了山手文庫本外，《經國集》尚存兩種重要寫本，分别爲内閣文庫慶長御本和静嘉堂文庫脅版本。小島憲之氏考證指出，内閣文庫本和静嘉堂文庫本與三手文庫本所據底本相同，屬於不同時期書寫的同一系統的寫本。關於這一系統寫本在《經國集》對策文校釋中的作用，將在後文中詳細叙述。

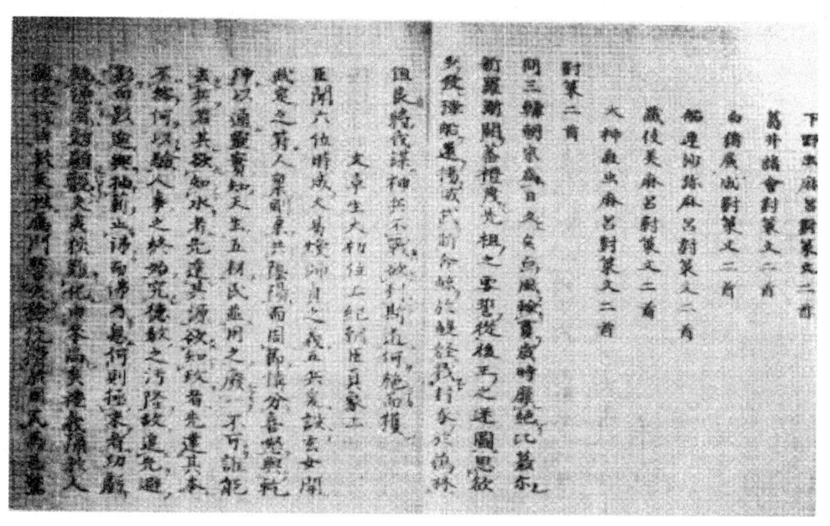

圖一　京都三手文庫本《經國集》卷首

1.2　《經國集》通行本

除了上述三手文庫系統的重要寫本外,《經國集》的通行本在今天欣賞、研究奈良至平安初期的漢詩文(對策文)中發揮着重要作用。所謂通行本也就是《群書類從》本和"古典文學全集"以及"古典文學大系"等所收《經國集》諸版本。現對三個版本《經國集》所著録對策文情況分述如下。

塙保己一編撰的古文獻叢書《群書類從》(圖三)卷百二十五收録《經國集》殘卷共六卷。《群書類從》分神祇、帝王等25個部類,不僅收集古文獻全面,且分類詳細,易於查找,在日本古文獻保存方面具有重要意義。小島憲之氏在分析上代散文包括對策文時,多以其爲底本。但是《群書類從》所收對策文,如前文所述,對於原文的諸多錯訛之處并没有校訂,不乏令人遺憾之處。

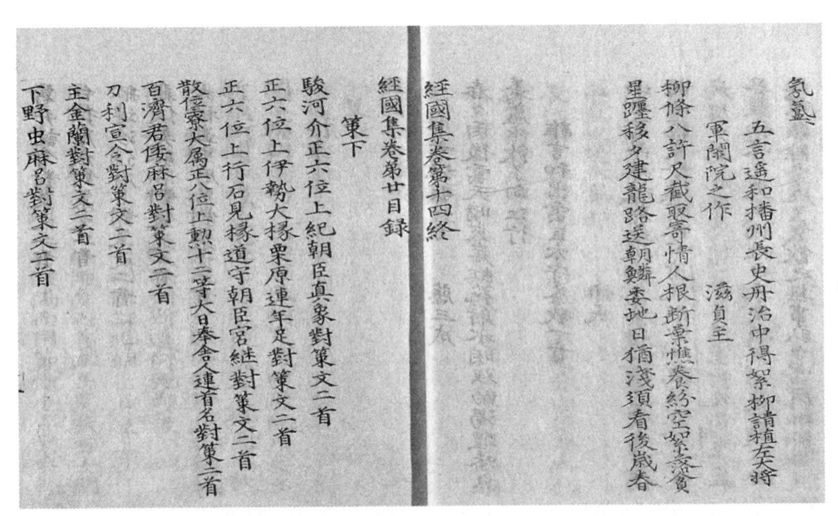

氣氳
五言遥和播州長史冊治中得絮柳請植左大將
軍閑院之作　滋貞主
柳條八許尺截取寄情人根斷棄樵養紛空絮落實
星躔移夕建龍路送朝鱗委地日猶淺須看後歲春
經國集卷第十四終

經國集卷第廿目録
策下
駿河介正六位上紀朝臣真象對策文二首
正六位上伊勢大掾粟原連年足對策文二首
正六位上行石見掾道守朝臣宮継對策文二首
散位寮大属正八位上勲十二等大日奉舍人連首名對策文二首
百濟君倭麻呂對策文二首
刀利宣令對策文二首
主金蘭對策文二首
下野虫麻呂對策文二首

圖二　明治八年版《群書類叢》所收《經國集》卷第二十目録

另外兩部通行的《經國集》版本一爲與謝野寬、正宗敦夫等編纂,日本古典全集刊行會於大正十五年(1926)刊行的《日本古典全集》第一回,其中收録了《懷風藻》《凌雲集》《文華秀麗集》《經國集》以及《本朝麗藻》等五部平安時代初期編撰的漢詩文集。據集前所附"解題"可知,該集所據底本爲《群書類從》本,另外編者在"解題"中指出,"文中以'ィ'标注部分爲對塙保己一附注的直接引用",而加"云云"者爲編者的"补注"①等。儘管編者

① 與謝野寬、正宗敦夫等編:《懷風藻 凌雲集 文華秀麗集 經國集 本朝麗藻》,東京:日本古典文集刊行會,1926年,第7頁。

聲明加入了"補注"部分,但是考諸原文,實際上,至少卷二十對策文部分并没有加入編者"補注"的例子,古典全集本《經國集》基本可視爲對底本的原版照録。

在"日本古典全集"出版不久,由國民圖書株式會社於昭和二年(1927)編輯發行了《日本文學大系》第二十四卷,該書同樣收録《經國集》卷20中的對策文。雖然同樣以《群書類從》本爲底本,但與"古典全集本"不同的是,"文學大系本"除了在原文中直接徵引塙保己一的附注外,亦對《群書類從》本的疏漏之處進行了訂正。兹引下毛蟲麻吕對策文(原文較長,只引開頭部分)予以説明:

> 對:竊聞砂石化爲珠玉,良難可以療饑;倉囷實其①拞京,唯易②迷以濟命。是知寫圖而前,猶事血飲;調律而後,誰不食穀。自太公開九府之制,管父通萬鍾之式。龍文錯於郭裏,龍册入於幣間。白金驰③其奸情,朱④仄竞其濫制。……

對於引文中标注下劃線部分,古典全集本以旁注"ィ"的形式分别注爲①址②逮③无④亥,即原文①中"拞"当爲"址",②处的"迷"当爲"逮",③处的"其"当爲衍字,④处的"仄"應爲"亥"等。這與所據底本相同。而文學大系本對①②④三處直接在原文中進行了訂正,對於③處的"其"爲衍字的説法則没有採納。可見,文學大系本在録文上與《群書類從》本和古典全集本相比前進了一步。除了在録文上的改進外,大系本還在"頭注"中對重要的詞句進行了注釋。但是,大系本在録文中亦有一些遺憾,比如,第(17)(據《經國集》目録順序,筆者注)葛井諸會對策的策問中"仁智信直,必須學習。以屏其暉,乃顯精暉"一句中,第一個"暉"字當爲"弊",大系本應當是受到下句"乃顯精暉"的影響,從而導致錯録。

作爲重要的"流佈本",可以説這三個版本成爲今天欣賞、研究奈良時代對策文的重要參考文獻。但正如前文所示,三個通行本同屬一個系統,"日本古典全集"本和"古典文學大系"本均以《群書類從》本作爲重要參考底本,二者雖然力圖對底本原文進行校訂,但是不同程度地存在一定的疏漏之處。由此,要整理出一個《經國集》對策文的定本,僅靠這三個版本是遠遠不夠的,還必須參校其他版本,尤其是一些重要的寫本。

二、三手文庫本在《經國集》校釋中的地位

前面已經提到,三手文庫本爲現存《經國集》的少數善本之一,其在奈良時代策文文

獻的校讎整理中具有極高的參考價值。下面從三個方面分别舉例説明。

首先,三手本在糾正通行本文字訛誤等方面具有重要參考價值。天平三年(731)五月八日船沙彌麻吕"賞罰之理"對策文中"虞舜徵用,舉元凱而竄四凶;姬旦攝機,封畢邵而討二叔"一句中的"徵"字,通行本系的古典全集本和群書類從本均作"微"。原文中的"畢"字,群書類從本、古典全集本、文學大系本則寫作"皋"字,根據文意,"微"和"皋"顯然不正確,屬於寫本整理中常見的"形近而訛"("征""畢"的繁體字"徵""畢"與"微""皋"字形相近)的例子。但是這兩個字在三手本系諸本中則分别書寫爲"徵"和"畢",可以校訂通行本的錯誤。

《經國集》卷首紀真象"治禦新羅"策文中"傾蕞爾新羅,漸闕藩禮"一句中"蕞爾"的"蕞"字,通行本系的群書類從本和文學全集本録作"藂",三手本系則爲"蕞"。究竟是"蕞爾"還是"藂爾"呢?"藂"爲"叢"的俗字,亦可寫作"菆"(《新漢語林》《古代漢語詞典》)。但"傾藂爾新羅,漸闕藩禮"的説法語義不通。實際上,此處的"藂"乃"蕞"之訛,"蕞爾"語義爲"小",爲輕蔑説法。《文選》卷三十七陸士衡《謝平原内史表》:"蕞爾之生,尚不足吝。"李善注:《左傳》子産曰"諺云,'蕞爾之國',杜預曰:'蕞,小貌也。'"原句改爲"傾蕞爾新羅,漸闕藩禮",則語義通順。需要説明的是,通行本的文學大系本則從三手本糾正了群書類從本和古典全集本的錯誤,這從另一方面説明文學大系本在以群書類從本爲底本的同時,參校了三手系諸本的可能性。

類似三手本系寫本糾正通行本文字錯訛的例子在《經國集》對策文中還有很多,再舉一例以説明之。《經國集》卷二十神蟲麻吕的"禮法兩濟"對策起始一句通行諸本皆作"竊聞孝子不遺,已著六藝之典",而三手本系諸寫本則作"匱"。顯然,"遺"當爲"匱"字之訛,"孝子不匱"語出《詩・大雅・既醉》:"孝子不匱,永錫爾類。"朱熹《集傳》:"類善也,……孝子之孝城而不竭,則宜永錫爾以善矣。"上述三個例子充分説明,在糾正通行本文字訛誤方面,三手本系列寫本具有重要的參考價值。

其次,通行本中的一些闕字亦可以通過三手本進行補正,試舉一例。同爲船沙彌麻吕"賞罰之理"對策文的策問文中"或有辜而可賞者,或有功而可辜也"一句中,第二個"而"字爲根據三手本所補,通行本的三個版本均闕此"而"字。根據對策文大量使用對句的原則,通行本顯然漏掉了第二個"而"字,而三手本正好彌補了通行本的這一闕字。

第三,在校正通行本的錯簡、誤植等方面,三手本同樣具有重要的參考價值。仍以船沙彌麻吕"賞罰之理"對策文爲例,群書類從本在"舉元凱而竄四凶"的"元"字和

“凱”字之間混入了十五行（如圖三所示）白豬廣成的對策文。對於這一嚴重的誤植，古典全集本和文學大系本均原文照録。參校三手文庫本《經國集》寫本，可以糾正通行本的這一嚴重誤植。

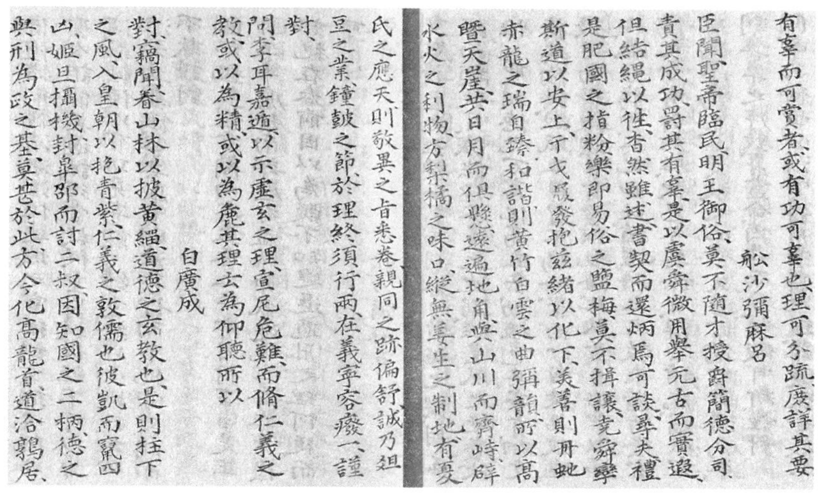
有辜而可賞者、或有功可辜也、理可分疏、庶詳其要
船沙彌麻呂
臣聞聖帝臨民、明王御俗、莫不隨才授爵、簡德分司、
責其成功、罰其有辜、是以虞舜徵用、舉元古而實遐、
但結繩以往、杳然難述、書契而還、炳焉可談、尋夫禮
是肥國之指揆、樂即易俗之鹽梅、莫不揖讓、堯舜擊
斷道以安上、干戈發挹茲緒以化下、美善則冊虵
赤龍之瑞自臻、和諧則黃竹白雲之曲彌韻、所以高
暨天崖、共日月而俱懸、遠遍地角、與山川而齊峙、辟
水火之利物、方梨橘之味口、縱無妄生之制、地有憂
氏之應天、則敬異之旨悉卷、親同之跡偏舒、誠乃俎
豆之業、鐘鼓之節、於理終須行兩、在義寧容廢一、謹
對、
問、李耳嘉遁、以示虛玄之理、宣尼危難、而脩仁義之
教、或以為精、或以為麁、其理云為、仰聽所以
白廣成
對、竊聞眷山林以披黃緇、道德之玄教也、是則拄下
之風、入皇朝以抱青紫、仁義之敦儒也、彼凱而竄四
凶、姬旦攝機、封阜邵而討二叔、因知國之二柄、德之
與刑、為政之基、莫甚於此、方今化高龍首、道洽鶉居、

圖三　《群書類從》船沙彌麻吕“對策文”

注：從右頁第四行第十七字“古”到左頁第八行第十六字“彼”，計十五行爲混入的白廣成策文。

通過以上的分析可知，在諸多《經國集》寫本中，京都三手文庫本在奈良時代策文文獻整理中具有重要的參考價值。小島憲之氏在《上代日本文學與中國文學》的“對策文”一節中，亦把三手文庫本作爲了重要的參校本。① 可以斷定的是，三手文庫本爲目前所知《經國集》的較爲完善的寫本，在通行本對策文原文校勘方面具有重要的文獻參考價值。

三、敦煌本《兔園策府》與《經國集》策文整理

上面舉例説明了三手文庫本等寫本在《經國集》對策文整理、尤其是在糾正通行本文字錯訛等方面的文獻價值。在《經國集》對策文整理過程中，筆者除了參校以上日藏《經國集》相關寫本外，還參閱了敦煌本《兔園策府》，發現這一寫本在上代對策文整理和試策文學研究中具有獨特的文獻價值。

① 小島憲之：《上代日本文學與中國文學（下）》，東京：塙書房，1965 年，第 1441 頁。

現存敦煌寫本《兔園策府》殘卷,編號分别爲S. 614、S. 1086、S. 1722 和P. 2573,共四卷。四卷寫本經郭長城、周丕顯、鄭阿才、王三慶等諸位先生綴合校補,[①]爲已知《兔園策府·卷第一并序》的較爲完整的寫卷,保留了書名、卷次、作者和序文等信息以及"辨天地"、"正歷數"、"議封禪"、"征東夷"、"均州壤"等五條問對。爲進一步探討《兔園策府》與日本試策文學的關係提供了文獻基礎。

3.1 《兔園策府》與《經國集》對策文整理

儘管敦煌本《兔園策府》殘卷今僅存"序"及卷第一所收五篇對問,但僅從這爲數不多的内容中我們就可以發現不少可對《經國集》對策文文獻整理提供參考的例子。下面據筆者管見略舉數例以説明之。《經國集》卷二十神蟲麻吕對策文二首之二對文:

> 當今握褒禦俗,履翼司辰。風清執象之君,聲軼繞樞之後。設禹麾而待士,坐堯衢以求賢……

引文"設禹麾而待士,坐堯衢以求賢"對句中"禹"的"麾麾"字,通行本系統的群書類從本、文學全集本以及文學大系本均録作"虞"。而與三手文庫本同系統的神宮文庫本則寫作"麾"字。那么,對句中究竟該是"禹麾"還是"禹虞"呢?

小島氏認爲作"虞"時,"禹虞"當解作"帝夏禹"和"帝堯有虞氏",這樣一來,二者組成的連語與前面的"設"不通。據此,小島氏認爲應從神宮文庫本的"麾"字。"麾"意爲軍旗、指揮旗。小島氏的見解完全正確,但他并未有找出"禹麾"一詞的出典依據。實際上,"禹麾"一詞的用法也確實不見於《文選》《藝文類聚》等小島氏在考釋《經國集》對策文時所主要依據的中國典籍。考諸敦煌本《兔園策府》殘卷,在其《序》中出現了"執禹麾而進善,坐堯衢以訪賢"的對句用法。不僅"禹麾"一詞中"麾"字用法可以校正日本通行諸本的文字訛誤,在句意上以及句式上亦與神蟲麻吕對文"設禹麾而待士,坐堯衢以求賢"異曲同工,尤其是對句之後半句,神蟲麻吕只是將"求賢"改爲了"訪賢"而完全照搬。同爲神蟲麻吕該對文之第一段,同樣提供了了解《兔園策府》在校訂對策文

---

① 詳見郭長城:《敦煌寫本〈兔園策府〉叙録》,《敦煌學》第八輯,1984 年 7 月,第 47—63 頁。《敦煌寫本〈兔園策府〉佚注補》,《敦煌學》第九輯,1985 年 1 月,第 83—106 頁。周丕顯:《敦煌古鈔〈兔園策府〉考析》,《敦煌學輯刊》,1994 年第 2 期(總第 26 期),第 17—29 頁。鄭阿才、朱鳳玉:《敦煌蒙書研究》,蘭州:甘肅教育出版社,2002 年,第 265—274 頁。王三慶:《敦煌類書》(上、下),臺北:麗文文化事業有限公司出版,1993 年,第 117—119 頁。

文字訛誤中的價值的例子：

> 對：竊以逖覽玄風，遐觀列辟。……焕焉在眼，若秋旻之披密雲；粲然可觀，似春日之望花苑。

首先，上段引文中的"若秋旻之披密雲"一句中"秋旻"一詞的"旻"字，通行本均訛誤爲"昊"，而三手文庫本作"旻"。此處究竟應當爲"秋旻"還是"秋昊"呢？《初學記·歲時部·夏》："梁元帝《纂要》曰：'天曰昊天。'"可見《初學記》中"昊天"是作"夏天的天空"解的。案，此處當作"旻"，旻，意爲"天空。秋天的天空"之意。《爾雅·釋天》："秋爲旻天。"小島憲之引仲雄王《重陽節神泉苑賦秋可哀應制》："高旻淒兮林藹變，厚壤肅兮山發黃"詩指出，"高旻"、"秋旻"的用法未見於六朝、唐詩，因此，斷定"秋旻"、"高旻"的用法應爲日本的"造語"（《國風暗黑時代的文學補篇》，第479頁）。小島氏這一説法應當不確，如陶淵明《自祭文》"茫茫大地，悠悠高旻。"詩句中已經出現了"高旻"的用法。

"旻"字在《文選》中出現兩例，其一爲卷二十六謝靈運《永初三年七月十六日之郡初發都》"秋岸澄夕陰，火旻團朝露。"注引《爾雅》曰："秋爲旻天。"又注引《毛詩》曰："野有蔓草，零露團兮。"其二爲卷五十七謝希逸《宋孝武宣貴妃誄》"慟皇情於容物，崩列辟與上旻。"誠如小島氏所言，這些用例中均没有出現"高旻"、"秋旻"的用法。敦煌本《兔園策府》殘卷之《辨天地》"對宵景以馳芳，概秋旻而發譽"一句中使用了"秋旻"一詞。《兔園策府》的這一用例首先證明了三手本系寫本爲善本的推斷，其次，説明了敦煌本《兔園策府》在對策文文獻整理中的文獻價值。

需要順便指出的是，上段引文中首句"逖覽玄風，遐觀列辟"的對句中，"逖覽……""遐觀……"的句式結構在漢籍中多有使用，如初唐駱賓王《對策文三道》"遐觀素論，眇觀玄風"等。《懷風藻·序》"逖聽前修，遐觀載藉"以及"逖聽列辟，略閲縑緗"（清原夏野《上令義解表》）等上代日本文獻中亦不乏用例。這些用例大概均受到《文選·序》"式觀元始，眇睹玄風"類句的影響。需要指出的是，敦煌本《兔園策府》殘卷之"議封禪"對文中亦有"眇觀列辟，擬議者多人；逖覽前王，成功者罕就"的類句。以上用例説明，在對策文中此類用法似乎更爲普遍，奈良時代的律令官人在對策時也許正是參考了這些中國典籍中的類句。

3.2　《兔園策府》與日本古代試策文學研究

小島憲之氏指出，敦煌本《兔園策府》曾被奈良時代的學人利用，成爲他們寫作對策文的參考[①],但小島氏并没有從奈良對策文作品中找出具體的例證。王曉平先生考證指出,刀利宣令對策文“設官分職”的結尾部分“東游天縱,猶迷兩兒之對;西蜀含章,莫辨一夫之問。至於授洪務,維帝難之。況乎末學淺志,豈能備述”。除了在個别字句上有所改變外,實際上是對《兔園策府》卷首“辨天地”結尾部分“夫以東游天縱,終迷對日之言;西蜀含章,競詘蓋天之論。前賢往哲,猶且爲疑,末學庸能,良難備述”的改頭换面。[②]

誠如二位先學所言,《兔園策府》成書後不久即傳入日本,在日本科舉試策中發揮了重要作用。[③] 宋代以後,《兔園策府》在中土失傳,直至敦煌本的發現,使該書之一部得以重見天日,其與日本古代試策文學之關係的研究勢必將引起學界關注。現就敦煌本《兔園策府》與日本試策文學研究中的若干問題略陳薄見,以求教於大家。

通過前面對“禹麾”“秋旻”的考證和諸如“逖覽……”,“遐觀……”等類句的分析,不僅説明了《兔園策府》在對策文文獻整理中的價值,同時説明對策文創作中接受《兔園策府》影響的可能性。當然,除了在某些句式上的模仿外,還可以從多方面考察《兔園策府》之於上代對策文的影響。

現存敦煌本《兔園策府》殘卷卷第一所保存的辨天地、正歷數、議封禪、均州壤、征東夷等五篇篇目,不僅是唐王朝所關心的核心話題,可以説也是中國歷代封建王朝所共同關心的問題,因此,作爲太宗之子蔣王僚佐的杜嗣先,在奉命編撰《兔園策府》以作爲參與科舉考試的士子參考之用時,將上述封建王朝所關心的問題擬作考試題目編入集中,也就不難理解了。

日本貢舉試策模仿唐制,這些中國封建王朝所關心的話題自然也會進入日本律令時期科舉考試的策題之中,尤其是《經國集》所收時務策當中,均是關於所謂治國要務的題目。比較《經國集》時務策和《兔園策府》卷第一之議題,可以發現二者不乏相似之處。如《經國集》卷二十菅原清公問、栗原年足對之“天地始終”“宗廟禘祫”與《兔園策府》卷第一之“辨天地”“議封禪”,《經國集》卷二十紀真象之“治禦新羅”與《兔園策府》之“征東夷”。僅僅是所存五篇之中就有三篇與《經國集》時務策題目相同或者議題相關。這除了説明唐日科舉試策在所關心議題方面的相似之外,還表明《兔園策府》之類

① 小島憲之:《上代日本文學與中國文學——以出典論爲中心的比較文學考察》,1988年,第1439—1440頁。
② 王曉平:《日本奈良時代對策文與唐代試策文學研究》,《中西文化研究》(12),2009年,第84—95頁。
③ 關於《兔園策府》的成書及東傳,參見葛繼勇:《〈兔園策府〉的成書及東傳日本》,《甘肅社會科學》,2008年5期,第198頁。孫士超:《奈良平安時代試策文學研究》第五章第二節《〈兔園策府〉與對策文》,天津師範大學博士論文,2015年5月。

的科舉類書在日本試策題目的擬定中所具有的參考價值，也間接證明了《兔園策府》傳入日本後極有被作爲官私學校教科書而被傳抄傳誦的可能性。[①]

《兔園策府・序》中對歷代對策文的優劣得失進行了批評，認爲劉君（漢武帝）、董仲舒、孫弘、杜欽、馬融等人對問"文不滯理、理必會文，消諛論以正辭，剪浮言而體要"。而自魏晋以後、齊梁已還，"文皆理外之言，理失文中之意"。杜嗣先認爲這樣的對策文風"乖得賢之雅訓"，自然不能達到選拔真正人才的目的。杜嗣先對歷代策文文風的評價實際上也反映了其編撰《兔園策府》的目的，那就是糾正魏晋以後、齊梁以還科舉試策中所崇尚的浮豔、奢華文風，主張科舉試策應該回歸到先代"文理兼備"的文風中去。

《兔園策府・序》所展現的對前朝文風的批判態度以及杜嗣先"文理兼備"的文學觀亦爲平安初期文學家所接受。[②] 關於這一點，我們可以從都良香策判中有關策文"文"、"理"的評價和《兔園策府・序》中對這一問題的主張進行比較分析中得知。

都良香在《評定文章得業生正六位下行下野權掾菅原對文事》中指出"若理失通允之次，則文無依託之方"，也就是説"理"以"文"爲依託，"文"一旦失衡，"理"也就無從談起。接下來，在《評定文章生從七位上菅野朝臣惟肖對策文第事》中對惟肖對文作出"駢枝有損於翰林，附隸不除於文體"的酷評。并標明其"言貴在約，文不敢多。善合者爲難，過繁者爲易"的觀點。

從都良香"駢枝有損於翰林，附隸不除於文體"批判角度來看，他與杜嗣先乃至唐初史學家等對前朝文風的鞭撻着眼點是一致的。而其所主張的"文貴在約、文理相托"的觀點，也正是對《兔園策府・序》"文不滯理、理必會文"觀點的繼承。

四、結　　語

以上重點分析了《經國集》的重要寫本——三手文庫本在奈良時代對策文文獻整理中的重要作用。《經國集》的通行本在文字訛誤、闕字以及錯簡、誤植等方面問題較多，在糾正通行本這些訛誤方面，三手文庫本内容最善，具有較高的文獻參考價值。

《兔園策府》成書後不久即傳入日本，在日本科舉試策中發揮了重要作用。由於《兔園策府》在中土早已失傳，其與日本古代試策的關係長期不被學界關注。隨着敦煌

① 那波里貞：《唐代社會文化史研究》，東京：創文社，1974 年，第 217 頁。

② 王曉平先生通過對《經國集・序》的分析指出，唐初史學家在文風上調和南北、崇尚實用的主張，亦爲平安初期的文學家所繼承，相關論述參見王曉平：《亞洲漢文學》，天津人民出版社，2009 年，第 87 頁。

本《兔園策府》的發現,使該書之一部得以重見天日,其與日本古代試策文學關係的研究自然被提上議事日程。

敦煌本《兔園策府》除了在對策文文獻整理中的價值外,其所反映的文章觀亦爲平安初期文學家繼承并進而影響着日本的對策文創作。

(作者爲河南師範大學外國語學院副教授,文學博士)

《本朝文粹》現存寫本研究*

于永梅

一、序　言

日本人模仿中國的漢字而創作的文學作品統稱爲日本漢文學，其中以平安時代爲主的12世紀末以前的文學作品稱爲日本古代漢文學。日本歷史上用漢文書寫的文學作品，屬於亞洲漢文學的整體範疇，是域外漢文文獻的重要組成部分。它們既是中國古典文學研究的新材料，也是中國比較文學研究特有的課題。由於很多漢文學作品没有得到印本流傳的機會，僅以手稿傳留下來，所以至今整理出版的作品僅占很小的比例。在諸多資料面臨散逸滅絶危險的今天，加緊對其搜集整理，迫在眉睫。

《本朝文粹》是日本平安時代仿照我國《唐文粹》(百卷，1011年成立)編撰的一部漢文經典選集，完成於11世紀中葉(1058年前後)，其在文學史與思想史上的地位略同于我國《文選》，是日本古代漢文學中最具有代表意義的漢文學總集，是研究我國文學在日本傳播與影響的最重要的資料之一。

本文就以《本朝文粹》現存寫本中被認爲是最善最古老的身延山久遠寺(鐮倉時代建治二年，1276)寫本爲主要考察對象，整理分析《本朝文粹》諸本的情況，爲下一步分析《本朝文粹》寫本釋録中存在的問題，論證域外漢文學文獻對於漢字漢語、典故以及校勘研究可提供的新的思考空間打下基礎。由於寫本的脆弱性和保存的難度，今天它們正處於日漸消失的危機之中，加強對這些寫本的研究，不僅是這些國家學者的事情，也是中國學者迫在眉睫的任務。

*　基金項目：國家社科基金項目《日本古代漢文集〈本朝文粹〉校勘研究》(16BWW024)

二、成立、編者、内容、價值

《本朝文粹》14卷。書名模仿了北宋真宗大中祥符四年(1011,一條天皇寬弘八年)由姚鉉編撰的唐代詩文集《唐文粹》100卷。"本朝"指日本,"本朝文粹"即"集日本文筆之精華"之意。收録了自平安時代前期的嵯峨天皇弘仁年間(810—823)至中期的後一條天皇長元三年(1030)間,共17代200餘年間漢詩文的精華,由賦、詩、對策、表、奏狀、序、願文等39種文體共432篇作品组成。共有作者70餘人,主要包括大江匡衡、大江朝綱、菅原文時、紀長谷雄、菅原道真、源順、大江以言等人,多爲宇多、村上、一條天皇等漢文學繁榮期的代表人物。作品的風格以駢儷體美文爲主,兼收述懷的抒情文、平易的記録文、猥俗的滑稽文等多種多樣的作品。通過一部《本朝文粹》,可以通覽整個平安朝的漢文學世界。其中收録的作品,都直接間接地受到了中國文學的影響。

《本朝文粹》書中没有序跋,也没有注明編撰者姓名,只是在鎌倉時代成立的《本朝書籍目録》[①]中記載爲藤原明衡所撰。明衡是文章紀傳家的式家出身,一條天皇永祚元年(989)出生,父親是文章博士藤原敦信。明衡繼承家學,成爲文章生,精通和漢之書,并鑽研佛典,擅長寫詩作和歌,大大發揚了家學傳統,於後冷泉帝天喜四年(1056)任式部少輔,康平5年(1062)任文章博士,第二年兼任東宫學士。[②] 著有《新猿樂記》《明衡往來》《本朝秀句》等作品,《本朝續文粹》中收録其作品20數篇,九條家本佚名漢詩集收録10數篇,《本朝無題詩》收録40余首,其餘《朝野群載》《本朝遺文》中也收録了其詩文作品。

明衡雖在文章寫作中名聲大震,碩學累累,但官位却停滯不前,七十餘歲才被授予從四位下,治曆二年(1066)七十八歲去世。其子敦基、敦光都成爲文章博士,家學一直興盛,敦光是與大江匡房齊名的平安時代後期的漢文學佼佼者。

明衡編撰本書的成立年代不明,據所收録詩文中明確的年代記載,最晚是卷十一户部尚書齊信的《後一條院御時女一宫御著袴翌日宴和歌序》的長元三年(1030)十一月二十一日,當時明衡42歲。由此可以推測本書的編撰應於此時間之後,也就是明衡學業有成官位晉升名聲確立的壯年以後接近晚年的時期,即天喜康平年間(1053—1064)。[③]

---

① 《本朝書籍目録》,京都:長尾平兵衛,寬文十一年(1671)。

② 黑板勝美:《國史大系 尊卑分脈 第二編》,東京:吉川弘文館,1987年。

③ 《身延山久遠寺藏重要文化財 本朝文粹》,東京:汲古書院,1980年。附阿部隆一解題《本朝文粹傳本考》。

《本朝文粹》收録的詩文共分39個門類,各門類下還有細分。書名取自姚鉉《唐文粹》,分類則效仿《文選》。同時還收録了日本特有的佛教願文等,反映了日本當時社會形勢的需要。《本朝文粹》也是日本最早的四六駢儷文範文選集,其中不少的公文書成了典章制度參考的先例。《本朝文粹》所收的作品大多是平安前期的宇多、醍醐以及平安後期的村上、朱雀、一條天皇時代的作品。《本朝文粹》收録當時盛行的詩作極少,絶大部分都是文章,其中收録作品數最多的門類是序,156篇,其中詩序139篇,占全書作品數的三分之一。其次多的是辭去攝關大臣等内容的表,46篇;爲申請官爵等内容的奏狀,37篇。然後是願文、諷誦文等《文選》中没有的佛事相關的門類。

在《本朝文粹》編撰的平安後期,漢學雖有逐漸衰退的趨勢,但漢學是在朝爲官之人必備的學識素養,大到詔敕政務,小到私用日記書簡,均以漢文來書寫是基本原則,這一習慣一直延續至室町末期。但當時的漢文并不滿足于達意這一實用性,而是注重使用出典以及對句這一技巧的四六駢儷文。在旺盛的創作力衰退的情況下,往往執著於美詞麗句的浮華形式、致力於模仿範文摘録秀句的虚假粉飾,其結果就導致人們迫切需要作詩作文用的參考書。文章寫作的體裁若僅局限于學藝領域的話,以《文選》爲首的中國名家詩文集以及類書等就已足夠,但所要求的文章涉及整個政務以及日常交際等實務性、實用性文章的話,那些與自己國家風俗習慣文物都不同的外國範文就不能滿足於人們的要求,因此就迫切需要有符合日本本國現實的文章作爲規範。而《本朝文粹》的編撰,不僅注重在文學美學意義上獲得評價,而且有意網羅當時各種日常實務文例的意圖也非常明顯。《本朝文粹》中幾乎没有收録平安前期之前的名作,正是因爲這些作品已收録在先行的敕撰集以及私家集中的緣故。而《本朝文粹》收録了以日本政治社會宗教學藝各領域爲題材的四六駢儷文集中出現的平安前期之後的文章,正符合了本書的編撰方針,也形成了本書的特色。《本朝文粹》的書名也恰好體現了這一宗旨。

《本朝文粹》的編撰正合時宜,其内容也順應了當時社會的形勢需求,因此對之後的日本文學産生了巨大的影響,其影響範圍不僅局限于漢詩漢文,還涉及與漢字漢文學有著無法割捨之緣的和歌、國文、朗咏等領域,其影響事例不勝枚舉。《本朝文粹》中的對句受到後人的鑑賞接受,并通過朗咏説教等方式向社會進行了廣泛的傳播與滲透。《本朝文粹》收録的文章中有很多只出現於本書中,可以説《本朝文粹》是日本漢文學的基本文獻。而且收録的文章涉及政治、社會、藝文、宗教的實務事蹟,因此《本朝文粹》作爲平安時代的史料也擁有不可或缺的價值。

三、傳存諸寫本

11世紀中期編寫的《本朝文粹》初次刊刻本是寛永六年(1629)的木活字本,之後是在此基礎上,於正保五年(1648)刊刻了附有重校訓點在内的整版刊本,并得以廣泛流傳。與其他古書相比,《本朝文粹》的古寫本數量衆多,在到達刊行本的600年間,經過了多次的轉寫,導致産生了訛脱,并派生出多個異本。近世初版本以前的傳存古寫本,除了身延山久遠寺藏鐮倉鈔本以外還有很多,由此可見本書在當時受重視的程度。但是,除了身延山系統的諸本以外,其他的古寫本却多爲殘缺本。

傳存諸寫本整理如下:

1. 宫内廳書陵部藏平安末至鐮倉初期間書寫 存卷六(首二篇缺) 一卷
2. 成簣堂文庫舊藏御茶水圖書館現藏平安末至鐮倉初期間寫 存卷七 一卷
3. 真福寺藏建保五年(1217)寫 存卷一四 一册 重文
4. 真福寺藏弘安三年(1280)寫 存卷一二、一四(各首等缺) 二卷 重文
5. 神田喜一郎氏藏寛喜二年(1230)寫 存卷六 一卷 重文
6. 稱名寺藏神奈川縣立金澤文庫保管建治三年(1277)寫 存卷一(有缺) 一帖
7. 梅澤紀念館藏正安元年(1299)寫 存卷一三(首缺) 一卷 重文
8. 醍醐寺藏延慶元年(1308)寫 存卷六(首缺) 一卷 重文
9. 高野山寶壽院藏鐮倉寫 存卷六(有缺) 一卷
10. 天理圖書館藏鐮倉寫 存卷一三(有缺) 一卷
11. 猿投神社藏鐮倉寫 存卷二 一册
12. 猿投神社藏室町初寫 存卷六、卷一三(有缺) 一册
13. 猿投神社藏鐮倉寫 存卷一三(殘卷) 一卷(*卷一三前九篇)
14. 猿投神社藏鐮倉寫 存卷一三(殘卷) 一卷(*卷十三後半部分)
15. 猿投神社藏鐮倉寫 存卷一三(首尾缺) 一帖
16. 金剛寺藏鐮倉寫 存卷一三(殘卷) 一册
17. 保阪潤治氏舊藏鐮倉寫 存卷二 一卷
18. 菅孝次郎氏藏鐮倉寫 存卷二(首尾缺) 一卷
19. 國立國會圖書館藏明應八年(1499)三條西實隆寫 存卷六 一册

20. 國立國會圖書館藏室町後期寫 存卷六(後半缺) 一册
21. 静嘉堂文庫藏近世初寫 一四卷 八册

作爲異本有名的是:

1. 石山寺藏鐮倉初寫 存卷六等 一卷 重文
2. 大河内海豪氏藏鐮倉前期寫 存卷一三、一四 六卷 重文

四、身延本

身延本屬於上述通行本的舊寫本系列,是日本傳本中優秀的古寫本。可以説是傳承至近世初期的所有完本的最古祖本,也可以説是《本朝文粹》現流佈本的原本。

身延山久遠寺藏建治二年(1276)寫 一四卷(缺卷一) 一三卷 清原教隆加點重文①

此本原裝爲卷子本,室町時代爲了便於讀習改成摺本裝,昭和三十三年經重要文化財指定之後,進行修補後又復原成卷子本。紙張使用的厚楮紙,一紙約 28.7×40.5 厘米。每卷卷首題有"本朝文粹卷第幾",緊接着是目録和正文,每卷卷末在本文後間隔一行,題有"本朝文粹卷第幾"。每卷首題前和卷十四卷末有書寫於室町時期的"甲州身延山久遠寺公用"字樣。每紙畫有烏絲欄,界高 22.2 厘米,界幅 2.7 厘米,每紙大約 15 行,每行 14 字至 19 字不等。全文是由三人共同寫成,整卷附有與本文同筆的朱筆ヲコト点、句点,以及墨筆的返点送假名、音訓合符、四聲點、濁點,另外行間眉上欄脚注有詳細的異訓别訓,还有與一本、イ本、校點本等的校對注、音義注、出典注、作者人名注等注釋。在紙背附有對正面該字句進行勘校和註釋内容的集中在卷二。特别是卷十二後半部的上端破損嚴重,卷五尾題後、卷九卷末、卷十一卷首、卷十四卷初和卷末缺失。

除了卷五和卷九卷末缺失外,各卷末都有"清原教隆加點"的跋文。清原教隆是明

① 《身延山久遠寺藏重要文化財 本朝文粹》,附阿部隆一解題《本朝文粹傳本考》。

經博士清原家的分家仲隆的第三子,歷任權少外記、相模介、音博士、參河守、直講、大外記,晋升正五位下,後被鐮倉幕府招致,於建長二年(1250)成爲將軍賴嗣的侍講,建長四年(1252)成爲引付衆(幕府審判機關的職員),并兼任將軍宗尊親王的侍講,對幕府的文教方面做出了很大的貢獻,特别是金澤文庫的創始者北條即時得到了教隆的言傳身教。文永二年(1265)七月卒,享年67歲。教隆是鐮倉時代首屈一指的碩儒,爲衆多經書施以校點,王朝以來博士家的書籍通過金澤文庫得以傳承至今正是教隆的功勞。①

五、身延本價值

從書寫年代看,現存比身延本年代還古老且各自具有優勢的古鈔本,但令人遺憾的是這些古鈔本都是只有一卷或兩卷的零本,十四卷均完好保存下來的只有身延本。身延本缺少卷一,幸好得以從同種本中進行補充。

現存舊鈔本按卷次區分如下:

(卷一)稱明寺本(卷二)保阪本・猿投甲本(卷五)石山寺本(卷六)書陵部本・神田本・醍醐寺本・寶壽院本・猿投乙及丙本・國會三條西本・國會本(卷七)成簣堂本・石山寺本(卷一二)真福寺乙本(卷一三)梅澤本・猿投乙・丙・丁・戊本・天理本・金剛寺本・大河内本(卷一四)真福寺甲・乙本・平出本・大河内本

舊鈔本較多的是卷六、十三、十四,卷三、四、八、九、十、十一此六卷只存於身延本系列。因此,《本朝文粹》全卷之所以能夠流傳今日,正是因爲有了身延本所屬的清原教隆加點、文永落款本的所謂金澤文庫本以及刊本的緣故。流佈本正保五年版的底本寬永五年古活字版,乍看上去與金澤文庫本系列不同,但是從卷十二中多處空格缺字與身延本的破損缺字一致這一點來看,可以想象刊本的祖本即爲身延本,刊本對身延本進行校對整理成了新校本,原本是屬於身延本系列的。

因此,《本朝文粹》全卷完整的傳本,在目前的情況下只有金澤文庫本。由此得知,身延本佔據着金澤文庫本系列的最古善本的地位,事實上,現存完本全都來源於對身延本的重鈔轉寫以及在此基礎上的刊刻本。身延本固然也避免不了訛舛之處,但其誤字

① 《身延山久遠寺藏重要文化財 本朝文粹》,附阿部隆一解題《本朝文粹傳本考》。

脱字遠遠少於近世初期的寫本。身延本的詳細訓點是由鐮倉時代的頭號鴻儒所加,與其他的鐮倉鈔本相比,各熟語詞章的音讀訓讀的差異以及細部的異同雖然多處存在,但是在大局上,身延本展示了繼承王朝時代傳統的最具有代表性的當代共通的訓讀方式。從對異訓的注記以及對日本漢文加以訓點這一意義上來説,也是國語學上的重要資料。教隆以及後人添加的與諸本的校對、音義、訓讀等注記内容也非常豐富。通過這些,可以了解與當時存在的諸本之間在文本上、訓讀上的異同。另外,行間眉上或紙背記載的音義、出典、人名、字句的略注等,就足以使我們推察出當時本書注解的情況,也爲本書的校勘提供了重要的資料。

參考文獻:

1. 川口久雄《平安朝日本漢文學史的研究》,東京:明治書院,1961年。
2. 小島憲之校註《懷風藻 文華秀麗集 本朝文粹》(日本古典文學大系),東京:岩波書店,1964年。
3. 大曾根章介、金原理、後藤昭雄校註《本朝文粹》(新日本古典文學大系),東京:岩波書店,1992年。
4. 岡田正之《日本漢文學史》,東京:吉川弘文館,1996年。
5. 金原理《久遠寺藏〈本朝文粹〉(一)》,見《椙山女學園大學研究論集》第2號,1971年。
6. 金原理《久遠寺藏〈本朝文粹〉(二)》,見《法文論叢》文科篇32號,1973年。

(作者爲大連外國語大學比較文化研究基地教授、碩士生導師,文學博士、天津師範大學文學院博士後)

關於日本漢詩的歷史

陳福康

2009 年 2 月 16 日《光明日報》的《國學》版曾以大版篇幅刊載"國學訪談"《關於日本漢詩》,這在我國的報紙上應該是破天荒的第一次。因此很引起我的興趣和興奮,啓發我思考了一些問題,也想談談自己的一些看法,包括一些不同意見。

一

首先我必須要説,日本漢詩本不是我們"國學"研究的内容,或者説,關於日本漢詩的研究或學問,并不屬於中國"國學"的範疇。這個道理我想是不言而喻的。既然是日本漢詩,要定位的話當然只能歸屬于日本"國學";即使現在有些日人并不想承認這些文化遺産是他們的國粹,我們也不能就拿過來算作我們的"國學"啊。因此,如果"國學訪談"對此做一點説明就好了,否則容易産生誤會。這就好像我們某位主要是研究古代印度學問的著名學者,有些人却偏偏要給他戴上一頂"國學大師"的桂冠一樣,令人感到好玩。

不過,我并不反對《光明日報・國學》登載關於日本漢詩的"訪談",相反,正是非常感謝他們把這一重要研究課題如此醒目地在報上作了介紹和論述。而且,這一"訪談"放在《國學》版上,也自有相當的道理,甚至可謂有深意存焉。我想那就是,一,要鑒賞或研究日本漢詩,必須要有中國"國學"的基礎;换言之,對中國"國學"一竅不通的人,是不能鑒賞或研究日本漢詩的。二,要更深入地研究好中國的"國學",也應該關注中國周邊國家的漢詩、漢文學和漢學;换言之,研究周邊國家的漢詩、漢文學和漢學,有助於我們更深入地研究好自己的"國學"。

這裏,須談談"漢詩"、"漢文學"和"漢學"諸詞。"漢詩"在我們中國話裏,本來就只有漢代詩歌的意思,與日人説的"漢詩"意思全然不同;"漢文學"在我們的漢語辭典裏,則是查不到的。這不好説是辭典的遺漏，因爲“漢文學”本來就不是中國話，而是日本、朝/韓等鄰國人創造出來的名詞。指的就是這些周邊國家的文人用漢字按照中文的意思、中文的語法創作的文學作品。就像詩只是文學的一個品種一樣，漢詩也只是漢文學的一種。漢文學還包括外國人用中文創作的散文、小説、戲劇以及詞、曲等。現在，還常常有很多人將“漢文學”與“漢學”相混淆。其實這也是兩個完全不同的概念。通俗地説，所謂“漢學”，是外國人專門研究中國傳統文化和歷史、學術、思想等等的學問，其成品是論文、著作，且多是用外文撰寫的；而“漢文學”，則是外國人用中文創作的文學作品，不包括研究論著，内容則不必與中國有關（順便提及，又有人常常將“漢文學”與海外“華文文學”相混淆。其實這也是兩個不同的概念）。我認爲，釐清這些概念很有必要。因爲，似乎連一向以治學嚴謹著稱的日本學界，也常常將這些糊裏糊塗混爲一談。例如，日本學者以前寫的幾本《日本漢文學史》裏，就夾雜了不少漢學的内容；他們有名的二松學舍大學，是文部省的漢文學研究“COE”（相當於我們的教育部人文科學重點研究基地），但我看到他們的主要研究内容却是漢學。因此，我國研究者應該規避這種錯誤。我們重視海外漢學，但不能混淆漢學和漢文學。

我們現在應該重視日本漢詩的研究，同樣，我們也應該重視日本漢詩以外的漢文學的研究。事實上，日本漢詩人也大多同時用中文創作散文，以及小説、戲劇、詞曲等等。要研究某人的漢詩，也少不了研究他的其他漢文學作品。同樣，我們現在重視日本漢詩、漢文學的研究，同時也應該重視日本漢學。事實上，日本漢文學家不少也正是漢學家，很多日本漢學家也喜歡寫寫漢詩漢文。

二

《光明日報》的“訪談”，首先提到了晚清大學者俞樾編選的《東瀛詩選》，説他“所選日本漢詩的範圍是江户時代至明治初期（約 17 世紀至 19 世紀初）”。這一説法是不準確的。應該説，《東瀛詩選》的主要内容選自江户時代至明治初期；然而，俞樾本人想選的範圍遠不止此，其實是想全面編選歷代日本漢詩的。只可惜，俞氏受限於日本朋友岸田吟香所提供的日本漢詩集，而未能完全如願。但即便如此，書中還是選了不少江户時代以前詩人（特别是一些五山僧人）的漢詩，甚至還從日人所編《本朝一人一首》等總集、選集中選了早于江户時代八九百年的大友皇子、百濟和麻吕、大伴家持等人的詩。雖然這樣的詩作選得不多，但畢竟突破了“訪談”所説的“範圍”。“訪談”又談到他們自己的專業是中日合作,説這是“同俞樾編選的《東瀛詩選》的又一個不同點”。但俞樾的工作,不也是“中日合作”的嗎?

“訪談”還提到日本漢詩的總量問題。這是非常巨大,而且極難估算的。即使對今存的漢詩集,也至今没有做過普查,日本人自己也説不出一個具體的數字。而漢詩作者的人數總量,日本學者倒有一個數字。1979 年日本汲古書院出版的由著名漢學家長澤規矩也監修、其嗣子長澤孝三編寫的《漢文學者總覽》一書,便收録了近五千(4 930)個現有生平史料的漢文學作者(他們基本都寫漢詩)。但是,我在閱讀有限的漢詩集時,還是經常發現有生平史料可考的漢詩人的名字漏收於該總覽。更無論還有不計其數的已被湮没遺忘、缺乏生平史料的漢詩作者了。

“訪談”説,教育部 2008 年立項的首都師大人文社會科學重點研究基地的重大課題中,所要編印的《日本漢詩彙編》的時間範圍是從奈良時代一直到當代,空間範圍則是以廣島地區爲重點開始。這個計劃非常令人嚮往,人們對此寄予厚望。因爲我們中國學者及讀者,現在最困難的就是看不到日本漢詩的原始文獻(此前,我見過有天津師大學者編選的《日本中國學文萃》、南京大學的《域外漢籍研究叢書》、浙江工商大學的《中日關係史料叢刊》等等,都很好,但解不了這方面的饑渴)。近年,華東師大出版社、廣西師大出版社曾出版《日本漢文著作叢書》,非常好,但遠没有首都師大這一彙編計劃之宏偉;而且,他們没有國家的經費資助,到現在僅出了兩三本就無以爲繼了。然而,首都師大既有重大課題立項,報上又大力宣傳,七年過去了,翹首以盼,仍杳無音信。“訪談”又説,因爲全部搜集比較困難,所以先從廣島地區的江户時代漢詩人菅茶山、賴山陽做起,再擴展到一千多年的日本漢詩史上有代表性的詩人。對此我很想提點芻蕘之議:不妨先從日本學者已經整理出版的叢書入手,可以事半功倍。例如,彼邦學者編印的《詩集日本漢詩》(共 20 册)、《詞華集日本漢詩》(共 11 册)、《紀行日本漢詩》(共 11 册)、《江户詩人選集》(共 10 册)等叢書,均可以拿來出版。廣島地區在江户時代雖然出現過不少優秀漢詩人,但該地區畢竟并不是歷代日本漢文學的中心。

三

“訪談”説:“日本漢詩是日本詩人所寫的‘中國古典詩歌’,理應受到中國學者的關注。日本漢詩是日本古典文學的重要組成部分,理應受到日本學者的關注。日本漢詩是兩國人民共同的文化財富,理應受到兩國人民的共同重視。日本漢詩也是展示世界文化交流的歷史成就的典型範例,理應受到全世界的關注。”這段話説得非常好,我完全贊同。我也發表過差不多與此文字幾乎一樣的話。在此我還想補充幾句,這裏説的“理應”如何如何,只是我們的理想,事實却并不那麽簡單和樂觀。

漢詩、漢文學在日本近代學者的眼中,就有兩種截然不同的看法和評價。

一種我姑且以西鄉信綱(1916—2008)等人在1954年東京原文社再版的《日本文學史》中的説法爲代表。這本書只是我順手取來,并非認爲它是最好的《日本文學史》,只因爲它有1978年人民文學出版社出版的中譯本,國内較常見。該書承認奈良朝“在貴族社會中漢詩被認爲是官方的文學,時髦的文學,受到歡迎”;但又認爲“盗木乃伊的人常常變成木乃伊”(陳按,日本諺語,意爲自食其果),“不久,連他們(陳按,指漢詩作者)的思想感情也産生了殖民地化的危險”。“因此,奈良朝寫作漢詩成風,這也是貴族們受外來文化的毒害,逐步走上殖民地化的徵兆”。該書還認爲和歌“《萬葉集》是從對外來文化進行民族抵抗出發而形成的感情的文學;而漢詩只是由頭腦裏産生出來的理性的文學,賣弄學識的文學。”還説:“盛極一時的漢詩漢文,雖然在傳播知識方面起了不小的作用,但是作爲文學來説,它只不過是曇花一現而已。不管他們的詩文寫得怎樣工巧,但是身爲日本人却用外國文學的形式,總是不可能充分表達自己活躍的思想感情的。……其中大部分只不過是中國詩人的思想感情的翻版,感覺不出紮根於日本人的思想感情中的真實性和直接性。我們滿可以説它是接近於化石遺物的文學。”還説,經小野篁及菅原道真之手,“漢詩的世界終於自行崩潰了”。

對於西鄉等人流露的這種“民族感情”,這裏不予置評。但是,他們把歷史上中華文化對日本的影響和造福説成是“殖民地化”,是我們完全無法接受的。什麽叫“殖民地化”? 那是與海盗式搶劫、欺詐性掠取、軍事上侵略與殺戮、政治上壓迫和奴役等等聯繫在一起的啊。與中國文化及日本漢文學挨得上邊嗎? 所謂日本漢詩僅僅“曇花一現”,早在一千多年前的小野篁、菅原道真時即已“自行崩潰”云云,顯然也完全不合歷史事實。要説奈良朝時期的漢文學處於初級的模仿的階段,那時的漢詩還不善於充分表達日本作者的思想感情,也許還可以;但從整個日本文學史來説,稱漢文學只是中國人的思想感情的翻版,感覺不出紮根於日本人的思想感情中的真實性和直接性,則是形同囈語一般。我這裏只提一個事實: 日本人引爲驕傲的明治維新志士,在政治、軍事鬥争中,在監獄中,甚至在臨犧牲前,多是用漢詩文來表達自己的政治理念和思想感情的。試問,這些難道不真實、不直接,而只是中國人的思想感情的翻版嗎? 西鄉等人説的《萬葉集》是對中國文化進行所謂“民族抵抗”的産物,也是荒唐無知的。中日兩國衆多學者都早已指出,《萬葉集》恰恰是充分吸取了中國文化的營養的。《萬葉集》的序及部分內容還是用中文寫的呢！正是這部"和文學"典籍中的地地道道的"漢文學"！

應該遺憾地指出,西鄉們的這些觀點,還是有相當代表性的,在當今日本比較流行,也許還是占主導地位的説法。日本現在出版的大多數《日本文學史》,都是只談"國文學"而排除"漢文學"的,或者就像西鄉該書那樣,只是在早期作爲所謂"國風暗黑時代"的東西而略爲一提罷了。

當然,日本學者中還有另外一種看法。我想舉著名漢文學研究者、漢學家神田喜一郎(1898—1984)爲代表。他的《日本填詞史話》2000 年由北京大學出版社翻譯出版。這部名著的序言中説:"日本漢文學是我國第二國文學,我認爲本質上應該是這樣的。但是在這方面我們不能否定日本漢文學是以漢本土的文學爲基礎而派生出來的。因爲它的作品是用漢本土的文字,根據漢本土的語言規則而作,而且在歷史上是一邊不斷追隨漢本土文學的發展,一邊實現自己發展的。"神田説,漢文學通過"模仿、改造,終於可以和使用自己的國語一樣自由而巧妙地表現自己的思想和感情",因此,這是日本人"自己的文學"。神田也遺憾地説到,漢文學"生來就具有宿命的雙重性格,所以一直在遭受災難。在明治以來非常專業的我國文學界中,國語學者和漢語學者把日本漢文學當作'後娘的孩子'對待,直到現在還未被作爲專門的研究對象"。他強調指出:"日本漢文學作爲我國第二國文學,其意義和價值都非常大,從某個角度來説甚至可以認爲它的重要性超過了純粹的本國文學。"

將漢文學定位爲日本"第二國文學",其實也并不是神田最早提出的。至遲,我看到 1929 年日本共立社出版的岡田正之的《日本漢文學史》的序言中便指出:"漢字漢文作爲第二國字國文,保有永恒的生命。"并強調:"世人動輒將誕生在我邦的漢文學疏外於我國文學史,這樣既埋没了我祖先之苦心,亦狹窄了我國文學的範圍。我國民之精髓之所發,實不獨在和歌與和文也。"

四

從整體上和現實上説,要求確立漢文學是日本的第二國文學,我認爲是合理的;但如果從歷史上看,確鑿的事實是,在相當長的時期内,漢文學本來就是日本的第一國文學,是當時的官方文學、上層文學、主流文學,又被稱爲硬文學、男人的文學、中央的文學,乃至最高的文學。日本學者中村真一郎在《江户漢詩》(岩波書店 1985 年版)的序言中便指出，古代日本人是用漢語來表達自己的思想和感情的，至於用日語創作，"在當時則是第二位的事情。對於奈良朝的知識階層來説，《懷風藻》與《日本書紀》（陳按，均用漢語撰寫）才是正式的文學，而《萬葉集》與《古事記》（陳按，主要用日語寫，但其序及部分内容用中文寫）只是所謂的地方文學；同樣，平安朝文學的代表是空海和道真，而紫式部與清少納言則不過是閨房作家"。中村指出的正是歷史上的真實情況。然而，在現在的日本文學史著中，《萬葉集》和《古事記》才是日本古代文學的經典，紫式部的《源氏物語》、清少納言的《枕草子》等更被認作日本古典文學的最高代表。這當然自有道理。但在它們誕生的當時，在本國文壇中的地位確實也就像中村所説的那樣。那是文學史上的事實！

這樣巨大的一個價值判斷的逆轉，算起來其實發生至今也僅僅不到二百年的時間。正如中國研究者蕭瑞峰在他的《日本漢詩發展史》（按，未寫完和出全）中説到的，直到江户時代，如果與稍具文化素養的日本人談論文學，那麼，他們首先想到的并不是浄琉璃，并不是俳諧，也不是隨筆、物語，而是用漢字寫成的詩文。在大多數江户人的心目中，最傑出的思想家是荻生徂徠，最著名的文章家是賴山陽，最優秀的詩人是菅茶山。而這三位偶像文人無一不是漢文學家。其實，甚至到了明治時代，漢詩創作的盛況和藝術水準，也仍然高居於俳句、和歌之上。當時著名俳人、歌人，同時也是漢詩人的正岡子規（1867—1902）就説："今日之文壇，若就歌、俳、詩三者比較其進步程度，則詩爲第一，俳爲第二，歌爲第三。"（陳按，本來日文中的"詩"，即專指漢詩）就連我去日本時看到的頭像印在日元鈔票上的福澤諭吉、新渡户稻造、夏目漱石這三位明治時代代表性名人，也無一不是漢詩人！

我在這裏重提這些事實，并無意于完全改變當今日本人對本國文學的評價尺度，也不想要日本人去完全恢復明治以前他們對漢文學的崇敬態度。那是他們自己的事。我僅僅想指出漢詩、漢文學在過去時代的實際地位和古今演變，因爲這畢竟是無法抹去的真實歷史。至於以前日本正統文壇對紫式部等"閨房"作品的輕視等，當然也是偏頗的；但應該反對從一種偏頗走向另一種偏頗。如今一些日本人對漢文學的過於輕視、鄙薄，甚至厭惡的價值尺度，是否也應該作一些必要的調整呢？

至於我們中國人對於日本漢詩文的一些不正確的觀念，我下面也會寫到。

五

那麼，研究日本漢詩文，對於今天的人們來説，有些什麼意義呢？《光明日報》的

“訪談”已經作了一些很好的論述。我再做些補充。

迄今已出版的寫得最厚重、最完備的《日本漢文學史》(1984 年日本角川書店版)的著者猪口篤志(1915—1986),在他編注的《日本漢詩》(1972 年日本明治書院版)的序文中痛言:“歷史既遠,源流亦深。其作用于人心,培植于文化者幾何哉! 至此,漢詩已由外國文化之域蟬蜕而出,與和歌、俳句一樣,成爲日本之詩。恰似漢字早已是國字無疑。我們有義務繼承祖先建造的文化遺産,并將它傳之後人。回溯日本文化之根源,促使民族之自覺,也是我們的責任。‘自侮者人侮之’。如有人懷疑爲何稱漢詩爲邦人之詩,我要説:‘請試讀明治之詩!’翻閲過蒼海、青厓、裳川、東陵、竹雨諸家之詩,大概會爲自己的無知而羞恥吧。”

猪口説的是漢文學對日本當代讀者的意義。而對中國讀者、研究者而言,它還有很多别樣的意義。我想起了大智者錢鍾書先生的一句妙喻,他在《寫在人生邊上》和《人・獸・鬼》重印本序中,把文學史研究工作戲説爲“發掘文墓”和“揭開文幕”。前者當指文史考證帶有考古發掘的性質;後者則説叙述舊時文學就像演歷史劇,還有讓觀衆(讀者)鑒賞的意義。我想,我們研究日本漢文學,確實首先就是一種挖其古墳、文化尋根的工作。人所周知,日本文學與中國文學之間,存在着十分悠久、十分密切的關係,而日本漢文學的源頭更是直通中國,所以神田喜一郎甚至稱之爲“日本的中國文學”,《光明日報》“訪談”則稱“日本漢詩是日本詩人所寫的‘中國古典詩歌’”。研究它,實際也就是研究中日古代文學和文化的交流史。研究它,可以更清楚地看到中華文化的博大豐厚和對日本的深遠影響。日本漢詩文是一個非常豐富多彩的文學寶庫,迄今日本學者也只是作了初步的開發;至於絶大多數的中國讀者,甚至可以説連皮相的或者基本的瞭解也没有。因此,面對浩瀚的漢文學作品,研究者常常會有驚喜的發現。

除了文學史料外,日本漢詩文中還常常可以發掘出其他重要的文化史料。例如,我便發現漢文學中常常寫到流傳或失散到彼邦的中國文物。如義堂周信的文章,便寫過用漢魏銅雀台古瓦製成的古硯,背面并有宋代大詩人蘇軾、黄庭堅的刻文;安積澹泊的文中,寫到他珍藏的明末大儒朱舜水的手跡;伊藤東涯的詩,咏述了蘇軾《題陳迂叟園竹》五言十韵真跡(按,此詩題今不見於蘇軾詩集及《全宋詩》)和黄庭堅之跋文;菅茶山有詩咏唐代開元古琴;市河寛齋收藏中國文物更多,有詩寫到漢代青鸞六乳銅鏡、蘇東坡專制古墨、成化窯瓷仙女立像、古銅爵、古端硯等等;賴山陽有詩寫倪元璐書贈彭孫貽詩幅,内容是貽黄道周詩,一件墨寶竟聯結明代三位大忠臣;菊池五山有首詩則寫到了明代院體派花鳥大師林良的一幅畫;鱸松塘詩中寫到吴梅村七律詩幅,還有《三銅器歌》

專咏中國上古重器；神波即山則歌咏了宋代大詩人陸游的遺硯；山田子静有爲明萬曆進士祝世禄的草書真跡寫的詩；永阪石埭題咏了明清之際愛國詩人歸莊的書幅；等等。還有，我在齋藤拙堂的漢文與大槻磐溪的漢詩中，還看到他們記述的日本從朝鮮掠奪的文物呢。我舉這些例子，也可充分證明研究日本漢文學的"發掘文墓"的意義。

至於另一層"揭開文幕"的重大意義，首先在於我們認爲，一切文學作品的藝術價值和思想價值的實現，都不只在其作者創造之際，更重要的乃在它被衆多讀者鑒賞評析之時。那麽，由於種種原因，日本漢文學其實尚未能被較多的中日讀者所吟讀品味，因此遠未充分實現其價值。我對《光明日報》"訪談"中説的日本漢詩"是讓日本人來讀，不是讓中國人來讀"的説法，不能苟同。有大量史料可以表明，日本人創作漢文學時，心目中也是願意請中國人爲重要讀者的，甚至更希望得到中國人的評鑒。歷史上日本人創作漢詩，曾作爲與中國、韓國(朝鮮)、渤海、琉球諸國官吏、文人之間的最重要的交流"工具"。但近百年來，它不僅在日本幾乎處於被遺忘、湮没的境地，在中國更少有人知。這實在是辜負了日本漢文學先賢的苦心，也令人爲中國讀者感到可惜的。因此，有機會、有能力介紹和研讀日本漢文學的中國學者，特别是像國家作了大量投資的人文社會科學重點研究基地這樣的學術機構，就更有了"揭開文幕"的責任。

六

我們中國，也有不少人是輕視甚至無視日本漢詩文的。這只要看看我們寫的《日本文學史》，絶大多數也同樣是全然抹殺日本漢文學這一彼邦文學史上的半壁江山，即可知也。由於日本漢文學與中國文學有着極其親近的血緣關係，人們在評價漢文學時自然而然地會以中國文學作爲參照。這本來也無可厚非。但有些國人却像前面提到的西鄉等人一樣，認爲日本漢文學不過是中國文學的翻版。有人還想當然地以爲，日本人還能用中文寫得出什麽好詩文？能比得上我們的古典文學嗎？我想，有這種懷疑是可以的，但應該驗諸事實。

從整體上説，日本漢文學的藝術品質和水準，確實還不能與中國文學比肩。這也是日本很多漢文學作者和研究者都一直坦率地承認的。但是，我們必須再次指出：那畢竟是人家外國人用咱們的漢字寫的啊！尤其是用複雜的漢語語法來創作有特殊音節韵律及修辭等要求的漢詩，其困難簡直難以想象。江户詩人齋藤竹堂有一首詩形容説："擬將漢語學吟哦，猶覺牙牙一半訛。不比東音曾慣熟，唱成三十一字歌(按，指五七五七七音數律的和歌)。”但是,日本的漢文學家堅韌不拔地克服種種困難,殫精竭慮,嘔心瀝血,終於寫出了那麽多作品,這本身就是世界文化史上的奇跡,後人實在没有理由不尊重、不珍視他們的勞動。其次,日本漢文學作品的水準雖然參差不齊,但總的説來流傳下來的大部分還都屬於合格之作。尤其是一些著名作家的優秀作品,確實達到了很高的水準,可以讓中國作家也佩服的。雖然在總體上,日本漢文學没有勝過中國文學;但是在局部,有一些漢文作品,如果置諸中國大作家集子也可以難辨伯仲,甚至還時有青勝於藍的現象。這裏,我就隨手列舉兩位不算太有名的明治詩人(在日本人所有的漢文學史、漢詩史中都没有提到過名字)的兩首漢詩,來讓大家鑒賞。

一是長谷梅外的《雨中作》。我看到時,曾扼腕歎息——可惜錢鍾書先生没有能讀到。

暗濕無痕上客衫,單身吊影瘦巉巉。
樹翻新葉風聲緑,潮卷平沙雨氣鹹。
迢杳鄉書恨黄耳,艱難旅食歎長鑱。
小窗日暮獨攲枕,夢裹歸舟忽掛帆。

此詩寫雨中思鄉之情很是生動。頸聯用典貼切,也頗風雅:“黄耳”用晋人陸機事,乃送信之愛犬之名;“長鑱”用杜甫《乾元中寓居同谷縣作》句意,爲托命之勞動用具。而最妙則是頷聯:風聲(聽覺)竟因樹翻新葉而緑(視覺),雨氣(嗅覺)竟因潮卷平沙而鹹(味覺)。那不是錢大師名文《通感》中論述過的文學妙境嗎?錢先生《通感》文中旁徵博引了中國詩人很多佳句,但多爲單句;偶有詩聯,便不免合掌之嫌。所引較好的李世熊聯“月涼夢破雞聲白,楓霽煙醒鳥話紅”,雞聲、鳥話皆是聽覺,白、紅皆是視覺,哪有日人梅外寫的這聯出色啊?我敢説,錢先生文中所引中國詩人的“通感”佳句,都没有這兩句精彩。所以我想,如果我能在錢先生生前抄呈此詩,他老人家一定會擊節讚賞的!

另一位在江蘇常熟當過日文學校總教習的金井秋蘋,曾去憑弔過錢謙益墓,寫下一絶句。我讀後,又喟然惋惜陳寅恪先生生前没能讀到:

烏臺詩案烏程獄,才大其如命蹇何。
若説文章千古事,只應東澗似東坡。

陳大師晚年然脂暝寫巨著《柳如是别傳》,費力搜尋各種與錢謙益生平、評價有關的詩文。如果他知道曾有一位日本朋友將錢氏比擬蘇軾,對其冤案大表同情,我想他一定會引在其書中的(陳先生當時感歎"明清痛史新兼舊,好事何人共討論")。何況秋蘋此詩以"烏臺"對"烏程",以"東坡"對"東澗",真是妙極! 像這樣的詩作,又何遜於中國詩人?

因此,我對《光明日報》"訪談"中説的"日本漢詩最有成就的地方并不是模仿中國詩歌,寫中國人的事,而是寫日本人自己的生活和情感"的説法,也不表苟同。因爲很多日本詩人"模仿中國詩歌"學得好,"寫中國人的事"寫得好,也是"日本漢詩最有成就的地方"。事實上,"訪談"中不就自己也引用了菅茶山的《題鍾馗圖》、國分青崖的《咏史・杜甫》等詩嗎? 這些不是"模仿中國詩歌,寫中國人的事"的詩嗎? 不都是很有成就的優秀詩作嗎? 而且,這類詩在日本漢詩中是大量的,如果輕易地一筆貶低或抹殺,實爲不妥和不智。

七

日本漢文學史上,還有很多事實可以證明,有一些漢文學家達到了較高的水準,并且還得到中國方面的承認和推崇。這裏就舉兩位僧人爲例子。公元 9 世紀初,日本僧人空海到唐朝國都長安,拜著名的惠果大師爲師。未久,大師圓寂。當時長安城内會葬僧俗有千餘人之多,其中當然不乏文章高手;但是,衆人却推僅僅只有半年師徒關係的日本人空海來爲大師撰寫碑文。這除了表明重視中日友誼外,當然也證明空海的漢文水準是博得中國同行的讚美的。另一位 14 世紀的入元僧中岩圓月,得到江西百丈山東陽德輝長老的賞識,被禮聘爲書記。當時正值名刹大智壽聖寺新修佛堂"天下師表閣",從閣名看也可知是一極爲重要的文化建築,但東陽長老竟指定由中岩撰寫上梁文。由此也可知中岩的漢文功力非同一般了。我們的研究者,當然就要揭開這樣的"文幕",讓今人瞭解或欣賞這些詩文。

大概有很多國人都不知道,在著名的《全唐詩》、錢謙益編的《列朝詩集》、朱彝尊編的《明詩綜》等煌煌總集裏,都收有日本詩人在華創作的漢詩! 更有絶大多數國人都不知道,在我們的一些地方誌書(如《大理縣誌稿》)裏,也偶爾收録了日本詩人在當地創作的漢詩!

日本還有些著名漢文學家,往往還全家都創作漢詩文,且又個個是高手。如王朝時代的藤原明衡與他的兒子藤原敦基、藤原敦光共擅詩文,人以中國宋代“三蘇”比之。江户前期的漢詩人伊藤仁齋有子五人:東涯、梅宇、介亭、竹裏、蘭嵎,都有俊才之名,而尤以長子東涯(字源藏)和末子蘭嵎(字才藏)爲勝,人稱仁齋的“首尾藏”。江户中期伊藤龍洲與他的三個兒子伊藤錦里、江村北海、清田儋叟(三子姓各不同,是因爲過繼等原因所致)也是一例。中國唐代詩人王勃三兄弟均有名,人稱“三珠樹”;日本漢文學界因此也稱龍洲的三個兒子爲“伊藤三珠樹”。又如江户後期荻原大麓,一家三代都是漢詩人、學者,連俞樾也歎贊道:“一門之中,父子自相師友。使在中華,亦不讓元和之惠氏、高郵之王氏矣。”與他們同時的尾池桐陽,和他的兩個兒子亦都擅漢詩,父子兄弟三人合出詩集,取名《縠似》,“縠似”語出《詩經》,十分高雅。江户後期水户的青山拙齋四個兒子,個個都是優秀的漢詩人,俞樾又讚歎曰:“一家父子兄弟并擅詞藻,亦云盛矣。”四兄弟遵父之囑,合出詩集《塤篪小集》,“塤篪”亦典出《詩經》。加賀的横山致堂則先後兩位妻子以及兒子女兒均善詩,也真正是“一門風雅,令人神往”(俞樾語)。令人感慨的還有江户時代京都的賜杖堂(是江村家的堂名,也是詩社名),從江村專齋起到江村北海,就延續了五代人,150年間弦歌不斷,亦云盛矣!

以上這些例子都表明,我們中國現在有些人對日本漢文學的輕視是不對的,其實倒是緣於自己的無知。

八

當然,日本漢文學也是有各種缺點甚至錯誤的。其中最嚴重的,我認爲是明治以後甚囂塵上的軍國主義也侵入了漢詩文。關於這些,在日本人寫的漢文學史中,是避而不談的,甚至有的還高度肯定那些鼓吹侵略的漢詩文。在我們中國,也曾經有人稀裏糊塗地稱讚這種漢詩文。迄今只有少數學者(如夏曉紅、高文漢)嚴肅地揭露和批駁了這類漢詩。

我認爲,在研究日本漢文學時,分析和解剖一些日本歷史上鼓吹軍國主義的作品,是很有必要的。我見神田喜一郎選編的《明治漢詩文集》的後記中說,關於日清戰役(即甲午戰争)的漢詩文非常之多,野口寧齋就曾編選過一本叫《大纛餘光》(陳按,書名有點不通)的書,神田因其中充滿了軍國主義精神,不宜選用,就不選了。神田先生的態度没有錯。但我想,我們也不妨拿它來做反面材料。《大纛餘光》的例言中說,這本“征清詩集”收有 187 人寫的 467 首詩(都是支持、讚美當局侵略中國的)。其實還不止這些數目，因爲這本書的評語中還有不少人的"步韵"、"次韵"呢。還有如土居香國的《征臺集》，所謂"征臺"就是侵略我國臺灣。書中除了土居自己寫的漢詩以外，還有40來個日本人寫的漢詩，多爲鼓吹和支援侵略中國的。

明治以後有一些詩人，本身就是軍國主義者和侵略者的頭目，如副島種臣、伊藤博文、乃木希典、松井石根等等，他們的詩"有毒"是不奇怪的。而有的大文學家，如竹井添添、國分青厓、森槐南、森川竹磎、本田種竹、齋藤拙堂、大槻磐溪等等，居然也寫了不少"有毒"的詩文；有的像狩野君山這樣的大學者也是。令人感到遺憾。甚至在明治以前，也有像吉田松陰這樣的名人，流露出强烈的侵略思想。而更多的軍國主義漢詩，則是出自一些無名之人。我認爲凡遇到這類作品，不應該回避或隱瞞，當然更不應該盲目肯定。

如果有高明者（不管是中國人還是日本人）討厭我這裏説的話，那麼我得請他尊重歷史，也得請他尊重我這與他不一樣的立場和不一樣的感情。我特别要告訴日本的右翼"學者"，你們的一些先人不僅作了孽，還寫下這樣的東西，是抹不掉的。誰也無權剥奪被侵害國家的學者批駁這些東西的言論自由。我也要告訴中國的某些鼓吹"應該停止宣仇式反日宣傳"的"學者"，我對日本人民無仇，我有很多日本朋友，我揭露日本漢文學史中的軍國主義流毒决不是所謂的"宣仇"，而是披示歷史的真相，爲了大家記取歷史的教訓。

這裏，我就只舉侵略中國的殺人魔王、甲級戰犯松井石根在南京大屠殺時寫的一首漢詩，供大家"鑒賞"：

以劍擊石石須裂，飲馬長江江水竭。
我軍十萬戰袍紅，盡是江南兒女血。

正如曾經留日的中國作家杜宣説的："以殺人爲樂，以殺人爲榮，濫殺無辜之後，還以詩自娱，在20世紀中竟出現這種野蠻行動，真是人類的恥辱。"（《讀松井石根屠城詩後》，載1995年9月1日《新民晚報》）而且杜宣揭露，原來松井這首"詩"竟然還是剽竊來的。宋末，元朝伯顔侵入江南時曾有詩曰："劍指青山山欲裂，馬飲長江江水竭。精兵百萬下江南，干戈不染生靈血。"伯顔的詩至少還表示了不喜歡殺戮，而松井則是飲血爲樂。這真是日本漢詩史上最最醜惡的一頁了！

順便提到，日本在明治前期悍然吞并了琉球王國（該國現已成爲日本的一個縣），而琉球國也有漢詩、漢文學。我們研究日本漢詩,也不應該忘記琉球漢詩。特別是不應該忘記琉球漢文學家對日本軍國主義的血淚控訴和拼死反抗的作品。當然,我并不認爲琉球漢文學屬於日本漢文學。

(作者爲上海外國語大學教授)

中華折桂，難挽雞林落木[*]

——羅末麗初的漢詩

劉　暢

新羅（前57—935）末期，崔致遠（857—？）[①]、崔承祐（生卒年不詳）、崔彦撝（868—944）、崔匡裕（生卒年不詳）、朴仁範（生卒年不詳），能詩善文，且都曾以新羅人的身份赴唐留學，賓貢及第。朝鮮王朝著名漢文學家李德懋（1741—1793）盛讚崔致遠、崔承祐、崔彦撝説"三崔一朴貢科賓，羅代詞林只四人"，[②]而崔匡裕與上述三崔一朴等人有"新羅十賢"的稱號。

崔致遠文名最盛，有《桂苑筆耕集》等傳世，以東國文宗、漢文學鼻祖，研究甚夥。崔彦撝作爲新羅、高麗過渡人物，不可忽視，但作品湮没不傳。朴仁範、崔承祐、崔匡裕均有十首七律傳世，故本章將主要討論朴仁範、崔承祐、崔匡裕、崔致遠四人的詩作。

一、留學中国與科舉及第

在骨品制下的新羅，任何人都不能逾越自己與生俱來的身份，血統不僅代表了一個人的社會層次，更直接決定了他日後的發展空間。三崔一朴、崔匡裕等全都是六頭品出身，相比就讀本國學校，他們都選擇入唐留學，這除了體現出漢文化在新羅的巨大影響及唐朝的向心力外，還與他們的出身頭品有關。

新羅將人由高到低分爲如下等級：聖骨，骨品制度最高等級，父母均有王室血統，從新羅王室始祖赫居世，到第二十八代王真德女主（？—654），都屬於聖骨。真骨，父母一方擁有王族血統，從新羅二十九代王，即統一新羅（668—901）的太宗武烈王（603—

＊　基金項目：國家社科基金重大項目《中朝三千年詩歌交流系年》（14ZDB069）。

①　關於崔致遠生年，主要有857、855兩種説法，李黄振《崔致遠出生年度及科舉及第時 年齡 再考》（《國文學論集》Vol. 22. 2013）分類綜述較分明，筆者取857年説。

②　《青莊舘全書》卷十一《雅亭遺稿［三］·論詩絶句》其一："三崔一樸貢科賓，羅代詞林只四人。無可奈何夷界夏，零星詩句没精神。"《韓國文集叢刊》第257册，第190頁。

661)以後,王位繼承人都是真骨血統。六頭品是身份地位僅次於王族的貴族,下面還有五頭品、四頭品,四頭品是最下層貴族。

與人的骨品相對應,官階也分被分等,"一曰伊伐湌或云伊罰干,或云干伐湌,或云角干,或云角粲,或云舒發翰,或云舒弗邯;二曰伊尺湌或云伊湌;三曰迊湌或云迊判,或云蘇判;四曰波珍湌或云海干,或云破彌干;五曰大阿湌","六曰阿湌或云阿尺干,或云阿粲,自重阿湌至四重阿湌;七曰一吉湌或云乙吉干;八曰沙湌或云薩湌,或云沙咄干;九曰級伐湌或云級湌,或云及伐干;十曰大奈麻或云大奈末,自重奈麻至九重奈麻;十一曰奈麻或云奈末,自重奈麻至七重奈麻;十二曰大舍或云韓舍;十三曰舍知或云小舍;十四曰吉士或云稽知,或云吉次;十五曰大烏或云大烏知;十六曰小烏或云小烏知;十七曰造位或云先沮知",法興王八年(531)後,又先後向上增添上大等、大角干、太大角干等三個最高級官階。①

神文王二年(682)在禮部下設國學,《論語》《孝經》是必修科目,選修課程有三組:《禮記》《周易》,或《春秋左傳》《毛詩》,或《尚書》《文選》。學生的入學條件"位自大舍已下至無位,年自十五至三十",學制是九年,畢業資格是"位至大奈麻、奈麻"。② 元聖王四年(788)起,用讀書三品科,從國學學生中選拔官吏。能夠通讀、理解《春秋左氏傳》《禮記》《文選》,且能明了《論語》《孝經》的,上品。能夠讀《曲禮》《論語》《孝經》的,中品。能夠讀《曲禮》《孝經》的,下品。③ 考試内容全部在課堂學習範圍之内,亦即,只要讀熟、理解完全掌握老師教授的課本,就可以通過考試步入仕途。

雖然國學的入門門檻很低,不限制官階,只限制年齡。但是,官階達到大奈麻、奈麻才能畢業,這是五頭品可以升任的極限,四頭品不可能達到,就算入學也不能出學。五頭品雖然具備入學、畢業資格,但畢業時要求的官階,和他平生官場有機會達到的最高官階是一致的。純粹爲了學習漢文,自我提高,必定有所創獲,但如果僅把國學學習當作進身之階,顯然於五頭品用處不大。基本可以説,國學、讀書三品科,就是爲六頭品以

---

① 《三國史記》卷第三十八《雜志》第七《職官上》。

② 《三國史記》卷第三十八《雜志》第七《職官上》:"教授之法,以《周易》《尚書》《毛詩》《禮記》《春秋左氏傳》《文選》分而爲之業,博士若助教一人。或以《禮記》《周易》《論語》《孝經》,或以《春秋左傳》《毛詩》《論語》《孝經》,或以《尚書》《論語》《孝經》《文選》,教授之諸生。""凡學生,位自大舍已下至無位,年自十五至三十,皆充之。限九年。若樸魯不化者,罷之;若才器可成而未孰者,雖踰九年,許在學。位至大奈麻、奈麻以後,出學。"

③ 《三國史記》卷第三十八《雜志》第七《職官上》:"諸生讀書,以三品出身。讀《春秋左氏傳》若《禮記》若《文選》而能通其義,兼明《論語》《孝經》者,爲上;讀《曲禮》《論語》《孝經》者爲中;讀《曲禮》《孝經》者爲下。若能兼通五經三史、諸子百家書者,超擢用之。"

上準備的。

既然通過本國的簡單學習、考試就能做官,三崔一朴、崔匡裕爲什麽還要冒着生命危險乘船渡海來到中國,經歷多年的背井離鄉呢?

崔致遠年十二隨商船入唐之際,父親便説"十年不第,即非吾子也"。乾符元年(874)果於禮部侍郎裴瓚下一舉及第。朴仁範則在唐懿宗咸通(860—873)年間在國學學習,876年賓貢及第。崔匡裕885年入唐,後賓貢及第。崔承祐在890年入唐,893年及第。崔彦撝年十八入唐游學,天祐三年(906)禮部侍郎薛廷珪下及第。

不僅他們五人,留學中國,在當時的新羅已成爲一種潮流:自真善女王九年(640)遣貴族子弟入唐國學,聽講儒學,以"宿衛學生"爲名,有許多新羅人在唐留學。文聖王二年(840),唐文宗命超過十年修學年限的留學生歸國,當時遣返者已達百有五人。這些還僅僅是公費學生,如崔致遠等自費學生更多不可數。821年,金雲卿作爲新羅留學生,最早在唐登科。此後賓貢及第,成爲留學生們共同的初步目標。李萬運《東國榜眼》言,唐末及第五十八名,五代梁唐又三十二人。①

造成唐代留學熱的原因,一方面,是由於唐代先進文化的吸引,尤其是賓貢進士的激勵作用。新羅學生想在唐科舉考試中一試身手,檢驗自己的學習成果,賓貢及第,得到漢文化發源國的認可,更是一種榮譽。"自唐訖元,東人之以賓貢參中國榜眼者不知其幾",明朝"以洪倫弑王、金義殺使,擯不與焉","遂廢赴舉之規,自是文學之士,心志局於内而才思縮矣"②。可見,能以賓貢參加科考,對朝鮮半島讀書人學習漢詩文,具有强大的激勵作用。

另一方面,也是更重要的原因,唐是一個相較開放的國家,而新羅,骨品從根本上决定了他們在仕途的路上可以走多高。統一新羅,聖骨不復存在,從最高官階直到大阿湌,只有真骨才有機會擔任。阿湌、大奈麻、大舍,分别是六頭品、五頭品、四頭品可以升任的最高官階。以新羅重要官府執事省(執事部)、兵部、倉部、禮部爲例,真骨至四頭品任官範圍如下③。

其他部門與執事省、兵部。倉部、禮部别無二致,凡是最高長官的職位,都只有真骨才有資格擔任,六頭品可以充任次長官,五頭品、四頭品能夠就職的位置更次一等。

① 參見李圭景《五洲衍文長箋散稿·人事篇·治道類·科舉·東人參中國榜眼辨證説》。
② 李圭景《五洲衍文長箋散稿·人事篇·治道類·科舉·東人參中國榜眼辨證説》。
③ 參考《三國史記》卷第三十八《雜志》第七《職官上》。

骨　品	真　骨	六頭品	六頭品、五頭品、四頭品
執事省(執事部)	中侍(侍中)	典大等(侍郎)	大舍(郎中)
官　階	大阿湌—伊湌	奈麻—阿湌	舍知—奈麻
兵　部	令	大監(侍郎)	弟監(郎中)
官　階	大阿湌—太大角干	級湌—阿湌	舍知—奈麻
倉　部	令	卿(侍郎)	大舍(郎中)
官　階	大阿湌—大角干	級湌—阿湌	舍知—奈麻
禮　部	令	卿	大舍(主簿)
官　階	大阿湌—太大角干	級湌—阿湌	舍知—奈麻

相比在本國讀書,留學唐朝、賓貢及第,不僅可以在唐任職,回國後,也可確保進入仕途。尤其新羅末期,爲强化在836—839王位爭奪①中極大削弱的王權,中侍省爲代表的近侍機構,與翰林臺(瑞書院)爲中樞的文翰機構大規模擴張,賓貢及第者更具用武之地。②

近侍機構,真德王五年(651)創立國王直屬行政官府——執事部(829年改稱執事省)。但後來圍繞執事部又逐漸萌生新的政治勢力,發展壯大,直至足以牽制王權。强化王權,也就需要新的官府來承担執事部創設之初的職責,直接聽命於國王。故9世紀後半葉,將秘書機構洗宅改名中事省,内設侍從、詔誥等職,逐漸形成以國王爲核心的内朝官僚集團,吸收外廷即執事省的實權,國王秘書的責任則轉移到宣教省。

文翰機構,新羅詳文師在聖德十三年改爲通文博士,掌書表等事,景德王代改名翰林臺,仿唐制,内設郎(後改稱學士)、待詔、書生等職。新羅後期又重新啓用這一漢化官稱,880年頃,又改名瑞書院,設學士、直學士,成爲文翰機構的樞紐。

曾經在唐留學,特别是賓貢及第的人,羅末王權强化期尤其需要。首先,羅唐外交過程中,事大文書的寫作非常重要,不僅如此,留學生熟悉兩國語言,出使羅、唐,都可以很好的溝通交流。金雲卿即於841年擔任唐朝册封使返回新羅,897年擔任賀正使的金穎也是賓貢進士出身。

其次,賓貢及第學生,他們的文章在唐朝獲得認證,也必定掌握了較好的儒學知識。

---

① 836年,四十二代興德王去世,他堂弟的兒子金悌隆,殺了自己的父親金均貞登基,即僖康王。838年,興德王的外甥金明殺害僖康王,成爲四十四代閔哀王。839年,金均貞兒子金佑徵,殺閔哀王,登上王位,即四十五代神武王。

② 以下相關内容參考李基東.羅末麗初近侍機構與文翰機構的擴張——中世的側近政治志向.歷史學.77卷,1978年,第17—65頁。

在唐學習、考試，甚至及第後生活任職、出使，都會使他們熟悉唐的典章文物，增長見聞，開闊視野，鍛煉處理政務、外交等能力。

更重要的是，這些賓貢學生大都是六頭品出身，對真骨貴族壟斷最高決議層的骨品體制，存在天然的反抗意志，若想改變社會現狀，若想實現儒家的政治理念、創造唐王朝這樣的開放社會，他們所能依靠的，自然是國王而不能是真骨貴族。而國王想要強化王權，漸趨擺脱真骨貴族階層的牽制，自然也要將他們這樣的人才聚集身邊、爲己所用。

於是，對崔致遠、崔承祐、崔彦撝、朴仁範、崔匡裕等六頭品出身貴族而言，與其在本國按部就班地讀國學、考三品科，最後在某部門的次長官位置上度過一生，不如留學唐朝，在波瀾壯闊的大國文明中開闊眼界、學習更加豐富的知識，賓貢及第，再回到祖國，成爲近侍機構、文翰機關的重臣，雖然仍舊無法突破骨品制度所限定的品階，但却可以在現實中施展所學，實現自己的政治抱負。换言之，羅末王權強化、骨品制鬆動的社會氣象，加劇了西渡留學的浪潮，成爲漢詩乃至漢文學勃興的催化劑。

西渡留學、賓貢及第，成爲羅末三崔一朴、崔匡裕等人實現自我價值的一條新路徑。雖然在新羅國運衰退、大廈將傾之際，他們做出了不同選擇，崔致遠歸隱，崔承祐入仕後百濟甄萱，崔彦撝在高麗開國後挈家而來，朴仁範不詳，但由於留學及日後自我提升過程中，漢文學素養與日俱增，在漢文學史、漢詩史上，他們都蜚聲一時，享有極高的讚譽。

二、朴仁範、崔承祐、崔匡裕

朴仁範，“史失行事，不得立傳”①，今可考者，僅唐懿宗咸通 860—873 年間在國學學習，876 年賓貢及第。回國後，任員外郎，曾以探候使入唐打探黄巢叛亂情況。繼崔致遠後，掌新羅文柄。孝恭王初年，道詵大師入寂，門下洪寂等上表奏請，王命朴仁範撰寫碑文。

今《東文選》卷十二《七言律詩》載詩十首，從題目看來，分别有送别詩《送儼上人歸乾竺國》、酬贈詩《江行呈張峻秀才》《寄香巖山睿上人》《涇州龍朔寺閣，兼柬雲栖上人》《贈田校書》《上殷員外》《上馮員外》，懷古詩《馬嵬懷古》《九成宫懷古》，及咏懷詩《早秋書情》。其中《送儼上人歸乾竺國》，將儼上人回印度的艱險表現得淋漓盡致：

---

① 《三國史記》卷第四十六《列傳》第六。

家隔滄溟夢早迷,前程况復雪山西。磬聲漸逐河源迥,帆影長隨落月低。葱嶺鬼應開棧道,流沙神與作雲梯。離鄉五印人相問,年號咸通手自題。

首聯點題,總寫儼上人歸程漫長艱難。印度與中國,隔着南海,即使在夢中也會迷路,更何况印度又在喜馬拉雅大雪山的西側,陸路同樣令人却步。頷聯,詩人想象,儼上人乘船,漸行漸遠,將寺院磬聲的杳杳餘韵,遠遠地留在河水發源的地方,大海茫茫,落月沉沉,只有片帆只影與他相伴。唐德宗題章敬寺説"松院静苔色,竹房深磬聲"①,磬聲是寂静寺院的一個聲音標記。但詩人却通過聲音、影像的動態描寫,營造出静默的氛圍,凸顯了儼上人旅途的孤獨,爲頸聯做鋪墊。

自長安出發,西行穿越喀喇崑崙山脈、興都庫什山脈、帕米爾高原、喜馬拉雅山脈西端等地。詩人選擇描述了想象中儼上人過葱嶺、流沙這兩處片段,他的材料來源便是取法、傳法僧人們的親身經歷。

《法苑珠林》卷三十四講述釋法顯(337—422)西行求法,過流沙、葱嶺的經歷:"西度流沙,上無飛鳥,下無走獸。四顧茫茫,莫測所之,唯視日以准東西,人骨以摽行路耳。屢有熱風惡鬼,遇之必死。""葱嶺冬夏積雪,有惡龍吐毒、風雨沙礫。山路艱危,壁立千仞。昔有鑿石通路,傍施梯道,凡度七百餘所。"此"葱嶺"實際是懸度山。懸度山與葱嶺迤邐相連,道阻且長,沿途又没有驛站,行人很難分辨。而懸度山是石山,只有繩索相引而度,②危險異常。流沙即塔克拉瑪干沙漠。在石山、沙漠上開棧道,人力實難達到。詩人"鬼""神"二字,極寫開道之難與艱險,儼上人歸國經行此地,難度可想而知。尾聯,詩人想象儼上人經過千難萬險,終於抵達家鄉印度(五印),鄉人問他現在唐朝到了什麽年代,他就手寫了"咸通"二字,無禁令人想到《桃花源記》的桃源人"乃不知有漢,無論魏晋"。印度雖是實境,線路清晰,但和桃源一樣,與中土人世相隔杳茫。

同樣是咸通年間,同樣是送外國僧人,唐懿宗咸通十一年(870),日本僧圓載回國,皮日休(约 834/839—902)有《送圓載上人歸日本國》云:"講殿談餘着賜衣,椰帆却返舊禪扉。貝多紙上經文動,如意瓶中佛爪飛。颶母影邊持戒宿,波神宫裏受齋歸。家山到日將何入,白象新秋十二圍。"《重送》一首云:"雲濤萬里最東頭,射馬臺深玉署秋。無

① 《全唐詩》卷四。

② 《太平寰宇記》卷一百八十六《四夷十五·西戎七·渴槃陁國》:"懸度山在國西南四百里。懸度者,石山也。谿谷不通,以繩索相引而度,其間四百里中往往有棧道,因以爲名。今按懸度與葱嶺迤邐相屬,郵置所絶,道阻且長,故行人由之莫能分别,然法顯、宋雲所經即懸度山也。"

限屬城爲裸國,幾多分界是亶州。取經海底開龍藏,誦呪空中散蜃樓。不奈此時貧且病,乘桴直欲伴師游。"[①]首二聯實寫,圓載在華講經時身穿懿宗御賜紫衣,却要乘船返回故國舊時禪院,他翻譯貝葉經,并得密宗教法持戒受齋。後二聯虛寫,詩人想象圓載渡海,縱遇颶風,仍能持戒,縱入海底,不過在龍宮吃吃齋飯,便會安然踏上歸程。圓載到家,許是早秋,想那白象樹也該有十二圍粗了。[②]

朴仁範《送儼上人歸乾竺國》與皮日休詩相比,第三聯都是寫路途艱險,最後一聯都是詩人想象僧人到家後的景象,而且没有依依惜别的傷感、惆悵。不同的是,皮詩首聯點出人物、事件,頷聯叙寫僧人在華的佛學活動;朴仁範詩前二聯都是在寫詩人想象的僧人返國之旅,朴仁範詩也就不如皮詩全面、整備,這或許與寫作對象自身差異有關。但朴仁範抓住了儼上人歸國路途遠、險的特點,通過側面烘托,儼上人爲了佛法不畏艱險、置生死於度外的精神與得到最大展現。

崔承祐,龍紀二年(890)入唐,景福二年(893)侍郎楊涉下及第。後爲甄萱作檄書,移麗朝太祖,中有"昨者新羅國相金雄廉等將召足下入京","是用先着祖鞭……奉景明王之表弟、憲康王之外孫。勸即尊位,再造危邦","月内左相金樂曝骸於美利寺前"語,即指927年後百濟侵入新羅首都,景哀王自盡、敬順王即位,高麗倉促中爲新羅報仇,金樂陣亡之事。

史載崔承祐有《餬本集》,不傳。今存七律十首見《東文選》卷十二,《送曹進士松入羅浮》《春日送韋大尉自西川除淮南》《關中送陳策先輩赴邠州幕》是送别詩,《獻新除中書李舍人》《贈薛雜端》《鄴下和李秀才與鏡》《憶江西舊游,因寄知己》《别》是酬贈詩,《讀姚卿雲傳》咏史,《鏡湖》咏物。

寫作手法方面,崔承祐明顯體現出喜用疊字、典故的特點。十首詩中,五首使用疊字:《鏡湖》"方朔絳囊游渺渺,鴟夷桂楫去忽忽"、《獻新除中書李舍人》"銀燭剪花紅滴滴,銅臺輸刻漏遲遲"、《憶江西舊游,因寄知己》"團團吟冷江心月,片片愁開岳頂雲"、《别》"南浦片帆風颯颯,東門驅馬草青青"、《鄴下和李秀才與鏡》"紛紛舞袖飄衣舉,褭褭歌筵送酒頻"。疊字使描寫更加生動形象,句末疊字尤其增强詩語的節拍感,而崔詩疊字集中在頷聯或頸聯的每句開頭或末尾,在要求對仗工整的七律創作中,五字對仗基礎上,在各句同一位置拓展粘連出一組疊字,顯然可以降低對仗的難度。

---

① 《松陵集》卷九。
② 周裕鍇:《皮日休送圓載歸日本詩解讀》,《古典文學知識》,2014年第1期。

再看崔詩的典故,如《鏡湖》尾聯"明皇乞與知章後,萬頃恩波竟不窮",指天寶初,賀知章請爲道士,還鄉里,唐玄宗"有詔賜鏡湖剡川一曲"的故事,説鏡湖水勢浩大,都是因爲聖恩御賜的緣故,有歌功頌德之意,典故使用也很妥帖。再如《獻新除中書李舍人》尾聯"自從子壽登庸後,繼得清風更有誰",子壽是張九齡的字,他開元十一年(723)受任中書舍人,促進了唐王朝繁盛,這裏説"更有誰",當然意在同光三年(925)隨魏王西征前蜀,平定四川,以軍功升任中書舍人的李愚(? —935)。

又如《送曹進士松入羅浮》:"雨晴雲斂鷓鴣飛,嶺嶠臨流話所思。厭次狂生須讓賦,宣城太守敢言詩。休攀月桂凌天險,好把煙霞避世危。七十長溪三洞裏,他年名遂也相宜。"天復元年(901)昭宗復位,令新及第進士中,久在名場、年齒已高者,各授一官。杜德祥主文,按詔行事,將曹松等五人上報,昭宗分授以秘書省正字、校書。此詩寫送曹松入羅浮,當在此後。全詩首聯寫景,次聯即用東方朔(平原厭次人)、謝朓(嘗任宣城太守)作比,言曹松詩賦俱佳。第三聯先用折桂登科典故,言曹松不計功名,入山林以避亂世。尾聯寫曹松入羅浮(有七十石室、七十長溪名),也會得到令名。用典通俗切合,詩意平實。

此外,從詩歌涉及人物來看,不僅有進士、秀才,還有太尉、中書、御史(雜端),可見崔承祐在唐交際層面十分廣泛。

文德元年(888)二月,楊行密任淮南留後,四月,孫儒襲擊揚州,戰勝楊行密,自稱節度使。大順二年(891),朱全忠與楊行密相約討伐孫儒,七月,孫儒西走,景福元年(892)六月,楊行密率衆歸揚州,七月至廣陵,八月升淮南節度使。891 年至 892 年間,以西川節度使討伐陳敬瑄、田令孜,三年不能克的韋昭度(? —895),轉任淮南节度使,赴職揚州。

這種情況下,崔承祐寫了《春日送韋大尉自西川除淮南》:"廣陵天下最雄藩,蹔借賢侯重寄分。花送去思攀錦水,柳迎來暮挽淮濆。瘡痍從此資良藥,宵旰終須緩聖君。應念風前退飛鷁,不知何路出雞群。"結句當是以退飛六鷁自比,言不知何日脱穎而出,不禁想到孟浩然《臨洞庭湖贈張丞相》尾句"坐觀垂釣者,徒有羡魚情",可謂卒章顯志。

《關中送陳策先輩赴邠州幕》説:"珠淚遠辭裴吏部,玳筵今奉竇將軍。"裴吏部即裴樞(? —905),唐昭宗光化二年(899)任吏部侍郎,天復三年(903)任吏部尚書。竇將軍是漢代竇憲,此指邠寧節度使李繼徽,治在濱州,他自 897 年起,在任十年。此詩當是寫給從裴樞處轉赴李繼徽處的幕僚。

首聯"禰衡詞賦陸機文,再捷名高已不群",用禰衡、陸機比陳策先輩的文筆獨步一時,點出叙寫主人公。頷聯即前引"珠淚"二句,扣題,寫明事件。頸聯"尊前有雪吟京洛,馬上無山入塞雲",與頷聯一樣,共爲實景與想象的結合。即,長安樽前有雪,灑淚作别裴樞;郊州馬上無山,李繼徽將設筵洗塵。尾聯"從此幕中聲價重,紅蓮丹桂共芳芬",紅蓮即紅蓮幕,是幕府的美稱,丹桂即桂林一枝,指俊拔英才,句謂陳策先輩與李繼徽幕將相得益彰。與《春日送韋大尉自西川除淮南》相比,此詩語言明顯圓熟工整。而且描寫場面融匯現在與將來、實寫與虚寫,具有蒙太奇似的跳躍性,使詩富有張力。

唐天祐(904—909)初,因朱温保薦,薛貽矩拜吏部尚書,頃升御史大夫。天祐四年(907)春,昭宗遣御史大夫薛貽矩持詔赴大梁(今河南開封),欲禪位朱温。907年,朱温稱帝,建立梁朝,史稱後梁,薛貽矩成爲開國元勛,任中書侍郎、平章事,兼判户部,翌年夏爲门下侍郎、监修国史,後遷弘文館大學士。《贈薛雜端》,唐御史臺有臺、殿、察三院,以一御史掌雜事,稱"雜端",薛雜端即薛貽矩。

不同於上述應酬詩重在寫描述對象,《憶江西舊游,因寄知己》流露出崔承祐自身的心緒:"掘劍城前獨問津,渚邊曾遇謝將軍。團團吟冷江心月,片片愁開岳頂雲。風領鴈聲孤枕過,星排漁火幾船分。白醪紅膾雖牽夢,敢負明時更羡君。"

掘劍,斗牛間常有紫氣,張華聞豫章人雷焕妙達緯象,乃補焕爲丰城令,掘獄屋基,得龍泉、太阿二寶劍。杜甫《秦州見敕目薛三璩畢四曜遷官兼述索居》"掘劍知埋獄,提刀見發硎。"説新近除官,如刀劍剛剛散發光氣。謝將軍,指東晋謝尚。李白《夜泊牛渚懷古》説:"登舟望秋月,空憶謝將軍。余亦能高咏,斯人不可聞。"謝尚官鎮西將軍,鎮守牛渚,月夜乘舟,適逢袁宏高咏自己的《咏史》詩,謝尚大加讚賞,相談甚歡,袁弘聲名大振。崔承祐的詩是説,自己想要施展才華,遇到提拔重用人才如謝尚的人,於是尋找渡口,到了渚邊。吟咏江心冰冷的團月,愁緒如山頂雲彩片片離散。孤枕邊,飄過大雁的叫聲,幾葉舟上,漁火如點點星光。雖然常常夢到白醪紅膾,雖然羡慕像自己的知己那樣,可以過歸隱生活,但自己不敢辜負政治清明時代,自己不敢辜負君恩,想要有所作爲。

崔匡裕,本貫慶州。新羅憲康王十一年(885),試殿中監金僅以慶賀副使赴唐,崔匡裕與金茂先、崔涣等一同前往,以宿衛學生身份在唐學習,賓貢及第。

今《東文選》卷十二收七律十首①,從題材上看,《御溝》《細雨》寫景,《庭梅》《鷺鷥》狀物,《長安春日有感》《郊居呈知己》咏懷,《早行》《商山路作》即事隨筆,題材涉及廣泛,融入更多真情,也更有詩味。與該書收入崔承祐、朴仁範等在華創作不同,崔匡裕存

① 《東文選》卷十二,第255—256頁。

世作品大都不具備明顯的交際特徵,僅《送鄉人及第還國》送人、《憶江南李處士居》懷人,一爲鄉人、一爲處士,這或與崔匡裕在華交往層面不同於崔承祐、朴仁範有關。

崔匡裕詩描寫細緻入微,比如《御溝》:“長鋪白練静無風,澄景涵暉皎鏡同。堤柳雨餘光暎緑,墻花春半影含紅。曉和殘月流城外,夜帶殘鐘出禁中。人若有心上星漢,乘查未必此難通。”

全詩未點明河水,但句句相關緊扣。首句直接出現喻體白練,寫出水平静、柔美、綿長的特徵。次句又説非常清澈,好像明鏡一樣,日光投射的亮影,與水一同蕩漾。次聯描寫春天雨後清新的緑柳紅花在水中倒映的景象,“光暎緑、影含紅”,仿佛水光帶有透亮的色彩,靈動、可愛。天將亮時,殘鐘聲中,與殘月作伴,流出禁中向城外。相傳古有居海渚者,乘槎浮海至天河,御溝又是宫苑内河道,在人間王庭附近,尾聯一語雙關。

頸聯一連兩個“殘”字,静謐中流露出黯淡、憂傷,不僅此處,崔匡裕詩多次使用“殘”字,如《早行》“一鞭寒彩動殘星”、《庭梅》“繁枝半落殘粧淺”、《郊居呈知己》“簾捲殘秋岳色高”。

與喜用此字相吻合,崔匡裕總體上也呈現出一種感傷的氣質。比如他寫《鷺鶿》,結尾歸結到“兩處斜陽堪愛爾,雙雙零落斷霞中”,很美的景色,却因“斜陽、零落、斷霞”而顯得淒美。再如他寫庭梅:

> 練艷霜輝照四隣,庭隅獨占臘天春。繁枝半落殘粧淺,晴雪初銷宿淚新。寒影低遮金井日,冷香輕鎖玉窗塵。故園還有臨溪樹,應待西行萬里人。

首聯寫出梅花寒天獨放、傲視群芳,筆鋒雄健。但頷聯氣勢一下又弱了回去,“半落、殘粧”很是蕭敝。松柏後凋,本來寒雪是可以襯托梅花堅貞品質的利器,但詩人却以“宿淚”作比,仿佛梅花整夜飲泣,哭落了自己的妝容。寒天中,梅樹的影子低低遮蔽了宫井的陽光,冷冷的香氣,清清鎖住玉窗上的塵土,繼續營造柔弱的氣氛。尾聯轉而聯想,家鄉溪水邊樹木,應該在苦苦等待自己這個西行萬里來華的游子。

這首詩給人的感覺,與王安石《梅花》的傲骨錚錚反差極大,很像唐末崔道融寫的《梅花》:“數蕚初含雪,孤標畫本難。香中别有韵,清極不知寒。横笛和愁聽,斜枝倚病看。朔風如解意,容易莫摧殘。”①崔匡裕寫的是泣梅,崔道融的是病梅,楚楚可憐,委婉

---

① 《全唐詩》卷七〇四。

動人,呈現出一種柔弱美。

不僅冬日感懷傷人,即使春天萬物復蘇,崔匡裕也難以縱情釋然。《長安春日有感》說:"麻衣難拂路歧塵,鬢改顔衰曉鏡新。上國好花愁裏艶,故園芳樹夢中春。扁舟煙月思浮海,羸馬關河倦問津。祇爲未酬螢雪志,緑楊鶯語大傷神。"

春天原本生意盎然,對比之下,自己却尚未釋褐却青春老去,情何以堪!好花鮮豔也只在愁中,因爲自己魂牽夢繞的,永遠是家鄉的樹木。時光忽忽,不知何日還家,欲乘舟歸去,關河萬里,馬瘦難行。鶯聲鳥語,春光大好,只增煩惱,就因爲寒窗苦讀未得金榜題名。

在唐未能賓貢及第,成爲崔匡裕有家難回的主要原因。看到一在唐學習,"高堂朝夕食調膳,上國歡游罷醉花"的同學,能及第回鄉,崔匡裕更表現出"同離故國君先去,獨把空書寄遠家"的悵惘。① 他在郊野居住,寫詩寄給知己,也説"仙桂未期攀兔窟,鄉書無計過鯨濤"。

科舉不利,難以還鄉,使得他的詩染上傷感,不僅如此,山河凋敝,也是崔詩傷感的重要原因。《商山路作》:

> 春登時嶺鴈回低,馬足移遲雪潤泥。綺季家邊雲擁岫,張儀山下樹籠溪。懸崖猛石驚龍虎,咽澗狂泉振鼓鼙。懶問帝鄉多少地,斷煙斜日共淒淒。

商山在陝西,是四皓東園公、綺里季、夏黄公、角里先生隱居的地方。戰國時候,張儀詐言願以商於六百里獻楚,楚王貪圖土地,與齊斷交,張儀反口説只有六里。詩人路經此處,山高雁低迴,早春雪初融,馬行緩慢。懸崖絶壁,野獸出没,泉澗聲震耳欲聾。前六句寫的很有力量,尤其頸聯很有聲勢。但尾聯,詩人突然想到京城,雖用"懶問"二字,似不關心,可却用"斷煙、斜日、淒淒"收束,一片無可奈何、欲説還休之感。

同寫此地,李商隱(813? —858)《商於》説:"商於朝雨霧,歸路有秋光。背塢猿收果,投岩麝退香。建瓴真得勢,横戟豈能當? 割地張儀詐,謀身綺季長。清渠州外月,黄葉廟前霜。今日看雲意,依依入帝鄉。"首二聯寫風光,第三聯寫秦國勢不可當,第四聯與崔匡裕詩相同,也用到了張儀、綺里季的典故。次聯將目光拉回眼前景色,結尾懷念帝都。對於王京,李商隱生活在晚唐,他的詩仍是"懷",到了唐末崔匡裕再寫,他的事就

---

① 《送鄉人及第還國》。

變成了“傷”。

崔匡裕生活在唐末,難免受到唐末詩風的影響。但他去國懷鄉、功名未遂、有家難回,加以目睹山河破敗,都成爲他詩歌籠罩在感傷氛圍中的原因。與他相比,朴仁範、崔承祐都没有這種明顯的情感氛圍。或與三人求學、仕宦道路順遂與否的不同有關,或與朴仁範、崔承祐存世作品大都充當交際手段有關,不論如何,從現存三人作品看來,崔匡裕的詩最具唐末詩歌氛圍。

三、漢詩鼻祖崔致遠

崔致遠,字孤雲,一海雲,景文王八年(868)入唐,乾符元年(874)禮部侍郎裴瓚下賓貢及第。三年,任江南道宣州溧水縣尉。考績,爲承務郎、侍御史、内供奉、賜紫金魚袋。廣明元年(880)冬,離職,欲考宏辭科,未果。時僖宗命淮南節度使高駢爲諸道行營都統,討伐黄巢,辟致遠爲從事,撰寫公文。因高駢奏薦,中和二年(882)獲賜都統巡官、承務郎、殿中侍御史、内供奉、賜紫金魚袋。四年,欲東還,僖宗知之,光啓元年(885)使將詔書來聘,以淮南入本國兼送詔書等使身份,與入淮南使金仁圭、新羅國入淮南録事崔栖遠(崔致遠從弟)一同返回新羅。

二年(886)正月,崔致遠向憲康王進上自己在唐期間作品,包括浪跡東都時所作三卷:私試今體賦五首、五七言今體詩一百首、雜詩賦三十首,及溧水縣尉任上《中山覆簣集》五卷、高駢從事四年間《桂苑筆耕集》二十卷,詩賦表狀等集合計二十八卷。得憲康王重用,留爲侍讀兼翰林學士、守兵部侍郎、知瑞書監事,至真聖女王間逍遥自放、終攜家隱居伽倻山海印寺,掌文柄十餘年。晚年未再出仕。

今存《經學隊仗》三卷、《桂苑筆耕集》二十卷。《桂苑筆耕集》是崔致遠任高駢從事官期間的作品的集合,前十九卷半全是公文、應酬類文章等,專門抒情言志者幾乎没有。最後半卷收録的三十首詩中,絶大多數也是酬贈類作品,僅有《東風》《海邊春望》《春曉閒望》《海邊閒步》《將歸海東巉山春望》《題海門蘭若柳》等六篇是純粹的寫景抒情作品。大抵詩人在做從事官期間公務繁忙,直到光啓元年(885)春即將歸國,方稍有閒暇。

此外,崔致遠後裔崔國述從樂府、文選、野史、僧傳中纂輯,1926 年出版了《孤雲先生文集》三卷,收詩三十二首。1972 年,韓國成均館大學大東文化研究院影印出版《崔文昌侯全集》,將現存作品基本搜羅殆盡,在《桂苑筆耕集》《孤雲先生文集》基礎上,又補入《孤雲先生續集》,增詩十二首(《馬上作》僅餘兩句)。

在韓國漢文學史上，崔致遠享有開山鼻祖的稱號，源於他高質量、高數量的詩文創作，檄黄巢聲聞當時，《新唐書·藝文志》見載，高麗顯宗時被封文昌侯，别集世代流傳，這些際遇，也成爲他在後世遠遠超出與他齊名當時、合稱“一代三崔”[①]的崔承祐、崔彦撝的主要動因。

十二歲離家，記憶中的故國，成爲崔致遠揮之不去的牽掛。春風吹過，他不禁説：“知爾新從海外來，曉窗吟坐思難裁。堪憐時復撼書幌，似報故園花欲開。”[②]詩人彷佛在對春風説，知道它從自己的家鄉來，是不是翻動自己的書頁，好像報信説家鄉的花就要開了。

直至入高駢幕下，崔致遠已在中國多年。漢語、詩文，中國人的生活習慣等，都十分熟悉，也很好地融入了中國社會，否則高駢也不會讓他代寫諸多公文。雖然唐朝是一個十分開放的時代，可在崔致遠心中，却始終放不下自己是異國人的身份，《陳情上太尉詩》説：

> 海内誰憐海外人，問津何處是通津。本求食禄非求利，只爲榮親不爲身。客路離愁江上雨，故園歸夢日邊春。濟川幸遇恩波廣，願濯凡纓十載塵。[③]

中華四海之内，有誰憐惜身爲東海外新羅國人的自己呢？像孔子、子路一樣詢問渡口，却没有找到渡口可以通向彼岸。原本尋求俸禄就僅僅爲了糊口、光耀門庭，也不是爲一己私利。獨在他鄉，今又乘船將去，滿腔離情别緒，偏逢雨灑江灘。歸去後，只願如伊尹受聘商湯，自己可在故國大有用武之地。想要渡海回國，幸遇唐僖宗的恩賞，受命東歸，希望能用恩賜的波水，一洗自己十餘年在華平凡仕宦的冠帶。

崔致遠眼中，自己就算在本國，也僅僅是中上等出身，不是王族，何況在堂堂文化大國、綜合實力遠出新羅之右的中華，自己似乎更加渺小。在唐及第，仕途發展尚可，使得他對唐本身就懷有的無限好感中，更加添入了感激的成分。對賞識他的上級，愈發感恩戴德的心，不僅是客套，而且非常真誠。如《歸燕吟獻太尉》[④]：

---

① 崔仁渷：《新羅國故兩朝國師教謚朗空大師白月棲雲之塔碑銘并序》，《韓國金石全文·中世上篇》，1984 年。
② 崔致遠撰，黨銀平校注：《桂苑筆耕校注》卷下，中華書局，2007 年，第 766 頁。
③ 同上，第 744 頁。
④ 同上。

> 秋去春來能守信,暖風涼雨飽相諳。再依大廈雖知許,久汙雕梁却自慙。深避鷹鸇投海島,羨他鴛鷺戲江潭。只將名品齊黄雀,獨讓銜環意未甘。

燕子依節令而飛,來去有常,是守信的表現。在南來北往的過程中,暖風涼雨,它早已經歷無數。燕子再次依傍大廈棲身,雖被允許,但自己却因外表配不上華美的梁棟,自慚形穢。歸燕象徵詩人自己,北燕南飛,即指自己行將返還新羅,大廈即太尉高駢。後兩聯詩是説,"您"幕下高文大手衆多,"我"的才學遠遠不及,故願自投海島,返回新羅;"我"也羨慕才華非頂尖但高過自己的人,他們可以在您的幕下如魚得水。燕子的名號品級和黄雀齊平,它不會甘願將銜環報恩的任務獨獨讓與黄雀。

崔致遠很善於運用這種象徵的寫作手法,除却《歸燕吟獻太尉》,《孤雲先生文集》卷一中的《江南女》與《蜀葵花》也是如此。① 《江南女》説:

> 江南蕩風俗,養女嬌且憐。性冶恥針線,妝成調管絃。所學非雅音,多被春心牽。自謂芳華色,長占艷陽年。却笑鄰家女,終朝弄機杼。機杼縱勞身,羅衣不到汝。

有學者以爲,這首詩是崔致遠在揚州任職期間的作品,展現了揚州地區澆漓的民風②,或言崔致遠厭惡懶惰,鄙視富貴③,或言揭露貧富懸殊④。

唐末詩人秦韜玉有《貧女》詩:"蓬門未識綺羅香,擬託良媒益自傷。誰愛風流高格調,共憐時世儉梳妝。敢將十指誇偏巧,不把雙眉鬭畫長。苦恨年年壓金線,爲他人作嫁衣裳。"⑤將這首詩與崔致遠詩對照來讀,别有一番滋味。

秦詩的叙述主人公是貧女,通過平鋪直叙的内心獨白,道出自己費盡心血却徒勞無功、勞動却不得成果的哀怨。崔詩則是站在客觀角度,對比叙述,寫盡富家女飽食碌碌、有財無德的形象。錢鍾書先生在評點梅堯臣《陶者》詩的時候説,唐代諺語"赤脚人趁兔,着靴人吃肉",把雙方苦樂不均的情形鮮明地對照出來,"梅堯臣這首詩用唐代那句諺語的對照方法,不加論斷,簡辣深刻"。⑥ 崔致遠詩也是如此。

---

① 《孤雲先生文集》卷一,《韓國歷代文集叢書》第1册,第24頁。
② 楊雨蕾:《明清朝鮮文人的江南意象》,《詩江南》,2010年第5期。
③ 張天來:《新羅文學家崔致遠的漢文詩》,《東南大學學報(哲學社會科學版)》,2000年第12期。
④ 周旻:《晚唐詩與崔致遠》,《國外文學》,1990年第7期。
⑤ 《全唐詩》卷六七〇。
⑥ 錢鍾書:《宋詩選註》,人民文學出版社,2013年,第17頁。

崔詩取材於孟郊(751—814)《織婦詞》"如何織紈素，自著襤褸衣"，只是在寫作技法上，通過富家女的譏笑，引出貧女整日勞動却不得富裕的生活。顧影尚且自憐，何況又有富女的強烈映襯！更加凸顯出社會的不公平，譏刺富女、憐惜貧女的效果愈加強化。

貧女即象徵品格高尚、富有才情，却不得身居高位的人；富女即象徵出身優越，錦衣玉食，却無才無德、尸位素餐的人。這種因出身地位導致的不平等，在《蜀葵花》一詩中，同樣用象徵手法表現出來：

> 寂寞荒田側，繁花壓柔枝。香輕梅雨歇，影帶麥風欹。車馬誰見賞，蜂蝶徒相窺。自慚生地賤，堪恨人棄遺。

生長在荒田旁的蜀葵枝柔花美、花香清雅，僅因出生地卑賤，車馬、蜂蝶都不理睬。這首詩不禁令人想到左思《咏史》其二："鬱鬱澗底松，離離山上苗。以彼徑寸莖，蔭此百尺條。世胄躡高位，英俊沉下僚。地勢使之然，由來非一朝。"通過寫松、苗，僅因在澗底、山上的位置不同，就導致了與品性、才能截然相反的結果，象徵英才出身平庸即沉下僚、世胄無才也定居高位，在對比中彰顯主題。左思詩六七句點破作詩要譏刺的社會現實，相比之下，《蜀葵花》更爲含蓄、隱忍。

新羅國奉行的骨品制度，嚴格限定了一個人的就業範圍與上升空間，自國初，"苟非其族，雖有鴻才傑功，不能逾越"①。久久以來，形成了由血統限定、衡量人的文化氛圍與思維定式。

久沐唐風，唐制選人不限出身的寬鬆環境，自然是崔致遠真正嚮往的。在上方大國中華，崔致遠深受高駢器重，歸國更是以唐僖宗特批的使臣身份衣錦還鄉："自古雖誇晝錦行，長卿翁子占虛名。既傳國信兼家信，不獨家榮國亦榮。"②這種以使臣身份回家，爲家、爲國争光的榮耀感，在崔致遠看來，不論是司馬相如還是朱買臣，都是無法比擬的。如此榮耀，回到新羅，仍舊難逃六頭品身份的局限，不能做三公宰輔。反而出身真骨貴族，即使才德都比不上自己，也有機會位出己右。巨大落差，只能以此曲筆表現。

崔致遠本以爲自己學成歸國，可以一展身手，不料"衰季多疑忌，不能容"③，有志難

---

① 《三國史記》卷四七《薛罽頭傳》。
② 《桂苑筆耕集校注》卷下，第 750 頁。
③ 《三國史記》卷第四六《列傳》第六《崔致遠》。

伸。自幼赴唐,價值觀、人生觀基本都是在唐形成。一去十幾年,回新羅國,生活環境要重新適應,仕宦的人際關係也要重新建立。追逐理想的意願越強烈,失落感恐怕也就越強。加之讀書同學、科舉同年座主都在唐,知心朋友想必寥寥,霎時間,無人能解的孤獨感急劇凸顯。作爲當事人,這種孤獨難與人説,甚至覺得别人根本無法理解而不願言説。這時,孤獨感便會昇華爲曠古絶調,惟天地能與之産生共鳴,《秋夜雨中》[①]:

秋風唯苦吟,舉世少知音。窗外三更雨,燈前萬里心。

陶淵明《咏貧士》其六説"舉世無知者,止有一劉龔。此士胡獨然? 實由罕所同。"昏暗時代中,何人可以共話平生,一解心中憂悶? 存世者中無有,惟有從古人中找尋。這句詩是崔詩的直接來處,崔致遠找遍茫茫人海,一無所獲之後,或許在古人中找到了陶淵明。

韓國漢文學殿軍李家源(1917—2000)説:"蓋致遠自以爲'絲入中華,錦還東國',而國事日非,世無知音,儘可悲耶夫!"[②]"苦吟"二字,也不禁使人聯想到賈島,想到晚唐五代苦吟的一度流行,而"五代亂世,賈島的追隨者仕進無望,沉淪下僚,唯有借詩苦熬窮困清寒的生活,安頓無聊痛苦的心靈"[③],這與崔致遠當時心境恐怕正相和合。

崔致遠此時期的詩,情感上含有的對世道不公的憤懣、世無知音的孤獨。與此相應,也表現出淒苦的風格。《秋夜雨中》展現出秋風蕭索中,伴隨綿綿雨水,詩人徹夜難眠,知音難覓,惟"苦吟"自解的景象。《郵亭夜雨》"旅館窮秋雨,寒窗静夜燈",也同樣是相似的畫面。秋雨、黑夜,都是索寞、昏暗的意象,點點燈火雖是暗夜中的光明,也能更加凸顯一切皆在黑暗籠罩,惟有孤燈相伴的蕭索、無望。這幾個簡單、常見的詞彙搭配在一起,却可形成無比綿長杳渺、觸人心弦的意味,不禁想到黄庭堅的"江湖夜雨十年燈"[④]。

《三國史記》本傳言崔致遠"自傷不偶,無復仕進意,逍遥自放山林之下、江海之濵"。《黄山江臨鏡臺》[⑤]詩應該就是這個時候的作品:

---

① 《孤雲先生文集》卷一,《韓國歷代文集叢書》第1册,第24頁。
② 劉暢、許敬震、趙季:《韓國詩話人物批評集》,首爾:寶庫社,2012年,第19頁。
③ 李貴:《中唐至北宋的典範選擇與詩歌因革》,復旦大學出版社,2012年,第98頁。
④ 《山谷集》卷九《寄黄幾復》。
⑤ 《孤雲先生文集》卷一,《韓國歷代文集叢書》第1册,第28頁。

煙巒簇簇水溶溶,鏡裏人家對碧峰。何處孤帆飽風去,瞥然飛鳥杳無蹤。

臨鏡臺在現在韓國慶尚南道梁山郡洛東江(舊名黄山江)東北側,又稱孤雲臺、崔公臺。首二句寫山水,起句七字使用兩組疊字,描摹準確,聲音協和,第二句以鏡喻水,形象表現水面寬廣平静。第三句筆鋒一轉,視線突然移向遠處天邊,孤帆飛速駛去,以至難辨是船是鳥。詩語真淳、輕快,一洗沉重、苦澀。古今詩人相通,蘇軾也説"孤帆南去如飛鳥"①,詩語相類。

一番游歷後,崔致遠晚年攜家歸隱伽耶山海印寺。在韓國慶尚南道陜川郡伽倻山,至今還流存着讀書臺,相傳是他隱居的遺跡。該處水聲震耳,即使相距一尺,也難以聽清對方説話,正如崔致遠《題伽倻山讀書堂》詩描述的:"狂奔疊石吼重巒,人語難分咫尺間。常恐是非聲到耳,故教流水盡籠山。"②首句起的聲勢浩大,很有氣魄。

崔致遠早年在唐科考、仕宦,衣錦還國後,掌文衡十餘載却不得上位,直至受排擠,經歷坎坷,鬱鬱不得志,晚年雲游,最終歸隱。人生閲歷豐富,情感經歷過大的波折,爲他寫詩的提供了豐富的素材、真摯的感情。屈居下僚,雲游隱居,也使他有更充裕的時間用來體味人生、游歷山水、打磨詩歌。

崔詩題材種類多樣,風格富於變化,境界小大兼備,這種豐富性,遠遠超過同時代朴仁範、崔承祐、崔匡裕等人的作品,尤其"燈前萬里心"的人生觀照,成爲韓國漢詩史上難以逾越的高峰,崔致遠可稱爲韓國漢詩創作的開拓者與奠基人。

(作者爲天津外國語大學比較文學研究所講師,文學博士)

---

① 《東坡全集》卷二六《江上看山》。
② 《孤雲先生文集》卷一,《韓國歷代文集叢書》第1册,第28頁。

日本漢文詩話手寫序跋釋録舉隅

趙 季

王曉平先生在《朝鮮李朝漢文小説寫本俗字研究》中正確指出，域外漢籍寫本多爲書寫方便，“使用的漢字有四種現象值得注意，即存古、雜草、泛俗與簡化”，并指出“泛俗與簡化”的淵源之一是“沿用六朝與唐代俗字”①。此種民間書寫“趨簡”狀況，不但敦煌卷子中比比皆是，就是當代中國社會中也普遍存在。例如市場裏面將“韭菜五角”寫作“艽芽五毛”，由於實物在場，并不影響識讀理解。但這些俗字存在於域外古籍中，就會令當今讀者和研究者如墮五里霧中，摸不到頭腦了。所以，王先生創建“漢文寫本學”，實在是意義重大的一個研究課題。從宏觀方面有利於推進古代文化文學研究，從具體層面看則有助於文獻整理的精準。在王先生的啓發下，筆者逆向思維，提供域外漢籍刻本中與此相反的另外一種情況，即不是“趨簡”，而是“趨繁”。并從文獻釋録角度提出一些具體操作處理的問題，以就教於方家。

筆者在整理輯校《日本漢文詩話集成》時，遇到很多刻本，其序跋不用正體刊刻，反而用草書、篆文刊刻，這種做法給文獻釋録帶來一定的難度。之所以謂之“趨繁”，又分兩種情況。

第一種情況是文字的趨繁。漢字由大篆到小篆，再到隸書、楷體、行草，都是逐步簡化的。但是有的日本漢文詩話的序跋却用篆文書寫，以下第一例龍草廬的《明詩材題言》即是代表。

第二種情況是刊刻成本的趨繁，或可謂之趨煩。從刻字工人的角度，通用的宋體是最爲方便的，因爲其文字横平竪直，規範方正，且工人對宋體字刻版技術熟練，效率會較高，而成本會較低。但有些日本漢文詩話序跋經常請著名書法家施以草書，由手民按草

① 王曉平：《朝鮮李朝漢文小説寫本俗字研究》，《上海師範大學學報》2013 年第 2 期，第 69 頁。

書刻版。草書筆劃變化較多,龍飛鳳舞,規範性整齊性差,大大增加了刻版的難度和刊刻的成本。齋藤拙堂撰文、大野重民草書的《夜航詩話序》可爲代表。

自然,這種形式也是源自中國,原意是爲了表示對作序者的尊重。但是,在日本却有了新的流變,大量的情況是,這些序跋的作者只撰述文詞,書寫却由另一位書法名家代勞,刊刻手民則按此鐫刻。手寫的序跋除了内容具有介紹評價該書的作用,在書寫形式上更在於取其書法藝術的美感欣賞作用。這更類似於中國的刻碑,兼取撰文者的文辭之美和書寫者的書法之美。日本詩話的序跋當然也有自撰自書的,其前提是作序者本人就是書法家。

以下,筆者選取篆文、草書序言各一例試加釋録,不當之處請專家指正。

第一例,龍秀松輯《明詩材》序[篆書]。龍草廬撰并書。按龍草廬(1714—1792),江户時代後期儒學者、漢詩人、書法家。姓武田,名公美、元亮,字君玉、子明,號鳳鳴、竹隱、松菊,通称彦次郎。著有《草廬集》,世稱“龍草廬”。

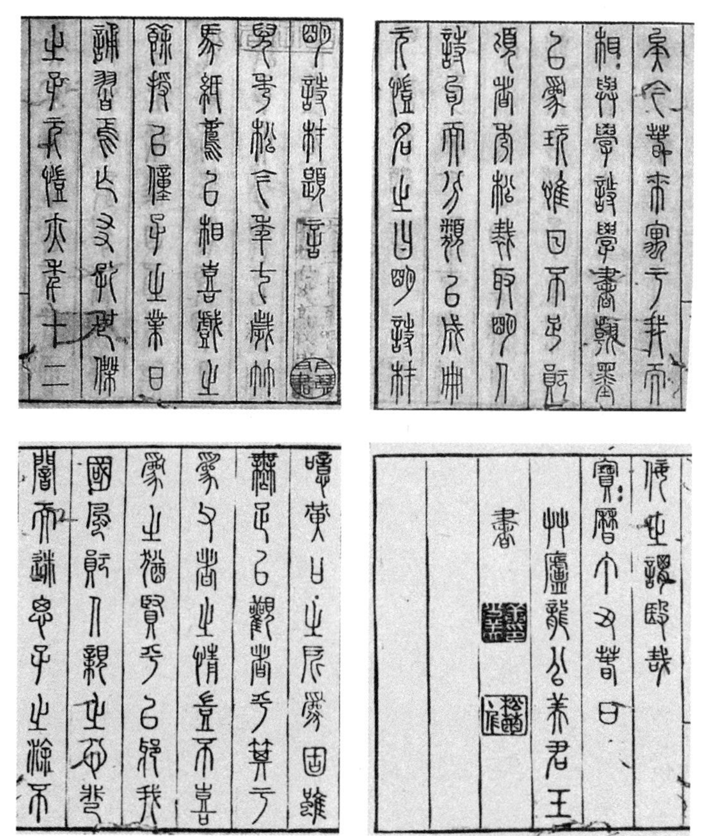

《明詩材》,寶曆八年(1758)向榮堂刊本

[釋録]明詩材題言

兒秀松今年七歲,竹馬紙鳶㠯相喜戲之餘,授以僮子之業,日誦習焉。亡友孔世傑之子元愷亦年十二矣,今春來寓于我,而相與學詩、學書,翰墨以爲玩,惟日不足賱。頃者秀松裁取明人詩句而分類以成册,元愷名之曰《明詩材》。噫! 黄口之所爲,固雖無足以觀者乎,其于爲父者之情,豈不喜爲之猶賢乎㠯邪? 我國風賱"人親之心呰闇,而迷思子之涂",不佞之謂殹哉。　　寶曆丁丑春日,草廬龍公美君玉書。

這一例序言是用相對規範的篆文所書,在辨認方面没有困難。問題是其中的異體字(如"㠯"、"以"),在釋録中是統一釋作規範繁體字,還是保留異體字? 在出版界對此亦有兩種不同意見。一種是堅持前者,以人民文學出版社古典組爲代表。理由是既然是古籍整理,就應該堅持用字規範化。但古籍用字情况千變萬化,如何才算規範? 例如"於"、"于"用作介詞時幾無區别,如何統一? 另一種意見是堅持後者,以李劍國先生爲代表。他在評價筆者輯校的《足本皇華集》時説:"異体字的处理也較合适。《輯校説明》説除個别不規範的異體字改爲規範繁體字外,其他底本中的異體字(如"恠"等)和簡體字(如"盖"等),以及韓俗通假字(如"牧丹"等),均一仍其舊。對此筆者贊同,筆者輯校古籍也是持此原則,有時還要嚴格些。這樣可以看到古人用字習慣,更有利於保存漢字各種字體字形,實際上爲研究漢字字形變化提供了資料。"那麼,整理域外漢文寫本時,怎樣區别一般異體字和"個别不規範的異體字",樹立一個學界可以共同遵守的合理標準,恐怕也是漢字寫本學的題中應有之義。

就本序來看,筆者全部按照原書篆文楷化。提出對以下幾個字的疑惑,請教大家:

1. 竹馬紙鳶"㠯"相喜戲之餘。《康熙字典》:"古文'以'字"。改"以"似可。

2. 授以"僮"子之業。《説文解字》:"僮,未冠也。从人童聲。""男有辠曰奴,奴曰童,女曰妾。"認爲"僮"是正字。《漢語大辭典》:"同'童'。指未成年者。"認爲二者是異體字。從誰? 改"童"否?

3. 惟日不足"賱";我國既賱。《説文解字》:"賱,物數紛賱亂也。从員云聲。"《康熙字典》:"徐曰:即今紛紜字。"二者皆無"云"義。但看序文是用作虚詞"云"。如何處理? 改"云"否?

4. 豈不喜爲之猶賢乎"㠯"邪。按此語出自《論語·陽貨》"不有博弈者乎? 爲之,猶賢乎已。"《康熙字典》:"又同已。"似可改"已"。

第二例，津阪東陽《夜航詩話》序［草書］。齋藤謙撰序，大野重民書。按大野重民，字子教，號敬齋，師從於幕末三筆之一市河米庵，擅長書法，與津藩諸學者交往密切。津坂東陽的《夜航詩話》《聽訟彙案》，齋藤拙堂的《拙堂文話》《續拙堂文話》，以及中尾貞幹的墓碑、圓心寺的無緣塚銘，均係大野重民所書。

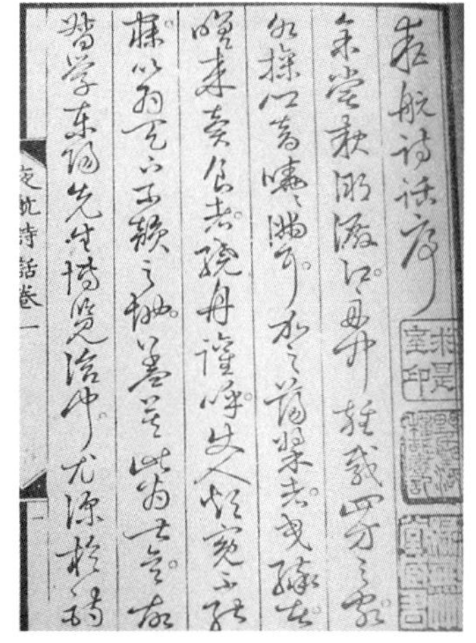
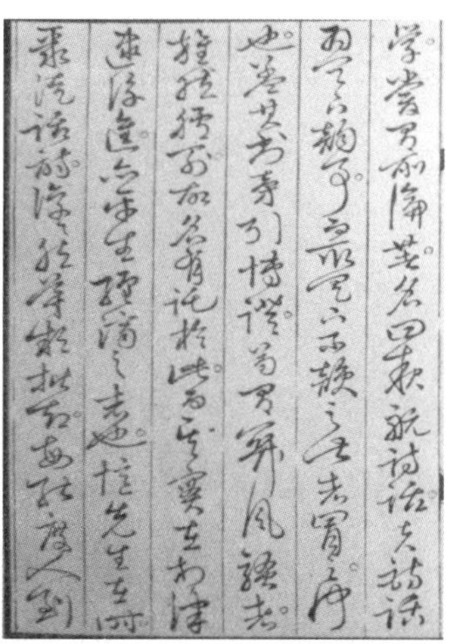
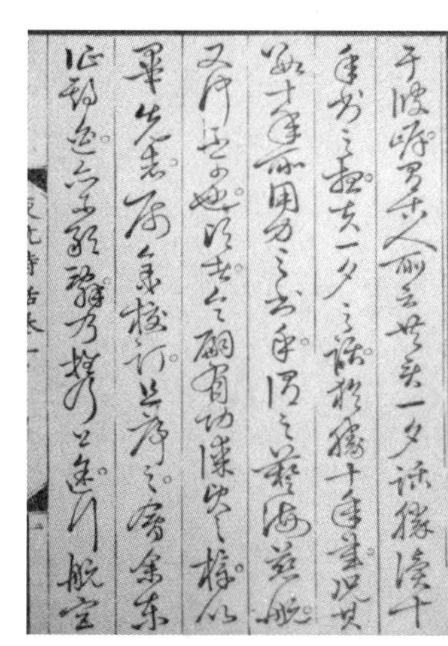
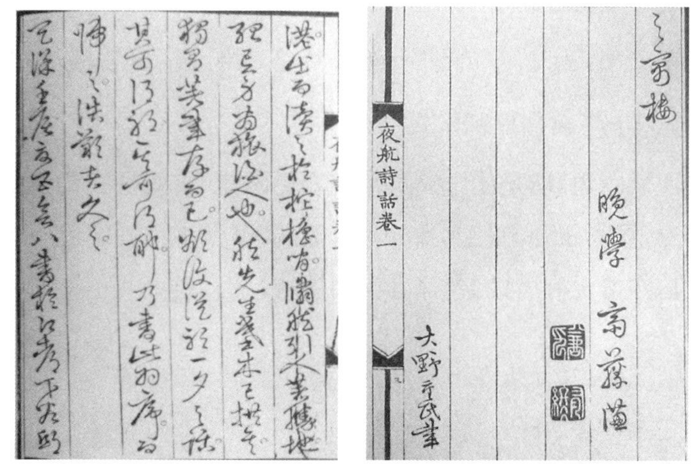

《夜航詩話》，天保七年丙申（1836）影印三重縣藏本。

［釋録］夜航詩話序

余嘗夜溯澱江，舟中雜載四方之客，各操鄉音，嘵嘵滿耳。加之蕩槳者、曳縴者、嗟來賣食者，繞舟讙呼，使人煩冤不能寐。以爲天下不韵之地，蓋莫此爲甚矣。故督學東陽先生博覽洽聞，尤深於詩學，嘗有所論著，名曰《夜航詩話》。夫詩話爲天下韵事，而取天下不韵之甚者冒之,何也?蓋其書旁引博證,苟有關風騷者,雜然臚列,故名有託於此,而其實在於津逮後進,亦平生經濟之志也。

憶先生在時,聚徒話詩,諄諄然導欵批却,每能度人到于彼岸,有古人所云"共君一夕話,勝讀十年書"之想。夫一夕之話猶勝十年書,況其數十年所用力之書乎!謂之藝海慈航,又何不可也。頃者,令嗣有功謀貞之梓,以畢先志。屬余校訂且序之。會余東征期迫,亦不敢辭,乃携上途,行航定港,出而讀之於柁櫓間,翛然引人著勝地,獨忘身爲旅泊人也。然先生墓木已拱矣,獨有著書存而已。欲復從聽一夕之話,其可得耶!其可得耶!乃書此爲序而歸之,浩歎者久之。天保壬辰夏五念八,書於江都下谷邸之寓樓。晚學齋藤謙。

大野重民書

此序辨識釋録的難點與中國草書作品幾乎一致。

一是草書的一字多形,如"書"字在本文就有三種不同寫法:、、。

二是一形多字,如"民""氏"都可作,本文的"大野重民"就容易誤釋爲"大野重氏"。

三是書寫者隨意性很大,字的細節部分特征不明顯,易致混淆,如(聞)、(何)、(中),全憑上下文揣摩判定。

這就引出第四個問題,這是比中國草書辨識更困難的,就是我們對域外文化相對於中國來説存在隔閡,尤其碰到不甚熟悉的專有名詞,靠上下文判定就很難了。未來的漢字寫本學對解決這類情況有所助益,筆者深切期待。

(作者爲南開大學文學院教授,博士生導師)

《江户繁昌記》初篇中的幾個經典場景解析

徐　川

《江户繁昌記》可以説是幕府末期非常重要的一部漢文作品，作者寺門静軒性格俊邁磊落，所做漢文以文采見長，在江户名聲郁然。静軒在江户著書立説諷刺追求利禄的齷齪俗儒，天寶年間的這部"奇書"大罵官儒，使他聚訟於一身，後被流放出江户。《江户繁昌記》有初編、二編、三編、四編、五編共五册。具體成書時間學界意見不統一，但於天保三年至六年刊刻發行應該没有争議。①

幕末的江户，人口衆多，商業十分發達。直接影響就是資本主義的快速發展，大商人和商業團體不斷發展壯大，而壟斷資本主義也開始擡頭。比較集中的表現就是米價飛漲，幕府政府不斷打擊商人屯米賺取暴利的行徑，但是收效甚微。究其根本還是社會體制無法跟上快速的資本主義發展，生産關係的落後跟不上生産力的發展狀況，社會矛盾加劇，官商勾結行徑越來越普遍。也就是在這樣的社會背景下，静軒著《江户繁昌記》一書，在對市井生活描寫中，夾雜類似"戲作"的各種風俗描寫，而究其本質，是對當時社會醜惡的批判。當然其對市井生活的描寫，也有着相當重要的史料價值。爲我們了解當時江户普通民衆的生活狀態和風土人情開啓了一扇窗户。

《江户繁昌記》五編中"初編"是場景描寫最精彩的，開篇的"相撲""吉原"等篇章更是堪稱經典。在本篇論文中筆者僅就"初編"中的幾個場景，做簡單的介紹和分析，一窺當時江户"町人"們的生活以及"娱樂"的心態。

"初編"序中静軒是這樣説的：

天保二年五月，予偶嬰微恙，不能危坐執聖經，稍翻雜書，於閑臥無聊中以遣悶焉。如此旬餘，一日者慨然抛卷而歎曰：近歲年少不豐，百文錢才貿數合米。然窮巷擁疴浪

① 寺門静軒：《評釋江户繁昌記》，日本名著文庫，卷上・序。

人,猶獲不餓而臥游乎圖書叢内,顧得非太平世俗,如天德澤之所致也哉……無用之人而録斯無用之事,豈不亦太平世繁昌中之民耶?

且先説説這"正襟危坐"。在江户時代,讀儒學、朱子學這類"聖賢書"的時候,需要先整理衣襟,端正坐姿,進而再閱讀。半躺看書是不行的。那當然對静軒來説,即使遁入世俗已久,也不例外。這罹患病難,且正值江户時代已經進人"爛熟期"頂點的天寶二年五月,雖然不是重病,但也無法"正襟危坐"的静軒自是不能讀"聖賢書"了,故説自己只能翻翻像灑落本一類的雜書來"遣悶"。寺門静軒的父親曾是水户藩負責征收税金的官吏,静軒是他在江户納妾所生的孩子。所以静軒也曾經嘗試進入水户藩政走入仕途,施展抱負。但他最終没能成功,無法發揮自己平生所學。這也是他需"遣悶"的緣由之一。

江户時代的年輕人苦心于儒學,也皆是爲了安身立命,若能被幕府的"大名"家所選中成爲"御扶持",進而參與政治,便可揚名于世從而成爲大學者。但這樣的機會却是很有限的,可以想象静軒便是這些苦于終不得志,生活在郁悶之中的儒者一員。自文正十一年以來,天災頻繁。特别是九州、中國地區飽受暴雨侵襲。文正十二年三月江户遭遇大火,燒死 2 800 餘人。這部《江户繁昌記》出版的天保三年,正值全國各處都爲歉收而苦,持續的糧食供應不足導致江户城中出現了餓殍,暴亂時有發生,再加上奸商壟斷囤米牟取暴利,米價暴漲。幕府官僚們也進行了一系列措施來打壓米價,强行打擊囤米商人,將米分給饑民們以穩定社會。静軒自覺在這樣的"亂世"中能夠不忍饑挨餓,還能"臥游圖書叢内",這不是太平盛世中享幕府恩澤又能是什麽呢?故把所寫文字命名爲《江户繁昌記》。

此前日本文學的境界中,一説到漢文,便應該是莊嚴肅穆,甚至威風凛凛的感覺。而有關儒家教義的漢文學作品,那更是謹嚴敬重的代表。但一百多年前的享保時代開始,就陸續出現了用漢文所寫,表現卑俗内容的漢文作品。正是給人威嚴感的漢文和"俗"内容的調和下,醖釀出了作品中滲透着的獨特滑稽和諧謔。如此寫作風格,被稱爲"漢文戲作"。"灑落本"以其游歷文學的内容,是這方面的代表。但對于静軒來説,基于他的"幼時所觀今日所聞,百現萃于病床上"。且"原不屬意于雕蟲,且病中一時作意所筆,安能足細寫其光景以鳴國家之盛",只隨便寫寫"游裏"是顯然不夠的。要想千百年後讓讀者還是能夠"遣其悶於無聊中",那必然要將大都市江户三百年的"繁萃"都凝縮寫進來。静軒一生閲漢籍無數,對漢文詩作的熱愛以及其漢學功底之深厚,堪比一流學者。政治上無法施展抱負,學問上又怎能甘心做個三流學者,那必然是要將平生所學在這部"繁昌記"中展示給廣大讀者,讓大家知道這世上還有一個"寺門静軒"。

一、相　　撲

開篇便是"相撲",而爲何要以相撲的描述,來打開這次"江户之旅"呢?静軒想要抓住讀者,自然是要把文字更加世俗化一些,最可行的就是通過游裹文學來討好"町人娱樂" 的情趣。但也可以想象,若是直接進入游裹文學,對讀者來説好像是没起床就先吃"鰻魚飯"的感覺,太過油膩了些。那麽説起江户時代的繁榮,人們首先能想起來最具代表性的,應該就是相撲了。静軒説到從寅時櫓鼓不停敲擊開始,直至辰時,人們很早就吃了早餐來觀戰,甚是熱情。對兩位力士的争鬥,描寫得生動形象、惟妙惟肖:

> 力士取對上場,東西各自其方。皆長身大腹,筋骨如鐵。真是二王屹立。努目張臂,中分土豚,各占一半蹲焉。蓄氣久之,精已定矣。一喝起身,鐵臂石拳,手手相搏。破雲電掣,碎風花飄。賣虚奪氣,搶隙取勝。锺馗捉鬼之怒,清正搏虎之勢,狻猊咆哮,鷹隼攫鷙,二虎争肉,雙龍弄玉。四臂扭結,奮爲一塊 。投、系、撚、涀,不啻鬥力、鬥智、鬥術。四十之手,八十之伎,莫不窮極焉。

雖是很短的幾招幾式就能決出勝負,但其力氣之大,場面之激烈,人心之振奮,歎爲觀止。其後是從被稱爲"行司人"裁判專注之"静" 的描寫,到對比觀衆們情緒亢奮之"動"的對比,强烈的反差烘托出現場緊張而又熱烈的氣氛,讓人仿佛身臨其境。從開始到分出勝負,描寫中雖有誇張,但文字連貫一氣呵成,讀者看了很是過癮。

静軒隨後介紹了一下相撲在日本發展的歷史,這裹不多敷述。相撲在静軒生活的時代,其作用不僅僅是娱樂大衆,静軒隨即又説到"勸進相撲"。"勸進"一詞本身就是爲寺廟神社或者橋梁道路的修建以及修善來募集資金的意思。静軒在文章中向讀者展示了江户時代相撲比賽的情景,并且也提及了女相撲等。但這就是静軒所想表達的内容嗎?顯然僅僅這些是不夠的,以致在後來的《新釋江户繁昌記》中都被略去的部分,才是静軒真正想説的話,如"相撲"中其後的這一段:

> 去年予於某家見擬相撲者流先儒姓名編號,登時言之爲奇,而頃者又見擬之今儒

名字。嗟夫,愈出愈奇!然未聞今儒中一人有金剛力者。但至其賣名射利之手,不止四十八十。假虎威,張空力,舞狸術,妝虛名,鷹隼攫物,狻猊哮世,唯出死力以求世間喝彩之聲。周旋米之纏頭,紛紛於是乎抛焉。至其下者,别出書畫會之手段,奔走使脚,左搏右搶,屈腰握沙,叩頭流血。依四方君子之多力,才救土豚綠之窘,是謂之荷褌儒云乎。嗚呼,誰能卓然秀出,有古豪傑風,而外不挫於物,内不愧乎天。出維持世教,金剛力者蓋有之矣?我未之見也。

静軒所説的將儒者之名按照相撲排位的形式所編"奇書",應該是指于天明八年(1788)刊行的《學者角力勝負評判》。翻開被稱爲"番付表"的一頁,可以看到正中寫着"蒙御免"三個字,這是勸進相撲被解禁後,政府允許從事相撲運動的人員,被官方承認的象征。東大關是熊澤蕃山,關脅是荻生祖徠,西大關則是新井白石,關脅爲伊藤仁齋。[①] 其後還有對他們的評述,那時候的"大關"就是相撲的最高地位。可以想象當時在學問方面一説到大學者,首先是京都的伊藤仁齋,江户的荻生祖徠,他們也各有自己獨特的學説和研究方法,被称爲古學派。静軒本身是折衷學者,對于古學派是持批判態度的。這一巧合正好爲静軒所用,可以想象他看到這樣的評判不禁稱奇的情景。而寫《江户繁昌記》的時候他又看到了以當時儒者之名作相撲編寫的"番付表"[②],簡直是奇之又奇!

雖説如此,真正的儒者應該是什麽樣子呢?在静軒看來此時代至今没有一位能有"金剛力"[③]的儒者。反倒是賣個名頭來賺錢的伎倆,和相撲相比,又豈止四十八手。"假虎威,張空力"則是説現在的學者往往要借助出身于有名的學問世家,空有一個名頭還要賣弄自己在學問上多麼有"威嚴",靠像"狸貓"一樣的騙術浪得虛名。没什麽本事還非要裝出來像鷹隼一樣捕獵,説不出什麽高深的話語還要向狻猊一樣咆哮一番。爲了博得世人的稱贊費勁得要死要活,用俗話説就是連吃奶的力氣都使出來了。而大名們選門客并不是通過正式的選拔,只是根據自己的想法喜好來挑選文人。在根本不知道學者的學識水平和實力的情况下,只是根據道聽途説,就來判斷其好壞。并且就像將"纏頭"扔給勝利的相撲一樣,大名門給這些所謂的"儒者"們大筆的獎勵。而更有卑劣

① 《德川文芸類聚》卷第十二,國書刊行會編,第314—315頁。

② 此處没能找到原文獻,在齋藤月岑所編著的《武江年表》中可以找到相關記録。由國書刊行會于大正元年所出版的第二百三十七頁中記述有:現在の文人墨客諸芸人、又諸售物等を角力に取り組、甲乙を記せし物はやる。(現在的文人墨客各類芸人,通過角力來銷售各種商品,於此略記物品一二)

③ 指寺廟門口的"仁王"塑像,被冠以"金剛力士"之名。

之人,借助"書畫會"來賺取錢財。他們要請到非常有名氣的文人墨客,親自到場爲其書畫頌揚,授其頂戴,從而將書畫銷售一空。

靠這個來營生的人甚是不少。他們爲了開這樣的"書畫會",四處奔走,左拉右扯,不停地鞠躬求情,甚至不惜跪地磕頭。手握兩把黄沙,把頭都磕出血了也在所不惜。正如賽場上的相撲。像這樣要靠别的儒者之力來拯救自己于"土俵"邊緣的人,在相撲世界中被稱爲"褌擔",也就是只能負責給大關送遮羞布的最底層相撲。寫到這裏,静軒長歎道,又有誰能卓然秀出呢? 古代豪傑之風,不會被外物所侵擾,内心始終忠實于道義。那麽能夠秉持公道宣講儒學,真正挑起儒學"大梁"的有"金剛力"之儒者,到現在也没有見到。

可以看出静軒的筆鋒是多麽犀利,毫不留情地寫出了俗儒們各種無節操的行爲,揭露了他們追求功名利禄背後的齷齪行徑。可以想象,這樣對假儒者的痛斥使讀者,使與静軒有同樣遭遇和想法的知識分子們在當時看了一定是大呼過癮。

當然静軒所講的,并不是每一個普通江户市民都能看得懂。如之前筆者所説,《江户繁昌記》中的狹邪描寫,是吸引當時普通讀者,迎合"町人娱樂"的重要手段。静軒在《吉原》一篇中有對游女文化比較詳盡的叙述。其中在對各類嫖客的種種描寫中我們也可以看到静軒年輕時候的影子。這仿佛就是静軒對自己青春"少不更事"的一段回憶。由于篇幅所限,這裏筆者不做重點介紹了。我們可以看到,很多知識分子在江户時代的生活是很落魄的,可以説知識并不能改變命運。那麽静軒這樣的儒者們究竟到了什麽樣窘困的程度呢? 其後《千人會》中的一段描寫給我們提供了參考。

二、千 人 會

"千人會"是江户時代的一種爲了寺社塔堂的修繕,通過類似現代彩票形式來融資的活動。當時被稱爲"富籤"。這與前面説過的"勸進相撲"一樣,都是"勸進"的一種形式。但不可避免帶有賭博性質,使得其只能在政府允許的範圍内組織活動,文政、天寶年間尤爲盛行,天寶五年(1834)的時候曾經有大小七十座寺廟組織賣"富籤"。這種活動在明治維新以後被禁止。可是民間自己組織的"暗富籤"却一直没有停止過,而且規模越來越大。這樣的背景下,静軒描述了當時的所見所聞。

由于參加"富籤"有機會一夜暴富,所以人們是趨之若鶩,静軒很形象地刻畫了當時人們的心理:

誰知兒郎贖女郎之約,所恃在懷中一牌。萬人肚裏之算,湊墮於一人之手。南阮暴富,北阮益贍。十年傭作之氓,一旦享錦歸之榮;昨日典鏡之婦,今日戴瑁瑇之飾。錢如泉,金如塊。既庶矣,富之哉。三富之外,今乃倍至數十所云。

又有誰會知道,年親男子爲吉原游女贖身之約,在其懷中的一牌所繫。而萬人心中所算肚中所想僅能落入一人之手。中國古代有"竹林七賢",其中有阮籍和阮咸二人。《晋書》卷四十九,列傳第十九《阮咸傳》中記述説:"咸與籍居道南,諸阮(其他親戚)居道北,北阮富而南阮貧"。静軒在這裏將參與"富簽"的有錢人比作北阮,將貧者比喻成住在道南邊的阮籍與阮咸。意在説窮人通過這種活動而暴富。辛苦勞作十年的奉公人,一旦中獎便可衣錦還鄉。昨天爲了生活還不得不去典當掉隨身佩戴的鏡子,今天就能有奢侈的珠寶首飾來妝點自己。錢如泉水般流入,金子大的如塊狀。如此人潮,不正是江户的"繁昌"所在嗎?《論語・子路篇》中記録孔子説過:

子適衛,冉有仆。子曰:"庶矣哉!"冉有曰:"既庶矣,又何加焉?"曰:"富之。"曰:"既富矣,又何加焉?"曰:"教之。"

静軒明顯是受到孔子思想的影響。孔子想到先富民,然後對民衆進行教化。静軒雖没有提到後面的教化,但任何人都能看得出他所想表達的意思。静軒是土生土長的江户人,觀其景致,無論男女老少、貧富貴賤都對此"富簽"之事極爲狂熱。除了"三富"之外,其他還有類似的數十所寺廟有此活動。這難道是富民之路,文明之路嗎?静軒看盡繁昌各色,在此之上繼續寫到:

咄咄怪事,近年有追昏狂奔叫過者,如呼如叱。予初不解其爲何物,既而聞之,是報場中今日所刺弟一牌之目也。一字四錢,鬻之爲生。其狂奪者,以速報争先耳。晚間一走,百錢之贏,足以買一升米。嗚呼,一日活計,取之一刻中,豈得不叫而奔也哉。予今日屢空。豪氣稍摧。乃意吾亦插書狂奔于世者,然一日之走,計不足賒升米,而終年衣食于浮屠間,則佛緣之不薄,宜剃染逃佛,袖募緣簿,就年來所識,乞南鐐一片之憐,以少息狂奔之勞,且以修後生冥福也。又思不如修書畫會 ,以且救一時緩急。左思右想,躊躇悶者久矣。忽恍然奮曰:"野語有之,砍取劫盜,武士之習。況其食力。剃染未晚,修會鄙事爾。與其折腰帖尾,曝面於千百人,寧爲偷昏裏面,不令人知爲誰,而叱之鬻之之事簡氣傲也。何是此狂奔,非彼狂奔。將爲彼狂奔。"而羞澀未果,仍苦此狂奔,自知不足爲真豪傑,而卒老於狂奔。

説來很是奇怪,近些年來在黄昏日暮時分,有人在路上狂跑大喊大叫。静軒開始不知道是怎麽回事,後來聽説是爲報道場内中頭獎的"富"牌子上的字號。這是當時衍生出來的另一種賭博。并不是報給買了"富簽"的人,而是其他人圍繞中頭獎的字號來進行賭博。《寬天見聞記》中有記載,當時被稱作"話四文",也就是把頭獎的内容寫在一張紙條上,每張賣四文錢。想要賺錢,必須搶在别人前面將消息帶回去,所以都是一路狂奔呼喊邊跑邊賣。像這樣日落時分奔跑一次,能賺百文錢,足以買米一升。静軒于是感慨道: 這一天的生計,跑這麽一趟就有了着落,怎麽能不狂奔呼喊呢? 静軒打量了一下自己,像今天這樣身無分文的狀況,還真是讓人氣餒。從早忙活到晚,挣的錢也不足買一升米。

静軒年輕的時候就在寬永寺的勸學僚中生活過,其後又在駒迂吉祥寺門前創辦過私塾。當時静軒還在淺草新堀端(現在東京台東區藏前四丁目)的西福寺附近居住,通過給寺廟的僧侣講授儒學而受到接濟。所以静軒説自己和"浮屠",也就是佛祖很有緣分。覺得不如幹脆削髮剃度,遁入空門,袖子裏裝着募緣簿①,找熟悉的地方四下走走。能乞來些錢財,也就不用這麽辛苦地跑來跑去了,還能爲後生修來些冥福。静軒又想到,要不也來辦書畫會解決燃眉之急? 左思右想,躊躇郁悶了很久。恍惚間静軒突然想明白了:"人家都説,武士還能抓盜賊來自食其力呢,現在就入佛門還太早,辦書畫會也實在是丢人之事。與其在那麽多人面前點頭哈腰,還不如趁着傍晚昏暗把臉遮上,旁人也認不出是誰,繼而奔走狂呼賺錢來的有氣魄。誰説像我這樣窮困潦倒的書生就只能夾着書四處奔波,不能通過賣'話四文'來賺錢呢? 我就要這樣奔走呼號來養活自己!"可真是到了想做的時候,静軒却實在是無法豁出顔面,害臊的不行。最終也就只能通過"書生的狂奔"來營生。静軒自知不是真豪傑,自覺只能這樣終老。

這一篇可説是静軒對自己心理層面上非常細膩的表達。也代表了當時一批像他一樣的知識分子的無奈。讀書無用,還不如人家跑一趟傳個消息生活來的富裕輕鬆。又没有武士那樣與生俱來的行事作風,也不願意做那些假儒者們辦書畫會一樣丢人現眼的事情。没到活不下去的程度也不願意出家。靠什麽來養活自己? 教人識字讀讀書罷

① 爲寺廟捐贈者的名册。

了,拼命授課又能賺到幾個錢? 屢屢勸説自己想通了要豁出去賺錢,却又總是放不下知識分子的臉面。這種複雜的心理折磨,不光是那個時代知識分子的窘迫。時至今日讀起來,依然扣人心弦,感觸頗深。

三、書 畫 會

静軒抱有鄙夷的態度,并且幾次説到的"書畫會"是怎樣的一番情景呢? 讓我們接下來一探究竟:

> 當今文運之昌,文人墨客,會盟結社。而人苟風流,胸中有墨,才德并具者,一與萌衆推拜先生。聲流四海,溝澮皆盈。油然之雲,沛然之雨,靡人不欽慕矣。予雖不得與萌,亦嘗列末筵者數面,如其盛事,略觀而盡焉。其他多以柳橋街萬八、河半二樓……

彼時代的文人們會包下整間大的料理餐廳聚會,現場揮毫潑墨當即售賣。很多來賓到場,衆人一齊協力組織活動。從寬正時代開始内容和形式變得越來越豐富,不單有酒席,甚至請各種各樣的藝人來助興。可以想象其情景正如静軒所描述的:文運昌盛,文人墨客們結成各類聯盟,創辦文藝社團等。而胸中有墨,兼具才能和德行,能風流一時者,常被衆人推崇爲"先生"。静軒引用孟子的話來諷刺俗文人和假文人,無論什麽人都可以被奉爲"先生",可以想象其情景,互相吹捧,甚是滑稽。

静軒説他自己雖没被邀請"入社"過,但是隨山本緑陰先生倒是參加過幾次坐在末席。參加像這樣的"盛事"還是有些經驗的。静軒所説的柳橋街萬八、河半二樓是當時江户神田川和隅田川河口兩岸所開設的料理茶屋。其河上架設一橋名爲"柳橋",故稱爲柳橋街。而"柳橋"旁邊便是江户最繁華熱鬧的"兩國橋"地區,静軒對"兩國橋廣小路"是再熟悉不過了。當時如此料理茶屋集中的盛況,在成島柳北的《柳橋新志》初篇中有述説。

可見當時兩國橋地方的餐飲業有多麼的發達。那"書畫會"是一番什麽樣的情景呢? 静軒接着寫到:

> 先會數月,卜日掛一大牌,書曰:"不拘晴雨,以某月某日會請四方君子顧臨。"且大書揭先生姓名。於是乎莫人弗知有先生于世。蓋與漢朝及第放榜之事略同。榮可知

矣。觀者聚焉，摩肩累踵，指點曰："某畫人也。某詩人也。某儒流。某書家。彼插花師始宣名也。此清本氏女初上場也。"佇立仰牌，又如法場讀罪人加木一樣。

未會之間，先生雞起，孜孜奔走之務。高門縣簿，莫不敢往。亦不省内熱之恐。

幾個月前就已經將舉行的日子定好了，選一良辰吉日在門口掛一個大牌子，上面寫上："無論是晴天還是下雨，都請各方君子于某月某日大駕光臨。"并且將"先生"的名字故意在牌子上寫得很大。于是乎馬上這位"先生"的大名就傳遍四方。與我國漢朝的科舉考試及第放榜差不多，是件光宗耀祖的事。這種規格的"書畫會"當然要請一些藝人來助興，比如長唄、浄琉璃、三味線等。他們的名字也會一同寫在看板上。所以大家興趣盎然，看板前衆人摩肩接踵，會對着感興趣的藝人名字指點説："某畫家，某詩人，某儒者，某書法家，還有某插花藝術家也來助興啊。這次還有清本的氏女第一次登場。"清本氏女應該是當時歌舞伎中清元節流派中的女藝妓。成島柳北在《柳橋新志》初篇在有關藝妓的叙述中也有提及。第十四頁中也説道："大妓所職，弦歌也。其技有長唄，有富本，有常盤津。而清元居多。"可見當時爲了吸引眼球的花樣有多麼豐富。人們伸長了脖子探着腦袋向前看的樣子，又如看刑場要執行死刑人的名單一樣。

舉行書畫會那一天之前的日子，"先生"都要起得非常早，四處奔波造訪爲自己造勢。静軒的文章中總能看到莊子的風格和影子。這裏就是典型之一。《莊子・達生》中的一篇"田開之見周威公"中説到："有張毅者，高門縣薄，無不走也，行年四十而有内熱之病以死。"這個叫張毅的人，凡是高門甲第、朱户垂簾的富貴人家，没有一個他不去登門造訪晋見參拜的，結果活到四十歲便患内熱病死了。而這些"先生"們呢？没有哪個"高門縣薄"是他們不敢去的，也不好好想想，真是一點兒也不怕得内熱病。這諷刺甚是犀利，用我們現在的話説，爲了出名，"先生"們也是蠻拼的。而舉行書畫會當日自是一番熱鬧的場景。這其中焦點中的焦點是女先生：

浄妝冶服，豔發射人者，所謂近來流行女先生是也。纖手拈筆，唇墨成態。人麗毫靈。衆賓圍繞，蟻附蠅着，隨謝隨乞。嚴師在傍熟視，亦不得令其守"無别"之教，不手親受授。

《禮記・郊特牲》中説："男女有别，然後父子親，父子親，然後義生，義生，然後禮作，禮作，然後萬物安。無别無義，禽獸之道也。"在此被静軒引用。通過對女先生趨之若鶩的"衆賓"們的描寫,我們想象静軒的心裏,看他們的嘴臉如禽獸一般。

這幾段文字繪聲繪色地將"書畫會"呈現在我們面前,聲情并茂,吵鬧嘈雜的一個料理茶屋躍然紙上。而對于書畫會的火爆場景,静軒也不是唯一的描述者。曲亭馬琴在其日記中也有過述説。我們通過《馬琴書翰集成》其中對萬八樓書畫會中很詳盡的描述可知萬八樓是柳橋第一樓。一次集會能容納七百人,加上服務人員總共有八九百人。而用餐等候處還能容納三百人。書畫會的時候經常是五六百人,甚至七八百人共同出席。能有這樣的盛況是我們現代人也不容易做到的。由此可見當時江户的繁昌光景,如果没有相當的社會生産力發展和高度社會化,很難想象可以順利組織這樣規模的活動。那麽這一切静軒看在眼裏,他心中又是如何評價的呢?静軒繼續化名"翔鴻先生"作詩一首"贊"曰:

神蓍卜霽否之晋,楊柳橋頭車馬紛。樓上供張亦全盛,風流一日別占春。
佳賓藹藹鼎將沸,猬集蠅屯又蟻群。豈忍風儛與雨瞅,吮癰舐痔幾千辛。
擲來珠玉各差等,擡出杯盤同一般。斂金友擢飫金友,掌酒人掄惡酒人。
紅氈幾席分綦局,絳陳丹青皆卓犖。禽翰花翻癡愷之,雲狂煙渦醉張旭。
有人大箋請衆毫,輻湊名家歸一轂。蘇竹米山豈容易,鍾楷懷草固難贖。
夜光明月空拳求,齷齪何遑問麥菽。其他喫茶又瓶花,花説中郎茶盧陸。
俄兮側弁僛舞中,百枝喧囂借竈鬻。燈燭點來鬧熱醒,邯鄲恰是黄粱熟。
君不見墦間酒肉祭祀餘,昏夜乞哀諂又諛。未知妻妾相向泣,施施外來驕且娱。
昏夜乞哀猶可忍,白日乞哀若爲腼。耻之於人尤忒矣,利奔名走爲君憫。

從詩中可看出爲了辦一場書畫會,"主人"需要花費多少心思。甚至是要占卜天氣。其中多處引用我國的故事典籍,在描繪書法畫作時候也皆以中國名家爲比喻,可見静軒對漢文學漢文化的精通與了解。另一方面來講,也充分説明了漢文化對日本文化發展的影響。詩中有對"會主"以及各類賓客的生動描寫,對這些俗儒們互相阿谀奉承,互相恭維以達到一己私利的嘴臉,刻畫得入木三分。首先説想要請些名家大腕們來參加書畫會,光是忍受風吹雨打肯定是不夠的。静軒的"吮癰舐痔幾千辛"一句道出了是何等的"忍辱負重"。"吮癰"是出自《漢書·佞幸傳》鄧通爲文帝吮吸痔瘡的故事。而"舐痔"是出自《莊子·列禦寇》諷刺了勢力的曹商。從静軒引用的這兩個故事,可以看出他對極力舉辦"書畫會"這些俗儒的諷刺筆鋒之犀利。

而筆者較爲感興趣的,是詩中還有"喫茶瓶花"之人。所提及的袁中郎是我國明朝袁宏道。他所寫的《瓶史》,又名《袁中郎瓶史》。是我國對于插花藝術的全面介紹,于17世紀中葉傳入日本,對日本的插花有非常深遠的影響。袁宏道舉萬曆進士,歷任蘇州知縣、順天府教授、國子監助教等職。但他無意于仕途,欲以栽花蒔竹爲樂,可是因邸居狹隘,遷徙無常,故不得已而將興趣轉移至插花。① 這樣的經歷難免會與静軒産生共鳴。

無論是性格還是生活經歷都和静軒非常相像。日本人對盧仝推崇備至,且常常將之與"茶聖"陸羽相提并論。陸羽不止是出身貧寒,他是一名棄嬰。在他的自傳《陸文學自傳》中寫道:"字鴻漸,不知何許人,有仲宣、孟陽之貌陋;相如、子雲之口吃。"雖然用語诙諧,但其實也屬事出無奈。貌醜和結巴也就罷了,可"不知何許人也"一句,實在讓人無限同情。在我國封建社會,研究經學墳典被視爲士人正途。像茶學、茶藝這類學問,被認爲是難入正統的"雜學"。陸羽與其他士人一樣,對于傳統的中國儒家學説十分熟悉并悉心鑽研,深有造詣。但他又不像一般文人被儒家學説所拘泥,而能入乎其中,出乎其外,把深刻的學術原理溶于茶這種物質生活之中,從而創造了茶文化。静軒深谙漢文學,對這些名人與經典自是了然於心。可以想象其實静軒便是這"喫茶又瓶花"的一員,再想起袁中郎、盧仝、陸羽又怎會只是巧合呢?

静軒的友人看到他的詩作後也賦詩一首,静軒最後寫到:

> 友人李蹊戲嘲之曰:"乞食境界募緣簿,方便相傳繼法燈。利鉢名衣别有道,人間呼作在家僧。"

朋友李蹊詩中,嘲諷這些所謂的先生們拿着募緣簿,如僧人托鉢行乞。就像乞食僧代代相傳一樣這些文人也將書畫會做成了"傳統"。想得名利,不用像僧人那樣身披袈裟托鉢行乞去雲游四方講經説法,只需要辦書畫會就可以了。這些人可被稱作"在家僧"。李蹊生平無從可考,在《静軒詩鈔》中有一首《哭友人李蹊》。雖不了解此人,但其詩作和静軒的有異曲同工之妙。不難想象和静軒一樣看不慣這種行爲的知識分子也不會是少數。

通過以上的三個經典場景,我們可以在腦海裹浮現出當時江户浮躁的繁華。可以説《江户繁昌記》就是描述江户時代的文字版"清明上河圖"。静軒的言語犀利,文字幽

① 舒迎瀾:《古之〈瓶史〉與今日插花》,《園林》2002年第7期,第6頁。

默,批判起來毫不客氣。想必有同感的讀者一旦捧起此書就不願放下。而那些被批判的主流文人們看到這樣的文字會是何等氣憤。静軒是非常個性的,這樣的個性顯然帶來的不會是好結果。招致各種痛駡不説,之後他被流放,很久才又回江户。我們能體會到在静軒描繪繁華的背後,隱藏的是憤慨、懊惱以及擔憂。静軒想要通過自己的學問和智慧來做些貢獻,但是很遺憾未能如願。他最終没能等到時代的變革。不過有趣的是,就在他去世的時候,明治維新已然拉開了大幕。

(作者爲天津師範大學國際教育交流學院講師,文學博士)

天津師範大學圖書館藏清抄本《惜陰吟館陶氏詩鈔》提要

石　祥

惜陰吟館陶氏詩鈔二卷坿鈔一卷　清末民國間抄本

清陶鈞衡編。無格抄本。半葉八行二十字,小字雙行同。前後無序跋。卷上下前各有目録,列諸人姓名及收詩數(坿鈔目録在卷下目録後)。卷端題“古越陶鈞衡甫氏手訂”。今藏天津師範大學圖書館。

此書爲浙江紹興陶氏家集,計收 50 人、詩 267 首。卷上下所收諸人皆會稽陶氏。坿鈔諸人,據名下小注,陶澄爲寶應人,陶澍爲安化人,陶士璜爲“福建方伯”,陶晦軒爲“山西平定州牧”,陶章潙爲湖南監生,陶文端爲秀水諸生,陶璉爲嘉興諸生,陶錢浩爲仁和諸生,陶善、陶懷誠爲江蘇長洲人。諸人依時代爲序,陶莊敏公(諧)、陶文簡公(望齡)、陶崇謙、陶澄爲明人,其餘皆爲清人。每人名下有小傳,記字型大小、科舉仕履、交游行誼、著述等。詩末間或録他人評語,如陶章焕《過借風臺》後有“如此用古,出人意表。李調元”。

按,此書未見他處著録,抄寫精整,不無爲謄清稿本之可能,唯無從比對陶鈞衡氏筆跡,疑不能決。又,鈞衡生平未詳。卷下末位之陶大均,卒於宣統二年,據以推測,是書約編於辛亥鼎革前後。

目次如下:

卷上

陶莊敏公(諧),收詩 1 首。

陶文簡公(望齡),收詩 8 首。

陶崇謙,收詩 6 首。

陶燮,收詩 2 首。

陶譽相,收詩 10 首。

陶維坦,收詩 6 首。

陶春,收詩 4 首。

陶幹堯,收詩 5 首。

陶煒,收詩 2 首。

陶慶麒,收詩 4 首。

陶仲濂,收詩 1 首。

陶福清,收詩 1 首。

陶雲賡,收詩 1 首。

陶文彬,收詩 3 首。

陶章焕,收詩 8 首。

陶元藻,收詩 33 首。

陶廷珍,收詩 10 首。

陶廷琡,收詩 4 首。

陶軒,收詩 4 首。

陶守廉,收詩 2 首。

陶綬,收詩 6 首。

陶沄,收詩 8 首。

陶湝,收詩 2 首。

陶際堯,收詩 4 首。

卷下

陶方琦,收詩 34 首。

陶浚宣,收詩 32 首。

陶方管,收詩 1 首。

陶誾遠,收詩 3 首。

陶督光,收詩 1 首。

陶震,收詩 4 首。

陶璜,收詩 4 首。

陶維枏,收詩 8 首。

陶烱,收詩 2 首。

陶傳堯,收詩 4 首。

陶澮山,收詩 13 首。

陶沛,收詩 6 首。

陶壽先,收詩 2 首。

陶家垚,收詩 1 首。

陶大均,收詩 1 首。

坿鈔

陶澄,收詩 2 首。

陶澍,收詩 2 首。

陶士璜,收詩 1 首。

陶晦軒,收詩 1 首。

陶鏞,收詩 1 首。

陶章溈,收詩 1 首。

陶文端,收詩 1 首。

陶璉,收詩 2 首。

陶錢浩,收詩 2 首。

陶善,收詩 2 首。

陶懷誠,收詩 1 首。

説明: 本文乃爲南京大學徐雁平先生主編《清人家集總目提要》所撰。今蒙允可,先行發表,謹向徐先生致謝。

(作者爲天津師範大學文學院副教授,文學博士)

藝術如何教育
——對李叔同藝術課堂的追懷與闡釋

鮑國華

自1911年3月于日本學成歸國後,李叔同隨即開始了長達8年的教師生涯。最初擔任天津直隸模範工業學堂圖畫教員;1912年春到上海城東女學任音樂、國文教員;同年秋赴杭州任浙江省立兩級師範學校(次年改名浙江省立第一師範學校)圖畫、音樂教員;1915年春又兼任南京高等師範學校音樂、圖畫教員;直到1918年出家爲僧時止。8年的教學生涯,時間不長,但成績卓著。李叔同以其傑出畫家和音樂家之身份,積極投入教學之中,先後培養了吴夢非、劉質平、豐子愷、潘天壽等優秀學生,其成就爲同時代師友、弟子和後世研究者所稱道。縱觀李叔同的任教履歷,除在上海短期講授國文課程外,從事的主要是藝術教育,尤其是在浙江省立第一師範學校期間,桃李滿門。作爲教師的李叔同,可謂中國現代藝術教育的先驅者和奠基人。從理論視角考察其教學方法和教育思想,固然必不可少。然而對李叔同課堂内外的精彩表現,也不容忽視。本文試圖借助同時代人的回憶及其他相關史料,還原李叔同的藝術課堂,借此追懷民國初年藝術教育的歷史,并闡釋其教育史與學術史意義。

在晚清和民國初年的學制中,對於各級學校、尤其是師範學校,均有開設藝術類課程的制度性設計①,但往往難以落到實處。一方面,藝術較之其他學科,非關稻粱,始終處於邊緣地位,得不到校方和學生的重視;另一方面,缺乏師資,也是導致大多數學校藝術教育不振的重要原因。即便是李叔同任教的以藝術教育著稱於世的浙江省立第一師範學校,其前身浙江兩級師範學堂(1906年建校),於民元前即擁有較強師資,如馬叙倫講授《群經源流》、沈尹默講授《中國文學》、許壽裳講授《心理》、周樹人講授《生理》等,

---

① 在清光緒二十八年七月十二日(1902年8月15日)頒佈的《欽定京師大學堂章程》中,"圖畫"就是京師大學堂師範館的規定課程之一。見璩鑫圭、童富勇、張守智編:《中國近代教育史資料彙編·實業教育、師範教育》,上海教育出版社,2006年,第584頁。而在民國二年三月十九日(1913年3月19日)頒佈的《教育部公佈師範學校課程標準》中,包括圖畫、手工、樂歌等課程。見上書,第821頁。

俱爲一時之選,但圖畫、手工等課程則由於缺少可堪勝任的教師,只能列爲隨意科目。① 中華民國建立後,曾長期擔任該校教務長的經亨頤履校長之職,藝術教育始獲重視。該校曾於1912年至1915年設立"圖畫手工專修科",各門課程及任課教師名單如下:

> 西洋畫——李息(叔同);
> 手工、圖畫、美術史——姜丹書;
> 中國畫——樊熙;
> 用器畫——薛楷;
> ……
> 内圖畫除中國畫與用器畫外,包涵素描、水彩、油畫。②

課程門類齊全,教師陣容強大,特别是藝術家李叔同和姜丹書的加入,堪稱亮點。民國初年,首任教育總長的蔡元培大力宣導美育,提出以美育代宗教之主張,於教育界影響甚大。③ 時任浙江省立第一師範學校校長的經亨頤,提倡德、智、體、美四育,尤重德育(他稱爲"人格教育")和美育,前者凝聚爲"勤、慎、誠、恕"的校訓,後者則體現在音樂、圖畫等課程之中。1912年夏,經亨頤親自到上海邀請李叔同擔任一師的音樂和圖畫教師,并增添了課程設備:計有鋼琴兩架,風琴五十架,專用美術教室三間,音樂教室一間,還專門雇傭一位體格健康、發育勻稱的青年男子爲人體模特,供美術課素描教學用。又在音樂教室周圍種了許多花草樹木,使之成爲一個美麗的花園。④ 李叔同本人的藝術修養及其道德文章,堪稱學生之表率,從而使音樂和圖畫課,在學生心中的地位堪比國文、數學等主課。可見,制度的保障改變了藝術教育的"雞肋"性質,恰當的授課人選則提高了藝術教育的品質,不僅吸引了原本對此不感興趣的學生,還使有天賦的學生得到重點培養,走上成才之路。而能夠兼任音樂和圖畫兩門課程,這在中外藝術教育史上也不多見,充分體現出李叔同全面的藝術才能。

隨着時間的流逝,教師在課堂上講授的内容及講授過程中的音容笑貌很快會淹没

---

① 鄭曉滄:《浙江兩級師範和第一師範校史志要》,載《杭州大學學報》1959年第4期,1959年10月。見上書,第733—735頁。

② 同上。

③ 參見蔡元培:《以美育代宗教説》,載《新青年》第3卷第6號,1917年8月。李叔同在上海南洋公學讀書期間,與蔡元培有師生之誼,對蔡氏的教育理念非常熟悉,日後也憑藉自家的藝術課堂實踐了乃師的主張。

④ 董舒林整理:《本校簡史》,載《杭州第一中學校慶七十五周年紀念册》,見璩鑫圭、童富勇、張守智編:《中國近代教育史資料彙編·實業教育、師範教育》,第976頁。

在歷史長河之中。此時文字的記録就顯示出保存歷史現場的重要價值和超越時空的強大生命力。這就是所謂"文字壽于金石"的含義所在。李叔同教學態度之認真及教學效果之顯著,時人多有稱賞。對其藝術課堂最爲準確翔實的記録,則見於其及門弟子豐子愷的文字之中。在李叔同的諸位傑出弟子中,豐子愷以美術和文學(尤其是散文創作)著稱於世。對於乃師的追憶,散見於豐子愷《舊話》《甘美的回味》(1931 年)、《爲青年説弘一法師》(1943 年)、《〈弘一大師全集〉序》(1947 年)、《我與弘一法師》(1948 年)、《拜觀弘一法師攝影集後記》(1949—1950 年)、《〈弘一大師紀念册〉序言》(1957 年)、《李叔同先生的愛國精神》(1957 年)、《李叔同先生的教育精神》(1957 年)、《〈弘一大師遺墨〉序言》(1962 年)、《〈弘一大師遺墨續集〉跋》(1964 年)諸文之中。其中,《甘美的回味》《爲青年説弘一法師》《舊話》三篇,記述李叔同藝術課堂的景況最詳,爲後人的追懷與闡釋提供了豐富的史料。

《爲青年説弘一法師》一文記述李叔同藝術課堂最詳:

> 我們上他的音樂課,有一種特殊的感覺:嚴肅。摇過預備鈴,我們走向音樂教室(這教室四面臨空,獨立在花園裏,好比一個温室)。推進門去:先吃一驚,李先生早已端坐在講臺上。以爲先生還没有到而嘴裏隨便唱著、喊著,或笑著、罵著而推門進去的同學,吃驚更是不小。他們的唱聲、喊聲、笑聲、罵聲以門檻爲界限而忽然消滅。接著是低著頭,紅著臉,去端坐在自己的位子裏。端坐在自己的位子裏偷偷地仰起頭來看看,看見李先生的高高的消瘦的上半身穿著整潔的黑布馬褂,露出在講桌上,寬廣得可以走馬的前額,細長的鳳眼,隆正的鼻樑,形成威嚴的表情。扁平而闊的嘴唇兩端常有深渦,顯示和愛的表情。這副相貌,用"温而厲"三個字來描寫,大概差不多了……在這樣佈置的講臺上,李先生端坐著。坐到上課鈴響出(後來我們知道他這脾氣,上音樂課必早到。故上課鈴響時,同學早已到齊),他站起身來,深深地一鞠躬,課就開始了。這樣地上課,空氣嚴肅得很。
>
> ……
>
> 李先生用這樣的態度來教我們音樂,因此我們上音樂課時,覺得比其他一切課更嚴肅。同時對於音樂教師李叔同先生,比對其他教師更敬仰。①

① 豐子愷:《爲青年説弘一法師》,原載 1943 年《中學生》戰時半月刊第 63 期,見豐陳寶、豐一吟編:《豐子愷散文全編》(下),浙江文藝出版社,1992 年,第 143—145 頁。豐子愷另有《舊話》一文(原載 1931 年 6 月 1 日《中學生》第 16 號,見豐陳寶、豐一吟編:《豐子愷散文全編》(上),浙江文藝出版社,1992 年,第 182—184 頁),描繪李叔同的圖畫課堂甚爲詳盡,爲避免繁縟,不再引述。

從課堂的氛圍到李叔同的相貌表情,在散文家豐子愷筆下事無巨細,而又充滿趣味。“温而厲”三字,概括得尤爲準確。李叔同的性格是温和的,但對藝術和教學一絲不苟的認真態度,又使他在無論課上課下、還是對己對人均嚴格要求。這樣造詣高而又要求嚴的教師,確實能給學生以不怒自威之感。以身作則、身體力行式的引導,又在潛移默化中引發學生的敬仰之情。

藝術課程的教學當然不能止於課堂之内,而必然要延續到課堂以外,後者往往更能展現教師的教學水準。《甘美的回味》一文即通過記述“還琴”的經歷,描繪了課堂以外(或者説另一種課堂上)的李叔同,與《爲青年説弘一法師》相參照,可以凸顯出一位傑出的藝術教育家的完整形象。

> 記得十六七年前我在杭州第一師範讀書的時候,最怕的功課是“還琴”。我們雖是一所普通的初級師範學校,但音樂一科特别注重,全校有數十架學生練琴用的五組風琴,和還琴用的一架大風琴,唱歌用的一架大鋼琴。李叔同先生每星期教授我們彈琴一次。先生把新課彈一遍給我們看。略略指導了彈法的要點,就令我們各自回去練習。一星期後我們須得練習純熟而來彈給先生看,這就叫做“還琴”。但這不是由教務處排定在課表内的音樂功課,而是先生給我們規定的課外修業。……總之,這彈琴全是課外修業。但這課外修業實際比較一切正課都艱辛而嚴肅。這并非我個人特殊感覺,我們的同學們講起還琴都害怕。我每逢輪到還琴的一天,飯總是不吃飽的。我在十分鐘内了結吃飯與盥洗二事,立刻挾了彈琴講義,先到練琴室内去,抱了一下佛脚,然後心中帶了一塊沉重的大石頭而走進還琴教室去。我們的先生——他似乎是不吃飯的——早已静悄悄地等候在那裏。……
>
> 先生見我進來,立刻給我翻出我今天所應還的一課來,他對於我們各人彈琴的進程非常熟悉,看見一人就記得他彈到什麼地方。我坐在大風琴邊,悄悄地抽了一口大氣,然後開始彈奏了,先生不逼近我,也不正面督視我的手指,而斜立在離開我數步的桌旁。他似乎知道我心中的狀況,深恐逼近我督視時,易使我心中慌亂而手足失措,所以特地離開一些。但我確知他的眼睛是不絶地在斜注我的手上的。因爲不但遇到我按錯一個鍵板的時候他知道,就是鍵板全不按錯而用錯了一根手指時,他的頭便急速地迴轉,向我一看,這一看表示通不過。先生指點樂譜,令我從某處重新彈起。小錯從樂句開始處重彈,大錯則須從樂曲開始處重彈。有時重彈幸而通過了,但有時越是重彈,心中越是慌亂而錯誤越多。這還琴便不能通過。先生用和平而嚴肅的語調低聲向

> 我説:"下次再還。"於是我只得起身離琴,仍舊帶了心中這塊沉重的大石頭而走出還琴教室,再去加上刻苦練習的功夫。
>
> 我們的先生的教授音樂是這樣地嚴肅的。但他對於這樣嚴肅的教師生活,似乎還不滿足,後來就做了和尚而度更嚴肅的生活了。同時我也就畢業學校,入社會謀生,不再練習彈琴。但彈琴一事,在我心中永遠留著一個嚴肅的印象,從此我不敢輕易地玩弄樂器了。①

較之課堂之内,作爲課外修業的"還琴"更加嚴肅緊張,李叔同對音樂藝術和教學手段的熟稔與嚴格也體現得更加充分。對他而言,教學也幻化爲藝術,在嚴謹之下隱含着輕健自如、游刃有餘;教學更昇華爲宗教,教師對學生不止于技藝的傳授,而是通過靈魂的感召,影響其整個人生。

藝術課程不同于國文、數學等科目,專注知識和經驗的傳遞,側重常規教學,主要借助教師的講解和學生的聆聽。藝術教育超越常規之處在於,它不滯着於課堂,而常常在看似荒僻奇崛的情境下,産生令人意想不到的教學效果。李叔同對另一位優秀弟子劉質平的啓發與引領即體現出藝術教育的這一特質。

1912 年冬季的一天,身爲學生的劉質平寫下了平生第一首歌曲。適逢天降大雪,但劉質平還是興奮地將作品拿去給李叔同看。但見李叔同細閱一過,若有所思,并注視學生良久。劉質平以爲老師怪罪自己急於求成,正在羞愧之中,忽聽李叔同説道:"今晚 8 時 35 分,赴音樂教室,有話講。"晚上,雪越下越大,不時還刮着狂風。劉質平準時赴約,可他走到教室的走廊時,看見地上已有足跡;再抬頭看看教室,室内一片漆黑,没有一點聲響。於是,劉質平就一個人站在門外廊前等候約十餘分鐘,忽然,教室内燈光亮了起來,教室的門也開了,從裏面走出來的不是别人,正是早已到來的李叔同。只見他手持一表,説相約時間無誤,并告訴劉質平現在可以回去了。劉質平没有想到,李叔同這是在考驗他的是否守信認真。是晚劉質平冒着風雪大寒準時赴約,且在教室門外等候達十分鐘之久,李叔同認爲他是一個肯吃苦的學生,心裏十分滿意。從此,他倆師生情誼日深。李叔同不僅自己每週課外單獨指導他兩次,還特意介紹他到當時杭州的美籍鮑

① 豐子愷:《甘美的回味》,原載 1931 年 9 月 1 日《中學生》第 17 號,見豐陳寶、豐一吟編:《豐子愷散文全編》(上),第 186—188 頁。

乃德夫人處學琴。①

這段往事堪稱情境教學之典範，師弟二人的情致與風采即使寫入《世説新語》也毫不失色，可與《王子猷雪夜訪戴》（見《世説新語・任誕篇》）同耀古今，顯示出李叔同高超的教學藝術——所謂有教無類、教無常法，而其教育理念之底色，却是對人對事無比真誠的態度。可見，支撑李叔同的藝術教育和教育藝術，在藝術家身份之外，是偉大的人格。

以上借助同時代人的回憶及其他相關史料，還原了李叔同的藝術課堂。基於其卓越的藝術才華和認真嚴肅的教學態度，以及有效的制度保障和若干優秀學生的共襄盛舉，使李叔同的藝術課堂成爲民國初年藝術教育的一個範本。20 世紀 90 年代以來，隨着福柯、德里達、布林迪厄等後現代主義理論大師的著作在中國的廣泛迻譯與傳播，加之受到港臺及海外學界的相關研究的啓示，中國内地學人開始關注制度、主要是現代教育制度和學術生産機制對於學科建制的作用。然而，與當下學界更强調制度對人的規範與制約不同，本文更關注個人的才華與貢獻，以及制度與人之間的互動關係。蔡元培、經亨頤、李叔同這一代教育家，正處於各項制度逐漸生成的過程之中（他們本身也參與了部分制度的設定），制度之於人，尚未構成全面的覆蓋和籠罩。加之這一代教育家身上往往具有强大的開闢鴻蒙的淋漓元氣，没有也不可能接受制度的全面制約。他們與制度之間，更多地體現爲一種互動、甚至互惠的關係。而制度在規約人的同時，也會提供若干種可能性，供人選擇，這就使人的意義進一步得以凸顯。總之，制度造就了人，人同時也造就了制度。

（作者爲天津師範大學文學院副教授，文學博士）

① 事見劉質平：《弘一大師遺墨的保存及其生活回憶》，見《弘一法師》，文物出版社，1984 年，第 27 頁，轉引自陳星：《李叔同人格教育述略——以其在浙一師時期的教師生涯爲例》，見平湖市李叔同紀念館編：《高山仰止——李叔同人格與藝術學術研究會論文集》，團結出版社，2011 年，第 30 頁。

聖彼得堡大學東方系圖書館收藏王西里院士中國書籍目録

李逸津

2012 年 5 月,俄羅斯國立聖彼得堡大學孔子學院出版了由該校東方系兩位年輕的漢學工作者——葉可嘉(Е· А·Завидовская)和馬懿德(Д· И·Маяцкий)編著的裝幀精美的《聖彼得堡大學東方系圖書館收藏王西里院士中國書籍目録》(Описание собрания китайских книг акатемика В·П·Васильева в фондах Восточного отдела научной библиотеки Санкт-Петербурского государственного университета),向世人展示了東方系圖書館館藏的俄羅斯帝國時代傑出的漢學家瓦西里·巴甫洛維奇·瓦西里耶夫(Василь Павлович Васильев,漢名王西里,1818—1900)私人收藏的中國古籍 207 種。茲將該目録開列的書籍公之於世,以供學界朋友參考。

瓦西里·巴甫洛維奇·瓦西里耶夫 1818 年 4 月 22 日(俄曆)生於下諾夫哥羅德一名神父的家庭,1834 年入喀山大學醫學系,但由於醫學系學生必須交納一定數額的學費和生活費,家境貧寒的瓦西里耶夫只得請求轉到公費的語文系。他在喀山大學歷史語文系裏最初的研究方向是蒙古語,根據喀山教育區督學 М·Н·穆辛—普希金的指示,從 1835 年 1 月開始,瓦西里耶夫到喀山第一中學向伽爾桑·尼基圖耶夫喇嘛學習蒙語。由於學業優秀,他在學習期間曾獲得過銀質獎章和國民教育部頒發的大額獎學金。1837 年 6 月,瓦西里耶夫大學畢業,次年末開始攻讀碩士學位。在喀山大學,瓦西里耶夫有幸師從俄國蒙古學奠基人、喀山大學教授、科學院院士 О·М·柯瓦列夫斯基(1800—1878)。柯瓦列夫斯基是一位知識淵博的學者,在佛教研究方面造詣尤深,在他的建議下,瓦西里耶夫把主要精力投入到對佛教和東方思想的研究上。借助于喀山大學豐富的蒙語藏書,瓦西里耶夫在 1839 年用蒙語寫成碩士學位論文《論佛教哲學的基礎》(Об основаниях буддийской философии),獲得蒙古語文學碩士學位。同年 11 月 27 日,經導師推薦,他被編入俄國第 12 屆東正教赴北京使團。

在動身前往中國之前,瓦西里耶夫曾向喀山大學教授、漢學家 Д·西維洛夫

(1788—1871)學習漢語。他的導師柯瓦列夫斯基還爲他開列了一大堆學習任務,包括學習藏語、漢學、梵語,研究西藏、蒙古地理,研究中國各個時期、尤其是成吉思汗統治時期的政治歷史和地理,瞭解亞洲各民族在各個歷史時期的物質和精神文化的發展狀況,搜集各類中國文獻,甚至包括許多與專業無關的内容,如爲喀山大學博物館收集種子,各種動植物、礦物標本,搜集中國官方和非官方的各種情報,瞭解中國工農業發展狀況,搜集中國農具樣本和各種藝術品等等。此外,俄羅斯科學院還任命他爲通訊員,委託他搜集藏語、蒙語書籍,并要求他與科學院保持經常的通訊聯繫。由此可見,瓦西里耶夫後來成爲俄羅斯漢學史上一位博學的學者,在衆多領域都取得傑出的成就,是與他承擔的繁雜的出使任務分不開的,當然,他自身的才華和付出的辛勤勞動起了決定的作用。瓦西里耶夫曾經這樣自我評價他廣泛的學術興趣:"我不能完全獻身於哲學,因爲我還得當一名歷史學家;我并非歷史學家,因爲我應做個地理學家;我并非地理學家,因爲我還應懂文學;我并非文學史家,因爲我不能不接觸宗教;我并非神學家,因爲我還得鑒賞古董。"①

1840年10月,瓦西里耶夫隨俄國宗教使團抵達北京,從此開始了他將近10年的中國生活。在中國他完成了自己學術研究領域的轉换,最終確定了自己的學術目標,即從蒙古學、佛學研究,轉向範圍更加廣大的漢學研究,并收集了大量的中國史籍文獻,爲他後來的學術發展奠定了堅實的基礎。在此期間,瓦西里耶夫還促成了清政府向俄國贈送北京雍和宮藏《甘珠爾》和《丹珠爾》經書800多册,這是中俄文化交流史上一項意義深遠的重大事件。

1850年9月18日,瓦西里耶夫回到喀山,在此時已任聖彼得堡大學督學的M·H·穆辛—普希金的幫助下,他在被召回彼得堡向科學院作了北京之行的報告之後,被派往喀山大學教授漢、滿語和中國歷史、中國文學方面的課程,1851年1月被任命爲喀山大學漢滿語教研室編外教授,1854年9月轉爲正式教授。

1854年10月22日,俄國國民教育部決定將聖彼得堡大學東方語言部改建爲東方系,同時停止喀山大學和喀山第一中學的東方語教學。1855年4月20日,國民教育部又下令將喀山大學歷史語文系并入彼得堡大學東方系。從這一年開始,瓦西里耶夫在彼得堡生活工作了將近半個世紀,直到他1900年病逝。

1895年,瓦西里耶夫將他個人收藏的一批中國書籍贈送給彼得堡大學東方系圖書

---

① 蔡鴻生:《俄羅斯館紀事》,廣州:廣東人民出版社,1994年,第82頁。

館。這批書籍被標有"BY"索書號,即"王西里教學書籍——Васильевский учебный"。目前這批書籍保存下來的有 208 種,占彼得堡大學東方系圖書館全部中文書籍館藏 2 045 種的十分之一略多。根據葉可嘉、馬懿德兩位編者在該書前言《王西里院士及其對聖彼得堡大學東方系圖書館館藏中國善本的貢獻》中的介紹,"王西里教學書籍"包括十大類内容,即:"儒家經典及注釋——37 種;佛經及佛教書籍——27 種;道教、中醫書籍——8 種;伊斯蘭教、基督教相關書籍——16 種;文學作品及注釋——47 種;歷史、地理著作及編年表等——47 種;類書、目録——8 種;辭典、字彙、韻學書等——7 種;奏摺、詔書、則例等——7 種;報紙——2 種。"下面就是他們開列的具體書目:

1. (BY1)御製周易折中(康熙五十四年,1715。出版地點不詳,刻本)
2. (BY2)周易(出版年地不詳,刻本。)
3. (BY3)欽定書經傳説匯纂(雍正八年,1730。刻本)
4. (BY4)欽定詩經傳説匯纂(雍正五年,1727。刻本)
5. (BY4a)京報(同治二年,1863。山東塘務,活字版)
6. (BY5)大學、中庸(出版年地不詳,刻本)
7. (BY6)四書大全(康熙四十一年,1702。版地不詳。刻本)
8. (BY7)聖武記(聖彼得堡 19 世紀後半葉。石印本)
9. (BY8)名賢集(出版年地不詳。刻本)
10. (BY9)御批資治通鑒綱目正編(出版年地不詳。刻本)
11. (BY10)御批資治通鑒綱目續編(康熙四十七年,1708。版地不詳。刻本)
12. (BY11)聖武記(道光二十二年,1842。古徽堂版。刻本)
13. (BY12)聖武記(出版年地不詳。刻本。封面有恰克圖印章)
14. (BY13)歷代紀年便覽(道光元年,1821。觀生閣重刊,刻本)
15. (BY14)勅修陝西通志(雍正十三年,1735。刻本)
16. (BY15)輿圖全書(彙輯輿圖備攷全書卷之二,年不詳,版築居。刻本)
17. (BY16)欽定户部則例(道光十一年校刊,1831。版地不詳,刻本)
18. (BY17)三國志(出版年地不詳。刻本。從目録提供的第五回首頁照片看,回目爲"馬超興兵取潼關",應爲《三國志通俗演義》嘉靖壬午本)
19. (BY18)四大奇書第四種(金瓶梅)(彭城張竹坡批評,年地不詳,刻本)
20. (BY19)紅樓夢(出版年地不詳,刻本,1 函,5 册,共 25 回:26—30;36—40;

46—60。鈐有聖彼得堡帝國大學藍印)

21. (BY20)紅樓夢(刻本,2—4 函,18 册。31—120 回(不全),封面有“恰克圖”黑印)

22. (BY21)① 紅樓夢(出版年地不詳,刻本。1 函,17 册,17—19;37—46;53—120 回。)② 紅樓夢(刻本。1 函,6 册,61—90 回。不全。每册封面有俄國藏書家印章:“彼得·康斯坦丁諾維奇·魯達諾夫斯基藏的書籍。1913 年 4 月 5 日”)

23. (BY22)注釋聊齋志異(道光十九年,1839。板存花木長榮之館,刻本)

24. (BY23)太平廣記(嘉慶丙寅年重鐫,1806。姑蘇聚文堂版,刻本)

25. (BY24)好逑傳(出版年地不詳,刻本)

26. (BY25)李青蓮全集輯注(乾隆二十四年,1759。寶笏樓藏板,刻本)

27. (BY26)御製盛京賦(乾隆八年,1743。版地不詳,刻本)

28. (BY28)無雙譜(於越金古良撰,年地不詳,刻本)

29. (BY29)金石姻緣(出版年地不詳,刻本。據書頁照,應爲《金石緣》)

30. (BY30)説鈴(嘉慶五年,1800。出版年地不詳,刻本。第 4 葉有俄文記號:“關於俄國使命的筆記”)

31. (BY31)雜銀換錢(版年不詳,新出趕板數唱大曲,打磨廠西口内中古號,刻本)

32. (BY32)增補致富奇書(陶朱公原本,陳眉公手訂,乾隆己亥 1779 年重鐫,文盛藏版,刻本)

33. (BY33)詳訂古文評注全集(咸豐五年重鐫,1855。翰選樓梓行,刻本)

34. (BY34)女兒經(出版年地不詳,刻本)

35. (BY35)内經知要(乾隆甲申,1764 年。掃葉山房鐫版,刻本)

36. (BY36)御纂歷代三元甲子編年(出版年地不詳,大約清嘉慶年間,刻本)

37. (BY37)御製康熙字典(道光七年重刊,1827。刻本)

38. (BY38)字彙(出版年地不詳。王西里注:“普遍使用的部首字典(《康熙字典》引之)”)

39. (BY39)元聲韵學大成(出版年地不詳,刻本。序第二頁鐫作者黑章“天應進士”)

40. (BY40)同音字彙(咸豐八年,1858。福文堂重訂,刻本)

41. (BY41)欽定四庫全書簡明目録(出版年地不詳,刻本)

42. (BY42)匯刻書目合編(清嘉慶四年,1799。版地不詳,刻本)
43. (BY43)煙霞籙。八經合參。附禪宗精義。(嘉慶八年,1803。版地不詳,刻本)
44. (BY44)妙法蓮華經全部(萬曆四十八年,1618,刻本)
45. (BY45)大佛頂如來密因修證了義諸菩薩萬行首楞嚴經(崇禎庚辰,1640。板藏西方庵流通如六書,刻本)
46. (BY46)楞嚴經貫攝(即楞嚴經説通)(10卷)(乾隆五十年,1785年重刻板存宣武门外善果寺,和刻本)
47. (BY47)楞嚴會歸(出版年地不詳,刻本)
48. (BY48)楞嚴講録(出版年地不詳,刻本)
49. (BY49)楞嚴經指掌疏(乾隆四十一年,1776。江寧藏倫芳梓,刻本)
50. (BY50)金剛經薈要(嘉慶丁丑年,1817。新鐫版藏扶風寺,刻本)
51. (BY51)御録宗鏡大綱(約雍正十二年,1734。刻本)
52. (BY52)御録經海一滴(出版年地不詳,刻本)
53. (BY53)千手千眼觀世音菩薩大悲心陀羅尼(乾隆丙子年,1756年。唐三藏譯,刻本。經摺裝)
54. (BY54)密咒圓因往生集(中藏文經文,年地待考,刻本)
55. (BY55)御製無量壽佛尊經(出版年地不詳,刻本)
56. (BY56)太上泰清皇老帝君運雷天童隱梵仙經(出版年地不詳,經摺裝)
57. (BY57)修真蒙引(大約道光十五年,1835,版地不詳,刻本)
58. (BY58)耶穌基利士督我主救者新遺詔書(出版年地不詳,刻本)
59. (BY59)正教真詮(出版年地不詳,刻本)
60. (BY60)真道入門(咸豐元年,1851。上海墨海書館印,大約是活字版)
61. (BY61)長遠兩友相論(咸豐壬子年,1852。上海墨海書館活字版)
62. (BY62)福音廣訓(1850年。江蘇松江上海墨海書館活字版)
63. (BY63)聖經史記(1846年。墨海書館藏版,活字版)
64. (BY64)真理通道(道光二十五年,1845。墨海書館活字版)
65. (BY65)耶穌教略(1853年,上海墨海書館,活字版)
66. (BY66)論悔罪信耶穌(咸豐壬子年,1852。墨海書館活字版)
67. (BY67)明心寶鑒(出版年地不詳。刻本)
68. (BY68)明心寶鑒,新板大字(嘉慶七年,1802。文萃堂梓行,刻本)

69. (BY69) 經驗太乙神針方(道光四年,1824。板存京都琉璃廠中間路北秀義齋陶刻字鋪,刻本)
70. (BY70) 天理要論全編(出版年地不詳。刻本)
71. (BY71) 御定萬年書(道光年代,版地不詳。活字版)
72. (BY72) 知本提綱(乾隆十二年,1747。版地不詳,刻本)
73. (BY73) 淵鑒類函(版地不詳。刻本。大約由不同版本分册組成。2 册卷 240 上有俄文"恰克圖"印)
74. (BY74) 新增萬寶元龍雜字(乾隆三十年,1765。敦化堂藏板,刻本)
75. (BY75) 慎詒堂重訂字彙(道光十四年,1834。慎詒堂,靈隱禪堂流通,刻本)
76. (BY76) 佛説阿彌陀經(乾隆五十四年,1789。京都阜成門外衍法寺比丘了慰敬募重刊板存本寺,刻本)
77. (BY104) 滿漢合璧名賢集(版年不詳,敬修堂刻本)
78. (BY114) 禮記(出版年地不詳,刻本)
79. (BY116) 欽定四庫全書簡明目録(乾隆三十九年,1774。版地不詳,刻本)
80. (BY118) 御纂朱子全書(康熙五十三年,1714。淵鑒齋,内府刻本)
81. (BY120) 合璧聊齋志異(出版年地不詳,刻本)
82. (BY121) 霞客游記(光緒七年,1881,瘦影山房梓,刻本)
83. (BY122) 河套志(乾隆七年,1742。萬園藏板,刻本)
84. (BY123) 大越史記全書(明治十七年,1884。埴山草堂反刻。石印)
85. (BY124) 皇朝藩部要略(光緒十年,1884。浙江書局,筠渌山房。刻本)
86. (BY125) 蒙古游牧記(咸豐九年,1859。版地不詳,刻本)
87. (BY126) 欽定皇輿西域圖志(乾隆四十七年,1782。武英殿刻本)
88. (BY127) 御批歷代通鑒輯覽(同治甲戌年,1874。湖南書局重刊,刻本)
89. (BY128) 東華録。東華續録(光緒五年,1879。版地不詳,石印)
90. (BY129) 西域水道記(道光三年,1823。版地不詳,刻本)
91. (BY130) 黑龍江述略(光緒辛卯年,1891。觀自得齋,刻本)
92. (BY131) 關聖帝君聖跡圖志全集(乾隆丙午年重鐫,1786。昆明三義廟藏板,刻本)
93. (BY132) 中西紀事(光緒丁亥年,1887。版地不詳,活字版排印)
94. (BY134) 奏疏分類便覽(光緒丁丑年,1887。京都擷華書居刷印)

95. (BY135)詳注聊齋志異圖咏(版年不詳,上海江左書林石印)
96. (BY136)繡像第五才子書(出版年地不詳,刻本)
97. (BY137)增評補像全圖金玉緣(光緒己丑年,1889。滬上石印)
98. (BY138)繡像全圖小五義(光緒庚寅年,1890。版地不詳,石印)
99. (BY139)五美緣(光緒六年,1880。文奎堂梓,刻本)
100. (BY140)繡像第七才子書(琵琶記)(版年不詳,金閶緑蔭堂藏板,刻本)
101. (BY141)六梅書屋尺牘(光緒己卯新刻,1879。京都二酉齋藏板,刻本)
102. (BY142)繪圖粉妝樓全傳(光緒壬辰年,1892。上海文海書局石印)
103. (BY143)繪圖第一奇書雪月梅(又名《英雄三奇緣》)(版年不詳,戊苑瑯環仙館校印,石印)
104. (BY145)繡像封神演義(版年不詳,粤東拾芥園藏板,刻本)
105. (BY146)繪像增注第六才子書釋解(光緒丁亥年,1887。上海石印)
106. (BY147)繡像施公案傳(同治甲戌年,1874。京都成文堂藏版,刻本)
107. (BY148)列仙傳校正本二卷叙贊一卷(版年不詳,京都成文堂藏版,雙蓮書屋存板,刻本)
108. (BY149)蜃樓志(嘉慶九年新鐫,1804。本衙藏板,刻本)
109. (BY150)繡像緑野仙蹤全傳(道光十年,1830。刻本)
110. (BY151)淞濱花影(光緒十三年,1887。石印本)
111. (BY152)新印京調(出版年地不詳,石印本)
112. (BY153)繪圖清列傳(光緒甲午年,1894。上海珍藝書局,石印本)
113. (BY154)大唐世説新語(出版年地不詳,刻本)
114. (BY155)慶典成案(出版年地不詳,石印本)
115. (BY155A)萬壽慶典六十段工程奏稿(光緒十九年,1893。版地不詳,活字本)
116. (BY156)諭摺彙存(光緒二十二年,1896。版地不詳,活字本)
117. (BY156A)官書局彙報(光緒二十二年,1896。版地不詳,活字本)
118. (BY157)增補傳家必讀安樂銘(光緒丙申年,1896。板存京都永盛齋刻字鋪刊本)
119. (BY158)佛國記(年地不詳,刻本)
120. (BY159)胎産秘書,附遂生,福幼編。(道光甲辰年,1844。種德堂藏板,刻本)
121. (BY160)繪圖佛門奇緣(光緒甲午年,1894。海寶文書局,石印本)

122. (BY161)漢書引經異文録證(光緒乙酉年,1885。盛鐸署,刻本)
123. (BY162)竹葉亭雜記(光緒癸巳年,1893。陽湖汪洵署檢,刻本)
124. (BY163)癡婆子傳(年地不詳,寫本)
125. (BY164)載花船續編(年地不詳,寫本)
126. (BY165)傳家寶全集(出版年地不詳,三美堂,本衙藏版。刻本)
127. (BY176)異讀五百尊羅漢(年地不詳,拓本)
128. (BY177)諸佛世尊如來菩薩尊者神僧名經(永樂十五年序跋,1417。刻本)
129. (BY178)佛母大孔雀明王經(卷上、中、下)(萬曆己丑年重刊,1589。版地不詳,刻本)
130. (BY179)慈悲蘭盆目連懺(卷上、中、下)(萬曆四十二年,1614。浄慈宗鏡堂平山重刊,刻本)
131. (BY180)金剛藥師觀音經全部(道光十六年,1836。板藏德勝門外覺生寺,刻本)
132. (BY181)觀世音菩薩普門品經(出版年地不詳,首尾頁爲刻本,經文爲寫本)
133. (BY182)觀世音菩薩大悲陀羅尼經咒(咸豐元年,1851。版地不詳,刻本)
134. (BY183)佛説阿彌陀經(上下卷)(萬曆乙酉年,1585。刻本)
135. (BY184)出像觀音經(出版年地不詳,刻本)
136. (BY185)觀音普門品别行疏(大約晚於乾隆癸巳年,1773。刻本)
137. (BY186)壇經(道光二十八年,1848。版地不詳,刻本)
138. (BY187)盛世芻蕘(1796 年,刻本)
139. (BY188)林蘭香(又名《第二奇書》,道光戊戌年新鐫,1838。本衙藏板,刻本)
140. (BY189)大清一統志表(出版年地不詳,刻本)
141. (BY190)西域水道記(道光三年,1823。京都本立堂藏板,刻本)
142. (BY191)續纂省身神詩(出版年地不詳,約爲 1835 年,刻本)
143. (BY192)教要序論(出版年地不詳,刻本)
144. (BY193)欽定四庫全書簡明目録(乾隆四十七年,1782。版地不詳,刻本)
145. (BY195)五禮通考,讀禮通考附(版年不詳。味經窩藏板,刻本)
146. (BY196)讀禮通考(出版年地不詳。刻本)
147. (BY197)詩經(版年不詳。恕堂重梓,刻本)
148. (BY198)衛藏圖識(版年地不詳。刻本)

149. (BY199)繹史(出版年地不詳,刻本)
150. (BY201)重刻昭明文選李善注(乾隆三十七年序,1772。海録軒刻朱墨套印本,刻本)
151. (BY203)大唐西域記(支那撰述)(出版年地不詳,刻本。書上有俄語筆記)
152. (BY204)阿毗達磨藏顯宗論(出版年地不詳,大約是明崇禎年版,刻本)
153. (BY210)歷代帝王年表(道光四年,1824。小瑯嬛仙館藏,刻本)
154. (BY211)欽定新疆識略(出版年地不詳,刻本)
155. (BY212)天神會課(出版年地不詳,刻本)
156. (BY213)通志(卷194—195)(乾隆十二年校刊,1747。版地不詳,刻本)
157. (BY215)音韵逢源(道光庚子年,1840。版地不詳,刻本)
158. (BY216)太平寰宇記(嘉慶八年序,1803。版地不詳,刻本)
159. (BY220)春秋(版年不詳。恕堂重梓,刻本)
160. (BY221)聖武記(出版年地不詳,刻本。第二册封面有"恰克圖"印章)
161. (BY222)欽定四庫全書簡明目録(出版年地不詳,刻本)
162. (BY224)大清道光十年歲次庚寅時憲書(出版年地不詳。書主人爲尼古拉・沃兹涅辛斯基,第十届俄國在華傳教士團牧師,1821—1830年居住北京。書上有多處主人俄文筆記)
163. (BY225)三字經(聖彼得堡1819年石印本。書主人爲伊萬・沃兹涅辛斯基。)
164. (BY226)賊情匯纂(道光十七年,1837。地點不詳,刻本)
165. (BY227)歷代地理志韵編今釋(道光二十二年,1842。輩學齋集印,刻本)
166. (BY229)粤匪紀略(咸豐七年新鐫,1857。琉璃廠文錦齋寄賣,刻本)
167. (BY230)條款和約(咸豐十年,1860。前門外廊房頭巷晋文齋,刻本)
168. (BY231-A)蒙古游牧記(咸豐九年,1859。版地不詳,刻本)
169. (BY231-Б)蒙古游牧記(咸豐九年,1859。版地不詳,刻本)
170. (BY231-C)蒙古游牧記(咸豐九年,1859。版地不詳,刻本)
171. (BY231-D)蒙古游牧記(咸豐九年,1859。刻本)
172. (BY231-E)蒙古游牧記(咸豐九年,1859。刻本)
173. (BY232)康熙字典(出版年地不詳,刻本)
174. (BY233)群珠雜字(出版年地不詳,刻本)
175. (BY233B)群珠雜字(同上)

176. (BY234)彌沙塞部五分律(崇禎乙亥仲春般若堂,1635。刻本)
177. (BY237)四書補注附考備旨(光緒丙午年新鐫,1886。京都文成堂記藏板,刻本)
178. (BY238)新訂四書附注備旨(出版年地不詳,刻本)
179. (BY239)增評補圖石頭記(光緒二十六年庚子年,1900年後印。石印或鉛印本。16册120回。每册封面有"聖彼得堡大學圖書館"圓章)
180. (BY240)增評補圖石頭記(同BY239版本)
181. (BY241)諭摺彙存(光緒二十八年,1902。擷華書局擺印,刻本)
182. (BY243)四書白文(日本文化九年,1813。相當於清嘉慶十二年,中川明善堂,刻本)
183. (BY244)論語、孟子、中庸(日文注解。日本明治二十五年,1892。翻刻。原藩藏板,和漢洋書籍,刻本)
184. (BY246)唐宋八家古文讀本(出版年代不詳,著易堂仿聚珍版印,鉛印)
185. (1. BY247)古文觀止(光緒三十三年,1907。上海校經山房,焕文書局校印。刻本,石印)
(2. BY247)增批古文觀止(宣統辛亥年,1911。紹興墨潤堂,石印)
(3. BY247)增批繪圖古文觀止(宣統辛亥年,1911。浙紹明達書莊校印,刻本)
186. (BY248)繪圖二論引端詳解,增附典故(出版年代不詳,育文書局石印。)
187. (BY249)孝經(出版年代不詳,金陵書局,刻本)
188. (BY250)儀禮鄭注句讀(同治十二年,1871。金陵書局,刻本)
189. (BY251-1)詩經集傳(光緒二十二年,1896。金陵書局,刻本)
190. (BY251-2)詩序辨説(出版年地不詳。刻本)
191. (BY252)周禮(光緒二十年,1894。金陵書局重刊,刻本)
192. (BY253)春秋公羊傳(光緒二十二年,1896。金陵書局重刊,刻本)
193. (BY254)春秋穀梁傳(光緒二十一年,1895。金陵書局重刊,刻本)
194. (BY255)尚書蔡傳(光緒七年,1881。金陵書局重刊,刻本)
195. (BY256)周易經傳(光緒九年,1883。江南書局重刊,刻本)
196. (BY257)周易本義附音訓(光緒十九年,1893。江南書局重刊,刻本)
197. (BY258)禮記陳氏集説(光緒十九年,1893。江南書局重刊,刻本)

198. (BY259)春秋左傳杜注補輯(光緒九年,1883。江南書局重刊,刻本)
199. (BY260)爾雅郭注(嘉慶丙寅年,1806,江南狀元閣印,李光明莊,刻本)
200. (BY261)聊齋志異評注(出版年代不詳,商務印書館,石印本)
201. (BY262)百家姓考略、三字經訓詁、千字文(出版年代不詳,江南狀元閣印,李光明莊,刻本)
202. (BY263)古文翼讀本(宣統二年,1910。三元書局石印)
203. (BY264)史記菁華録(出版年代不詳,上海商務印書館,石印本)
204. (BY265)李太白全集(光緒戊申年,1908。上海掃葉山房石印)
205. (BY266)注釋東萊博議(光緒戊戌年,1898。京都打磨廠,文成堂藏板,刻本)
206. (BY267)增補三字經訓詁、百家姓考略、最新千字文釋義(出版年代不詳,上海校經山房、校經書局,刻本)
207. (BY268)史記(出版年代不詳,上海掃葉山房石印)
208. (BY269)老子道德經(出版年不詳,上海掃葉山房石印)
209. (BY270)道德經注解(出版年代不詳,二酉齋藏板,石印)

上述目録序號有空缺,是因爲這些藏書中有63種没有保存下來。

(作者爲天津師範大學文學院教授)

馬禮遜的一首唐詩英譯情況考察

蔣春紅　季凌婕

隨着國内對早期傳教士研究的日漸深入,有關英國傳教士馬禮遜(Robert Morrison, 1782—1834)的文獻資料和研究在國内也出版了不少。不過關於馬禮遜翻譯漢詩的情況,研究却并不多見。筆者目前所看到的論著中,只有江嵐、羅時進在《唐詩英譯發軔期主要文本辨析》(《南京師範大學學報》社會科學版,2009 年第 1 期)以及《早期英國漢學家對唐詩英譯的貢獻》(《上海大學學報》社會科學版,2009 年第 2 期)兩篇文章中提到過。而在這兩篇文章中,都只提到馬禮遜在《中文原文英譯附註》(*Translations from the Original Chinese, with Notes*, 1815)一書中翻譯的杜牧《九日齊山登高》這一首詩,前一篇文章還將《中文原文英譯附註》稱爲"目前見到最早的包含對唐詩作英文介紹和翻譯的詩歌著作"①,并認爲這首詩是"有文獻資料可查考的第一首完整的英譯唐詩"②。

但是,馬禮遜并不只是翻譯了這一首唐詩,在同一部著作中,緊隨杜牧詩歌翻譯之後的另一首英譯唐詩却被論者自動忽略了,這大概是因爲它不僅没有附上漢字原文,而且譯者對原作也没有給出隻言片語的介紹的缘故。

這首詩的譯文如下:

THE COUNTRY COTTAGE

BY HE-HWAN

He, himself, cut the Sŏ, and wove the garment for rain;

The smoke on the Southern hill discovers the door of his cot;

① 江嵐、羅時進:《唐詩英譯發軔期主要文本辨析》,《南京師範大學學報(社會科學版)》2009 年第 1 期,第121 頁。
② 同上。

The hill-wife soon announces, "Well boil'd are the pears;"
The Children roam distant to meet him from the pea-field returning.

In the shaded lake, the fish frisk on the watery mirror;
The birds revert to the green turfted-hill, and brush flying about.
In the season of flowers, crowds of men will be going and returning.
O! could I purchase Yen-kwang's retired stone in the brook, where of old he angled. ①

馬禮遜還以脚註的形式給出了"Sǒ"、"hill-wife"、"Yen-kwang"三個詞語的解釋。

據我們考證,這首詩的原作是唐代詩人許渾的七言律詩《村舍》:

自剪青莎織雨衣,
南峰煙火是柴扉。
山妻早報蒸藜熟,
童子遥迎種豆歸。
魚下碧潭當鏡躍,
鳥還青嶂拂屏飛。
花時未免人來往,
欲買嚴光舊釣磯。

從整首詩的翻譯來看,馬禮遜的譯文没有押韵,接近散文體,譯文的遣詞造句都與原作字句基本對應,如將"山妻"譯爲"hill-wife",可以説是質樸的直譯。原詩第三句中"藜"這個詞被譯成"pears"(梨),初看讓人覺得有些不可思議,不過"蒸藜"這一典故在

① *Translations from the Original Chinese, with Notes*, East Indian Company Press (Canton, China). 1815. p. 42.

使用時也常被誤作“蒸梨”,[①]那麽或許翻譯成“pears”并不是由於譯者的無知或是錯誤。《中文原文英譯附註》這本書出版於 1815 年,從馬禮遜的傳記材料及後人研究可以知道,在 1808 年至 1817 年之間,馬禮遜的中文老師是“葛先生”(Kŏ Sëen-săng,或 Ko Mow-ho),這首詩的翻譯或許也得到了“葛先生”的指導和幫助。[②]

在《中文原文英譯附註》中的兩首唐詩英譯之前,馬禮遜主要翻譯了嘉慶皇帝在嘉慶十八年九月十五日(1813 年 10 月 8 日)“癸酉之變”之後所下的《遇變罪己詔》及其他相關詔書,[③]其後馬禮遜插入一段題爲《登高》(Tang-Kaou)的小文章解釋中國重陽節登高習俗的來源,其目的是爲了説明“據説去年皇上回宫之事因慶祝這一節日而延期,也因此逃過了發生在九月十五日的起義”[④],并附上杜牧《九日齊山登高》一詩的英譯和原文,讓讀者對登高習俗有更進一步的了解。不過,在《村居》這首詩的譯文前後却没有任何説明,所以其翻譯動機仍有待进一步考察。

《村居》的譯文出版後也産生了一定的反響。在 1816 年由伦敦東印度公司(East India Company)出版的《亞洲雜誌和每月記事》(*The Asiatic Journal and Monthly Register*)“3 月號”中,有一篇對於这首譯詩的評論。不過,評論者通篇都没有給出中文原詩或原文的相關信息,文中提出的觀點和評價可以説都是僅僅針對馬禮遜的英文譯文而言的。評論者認爲這是“一篇簡潔而散漫的頌文,帶着温柔的情感,以及對於平凡小事所帶來的欣喜的敏鋭感覺,這通常來自對自然以及置身田園之人的沉思。”[⑤]評論者認爲,從譯詩的第一小節中,讀者或許能察覺到這首漢詩與英國詩人托馬斯·格雷(Thomas Gray,

① 《漢語大詞典》中對“蒸藜”的解釋爲:“古傳孔子弟子曾參因其妻蒸藜不熟而出之。見《孔子家語·七十二弟子解》及漢班固《白虎通·諫諍》。後人用以指代婦人的過失或作出妻的典故時多誤‘藜’爲‘梨’。明梅鼎祚《玉合記·義姤》:‘妾方待歲,不止周星。弄管持觴,既免蒸梨之過;稱《詩》守《禮》,何來唾井之嫌。’”羅竹風主编:《漢語大詞典》,上海:漢語大詞典出版社,1992,第 9 册,第 532 頁。

② 關於這位中文教師“葛先生”的資訊,可參見 *Memoirs of the Life and Labours of Robert Morrison*, compiled by his widow (London: Longman, Orme, Brown, Green, and Longmans, 1834), Vol. I, p.276, 277, 281, 343, 407;Patrick Hanan, “Chinese Christian Literature, the working process.” in *Treasures of the Yenching, Seventy-Fifth Anniversary of the Harvard-Yenching Library*, ed. Patrick Hanan, (Cambridge: Harvard-Yenching Library, 2003), p. 270。馬禮遜 1818 年出版的中文《養心神詩》就是由他將英文讚美詩譯爲中文,并經“葛先生”父子潤色爲韵文的,見 *Memoirs of the Life and Labours of Robert Morrison*, p.407。

③ *Translations from the Original Chinese, with Notes*, East Indian Company Press (Canton, China). 1815. pp.4-38. 嘉慶十八年九月,嘉慶皇帝北狩熱河,北京京郊的天理教首領林清於九月十五日發動起義,攻入皇宫,不過起義最終以失敗告終,即“癸酉之變”。

④ “It was affirmed, last year, that the Emperor's return to his Palace, was delayed by his observing this holiday; and, that he, thereby escaped the immediate consequences of the rebellion which broke out on the fifteenth of the ninth moon.” *Translations from the Original Chinese, with Notes*, East Indian Company Press (Canton, China). 1815. p.39.

⑤ “a brief and desultory eulogium, marked with that tenderness of feeling, and sensibility to pleasure excited by trivial circumstances, which the contemplation of nature, and of man in a rural state, so usually induces.” *The Asiatic Journal and Monthly Register*, VOL1, East Indian Company Press (London), 1816. p.252.

1716—1771)的《墓園挽歌》("Elegy Written in a Country Churchyard",1751)在音調及意象上的相似之處,并爲此感到吃驚。評論者認爲,原詩第三句("山妻早報蒸藜熟")中妻子的"聲音(voice)"是一個精心選擇的意象,可能也是新穎的意象。[①] 事實上,評論者這樣説或許是因爲馬禮遜在翻譯中以直接引語的形式添加了"山妻"的話:"Well boil'd are the pears",相比中文原文"山妻早報蒸藜熟"這樣概括性的描述話語,譯文的情景顯然更加具體生動,讓人如聞其聲,因此也才使評論者特别注意到了妻子的"聲音(voice)"。

值得注意的是,這首詩不但被評論者拿來與格雷的《墓園挽歌》相比較,而且還將其與蘇格蘭詩人詹姆斯·湯姆遜(James Thomson,1700—1748)的《冬》(*Winter*, 1726)做比較。評論者認爲譯詩中"做飯(preparation of the meal)"的意象就像格雷選擇"爐火(blazing hearth)"和湯姆遜選擇"迷失在雪裏的男人(Man lost in the Snow)"一樣。[②] 評論者所説的格雷是英國新古典主義時期的重要詩人,他在代表作《墓園挽歌》中曾寫道"在他們,熊熊的爐火不再會燃燒,/忙碌的管家婦不再會趕她的夜活"[③]("For them no more the blazing hearth shall burn, /Or busy housewife ply her evening care:"[④])。湯姆遜的《四季》(*The Seasons*)也是家喻户曉的組詩,他在《冬》這首詩裏描寫了一个不會再有妻子和孩子前來迎接的、在雪地裏掙扎的男人。[⑤] 評論者也指出"童子遥迎種豆歸"這一句在格雷的《墓园挽歌》中也可以找到相似的表達,[⑥]即"孩子們不會再'牙牙'的報父親來到,/爲一個親吻爬到他膝上去争奪"[⑦]("No children run to lisp their sire's return, /Or climb his knees the envied kiss to share"[⑧])這兩句。評論者還對馬禮遜譯文中的"roam"一詞是否忠於原文提出懷疑,但也没有給出中文原文作爲參照,只是指出"roam"是"來回漫游(wander to and fro)"的意思,言下之意或許是認爲"roam"用來描述孩子的

---

① "The voice of the cottager's wife, calling her husband to his meal, is a well-chosen image, and perhaps new." *The Asiatic Journal and Monthly Register*, p. 252.

② "while the preparation of the meal, which it supposes, is a counterpart of Gray's 'blazing hearth,' and Thompson [sic]'s Man lost in the Snow", 同上。

③ 托馬斯·格雷著,卞之琳譯:《墓園挽歌》,收入王佐良編,《英國詩選》,上海:上海譯文出版社,1988年,第174頁。

④ Thomas Gray, "Elegy Written in a Country Churchyard," in *Gray: Poetry and Prose, with essays by Johnson, Goldsmith and Others* (Oxford: Clarendon Press, 1926), p. 62.

⑤ James Thomson, *The Seasons* (Oxford: Clarendon Press, 1981), p. 218.

⑥ "The children, setting out to meet their father on his return from the pea-field, is another counterpart of Gray", *The Asiatic Journal and Monthly Register*, p. 252.

⑦ 托馬斯·格雷著,卞之琳譯,《墓園挽歌》,第174頁。

⑧ Thomas Gray, "Elegy Written in a Country Church-yard", p. 62.

動作似乎并不恰當,因而懷疑并非原詩用詞。評論者最後提到,孩子迎接父親歸家的場景,不僅出現在格雷和湯姆遜的詩中,更可以説是遠祧維吉爾的意象傳統。[①] 從格雷到湯姆遜再上溯到維吉爾,評論者顯然是將這首譯詩及其所指向的唐詩原作放在了歐洲田園詩(pastoral)和農事詩(georgic)的傳統之下。

評論還寫道,詩的第二節描述了春回大地時大自然生機勃勃的場景,以一個隱士的居所和平静的垂釣結束,并指出用"花時"開始的那一句,可以在很多印度語詩歌章節中找到佐證,而這些相似的場景是很有意思的。評論者認爲,在東方,春天是旅行的季節,所以這首漢詩裏不光提到魚躍、鳥飛,還寫到人的來往。他從該雜誌"2 月號"一首名爲《恩愛》(*Conjugal Love*)的印度語流行詩的評論中也證明了這一點。評論者也引用了威爾遜(Mr. Wilson)在他翻譯的印度長詩《雲使》(*Megha Duta*)中給出的注釋:印度人對於雨季的到來感到格外高興,悶熱消散,他們快樂地奔走於路上,那是適合出行的季節。而這也是爲什麼一開始這首漢詩作者要寫"自剪青莎織雨衣"的原因。[②]

關於這篇評論的作者,我們目前没有更進一步的信息。但是評論者指出"自剪青莎織雨衣"一句中的"中國式雨衣"("this Chinese great coat")在本雜誌的"1 月號"有更詳細的文章介紹,而且又提到了雜誌"2 月號"中那首名爲《恩愛》的詩,并直接給出了這兩處文章在《亞洲雜誌和每月記事》第一卷合集中的具體頁數,以其對雜誌内容的熟悉程度來看,我們認爲評論者是雜誌編輯的可能性很大。

除了這篇評論以外,馬禮遜的這首譯詩後來也被英國作家喬治·莫格里治(George Mogridge,1787—1854)收入他所著的《中国及中文的点点滴滴》(*Points and Pickings of Information about China and the Chinese*,1844)一書。這是一本向英國青少年介紹中國概況的讀物,莫格里治在介紹中國詩歌的部分引用了馬禮遜的這首譯詩作爲示例,[③]作者認爲中國詩歌總體上來説最大的缺陷是"能量不足"("want of energy"),但這首詩也"不乏優美之處"("not without its beauties")[④]。

總而言之,《村居》這首詩的翻譯顯然不是馬禮遜有意識地主動向英語世界介紹中國文學作品,因爲《中文原文英譯附註》一書主要是對嘉慶皇帝詔書的翻譯。就《村居》的翻譯來説,譯者不僅没有提供中文原文,甚至也没有給出原詩的任何説明信息,雖然

---

① "Gray and Thomson, in this imagery, have but followed Virgil." *The Asiatic Journal and Monthly Register*, p. 252.

② "Gray and Thomson, in this imagery, have but followed Virgil." *The Asiatic Journal and Monthly Register*, p. 252.

③ George Mogridge, *Points and Pickings of Information about China and the Chinese* (London: Grant and Griffith, 1844), p. 183.

④ 同上,p. 182.

譯詩後來被當做中國詩歌而獲得評論或引用,原詩却其實一直處於“隱形”的狀態。不過,作爲英國早期唐詩翻譯實踐,這首詩的翻譯也是有重要意義的,其翻譯方法、選擇内容等都值得注意。而隨後出版的對這首譯詩的評論,同時把唐詩和英國、印度詩歌進行了比較,顯然也是比較文學早期的一次重要嘗試。《亞洲雜誌和每月記事》上的評論透過譯詩,主要提出這首唐詩與英國田園詩歌在意象的選擇和描繪上的相似之處,并從這方面展開鑑賞,而對於原詩在中國詩歌文化語境下暗含的“隱逸”之味,却没能給出介紹,從譯介中國文學的角度來看,略有遺憾,但這或許也是早期文學交流的必經之路。

(作者蔣春紅爲對外經濟貿易大學中文學院講師、文學博士,季凌婕爲英國愛丁堡大學亞洲研究系中國研究專業在讀博士生)

曹丕與日本文學

辰巳正明(劉　靜 譯)

一、前　　言

中國三國時代魏文帝曹丕(187—226),據《三國志》記載,乃曹操嫡子,曹植之兄。《三國志・魏書・文帝紀第二》云:"文皇帝諱丕,字子桓,武帝太子也。中平四年冬,生於譙。建安十六年爲五官中郎將、副丞相。二十二年立爲魏太子。太祖崩,嗣位爲丞相、魏王。尊王后曰王太后。改建安二十五年爲延康元年。"①延康元年(220)東漢末代皇帝漢獻帝讓位,魏王曹丕登基,史稱文皇帝。文帝曹丕"初,帝好文學,以著述爲務,自所勒成垂百篇。又使諸儒撰集經傳,隨類相從,凡千餘篇,號曰《皇覽》。評曰:文帝天資文藻,下筆成章,博聞彊識,才藝兼該"云云②。即言曹丕自幼愛好文學,除去自己著述逾百篇,更令儒學者撰集經傳千餘篇,號曰《皇覽》。《隋書・經籍志》有《皇覽》百二十卷,雖已散佚,但爲類書編纂之初期形態,備受矚目。

值得一提的是曹丕自撰著述有百餘篇。在其即位之前的建安時代,《文心雕龍・明詩》述及當時文學狀況:"暨建安之初,五言騰踊。文帝、陳思,縱轡以騁節;王、徐、應、劉,望路而爭驅。并憐風月,狎池苑,述恩榮,敘酣宴,慷慨以任氣,磊落以使才。造懷指事,不求纖密之巧;驅辭逐貌,唯取昭晰之能。此其所同也。"③建安初期,五言詩盛行,曹丕、曹植、王粲、徐幹、應瑒、劉楨等競相屬文,他們吟風弄月,游賞庭園,稱述恩澤,敘説盛會,任情感動,驅自由之才情以抒胸臆。不求纖毫畢現而耽修辭,唯重文章明晰曉暢之能。正如劉勰所言,在中國文學史上,曹操與曹丕、曹植父子"三曹"是推動五言、七

---

① 陳壽:《魏志・文帝丕》(《三國志》一),北京:中華書局,1959年。
② 同上。
③ 楊家駱主編:《增補中國學術名著》第十二集合編第二十册《文心雕龍等六種》,臺北:世界書局,1974年。

言詩發展的詩人。[①] 據傳曹丕在太子宫殿鄴宫召集詩人舉行詩會,吟風賞月。前文提到的王粲、徐幹、應瑒、劉楨四人乃魏朝優秀詩人,再加孔融、陳琳、阮瑀三人,并稱"建安七子",皆爲曹丕鄴宫詩宴之明星人物。有關三曹與建安七子的時代及其文學活動,内田泉之助認爲:"建安時代既是自漢以來五言詩的成熟期,同時也是六朝文學的萌芽期。"(見前書)這種發展體現在三曹與建安七子的團體性文學活動中。[②]

文學愛好者曹丕還著有堪稱文學批評先驅的《典論・論文》一篇。其中文章乃經國大業之説膾炙人口:"蓋文章經國之大業,不朽之盛事。年壽有時而盡,榮樂止乎其身。二者必至之常期,未若文章之無窮。"[③]此乃明確宣佈以文學而經國理政之言論,同樣的觀點亦可見於平安朝漢文學。從最初的敕撰集《凌雲集》序文:"臣岑守(小野岑守)言,魏文帝有曰:'文章者經國之大業,不朽之盛事。年壽有時而盡,榮樂止乎其身。'信哉!"[④]直至《經國集》,可見曹丕的文學作品與理論傳入日本并獲得認可。正如後藤秋正所言,乃是由於其"將文學(所有文章)的價值提高到人類活動之重要一環"[⑤]。當然,言及文章乃經國大業,并非意指唯權力是瞻的政治家,而是指具有優良政治家素質的漢詩、漢文創作,這無疑予平安朝詩人、文人們以極大的勇氣,也正是平安漢文學鼎盛之要因所在。

曹丕文學及文論是怎樣影響了日本文學呢?從上述分析可知,其存在于平安漢詩的創作理念當中[⑥]。而對曹丕集團的文學創作報以強烈關注和憧憬的,還有六朝晋宋間詩人謝靈運。本文欲就曹丕至謝靈運的文學繼承問題,以及透過謝靈運所呈現的日本文學之理念性態度進行探討。

二、鄴宫詩宴與謝靈運的文學理念

前文提到《文心雕龍・明詩》中記述建安初期,五言詩盛行,曹丕(文帝)與曹植(陳思王)并轡齊驅,王粲、徐幹、應瑒、劉楨等競相屬文,且有"并憐風月,狎池苑,述恩榮,敘酣宴。慷慨以任氣,磊落以使才。造懷指事,不求纖密之巧;驅辭逐貌,唯取昭晰之能。

① 内田泉之助:《六朝文学》(《中国文学史》),東京:明治書院,1956年。
② 參考鈴木修次:《建安詩人各論》(《漢魏詩の研究》),東京:大修館書店,1967年。
③ 陳壽:《論二》(《文選》六),北京:中華書局,1959年。
④ 塙保己一編:《群書類從》百二十三,東京:温故学会,1957年。
⑤ 伊藤虎丸、横山伊勢雄編:《曹丕の文学論——文学批評の先駆》(《中国の文学論》),東京:汲古書院,1987年。
⑥ 詳見川口久雄:《平安朝日本漢文学史の研究(上)》,東京:明治書院,1975年。

此其所同也”。此段描述直指建安七子等人於曹丕皇太子宮殿,即鄴宮開展團體性文學活動一事,换言之即涉及建安文學的形成問題。雖然該時期的詩歌創作情況不甚明了,但《文選・公讌》篇中仍保留曹子建、王仲宣、劉公幹等人詩作之部分。謝靈運對曹丕和建安七子的鄴宮詩宴滿懷憧憬,據其傳記《宋書・謝靈運傳》(卷六七)所述:

1）謝靈運,陳郡陽夏人也。祖玄,晋車騎將軍。父瑍,生而不慧,爲秘書郎,蚤亡。靈運幼便穎悟,玄甚異之,謂親知曰:“我乃生瑍,瑍那得生靈運。”靈運少好學,博覽群書,文章之美,江左莫逮。從叔混特知愛之。襲封康樂公,食邑二千户。以國公例,除員外散騎侍郎不就。爲瑯邪王大司馬行參軍。性奢豪,車服鮮麗,衣裳器物,多改舊制。世共宗之,感稱謝公樂也。

2）少帝即位,權在大臣。靈運横扇異同,非毁執政。司徒徐羨之等患之,出爲永嘉太守。郡有名山水,靈運素所愛好。出守既不得志,遂肆意游遨,遍歷諸縣,動踰旬朔。

3）靈運以疾東歸,而游娱宴集,以夜續晝,復爲御史中丞傅隆所奏,坐以免官。是歲元嘉五年。靈運既東還,與族弟惠連、東海何長瑜、穎川荀雍、泰山羊璿之,以文章賞會,共爲山澤之游。時人謂之四友。

4）靈運因父祖之資,生業甚厚。奴童既衆,義故門生數百,鑿山浚湖,功役無已。尋山陟嶺,必造幽峻,巖嶂千重,莫不備盡。登躡常著木履,上山則去前齒,下山去其後齒。嘗自始寧南山伐木開逕,直至臨海。從者數百人,臨海太守王琇驚駭,謂爲山賊,徐知是靈運乃安。①

由以上記敘可知,活躍於六朝晋宋之間的謝靈運,1）祖父爲玄,父親爲瑍,自幼好學,博覽群書,文章端美,江南罕有及者。叔父混尤愛其才,承襲父爵爲康樂公。2）幼帝即位,大臣弄權,謝靈運直言斥責,爲徐羨之等所惡,遂左遷至永嘉太守。而謝靈運素愛永嘉山水,盡情游遨。3）出仕朝廷後謝靈運稱病去官,日夜游娱宴樂,終被密告而至免官。乃與其族弟惠連等人同著文章、共賞山水以度日。時人呼爲“四友”。4）謝靈運從父祖處繼承了大量私産,率數百從者、門人遍訪各地名山。闢路至臨海,臨海太守驚爲山賊。謝靈運奇行不絶,終被讒言,獲刑而亡。據其傳記所載,歿于元嘉十年(433

① 沈約:《謝靈運傳》(《宋書》卷六十七,列傳第二十七),北京:中華書局,1974年。

年),終年四十九歲。

據《謝靈運傳》,一、謝靈運出仕朝廷,蒙皇帝恩寵并吟咏應詔詩的同時,也能保持自由之精神,熱愛山水自然。但遭下臣嫉妒而被讒言密告,以致身亡。二、其自由精神與生活態度體現在熱愛各地名山大川上。做太守時則開山闢路,登臨絶景,吟詩以賞贊自然山水①。此乃謝靈運被稱作山水詩人之由。《過始寧墅》《登石門最高頂一首》《從斤竹澗越嶺溪行一首》等皆是當時所作。謝靈運的此類作品多收録于《文選》之《游覽》部分。三、因與族弟謝惠連等交游而號稱"四友",可知謝靈運身邊有一個由意趣相投的友人所組成的文學團體。其中留名《文選》的傑出詩人除了上文的謝惠連,還有顔延之、鮑照。不同於屈原、陶淵明等詩人在個人層面上完成文學創作,晋宋時期産生了多個文學集團,文學創作是在團體狀態下進行的。以上文提到的曹丕集團爲開端,還有謝靈運集團、蕭子良集團、昭明太子集團、皇太子簡文集團等,六朝文學的發展呈現出團體性活動的特征。

曹丕集團是團體性文學活動的草創期,謝靈運便對曹丕集團的文學活動報以極大關注。從《文選》卷三十《雜擬上》所載《擬魏太子鄴中集詩八首》的序文可窺知一二。

擬魏太子鄴中集詩八首五言并序

謝靈運

建安末,余時在鄴宫,朝游夕讌,究歡愉極。天下良辰美景,賞心樂事,四者難并。今昆弟友朋,二三諸彦,共盡之矣。古來此娱,書籍未見。何者?楚襄王時有宋玉、唐、景,梁孝王時有鄒、枚、嚴、馬,游者美矣,而其主不文。漢武帝徐樂諸才,備應對之能,而雄猜多忌,豈獲晤言之適,不誣方將,庶必賢於今日爾。歲月如流,零落將盡,撰文懷人,感往增愴。②

"擬"是擬似、仿效之意,指謝靈運還原、再現魏太子曹丕文學集團鄴宫詩宴的情形。鄴宫由魏定都於鄴(今河南省)而得名。謝靈運再現詩宴的意圖雖在於展現君臣關係,

① 關於中國六朝山水詩特點的分析,詳見網佑次:《永明文学の叙景》(《中国中世文学研究》,東京:新樹社,1960年)。小尾郊一:《南朝文学に現れた自然と自然観》(《中国文学に現れた自然と自然観》,東京:岩波書店,1962年)。錢志熙:《晋宋之際詩歌的因與革》(《魏晋詩歌藝術原論》,北京:北京大學出版社,1993年)。朱德發主編:《中國山水詩的流變軌跡》(《中國山水詩論稿》,山東:山東友誼出版社,1994年)。赤井益久:《善意の自然》(《中国山水詩の景観》,東京:新公論社,2010年)等著作。

② 陳壽:《雜擬上》(《文選》三),北京:中華書局,1959年。

而其更看重的是太子與詩人間以“友人”之交作詩游賞,君臣拋開身份差别,在團體中享受朋友交游的樂趣。他認爲這種超越身份地位,詩人間交相往來的理想時代存在於魏太子鄴宫之中。謝靈運以此爲作詩理念,故而還原了鄴宫詩宴。還原的根據有《三國志・文帝紀》“初,帝好文學,以著述爲務,自所勒成垂百篇”的記載,也有《文心雕龍・明詩》中“文帝、陳思,縱轡以騁節,王、徐、應、劉,望路而争驅。并憐風月、狎池苑、述恩榮、叙酣宴,慷慨以任氣”的描述。朝夕與友人吟風賞月,游覽苑池,設宴陳思,序文中“朝游夕讌,究歡愉極”即本於此。通過與優秀詩人們吟詩交游,更創作出大量的詩,由此與文章經國論相結合。曹丕在《典論・論文》中評價了同時代的傑出詩人,列舉了魯國孔融文舉、廣陵陳琳孔璋、山陽王粲仲宣、北海徐幹偉長、陳留阮瑀元瑜、汝南應瑒德璉、東平劉楨公幹,“斯七子者,於學無所遺,於辭無所假,咸以自騁驥騄於千里,仰齊足而并馳”(見前書)。這便是匯聚於曹丕文學集團的建安七子。謝靈運在序文后依次列出了魏太子、王粲、陳琳、徐幹、劉楨、應瑒、阮瑀、平原侯植之詩。

其詩再現了太子與建安七子朝夕詩宴,吟風賞月,游覽池苑之情景。魏太子描述詩酒宴樂與歌舞音曲:“澄觴滿金罍,連榻設華茵。急絃動飛聽,清歌拂梁塵。何言相遇易,此歡信可珍。”平原侯植描述鄴宫朝夕之游與苑池風物“朝游登鳳閣,日暮集華沼。傾柯引弱枝,攀條摘蕙草。徒倚窮騁望,目極盡所討”云云。在這種歡愉背後,包含了對往昔帝王們徒有優秀詩人而不識其才的批判,以及對如今超越君臣身份的詩人交游之頌揚。另外,對於這樣的朝夕宴游,謝靈運稱“天下良辰美景,賞心樂事,四者難并”。意指“天下四時中最佳之時節,最美之風景,能賞其美者,且作而爲詩,此四者齊備乃至難之事”。① 恐怕良辰、美景、賞心、樂事這四點,正是鄴宫游宴所倡之口號吧。詩必然包含言志,但此處只説四時佳節,美好景致,賞讚風物,吟咏作詩。這是將君臣關係導向交游關係的核心所在。亦即於君臣“無心”賞玩季節風物,作詩吟誦之中,方可獲得真摯的人際關係,經國大業便由此而成。謝靈運的理解恐當如此。

三、鄴宫詩宴與上代日本文學

謝靈運追慕曹丕鄴宫詩宴的團體性文學活動,組成了以“良辰、美景、賞心、樂事”爲

---

① 小尾郊一認爲“賞”之意由“賞賜”變爲“褒賞”。“樂事”原指享受音樂,此處指作詩。見《中国文学に現れた自然と自然観》。

理念的謝氏集團,但這并不只局限於六朝這一時期。白居易在《答元八宗簡同游曲江後明日見贈》詩中有"時景不重來,賞心難再并"(卷五)①一句,恐怕也是受到謝靈運"賞心"之説的影響吧。另外,古代日本接受漢詩,并迎來漢詩文創作高峰的是近江朝時期(667—671——譯者注)。這一時期的文學狀況一般只能由《萬葉集》得知,不過收録了近江朝至奈良朝後期詩人作品的《懷風藻》序文,則對近江朝時期的漢詩創作過程有所描述。

> 及至淡海先帝之受命也,恢開帝業,調風化俗,莫尚於文,潤德光身,孰先於學,爰則建庠序,徵茂才,定五禮,興百度。憲章法則,規摹(弘)遠,夐古以來,未之有也。於是三階平煥,四海殷昌。旒纊無爲,巖廊多暇。旋招文學之士,時開置醴之游。當此之際,宸翰垂文,賢臣獻頌,雕章麗筆,非唯百編。但時經亂離,悉從煨燼。②

天智天皇近江朝時代,由於天皇推進了漢詩事業,政道光耀。認識到文章乃調化風俗、教育民衆的最佳手段,以及欲德被于身必優先學問等問題,天皇創設學校,制定各種制度,開創了前所未有的太平之世。於是天皇屢召文學之士,舉行置醴之游。其時天皇示文章於臣下,賢臣獻頌詩而呈上,優秀的詩文保存了百餘篇,但戰亂之時盡遭焚毁。以上内容指出日本漢詩興起於近江朝時期,營造了安定政治環境的天智天皇召集賢臣舉行置醴之游,譜寫了一段君臣唱和的文學史。尤其值得注意的是"旋招文學之士,時開置醴之游"和"宸翰垂文,賢臣獻頌"兩句,可知天智朝時期文學團體已確實成立,且的確存在團體性的文學活動。這篇序文雖然作者不詳,但從文中有"天平勝寶三年冬十一月"字樣來看,當是奈良朝後期,公元七五一年《懷風藻》編纂完成后才附上的序文。該序文全篇在文學史方面理解中肯,關於天智朝文學史的叙述也爲可信。

可惜近江朝漢詩毁於戰火,今不得見。從幸存的大友皇子五言詩兩首,亦難以想見近江朝漢文學全貌。不過《懷風藻》大友皇子傳里有學士沙宅紹明、塔本春初、吉太尚、許率母、木素貴子五人爲太子賓客(教育者)的記載,他們是百濟的亡命知識分子,可知皇子的漢詩教育來源于這些渡來人(特指4世紀至7世紀之間,從朝鮮和中國大陸移居到日本的先民。——譯者注)。以這篇序文爲據,進而搜求近江朝的"置醴之游"以及

① 白居易:《白居易集》第一册,北京:中華書局,1979年。
② 辰巳:《懷風藻全注釈》,東京:笠間書院,2012年。(以下同)

“宸翰垂文”、“賢臣獻頌”，可從《萬葉集》額田王作品（卷一・一六）中發現其斷片。作品題詞部分有：

天皇詔内大臣藤原朝臣，競春山萬花之艷，秋山千葉之彩時，額田王以歌判之歌。①

這則題詞可反映近江朝文學的具體狀況。首先，從“天皇詔内大臣藤原朝臣”一句可知，天智天皇向内大臣藤原鎌足下“詔”，表明了公開的君臣關係。其次，詔書内容“競春山萬花之艷，秋山千葉之彩”，乃是天皇詔令臣下鎌足比較春山萬花之艷和秋山千葉之彩。由此可知“宸翰垂文”的具體内容，且知其多與文學創作相關。再次，接受詔令的鎌足命令衆詩人以此題作詩，詩人們便將比較春山和秋山優劣之詩呈于天皇。這就是“賢臣獻頌”吧。可惜這些詩作皆已亡佚不存。復次，同席的額田王基於此題“以歌”判之，可想見這些作品原本是漢詩。基於此亦可推測其爲賢臣獻頌之殘影。又次，該場景可認爲是近江朝的“置醴之游”，即詩宴。最后，通過近江朝置醴之游可想見君臣唱和與君臣和樂的團體性文學活動的存在。

《懷風藻》序文所録近江朝漢文學史的狀況由額田王作品得以呈現，而天皇詔令鎌足“競春山萬花之艷，秋山千葉之彩”一題，也可能具體受到了《擬魏太子鄴中集詩》序文中“良辰美景，賞心樂事”的啓發。春山和秋山是最美好季節之山（良辰），萬花和千葉則爲此季中最美麗之景致（美景），艷和彩則是指對良辰美景之欣賞，競是指將欣賞所得吟詠於詩歌。另外，額田王在和歌中判道：春山花競艷，鳥至鳴啾啾，青草徒葳蕤，有花難折取。秋山黄葉染，堪摘手中玩。因此秋山爲勝。判定的標準是表示將花葉摘取到手中的“しのふ”（念作 shinobu——譯者注。以下同）一詞，該詞的原意是思念親人和故鄉，用在季節與風物上，此處是第一例。這裏的“しのふ”就是“欣賞、玩賞”之意，繼良辰、美景之後的賞心便體現在“しのふ”一詞。謝靈運是强烈關注“賞”和“賞心”的詩人，他的很多作品都是以吟詠對山水的“賞”和“賞心”爲特徵。從《懷風藻》漢詩也側重吟詠“賞”和“賞心”一點，明顯可以看出謝靈運文學的脈絡。②

上文追溯了近江朝團體性文學活動的情况。進入奈良朝後，長屋王邸的詩宴也保存着濃厚的團體性文學活動痕跡。皇太子學士和大學頭、圖書頭等衆多詩人齊聚王邸，

---

① 中西進：《万葉集全訳注（原文付）》，東京：講談社，1980 年。（以下同）
② 参考辰巳正明：《近江朝文学史の課題》（《万葉集と中国文学》第二），東京：笠間書院，1995 年。

舉行詩會,《懷風藻》里約一成漢詩作于長屋王邸。詩人們還使用勒韵(指以事先確定好的韵字作詩。——譯者注)交相吟誦,由此可知團體性文學活動具體存在。除此以外,藤原四氏(武智麻吕、總前、宇合、萬里)也召集過團體性文學活動,尤其是武智麻吕的傳記里有"至於季秋,每與文人才子,集習宜之别業,申文會也。時之學者,競欲預座,名曰龍門點額也"等記載①。雖然武智麻吕的漢詩今已不存,但由此能看出學者們競相召集文學團體的景況。

這些團體的情形,從前述近江朝文學團體可知一二。另外,《懷風藻》大津皇子傳裹也有"幼年好學,博覽而能屬文,及壯愛武,多力而能擊劍。性頗放蕩,不拘法度,降節禮士,由是人多付託"之語,可知皇子身邊的知識分子們也組成了以皇子爲中心的文化沙龍。及至奈良朝天平年間,太宰府存在着公認的實體性文學團體。尤其是天平二年(730)正月所咏《梅花之歌》,有三十二首組歌,是《萬葉集》所載最大的團體性文學活動。其序文出自旅人(大伴旅人——譯者注)之手,内容如下:

梅花歌卅二首并序

天平二年正月十三日,萃于帥老之宅,申宴會也。於時初春令月,氣淑風和,梅披鏡前之粉,蘭薫珮(後)之香。加之曙嶺移雲,松掛羅而傾蓋;夕岫結霧,鳥封縠而迷林。庭舞新蝶,空歸故雁。於是蓋天坐地,促膝飛觴。亡言一室之裏,開衿煙霞之外。淡然自放,快然自足。若非翰苑,何以攄情?詩紀落梅之編,古今夫何異矣。宜賦園梅,聊成短咏。

《梅花歌卅二首》作於旅人官邸舉行的梅花宴上,其序文所述宴會情景,并非眼前風光,分明是對理想之春光的描寫。那是初春氣爽之日,梅綻蘭香,并舉出曙山雲、松羅、夕霧、新蝶、歸雁等風物,有此番時景正合此中宴會之意。另外還模仿漢詩的落梅之篇,歌咏官邸園梅。太宰府轄内官吏三十二人齊聚一堂,一人一首次第咏歌。三十二首和歌中有不少吟咏梅花散落之歌(如旅人的第822號和歌《吾園梅花散落》),這明顯是以樂府詩《梅花落》爲隱性主題,序文"落梅之編"便是指此②。另外,還可推測《梅花之歌》序文有意呼應了謝靈運序中的良辰、美景、賞心、樂事,并循此四者組成了三十二人

---

① 竹内理三編:《寧楽遺文》文学編,東京:東京堂出版,1962年。

② 參考辰巳正明:《落梅の篇——楽府〈梅花落〉と太宰府梅花の宴》,(《万葉集と中国文学》),東京:笠間書院,1995年。

的團體性歌宴。將宴會的季節定於"初春令月",便是春之良辰。其令月有"氣淑風和,梅披鏡前之粉,蘭薰珮(後)之香","曙嶺移雲,松掛羅而傾蓋,夕岫結霧","鳥封縠而迷林,庭舞新蝶,空歸故雁"之景致,這是春天應有的美景。這種理想之景出現在眼前并去欣賞它,由此"淡然自放,快然自足",正是欣賞者對美景的賞心。面對如此景致,賦詩園梅,吟成短咏便是樂事。由此可見團體性文學得以展開的基本模式,便是源於謝靈運《擬魏太子鄴中集詩》序文的良辰、美景、賞心、樂事。此後,大伴家持的作品也將欣賞自然之美稱作"しのふ",便是由對前述標準的理解而來①。

四、鄴宮詩宴與和歌文學

進入平安初期的漢文學時代,對漢文學的理念可追溯到前文提及的魏文帝文章經國思想。實踐此理念的不止漢詩集團,和歌集團也結成"歌壇"②,開展團體性文學活動,以君臣唱和爲理念。此外,和歌文學還從《毛詩大序》中尋求作歌理念。《古今和歌集》兩篇序文對和歌本質及功用的説明,便深刻反映出漢代的詩學理念,試圖在政教式詩學論層面上解讀和歌③。和歌援用詩學成爲其理論武裝,同時和歌的素材與表達方式也受到政教式詩學論的影響。《古今和歌集》兩序中的君臣唱和理念,也仍能見到魏文帝曹丕文學活動的影子,并反映出謝靈運再現的鄴宮詩宴。這從真名序(紀淑望)中可得到證實。

> 古天子,每良辰美景,詔侍臣預宴筵者獻和歌。君臣之情,由斯可見。賢愚之性,於是相分。所以隨民之欲,擇士之才也④。

古天子是指往昔之理想天子,若以《懷風藻》序文所記近江朝"置醴之游"而言,則是指天智天皇。不過,須注意的是公宴的如下特征:一、良辰、美景之時;二、詔令臣下獻上和歌;三、天子通過和歌見君臣之情;四、以和歌别臣下之賢愚;五、天子此番行爲是爲了聽取人民心願,選出與之相符的賢臣。即是説古之天子爲了正確引導人民,以和

① 參考辰巳正明:《美景と賞心》,(《万葉集と中国文学》第二),東京:笠間書院,1995年。

② 參考山口博:《王朝歌壇の研究》,東京:桜楓社,1993年。

③ 參考太田青丘:《上代歌学に及ぼせる中国詩学》(《太田青丘著作選》第一卷《日本歌学と中国詩学》,東京:桜楓社,1988年)。小沢正夫:《古今集序の研究》(《古代和歌の形成》,東京:塙書房,1963年)。

④ 日本古典文学大系《古今和歌集》,東京:岩波書店,1958年。(以下同)

歌判別群臣之賢愚,招賢納士。這正是與《毛詩大序》相吻合的政教式詩學論,既以此彰顯古代明君之爲政,無疑也是真名序作者爲和歌在歌學上立論而採取的理論武裝。同時,逢良辰、美景便獻上和歌的行爲,也顯然是以謝靈運再現的鄴宫詩宴爲背景。與真名序相當的内容亦可見於假名序(紀貫之),其中有"いにしへの世々のみかど、春の花のあした、秋の月のよごとに、さぶらふ人々をめして、ことにつけつつ、うたをたてまつらしめたまふ。あるは花をそふとて、たよりなきところにまどひ、あるは月をおもふとて、しるべなきやみにたどれるこころごころをみたまひて、さかしおろかなりとしろしめしけむ。"古之天子於春花之朝,秋月之夜,召集臣下献上和歌,觀群臣尋花迷路,愛月耽闇之姿以識賢愚。假名序也將和歌作爲辨别臣下賢愚之手段,賦予和歌政教之功用。其背後有曹丕和建安七子的風月之游,更與謝靈運具現的鄴宫詩宴"朝游夕讌,究歡愉極。天下良辰美景,賞心樂事,四者難并"之描述相呼應。由此而言,古之天子便是指近江朝"置醴之游"所源起——魏文帝曹丕。還可知魏文帝所實現的君臣唱和理念亦爲《古今和歌集》所追求,該理念由謝靈運再現於曹丕鄴宫詩宴之中。

此種和歌觀,在和歌史上不止于《古今和歌集》,更是涵蓋了敕撰八集的普遍理念。成書最晚的《新古今和歌集》假名序(藤原良經)里提到:和歌乃"よををさめ、民をやはらぐるみち"①。其意思詳見真名序(藤原親經)中對和歌本質、起源以及功用的説明。

> 夫和歌者,群德之祖,百福之宗也。玄象天成,五際六情之義未著;素鵞地静,三十一字之咏甫興。爾來源流寔繁,長短雖異,或抒下情而達聞,或宣上德而致化,或屬游宴而書懷,或採艶色而寄言。誠是理世撫民之鴻徽,賞心樂事之龜鑑者也。

和歌乃德行與幸福之根源,鴻蒙天成,萌發於尚未有人類尊卑與感情的素鵞之地,源遠流長,漸以興盛。和歌雖有長歌、短歌之别,然皆或通下情以達天子,或宣上德以化下民,或於歌宴寄艶陳思。下情、上德之論出自《毛詩大序》"上以風化下,下以諷刺上"②,是指上教化下,下諷刺上之意。其源於大序"風,風也。教也。風以動之",風即是教化、諷刺之意。上者施以正確之教化,下者諷刺上者之政治,便是政教式歌學論的體現。此外,真名序稱臣下向天子獻上和歌的君臣唱和爲"理世撫民之鴻徽",即治理天

① 日本古典文学大系《新古今和歌集》,東京:岩波書店,1958年。(以下同)
② 卜子夏:《毛詩序》(《文選》卷第四十五,序上),北京:中華書局,1959年。

下，撫育民衆的旗幟。這一説法含有很強的政教性。這種政教性，在其後的有心體（藤原定家在其歌論《每月抄》中提出的“和歌十體”之一。——譯者注）中發展成和歌美學理念之一的“理政撫民體”（“理政體”“撫民體”）①。而“賞心樂事之龜鑑”，則明顯脱胎於謝靈運再現的曹丕鄴宫詩宴，意指渴望達到君臣唱和、託景感懷之境界。君臣於良辰美景之中游宴吟詩，以爲理世撫民之鴻徽，賞心樂事之龜鑑，《新古今和歌集》之理念由此確立，而和歌之政教性亦於此完成。

另外，注意的是《古今和歌集》真名序“古天子，每良辰美景，詔侍臣預宴筵者獻和歌”與《新古今和歌集》真名序“誠是理世撫民之鴻徽，賞心樂事之龜鑑也”兩句，合起來便是“良辰美景，賞心樂事”。毋庸贅言，這是將謝靈運的“良辰、美景、賞心、樂事”分别置於前后兩篇序文之中。《新古今和歌集》的名稱直承《古今和歌集》，而繼前者的“良辰美景”，後者有“賞心樂事”，也可見編者合二爲一之用意吧。由此可知後者對《古今和歌集》時代延喜天皇太平盛世的嚮往，正如謝靈運對曹丕文學集團懷有憧憬一般。統觀二者，可見《古今和歌集》圍繞美好時節，美麗景致里的君臣游宴展開，而《新古今和歌集》更融入了君臣共賞美景，同作和歌的意趣。如此分而合之的關係是否爲《新古今和歌集》編纂者有意爲之尚待討論，但從具體的聯繫中可以看到後者對前者的繼承，也可明確《新古今和歌集》在和歌史上所體現的態度。

五、結　　語

魏文帝曹丕和建安七子的團體性文學活動，被六朝宋代的謝靈運視作理想，并於《擬魏太子鄴中集詩》中將其再現。《文心雕龍》中大書特書的“文帝陳思，縱轡以騁節；王徐應劉，望路而争驅。并憐風月、狎池苑、述恩榮、叙酣宴”云云，便是詩壇團體性文學活動的寫照，五言詩、七言詩也於此定型。同時，這樣的文學活動促成了我國古典詩歌的文學史潮流：一則來自文章經國的思想，一則源於良辰美景賞心樂事的文學口號。尤其後者，經過了曹丕→謝靈運→日本古代詩歌的歷程，於近江朝的漢文學草創期發端，在奈良朝至平安初期的漢詩、和歌領域進一步展開，繼而在序文上呈現出由《古今和歌集》向《新古今和歌集》的過渡。且《新古今和歌集》繼承《古今和歌集》傳統，由良辰

---

① 参考村尾誠一：《理世撫民体考——藤原定家との関わりについて》（《国語と国文学》六三卷八号），東京：明治書院，1986 年。

美景而續以賞心樂事。如同分隔符,既區分了以良辰美景、季節變遷爲重的《古今和歌集》與以君臣唱和、賞心樂事爲理念的《新古今和歌集》之不同,又將二者合爲一體,呈現出《擬魏太子鄴中集詩》的框架結構。

團體性文學活動取得發展的中國詩壇裏,謝靈運的《擬魏太子鄴中集詩》在考量日本漢詩與和歌的團體性文學活動方面有着不容忽視的重要意義。

(作者爲日本國學院大學教授;譯者爲寧波大學外國語學院講師,天津師範大學文學院在讀博士生)

編　後

本書主要收録的是國家社科基金重大項目“日本漢文古寫本整理與研究”開題論證會暨首届漢文寫本論壇上發表的部分論文。

該論壇於2015年3月20日至22日在天津師範大學成功舉行。來自北京大學、中國人民大學、南開大學、北京外國語大學、北京對外經貿大學、香港中文大學以及日本早稻田大學、日本國文學資料館、日本南山大學、日本淑德大學等大學與研究機構，以及中華書局、上海古籍出版社、鳳凰出版集團等出版與媒體單位的70餘名學者參加了會議，近40名學者宣讀了論文，臺灣學者等發來了書面發言。會上圍繞日本漢文古寫本的學術價值、研究方法以及寫本文化諸問題展開了深入的學術交流。《日語學習與研究》雜誌舉辦了相關展覽與贈書活動。與會學者一致認爲，將本土漢字研究擴展爲全漢字文化圈的“廣漢字研究”，將本土漢文研究擴展爲全漢字文化圈的“廣漢文之學”，具有廣闊的前景。由王曉平主持的國家社科基金重大項目“日本漢文古寫本整理與研究”聚合了中日兩國30餘名學者，將第一次對日本現存中國典籍寫本與日本人撰寫的漢文古寫本進行系統全面普查與整理。由於寫本數量浩大，第一期將集中整理江户時代以前的各類漢文與變體漢文寫本。整理中將綜合吸取包括敦煌寫本學在内的中國文獻學與日本古典文獻學的經驗與方法，與各國各地區學者展開廣泛合作與交流。該項研究將有力推動日本文學文獻學、比較文學研究與翻譯研究的融合與深化。

在這裏，我們還要對天津師範大學國際中國文學研究中心副主任兼秘書長劉順利先生（1959—2015）表示深切的哀悼。劉順利教授對於國際中國文學研究中心的誕生與發展做出了卓越的貢獻。他學風嚴謹，作風樸實，爲人忠厚，著述豐碩。出版的主要著述有：

1.《古代文學理論研究概述》（羅宗强主編，參加編寫），天津教育出版社，1991年。

2.《生理美學》，天津社會科學出版社，1996年。

3.《美育學概論》（杜衛主編，參加編寫），高等教育出版社，1997年。

4.《文本論》,香港科技聯合出版社,1999 年。

5.《美學原理》(王德勝主編,參加編寫),人民教育出版社,2001 年。

6.《美學教程》(王德勝主編,參加編寫),人民教育出版社,2001 年。

7.《千古文心:王國維文集》(姜東賦先生合編),百花文藝出版社,2002 年。

8.《文本研究》,延邊大學出版社,2003 年。

9.《半島唐風:朝韓作家與中國文化》,寧夏人民出版社,2004 年。(國家"十五"重點圖書、教育部項目)

10.《在"元文本"與"文本"之間》,《東方叢刊》,廣西師範大學出版社,2004 年 3 月。

11.《朝鮮領選使金允植的天津歌咏》,《中國語文論譯叢刊》(韓國),2004 年 9 月。

12.《七百年積累的形象學史料》,《漢學研究》,中華書局,2004 年 10 月。

13.《朝鮮文人的中國歌咏》,《中國語文論譯叢刊》(韓國),2005 年 7 月。

14.《王朝間的對話:朝鮮領選使天津來往日記導讀》,寧夏人民出版社,2006 年 9 月。

15.《朝鮮半島漢學史》,學苑出版社,2009 年。

16.《朝鮮文人李海應〈薊山紀程〉細讀》,學苑出版社,2010 年。

17.《創新與對話——馬克思主義美學與當代社會》(高建平、趙利民、丁國旗、劉順利主編),中國社會科學出版社,2010 年。

18.《中國與朝韓五千年交流年曆——以黄帝曆、檀君曆爲參照》,學苑出版社,2011 年。

19.《中外文學交流史·中國—朝韓卷》,山東教育出版社,2015 年。

劉順利教授正在集中進行《燕行録》的研究,他曾和夫人駕車在京、津、河北與遼寧省考察,以尋找當年燕行使者的遺跡。他對中、日、韓地名的視角獨特的文化考察也剛剛開始。我們爲失去了一位優秀的學者、多年并肩跋涉的戰友而深感悲痛。我們將繼續辦好《國際中國文學研究叢刊》,以告慰劉順利先生的在天之靈。

本刊編委會

二〇一六年三月